百部红色经典

风雨桐江

司马文森 著

北京联合出版公司
Beijing United Publishing Co Ltd

图书在版编目（CIP）数据

风雨桐江 / 司马文森著. -- 北京：北京联合出版
公司，2021.3（2023.7重印）

（百部红色经典）

ISBN 978-7-5596-4871-6

Ⅰ.①风…　Ⅱ.①司…　Ⅲ.①长篇小说—中国—当代
Ⅳ.①I247.5

中国版本图书馆CIP数据核字(2020)第267062号

风雨桐江

作　　者：司马文森
出 品 人：赵红仕
责任编辑：孙志文
封面设计：王　鑫

北京联合出版公司出版
（北京市西城区德外大街83号楼9层 100088）
北京新华先锋出版科技有限公司发行
涿州汇美亿浓印刷有限公司印刷　新华书店经销
字数429千字　787毫米×1092毫米　1/16　27印张
2021年3月第1版　2023年7月第2次印刷
ISBN 978-7-5596-4871-6
定价：69.00元

出版前言

为庆祝中国共产党成立100周年，全面展现中国共产党成立以来中华民族辉煌的发展历程、取得的伟大成就和宝贵经验，集中体现中华民族的文化创造力和生命力，北京联合出版公司策划了"百部红色经典"系列丛书，希望以文学的形式唱响礼赞新中国、奋斗新时代的昂扬旋律。

本套丛书收录了近一百年来，描绘我国人民在中国共产党的领导下艰苦奋斗、开拓创新、改革开放的壮美画卷，充分展现我国社会全方位变革、反映社会现实和人民主体地位、弘扬社会主义核心价值观、讴歌中华民族伟大复兴中国梦的100部文学经典力作。

本套丛书汇集了知侠、梁晓声、老舍、李心田、李广田、王愿坚、马烽、赵树理、孙犁、冯志、杨朔、刘白羽、浩然、李劼人、高云览、邱勋、靳以、韩少功、周梅森、石钟山等近百位具有代表性的中国现当代著名作家。入选作品中，有国民革命时期探索革命道路的《革命的信仰》《中国向何处去》，有描写抗日战争的《铁道游击队》《敌后武工队》《风云初记》《苦菜花》，有描绘解放战争历史画卷的《红嫂》《走向胜利》《新儿女英雄续传》，有展现新中国建设历程的《三里湾》《沸腾的群山》《激情燃烧的岁月》，有寻找和重建民族文化自信的《四面八方》，也有改革开放后反映中国社会现状、探索中国道路的《中国制造》，同时还收录了展现革命英雄人物光辉事迹的《刘胡兰传》《焦裕禄》《雷锋日记》等。

本套丛书讲述了丰富多样的中国故事，塑造了一大批深入人心的中国形象，奏响了昂扬奋进的中国旋律。这些经历了时间检验的文学作品，在艺术表现形式、文学叙述方式和创作技巧等方面都具有开拓性和创造性，作品的质量、品位、风格、内涵等方面都具有很高的水准，都是有筋骨、有道德、有温度的优秀作品，很多作家的作品都曾荣获"五个一工程奖""茅盾文学奖""鲁迅文学奖""国家图书奖"等奖项。

为将该套丛书打造成为集思想性、艺术性、时代性为一体，展现新时代文学艺术发展新风貌的精品图书，北京联合出版公司成立了由出版界、文学艺术界的资深专家和学者组成的编辑委员会。他们从文学作品的历史价值、文学价值、学术价值、现实意义等维度对作品进行了深入细致的研读和筛选，吸收并借鉴了广大读者的意见与建议，对入选作品进行深入细致的分析与综合评定，努力将"百部红色经典"系列丛书打造成为政治性、思想性和艺术性和谐统一的优秀读物，向伟大的中国共产党成立 100 周年这一光荣的日子献礼！

开 篇

一九三五年春，刺州发生一次大逮捕。

先是中共刺州特支委员刘某被捕，叛了党。而后全城大戒严，国民党刺州专区保安司令部分兵包围了特支书记陈鸿、赤色工会党支部负责人宋日升的家。陈鸿越墙逃跑时被杀。中共地下党员宋日升、陈天保等二十多人同时被捕，只有另一特支委员德昌因住所不明，得免于难。国民党反动派戒严三天，搜捕德昌，但遍搜全城，毫无所得，只得暂且作罢。

那德昌在大逮捕发生时，原来隐藏在一个女同志家，他和姓刘的叛徒没有直接联系，亦从未谋面，因此姓刘的虽告了他的密，却无法找到他。一场混乱过后，情况业已判明，他便给上级党委——中共禾市市委写信，报告事件经过，并请求上级党："……组织破坏极为严重，务请速派人前来整顿。"

密写的信去了一封两封，如石落大海，上级党委未加答复，德昌心内疑惑：是否上级党委也被破坏？待亲上禾市报告，又恐在路上出事，这儿也不能没人维持，因此忧心如焚。

事隔一月有余，地下交通站才转来上级党委的复信，信上说："……由于形势变化过快，各地组织均有损失，市委因此得重新调整，在新形势下部署战斗。刺州特支无论环境多么困难，白色恐怖如何厉害，组织破坏多么严重，务必坚持！市委对刘某的叛党罪行极为愤恨，对陈鸿同志的英勇牺牲表示衷心哀悼，对被捕同志致以关怀！对你能临危不乱，坚持工作，坚持战斗，表示赞许！亲爱的同志，刺州系属要地，敌人重视，我也绝不退让，市委决心支援你们，加强领导，除将特支扩大为特区外，并派市委委员老黄同志前往接替陈鸿工作。老黄同志将于三月十五日至迟三月十八日到达你处，希预作妥善安排……"

德昌翻翻日历，距离老黄动身的时间极近，便做起准备，专候这位新的负责同志到来。

不意在预定时间内，却又临时发生了一场事故。

第一章

一

侨办的刺禾公路最后一班客车，抵达刺州终点站——南站的时候，已是下午五点钟了。这次班车误点和往时很不一样，不是几小时，不是一天，而是四天。三月十六日从禾市发车，理应当天下午四时抵终点站，但十六日没到站，十七日也没到站，一直到十九日才到站，沿途又失去联络，因此引起多方面的猜测；当客车一进站，站上的气氛十分紧张，汽车公司派出"护路队"加强了对旅客的监视和检查。

这班车的乘客也比往常为少，只有六个人。狼狈、困顿，如同惊弓之鸟，路上发生的事使这六位乘客肉颤心惊，犹有余悸。他们顺次下车，在站上接受比平时更为严峻烦琐的检查。临到快进城时，又被喝住，据说又要检查。这是一条十字大路口，从城市来的，从乡下来的，要进刺州城都必须经过它。

十字路口设有一个大检查站，四周满是铁丝网、带有铁刺的木马，一条宽宽的大路只留下两个仅容一人的小通道，一进一出，互不干扰。把守这个检查站的是一排被本地人称为"湖南勇"的中央军。他们刀出鞘，枪上膛，加了双岗，如临大敌。

这些旅客沿途以来受到不少教训，算是有些经验了，都自动乖巧地排成单行，小心翼翼地走到入口处，进入检查棚。那检查棚又被划分为两个部分，一部分是检查普通旅客的，一部分是进行特别检查的，只有一间小木屋，专对付那些"形迹可疑"的旅客。

当这批旅客走进检查棚后，便有个身穿便衣，口衔烟卷，歪戴呢帽，敞开胸膛，露出匣子枪，手执马鞭，瞟着斗鸡眼的"大人物"。似要对这些"初入贵境"的旅客来个下马威，又像要显示到了这个地方都要看他的面色威风行事，"娘"声不绝地直骂人："奶奶的，还不赶快把行李打开！""奶奶的，还不把双手举起！"骂时手中马鞭直转，发出虎虎啸声。

这一声势果然起了作用，使旅客大感惊慌，有人因之打开行李忘了举手，有人举了手又忘记打开行李，于是又是一顿臭骂："奶奶的，你不想活啦！先解开行李后举手，懂得规矩不？"当客人按指示一一照办，他又借故骂人："看你那慌慌张张、鬼鬼祟祟的样子，定不是个好东西！"但他对被检查的妇女却另有一副嘴面，见年轻貌美的就说下流话："哎哟，大姑娘，打扮得这样漂亮，可真逗人呀，摸一下行吗？"说着果真就动手。窘得那些妇女直想钻地，他反而哈哈大笑，大为开心。

旅客们在心里骂：真和北洋军阀一模一样。却又不敢得罪他，还得装笑面，老总长，老总短，尽在那儿说好话奉承，以求从速通过。

在这六位旅客中，有一位妇女，二十七八年纪，镶着满口金牙。从打扮看，像是侨眷，从她遇事慌张、面红耳赤，又似从未出过远门。沿途以来，一闻风险就掉泪，埋怨丈夫不仁，不该让她一人回来。有人问她：丈夫是干什么的？便说是出洋的，刚从南洋回来，怕返乡被许天雄绑票，约她到禾市去团聚："我返乡，他又出洋去啦。"

在同行旅客中，有个石匠打扮的中年男子，见她旅途孤零，胆小惊慌，很是同情她。遇事照顾，叫她不要担忧。她见他为人忠厚，乐于助人，也信任他，处处请教，跟他一起行动，看来就像一家人。

当那女侨眷随同大家走进检查棚，检查站的那些湖南勇就都挤眉弄眼、垂涎欲滴了。那便衣汉子兀自不动声色，只对石匠表示"关心"。那石匠中等身材，腰粗臂壮，身穿一色深灰色短褂裤，腰缠淡蓝大方格子围带，脚上一双陈嘉庚公司球鞋，围腰分插两把打石铁锤，一只手挟着把半新油伞，一只手提着只蓝色土布包袱。神色镇定，仪态大方。那便衣汉子既不检查他的行李，又不搜他的身，只是双眼朝天，摇着手中马鞭，翘翘下巴，问他和那侨妇的关系。石匠只是微笑着回答并不惊慌："在车上认识的。"便衣又问："这样看来，你们是没有关系喽？"石匠重复："在车上认识的。"便衣点点头忽又问："那，你是干什么的？"说时又把他上下打量，"看你那刁样子，就像要去上梁山！"石匠只说声："老总真会开玩笑。"就把一张硬卡片呈上，"石工，禾市工务局的工作证。"便衣连看也不看，一味追问："为什么不在禾市干活，偏上这儿来？"石匠仍然是一团和气地答："那儿马路开完，没多少活干，上这儿找活干。我这儿有工务局的介绍信。"说罢又交出一封信，那便衣见证件齐全，答话没漏洞，只得叫他站开一边，等候检查。

说着，那便衣就一摇一摆地挨近那年轻侨妇，露出那贪馋下流的鬼面把她上下直量，特别对她那饱满结实的胸膛感兴趣。那侨妇一见他模样，早已心慌，面红地垂着头。便衣却有意为难她："把头抬起来！"他用力把那马鞭扬了一下。那侨妇更心慌了，只是不敢抬头。便衣冷笑一声伸手去挑她的下巴："你怕什么，我叫你把头抬起来！"那侨妇又怕又羞，只是朝后退缩，便衣却一步步逼上，就像饿狼碰上小兔子一样。

检查棚内呈现着极度紧张的气氛，有人从旁劝导着："老总说的，你就照着做吧。"有人也说："你这个人真是，别把大家都连累上。"石匠却鼓励她说："嫂子，不用怕，我们都是善良小百姓！"

那侨妇被逼得无地再退了，忽然哇的一声大哭起来，那便衣一时也下不了台，老羞成怒地说："真他奶奶的坏人先告状，老子还没动手，你就先叫救命了。我看你定不是好东西，一定有什么见不得人的。"说罢用马鞭朝特别检查室一指："走！你怕，老子偏要仔仔细细地检查你一下！"那侨妇听说要搜身，一时惊魂失魄，返身就想走出检查棚，却被朝胸一把抓住："我一眼就看中你了，走！"一直被拖进特别检查室，接着木门砰的一声关上，和外面隔离了，只听得那侨妇在哀声乞求："老总，老总……"便衣却在号叫："脱，快！"侨妇哀号着："天呀……"又是一记清脆的耳光……

到底要发生什么，会发生什么，走惯这条路的人心内是明白的，也叫作司空见惯不足为奇了。但石匠却一直在惦念着这年轻妇女的命运，他几乎忘记了自己还要走过一关，接受一次麻烦的检查。一直到同行的人都被检查完了，一个不耐烦的检查员走近他："为什么还不滚！"他才发现检查棚内只剩下他一个人了，他指着特别检查室气愤地说："我还要等我那位乡亲。"那检查员冷笑着，挥挥手："滚你的，别给自己添麻烦！"

这时几乎所有检查棚内的检查员都挤向特别检查室，要去"协同检查"，那检查员其所以饶过他这一关，显得那样的不耐烦，也和这件事有关。那石匠莫可奈何地提起包袱，愤恨地骂了声："他妈的，禽兽！"

二

石匠离开检查站，慢步地走向桐江大桥。

走近桥头时，只见在一根电线杆上，挂有两个方形木匣，匣里各盛人头一颗，血肉模糊。电线杆下告示牌上，贴有告示一道，历数受难者"罪状"。据说他们都是危害民国的"罪犯"。再走不远又是一排告示，虽然旷日持久，字迹仍极清楚，告示上尽是勾红钩钩的人名，标示已有几十人因"勾结逆党""危害民国"早被处决了。

石匠虽是第一次来到刺州城，但他对这个有近二千年历史的文化古城却并不陌生，临行前组织上对他介绍过，也读了许多有关资料。

他知道：刺州是专区所在地，人口众多，物产丰富，交通方便，文化发达，是政治、经济、文化中心；侨汇集中，又有侨乡之称。他也知道，刺州地势险要，历来为兵家必争之地，长期处在各方实力派混战之下。北伐前，为北洋军阀盘踞，苛政重税，民不聊生，因此北伐一声雷响，义军纷起，大股的攻城夺隘，小股的拦路截击。北洋军慑于革命声势不战而败，败走时沿途被袭，不上十天左右，整个专区二万多北洋军皆成义军刀下之鬼。有人传说，当北洋军败走时，连十岁八岁孩子也拿起菜刀、扁担到处追逐败兵、喊缴枪，大势所趋，兵败如山倒，这些乳臭小子居然也大有所获。

北伐失败后，地主恶霸利用起义农民和流落民间的大量武装，成立"民军"。这些民军队伍极不统一，东一股，西一支，有三千人枪的自称司令，有五千人枪的号称军长。凭实力大小，盘踞地方，互不相让，且常为争夺地盘而兵戎相见。

人民受贪官污吏盘剥、战祸危害，无法生产，也难以生活，因此有机会出洋的，就出洋去了，一部分没机会出洋的就铤而走险，一时又成为匪盗世界，叫作盗匪如麻。

一九三三年，刺州形势发生过一次大变化，一支邻省队伍开了进来，把民军挤走，统治了这地区。第二年，这支队伍和蒋介石的中央政府闹翻，宣布独立，另成立新政府。新政府刚一成立，立足未定，蒋介石一面抽调大军进攻，一面用高官厚禄，收买瓦解内部，新政府无法抵挡，反蒋起义遂告失败。

蒋介石既已"敉平"这次"叛乱"，便派他的亲信大员周维国坐镇刺州，以遂他多年来心愿。

这周维国是蒋介石派赴法西斯德国受训的少壮军官之一。出国前他就以对蒋忠诚、坚决反共为蒋赏识。学成返国，升迁极快，从上校而准将而少将，一帆风顺，即使蒋系军官前辈，也为之瞩目。

周少年得志，跋扈横蛮，高傲自大，自封为"铁血将军"，手下人马号称"铁血军"。周又自称为反共专家，在手下拥有一支特别部队，叫蓝衣大队，自任大队长。这蓝衣大队成员不多，但都是校级以上军官，其中有革命叛徒、有不学无术的堕落文人、有流氓打手。专以对付共产党员和党的地下组织，是一支受过特殊训练的队伍。

周之被任命为刺州专区专员、保安司令，固和刺州地位重要、形势复杂、与革命苏区毗邻有关。更重要的是，他在最近一次参加"围剿"中，兵员减损惨重，亟须休整补充。

周维国坐镇刺州，利用这支反共的特务队伍，破坏了我党的地下组织，并扬言要完全消灭这个已有多年基础的刺州地下党。这次特支被破坏情况的确严重，特支三个负责人，一叛变、一牺牲，地下党员被捕达一半以上，成为特支主力的赤色工会全垮。而周维国的白色恐怖则有加无已，受到严重破坏的党组织所受压力极大，面临着更沉重的考验。

三

像一道白虹铺在石匠面前的，是那横跨在桐江之上、号称有五里长的桐江大桥。刺州背山面海，桐江就像条锦带拦腰绕住，分隔了城乡。桐江水潮汐起落有定，潮来时，热浪滔天，汹涌澎湃，几乎要把这古城冲走。潮落后沿江两岸蚝田尽裸，清可见底，水流缓缓，绕城而过。潮来时凶暴如蛟龙，潮去时温驯如泥鳅，因此有人说："激怒了刺州人，泥鳅也要变蛟龙！"

石匠走在桐江大桥上，正是潮来时候，江面白浪滔滔，翻滚而来。他站在大桥上，纵目江面，船影消迹，交通断绝，似觉有巨物逐浪，原来却是鲨鱼群在江心翻滚跳跃。他在禾市居住多年，在禾市湾内也时有鲨鱼群出现，却无如此壮观。他住步观赏，心想：人云刺州有八景，这大概就是一景！他续步桥心，桥头那端，城楼在望，他又想：这大概就是大南门！

旅途没使他疲累，沿途景物也很动人，却无法掩盖他内心的焦急。组织上给他的指示是从十五号起至迟十八号，要赶到刺州接关系，而现在是十九号，比原定时间迟了一天。看来这儿情况很紧张，地下党的担子极为沉重。"该不会有什么变化吧？"他想。

行期延误不能怪他，他是十六号动身的，原打算当天到达，可是旅途出了事故：客车遇到袭击，接连又有几座公路桥被焚毁。传说纷纷，有的说是红军游击队干的，有的说是许天雄股匪干的。桥梁被破坏，公路车就不得不在中途停站，因此耽搁了三天。

他走过大桥，在进城门前，又遇到一次检查，但这次检查马虎得多，仅摸摸身就放过。一过城门，在他面前就出现一条宽敞新辟的大街，这条大街旧名南大街，新名叫作中山大街。看来开辟不久，路面刚在铺，两旁店铺有的已建造新楼，有的正在打地基，有的老房被拆，新房未建，张开个大口，极为难看。街上行人拥挤，大都是操外地口音的泥水工、石工、木工，他们都是建筑公司临时从外县招雇来的。他们吃无定处，居无定处，因此沿街小饭摊、骑楼、马路旁，随处都可以看到他们。这时已入夜，地方不靖，大街两侧店铺一早就上了门板、锁上铁闸。

石匠在入暮的大街上，怀着异乎寻常的心情，一边慢慢地走着，一边暗自盘算："该到哪儿歇脚？"不知不觉间已走到十字街口，正是东、西、南、北四条大街的交叉口，他又想："接关系的地点是在东大街，为什么不在东大街找个旅舍过夜？"

东大街比起南大街又是一番情景。东大街的马路还没拆，仍然是一条古老、破旧、拥塞的旧街道。路面很窄，用青板石铺成，高低不平，又是阴暗、潮湿。两旁全是一些油、盐、酱、醋、瓷器、农具、小杂货等供应农村需要的小商铺。和南大街高楼大厦、钱庄、洋货绸缎庄，截然不同。据说住在东门外农村的农民都是些穷苦人，他们从祖宗时代起已习惯于一早挑着自己的农产品进城叫卖，换取所需的日常用品回去。

东大街又是通省大道，来往行旅多，这些远方来客走进城门，刚好入暮，首先要解决的就是住和吃。正如他在南大街所见的，这东大街大小店铺也是一入黄昏就上门。只有客栈、饮食铺一片繁闹。这条大街的特点是横巷多，每隔三几十步，就有一条横巷，巷口有木栏，栏上挂有大小灯笼十来盏，上书第 × 巷某某高等客栈、高等旅舍，欢迎投宿。入夜以后灯笼齐明，煞是美观。

石匠从南大街转向东大街，要经过衙门口。那儿有一个大衙门和一座钟鼓楼。那衙门就是刺州专区专员公署，同时又是刺州专区保安司令部，周维国就住在这儿。这专署是全城最大的建筑物，正面是三层楼高的白色洋灰牌楼，高悬"以党治国"四个蓝色大字，两侧是二层楼高的高墙，墙外围以蓝漆铁栏杆。巍然屹立，予人一种威迫感觉。

对着衙门的正面大门，有一道粉白高墙，墙上用蓝色大字写着"十杀令"。所谓十杀令即：凡所谓"参加共匪者""私通共匪者""窝藏共匪者""明知故犯者"……皆"杀无赦"！在高墙下排列有木笼多具，这种木笼又名站笼，受害者被反绑着双手闭于站笼中，仅留头部在笼顶，笼顶有夹板，板中开洞，刚好夹住受害者颈部。据说凡被判处死刑的"囚犯"，在被枭首示众之前先要进站笼示众三天。这种野蛮刑具在这儿原没人看过，从周维国来后才被推出使用，而且件数日有增加。那石匠偷偷一数，一共排列了八具。

走过钟鼓楼就是东大街。石匠一进街就开始注意挂在木栏上的灯笼。由于外县赤贫农民大量涌进刺州找寻生计，各建筑公司招工头适应需要又都在各客栈内分设招工处。因此各家客栈一早都宣告"客满""恕不招待""明日请早"。石匠费了好些周折，才在一条叫第一巷的横街，找到一家自称为"高等旅舍"、实际却比普通客栈简陋得多的旅店。他一进门，女店主就声明："床位没有，只剩下一间高等房间。"石匠心内明白：原来如此，不然也早挂上"客满"啦。他说："只要有个地方过夜就行，管它是不是床位！"

办完登记手续，净了手面，石匠出去接关系。女店主满意地在旅舍门口挂上"客满"，正在柜台上督促一个十三四岁的小姑娘抄旅客日报表，以便送派出所备查。看见石匠要出门，便警告着说："先生初来敝境，不了解情况，我现在就告诉您几条规定，免得自讨麻烦。我们这儿，九点戒严，十点查房。地方不太平，早出早回。"石匠谢过说："我一会儿就回！"便走出第一巷。

街上相当热闹，经济饭店、小饮食摊到处挤满狼吞虎咽的人，几乎全是外地口音。石匠找到一家卖鱼丸肉粽摊子的，叫了一碗鱼丸、一只肉粽，边吃边和摊主聊天。他故意问："老板，现在离戒严时间还有多久？"摊主道："还早哩，有一小时。"石匠又问："时间不多哪，你这些货卖得完？"摊主满腹牢骚地说："没有办法，地方不太平呀，闹土匪又闹共产……"石匠问："四乡不太平是没军队，你们这儿有中央军。"

摊主苦笑着："先生刚到敝境的吧？四乡闹的是土匪，我们城里闹的却是共产。前些日子保安司令部抓了好多人，又杀了一批，衙门口的站笼都装满了，说在牢里还有一大批。"他四面张望一会儿又低低地问："先生是从省城来的？听说你们那儿也到了红军，连省城也破啦？"石匠道："我也听说过。"摊主唉声叹气地说："你打我，我打你，没个完，只苦了我们小百姓。从前我们这儿驻的是民军，三天换一个司令，五天换个专员。后来来了××军，住不了多久又闹反，说是反对蒋介石，成立什么人民政府。蒋介石派来飞机一炸，不上十天半个月又垮啦。现在又来了中央军，日子更难过，天天在闹杀人，说是杀共产党，天知道哪来这许多共产党，越杀城里共产党越多。乡下比城里更糟，说是人人皆匪，乡里老大三番四次地来请，中央军怕吃亏，只是拖，不敢出去。"说着，又频频摇头。

石匠付了钱，问："老板，找十八号门牌往哪头走？"摊主道："往前走，再过十家八家就是。"石匠谢过他的指点，慢步走去，不久果然看到十八号门牌。那是一间小杂货铺，铺门紧闭，只有一线灯光从门缝漏出。石匠左右顾盼似无可疑的人跟踪，便上前敲门。

门开了，一个十六七岁，平头、圆面、大眼的少年人伸着半边脸出来问："找谁？"石匠和气地说："打扰。有香烟卖吗？"少年机警地把他上下打量一番说："关铺啦，明早来吧。"石匠道："请通融一下，我是从外地来的，买了就走。"少年人问："要什么牌的？"石匠道："红锡包！"说时，把语调特别加重。少年人道："有，请进！"

这家杂货铺规模不大，但吃的用的东西都卖，自然也卖香烟。石匠接过一包红锡包，索性坐下借火柴抽烟，少年人在一旁眼瞪瞪地注视着他。石匠问："生意还好？"少年人答："过得去。"石匠边抽着烟，边又自言自语地说："是非常时期，交通真不便。从禾市到这儿，平时半天路程可到，这次却走了四天。"少年人还是不露声色："先生是刚从禾市来的？"石匠道："是呀，十六号那天动身的。"少年人又问："先生尊姓呀？"石匠道："老黄。"那少年人心跳着：对啦，是他！却又故意问道："先生是来找活干的吧？"老黄微笑着说："找亲戚来的。我有个表弟叫德昌，就住在这儿。"少年人问："已找到令戚？"老黄摇摇头："是今天下午才到，地生人不熟，现暂在第一巷德记旅舍住，打算明天找他。"说着，起身告辞。

四

这少年叫林志强，是地下交通站的交通员，在组织内部都叫他小林。他利用伯父开的这家小杂货铺，担任特支对外的联络工作。从上级把接待一位来自禾市同志的任务交给他后，他就不分日夜守在这间铺子里，等待那位同志。他从十五号守到十八号，一直没有人来找他联系，他耐心地再等待着，十八号过去了，十九号又来了，还是没有人来，他真焦急！想不到这时却有一位自称老黄的人找上门来。暗号是对的，可是他不能就这样按下，组织上告诉他：把对方样子、联络地点记下，转达就行了。因此当那自称老黄的人走后，他就匆匆地从后门转出去，赶到第二巷进士第找德昌同志。

进士第是本城蔡家所有，宅主在晚清时候当过进士，人称为蔡进士。虽已事隔几十年，蔡家的家境也没落得差不多了，但人们对这巨大宅院还怀有几分敬意。蔡家人沾了祖先的光，在地方上也还受到尊敬。宅院很大，花园亭榭样样俱全，虽年久失修，三进大屋已倒塌一进，花园也变成菜地，外表仍然是金字横匾，朱漆大门。

小林一口气走过第一巷转进第二巷，敲进士第大门。不久，就有一个老妈子带着一个十一二岁小男孩来开门。这一家人和他原来都是熟识的，那小男孩一见他更是活跃，说："姊姊在书房。"说着返身就赶进内屋报信。小林低声问老妈子："陈妈，林先生还没走？"陈妈道："还和小姐在书房谈着哩。"

小林是进士第的常客，大屋里有几条路、几间屋、几块砖石，他闭上眼也数得出。没等陈妈带路他就拽开步一直摸进去，通过一条露天甬道、一道拱门，转过几个弯，又进两个拱门，才到一个大天井。这天井一边是白梅，一边是黄桂，有两个半人高的绿色琉璃金鱼缸、几十盆兰花。正面是个古香古色雕花镂木的大厅，两侧各有厢房一间，一间充当书房，一间是客房。书房门垂着竹帘，帘缝里漏出灯光，从外面可以清楚地看见在一张云石圆桌边，坐着两个人。

一个年约三十，高身材，西装头，穿黄咔叽学生制服的男子。另一个和那男的差不多年纪，中等身材，短发，白上衣黑短裙，观音面，柳叶眉，杏仁眼，长相非常清秀的女人。那男的就是周维国悬赏要抓的德昌，但他常用的名字却是林天成，同志们习惯地叫他大林。那女的是这座宅院的主人，姓蔡名玉华，同志们习惯地叫她作女蔡。

大林从上次特支被破坏后，一直在这儿躲藏着，有时情况太紧了才下乡。但城里事情多，离不开他，三几天后又回来。这次他进城来接关系已有五六天了，从接到上级通知后，他一直住在玉华家。可是事情很出他意外，白白地看见时间一天天过去了，预定时间已满，但关系还没到："是不是又出事故？"在这样非常时期，什么事不能发生？他非常焦急不安，甚至于打算明天一早就离开。玉华却主张他多住两天："在我们这儿，凭大门口那块金字招牌，不会有人注意。"

正在这时，玉华的弟弟小冬直嚷进来："姐姐，小林来了。"大林心想："这个时候小林还赶来，该不会是……"正想着小林已掀开竹帘进来，心情亢奋面色发红，一见面就说："大林，那个人到啦。"大林对玉华丢了个眼色，玉华便对小冬说："小冬，你看什么时候啦，还不上床睡觉去。"小冬很不服气，顽强地抗议道："每次小林来，你就叫我走，我不干！"小林忙过去安慰他："小冬乖，听姊姊话，明天我给你做飞机。"玉华也道："小林已答应啦，该高兴了吧，走，我陪你去。"她把小冬从书房拉走。

大林叫小林坐，问他有什么情况。小林把刚才所见的都汇报了。大林却在关心另一问题："你对他暴露过自己身份？"小林却满不在乎地说："我才不会那样傻。"大林点头称许道："这就对。"小林更得意了，喋喋地说："你叫我提高警惕，我对人就不大敢信任哩。"一会儿又问："我明天把他带来见你？"大林没有搭腔，只在书房里，伸着长腿来回走动。这是他多年来的老习惯，当问题一时不能解决时，他就慢慢地来回走动，他习惯于走着思考问题，而不愿意坐着思考。

他这时在思考一个问题：为什么上级派来的人，不在约定期间内到达？从禾市到刺州相距一百多里，交通方便，行期改变了，另行通知也还来得及，为什么超过最迟的期限，上级又没有新的通知？仅仅为交通发生阻碍，还是另有原因？从上次特支被破坏，姓刘的叛变，陈鸿牺牲，整个赤色工会垮台，他对这个地区的新情况，对工作的艰苦性、复杂性有了新的认识。"敌人是强大、凶狠而又狡猾的！"他想。情况变了，应该允许大胆怀疑，会不会是老黄在路上出了事，有人冒他的名来？有一个姓刘的已使我们够惨，不能再有一个姓刘的！……

时间迅速地过去，离戒严时间越来越近，而他还在无休止地迈步。小林注视着他的每个动作，内心焦急，却又不知该不该提问。大林在继续考虑：如果不接，老黄确如他自己所说的因公路桥被破坏，耽搁了行期，一个负责同志，又是外地人，地生人不熟，没有群众关系，找不到党，白色恐怖又是这样厉害，万一……他又如何能负责，对得起上级和老黄同志？

玉华把小冬交给她母亲，又回来。她从大林那副阴沉忧虑的面色，看出问题还没解决。低声问小林："快到戒严时间了，你还不走？"小林也低低回答她："问题还没解决啦。"大林忽然面对玉华："玉华，你在第一巷那家德记旅舍有没熟人？"玉华沉思半晌："有事吗？"大林道："我想了解一个人，他就住在那儿。"玉华道："店主是个寡妇，女儿在我们学校读初中一，算来也是我的学生家长。"小林问："想了解那儿一位住客，你有什么办法？"玉华道："我可以去找我的学生。"于是，大林下了决心，对小林叮嘱："估计那个人明天还会到你那儿，你对他暂不表示什么。"小林起身，大林又加上一句："路上小心。"玉华送走小林，回来后问大林："明早不走了吧？"大林道："看来走不了，坐下，我们谈谈你明天去了解些什么。"

五

　　大林和玉华是两个亲密的同志又是爱人，他们在禾市大学求学时，曾一起工作过，××军组织新政府时，大林奉派来刺州工作，两人又在一起。工作一直在一起，又有情感上的联系，从工作关系来说，大林领导了她，从私人关系来说，又是一对情人。因此大林在这个破落的进士家庭中，在这座古老的宅院里，地位也比较的特殊。

　　大林是惠县一个石匠的独生子。

　　他一家三代都是石匠。曾祖父、祖父、父亲都是著名的石匠。他们的手艺扬名全省。他祖父雕石龙，他父亲刻石狮子，是全省数一数二的能手。豪富人家举凡盖宅院、修墓地，都要从老远地方把他们请来，更有些华侨资本家，从海外寄信寄钱来定制林氏雕品，由海道运出国去。

　　但这名闻全省的石雕艺人，家境并不比一个普通石匠好。他们一生精力都用在为地主、官僚建造高楼大厦、陵园墓地，细心地把一块块从荒山上开下的青石，雕成生动瑰丽的龙、凤、狮子、麒麟、梁山好汉，供人清赏，自己住的却还是败瓦泥墙的破屋，吃的还是三餐番薯稀粥。为生计，终年不得不离乡背井，从这个城市到另一个城市，从这豪富东家到另一豪富东家。

　　老石匠用简单工具雕琢了一辈子石头，双眼昏花了，背脊弯曲了，手脚也不灵活了，还得在石头上做功夫。他祖父直到闭上眼那一天还在问："我那条龙还缺了个爪子没雕好，怎么对东家交代？"因此，当大林将近长大成人时，他父亲就下了决心不让他再做石匠。他对大林说："天成呀天成，即使我一天只喝一顿稀粥，也不能让你再当石匠。我一定要栽培你读书成器，出人头地！"因此，这门家传手艺到大林这一代就断了。

大林从小就聪明懂事，眼见家境凄凉，又深受他父亲"读书成器"的影响，也决心做个出人头地的、顶天立地的男子汉。他从小学读起一直读到高中，成绩都是优等的，在头三名中。但到了初中快毕业时，他父亲双目失明，不能劳动，断了生计，只靠一些徒弟周济过日，对他的供给自然也不能继续。但他还是决心继续求学，从进高中起就是工读生。

就在他进高中时，接受了一些进步书刊所宣传的马列主义思想影响，领会到勤工苦读也不是解决广大人民贫穷的道路。要闹革命、推翻旧世界、建设新社会，才是唯一的正确道路。因此，他积极地参加了社会活动，加入了CY（共青团），后来又入了党。入党后他没有离开学校，还在禾市大学读书。不过，他这时进大学已不是为个人找出路，而是在党的安排下进行革命活动。

当时禾市大学的阶级斗争很尖锐，以地方实力派为背景的学校当局，对这样的局势采取了"学术重地，不问政治"的态度，提倡读书救国。但左派学生实力强大，且在学校中占有一定阵地，右派学生也不弱，双方势均力敌，不相上下。后来"蓝衣社"插入，右派实力增加，强制学校当局对左派学生采取行动，提出一批黑名单要学校开除，学校当局还是采取"不介入"政策，不敢接受，蓝衣社遂采取恐怖行动，因而打人、绑架时有发生。

左派学生不甘示弱，也进行报复，凡是右派学生有集会，左派学生就去扔石头，捣乱会场。发展到最后，一个蓝衣社头子突然失踪了，风传在那蓝衣社头子失踪前，大林曾去找他，并和他在海边沙滩上散步。事隔多日，那蓝衣社头子的尸体才被人发现，在海上漂流，胸口插着七寸长的一把匕首。

事情已发展到这地步，学校当局不能不报案，当有一队民军开来学校驻防，全校议论纷纷，人心惶惶，在一个暗淡的夜晚，成为左翼学生运动中骨干分子之一的蔡玉华，忽然被人叫醒。她起身问："谁？"一个男人的声音，匆促而又低沉："玉华，是我。"门开了，进来的是大林。大林比玉华高一班，他们在禾市大学共同工作已有两年了。

大林的出现完全出乎玉华的意外，她又惊又喜地问："为什么还不走？几乎所有的人都在谈论你！"大林却镇定地回答："我还没交代工作，怎能就走。"他把当前的形势对她介绍一遍，又说："组织上已决定把我调开，这儿的工作交给你负责。"

玉华对这个决定没有意见，她知道那件事是谁干的，在动手前，他们一起讨论过，做过决定。但十分关心他的行止，她问："你要离开禾市吗？"大林微笑着："还不知道。"玉华有几分激动，又问："我们能够再见面吗？"大林还是那副乐观坚定的笑容："我们一定能够再见！"周围的环境是不好的，大林得从速离开，他没有说别的话，把工作交代完了就匆匆离去。

从此，玉华代替了大林在禾市大学的工作。

说起蔡玉华，她是刺州人，她的高中学业是在刺州立明高中完成的。当她还在高中读书时，在刺州知识界就很有名气。不仅因为她长得端庄、秀丽，被称为"校花"，而且很有写作才能。在刺州报上，经常发表她清丽抒情的散文，为青年知识界所崇拜。她算是出身"名门"，祖父是晚清进士，伯父是留日学生，老同盟会员，追随过孙中山，是国民党元老，又是现任监察院委员，人皆称之为蔡监察。父亲算是最无出息，读了一辈子书，却不曾出去做过事，靠祖遗产业，株守过日，自称为英雄无用武之地，悒悒地过了五十个年头，丢下一妻一女一子与世长辞。在她父亲临终前，他们的家业已变卖殆尽，只剩下这所进士第和东大街几间铺面，收铺租度日。

蔡玉华从小追随父亲，熟读诗书，玩弄文墨，却也沾染她父亲高傲自负的旧知识分子习气。在中学时代就不知有多少人追求过她，豪富人家也纷纷派人说媒求亲。但她却瞧不起那些"家有几文臭钱，而胸无点墨"的纨绔子弟。至于普通人家，也因为话不投机一律拒绝。因此很受攻击，有人说她是虚无主义者，主张独身主义，有人又说她在闹同性爱。而她对这些毁谤，均一笑置之，不与理论。高中毕业后，她到禾市升大学，那儿是个通商口岸，现代化城市，政治空气与刺州这一守旧落后的古城自不相同。当禾市大学地下党大活跃时，她因为不畏权贵、黑暗，敢说敢为，受到地下党注意，先被吸收入反帝大同盟，后又入党。

大林离开禾市大学后，曾发生过一次大逮捕，但有关人士早已离开，没什么损失，玉华在市委领导下也及时把工作方法改变，她把组织巧妙地伪装起来，成立"禾大文学研究社"，出版一份《禾岛》文艺月刊，由她出面主编。这份月刊虽只出版了三期，却很有影响，特别是她写的几篇散文，被报界捧为"具有全国水平"。

蔡玉华大学毕业后，被她母亲一封电报追回刺州。她母亲正看中一门门当户对的人家，要她结婚，便以"母病速归"的电报，把她骗回家。但她却坚决拒绝这门婚事，她母亲说："你不结婚，也不能再回禾市，亲老弟幼，家中无人照顾。"在家告养的蔡监察也说："你已大学毕业了，就没有理由再留在禾市。想找事干，我替你在中学谋一份书教。"凭那老监察一封信，她便在私立刺州女子中学当国文教员。她的组织关系由禾市转到刺州特支，由陈鸿直接联系并分配她负责互济会工作。

她和大林的联系从那次分手后一直没有接上，书信也不通，但感情却没有断。三年来的恋爱生活给他们在感情生活中，打下很牢固基础。只是不知道今后前途如何。她近三十了，他又因工作关系不能和她在一起，也不便通信。在更深夜静，对着春风秋月，有时想起这些，不无有些愁怀，却从不对人吐露。

回到刺州约过一年，刺州局势大变，许久没见面的陈鸿突然来通知她：上级派了个新同志来，特支已决定把她的关系从他手中交出去，由那位同志负责。她不知道代替陈鸿来领导她的是什么人，一直在等待。一天，陈妈突然把一个人带进进士第，玉华先是吃惊，而后却忍不住兴奋地叫起来。

大林还是那样冷静而亲切，他微笑着说："没有想到吧？"玉华道："做梦也不会想到。"大林幽默地说："这不是叫分久必合吗？"两人同时大笑。

这一笑把玉华娘惊动了，她从内屋赶出来，遇到陈妈就问："是什么使玉华这样高兴？"陈妈道："是小姐来了朋友所以高兴。"玉华娘问："是男的还是女的？"陈妈笑道："是个男的，长得可俊俏。"

玉华把大林介绍给她娘，玉华娘把大林仔仔细细地打量一番，恍然大悟了："原来她早有对象，怪不得一点不急。"从此，玉华娘、陈妈就把大林当作未来的姑爷看待。

久别重逢，两人分外地亲热，感情联系又接上了，却很少谈到公开结合问题。新出现的形势、复杂多变的政局，使他们都无法来考虑个人的事情。玉华只要求能再和大林在一起也就满足了，大林却把她的家当作自己的家，大部分时间都住在她那儿。

六

老黄回到德记旅舍，女店主在账房前闲坐，一见面就说："你这客人守时。"老黄以正经事已办过，安了心，有意找她闲聊，顺手拖过一只竹靠椅，和她面对面坐着，半认真半开玩笑地说："谁个出门人愿意有好好床铺不睡，却到派出所去喂蚊虫。"女店主这下可乐开啦，她拍着大腿说："你先生，真有见识。出门人就要这样：入境问俗，不吃亏为上。有些客人偏不听话，过了戒严时间还在外头瞎撞，叫派出所扣留就请店主想办法。店主就只知道租房要钱，有什么权势？还不是自己花钱，白倒霉！"老黄乘机问："这儿旅客常常被扣？"女店主满腹牢骚地说："可是常事，一过戒严时间，巡逻队就满街跑，这些人呀我叫他无事找事干，成串成串地乱抓人，名义叫作搜查共产党，哪来这许多共产党？还不是为了个钱字。"

老黄默默地抽着烟卷说："老板娘是说他们利用搜共产党名义来勒索？"女店主道："你先生，真有见识，这儿的事就是这样。我也是听说，真共产党可厉害呢，那样容易抓到？说他们都有三头六臂，厉害得很呀！还不是那些出不起钱买官府人情的穷人倒霉。不过，你先生放心，我们这家高等旅舍信用好，别的客栈常常出事，我们这儿倒没发生过。出了信用哩，就说房钱收高点，客人也乐意来住。"

老黄有意称赞她："是老板娘有办法，便利了大家，以后我可要多替你宣传。"女店主这下更乐啦，又是拍腿，又是大笑："你先生，真有见识，看的可准！其实我这个寡老太婆有什么好办法，还不是那句老话，叫作朝中有人好做官。吃我们这行饭的，在派出所里没有几条内线还行？你说他们上上下下哪个不吃过我的人情钱？"老黄坐了一会儿看看时间不早，便起身告辞。

宽衣上床后，老黄把正经事办完了，虽然比较地放心，由于一天奔波劳累，也由于沿途所见所闻，特别给他印象深刻，他反复地在想：劫车、烧桥、有关许天雄传奇式的传闻、检查站、年轻侨妇、挂在电线杆上示众的人头、站笼、十杀令，还有那善良健谈的女店主……

老黄在禾市工作也有好几年了，他所碰到的困难不少，却没有像他现在所遇到的这样复杂。

他原是长汀人，出身自一个贫农家庭，当过牧牛童，又当过铁匠。当年家乡在共产党领导下闹武装起义，他不但是这些正义行动的积极参加者而且是组织者之一。斗地主、打土豪、分土地、建立苏维埃政权，哪件他不是站在群众前头？省苏维埃成立后他成了干部。党为了培养他，曾把他调到党校受训，受训完毕，苏维埃政权在扩大，他又被派到邻县红白区工作。当国民党反动派对中央苏区进行第二次"围剿"时，党又把他派到白区工作，先在章县，后又调到禾市任市委委员。

他在禾市有一个公开的职业身份，那就是当马路工人，因此大家又叫他"马路黄"。老黄领导过禾市马路工人罢过工，反对过工贼，争取改善待遇，很有威信，受工人热爱，工作有成绩，党也很重视他，而他总觉得工作没做好，多次表示要到更困难的地区去工作。有一天，市委书记果然亲自去找他，并对他说："有一个很重要地区的组织被破坏，急需派一位得力干部去整顿，开展工作。市委经过反复研究，认为你有农村工作经验，有武装斗争经验，又有城市工作经验。在那个新地区，你这三方面经验都能发挥作用，因此，决定派你去。"老黄对组织分配从来不讨价还价，叫到哪儿就到哪儿，叫干什么就干什么，因此也欣然接受了。组织上给他办理移交、了解新地区情况的时间并不多，只有十天。他把一切都办得妥妥帖帖之后，最后接受了市委的工作指示，领取了路费，便动身……

正想到这儿，忽听到门外人声嘈杂。女店主似在对客人打招呼，让大家有个思想准备，又似对查夜人表示不满，用破锣似的嗓子说："要查夜吗，你们查吧，我们这儿住的全是些身家清白的客人！"一声查夜，整座旅舍已翻了天，旅客纷纷起身，房门反复开关碰击，查夜的在厉声镇压："不许乱走乱动！"女店主也在反复打招呼："各位镇静，没有什么大不了，只是例行公事！"

老黄早有准备，一听查夜，不慌不忙地起身，在板床上坐着，点上油灯，不久，果有杂沓脚步声走进隔房，有人厉声喝问："干什么？"答话的人声调低沉，听不清楚。"有证件没有？"答话的人又说了几句什么，也不大清楚，一个清晰的声音，听来是一记耳光："没有证件？不是好人，给我带走！"有拖拉声、哀求声，夹杂着"妈妈"声。老黄警惕地想：情形不对呀，和老板娘说的不大一样。好在他证件齐全，也不大在乎。

一会儿，查夜人就挨到他房间，房门虽已打开，那些像乌鸦一样的警察人员，还是作威作福地，用足踢门，持着枪，拿着麻绳，凶神恶煞地冲进来。在巡官后面跟着那面色难看手提马灯的女店主。老黄早把证件拿着说："我有禾市工务局证件，请长官过目。"那巡官连看也不看，却连珠炮似的对他提出一大串问题："干什么来这儿？有没有亲人？有谁给你担保？什么也没有？可疑，给我搜身！"当即有人上前搜身："报告长官，有三十块大龙洋。"

那巡官把钱接过手，皱起眉头，频频摇首："你是一个普通打石工人，哪来这样多现洋？是偷的？抢来的？可疑，给我带走！"当即有人动手来拉，老黄却镇定地说："要上公安局问话，我跟你们去，何必拖拖拉拉！"那巡官关心的却是那白晃晃的银圆，顺手把它往口袋里一放："我带去当证物。"早已转眼不见人了。

老黄被拖拖拉拉地拥出德记门口，早有十来个同命人被扣在那儿，警察想找外快，一迭声地叫要上绑，当即有人抗议："又不是强盗，为什么要上绑？"熟识行情的就自动孝敬些什么，那警察索性就做起公开交易来："不绑也可以，照这位先生的样子。"说着，高高竖起一个指头，有人给了，有人给不起请包涵，轮到老黄，他苦笑着说："请你们向巡官先生去要吧，我是一个子也拿不出来了。"有人低低问他："全搜走啦？"老黄点头，警察又是一阵臭骂。

不久，那巡官出来，后面跟着女店主，她牢骚满腹地说："你明明是在拆我的台，坏我信用。这几个客人有哪点不合你规定的？要证件有证件，来龙去脉也是一清二楚，连钱多几个也算犯法？"那巡官也有理由，他说："对德记我无二话，你说什么是什么，可是上头交下的命令，我不能不执行呀！说实在话，我们那新所长是花了大把龙洋才上任的。"女店主道："我知道他，要捞本……"又转向大家："大家放心，住我的客栈，就是我的人，天大的事我担当！"又似在壮大家胆子，表示她内心的不满："我开了二十多年客栈，没住过一个来路不明的人，出过一件事，几任派出所所长都当面称赞过我，只有这个新所长有意为难人。我陪大家去理会。"她对巡官说："走！我找你们新所长理会去！"

派出所设在一所旧庙宇里，进了衙门就是一片广场。这时广场上已坐满从各客栈拉来的人，看来是普遍现象，并不是专为对付哪一家。各客栈主也都跟来，他们一见面就互打招呼，互问这次被拉来多少。看来，他们在这儿碰头也不止这一次。女店主的嗓子特别高，她满腹牢骚地对其他店主说："人事钱我哪个月缺过？上面的香我烧了，下面的香我也烧，上上下下缺过哪个人情？就算换了新所长，有话说也得先打个招呼，不该就这样拆我的台！"有人劝她冷静点："又不光拉你家的人。"有人却调皮地说："烧香要看菩萨，你过去烧的现在都变成过气菩萨，不灵哩，要烧新菩萨的香！"一阵议论，把这些店主吸在一堆。

新所长到任虽有三天，但还没有人到他那儿去烧香，他急了，就来这一手，以免三个月期满，血本全亏！搜刮的好办法是大检查。既可表示办事认真负责，又可以增加一笔收入。这时，他正安坐在所长室等待着"财神"到来。派到各方面去执行任务的都回来了，一听完汇报，他就满意地摸起八字胡，表示要亲自来审理这些案件。

首先被推进门的是一个私娼和一个嫖客，这所长一见那嫖客就大大恼怒，拍起桌子骂："我看你三更半夜偷宿在良家妇女家中就不是好东西，说不定还有什么重大嫌疑。"一阵下马威："给我吊起来！"一举手，就要拉人吊打。但那嫖客却是个行家，不慌不忙地说："算我倒霉，马失前蹄。说什么重大嫌疑是过分了，嫖私娼倒是真的，要钱我给，吊打请免了吧！"所长拍案大怒："你把我当什么人？我虽刚上任不久，却要做个公正廉明的榜样！快，快，给我拉出去！"嗓门虽高，声势也来得怕人，却频频对巡官丢眼色，巡官会意，走近嫖客身边低声说："别闹了，跟我来，事情再严重也是好商量。"

轮到那私娼，她娇声娇气地说："所长呀，你也未免欺人太甚，我干的虽是半掩门生意，哪个月不对你们纳钱进贡。可不能这样翻面无情，过手不认账！"所长还是装出一副公正廉明的模样，拍着桌子说："你这贱人，也不看看是在什么地方，对什么人说话，前所长的事怎么拉在本所长身上？"那私娼把屁股一扭直坐到他身边："前所长也好，现所长也好，我不相信就有两样，说来说去还是个钱字不是？"

所长把桌子又一拍正待发威，那巡官已进来低低地附在他耳边说了几句什么，他听了个五十大洋，临时又把威风收起来，说："你嘴巴厉害，我暂时不和你理会。"又对巡官交代道："先把这婊子关起来，等会儿我再来审讯。"那巡官心中有数，故意问道："所长，把她关在什么地方？"所长摸了摸八字胡："就暂时关在我卧室里吧！"巡官对那私娼挤挤眼，低声说道："等会儿你陪他玩玩叫他高兴高兴，就可以出去。"私娼问："我那朋友呢？"巡官笑道："你真也是个有心人，怪不得走你门槛的人多。放心，我正招待他喝酒压惊呢！"

一声有传，那大大小小客栈主，已闹哄哄地挤进来，女店主凭资格老，会说话，在这儿上上下下有人事，被推为临时发言人，一进门她就哇啦哇啦地吵："茶钱、酒钱、烟钱、点心钱，我哪项缺过你的？怎的翻面无情，不先打个招呼就拉人？你们是官，说要做什么就做什么，我们的名誉也要紧！别的派出所辖区，今天都无事，就只你这个派出所和大家过不去。消息传出去，还有谁敢来我们店里投宿？这还不是存心破我们饭碗？"其他的人也在后面起哄。那新所长把面孔一板："本所长一向公正廉明，绝不苟且徇私，不论谁，只要违法乱纪，我都秉公办理！"

那巡官刚刚把私娼送进所长卧室又出来，女店主便抓住他说话："新所长刚到任，情况不明，巡官你是旧人，你说我们是不是每月都送了孝敬钱的？"巡官也从旁说了情："大家都是自己人，有话好商量。"又低低附在所长耳边说了几句什么，所长点点头："那就交你办吧。"他起身，故意说："我事情很忙，还有要事要办，你们有话和巡官说吧！"说着就进卧室去。那私娼已和巡官说妥要孝敬他，因此他便迫不及待地去办他的"要事"了。

巡官在公案上只一坐，就对大家宣布："所长刚刚交代过，过去老规矩不变，今晚上的事也不能马虎，被拉来的人每名罚大洋三元，谁交钱，谁就把人带走，也不用再审问哩。"客栈主七嘴八舌地直吵，叫作"皮费太重"。但巡官却说："不许讨价还价，一手交钱一手交人，少一个不行！"

说着把手一挥："出去！"

当那客栈主到广场上对旅客宣布后，大家本着花钱消灾精神，也都无二话，于是就立刻缴款放人。临走时，女店主拉住巡官问："你从我那姓黄的客人身上搜去的钱怎算？"巡官笑道："不是你提起我倒忘哩，就免掉他一个人罚款吧。"

当这些"嫌疑犯"在各客栈主带领下走出派出所，那私娼和她的相好也出来了，她衣衫不整，头发蓬松，对相好的说："亏我面子大，你才免吃这场苦头。"那嫖客却苦笑着说："是你陪他睡一觉面子大，还是我五十大洋面子大？算了，倒霉！"他们也双双回到私娼家去。一场虚惊过去，那新所长却财色兼收，荷包胀鼓鼓的。

七

一早，玉华离家打算到第一巷德记旅舍去执行任务，只走到半路，就听说昨晚突击检查，从德记抓了许多人，暗自叫声："坏了！"又匆匆回头。大林听见这消息更加紧张，对玉华说："设法通知小林暂时躲一躲。"又说，"我三天后再来。"五分钟后，他离开进士第赶出城去。

玉华心情非常不安，不知又要出什么大事，她是个相当沉着的人，和往时一样吃完早餐就上学校，外表和平时没什么两样。上课钟还没响过，和平时一样，学生都在校园里活动。她无意中遇见那德记旅舍老板娘的女儿，想起大林委托的事，便把她拉过一边，问起昨晚突击检查的事。

那天真女孩学她娘口气说："闹来闹去，还不是为个钱字。"玉华问："怎么说的？"小女孩道："什么事也没有，各罚大洋三元就放啦。"说着又咯咯地笑，"听娘说，有些客人损失很大，有个从禾市来姓黄的客人，身上带的钱全给搜走，现在连吃饭也成问题哩。"玉华注意地倾听着。"说是来找亲戚。对人挺和气，就是运气不好，亲戚没找到旅费倒叫人抢了。"说着，上课钟已响，学生们纷纷赶进课堂，玉华知道那个人无事略为安心，可惜大林已经走了，她一时又无法通知他。

早饭后，老黄又在东大街十八号出现，他是去打听消息，顺便对昨晚的事打个招呼。大街上很热闹，来往的大都是东门外的农村妇女。她们挑着柴草、农副产品，罗列在街道两侧空地上，等候买主。店铺都开了，生意却很清淡，农民在自己挑来的农副产品卖出前，是没有现款买所需东西的。不过，街上谣言却很多，人们在三三两两、交头接耳地谈论，说省城非常吃紧，又有一支红军从中央苏区打过来，中央军抵挡不住节节败退，那支红军现在已打到离刺州二百里地区，随时都有打进刺州的可能，所以周维国连日在调兵遣将。大家都在说："看来又要拉夫啦。"老黄心想："怪不得进城的尽是妇女。"

他到十八号去，那个光头黑面的少年不在，有个四十来岁的妇女在掌管店务。他照样买了包红锡包，想打听一下那少年，那中年妇女只说了声："有事出去了。"便招呼别的主顾去了。他在那儿周旋了好一会儿，不得要领地又回旅舍。

他以为是偶然碰巧找不到那关系，也许他是到什么地方去通知德昌了，因此下午又去。照样买了包红锡包，那中年妇女也不在，换来个五十上下年纪的男人。他又向他问起那少年，店老板倒还和气，只是说："有事下乡去哪。"老黄有点失望："什么时候回来？"店老板摇摇头。老黄回到德记问女店主，他的亲戚来过没有？女店主道："我和你一样，时刻在等他，就是没见人来。"

老黄起了狐疑，他想，他这次来的任务急迫，论理关系已接上了，该有人来找，为什么等了这一天，走了两趟，还没点动静？他回到房里，躺在床上，抽着烟卷，在分析研究原因。他想：也许他迟到了，引起怀疑；也许是昨晚客栈出了事，引起怀疑。如果特支因此而不敢接关系，他该怎么办？他现在是身无分文，靠那好心肠的女店主借钱度日。时局紧张，一个人待在这儿什么事不会发生？一时也焦急起来。

他忽又想起临走时，市委书记曾对他叮嘱过："要记住，你去的地方，是个白色恐怖非常厉害的地方。在那儿坚持工作的同志，都是双手提着人头过日子。接关系时，也许不会像平常那样，因此千万不要急躁、大意，有困难就给组织写信。"他反问自己：现在是不是已到了困难时候？为什么不给市委写封信呢？论理在他安全抵达目的后，也该给组织打个招呼。因此，他便到柜台上，向女店主借用笔墨，并要一份空白信封、信笺。

半小时后，他把信写好了，信上说："……此间货源奇缺，而采购者极多，常有抢购现象发生。弟因交通故障，来迟一天，货主借故拒交欠货，且避而不见，只得暂住东大街第一巷德记旅舍听候解决。只与货主原约如期交货，货主今拒不见面，交涉无门，使弟进退两难。见信务速函货主，促其履行诺言，以守商誉，亦免弟空手而归。至切！至切！"他把信反复推敲一番，认为相当妥善了才去付邮。

但他也没有放弃机会去找关系，每天还是上十八号去买红锡包。只是那少年一直避不见面……

八

大林比原定时间迟了一天才回城。

玉华还没回家，小冬上学去了，因此进士第内异常清静寂寥。玉华娘听陈妈说"林先生来啦"，认为是个时机。这个因丈夫是个读书人，一向被尊称为先生娘的老年人，许多时日来就想找大林单独谈一次话，解决有关他和玉华的婚事问题。他们接触虽多，总有玉华在旁，她怕玉华骂自己老封建，又怕不能畅所欲言，表达一番心意，有许多想说的话都闷在心里。难得有这样机会，她和大林单独在一起，因此她便摸进书房，并对大林说："阿林呀阿林，我们这座院子少了你一个，就像空了半边屋。"大林笑着说："是伯母过分宠爱。"玉华娘道："说真的，我们家就是少了个男人，要是你能搬过来……"大林还没全理会她的意思，开口说："我现在不就是把它当自己的家吗？"玉华娘一阵高兴："你也这样想就好哪。"又进一步说："你们年纪都不小了，你该成家立业啦，玉华也该有个丈夫，你说是不是？许久来，我就想单独找你谈谈，有许多话要对你说，就是……"她沉吟半晌，突又开口，"你们要好了许多年吧？"

这个突然袭击使大林大感狼狈，面红着。玉华娘却很得意，她说："有什么不好意思？男大当婚，女大当嫁，是天经地义的事，玉华今年是二十九岁，你的年纪？"大林说："也是二十九！"玉华娘表示满意："不正好？说真的，在没有知道你们已经要好时，我真担忧呀，一个二十九岁姑娘还没有婆家那还行！她要自由，我和她那死去的爸一样，不反对。不过自由来自由去，总得有个结果，不能一辈子老是自由自由呀！她聪明，人也不太难看，不怕没人要，过去要讨亲事的人可多哩，门槛也快给踩断，都叫她回绝，现在也还有许多人想来说亲；我担心的是人家笑话，俗语说：人言可畏。这些年来外面说的怪话，三进大屋也装不完呀，什么独身主义呀，什么同性爱呀，什么白虎星呀。背着她，我就不知道偷偷流过多少眼泪，她呢，却一点不在乎……"说着说着，她心情沉重地叹了口气，泪水也掉了。

这时忽见陈妈带着小林匆匆进来，小林见面就说："阿林，怎么现在才回？"大林知道有要紧事，对玉华娘说："伯母，您的心意我全明白了，有话以后再谈吧？"玉华娘有点不舒畅："又被小林岔断！"还是起身告辞。小林汇报了德记被搜查和这几天来的情形，又把一封信交给他。大林把信打开，是一封普通商业来往信件，他略为看过之后，便跑到对面客房去，用茶水涂抹着信背，于是出现了一行行白字：

特支：

　　老黄同志业于十九日抵达你处，因交通故障，比原定时间迟了一天。他现住东大街第一巷德记旅舍，苦于无法与你们联系。信到之日，务速与之联系，协助其转移至安全地点，以利工作开展。切切！

市委

大林把市委指示信反复地读了几遍，点上火烧掉，才又回到书房。他兴奋地对小林说："现在情况已闹清楚，老黄是自己人，你现在就到德记去找他……"小林站起身就想走："现在就把他带到这儿来。"大林对这年轻性急的同志带着批评口气说道："你忙什么，我的话还没说完哩。你到德记去找他，对他说：你托我找的那个亲戚已经找到了，正在等你。一听你说，他一定会跟你走，你就把他带到清源村口大榕树下，那儿自然有人接应你们。"

小林受了批评倒没有什么，他很了解这位领导同志的脾气。他默默地记住这一段话，正待出门，忽又记起："玉华同志告诉我，老黄同志带来的路费全给派出所搜去，这几天的吃住还欠着哩。"大林从身上拿出五块银洋："代他付掉，不能使新来的同志为难。"

小林走后，大林便进内室去向玉华娘告辞，玉华娘吃惊道："玉华还没回你就走？"大林道："请伯母转达一声，过三几天我再来。"玉华娘知道留他不住，便说："看你这样东奔西跑的，连饭也不吃就走。下次来，可记住把行李搬来。"大林笑了笑："谢谢伯母。"便伸着那又长又健实的腿，匆匆地走出进士第。

大林要去的地方，是离城十里地的清源乡。

清源是个侨乡，却是个穷侨乡。全乡有百分之八十的精壮男人出洋谋生。因此这乡有三多，守活寡妇女多，老头幼孩多，童养媳多。男人出洋虽也被称为"番客"，但不是去当"头家"而是去做苦力。大多数人每年只寄两次侨汇，逢年过节才有；光景差点的大抵一年才寄一次侨汇，也有几年才寄一次的。乡里土地不多且多贫瘠，要依靠土地是无法为生的，这就是促成男人出洋谋生的原因。

留在乡里的妇女大都非常勤劳，是一家的主要劳动力，侨汇多、家景好些的，还得做些手艺贴补家用。侨汇少或侨汇断绝的，大都到外乡去当短工找家用。因此这乡妇女又个个是身强力壮，一条扁担能挑上一二百斤的劳动力。

这乡盛行养童养媳，几乎家家户户都养有童养媳，她们从更穷困的乡村买了三五岁的幼女来养，到了十四五岁就草草成亲。这些年轻妇女和丈夫拜过天地，共同过日子不上一年半载，丈夫就到南洋去。幸运的三五年回来一次，也有十年八年才回来一次，更多是渺无音讯，一辈子也不回来了。因此大多数妇女都在守活寡。

妇女们有苦无处申，只能去找其他寄托，乡里盛行"关三姑""关太子""找神明"各种迷信玩意。大多年轻妇女都纠合志同道合的结成"姊妹会"，有因丈夫回乡不愿同房而自杀，有因亲人离家日久，音信全无，感叹长日难过，集体投江自杀的。

不过这都是旧事，自从党组织在这儿开展活动后，情况就有了改变，不少妇女参加了组织，极端封建反动的姊妹会，在活动时候也有了新的内容。经过一番经营，慢慢地也成为党组织的一个秘密据点。

大林进清源乡，习惯地不从大路走。在村口大榕树旁就有一条小路，转进小路，通过一片龙眼林，在一间独家寡屋前停住。这农户有一只脱毛老狗，平时除了吃喝外，大都蜷卧在泥地上闭目养神，每遇有陌生来客，也会抬头懒慵慵地吠叫两声，算是提醒主人注意。这时，它见有生人到来，像在例行公事似的，睁开昏花老眼，有气无力地对大林吠叫两声，又埋头养神去了。

听见狗吠声，从屋里走出一个竹竿型的中年妇女，问了声："谁呀？"一见大林又笑着说："是阿林，老六还没回来哩。"大林说："没关系，我有别的事来的。"一直伸着长腿朝里屋走。他们到了堂屋，那中年妇女要打水给大林抹面，大林却说："大嫂，别忙，先帮我做点事好吗？"那中年妇女笑道："你什么时候叫我，我没答应过？"大林连忙道："大嫂说得有理，我把话说过哩。"中年妇女从灶间又搬出水壶茶碗。大林说："请你到村口大榕树下等两个人。"

这中年妇女叫玉蒜，是老六的女人。她正如了解蔡老六一样，是了解大林的。从前陈鸿来过他们家，每次来总要关在房里和老六谈到深夜，匆匆过了一夜又回去。当时她还不知道陈鸿和老六是个什么关系、在干什么，她习惯于过小媳妇日子，对男人的事从不过问，只是心中疑惑。后来城里贞节坊上挂了陈鸿的首级示众，说他是共产党要人，才明白陈鸿是个什么样人，也明白自己丈夫在干什么了。陈鸿牺牲了，却来了个大林，看他的行动和陈鸿差不多，她心想："他也是！"她很敬重陈鸿，也敬重代替陈鸿的人，听见有什么吩咐，总是卖力去做。

听完吩咐她走进卧室，围了腰兜，披上头巾，边出房边问："那两个人我认识吗？"大林道："有一个是你认识的，就是那个黑黑胖胖的……"玉蒜笑道："小林？"大林道："对，就是他！"玉蒜打扮得整整齐齐，说声："我知道啦。"正待出门，大林又把她叫回头，低声叮嘱："见到人不要打招呼，也不要带来见我，只装作不认识的样子。最重要的是，看看他们后面有没长'尾巴'。不管有无，马上来通知我。"玉蒜点头道："我知道。"大林又道："可不能大意。"玉蒜笑笑，顺手挽只竹篮，里面还有半篮子晒干了的荷兰豆，匆匆出门。

九

小林离开进士第，径投第一巷德记旅舍。他和女店主也是熟人，因此马上就找到老黄。老黄正待出门，他没有别的地方好去，也不便到处乱走，唯一能去的就是十八号。他估计给市委的信已经寄到，也可能有复信，他想去打听打听消息。可说是完全出乎意外，那少年人突然在他面前出现了，他高兴地伸出手，热烈地和他握着。

小林有点内疚，很不自然，老黄请他坐，他不坐，只说："真对不起，害你等了这些日子。"老黄心中有数，知道有好消息，因而也非常兴奋，说："不干你事，你们有困难，我知道。"小林又低声说："你托我找的那个亲戚，已经找到，正在等你。"老黄心急道："什么时候去看他？"小林不慌不忙地说："现在就去。"老黄立即答应了。说着，他就赶忙地收拾行李。小林又从口袋里摸出那五块大洋："你的亲戚叫我把这点钱带给你，好付清房租伙食。"老黄笑道："你们都知道哪？"小林笑了笑，不答话。

老黄把行李收拾好，带着钱出去。女店主见他满面笑容，也替他高兴，问："亲戚找到？"老黄道："找到啦，找到啦，刚从省城回来，叫我就搬到他家去住。多谢老板娘，没有你帮忙，我真不知该怎么办。"女店主道："我说过，凡住过我旅舍的，就是我的人，有困难我不帮忙谁帮忙？"又低声问："你的亲戚就是这个在东大街开杂货铺的？为什么不早说，我们是隔街邻居。"老黄道："不是他，是我托他代找的。"他把欠账结清，又回到房间提行李，对小林说："走吧！"女店主还特别送出门，反复叮嘱："你先生，找到亲戚，可不要忘记我们，常常来走动。"她的善良德行留给老黄深刻印象。

小林带着老黄走的是大林常走的路，不必通过大街，不必经过戒备森严的城门口。这座城池原有一道坚固的、高可三丈、宽一丈的石墙，据说当年是为抵御从海上入侵的倭寇而筑的。现因年久失修，有些地方已倒塌，成大缺口。大林经常来往的是一个城墙缺口。首先发现这个通道的是附近村子的农民，他们贪图路近，出入城方便，又可以避免城门口中央军的检查盘问，一传十十传百，久而久之，也成为一条半公开的通道。

老黄还是石匠打扮，小林却是普通农家打扮，一个在前，一个在后，迅速地通过横街小巷，走了约半小时，才到达城墙边。小林机警地先自攀上缺口，前张后望，没情况，招招手，老黄也上去。过了城墙缺口，沿着护城河，又过了一道独木桥，进入城郊一座村庄。小林松了口气，站住，抹去额前汗珠，老黄快步上前，和他并排着走，小林这时才放心地说："现在我们可以大摇大摆地走路了！"

一出城，他们就把脚步放慢。小林不但对老黄表示特别亲热，而且话也多了。他对老黄再一次表示歉意："老黄同志，你不会怪我吗？我一直有意躲开，不见你。对一个上级派来的同志，我这样做是很不礼貌的。可是，没办法……"他把手一摆表示无可奈何的样子，"我们这儿情形很坏，出了大叛徒，陈鸿同志被杀，许多同志被捕，关在牢里，反革命满天飞，我们不能不小心谨慎呀！"老黄一点也不责备他，还点头称许："你们做得很好、很对，为了党的安全、革命利益，我们随时随刻都要对敌人提高警惕。"

小林还觉得解释欠充分，又补充道："我们也很急呀，从十五号起就等着。可是你到十九号才到，时间不对。后来又听说德记出了事，德昌同志告诉我不能接……"老黄道："这样决定完全对！"又问，"我们现在就是去找德昌同志？"小林点头道："我想是。"

他们又走了一段路。老黄对这个年轻同志的兴趣逐渐在增加，他觉得他机警、灵活、亲切而又坚定。忽然问道："小同志你叫什么呀？"小林道："同志们都叫我小林，你也叫我小林好啦。"老黄问："小林同志，我可以问你，今年有多大年纪？"小林笑道："上级要问，什么都可以——今年十七哩。"老黄问："读过几年书？"小林道："穷人可没读书运气，只读完小学就失学哩。"老黄问："父母都还在？"小林心事重重地说："我是个孤儿，父母早亡，从小跟伯父长大，那间小杂货铺就是伯父开的，叫我在铺里帮忙。组织上说，就利用那铺子做个联络站吧，叫我好好地干。"老黄道："我见过你伯父和伯母，是两个和气的人。他们知道你在为革命工作？"小林摇头："他们不知道，我对他们什么都没说。亲人是一回事，革命又是一回事，总得有个内外。"

老黄点头称是，又问："他们不同情革命吗？"小林摇头："穷人都同情革命，就是怕死。"老黄说："所以要做工作，提高他们的觉悟。"又说："你现在的工作也不能小看。"小林道："德昌同志也这样说，就是不痛快！"老黄问："为什么你觉得不痛快？"小林说："事情不多。"老黄道："可是很重要。"小林点头承认。老黄又说："干革命不能光求痛快。"小林不表示什么。老黄忽又问道："你现在已经是党员？"小林双颊涨红："还早啦，只是个共青团员。"老黄说："那就更出色哩！"小林内心得意，却故意指了指前方："走过这村庄，还有一半路。"

出现在他们面前的，是个红屋绿野的村庄。约有三四百户人家。屋子清一色用红砖瓦盖成，连成一片，四周全是油绿菜地，正像绿叶扶持着红花。走进村庄不远，就看见一条小巧街道，有三四十间店铺，铺头不大，各种日常必需品倒还齐备。还有不少洋货，看来是华侨私带回国的。

小林带着老黄大摇大摆地走过街，还频频和人打招呼，老黄低声问："这儿没有驻军？"小林放声笑道："除了城市，中央军什么地方都不敢去。要去，也得集中上三几百人才敢动。"接着，他又说了个故事："有次周维国派了几名便衣到这儿来，几个日夜没见回去。后来派人来追查，才在粪坑里发现。原来，有人把他们当肥料淹到粪坑里哩。"

老黄对这个故事感到兴趣，他注意地听着，又问："是谁干的？"小林扬扬得意地说："国民党反动派说是共产党干的，老百姓却说是土匪干的，到底是谁干的，谁也闹不清。我问大林同志，他也只笑笑……"老黄问："谁是大林同志？"小林吃惊道："你不知道？大林就是德昌同志呀！"老黄点点头。小林又指了指前头："你看，快到渡口了。"

不久，他们就抵达一道渡口。

一条白浪滔滔的大江横在他们面前，那江面约有一里来宽，迎面扑来阵阵带咸水味的海风，老黄指着它问："这就是闻名的桐江？"小林点头道："就是。从这儿可以通到大海。"

从这渡口到江那岸的渡口只有一艘渡船，作为维系两岸交通的工具。摆渡人就住在对岸岸边的茅屋里，只有公孙两个。老艄公年近六十，维持古风习惯，头上缠着小辫子，下身穿条渔家常穿的宽裤脚靛青色的灯笼裤，一面络腮胡，面呈古铜色，双眼如铜铃。那孙女儿，只有十五六，圆胖的面孔，一对大眼两只乌黑的眼珠子，却剃着两道长长细细的柳叶眉，垂着一条乌金发黑、又粗又长、结着大红丝线的辫子。茁壮高大，看来是个早熟姑娘。她声音洪亮、粗野、泼辣，而对人却又极亲切、甜蜜，尽见她在对过渡的人问好，一会儿说："三叔，进城回来哪。"一会儿又对另一个妇女说："五婶，你买了些什么回来呀？沉甸甸的，要不要我帮你提一提？"人人都叫她"阿玉姑娘"。也有在背后偷偷议论的："这姑娘甜得就像蜜，可惜是水上人，要不，可小心求亲的把门槛踩断。"

小林带着老黄上渡船，那阿玉一见他就半认真半开玩笑地说："姓林的，你不用过去哪。"小林也很活跃，问："为什么呀？"阿玉答："你姑妈早进城啦。"小林道："我找的是姑爹。"阿玉故意逗他："你姑爹也进城啦。"小林道："那我来找你。"阿玉问："找我做什么？"小林嬉皮笑脸地说："找你唱支……"说着就尖起嗓子：

> 池内莲花对对开，
> 大树不怕起风台；
> 你我相爱是应该，
> 别人闲言不理睬。

阿玉一听他唱的是这个，大发嗔娇追着就要打："打死你姓林的，占老娘便宜。"大家却都在叫着："阿玉，你也回他一支吧。"阿玉说："丑死啦。"但当渡船摇晃着离开渡口，收住篙，鼓起双桨，却又情不自禁地回了他一歌。她两条臂膀有节奏地划动着双桨，双腿一前一后地挪动，随着咿呀作响的桨声，飘起朵朵的水花，用清脆的声音唱着：

> 要吃鲜鱼在海边，
> 要交小妹在厝边；
> 出出入入都相见，
> 胜过牛郎织女星。

人人叫好，小林又即景地回了她一歌：

一支雨伞圆又圆，

举上举下遮妹身；

我若不遮不要紧，

妹若不遮头会晕。

大家又是一声叫好，那阿玉也不肯认输，轻启歌喉又回他一歌，一时你来我往，也唱了有十几支。不觉已摆到对岸，阿玉说："姓林的，今天我没输过你。"小林也说："对歌我不怕，下次再来。"阿玉说："不要忘记叫你姑妈多教你几支，免得在这儿丢人。"说着，大笑。

上得岸后，老黄说："这摆渡姑娘很有意思。"小林道："每次我来，都得和她对歌。她喜欢的就是这个。"老黄道："看来你们倒很熟呀？"小林笑了笑，又低低地说："是自己人嘛。她什么都好，就是喜欢开玩笑，逗得多少人为她昏昏沉沉，六叔也为这件事批评过她。"老黄问："那六叔又是谁？"小林忍俊不禁笑了："就是她叫作姑妈的那个，我们现在就要到他那儿去。"

在他们面前出现了一座村子，绿荫处处，包围着星点似的农家小屋，老黄朝它一指："什么地方？"小林道："清源。我们已经到啦。"

村口的大榕树据说是棵风水树，相传已有五百年历史。过去村上有些小孩淘气，上树捉鸟拆窠，自从有人跌死、传说它是棵神树后，便没人敢上去。因此在树上做窠的鸟就更多，大大小小的窠儿，像是挂着无数灯笼，鸟类成群结队，叫声连渡口也可听到。大榕树下，设有"福德正神"神龛，神龛前摆着几张石凳石桌，还有一摊凉粉摊。过往行人都很乐意在这儿歇歇，喝碗凉粉，透透气。

玉蒜在大榕树下已等了许久，她坐在石凳上，面对渡口，边剥荷兰豆，边和卖凉粉的老太婆谈家常。当她远远看见小林带着一个石匠打扮的人，从渡口边谈边走过来，后面也没有什么形迹可疑的人跟踪，知道没事，收起活计就回去。一进门就对大林说："阿林，人来啦，没事。"大林这时正和老六女儿红缎在谈话，一听说人来啦就起身告辞，却给玉蒜叫住："要不要给你们做饭？"大林道："不用啦，大嫂，我们还要赶路。"他迅速地消失在龙眼林内。

当大林出现在榕树下，小林和老黄正在凉粉摊前喝凉粉，大林上前和他们招呼，老黄放下凉粉碗，三步作两步迎上前，和他紧紧拉着："我是老黄。"大林也道："我是德昌。"他们都用力握紧对方的手，没一个先放松，小林悄悄地站在一边，微笑着："多亲热的同志呀！"他和他们一样激动。大林又说："害你多等几天。"老黄微笑着："提高警惕是应该的。"

小林喝完凉粉付了钱，挨过来低声问："我可以回去了吧？"大林道："没事啦，你回去吧。"小林又问："你什么时候进城？"大林沉吟半晌："十天左右。"小林回身便走，他们望着他远去的背影，老黄表示赞赏道："是个好同志，机警负责！"大林笑笑，说："我们也走？"老黄点头。

第二章

一

大林和老黄要去的地方是下下木。从清源到下下木有六七十里，沿途要经过许多乡村，大林虽说："今天刺州农村到底是谁家天下，还很难说。"但他们还是小心谨慎地避开大路。

刺州农村发展极不平衡，有平原和山区之分，又有侨区和非侨区之分。一般来说平原比山区好，而侨区又比非侨区富裕。但侨区与侨区之间也有差别，有富区与穷区的区分。富乡，特别是侨汇多的，人口集中，新建筑物多，不少是红砖绿瓦的高楼大厦，有的还设有热电厂，用电灯照明；穷乡大都是泥瓦土墙，无地或少地，以出外佣工为主。

他们走过各种类型的村庄，最后横过刺禾公路到了半山区。在半山区他们所见的又是另一种景象，这儿村庄不是什么人多人少问题，根本就荒无人烟。他们通过几个村庄遗迹，几乎全是残瓦断垣，不见一人。老黄问："是不是已到了匪区？"大林摇摇头："还在边缘地界。"不过那著名的青霞山已清晰在望。此山气势磅礴，冈峦起伏，连亘五个县界，此时正是热阳当空，青霞一片青翠，群峰重叠，山高林密，风光极为绮丽，老黄拍手叫好："可不正是理想的游击根据地！"大林笑笑，续对山腰林木深处一指："我们要去的就是这个地方——下下木！"老黄更感振奋，连声说："进可攻，退可守，是个好地方！"

他们歇脚在白龙圩。

这白龙圩是个山区圩集，下下木人开的，因为开的有特色，远至刺州大城的山货客商也来赶圩。下下木人每逢三、六、九，从山里把木炭、生熟草药、兽皮、红糖、猪、牛、鸡、鸭运出，而从外地来的客商也在这个时候把大米、盐巴、咸鱼、布匹、日用百货运进，互通有无，各取所需，双方称便，因此圩越开越大。

他们走到离圩集五里外的松林口，就和一小队便衣武装人员碰上头，这些人大都认识大林，一见面就亲热地招呼，对那装束奇特的老黄却不大放心，悄悄地问："你认识他？"大林只说声："自己人。"对方便放行了。大林边走边说："当年开圩也很费一番周折。下下木原没圩，买东西卖东西都要到上下木去赶许天雄的青龙圩。许天雄欺他们山里人，又是弱房，买东西提高价，卖东西压低价，手下人还常常调戏年轻妇女，下下木人深恶痛绝，又没办法。党组织在下下木建立后，有人提起这事，组织上叫大家去讨论，有人提要自己开圩，一讨论几乎全乡都赞成，既是群众要求，组织上也只有支持。圩集初开时，困难可真不少，许天雄的人闹事，外地客商不敢进来，看样子要垮了。组织上又叫大家想办法，老年人说：开圩是个好主意，就是开不下去，人家许天雄有财有势，我们和他斗了几十年还斗不过。年轻人却不同意这看法，他们说开圩是大家同意的，不能虎头蛇尾，惹人耻笑。许天雄派人来闹事，怀的是祸心，我们不能上当，他靠的是那几百条枪，我们下下木弱虽弱，二百来人枪也还拿得出，和他硬一下看。我们两乡强弱房已打过二三十年，下下木也没因此被打掉，他想再来较量也不怕。客商不来也有办法，派人到为民镇去贴告白，声明对来往客商一律保护。来往保险，有好处，不怕他们不来。这个主意一出，没人再反对，许天雄果然不敢再来，客商也多了，从三年前一直维持到现在。"

一提起许天雄，老黄就想起旅途中的那场虚惊，他问："许天雄的大名我是早在路上闻名，听说有人一听到他连魂都吓掉，为什么下下木人偏不怕？"大林笑了笑说："说来也不奇怪，他们是打强弱房的老冤家、老对手，双方交手也不下二三十年了。"接着，又说了一段掌故："据老人说，原本在这一带只有一个下木，不分上下木和下下木。一条龙脉传下来，一姓许，照他们的说法是'一杆笔写不出两个许字'。自从两兄弟分了家，大哥分的土地肥沃，人丁旺盛，势力日大，小弟分的土地贫瘠，处境日渐艰难。强房人越来越富，也越要求对外扩张，弱房人越闹越穷，实力单薄，无法抵挡，结果就被它一步步地往山里挤，因此就形成两个下木的形势。强房人住上下木，弱房人住下下木。这两房人虽然划地而居，冤仇却越结越深。过去是三年一小打，五年一大打，打得最凶时双方都出动二三千人，叫作打强弱房。要打械斗不能没个头，不能没有武器，现在上下木的大头目叫许天雄，下下木的大头目叫许三多。双方为打强弱房，又都设法向外购买武器，现在几乎家家有武器，人人会打枪。但是这两个乡、两个人物，走的道路却又不同。许天雄凭天时：时局混乱，匪盗蜂起，官府无能为力；凭地利：背靠山恶林深的青霞山，面对刺禾公路，进可攻，退可守；凭实力：有一支以宗亲为纽带的子弟兵，小股匪帮又闻风依附，因而造成许天雄煊赫声势，且以抢劫掳掠为生。而许三多却参加了共产党，还把下下木带动起来，现在已成为我党在农村工作中的重要据点。"

闲谈间，他们已不知不觉地进入白龙圩。

这白龙圩设在青霞山脚，原是一片松林，经过一番整顿，已辟成三条垂直大街，以松木为柱，松针为盖，整齐地盖了不少圩棚。进口处有一松木搭成的大牌楼，上书白龙圩三个大字。走进牌楼，有草屋一间，写着白龙圩管理处，三条大街各有名称，那称为第一街的专供下下木人摆卖土产，称为第二街的只供外来客商买卖，第三街几全是食品摊，各有特色。

大林带着老黄走进牌楼，到达管理处，但见那儿有几个武装人员正在闲散地谈着，一见大林都起身招呼，当大林问三多时，又都说："三多哥在第三街。"

这时日头已经偏西，圩集也将近散，但街上还是十分喧闹。大林、老黄两人朝第三街走。不久，果见远远一人迎面过来，大林对那人指了指，低声说："就是他！"老黄定神一看，果是一表人才！那人三十出外，身材魁伟，面呈紫铜色，头戴竹笠，脚穿多耳麻鞋，一身深蓝布褂裤，斜佩着结有红绸匣子枪一把。这时他一手提着一挂两斤来重的猪肉，一手拿着两瓶烧酒。跨着大步，正待走进一间米粉摊。紧紧跟在他背后的，是一个和他差不多年纪的中年妇女，身高体壮，粗眉大口，梳着面干髻，身穿淡蓝布褂裤，背负竹笠，脚穿花布多耳麻鞋。

大林远远叫了声："三多！"那黑汉止住步抬头来看，也迎将过来，说声："没想到，你也来啦。"大林把老黄介绍给他，三多表示欢迎。大林又把那中年妇女介绍给老黄："苦茶大嫂。"不意那身高体壮的中年妇女竟像小姑娘一样面红起来。三多问："吃过晌午没有？"大林笑道："连早饭也没吃过。"三多即对苦茶道："再切一斤肉来，我们要好好吃一顿。"

苦茶走后，三多就把他们拉进米粉摊。卖炒米粉的是下下木人，见是三多请客，分外殷勤，送烟送茶，又问吃什么。三多说："叔公，你且去应付客人，等会儿苦茶来我叫她弄。"三个人围坐着，大林问这一圩人多不多？三多说还可以，只是听说有点情况。大林注意地问："是不是又是天雄那边的人过来找麻烦？"说时，苦茶已自外提着猪肉、豆腐干、大蒜进来，问："怎样做法？"三多轻松地说："你管做，我们管吃；你做什么，我们吃什么！"说时大笑，苦茶也不多言，自去准备。三多接下又道："刚才三福来说，有几个人混进来，行动鬼祟，都是陌生面孔，看来是天雄手下的，却不知道是从哪一乡来的，我已叫他去布置。"

不久，苦茶把一大盘热腾腾的猪肉、豆腐干炒大蒜端出来，米粉摊老板也端来三大碗米粉汤，还有一壶酒。大林对苦茶说："大嫂，你也来。"苦茶推辞道："刚用过，那边还有人等。"说着返身出去。三多举杯道："老黄同志，初到敝乡，我敬一杯。"老黄也说："见到你，真高兴。"双方注目，一饮而尽。大林酒量差，不敢沾唇，只是埋头在吃菜。

几杯酒下肚，三多又问："老黄同志要住咱乡？"老黄看看大林，大林便道："老黄同志是上级派来代替陈同志的，像这样的负责同志我们还能让他住在不安全的地方？看来大部分时间要住在你们乡。"三多表示兴奋道："那要再干一杯！"又说，"当初我就对老陈说过，城里不安全，还是住咱乡好，他说要革命就不怕杀头。真可惜，一个好同志！"说着有几分激动，"现在有了老黄同志，也一样。只要是上级派来的，哪个都一样，叫干什么就干什么，无二话。"老黄也谦虚几句："我是初来乍到，情况不明，主要靠大家。"

正谈话间，忽然从管理处那边传来一片争吵声，接着又是几响枪声，圩场骚动，群相探询："出了什么事？"有人直向米粉摊奔来，报告三多："人扣起来啦，怎么办？"三多起身对老黄、大林说："我去看看，一会儿就回。"当即拽开大步，跟那报信的出去。

三多到了管理处，只见管理处外旷地上围着一群人，尽在摩拳擦掌地叫骂、喊打。当有三个短打汉子，被团团困在垓心，神色惊慌，对三福在进行解释，那三福双手叉腰，只是冷笑。当三多走近人圈，只听得下下木人个个在骂："你是瞎子，为什么不睁开眼睛看看，这是什么地头？""谁叫你来捣乱的？""把他们捆起来！""打死他！"三多推开众人故意问："出了什么事？"大家嚷着："三多哥来啦！""让开路！"

三福过来对他低低说些什么，三多频频点头，一会儿便对那三个人问："你们是哪来的？"其中有个像是头目，勉强堆出笑容："是个误会，天大的误会。"三多把眉头一皱，厉声喝道："我问你是哪个字头的？"那头目迟疑着决不定该不该说，其余两个却很紧张，赶紧怂恿他说明："你说吧，都是自己人。"那头目于是才吞吞吐吐地说："我们是雄字头。"三多冷笑道："原来是许天雄的人。"又问："听来你们不是上下木的口音，大概是新入伙的吧？"那头目频频道歉："小子该死，有眼无珠……"三多还是不慌不忙："入伙时有人告诉过你这儿的规矩没有？"那头目更加慌乱，下下木的人又齐声喧嚷："拿绳子来！""把这些狗日的吊起来！"也有人朝空放枪显示威力，其余的两个人早已慌作一团，跪倒在地频频求饶。

三多问三福："他们闹过事没有？"三福道："刚一进来就被我们钉住了。"三多又问："刚才的枪是谁打的？"三福回答道："是我们。"三多沉吟半晌始作最后决定："放走他们！"可是那三个人仍赖着不动。三福骂道："便宜了你们，还不快滚！"还是那头目开口，他对三多打躬作揖道："大哥……"大家哄笑着："谁是你大哥！"那头目面红耳赤地嗫嚅半天，才说出句："十分感谢，你不为难我们，放我们走。可是我们的家伙都叫缴哩，怎么回去交代？"三多冷笑道："你们也知道回不去。"回头问："谁缴的？"三福从腰上拔出三条短火丢在地上："都在这儿。"三多对那三个人训斥道：

"拿去！便宜你们这次，下次要来，得先打听打听这儿的规矩！"那三个人捡起家伙千多谢万多谢，鼠窜而去。

三多自回米粉摊，大家议论一番也散了。

二

圩散了，派出巡逻的人也都陆续回来集中，三福检点人数，询问情况后，便宣布解散。老黄特别注意他们的人数武器；人数不少，武器虽是东拼西凑，倒还可用，只是子弹少了些。他问三多："武器都是个人的？"三多点头："有个人的，也有公产，都是历年来打强弱房购置的。"老黄又问："全乡共有多少条枪？"三多道："二百来条，不过新式的只有三十来条。"老黄问："弹药够吗？"三福从旁插嘴道："就是子弹缺，每条枪平均配不上三十发。钱倒有，就是买不到，我们把圩场捐收入的一半拿去收买子弹。"老黄点点头，心想："家底不薄呀！"

赶圩的女伴们约苦茶一起回乡，苦茶却借故留下，在圩口大树下等三多。过路人有的看见她老朝街上张望，便对她开着玩笑，有人故意问："苦茶，圩早散哩，你还在等谁？"有人又故意答："还用问哪，三多还没走！"苦茶对这些善意的玩笑，都只笑笑。的确，她对这个小叔是越来越难舍难分了。不论是上山下地，是赶圩，有了他，她才感到愉快，心情有所寄托。反之就感到空虚孤寂。他们相处越久，这种心情就越发强烈，有时甚至于到了不照顾群众影响了。

当三多一行人走出圩场，看见苦茶还一个人枯坐在大树下，三多便问："人都走清了，你还在等谁？"苦茶起身，一声不响，悄悄地加入队伍，心里却在嘀咕："等谁？等你！"太阳已下山，而朝下下木方向走的人正多，有赶圩回来的，有刚从山上砍柴、放牧回来的。边谈边走，山径道上显得格外活跃。

将进村时，大林问三多："今晚我和老黄有话谈，你布置一个地方好不好？"三多点点头，却又到后边去问苦茶。苦茶气呼呼地说："等你一会儿结个伴都不乐意，还问我做什么？"三多知道刚刚那句冲口而出的话把她得罪了，便低低说："不要在众人面前生我的气嘛。办完这件公事，你再生我的气行不？"苦茶还是愤愤不平地说："在人家面前，对我总是这样，怪不得人家要笑话。"三多只得又低声认错了。

他一认错，她又觉得他可怜，心也软了一半：这样一个硬汉子，在村里是说一句话算一句话的，却在她面前认错了。再走一段路，她几乎把全部气恼都忘了，说："我的老爷子，我已想过，客人就住在咱家。"三多再问："空出娘的房？"苦茶含笑地瞪他一眼："你别管，我有办法！"说着，快步抄到队伍前头，先做安排去了。

进了村，大林对老黄说："先看看我们的学校。"学校设在许家宗祠，一个宽敞大厅用竹篾片隔成三间教室，分成四个班次，容纳一百五六十学生，小许是校长兼教师，手下还有两名助手，都是他从当地高年级学生中培养起来的。这小学白天让学生上课，晚上又办夜校，每周六晚，三晚是妇女班，三晚是农民班。苦茶、杏花都是妇女班学生，三多、三福有空时候也到农民班来上课。

小许年约二十五六，长的短小，看来还像个初中一二年级学生。他到下下木已有三年，当年陈鸿开辟了下下木工作，由于三多的要求，便从城里知识分子党员中挑出他来，名为办学，实际是在主持党务。他原非本县人，没有什么地方好去，除走走圩，偶尔进进城，很少离开下下木，看来是在这儿生了根。他诚实刻苦、认真负责，说话不多，但每开口必有一定分量，在村里上下威信颇高。

三多娘见他人品好，一定要收他做干儿子，小许也就按照本乡俗例给三多娘送了一挂猪肉、二瓶酒，拜了三拜，从此本乡人更把他当作自己人看了。三多娘在为三多、苦茶的婚事操心同时，也对这干儿子的婚事关怀起来。婆媳俩共同替他物色了一个人，叫杏花，是个共青团员。大家甚至于肯定说："三多、苦茶大事一解决，小许和杏花也就快了！"她们都想把他变成下下木人，"拜了本乡人做干妈，娶了本乡姑娘，他还能走？"

而小许对下下木的工作也的确安心，他看见党的事业，在这块荒芜寂寞的山野中开花结果，成长发展，衷心地感到兴奋。因此当年陈鸿同志问他继续在下下木工作有什么意见，他就说："要是组织上不把我调走，我愿意再在下下木工作下去。"

当三多、大林、老黄走进学校，小许正在灶间忙着做晚饭。大林把老黄介绍给他，他几乎兴奋得说不出话，还没说上三句话，便把裤脚一卷，脱下木屐往外就要走。大林问他上哪儿？小许想当然地说："给老黄同志张罗住的地方去呀。"三多道："已准备好啦。"小许又道："那么吃饭呢？我给你们添点菜去！"说着又要朝外走，却又被三多拉住："今晚的主人还得我来做。"小许有点失望："那，我什么也轮不上？"一时大家都笑了。

三多家就在学校隔壁，是间祖遗老屋。房子原不算小，可是五六户人住在一起，就显得拥挤。三多一户，只占一间堂屋两间卧室；一间三多娘住，一间苦茶住，三多只好长期在外面打游击住。堂屋稍为宽敞些，但摆了祖宗灵位，充当饭厅、起坐间，堆满大小农具；三多娘养的一头大猪、几只鸡，又都要占一席地，因此显得异常拥挤。其实在这村上的人，哪一户又不是人畜同舍？

三多家，现在只有三口人。母亲二十八岁守寡，把他们两兄弟含辛茹苦地养大，满望大儿子成亲传后。想不到事与愿违，大儿子与苦茶成亲只一年，在一次打强弱房时，被许天雄活活砍成五块，年轻的苦茶从此当了寡妇。三多是个孝顺儿子，能干又有丈夫气，看来不弱他大哥。但是家境贫寒，眼见一年年长大成人，不知不觉已三十出头，她还没有能力替他讨门媳妇。老娘心急，三多却一点也不在乎，他说："大丈夫志在四方，传宗接代是小事。"

苦茶不是本县人，原籍南县大同村。南县与刺州虽是紧邻，但隔着一座青霞山，交通不便，来往不多，相互间十分隔膜。十一年前，在她十九岁的时候，从大同下嫁到下下木，只有一年光景就成了寡妇。

当年上下木和下下木在打强弱房，双方死了不少人，不分胜负，都不想停下。当时成为这乡头目的是三多大哥许三成，对手就是许天雄。当时许天雄羽毛未丰，双方实力相等，因此打了快一年，还是个对峙局面。不久，山区雨季来临，连下了七八天大雨，青霞山山洪暴作，奔腾而下，把半个下下木陷在洪流中。下下木人忙于对付水患，加以许三成身染疟疾，动弹不得。许天雄认为时机难得，点齐人马，偷过封锁线，乘机入侵下下木。

当时三多在村口炮楼守夜，听说敌人进村，连忙回村抢救，已经迟了，全村陷在极度混乱中，他东奔西跑，都听说上下木人已全进村，无法抵挡，正在杀人放火。想起三成病重在家，赶回抢救，大哥已被砍成五块，人头也不知去向，新婚大嫂苦茶被捆绑在地，兀自昏迷不醒。当时三多心胆俱裂，心想："不报此仇，枉为男子汉！"想出来和许天雄决死，但许天雄在得手后，已整师退回上下木。

这场械斗打了一年半才结束，最后许天雄虽然派人把那用石灰水腌制的许三成首级送还下下木，苦茶却成了寡妇。下下木人更加赤贫了。大仇报不了，家园尚待重整，三多扛起对老母寡嫂赡养的重担。

乡里老大说："天下不可一日无君。"他们在祖祠上举行了几天族议，最后才把那面象征着最高权力的黑旗，在祖宗神位面前授给许三多，并对他说："孩子，你要为乡里，也为祖先争光荣！"三多挥起牛刀当众砍掉鸡头宣誓道："我如不能为乡里、为祖先报仇，就像这只公鸡！"从此，他就扛起全乡的责任，带领大家上山、下地，重整破落家园！

十年来，苦茶一直无意改嫁，苦守着这个贫穷清苦的家，安心地上孝顺婆婆、下照顾小叔，过得还心安理得。她年轻，在山区妇女中，人也长得不算难看，要改嫁是不难的，为什么甘心苦守呢？是对生活抱着绝望态度，还是怕流言中伤？都不是！她是另有打算的。

她从守寡的第三年起就对小叔三多抱着期望。她对死去的丈夫，是凭父母之命、媒妁之言结合的，拜了天地才见第一次面，并没有感情。对三多却不同，不仅日夕相处，也实在看出他那出众的才能，暗自敬服。有这样好的对象，她怎能没有情？

在下下木，有这样从祖先时代就保留下来的老规矩，寡嫂可以改嫁小叔。就下下木来说，就有不少这类人，也有三十来岁的寡嫂改嫁给十多岁小叔的，形成这条老规矩的原因很多：穷山区没有人肯下嫁，人民穷苦要讨门亲事不易！

苦茶想：有了现成对象，为什么还要往外找呢？她是决心守着他！三多娘是个明白人，她对这个贤淑的寡媳也有打算，苦茶的心事她看得最明白，家里劳动力少，内内外外都少不了她，因此也不主张她改嫁出去，最好把她许给三多。

至于三多，他是了解他娘和苦茶心意的。母亲少不了她，家里内外也少不了她，从个人情感来说，两人年纪相当，日夕相处，又经常得到她无微不至的亲切照顾、关怀，又怎能说没点情分？但他好胜好强，总觉得大丈夫要能顶天立地，做番大事业，株守山区有什么出息？也觉得同自己寡嫂结合没什么光彩，感情上离不开，面子过不去，一拖就是这些年，他们的关系就变得非常微妙：不愿分开，又没有勇气结合。

三

苦茶比三多提前一步回家，进门就对婆婆说："多叔接了个新客人回来。"三多娘问："什么样人？"苦茶道："和大林一起来的，看样子也是自己人。"三多娘便紧张地张罗起来："是自己人就得好好地款待。"这老人家虽是家贫却一贯好客，她常常对苦茶说："三多交的朋友就是咱家的朋友，他交的兄弟，就是咱家的兄弟，不能叫他在人家面前失体面。"又说："穷山村，好吃好喝的没有，人情千万不能少。"陈鸿、大林来，每次都受到她的热情款待，现在老黄来了，她当然不例外。

为了款待客人，苦茶换了身家常衣服下厨，忙着烧水、煮饭、洗菜。三多娘也在堂屋里团团地转，尽可能把地方弄干净整齐些，好叫客人坐了舒服。

不久，客到。老黄、大林都向老人家问好，老人笑着说："地方脏，不像样，比不上大城。"一边请坐，请喝水，一边把三多拉进灶间："人家从老远地方来，是天大人情，你打算怎样款待？"三多道："大嫂都安排好啦，今晚吃住都在咱家。"刚刚赶过圩，吃不成问题，住她倒有几分犹豫。苦茶却插嘴道："娘，我已想过，客人就住在我房里，我和你合铺。"老人拍着手说："亏你想得周到！"看来一切都有儿子媳妇张罗，她也放心啦。

老黄已改变了装束，不像在路上那样使人觉得怪。他原是一个乐观愉快的人，这个家庭对待客人亲切、热烈的气氛，更使他显得年轻活泼。他和三多娘很快就扯上，几句话把老人家说得笑逐颜开，可乐哩。他不但和老人家谈家常，也谈天下大事，谈地主、反动派的笑话。谈来通俗有趣，深入浅出，叫听的人不断发笑。不到半顿饭时间，整个堂屋已是热烘烘，充满愉快笑声。同屋住的人也都围过来听，苦茶在灶间耐不住，也偷偷溜出来倚在门边偷听，有时也忍不住放声直笑。

老人家对这个客人印象极好，心情也很舒畅，拍拍他说："老黄，我只一眼就看出你是个有学问的人，从前老陈来也是这样，有学问的人都会说笑话。咱家三多是个乡下人，没见过世面，大事不懂，小事也不懂，你得好好教导他。"

灯上了，矮四方桌上碗筷摆得整整齐齐，苦茶又把热烘烘的饭菜，还有一壶酒端上来。三多娘起身要走，老黄一把扯住，一定要留她喝两杯，她说："你们男人家有大事商量，我和苦茶一起吃去。"她走进灶间后就问苦茶："房间收拾好了吗？"苦茶道："我就去。"

三多替大家斟酒："娘难得这样高兴，我们也难得这样高兴，来，我敬老黄同志一杯。"老黄酒量好，一饮而尽，大林却说："还是老规矩，你们喝酒我吃菜。"几杯酒下肚，话匣子打开。这次谈的却不是笑话，而是有关当前革命斗争的重大问题。

老黄说："在市委时，就听到有关青霞山的传闻，这次一见果是名不虚传，山高林密，正是进行革命斗争的大好去处。"大林却说："我们在这儿天天见面，日日见面都看不出它有这样好处，老黄同志一来就连声叫绝，我们的水平真是太低了。"老黄却不以为然地说："这话不对，不能怪你们，过去党委对刺州工作方针不明确。到底是以城市工作为主，还是农村包围城市？有各种不同的看法，长期来动摇不定。现在是比较明确了，要用毛泽东同志的路线，来对付猖狂的敌人，不然我们的损失还要来。"大林点头称是，也很有感慨："这些日来，我们的损失可真不少呀。"

三多是没有多少理论的，但他很有实干精神，他说："我一直对这山沟沟的工作不安心，现在看来还是大有作为。"老黄道："自然有作为。"三多又道："比起小许同志来，我总觉得惭愧，他是从城里来的，工作起来就比我这土生土长的要强。他在这儿住了这几年，都快变成下下木人啦。"大林问："听说你娘想替他讨个媳妇？"三多道："可不是，对象都选定了！"说着，大家都笑。

三多娘从灶间出来问："你们笑我什么？"大林连忙让座，说："伯母，我们在说小许的婚事。"三多娘也很兴奋，她说："我对小许说过，你从小没爹没娘，落户到咱乡，拜了我做干娘，我不替你主持主持大事，不等于白拜！说真的，那杏花姑娘，百里挑一，也真不马虎，对人温和，女红好，思想进步，只是……"她看了三多一眼，叹口气，就不再说下去。

正说着，小许裤脚卷得高高的，拖着木屐，杏花赤着足，甩着一条又粗又黑的辫子从侧门过来，一到灶间口，杏花就被苦茶拉住："别进去，他们正说到你。"杏花大吃一惊："说我什么呀？"苦茶对堂屋努努嘴："你听听。"只听得堂屋里老黄在说："男大当婚，女大当嫁，不说伯母操心，我们做同志的哪个不希望他们也能有情人终成眷属。"又听得三多娘在说："三多，小许，你们都来听听这位老黄同志的话。"杏花嘟着嘴说："丑死了，专谈人家的闲话。"苦茶却问："你们谈妥没有？"杏花道："小许说过，三多哥和苦茶姊的事没个着落，什么也不能谈。"苦茶笑着说："也真是，又拉上我……"心里却兀自感动。

饭后，三多带着老黄、大林、小许去看过三福。三福也正要过来看老黄，大家就在他家座谈。三福家只有父母、寡姊、妹妹和他五人，父母均年在五十以上，都是纯朴农民。寡姊本嫁在邻村，夫死受不了翁姑的虐待，三年前搬来和他们住在一起。三福二十七八年纪了，还是个光棍，他父母指望把他幼妹银花嫁出去换个新媳妇进门，却又找不到合适的婆家。银花这小姑娘却又有自己的打算。

他们在三福家坐了一会儿，又到村上一些地方走动走动。这村建在半山上，形状像只大草鞋，正面在五里路外有上下木，村头通白龙圩，村尾叫榕树角，背靠大山。在高低不平的山坡地上，聚居着五千多人，一姓许。多年来，由于打强弱房，在面对上下木的几条通道上都筑有碉堡，这些碉堡平时成了青年人集会和寄宿的地方，人们称之为俱乐部。三多和三福一直就住在俱乐部里，只有吃饭和干活才在家。当他们一行人走进俱乐部时，里面正闹哄哄的，有的在拉，有的在唱，也有的在谈天。

入门正面有面木屏风，屏风上挂有块黑板报，是小许的杰作，他按时把国内外大事和本乡要闻写在上面，三面成凹字形搭着板床，每铺床的床头都挂着步枪和子弹带，房间正中一只八仙桌，十来条木头凳，桌上又是只陶水罐，十来只粗瓷碗。

当三多把老黄介绍给大家时，各人都在纷纷猜测，老黄却说："同志们会唱吗？我来替大家拉琴。"他拿起琴，架着腿，拉了支"四季相思调"，拉得又熟练又中听，大家都很乐，叫着："再拉一个！"而老黄不但拉了，还唱。唱来也是歌喉婉转，音韵悠扬。老黄还很关心他们的生活，问了好多情况，最后又顺手取下墙上的枪支，扳枪机，查机件，对各种枪械的性能也很熟识。几个动作，几句话把大家说得直点头："这位老黄，真是文武全才。"三多对他也有很深印象。

他们走了大半个乡，巡视了四五个俱乐部，最后在回家途中，他就对三多问起有关青霞山的情况。三多说："青霞山很大，山高林深，我虽在这儿土生土长，也仅走过几个地方，只听老人说：有九峰十三层，一层山高过一层山，重重叠叠，几个月也走不完呀。从我们这儿到南县大同就要过三层山，一个主峰叫青霞岭，岭上有座古寺叫青霞寺。各地公路未开，从刺州上南县主要是走这条路，公路开后，加上青霞山闹匪，这条路没人走，那古寺也荒废了。"

老黄问："你走过这条路？"三多道："有二次到过南县大同，青霞岭倒是常去。"大林从旁插嘴："苦茶大嫂就是大同人。"老黄问："听说新编独立旅高辉就是大同人？"三多点头道："他和我们这儿的许天雄都是自称青霞王，不过高辉自从被收编调出'剿共'已经啦，许天雄还有一点实力。"三福也说："听说那高辉一进苏区只打了一仗，还仅仅和赤卫团接触就溃不成军，亏他腿长逃得快，没当俘虏。"说着直笑。

老黄问："这样说来，高辉实力全垮哪？"三多道："也可以这样说，也不能这样说，他的老巢还有个高老二，就是他的弟弟，在坐守。大同比我们下下木大，万多人分住七个自然村，土地很肥，都是高家的。高家炮楼上吊有一面千斤重大锣，据说大锣一响，锣声到处土地就全属高家所有了，那大锣可以声闻百里内外，也就是说在百里内外土地山林全属高家所有。全大同乡人，除非是高家人，要种地全要向高家纳田租，高家又规定好地一律要种鸦片，不许种粮食，所以那儿遍地是鸦片烟田，闻名刺州的'南土'就是出在那儿。高家靠鸦片烟起家，老百姓却穷得只能喝米粥度日。高家又在大同抽丁，两男抽一，充当高辉的子弟兵，高辉实力，靠的就是这帮子弟兵。"

老黄问："你大嫂家现在还有人？"三多道："大嫂姓白，有兄弟两个，大的人家称他为老白，小的叫二白。"老黄问："家境怎样？"三多摇摇头，说："要是家境好，也不会嫁到我们这穷山沟来。他们家原也是租高家田种，老白从来就不大服高家，他说天下间哪有这样道理，你把大锣一敲土地就归你？这话传到高家耳边，高老二就说：全大同人个个服，只你姓白的不服，老子叫你饿饭！把田都吊了，老白一家人只好上山砍柴烧炭过活。高老二又说：不管你上山下地，所有地方全是高家所有的，逼得老白一家无路可走。当时他已年过三十，尚无力成亲，恰好我家三成大哥要讨媳妇，自家有个闺女，有人从大同过来说亲，我娘说：哪儿人都成，没有嫁妆也成，只要聘金不多。苦茶娘也说：我嫁女为的是要讨媳妇，嫁过山没关系，聘金再少也不得低过一百大洋。这样，双方来回地跑了几转，算是谈妥八十大洋。不久，大嫂就嫁过来。当时我还记得很清楚，人是由老白一人送过来的，穿得破破烂烂的，一进门就对娘说：'亲家娘，我妈说家穷陪嫁不起，有不是处万请包涵。'大嫂也只穿了一身半新衣服，背着一只小包袱，其他什么也没有。大哥被许天雄杀害后，三年孝满，大嫂要求回娘家一趟，娘叫我送过一次，一个月后又去接回来，这样我算来回两次。不过那时老白、二白都不曾见到，亲家娘说都叫高辉抽去当了兵。"老黄又问："现在老白、二白下落如何？"三多道："多年没有来往，情况不明。"

说完高辉，他们又谈起许天雄。三福问："关于我们和上下木打强弱房的事，老黄同志听说过？"大林道："我已对老黄同志介绍过。"三多道："这许天雄和高辉又有不同，他靠的是无本生意起家，近十年来人人出山做官，他就只守住这老巢，靠打家劫舍为生。手下有三几百条枪，又收容一些小股散匪，号称千人。手下有两员大将，一名是他亲生女儿，叫许大姑，此人从小跟着天雄打家劫舍，惯使双枪，因此又叫双枪许大姑。年已三十五六，发誓不嫁人，却喜欢骑马打枪，平时剪男人头，穿男人衣，在匪群中出出入入没人敢小看她。她经管许天雄匪股一切行政事务，掌握经济实权，称为二头目；另一名叫许大头，是员能冲善打的猛将，带有一支队伍叫作'飞虎队'，许天雄打家劫舍，靠的全是他，称为三头目。有了这两个人经管内外事务，许天雄也不大管事了。看来，他对山林生活也有些厌倦，人人都在说，他早布置好了后路。"老黄问："许天雄没有其他儿女？"三福道："有两个儿子，十多岁时派人送出去，从此就不知下落。"老黄半开玩笑半认真地说："也许是布置后路去了。"逗得大家都哈哈大笑。

说着说着，他们已回到了三多家。

苦茶低声对三多说："给老黄和大林住的房间空出来了，你带他们歇去。"三多就请他们两个去休息。小许、三福也乘机告辞。

为他们准备好的房间，是苦茶十年前和三成成亲的新房。十年来人事变动很大，房间的摆设还保持原来的模样。一张雕花眠床，一只梳妆台，一张五斗红漆桌，两只红漆方凳，井井有条地摆列在它应有的位置上。房间不大，潮湿、阴暗，只有一面小小的百叶窗，空气不流通，在门背后又放了只便桶，因此有股霉臭气，初进去颇使人昏闷，一会儿也就习惯了。

室内灯火荧荧，室外是一片宁静；山区人为节省灯油，习惯早睡，虽说入夜不久，下下木已在沉睡中。老黄伸手舒脚，松了松身上肌肉，说声："好个宁静山村。"大林却问："赶了一天路不累？"老黄道："算不了什么，过去我一天赶一百五十里，一天一百八十里，常有。"大林脱了鞋先上床盘坐着："今晚怎样个安排？"老黄解开陈嘉庚球鞋也赤足上床和大林对坐着："现在是酒喝够，饭也吃饱了，干他个通宵如何？"大林表示同意。

四

虽然仅有两个人，他们还是作为一次正式会议举行。

按照程序是大林先汇报刺州形势、工作情况和当前工作中存在的问题。而后就由老黄传达从中央红军冲破第五次"围剿"北上长征，特别是遵义会议后的形势，以及市委对刺州工作的决议。

在谈形势时，他强调："当前形势对我们有利，中央红军北上，是革命的发展，而不是革命的失败。""蒋介石的不抵抗主义，带来了东三省的沦陷，民族危机的空前加深，人民要求抗日，要求挽救民族危机，党提出抗日主张，符合全国人民要求，因此党的主张获得全国人民的支持，党的影响在扩大，而不是在缩小。"谈到白区工作："由于过去机会主义的错误领导，使白区工作遭受重大挫折，地下党接二连三被破坏，损失极大，但我们必须拿出信心坚持，纠正工作中的缺点。"老黄又说："毛泽东同志提出的农村包围城市的战略方针经过多次考验和反复证明，都说明了它是我们党在现阶段斗争中唯一的正确方针，必须坚决执行、贯彻；因此要有加强建立革命根据地、开展武装斗争的思想。"

在谈到刺州工作时，老黄说："市委经过反复研究，认为过去的成绩是大的，但错误缺点也很多。地下党组织的被破坏，陈鸿同志的牺牲，姓刘的叛变，都说明了我们对阶级敌人丧失警惕，把力量放在敌人容易打击的地方，把主要力量暴露给敌人。在敌强我弱的情况下，如何能和他较量？如何不受打击呢？我同意你说过的话，今天刺州农村的天下到底是谁家天下尚未可知。这就是条件，对我们来说非常有利。你也许要问：我为什么对这座大山有那么大兴趣？动身前我研究过这带地形，我以为有这样一座青霞山，有下下木这样一个党的据点，武装基础看来也不薄弱，只要领导得好，一定能打出一个局面！当年毛泽东同志在井冈山，利用它的有利地形和条件，贺龙同志在洪湖建立根据地，也是利用千里洪湖的有利条件。我们今天条件也不坏，正可打出个局面来！"

谈到今后工作问题，老黄说："市委的意见是，虽然挨了打，吃了大亏，我们对刺州工作不是放松而是要加强。国民党反动派重视它有一定根据，我们也要重视它，因为它是个战略地带，进可攻，退可守。因此市委决定：为了适应形势需要，把特支扩大为特区，把工作重心从城市转移至农村，在可能情况下，建立革命武装、革命根据地，并出版地下党报，以扩大影响……"

老黄的传达简单、明确，却又非常有力，大林听了十分激动，他说："多少时间来，没听过这样振奋人心的报告了。从我调到这儿，时间不算短，在党领导下，也还做过一些工作，但不是没有意见。陈鸿是个好同志，诚诚恳恳地为党工作，但他没跟上形势。在把工作重心放在城市还是放在农村的问题上，长期摇摆不定。你说他不重视农村工作吗？也建立有几个据点，并由他亲自掌握。说他重视农村工作吗？三个特支委员，没一个留在农村主持工作的。他只是有事才下乡，因此农村工作长期在停滞状态。而城市工作，又把主力放在赤色工会方面，对姓刘的也过多信任，缺乏监督检查，因此造成赤色工会暴露、突出。姓刘的这人，不是我事后诸葛亮，对他的品质、作风，我一向有怀疑：好大喜功，不切实际，形势有利就想冒尖，形势不利怕死，结果形势一变，就给组织带来这样严重的损失！听了你的传达，我的眼睛亮得多了，信心也更足了，应该这样做，市委的决定是英明有远见的……"在对一些具体措施上，他也说："我完全同意市委的决定，特支已不能适应新形势的要求，必须扩大。不过成立特区总不能只我们两个……"老黄道："市委已有交代，要我们从当地同志中提拔一人报上去批准。"

大林道："这样决定是从实际出发，我完全同意。至于具体人选我提出三个人来让你考虑。一个是许三多，一个是蔡老六，另一个是蔡玉华。这三个人论党龄许三多最短，但他有别人做不到的长处，他掌握了下下木工作，手头有部分武装，勇敢，肯干，对党忠诚，又是农村干部，正符合上级党委大力开展农村工作、发展武装斗争的要求。"老黄点头，表示同意。大林又道："把组织调整后，在力量配备方面，也得有个改变。我的具体建议是农村工作可以由两个特区委员负责，加上蔡老六，成一个领导核心；在城市由一特区委员负责，加上蔡玉华、黄洛夫，又成一个领导核心。这样，有重点，又两方面工作都能照顾。"老黄兴奋道："你的建议，正和我设想的不谋而合！"

大林又道："我也同意办份地下党报，以加强党的政策主张的宣传。不过，目前条件不足，能担负得起这任务的，现在只有三个人，一个是黄洛夫，他是CY特支负责人之一，担负反帝大同盟的领导工作，走不开；一个是蔡玉华，她负责互济会领导工作，也走不开；另一个是小许，他是个好同志，诚诚恳恳地为党工作，就是文化水平不高，担负不了这责任。"老黄问："不能再找出第四个人来？"大林摇摇头："合适人选难找。因此，我建议决议保留，找到合适人选再办。"

接着，他们又谈到几个区委的分工，老黄说："三多不能动，我要把这座大山交他管起来，现在只有你我两个了。"大林也说："组织上分配我到哪儿都一样。不过，我考虑到你初来，情况不熟，又是外地人，口音不同，城里白色恐怖厉害，掩护困难；再有你是从中央苏区来的，有农村工作和武装斗争经验，你还是在农村好。"老黄却问："周维国正到处在悬赏捉拿德昌，你在城市待得下去吗？"大林自信地说："从目前看，我的条件比你好。"老黄也没异议："就这样决定。"

最后，他们又讨论起若干具体问题，在城市工作方面要抓对受难同志的援救和家属救济工作。农村工作方面，大力开展活动，扩大组织。老黄说："中央红军虽然长征，但在老根据地我们还留有部分队伍在坚持。国民党反动派不会让他们过平静日子的，所谓'清乡'已经开始，我们的队伍看来也一定会突围、反击，刺州是敌人重要的前哨据点，军队调动、供应都从这儿去，我们一定要打出个局面，把敌人牵住，以减少敌人对兄弟地区的压力！"

这次会议开得很顺利，双方没有什么争论，意见基本是一致的。在不知不觉间，天已破晓，从百叶窗外透进山区曙光。大林走下床，伸着他的长腿在房间里走动着，说："开得真痛快。"老黄也说："我们把重要问题都解决了！"

当他们宽衣上床，苦茶正起身开始一天的劳动，她轻手轻足地走近房门口倾听着，发觉他们正要上床休息，心想："像多年没见面似的，整整谈了一夜。"

他们一直睡到中午才起床，老黄单独找三多谈话，正式通知他市委已决定把特支扩大为特区，并提拔他为区委。接着就系统地对下下木的组织、思想情况、人员、武装，进行深入了解。最后，老黄对他又提出开辟新区工作的可能性，他说："我听了你对大同情况的介绍，很有兴趣。你能不能想些办法，把它开辟起来？"三多却感到有点为难，他说："多年没去过，情况不明。"老黄却说："你可以利用送大嫂回娘家名义去走走，住上十天半个月，苦茶现在也是革命干部了，还可以通过她工作。条件成熟就建立一两个关系，条件不成熟，摸些情况回来也好。"又说，"青霞山对今后刺州革命发展关系重大，我们一定要把它管起来，而你对这工作比什么人都更适合。"

当晚，老黄以特区党委书记名义正式召开第一次特区会议，并把这个问题重新提出讨论。最后他们又对一系列重大问题，做了组织决议。重大的方针政策都决定了，问题是在如何贯彻执行。

五

为了送苦茶回娘家的事，三多颇费一番踌躇："该怎样对她说好呢？"他们虽然生活在同一个屋檐下，又是站在同一条革命战线上，他是党支书，她是革命妇女会主席，却很少单独谈有关工作问题，她更多的是去找支部组织委员小许。三多对这朝夕相见而感情颇深的大嫂，也并不真正了解。几年来参加了组织活动，在党的培养教育下她到底有哪些变化，他是知道不多的。总是用旧眼光看她，具有一般农村妇女的善良德行：纯直、朴实、勤劳、勇敢，但也有自私、善妒的一面，而他又往往把她的落后一面看多些，照苦茶的说法是："我们村男人就是这样，不把女人家看在眼内！"

因此当组织把任务交给他，他就颇费踌躇：开诚布公地和她谈明白，还是一般地谈？开诚布公地谈，对这样重大问题适合吗？一般地谈，又怕她发生误会。他发觉她对有关自己的事，越来越敏感，越多计较了！几天来，他参加特区一系列重要工作会议，这个问题既没解决，又不便和老黄他们提，也曾考虑通过小许找她谈，又怕被苦茶笑话：什么时候把我也当起外人！一直到老黄又问起："和大嫂谈过没有？"才下了决心。

那个晚上，他主持村支委会议，把支书职务正式移交给小许，回家时夜已相当深，老黄和大林都已进卧室，三多娘也早上床歇去，同居邻家也都睡着，四周静悄悄，只有苦茶还在堂屋对着菜油灯，修补旧衣服。她是在替老黄浆洗衣服时，发现有破洞，想利用晚上修补修补，明天一早好交给他。在往时，这个时候三多也早已回宿地去，可是今晚，他有点特别，一直在她周围旋来转去。她知道他心里有事，故意不去理他，看他怎的，她对这个小叔是太了解了。

只见三多盘旋了半天，忽然在她旁边坐下，一个人默默地抽烟。苦茶偷眼看他，摸不清他的意图。"会开完啦？"她问。三多还是默默地在抽烟。"不早哪，还不回去？"三多不搭腔，抽过一支烟，又接上一支，他往时并没这习惯，苦茶心跳着：他怎么啦？有点不同……一阵沉静，三多又抽上第三支烟，苦茶也有些混乱，只是不响。有好一会儿，三多忽然开起口来："苦茶，我有件重要事情想和你谈谈……"话说得很不自然，神色也不大对，苦茶心跳着："他难道要……"她有过这样信念，他们两个人的事一定要解决，而她是决定不先开口的，"别给他以为我没他就过不了！"她相信他会开口。难道要谈的就是这件事？却又做出毫不在乎神气："你说吧。"

三多眼睛看着别处："我们有这样打算，要你回娘家去住……"苦茶大吃一惊:"要我回娘家住,为什么?"却没作声,只是把手工停下,瞪着他。三多继续说道:"要你回去住一个时候……"苦茶忍不住了,她怀着极大的不安心情问:"你们是谁?"三多道:"组织上。"苦茶又问:"为什么组织叫我走?"三多道:"为了革命利益!"苦茶不明白,把旧衣服往饭桌一推:"要我回娘家和革命利益有什么关系?你不如说,我在这儿对你有妨碍!"

从她强烈的反应,三多知道自己的话没说清楚,引起误会,连忙解释道:"组织要发展,老黄同志认为你们家乡地位很重要,要你回去做些工作。"苦茶稍为平静,但她还有怀疑,怀疑问题不是那么简单,她说:"你们把我当什么人,一来我没文化,二来革命道理说不清,你们叫我去,怕找错人了吧?"三多有点焦急,他知道苦茶性子,说通了好办事,说不通扭住结子好久都解不开,便想用大道理去说服她:"宣传革命是我们穷人的事,为什么一定要那些中学生、大学生才行呢?只要把道理说清,他们信了就会跟我们走。你很会说话,这几年来革命道理也学得不少,一定能行。"苦茶却笑道:"你们不是常说:妇人家干得出什么大事,跟着男子在后头闹就行!既然这是件大事,很重要,为什么不派你们去,偏派我这个妇人家去?我做不来!"说着她把女工拿起,重又埋头做活。

三多着了急,在乡里哪个不听他的,对着成百上千群众,有问题只要他一句话。可是对苦茶他就是没办法,他总觉自己有什么对不住她似的,不能理直气壮。他说:"我们男人不是不肯去,而是你的条件比我们更好,那儿是你娘家,有你亲人,说话、了解情况都容易。"苦茶还是坚持着:"我是个笨女人,什么事也做不来!"她不是没有考虑,在这个问题上她考虑许多,为了革命,她什么不肯干?但她有疑虑,怕有人拿大道理压她,调虎离山。她对三多迟迟不愿在他们关系上表示明朗态度,也有顾虑,他会不会另有打算?"再说,青霞山山高林密,又不太平,你叫我一个单身妇女……"说着,就伤心眼红。

她是借题发挥,而他却是真相大白,兀自忍不住笑了:"你也真是,我的话还没说完,就一大堆牢骚,谁肯让你一个人去,组织上是叫我同你一道去。"苦茶还是掩着面,心里却大感舒畅:"谁知道你说的是真是假。"三多又道:"组织也是派我到那儿工作呀。但要你去配合。"于是形势大变,苦茶不禁转悲为喜道:"要是有人送,我还可考虑。"三多道:"不是考不考虑问题，是要你马上决定，一两天就走。"苦茶道："你不是说过吗？妇人家只配跟在男人后头！只要你一声什么时候叫走，我也什么时候跟着走！"说着她斜眼看他，又扑哧一声笑了，三多松了口气："她答应了！"

三多娘听说三多要送苦茶上娘家也满口答应，她对苦茶说："这些年来苦了你，连娘家也没多回一次。要给亲家带点东西去，我们这儿好的没有，挑两只肥鸡，带十来斤红糖去。对亲家娘说，我年纪大，去不了，代我问好。"又低低问道："昨晚你和三多谈到深夜，他对你说过没有？"苦茶心下明白，却装糊涂，她问："娘，你问的是什么呀？"三多娘道："你还不明白我的心意，我说的是你们两个人的亲事。"

苦茶面红红的，只摇头。三多娘急了："他不说，你为什么也不说？"苦茶低下头，三多娘大表不满："你们两个人呀，都在三十上下了，自己事还要为娘的操心！圆圆满满的一对，心事都有，我是老糊涂看不出来？就是任性，男的这样，女的也这样，我是快六十的人，没多少年头活啦！"一会儿，又叹了声："他有心送你去，就是个好机会，你们两个在一路，准有得谈。苦茶，娘可有言在先，这回你们两个的事可要定下，定不了我也不愿见你们。"

其实苦茶也有打算，和三多谈过话，她一夜不能入睡，反复在揣摩思考三多的态度，说他无情又似有情，有情吗，为什么又不对她提出？她等待着他，已经有好些年了，她相信他是明白的。可是他为什么不愿提呢？是什么阻碍着他，迫使他要这样犹豫？这回她一定要弄清楚，能定就定，不能定也得有着落，好叫自己有个打算。

小许是知道这件事的，他用新支书名义找苦茶谈了一次话。他说："苦茶同志，这件事很重要，你这次去虽仅是个配合，但也不能马虎。要显示一下在党培养教育下的妇女，是个什么样面貌。我完全信赖你，你有条件，也有能力做好。"大大地给她打了气。

又过了三天，天刚蒙亮，三多就叫醒老黄、大林。按照计划他们都要在这一天离开下下木：三多和苦茶去南县，老黄和大林到潭头交接关系。

饭后，大家和三多娘告别，苦茶最亲密的朋友杏花和小许都来了，堂屋里一时挤满了人。苦茶打扮得很动人，一身八成新蓝布褂裤，头戴竹笠，背负包袱，面上特别施了层脂粉，画上柳眉，杏花对她开玩笑道："苦茶姊，你又像十年前一样年轻漂亮了！"苦茶说："你就是这样，爱胡闹。"又特别叮嘱道："我走了，这个家就是你的，管不好，回来我同你算账。"杏花对三多娘说："娘，你听苦茶姊的话，我这个代理媳妇还没当上半天，她就要同我算账！"一阵笑声。

三多也打扮起来，还是我们在白龙圩所见的模样，只是在外衣下多了一条子弹带，以备万一。在肩上又多一副竹担，挑着送给亲家娘的两只鸡、两瓶酒、十斤红糖，一个随身包袱，一竹盒干粮。

三多娘把他们送出大门，又把苦茶拉过一边，反复叮咛："家里事你放心，有杏花帮忙，我什么也不麻烦。到娘家看看，能多住就多住几天再回来。"悄悄地对三多努了努嘴："你别看他长的够高大，在做大事，就和孩子差不了多少，面皮嫩，心肠软。这次去，可不要放过他，男人就是这样，你不抓，他跑野马，抓紧了，就听你的。娘在家给你们先做张罗，你们两个一谈定，回来就摆酒。"苦茶心里热辣辣，又难受又感动，真是好家娘！却还装出满不在乎的样子："娘，你又说这话。"三多娘怕她不听话，紧拉住不放："我说的可句句是真。"苦茶笑道："我照娘话做就是。"三多娘眉开眼笑地站在大门口，由杏花陪伴着，一直等他们在小学转角处消失。

他们几个人由小许送着走出村口，三福早已在大树下等他们，三多问："带上家伙？"三福笑着拍了拍腰："送老黄、大林同志，还有不带家伙的！"三多也对他嘱咐："我十天八天就回，家里事你和小许照顾。"三福道："一切放心！"三多又对老黄、大林说："我叫三福，送你们一程。"

大林和三多、苦茶拉手："祝你们一帆风顺，马到成功。"三多道："一定完成任务回来。"大林又说："我以后怕不能来了，这儿有老黄同志。"苦茶感到突然，问："阿林，你为什么不来？"大林微笑道："我平时没有空来，可是到了你们摆喜酒时候，我一定来！"大家笑着，苦茶虽涨红面，却也笑着，她感到一阵温暖：可不是嘛，同志们都在关心我们的大事，就是三多他……

分手了，三多、苦茶沿着曲折狭小山径，走向高耸雄伟的青霞岭峰；老黄、大林在三福护送下插向潭头乡。清新明丽的朝阳，从青霞顶峰正悄悄地升起。

第三章

一

老黄、大林离开下下木沿原路过白龙圩，再走七里地就是潭头乡了。

潭头也是侨乡，在山区与平原之间，村子不大，住有三百来户人，在刺州南区颇有点小名气。全村有约百分之六十的男人出洋，而且大都在小吕宋，他们在南洋经营小商、土产收购，也有当高级店员的。收入较多，侨汇不绝，因此侨眷生活不愁，且较别乡富裕。不过这乡，阶级分化也特别显著。在平原地区尽是红砖绿瓦，且有不少高楼大厦，而在山坡上却是些泥墙烂瓦的贫民屋，既无侨汇，又无土地，男的大多上离乡五里地的为民镇充当苦力、运输工人，女的到富有侨眷家佣工。同在一个乡里，有两种人，过着两种不同生活。

在路上，大林对老黄介绍这个地方情况时说："潭头也是我们一个据点，三年前，办了间学校，就是负责人不得力，给我们造成了一些困难。党的工作比起下下木也差得多，陈鸿却说留得青山在不怕无柴烧，有据点，就不怕工作开展不了，慢慢来，不能急。"说到这间学校，大林又说："有几个人，我要特别对你介绍，党的关系要移交给你，学校的领导关系我也要移交给你，你不能不了解一下。"

他介绍那几个有关人物的情况是这样的——

这乡有个著名富户，姓沈名常青。年近六十，在小吕宋住了四十多年，专做土产生意，发了一笔大财。此人守旧，乡土观念极强，在政治上叫作："我当的是老百姓，更朝换代的事，概与我无关，谁掌大印，坐天下，我就听谁的！"但胆小怕事，"我吃我的饭，做我的事，别人事少理"。

五年前，他因体弱多病，有人劝他返乡养老，他接受了这建议，花了很大一笔钱，在潭头盖了座华丽的三层大楼，人称为"洋灰房"。大楼建成后，他便带着一家告老返乡。

沈常青平时极少出门，对外面事不闻不问。风传许天雄要绑他的票，有人劝他搬进城，或到许为民的池塘去住，他说："不在本乡本土住，何必从小吕宋回来？"拒绝了，又花了一大笔钱把洋灰房翻修一番，内内外外都用铁板、铁网、铁门围起来，窗是铁的，门是铁的，天井也加上铁罩，前后左右又安上枪眼，请了四名长工日夜守卫。布置停当之后，这年老多病的华侨资本家，就安心地一年三百六十日，在这防卫周密的华丽监牢中养老。

此人从小没读过书，却很热心教育事业，他见乡里教育不发达，几十年来只有一家私塾，教的又是"子曰诗云"一类的书，便说："我少时吃亏最大是在于没受教育，我乡子弟不应再受此苦。"便捐了一笔款，号召兴学。

沈常青有个侄子叫沈渊。沈渊虽住在池塘乡，两家来往却很密切。老人家居寂寞，一见这侄子分外亲切，来必留饭过夜。他把兴学的心事告诉他，沈渊答应为他效劳。这沈渊原是地下党员，拿这事和陈鸿商量，陈鸿当时说："机不可失。党正缺乏经费，办了这间学校，也可以解决一部分困难。"主张沈渊自己去主持，沈渊却说："我有痨病在身，医生劝我静养，这担子我担不了，不过我可以介绍一个人去办。"他介绍了一个在小吕宋时认识的朋友，现也赋闲在家，名叫陈聪的去主持校务。这样"私立潭头小学"便办了起来，校舍虽是旧祠堂改建的，因为经费充足，倒也办得虎虎有生气。从此党多了一个据点，又多一份经费来源。

沈常青的洋楼虽然盖得大，但人丁不旺，除他和那个有"心气病"的妻子外，就只有一个半白痴儿子。这白痴儿子还未足十六岁，沈常青夫妇急于抱孙，由媒说合，讨了一个只有十五岁、叫玉叶，也是侨眷家的闺女做媳妇。

这玉叶人细鬼大，风骚泼辣，一进沈家大门就不满那和死人差不多的白痴丈夫。但性好虚荣，见住得好，吃得好，又得公婆宠爱，也就安心住下，只在物质享受方面追求。虽说小小年纪，已镶了一口金牙，十只手指戴了八个金戒指，金链、金耳环、金手镯、金表，珠光宝气，应有尽有，乡里人家称她为"狐狸精"。她和那白痴丈夫生活了一年，肚皮还是瘪瘪的，什么名堂也没有。

由于时局不靖，沈常青生恐儿子被许天雄绑票，便把他送到小吕宋去。一去就是好些年，说要回来，总是"只听楼梯响，不见人下来"。那玉叶日里不响，内心烦闷，在这铁笼里怎样也守不住。沈常青夫妇想给她买个儿子陪伴陪伴，她哪儿肯，问得紧，就回答："我还顾不了自己。"……

大林说得有趣，老黄听得也有味，他问："你说那学校找的不得人是怎么回事？"大林摇摇头道："谈起陈聪来，各方面意见很多，我们也伤脑筋。"老黄问："问题在哪儿？"

于是大林又做了另一段介绍。

那陈聪原在小吕宋一家华侨商店当记账员，据沈渊对陈鸿介绍，当时华侨社会进步活动很多，陈聪也参加了，因此也算是个进步人士。一九三〇年资本主义世界经济危机，华侨商业首遭打击，商店纷纷倒闭，陈聪失了业，在同乡会住了一段时间，最后还是由同乡资助返国。他在家里闲住了几年，大事干不了，小事不愿干，坐食山空，处境困苦，据说把老婆一点私蓄、首饰都吃光了。在小吕宋时，他和沈渊原有多少往来，听说他也在家中闲住，便常常跑池塘找他。来必大发牢骚，攻击现状，说："革命的风暴已经到来，我们还在这儿等什么！"他问沈渊有没有门路："我是决心当红军去了！大丈夫不能为革命而生，也得为革命而死！"暗示他曾经参加过党，他要找组织关系。看来沈渊是同情和信任他的，便极力向陈鸿推荐。

此人三十多年纪，略有几点麻子，能说、善道，聪明、能干，就是人品差。他原是破落地主家庭出身，加上在小吕宋混了七八年，沾染上不少恶劣习气，嫖、赌、饮，少了个抽，样样都会，更善逢迎吹拍。他就是用这手段把董事长沈常青弄得迷迷糊糊，认为"得人"，"可信任"。

学校是陈鸿筹备起来，一切都就绪后才交陈聪接手，陈鸿当时一见他面，也不大愉快，曾对沈渊说："我看此人作风漂浮，只可用其长处，不可过多信任。恢复组织关系一事，暂不能考虑。"他提醒沈渊警惕。但沈渊另有看法，他说："我看他只是作风问题，可以慢慢改造。"从此陈聪和组织仅保持了一般群众关系，党的一切活动都不让他知道。

陈聪也不是笨蛋，他察言观色，知道在这儿走动的都不是普通人，他对陈鸿表示："我是一心一意为革命的，这间学校就是革命学校。我知道党的经费困难，我可以从学校日常经费中节省一笔钱供党用，我也可以布置一个地方做你们活动的掩护！"他果然布置了一个"宿舍"，除自己住一间，也空出一间客房，"好让革命同志来往时，有个落脚地"。陈鸿牺牲时，他怕受牵连突然病倒，在家里躲了一个多月，见事情没有扩大才回学校，但已没有以前那样热情肯干……

老黄听了也很不愉快，说："问题不少，为什么还不处理？"大林道："问题还不仅这个，但处理起来又不大容易。沈常青对他非常信任，认为学校是他一手办起来的，沈渊也偏袒他，认为是个难得的人才，要去掉他找不到代替的合适人。"老黄问："还有什么问题？"大林道："问题就出在那个'狐狸精'身上。"

原来沈常青家居寂寞，常常叫陈聪过去谈谈。久而久之，这陈聪就成为这洋灰房的熟客。陈聪去得多，很自然，和玉叶见面也多。此人本性难改，一见这娘儿们年轻俊俏，孤居寡守，不无非非念头，眉目间有意挑逗。玉叶独居无聊，年少孤守，自然也心烦意乱。见陈聪风流潇洒，既善言辞，又擅拍马，也有几分意思。只是没机会接近。

一年后，陈聪向校董提出建议，为了满足本乡有志妇女要求，学校可附设妇女夜校。沈常青当时就同意，他说："我反对女子无才便是德的说法，男女受教育应该平等。"玉叶一听说要办妇女夜校，便吵着要上夜校，公婆宠爱了她，觉得年轻轻的老叫她在铁笼里过日子也太过分，该让她有个机会出去散散心，便也同意。

玉叶利用上妇女夜校机会和陈聪进行接触，开头还只在课堂上眉来眼去，后来借口找陈老师补习功课，一直找到宿舍来，两个人在陈聪房里鬼混、胡闹，说是曾被人撞见两个人搂在一起亲嘴，反映到组织上来……

老黄问："组织怎样处理？"大林道："我找他谈过一次话，可是他矢口否认，说他和沈渊是生死之交，怎会忘恩负义去搞他弟媳。说时声泪俱下，十分真切。我只警告他注意，群众已有反映，再胡闹下去，对他对我们都不利。他也保证以后行动小心，免予人以口实。后来，也没见有什么事情发生。"

说着说着，不知不觉间已到了潭头乡口。

三福止步告辞，他说："三多哥临走时交代，有事找小许和我。"又问，"老黄同志什么时候再到咱乡？自己去不便，只要是三、六、九到白龙圩，我们的人都在那儿。"

老黄、大林谢了他的护送，便握手告别。

二

一走进村，比起下下木来果有一番不同气象。街道是青石板铺成的，到处是红墙新屋，就和普通市镇住宅区一样，只是少了条街道。大林带着老黄朝小学宿舍方向走，边走边说："这就是番客区，住在这儿的都是有钱人，再过去，靠近山坡就不同，破破烂烂，穷苦不堪。"

不一会儿，他们到达小学宿舍。这宿舍也是间外表堂皇、建筑华丽的半西式平房，房门外有一个篮球场大小、长方形的青板石石庭，石庭三面围以红砖短墙。大林又说："这房子也是华侨的产业，业主全家在小吕宋，把三分之一租给小学，三分之二交给他的亲戚代管。"

他们从侧门进去，一长条列开三间大房，正中是厅，两侧各有卧室一间，厅外还有一个长方形天井，种了一些花草。大林掏出门匙打开房门，对老黄说："下了乡，我大半时间都住在这儿。这儿地位适中，进城近，到下下木去也近。"房里除了一张床，一张八仙桌，两只椅子，什么也没有。大林一边在收拾，一边又说："这个地方情况虽然复杂，但地位好，消息灵通，联系容易，可以做个中点站。有基地，有前哨，再有这个中点站，就完备了。当初陈鸿在进行工作时，我倒觉得他有相当眼光，只是这个中点站，基础太差。"

说时，有个老太婆佝着腰摸进来，一见是大林，就张开缺牙大口笑："老王呀（大林在这儿改叫王泉生），你为什么去了这许多日子才回！"大林把老黄介绍给她："黄先生，他以后也要常常来。"老太婆高兴地说："又来一个黄老师，真太好了。"接着又问："吃过晌午没有？"大林忙说："我们自己动手，阿婆，不用添你麻烦。"老太婆说："你也会弄，我不就要失业。煮一锅饭，做两样小菜，不麻烦。"说着返身下厨。大林对老黄说："这是学校里请来煮饭打杂的校工，一个进步群众，她女儿顺娘是个好党员……"

正说着，从大门口就出现一个中年妇女，她边解下头巾拍去身上谷屑，边叫着："阿婆，阿婆……"直走进门来。一听见大林房内有人，伸进头看，一见是大林便高兴地说："你说只去几天，怎么一去就是半个月？"大林忙把老黄介绍给她："顺娘，老黄同志。"又对顺娘说："以后我不再来了，这儿的工作全由老黄同志负责。"

顺娘用头巾揩着面上汗珠，对老黄看了看，大大方方地说："老黄同志，以后有事我就找你？"那老黄默默地站在一边，暗自观察这个年龄在三十出外，一身黑褂裤，黑头巾，黑腰兜，纤细、秀丽、端庄、大方的农村妇女。一见她过来招呼，也笑着回答："你不反对和我在一起工作？"顺娘笑道："组织决定哪个来，我听哪个的话，我们这儿经过不少人呢，以前是老陈，以后是老王，现在又是你。"口舌伶俐，头脑清楚。一会儿又问："老黄同志，你的口音很特别。"大林道："他是长汀人。你知道吗？长汀就在我中央苏区内。"顺娘像发现奇迹似的："那，你也一定当过红军？"老黄和大林都笑而不答，顺娘却热情洋溢地说："我通知汪十五去。"说着返身就走，连她娘也不找了，走了几步又回头："今晚是不是开会？就在老地方。"

顺娘走后，大林对老黄说："别看她个子短小，做起事来倒很有魄力，只是家境穷苦。"接着，又说了关于她的一段故事。

……顺娘的婆家就在离潭头十里地的池塘，是个中等人家。过门后发生了几件事，一是乡里闹火灾，把他们家烧去一半；另一是婆家把她丈夫送小吕宋，因手续没办妥，被当地移民局在"水厝"[1]关了大半年，又遣配回来。买"大字"[2]花去一笔钱，路费又花去一大笔钱，家道从此破落下来，负了一屁股债。婆家怨她是"白虎星"，带来坏运气，对她没过好面色，丈夫对她还好。

那年轻人大事做不了，小事找不到，赋闲在家，也很苦闷。这时民军

---

[1] "水厝"：指水牢。

[2] "大字"：指护照。

在招兵买马，他私下对顺娘说："出洋不成，找事为难，在家受气，不如当兵去。"顺娘却不同意，她说："兵你当不了，发财轮不上你，还不如租块地种种。"那青年不听，私下报名投军去了。婆婆说是她出的坏主意，骂她。顺娘说："主意不是我出的，你硬说我也没办法。"这一来，她在婆家的处境更坏了。

那年轻人当了一年多民军，吃不饱，又常挨军官打骂，气恼不过开小差回家。当时从民军中开小差的很多，所以民军头子对逃兵定下很严厉的处罚办法，情节轻的打军棍一百，重的割去一只耳朵。那年轻人逃回家后，躲躲闪闪地过了一段时间，见没人追捕，胆子大了，慢慢也露了面。因此池塘人都知道他开小差回来。

凑巧池塘有个地主失盗，告到许为民那儿去。那许为民自称是"南区王"，在他势力范围内，特别是池塘，竟然发生了这"无法无天"的事，还了得？他说："我还活着，容不得这样的事发生，一定要查个水落石出！"一查就查到这个逃兵，认为他"嫌疑重大"。

这件事情闹大了，风声极紧，顺娘对她丈夫说："看来你在乡里待不下去了，还不如暂时出去躲躲。"那年轻人自认："我平生不做亏心事，那地主失盗关我个屁事。"又说："我一躲开，不正证明他们疑得对！"坚决不走，顺娘也无可奈何。

在一个风雨夜里，许为民的武装人员捉人来了，那年轻人倒不躲避，挺身而出："这件事与我无关，要上公堂说理，我自去！"许家人搜遍了全家，什么赃物也没有。许为民却把他打得死去活来，说："像你们这些穷鬼，不偷不抢，除非太阳从西边出来！"定了个里通外贼、盗劫有罪罪名，用五花大绑解进大城。当时民军首领仅凭许为民一纸名片，就说："许老定的罪，不会有错。"不上三天推到南校场斩首去了。

那年轻人的首级被挂在大南门城墙上示众，他家没人敢去收尸，只有顺娘一人披麻戴孝哭着去收尸。许为民不许她把尸体运回本乡，也不许有人替她埋葬。顺娘在城里央人把尸体运出城门，找块无主荒地亲手把他埋了。

顺娘埋葬丈夫后回池塘，那恶婆婆已和人讲好，把她用一百大洋卖给为民镇"快活林"妓院。当时，她人还没走进村，妓院派来的人已在村口等着，一声"就是她！"，不容分说拉去她的麻衣孝布，一条麻绳捆绑起来。顺娘哭叫着："我犯什么王法呀，你们绑我？"那二龟公把卖身文书对她一亮："别装神装鬼了，你婆婆已用一百大洋把你卖给我们！"喝了声"走"，就把她扔进猪笼。那用竹子编成的猪笼可以装五百斤重大猪，只要把猪笼口一封，再大力气也爬不出来。当由两人用一根竹竿，扛上肩后，直奔为民镇而去。

顺娘呼天抢地直被抬到快活林，二龟公问她："要吃软的还是硬的？"软的是听话接客，硬的呢？他冷笑一声把皮鞭一拍："叫你吃这个！"顺娘恨声说："当我还有一口气时，谁也别梦想碰我一下！"自然就招来一阵毒打。从此每天就由几个人轮流来逼她、打她，把她打得体无完肤。当她被逼得无路可走时，一时想不开把心一横："反正只有一死！"用剪刀朝心口一刺，当即血流如注，昏倒在地。

顺娘妈，就是刚才见过的那位老人家，知道出了这惨事，她哭着去找那快活林二龟公拼命。那二龟公见顺娘伤得严重，料定好不了，口气软了，便说："我们也是花了本钱的。"顺娘妈说："我花钱赎。"二龟公也落得做个顺水人情，答应她赎。老人家把什么都当卖了，拼凑上一笔钱赎回那张卖身契，又央求邻居友好汪十五夫妇用门板把顺娘抬回家。

顺娘没有死，在家里养了一年才好。从此一直住在娘家，娘帮学校做事，自己在侨眷家找短工打。

老黄感动地说："怪不得她对党对红军有那样深厚的感情。"大林道："她入党的第二天，就把汪十五介绍给党了。"老黄问："那汪十五的情况又是怎样？"大林道："今晚上你就可以见到，是个穷苦汉子。"接着，把汪十五也介绍了一番。

那汪十五，出生时正是正月十五，他娘问他爸："给孩子起个什么名好？"他爸看看户外明亮的月光说："今天正是正月十五，好时辰，就叫他十五吧。"从此就叫十五。十五在本乡是个有名的穷光蛋，只有三十五六，倒有八个孩子。他女人差不多每隔一年就替他养一个孩子。他常常叹气说："老天爷专和穷人开玩笑，越知道我们穷养不起孩子，越要我们多生！"家境贫寒，又无田地，农忙时到处替人打短工，农闲时一条扁担两根麻绳，上为民镇当苦力。老实说，一条扁担实在扛不起一家的活计，他女人后来被迫也在为民镇当苦力。镇上人经常看见她怀着七八个月身孕，还挑着百来斤担子，对她说："嫂子，该歇歇啦。"她却不在乎地回说："过了这月再说。"孩子刚刚养下，不出三朝，又看见她挑着扁担麻绳站在为民镇路口。组织上批评过他，十五却说："人口多呀，等着米下锅，不这样又怎么办。"……

老黄问："有这样好条件、好同志，为什么工作不能开展？"大林道："关键在于领导思想，陈鸿当初开辟这个据点，仅仅作为解决一部分党的经费来源，作为一个联络站。他说有这样一个据点、几个当耳目的同志，也就不错了。没有想到应该还有点作为。因此，他每次来，找顺娘、十五也仅限于一般谈谈，了解了解情况。对陈聪，发觉他不对头，也下不了决心处理。"老黄暗自想着：看来非花一番功夫整顿不可！

两人正说着，就听见一阵短促而响亮的皮鞋声，由远而近。大林提醒道："陈聪来啦。"来的果然是陈聪。

此人身穿黄色咔叽中山装，挟着一大堆学生练习本，摇头摆脑，边走边吹口哨，用轻佻步伐走路。一进厅看见大林的房门开着，把练习本朝饭桌上一扔，就过去："阿王，我可把你盼到啦。为什么不早通知一声，叫我好替你准备午饭。"大林把老黄介绍给他："黄先生。"陈聪用大动作做了个虚伪夸张的表情："有贵宾驾到，欢迎，欢迎。"一阵风又旋到老黄面前，热烈地握手，表示最大的钦慕之情："得会先生，三生有幸。"

老黄故意赞扬他两句："听说你把学校办得很出色。"陈聪连忙拱手称谢："过奖！过奖！全靠王同志领导有方，小弟无能，只按上级指示办事！"接着又像发现什么大问题似的，问："通知阿婆备饭没有？"没等答复，又一阵风旋出门去，虚张声势地叫着："阿婆，阿婆，有鸡没有，给我宰一只加菜！"一会儿进来，对大林说："你来我随便，可是黄先生初来，我可不敢怠慢。"又对老黄说："买肉要上镇，一个来回就是十里，鸡是现成的，没有困难。"一阵外交办得他一身大汗，最后暂时告辞："下午无课，我叫学生自修，我们大可开怀痛饮。"陈聪出去，大林低声问："印象如何？"老黄笑道："哪有一点革命气味。"

午饭时候，陈聪喝了几杯酒，满意地嚼着白斩鸡，乘有几分酒意，向老黄为自己大加吹嘘，他说："学校经费有沈校董一手支持，不算富裕，倒也充足，我又能精打细算，在不妨碍校政建设前提下，能够交代得过去，每个月总想办法多给组织尽多地弄钱，这一点有王兄为证。你问学生有多少？在这儿办学可不容易，初开办时，只有三十来人，乡人落后不信洋学，拉也拉不来；我想人少也办，只要办得好，自然会来。果不出所料，一个学期下去，就增加到五十几，现在是快一百哩。"谈起妇女夜校，他更是眉飞色舞，"妇女必须解放，男女必须平等，我办妇女夜校就是本着这个宗旨。我在上课时，对她们大都也这样讲……"

老黄打断他问："你这样教法，环境允许吗？"陈聪满意道："完全没问题，只要沈校董不反对，谁敢反对？何况他还把自己最宠爱的媳妇也送来上学……"老黄又问："你怎么知道沈校董不反对？"陈聪做了个神秘表情，低低地附在他的耳朵边："这老头，一年三百六十日不曾出门一步，耳目不明，除了我，也没人到他那儿。学校的事，除非我告诉他，他什么也不知道。自然，我是什么真话都不告诉他的，对这种人还要办点外交呀！"说着，说着，得意地大笑。

他一直喝得酩酊大醉，唱起《小寡妇上坟》，摇摇晃晃地摸进卧室去睡大觉。

三

晚上，老黄由大林陪着到顺娘家去。她家在山坡上，一间独家寡屋，泥墙残瓦，其势将倾。门前有竹篱一道，圈住一块菜地，屋后是一片樱桃林，樱桃林后又是一片松林，连绵不绝直通青霞山。走进门，烟气熏腾，一间空洞熏黑的大房，用篾片分隔成三小间，一间充卧室，一间当柴房，中间那间是灶间、起坐间，又是一饭厅。但在柴房里却有个小阁楼，放了些破烂家具，没有天井，仅有几面小窗。只要土灶一生上火，满屋就烟气腾腾。

这时，在土灶前矮凳上坐着一个圆头大耳、浓眉阔口、身材魁梧、粗手大足的中年农民，和那在灶口添柴搅火的顺娘，正在低低地说着什么。一见老黄、大林进去，连忙起身，大林把他介绍给老黄："汪十五。"老黄紧紧地握住他的大手："早听王同志说过你。"汪十五满怀热情地说："我们总算把你们盼到了！"他回头望了望顺娘，"她什么都对我说了，说有红军来领导我们革命。"老黄也很激动，说："组织上派我来，要向大家学，一起干！"汪十五爽朗朴实地说："只要你叫干就干，叫我们干什么，就干什么。"又回头去探顺娘，"你说是吗，顺娘？"顺娘也说："老黄同志就住在我们村上，要说什么，以后有的是时间，大家坐下。"她打开锅盖，水已开了，用铁勺大瓷碗给大家盛水喝："买不起茶叶，喝碗热水吧。"大家坐定，端着碗喝水。

喝过水，老黄就说："今晚上和大家见见面，听听情况，小组会明天再开。"汪十五也说："你说什么都好，只要能常常见面，我们就安心。"大林也说："过去老陈同志和我到这儿来，工作都没做好，叫同志们失望，这次老黄同志来打算整顿一下。不过，他想先了解一下你们村上的、镇上的，还有池塘，特别是许为民的情况……"老黄从旁插嘴道："这叫知己知彼。"大家都笑了。汪十五说："叫我说大道理，说不来；诉许为民的臭史，三天三夜也诉不完。"他转向顺娘，"池塘情况你最熟。"顺娘一听池塘两字面色就变了，她说："我有怨气，我有仇恨，就不知道从哪儿说起？"老黄道："对我来说，什么都是新鲜的，什么都需要。"十五道："就说许为民的臭史吧！"顺娘道："你先说，我补充！"

那许为民，由于在南区拥有大片田地、不少财产和实力，号称为实力派。南区平原向有刺州谷仓之称，而许为民则占了南区平原土地的百分之五十以上，并设有专门管理机构进行管理。当侨资刺禾公路开办之后，许为民想："收地租没有办工商业利息厚。"便卖去一部分田地改营工商业，他在公路线上独资辟了个商埠，名为为民镇。

这为民镇因地处南区平原中心，交通便利，开市以来极为兴盛。许为民利用他的地位、影响，拉拢了不少归国华侨、乡下地主和刺州、禾市大商家在这儿经营。但主要的企业却由他一手垄断。他垄断钱庄、当铺、火力电厂、碾米厂、赌业、妓院、烟馆和饭店，叫作"只此一家，别无分号"。为了保护这些财产，他还豢养一支私人武装，名为"商团"，实是他私人卫队，由大少爷许添才兼任商团团长。

许为民家住池塘。这池塘是南区唯一大乡，人口近万，全是现代化建筑，有街市、戏院、学校，还有电灯照明。为了保护他一家安全，他还在池塘按东西南北四个方位，建筑四座水门汀炮楼，也在出入孔道设立城门式闸门，每个闸门均派有商团把守，防卫可为周密。由于四乡不宁，许天雄猖獗，四乡大小富户日夕数惊，争相投奔池塘或为民镇，托许为民庇护，益使这两个地方日趋繁荣。

许家为一大族，人丁达一百余名，许为民在池塘乡内筑一巨大府第，人称"许公馆"，有近百间房屋；府第外筑以护墙，与外界隔开，自成天地。许公馆平时少有人进去，内中情况无人得知，但片言只语流传出来的，大都使人毛发悚然。据说在公馆中，许为民私设刑堂、监牢，经常拷打禁闭那些纳不起租谷的佃户和那些被认为"有罪"的人。

许为民虽年已七十有二，而妻妾成群，生有二十多名儿女，近五六十孙男孙女，为了服侍这些老爷太太，丫头、养娘、长工也不下一百。这些大小少爷淫辱丫头养娘，被认为是公开合法，并且还公然拐骗良家妇女。在公馆里有座后花园就是专供许为民和他的少爷们淫污良家妇女用的。

贫苦佃户被迫把自己女儿、少妻，抵押到公馆里去当丫头养娘的不少，她们被糟蹋得不成人样儿了，就被管家按照主人的意旨发放出来，有的贱价卖了，有的就被送到为民镇妓院里去当娼妓。

汪十五说："有次快活林门口来了个老农民，他要见一个叫金凤的妓女，二龟公不让他见，那老农就双腿跪倒在大路口，用拳头捶打胸膛，哭闹着说：我仅仅是把女儿抵押给东家，又不是卖给你的。从前人在公馆不许见，现在打下快活林啦，又不许见，你们有良心没有？商团丁拉他、打他，他都不肯离开。说：不许我见，我就死在这儿！说着又用头去撞石灰楼柱，把那些二龟公二龟婆闹得没了办法，才允许他见。那金凤一出来，面如黄蜡，骨瘦如柴，看来还只有十四五岁，却捧了个大肚皮。老人哭着问：孩子，你怎么啦，生蛊？那小女孩，也哭不成声，说：爸呀，不是病，是十八少害的。"

顺娘也说："为什么池塘到处在闹鬼呢？原来鬼就出在许公馆里。住在公馆附近的人都说，三更半夜时常听见有鬼哭声从公馆里传出，什么鬼呀，说穿了也不过如此，原来是许家深夜在打人，被打的人哀声惨号。四乡地主、保长随便抓人，一上手就说：送许公馆严办！人一进了许公馆就像进了阎罗殿，不用想活了。"

老黄问起她那死去丈夫的事，顺娘一肚子怨气说："离开宋家我没怨气，落得个自由自在，就是心里不服。我那死鬼男人要有胆量去偷抢那地主、恶霸的东西，我倒心安理得，就是不中用、胆小。那件冤案后来也弄明白了，干的不是我那死鬼男人，是那地主家自己人。错杀了人，许为民还得意，说：错杀九十九也不走脱一个真的。他老子迫死我男人，当龟公的儿子就来迫我入火坑。"汪十五说："那次顺娘真险呀，这条命是捡来的。"

一提到这件冤情，顺娘双眼就充血，发出熊熊火焰，愤激得浑身直哆嗦，一声："苦呀！"双手只一拉，敞开胸膛，露出胸口正中一个深陷、紫红色的大伤疤，"你们看，就是这个，当时我只有恨，想死，一把剪刀刺进了一半……"说着，又呜呜地哭。

大家难过地低下头……

一直到夜深，老黄、大林才回宿舍。陈聪还沉沉地在做他的酒仙梦，看来要直睡至大天光。大林问老黄对这次会见印象如何。老黄说："看来这儿也很有作为，顺娘和十五两个同志都不错。"大林道："一个是满腔仇恨，另一个是被生活压得喘不过气，要求改变现状，都有革命性！"老黄说："这种人到处都有，问题是我们如何去发现、动员、组织。对他们革命性必须发扬，积极性要保护。这儿的局面看来还不坏，要利用有利条件，也来个大发展。"接着，老黄又问了关于沈渊的一些事情，并决定明天和他会面。

四

第二天清晨，大林代替陈聪上课，陈聪就到池塘去请沈渊。

三小时后，陈聪带着沈渊来了，他先到学校和大林会面，摸清若干情况，就来会老黄。

那沈渊年近四十，高而清瘦，面色苍白，双目下陷，随手带着把黑布伞，下雨当雨伞，出太阳当阳伞，平时当扶杖，因为赶了上十里路有点气喘，频频用手巾揩冷汗，看来病情不轻。

此人受过中等教育，年轻时在他叔叔沈常青帮助下到了小吕宋。那时大革命的声势也到了南洋，他受一些进步人士和进步书报的影响，参加一些进步活动，组织青年进步团体，反对国民党，在华侨社会青年店员中颇有威信。

初到小吕宋时在沈常青公司里做事，由于作风偏激、过"左"，被认为"不务正业"，辞退了。沈渊想："你不让我干，我偏要干！"索性不再找职业，专搞社团活动。在他领导下的社团，政治色彩比较鲜明，一贯和国民党作对，甚至于带头捣毁国民党海外支部办事处，公开提出打倒国民党口号。由此招了忌，国民党党棍向居留地政府秘密告了他一状，说他是共产党，结果就被捕。

沈渊坐了三年牢，后来还是由沈常青秘密花钱"保"了出来。出狱后沈渊的精神和肉体都有变化，体质原来单薄，又坐了几年牢，便染上痨病。胆子小了，也不再参加活动，和沈常青又恢复亲密关系，一心想做生意弄钱。可是当时资本主义世界经济危机，谋生不易，病情又不断加剧，在沈常青帮助下，只好返国养病。

返乡后，正碰到刺州革命形势大发展，他不甘寂寞，又活动起来。他设法找党，恢复组织关系，并在党的领导下做一部分工作。白色恐怖来了，特别是陈鸿牺牲后，他胆小怕死的毛病又发作啦，他以"病情转剧，经医劝告，必须静心疗养"为由，对工作又表示消极。但不愿与组织断绝关系，只保留着个别联系……

沈渊在学校会见大林，一边咳着，一边喘气，说："迟到啦，真对不住。"他们到宿舍后，大林把老黄介绍给他，沈渊又表示敬意说："很高兴见到你，老黄，老陈的牺牲给我们带来多大损失！不过……"他咳着，把浓痰吐在手巾上，"我们会慢慢好起来的。"老黄对他转达组织的关怀："组织上十分关心你的病，希望早日恢复健康。你病了，不仅个人的精神肉体有损失，对组织也是损失！"

沈渊对这关怀表示感谢，但也不忘记把自己过去光荣历史介绍给这位新来的负责同志，他说："惭愧，惭愧，我替组织做的工作实在太少，虽然这些年来，我没停止过斗争！……在小吕宋的时候，我就不是这样，我带头捣毁过国民党海外支部，坐了三年牢。那时身体好，什么事都可以干，可是现在……"他咳着，"这毛病像鬼魂一样缠着我，路多走几步，话多说几句，也要吐血。"他喘息着，面上泛出病态的红晕。

老黄安慰他说："把病养好，就是你的革命任务。"这句话正合他的心意，他立刻又兴奋起来："当年老陈也是这样说，他又说：不要性急，能做什么就做什么，能做多少就做多少，主要是把病养好。我说这怎行。人家都在拼命，甚至于牺牲流血，而我只能躺着不动，还像个共产党员！我们要有一分热发一分光，我还要和大家一样干，这间学校就是这样办起来的。"他喘息着，一会儿又说："可是天不从人愿，病情一直在恶化，你看我这样，真惭愧……"他咳得非常吃力。

老黄表示重视这次会面，沈渊也很满意，他说："我现在是老牛破车，大事干不来，小事还多少可做些。老黄同志有什么要问的，凡我知道的，我一定说……"当老黄对许为民表示有兴趣，他就说："是南区一大害虫，有财力，有武装，还和官府勾结，谁不怕他三分？好在还有个许天雄抗住他！"老黄问："你说是许为民力量大，还是许天雄力量大？"沈渊道："两个人半斤八两，各有千秋。许为民是朝派，城里有官府后台，在乡下乡绅老大中都是看他的，许多事他了算；许天雄呢？没有官府后台，却有枪杆，他的爪牙四散，个个听了都怕，许为民也怕他三分哩。我们在南区工作，不能不注意，他们都是革命的死对头，特别是许为民。"说着说着，又谈起他的处境，他就怕组织上分配他在池塘做些工作："我的处境实在坏，我就不敢请大林同志或黄同志到我家里去。几年来，我在家里就像在坐牢。许为民派人监视着我，遇有风吹草动就派人来提警告：姓沈的，我知道你过去干的是什么，要在这儿住，就不许乱说乱动。想造反吗？小心脑袋！所以我不敢接待自己同志，也不敢动。当年我就请求过老陈，不要到我们乡去活动，万一他们发现有什么传单标语之类，就会把账算在我头上，我这颗脑袋就保不住！"

老黄笑着，对他这个"立此存照"的声明，不加驳斥，也不表赞同。却在想着："这个人果然变得软弱了。"看来要在池塘这样一个反动中心安上一两个钉子也有困难了。但老黄还是把当前形势对他传达了，希望能给他一点勇气、一点力量，振奋一下。

正谈论间，顺娘的妈忽然匆匆进来，丢了眼色说："有人来啦！"这热心的老校工，每当他们在谈论什么，都自动站到大门口去放哨，照她的说法是："我们不能让外人知道在开会！"进来的是个年轻妇女，二十来岁，一身花绸衣服，抹着厚厚脂粉，画起弯弯眉毛，头梳面干髻，插着金首饰，一日金牙，满手金戒指，走起路来装作文雅，头放得低低的，两只多情眼却又不听话，不是左盼就是右顾，似想偷看人，又怕被说不正经。正经人偷偷吐着口水："骚气十足！"年轻人叹了声："好花插在牛屎上！"

她一直进门，看见沈渊就娇声娇气地叫了声："渊哥。"对大林又有礼貌地叫声："王老师。"一会儿又把流星眼瞟到老黄身上："这位是？……"沈渊说："黄老师。"她于是又恭恭敬敬地叫了声："黄老师。"做完这一番交际活动后，她就规规矩矩地站过一边，低着眼。沈渊问她："有事吗？"那年轻女人露出满口金牙，微微一笑："听陈校长说渊哥来，爸叫我来请。爸说有话找渊哥谈谈，又说路远，身体不好，赶不回去，就在咱家过夜。"老黄见话也谈得差不多，便对沈渊说："沈校董有请，你就过去吧。"沈渊起身，低声对老黄说："有话我们明天还可以谈，我今晚就在洋灰楼。"扶着黑布伞跟那年轻女人出去。老黄问："她就是玉叶？"大林点头。

在路上，沈渊问玉叶："叔叔婶婶都好？"玉叶点头："好。"沈渊又问："弟弟有信来？"玉叶低低叹了口气："每个月都有信。"沈渊又问："说什么时候回来？"玉叶心烦意乱地说："回不回都一样，反正我是不做什么希望哩。"沈渊斜眼看她，内心深处禁不住起了一阵凄凉感。"年轻独守，也真难为她。"他想。

沈常青一见沈渊就有说不出的高兴，他们又有许多日子没见过面。他一面叫人备饭，准备他过夜，一边问："阿渊，你这些日子都在干什么？想见你一面也真不容易。对我又有意见？连我这儿的大门也少进哪。"沈渊知道他的脾气，只笑笑。老头又问："还在闹什么革命？"沈渊道："在家养病还来不及……"沈常青得意地点点头："这就对路，我说还是身体重要，个人生活重要。在小吕宋你闹了那阵革命，给你带来什么好处？一场官司加上一身病。"又问，"家里日子还好过？维持得下？"沈渊道："人丁本来就少，女人还做些手艺贴补……"沈常青道："那一定很苦！我们本来就不是外人，有困难就说，只要听话我是愿意帮助你的。"

他们对坐着，只见他一个人在说话，似乎长年没机会说话，一有机会就想说个痛快："我不说什么家门不幸的话，只说你爹娘运气不好，养了你这样孩子，出了洋不好好做事，趁年轻力壮时弄点钱，却在那儿闹事……我也年轻过，也对现状不满过，可是，我不像你感情用事。大丈夫做事，既要观前又要顾后，凡事要三思而后行……闹共产我不反对，他们反对的是土豪劣绅、贪官污吏，都沾不上我的边。我本来出身也苦，不苦还会漂洋过海？不过，要闹最好由别人去闹，犯不着我们出头露面。中国事难办，我们是小百姓，不可大意，不可多出主意。谁坐天下，抓大印，我们就听谁，你说是不是？"

沈渊只是微笑着，这个老头的话，在他听来已不那么新鲜了，但也不愿同他争论。关于这个问题他们不是没有争论，过去且为此闹翻过，最后又和好了。沈常青认为自己胜利了，这个侄儿在碰壁、失败，最后听话了；沈渊虽不愿拿原则做买卖，但处境不好，生活困难，有求于他，也多少迁就一些，这就使他对革命不是那么积极，却又不愿意离开革命队伍，做一个逃兵。

玉叶吃了晚饭就匆匆赶去上夜校，她和过去一样，对学习并不感兴趣，更多的兴趣是在于能够利用机会和陈聪保持联系。他们两个的关系，的确发展得很不平常，他们谈过情，说过爱，搂抱过，接吻过，还发生过一次肉体关系。他对她表示过忠心不二，她也对他说："我从来没爱过一个人像爱你这样！"可是从半个月前，大林找陈聪谈过一次之后，情形就有变化，她对他还是热情洋溢，恨不得天天能见面，拥抱、亲吻，解除她内心的空虚、愁苦。而陈聪，却突然对她冷淡起来了。他们还是常常见面，有时她还悄悄问他："什么时候再见面？"这就是说她要和他在房里单独见面，而他总支吾地说："忙得很呀！"他还是常常上洋灰房，她总要使他知道，她是用着什么眼光在注视他，而他却又有意避开，和沈常青谈完话就匆匆离开。

"他为什么突然对我冷淡呢？"她想，"是不是有人在他面前搬弄是非？是不是我有什么地方得罪了他？"她又想起那一次当他们在热烈地拥抱、亲吻，他有要求，而她也情不自禁地把身体给了他，不久他的态度就变了。"男人都是这样，没到手时什么话都会说、都会做，一到手就转面不认人！"一想到这儿，她就恨，恨男人薄情寡义。难道他过去那许多情意表示，仅为了达到这个目的？"我得找他谈一次，"她想，"对我不能这样，我不是卖淫妇，你要怎样就怎样。我要告诉他，你走不脱，你有干系！"

这半个月来，她一直在找机会要和他开一次谈判。

妇女夜校和往时一样，由陈聪讲课。她坐在第一排，眼盯盯地，用充满炽热的情思在望他，希望他对她垂顾一眼，对她笑一笑。但他不再像以前那样用含笑、爱抚的眼光去看她。他故意不看她，也不再在课文讲完后，像过去一样对她用柔情的声调发问："玉叶，你都听懂吗？"反而，有意走近一个比她更年轻的女同学旁边，问："你都听懂啦？"又走近一个比她年纪大，已有一个孩子的女同学旁边，故意表扬她："你进步得快极了，还得加一把力！"她气愤填胸地想："什么意思，故意做给我看的！"

下课钟响了，学生们纷纷点上火把、火油灯，要离去，她故意拖延着，等他，想和他谈几句。而他，站得远远的，故意不走近前，当她低声下气主动走向他，他又装作没看见的样子，匆匆离开。

当随身丫头把她接回家，她一言不响，一上楼掩上门，便投身上床，放声大哭。"完啦，"她想，"他把我玩过，就去勾别人啦！"哭了一会儿，忽又下决心道："我年轻，漂亮，有钱，什么不如她们？不！我一定不放手！"

夜深了，四周都已沉沉入睡，只有五里外的为民镇，还是灯光辉煌，笙歌不绝……

五

老黄和陈聪到为民镇赶了一次圩。

为民镇在剌禾公路上，有一条长达两里叫"添才街"的大街，整齐地建着两列长长的、同一个规格的三层洋楼，镇头镇尾基于防卫的考虑，还建有两座高达四层的炮楼，炮楼上各驻商团一小队。这个新兴市镇最高的行政当局是"为民镇商会"，商会会长也是许添才。从这个市镇开工兴建到现在，一直是他在掌理，许为民只躲在背后指挥策划。

许添才虽是个大少爷，但对经营特种企业，却是干才，在为民镇创办初期，他到禾市"观摩""学习"了两个多月。之后，回到池塘就对许为民建议说："要把市镇繁荣起来，嫖赌饮抽少不了。"又说："只要把这些娱乐事业办得好，就不怕银纸不滚滚来。"许为民采纳了他的建议，于是所谓

"第一流"的妓院、烟馆、赌场、饭店就纷纷办了起来。果然兴盛，一时刺州也为之逊色。

老黄在到刺州时，曾在公路车上浏览过这个市镇，说来并不陌生，但印象没有这次深刻。他和陈聪走过镇首那座白色洋灰牌楼，进入添才街，果然热闹。百货商店罗列着来自东洋、西洋、上海各地各种时新商品，许多店铺都自称为"小纽约""小巴黎""新上海"，洋服铺大玻璃柜内模特儿露胸袒臂地对过往客人露出微笑，照相馆门口像举行橱窗展览似的挂着各种着色人像，镶牙店用惊人巨牙来做号召，首饰铺标出"贵客光顾，一律八折"。

这不过是些普通商店，并无特色，可是走到中间最繁华地段，就有一座占三间铺面，高悬"恭喜发财"四个大字的赌场。那赌场大门口站着两个马戏班丑角打扮的人，一个敲着洋鼓，一个拿着号筒，力竭声嘶地在宣传发财致富之道。他喊着："来呀，要发财的来呀，一本万利……"喊一阵，又吹打一阵，吹打一阵又喊一阵："恭喜发财呀，你看东和乡王小七用一块大洋赢了一头大水牛。西和乡，陈阿二……"

走过"恭喜发财"，就是"逍遥乐"，大门口贴了副对联，一边是"逍遥自在"，一边是"快乐如仙"，静悄悄却有些骨瘦如柴、鸠形鹄面的人仓皇进出。陈聪说："这是大烟馆，听说高等座还有女招待哩。"

走过逍遥乐，有一占四间门面，挂了个一丈来高大字"当"，骑楼下挤满了人，大都提着包裹，也有些是挑着担来的。正对面有座楼，在骑楼上挂着两盏彩灯，灯上写着"乐园"两字。大门前一边是只大花篮，上写"秀阁名媛凤仙女史笑纳"，一边是块红底金字大招贴，上书"重金礼聘禾市名媛凤仙女史候教"。门内门外一片寂静，却传出阵阵丝竹乐音。陈聪又开口了："这儿的姑娘据说是卖艺不卖身，最著名的姑娘号称四大天王。她们都年在二十上下，四个人长得一模一样，就像孪生的四姊妹。"老黄问："那快活林又在哪儿？"看来陈聪却是相当内行，他嬉声笑着："这是高等的，还有中等和下等，货色不同讨价也不同。你看那边不是迷魂谷和快活林吗？"

果然过了几间铺面就是迷魂谷，一看门内、门外，骑楼下都是姑娘，她们有的站，有的坐，有的在打情骂俏；有的服装整齐，有的头发蓬松，酥胸半露，更有些仅着粉红色汗衫短裤，故意走来走去，对过往行人大抛眼色。再过几个铺面就是所谓出卖下等货的快活林了，有几个二龟公二龟婆站在大路上口沫横飞地对乡下人宣传销魂一次大洋一块，还说"包满意"。陈聪又说："这些窑子听说全是许添才当的老板，所以有人叫他许龟公。"

他们又走过警备森严的商团部、"为民钱庄"，最后到了刺州大茶楼拣了个二楼临窗座位坐下喝茶。陈聪又说："为民镇号称不夜城，入夜可热闹，满街是姑娘，在大市场那边还唱'七子班'，吃喝、赌摊摆满街。"老黄问："来趁热闹的人多不多？"陈聪道："四乡有钱人来得不少。"老黄问："不是说到处在闹匪，有钱人敢来？"陈聪笑道："许天雄在十里外称雄，这个地头可轮不上他。许添才凭那商团实力，沿为民镇十里内外，没人敢找麻烦。"

他们吃了几碟点心，喝了壶茶，正待离开，大街上却传来一阵女人孩子的号哭声。老黄居高临下从窗口看下，只见在迷魂谷前围了一大堆人，一个乡下妇女怀有七八月身孕，背上用背兜背着一个一岁大的孩子，双手分牵着两个五六岁大的，一把鼻涕，一把眼泪，在哀求："他已经三天三夜没回家了，请你们做做好放他回去！"说着望望那两个大点孩子，孩子们像个小合唱似的齐声哭着："爸爸，我要爸爸！"那些迷魂谷的姑娘却七嘴八舌地在叫："谁要你男人！""谁不放他？说话得清楚些！""我们这儿一个白天黑夜进出就不下二三百人，谁知道哪个是你男人？""自己没本事把男人看好，还来这儿骂人！"那乡下女人只是哭求着："我知道，他在你们这儿，你们不放他走，我也不走！"

看热闹的人越来越多，一时把街道塞住，议论纷纷，有的骂那男人太荒唐，儿女一大堆还干这风流事；有的又怪那女人，为什么不看紧他！正在闹哄哄，来了个商团丁问出了什么事，一个妓女说："胡闹来的！"那商团丁便冲向那乡下女人："你瞎了眼，这是什么地方，你敢来胡闹？走！走！"说着动手就推，那乡下女人没料到他会推她，朝后一仰倒身在地，群众起阵哄，都说："要出命案啦！"老黄摇头叹了口气："惨！"陈聪说："这类事多着哩，每天就不知有多少起。"

他们走出茶楼到大市场去，那是个足容千人的广场，一座戏台，两列长长的摊位。陈聪说："乡下人挑来粮食、蔬菜，猪牛鸡鸭，都在这儿摆卖。"他们转了一转，又沿旧路回头走。到了当铺前，那儿又出了事，在骑楼下，一个衣衫褴褛、满面烟容的男子，正在和一个中年妇女争夺一只包袱，女的死拉住不放，放声大骂："短命鬼，大烟鬼，你把家里什么都当尽卖光，还想偷老娘这两件衣服！"男的横蛮不讲理提起足就踢："放不放，不放我打死你！"女的挨了他两脚，倒在地上抱住他的足，用力一拉，男的也倒了，于是两人就在地上纠成一团，都想抢那包袱。一时又逗引了一大堆人，却没一个肯出来排解，反而在那儿击掌喧笑。老黄对陈聪说："这就是许为民的德政！"

当他们走到镇口洋灰牌楼时，只见汪十五和一群挑夫蹲在牌楼下挡阳地方，在商量什么。抬头看见老黄，只会心笑了笑，并不打招呼。老黄想："布置下来的工作，他在贯彻哩！"

老黄回到潭头不久，沈渊就来告辞，并问有什么吩咐。老黄严肃地对他说："你生活在虎窟里，有困难，组织上完全体会。不过要知道，共产党人是特种材料做成的，必须在生死存亡关头，站稳立场！"沈渊面有愧色地说："我会牢记你这句话。"大林也把陈聪找来："从此以后有关学校的事，你找老黄。"

办完了最后交代，大林、老黄便动身前往清源。他们刚走出村口，就碰到顺娘，大林问她到哪儿去，顺娘没有直接答复他："我已等了好些时候。"老黄问："还有什么事？"顺娘摇摇头。大林和老黄都止了步，意思是让她有话说了好回村，不意顺娘却说："我陪王同志走一段。"她实在没有事，仅仅是知道大林要离开了，什么时候能再见呀？她心里实在舍不得，要来送一送。

第四章

一

清源蔡老六一天没出门，在家里等他们。

此人身高力大，比平常人总要高出半个头。四十上下，体重一百八十磅，臂长肩宽，走起路来，略微有点驼。为人乐观、开朗，好打抱不平，作风粗糙，有时还有点冒失。

二十岁那年，他跟村上一位同乡叔伯过番石叻[1]，因为粗手粗足，气力又大，找不到轻活干，被码头工头看中，找他去当码头工人。他一人可以干两人的活，但食量却要吃三个人的，有人说："你这样大食法，怕不吃穷！"他却笑着说："为人辛苦，还不是为个吃字！"干了十多年活，把腰压弯了，年纪增加一大把，不仅两手空空，相反地却吃了一场不小官司，被遣配回乡。

原来这些码头工人在码头干活，常常遇到红毛工头[2]找麻烦，进码头要搜身，出码头也要搜身，有时还要尝点足踢拳打的滋味，老六对这些不平等待遇甚为不平。他常说："我们凭气力吃饭，为什么要受这样侮辱？"有人说："我们在人家地头找饭吃，算啦。"有人却故意激他两句："爹娘枉生了你这个大食儿子，有这样一大把气力，对红毛也只好低声下气。"老六口里不响，却暗暗在想办法要出这口气。

一次，大洋轮运来大批货赶着要卸完出港，大家已累了整整一天，想歇歇，喝口水，吃吃饭，那红毛工头却一迭声地尽骂人："不干活，尽偷懒，老子开除你！"有个同事实在支持不住，要求给他吃吃饭再干，那红毛工头不理，竟又挥起拳来："你不干活，做懒汉，想死？"那码头工人平心静气地解释："你没看见，我从清早干到现在，没歇过。"那红毛却说："我操你个娘，你偷懒，你坏！"一连给了他几拳，那码头工人，一时受不了，也顶了他几句："你也有娘，为什么这样骂人？"红毛更加嚣张了，放声把大家都骂了："你们靠老子吃饭，老子就要骂你们。我说，我操你们所有中国猪……"一时所有中国工人都停下手，表示抗议，那红毛工头，挥着拳，直冲到他们面前："你们也想死了，赶快给老子干活！"

大家没动手，那红毛一时拿他们没办法，就逐个去打耳光："搬！搬！"当他迫近老六时，还没来得及动手打人，那怒火中烧的老六，已一手抓住他的衣襟，一手抓住他的裤带，只轻轻一提，就把那红毛工头像老鹰捉小

---

[1] 石叻：指的是新加坡。

[2] 红毛工头：指英国工头。

鸡似的投进海里去。那时他们都在英国货船甲板上工作，船上的红毛，看见中国人"行凶"，想迫中国海员来抓人，中国海员却说："去你妈的！"没一个肯动手，那货船一面发出呼救信号，一边挥动红毛水手亲自动手抓人。

码头工人见出了这大事，都劝老六赶快逃。老六却镇定地说："大丈夫敢做敢当，让他们来吧！"码头工人听了他的话都很感动，大家齐声叫着："我们生同生，死同死，他们敢来，我们就抵抗！"一时双方就在甲板上格斗起来，一直到殖民地政府派出大队武装警察赶到，抓走了所有中国工人，才息了这场恶斗。

在法庭上，老六从容不迫地说明经过，并拍拍自己胸膛说："这件事我一人干，我一人担当！"红毛法庭当然为红毛服务，法官最后判了老六：背笞一百藤条，进苦工监五年，刑满递解出境。

老六在服刑期间，有朋友帮助，自己也是个无忧无虑的人，倒也不觉得怎样。这时同被监禁在苦工监里的有中国人、印度人，也有马来人；有普通刑事犯，也有政治犯。老六在那儿，认识一个中国人，患有严重肺病，但为人极刚直和气，学识又丰富。老六见他体弱多病，做不了苦工，常常自动把他那一份也做了。而他也教老六读书识字，讲讲为人和革命斗争道理。两年后，那个人才告诉他自己是个共产党人，虽然坐牢，和党还有联系。当老六要求入党，他就充当起介绍人，吸收老六入党。当老六刑满被"遣配出境"，那位同志告诉他："我还有一年刑期，你先出去，要好好为党工作。"老六问："我找谁呢？"那同志道："在你故乡，这几年革命发展得快，一定有党，你到了那儿就去找党。你一定要找，一定能找到！"

这样，老六便被遣配回乡。

老六家无寸地，只有祖遗老屋一间。返乡后，算是两袖清风，为了生活想进城当苦力，没有机会，见本乡有人当鱼贩，也挑起鱼担当鱼贩。他天未亮进城，在鱼行街贩些鲜鱼虾，挑上四乡叫卖，几年来生活还马虎得过。

老六口才好，学了些文化，性好音乐，会写，能说能唱，特别喜欢编褒歌，只要把他顺口溜的褒歌记录下来，就是一首好歌。在石叻坐牢时，那位同志见他能说会唱，曾送一把吉他给他。出狱后，他一直带着它，每当心情悒闷，就兀自弹唱起来。他做买卖也有个特殊方法，是从那些打拳卖膏药的学来的。他把鱼担挑到行人众多的地方，停下，拿起吉他先弹一会儿，唱几首褒歌，然后动手做买卖。妇女喜欢他，小孩也喜欢他，他们亲昵地称呼他做"洋琴鬼"。他买卖公平，不会把臭鱼当好鱼卖，遇到顾主青黄不接时候，也乐于通融，记一笔账，下回再付。

老六虽说为人忠厚和气，却也做过一件被认为"憾事"的。对这件事，他内心不安，乡人也很难谅解；但当时，他怒火冲天，丧失理性，一时想不开，动手就干。原来他年幼丧母，父亲是个不务正业的二流子。年轻时混了多年民军，什么没学上，兵油子坏习气，嫖、赌、抽样样拿手。他家底本不厚，在祖父时代不过是中等人家，经他那不长进的父亲一嫖一赌一抽便光了。

这个烟鬼现年已六十，干瘪萎缩像个活僵尸。他既没有赚钱本领，又不愿意劳动，每天只会伸手要钱，钱没到手就装死，说尽好话，一把眼泪，一把鼻涕，指天发誓："只有这一次，以后我再不戒烟，天诛地灭！"钱一到手又是一副面孔，生猛得很，成天泡在大烟馆与那些烟鬼朋友吹牛鬼混，这老鬼不但擅于撒谎，而且狡猾阴险，品质恶劣。在老六出洋期间做了一件伤风败俗的事，奸污了自己儿媳，并且使她成孕。

老六老婆玉蒜六岁时就被卖到蔡家做童养媳，十五岁时正是老六二十岁，由老烟鬼做主成了亲。她身体瘦弱，发育不全，一味长高，有人说她是个竹竿型的女人。和老六成亲不久，老六便出洋去了，一去就是十多年，有时一年寄一次家信，有时两三年才寄一次。当老六吃官司时则完全音讯断绝。他们都不知道他的下落，只知道他还活着。

老六突然返家，曾使这个乌烟瘴气的家庭起了一场风暴。先是老六在家门口碰到他父亲，那老鬼没一点亲切表示，只是吃惊、惶惑，支吾地应付几句，悄悄躲开。老六找到玉蒜，这个在他出国时还是个黄毛丫头，现在已成熟而且有点衰老了的妇女，见到他也是先吃一惊，而后就掩面大哭。这些不平常的现象，都使老六不安、狐疑：到底出了什么事？是他没发财回来、落魄南洋使他们失望？是他回得太突然，没点精神准备，都失了态？

正在疑惑不解时，从门外走进一个十一二岁大女孩，一进门就叫玉蒜"妈"，亲热地投进她怀里。老六仔细端详那孩子，面貌、身材和玉蒜小时差不多。他想：自己离家已有十五六年，玉蒜不会养的；是收养的吗？为什么又长得和她一模一样？难道是玉蒜在他不在时改嫁，替别人养的？既已改嫁为什么又住在自己家里？这时玉蒜满面通红，看见孩子对这个陌生男子满怀惊奇、疑惑，便低声说："红缎，他是你爸，叫爸！"红缎这孩子果然恭恭敬敬地叫了老六一声："爸。"老六一声不响，只是苦笑。

入夜，老六送走前来探问的亲戚邻居之后，便低声问玉蒜："孩子睡在哪儿？"玉蒜忐忑不安地回答："她原和我一起睡的，现在你来，我已替她另外打铺。"她也知道为这孩子的出处，在他们中将有一场严重的争执，也许……她是决心和盘托出，她想：也许会因此而闹出一场惨剧，她已忍辱这许多年，现在正是申申气、吐吐冤屈的时候了，有什么好顾虑的？那老鬼从匆匆见了老六一面，就不知去向。而红缎却觉得这个刚从南洋回来的"爸爸"，对她非常冷淡。整个家庭充满了暴风雨前的宁静。

玉蒜先进房去，灯也不点，一个人呆呆地坐在床沿上，痛苦又不安；老六一个人在堂屋，默默地抽着烟，心情同样痛苦复杂，从亲戚邻居那种心怀鬼胎、交头接耳的模样，他已猜出几分：玉蒜对不起他，做了丢人的事。可是同谁呢？……他起身，执着煤油灯进房去，房内立即洋溢着一片白光。玉蒜一动不动地坐在床沿，眼瞪瞪地望着他，是恐怖、忧悒，又表现了她破釜沉舟的决心。

老六放下油灯，顺手把房门扣上，走近她，把面孔只一板，双眼闪着愤怒、燃烧的火焰，怒声地问："玉蒜，这孩子是谁的？"玉蒜把头低着，想起了在探望老六的邻居中，曾有一个叫勤治的知心姊妹悄悄地对她说："不是你的过失，不要怕，把该说的都对他说，老六为人我了解，他不会怎样你的！"老六见她不答话，更加气愤，一时兴起，更加相信他猜得不错，她偷人！张开大手揪住她的发髻只一提，就把她从床沿上提起来，恨声地说："为什么不说？到底你偷了谁？和谁养下这杂种？"玉蒜一阵心酸放声大哭："不要打我，老六，不是我的过失！"老六抡起大拳："不是你的过失，孩子怎么来的？"玉蒜只是哭："我没错，老六！"

老六已是一拳打下，而她却勇敢地承受着，只哭叫："老六，你听我说呀！不是我有意做这丢人的事，对不起你。我不愿意，我拼死抵抗过，可是，我是一个孤单女人，你又不在家，家里没人帮助我，邻居没一个听到。他逼我、打我，把我手脚都捆绑起来，把我打昏，然后，才做那伤天害理的丑事……已经有多少年了呀，老六，我有冤无处申，有话没人说，我忍辱地过着日子，养大了这孩子，只望有一天，你回来，把心里的冤情对你诉说。现在，你回来啦，我没有隐瞒，我把什么都告诉你，只要你知道，我也死个清白……"她在地上爬着，双手抱住他的腿哭诉着，几乎是一字一泪。"现在我把话说完了，你也明白了，要打就打吧，要杀就杀吧。"说着，她松开手，跪倒在地，双手掩面，心安理得地等待他的处分，他也许会踢死她，也许会勒死她，她都准备容忍一切。

但老六听完了她的哀诉，心却软了，泪水在他眼中转着："你说他，他又是谁？"玉蒜咬牙切齿地哭道："就是你那千刀割万刀剐的爸！"老六不听犹可，一听这话，浑身发滚。意外！这完全出乎他的意外！这老鬼竟会做出这禽兽不如的行为！他放开她，一言不发，返身就走。

不知从什么时候起，那老鬼已偷偷溜回家，躲在他那阴暗、潮湿、鼠窠一样的卧室，蒙头假睡。老六在盛怒下一脚踢开房门，像老鹰捉小鸡似的从床上把他提了起来。老鬼心里明白，却仍惺惺作态，假作正经道："到底出了什么事呀，老六？"老六早已左一记耳光右一记耳光："老王八，你做的好事！"老鬼挨了几记耳光，跌倒在地爬起来还装傻："老六，多喝了几杯，醉哪？"老六乘他立脚未定又是一拳："老王八，你做的好事！"这一下老鬼不再装傻了，他心想："逃命要紧！"拔腿就走，老六哪肯放过他，跟在他后头直撵，他像打西洋拳似的，第一拳击倒对手，乘他立脚未定又是一拳。老鬼连滚带爬只求逃命，老六却紧追不舍，从房里打到天井，从天井打到大门外、晒谷场，一直到那老鬼再也爬不动，缩成一团，在地上装死……

那一晚，老六没有回房睡觉，老鬼也不敢进门，红缎一见他面就发抖。从此，他变得心灰意乱，对什么人都不说话，内心痛苦，后悔不该回乡。他除了为生计奔跑外，就动手修整那破旧祖屋。祖屋修好了，他又利用屋前屋后荒地开菜地搭瓜棚，种植瓜豆蔬菜，尽可能找粗重活做，想忘掉这一切；同时却按照那位同志的指示，千方百计地在找党。

他果然找到了党。当陈鸿第一次代表党组织和他会面，他兴奋得泪水直流，抓住老陈的手不放："我可把你们找到了！找到了！说真的穷人离开党，就像孩子失去爹娘！"他说了许多热情的话、痛苦的话，像有千言万语要说，又怕说不完，表达不了。"我要向党汇报我的思想情况。"他从他坐牢入党，说到被遣配返乡。"让党来做公正人，给我帮助！"他说了他家庭间的秘密。"我应该离开她们还是和她们生活下去？玉蒜并不坏，尽管我对她冷，她还是尽了她的责任；红缎那孩子，不懂事，纯洁，也很可爱，我也怕伤她的心……"说着，说着，他伤心得像个受尽委屈、磨折的孤儿，只是哭。

陈鸿很受感动，对他印象也很好，他安慰他、鼓励他，对他处理这件复杂的家庭问题，也做了善意批评，又帮他进行分析，他说："你爸肯定不是好东西，他是渣滓、是废物。玉蒜和红缎都是牺牲者，她们都没错，都值得同情。你给那老废物一阵教训是必要的，对玉蒜和红缎态度却不对。你应从社会根源去追究责任，而不该凭感情用事。问题还在这万恶社会，如果不是这社会存在着人吃人、人剥削人的制度，迫使你离乡背井，怎会有这家庭悲剧？应把这现实事例作为教训，加强革命精神、斗争意志！只有变革旧社会，改造旧社会，打倒旧社会，建立新社会，才能根本解决问题！"他要老六承认现实，同情被牺牲者，把她们团结在自己周围，给她们以帮助教育，"把她们也引导到革命的道路上！"

陈鸿的一番教导对诚实而粗暴的老六有了很大启发，理性重又战胜他。他对玉蒜和红缎的态度有了根本性的改变。他对玉蒜愿意开口，有事同她商量，也有说有笑了，并自动对她表示："孩子大了，还是让她单独睡一个地方。"玉蒜反问他："那么，你呢？"老六道："我自然和你在一起。"怕那孩子受歧视、伤心，也承认红缎是自己孩子了。

老鬼在外头落魄了一个时候，打听老六有了"转变"，也厚着面皮请求宽恕。老六说："你可以回来，但一定要戒绝大烟，帮做些家务。"那老鬼当时满口应承，并指天发誓："我不戒烟，天诛地灭！"又回来了。开头几天还算老实，不上十天八天又原性不改，不但伸手要大烟钱，还对玉蒜发牢骚："人家养儿防老，我家养儿打老子！"玉蒜对他也很不客气，当头就给一闷棍："老鬼，你还有面说这话，人家当老子就像个老子样，你当老子学禽兽！"老六也不耐烦了，他对玉蒜说："我家那只脱毛灰狗，有客到，还会叫两声通知主人，下点狗粪当肥料。可是老鬼，哼！"却也没有赶他，只当没这个人。

这个家庭算又和和睦睦地过着了。

二

老黄、大林到了老六家。当那蜷卧在大门口的脱毛老狗，抬起头用蒙浑老眼望着他们，有气无力地吠叫了两声，老六就奔出来。一见面就满面笑容："你几次来，我都不在家，你也不等我回就走。今天，我知道你要来，我对玉蒜说，无论怎样，我一定要见他一面。事情多，问题不少，自己水平低，没个主意，非听听你的不可！"当大林把老黄介绍给他，并说是代替陈鸿同志来领导大家的时，老六又兴奋又感动，用那只粗厚大手和老黄握着："陈鸿同志的牺牲，给我们带来不少损失，他虽是知识分子，可是个好同志，对人好，有学问，有见识，就是软弱些。"

他把客人请进去，在堂屋坐着。一会儿玉蒜端出茶水，大林又对她介绍："老黄。"玉蒜只是笑："见过啦。"老黄觉得奇怪："大嫂，你在什么地方见过我？"玉蒜笑得更响，她不答复老黄提出的问题，却对大林说："阿林，你那天叫我去等的，不正是他？"大林也想起来了，哈哈大笑："对，差点忘记了！"他对老六、老黄说明经过，一时大家都忍不住放声笑了。

老六道："玉蒜现在也能替大家干事哪。"大林却说："老六，你不能用那种旧眼光看大嫂了，她替我做过不少事哩。"老黄也说："男女都一样，在我们革命根据地，男的当红军上前线，女的就在后方当家、搞生产、管理政权。她们还组织赤卫队哩。"玉蒜嘀咕着："你说他……以前还打老婆哩。"老六也笑着说："我们早不算旧账了，你怎么又在同志面前翻我的老底？"又是一阵笑声。空气愉快融洽。

喝过水，老六就说："今天我没事，久未见过大林，老黄又是第一次来，一定要喝两杯。昨天一听说你们要来，我就叫阿玉给我准备两条大鱼，要生猛的。我卖鱼时总对顾主说，死鱼和活鱼一样生猛。可是，我请客总要叫阿玉去捞几条新鲜的来。"正说着，门口就有一个清脆的声音在说："六叔，怎么专在背后说人长短！"老六抬头外望，放声直叫："说到曹操，曹操就到！”

进来的果然是阿玉这小姑娘，头戴宽边竹笠，裤脚卷到膝盖上，露出那壮健小腿，手上挽着窄口竹鱼篓，笑容满面，一摇一晃，踏着八字脚进来。见有客在，吐了下舌头又想缩回去，却被老六叫住："进来，没有外人！"阿玉这才跨步走进堂屋，一本正经地说："爷叫我送鱼来，说大的没有，小的和虾子凑数，有二斤来重。"老六问："可全是生猛的？"阿玉把鱼篓朝地上只一倒，只见鱼虾满地在翻滚跳跃，大家都叫好。玉蒜从灶间端着铜面盆出来，问："怎样个煮法？"老六道："做两个下酒菜就是。"两个妇人家把满地鲜鱼虾捡走，都进灶间去。

老六问："你们过渡时没见过她？"大林说："我们算是老主顾。"老黄也说："她的褒歌唱的可真动听！"老六道："这孩子生猛得就像那满地跳滚的鲜鱼鲜虾，只是生来命苦。当年他祖孙俩，在咸江口被渔霸迫得走投无路。渔霸叫人对老艄公说：我看中你家阿玉，要抬举你，把她给我做小吧。那老人一家大小都死在海里，只剩下这块骨肉，哪肯嫁人做小？不敢公然反对，只推说蒙老爷抬举，多多感谢，只是我家阿玉，今年还只有十三，不通人事。那渔霸哪肯听他的，说：我中意的就是像她不通人事的姑娘，定要下聘。那老头急得要跳海，那渔霸又说：要在我的海面上讨活，不肯把姑娘给我，就离开！老头也说：我宁愿白白饿死，也不能把这亲骨肉叫你糟蹋，叫我离开就离开！连夜划着小船偷偷来到我们乡避难。那时他们生活可真困苦，一天吃不上一餐饭。我知道这件事，又见我们乡渡头少了个艄公，我对蔡保长说：这公孙俩可怜，就让他们来管咱村这渡口吧？蔡保长也同意，就这样把他们留下来。岂知那渔霸，见走了阿玉，叫着要她表姐代替，那表姐比阿玉只大两岁，长得也挺标致，但温静、文雅，没有她这样野。她表姐如何肯？渔霸便派人划着彩船去强娶，那老实渔民在高压下，有什么办法？只得迫着亲生女儿上娶亲艇。不过这姑娘也很有志气，见逃不脱这苦命运，把心一横：我死了也不让那鬼渔霸玷污身子。上船那天不动声息，一到半路乘大家不觉就跳海……"

老黄问："当时没人抢救？"老六接着说："当时海浪滔天，怎救得住。那表姐是懂得一点水性的，投了海并没有死，她在海中随波逐流，不知不觉就漂进桐江。恰好又被另一船家救起。他们问她姓甚名谁，家住哪儿，为什么失足坠海，她什么也不说，只是哭。那船家怕惹祸，便把她送五龙庵寄养。五龙庵老尼正缺一个打杂人员，自然乐意，叫她吃素做菜姑，收养下来。现在她改名静姑就在那尼庵住。"老黄问："静姑的下落渔霸知道不？"老六道："自然知道，但也没办法。人家已当菜姑了，还能迫她嫁人？静姑从此不到咸江口，却常到这儿走动。当时阿玉已参加组织，我就叫她把静姑也发展过来。这样静姑也成了组织内的人哩！"

说着，玉蒜、阿玉已把饭菜端出来，一共是两菜一汤，一个生鱼煮大蒜，一个是虾仁炒荷兰豆，另一个蛋花汤。老六叫住阿玉问："静姑最近来过？"阿玉故意嘟起嘴巴说："六叔问她做什么？你想做媒也没用，人家是菜姑不出嫁。"说着伸了伸舌头，往灶间又走，老六摇摇头："就是不懂事！"

女的在灶间吃开了，老六才举杯："难得，先干一杯。"说着先自一饮而尽，老黄跟着，大林却说："我只会吃菜。"老六的酒量不大，但习惯于"喝两杯"，酒一下肚，面孔、脖子、连头皮都涨红，话也多起来。这时，他就对老黄说："看到你，我就高兴，人多主意多，办事劲头足。这儿的事不好办，就是难不倒我们。陈鸿同志牺牲后，有人开始怕了，怕什么？怕死！我说干革命就不能怕杀头，怕杀头还叫什么革命！革命就是这个意思，不是我们去杀反动派的头，就是反动派来杀我们的头，你说对不对？"老黄微笑着，心想：沈渊最好能听一听这位农民同志的话。"有人迷信反动派办的报纸，说江西红军失败了，共产党被消灭了，革命没什么前途。我对这种人说，不要相信反动派的报胡说八道，共产党工农红军是永远不会失败、永远消灭不了的！蒋介石宣传红军失败、共产党消灭，宣传了多少年，可是红军怎样，共产党又怎样？是越打越多，越战越强！"他用手按按胸口，"我这儿东西不多，把知道的都说了。"忽又改口问道："你们带来什么宣传品没有？我们这儿实在太需要了。没有宣传品就等于商铺卖清货色，没什么吸引力。"在谈到自己的工作情况时，他又说："我们是穷乡，穷人有的是，就是阶级觉悟不高，道理懂得少，年轻有血气的几乎全出洋，留下的都是妇女老头，还有那乳臭未干的小子，妇女离不开孩子'灶脚'，老头顽固，我宣传他们参加革命，你想他们怎样回答？老啦，成不了大事，找年轻的去吧，这都是宣传教育不够。"

大林问他最近还写些什么？于是他又甩手拍起脖子："你看，我多糊涂，把这样一件大事忘啦。"说着匆匆起身跑进卧室，翻了半天抽屉，才找出一本"日清簿"，边走边用手指沾着口水翻阅："这些日来我又写了十几首褒歌，正要请教大林同志。"他坐下，郑重其事地把那日清簿递给大林："你看，从这儿开始，作风变啦。我用的是雪梅思君调，以一个穷苦农家妇女的口气，诉说农民的苦处，要大家起来反对地主恶霸、国民党反动派。一共写了十二段，分十二个月写，最后两段是歌颂共产党、工农红军，说他们是穷人大救星，普度众生的观世音……"没等大林拜读完，他又性急地移动椅子，凑近前去，一边用手拍着桌子，一边尖起嗓子，学女人声音唱。

他这一唱，把灶间那两个妇女都惊动了，一人端着一只大瓷碗，在堂屋外偷听。阿玉是褒歌迷，听得非常入神，慢慢也跟着哼了起来。

老六认真慎重，热情奔放，从第一段直唱到第十二段，也不问对方反应如何，总之是以我为主。"这段我曾试演过，"他唱唱又说，"我想了解群众反应，在卖鱼时候曾唱给一大群人听，他们听了都很感动……"阿玉在门外忽然嘻嘻哈哈地说："要是我就不感动。"老六一抬头见是她在那儿偷听，说："小鬼，你又来捣乱，我写的新褒歌，总比你那……"他学起她那尖细嗓子唱："……你我相爱是应该……别人闲言不理睬。"说得大家都哄堂大笑。阿玉更是乐，她伸手要借歌本去抄，老六得意地问："你不是说听了不感动吗？"却也把歌本交她。

三

饭后，大林、老黄进客房暂歇。阿玉辞去："我去换爷爷的班。"有个同村女孩子来请蔡老六："蔡保长有事请六叔过去商量。"老六对他们说："你们晚上就在这儿住，我们许久没开过会哪。"

老六走后，老黄问大林："这蔡保长是个什么样人？"大林道："也是一个革命群众。没出洋前，他和老六是结拜兄弟，出洋后，看来比老六运气好些，干了十年小贩，赚了点钱回来，在村上开间小杂货铺，就不曾再出去。这村几乎是个女人村，除老头、幼孩，少见能办事的男人，当初区上要委这儿保长，选来选去选不出一个人，好容易才选中这蔡保长。蔡保长来找老六，老六说：他找你，就干，怕什么！但蔡保长胆小怕事，办事能力又差，他说干不来。老六却鼓励他：你把担子扛下，有事我们两个商量。这样，蔡保长凡村中大小事务就来找老六，老六出的主意他都听，就和老六当保长差不多。"

　　玉蒜给他们送茶水来了，送完茶水，她又借故逗留着，看来有什么话要说。大林请她坐："大嫂，坐会儿。"玉蒜不坐也不走，大林又问："有事吗？"每次来，她都主动地找他谈谈，在这满身创伤、满怀忧虑的中年妇人心中问题也顶不少。玉蒜拿不定主意，该不该在老黄面前谈。又怕这时不谈，大林离开没机会，所以颇多犹豫。大林便鼓励她说："有话就说吧，都是自己人。"于是玉蒜才开口道："这话我早想说啦，就怕说错……"大林道："自己人嘛，说错也没关系。"玉蒜鼓足勇气："你和老六做了这些日子朋友，你也知道他的脾气。他做人心肠好，忠厚、爽直、热情、勇敢都是好的……"大林微笑着插进一句："就是冒失不好？"玉蒜忍不住也笑了："听说城里很乱，我们这儿离城又近，老六一点也不在乎，你看他那本本，写了多少褒歌，都是叫人提心吊胆的。他又随身带着它，进城买鱼带它，下乡卖鱼带它，鱼行的账写在上面，人家欠账写在上面，他的那些褒歌也写在上面，万一给查出来……"她没再说下去，但是大家都知道她后面要说的话。

　　大林望望老黄，老黄也觉得是个问题，这样一个同志，也算负了一定责任的党员，怎能这样大意？"他自己编褒歌没什么，"玉蒜受到鼓励，胆子更大了，"还在卖鱼时候，带着那把洋琴到处乱唱，自己唱，教人唱，说是宣传革命道理。他刚刚唱给你听的那支褒歌，现在是到处有人在唱，小孩唱，大人也在唱……"老黄忍不住地问："你为什么不劝劝他？"玉蒜摇摇头，苦笑："我劝过他，对他说，老六，万一反动派打听出来，不坏大事？你想他怎样？把眼睛一瞪，说：你懂得什么，干革命就是不怕死！我也知道，干革命不要怕死。干了革命，反动派又抓不到自己辫子不更好？"

　　老黄非常同意她的看法："革命者、共产党员不是生来就要找死的，但到了非死不可时，也不要怕死！"玉蒜深深地舒了口气："我是个妇道人家，没出过门，没见过世面，什么都不懂，就怕他自己找苦头吃。"大林忽然问她："你们现在怎样啦？"玉蒜红着面："好得多了，他这个人好，许多事都不记在心里，过了也就算了，有时粗些，我也忍得下；对红缎那孩子也很好，把她当亲骨肉看，对老鬼还是不好。那老鬼也实在气人，那口烟说戒，戒了几年还是老样，老六对他也没办法。"大林道："只要你们和气生活就好啦。你刚刚提出的问题，我们很关心、很注意，一定要他改，你放心。"玉蒜感到满意，听见外面有人在叫娘，她说："红缎放学回家哪。"匆匆离去。

他们三个人开了一夜的会，回房后，老六一声不响，玉蒜倒有几分紧张，她不知道是不是因她向组织上反映，使老六受到批评，还是老六有什么事没做好？只听得老六辗转反侧极为不安，一会儿起身喝水，一会儿吸烟，她故意问他："你明天要起早，这时还不好好睡？"老六坐在床沿上默默吸烟。有好一会儿才开口："玉蒜，你说说看，我最近还有哪些缺点？"玉蒜心跳着：对！就是那件事，大林他们找他谈了。却说："你说什么事呀，我不清楚。"说着，也坐了起来。

老六面向着她，神态和平诚恳："今晚大林和老黄都批评我……"玉蒜问："他们说些什么呀？"老六道："话很对，就是有点吃不消。他们说我用一个普通党员水平在做工作。"玉蒜问："是不是关于你教唱歌仔的事？"老六道："也是一个，还有我那歌本本。"玉蒜差点笑出声了，却说："你不是说革命不怕杀头？"老六道："这话也没错，要是反动派抓不到你的把柄，又把革命工作做好不更好？"玉蒜沉吟半晌，说："你能把事情想通就好啦！平时我对你说，你总是双眼一瞪：女人家懂得什么！现在连大林、老黄也这样说哪。我没有你懂得多，只觉得你这样不看人、不看时候，在什么地方都乱撞不对头。干革命也不是招兵。"

老六低着头，不发一言，心里倒有几分松动：这些日来她和大林他们谈谈也很不同了。那玉蒜觉得话匣子已经打开了，有话也就说吧。接着又说："要是你做的是正经事，我不怕你被杀头，也不怕自己被杀头。从陈鸿同志被害后，我常常在想这件事，他那样好的一个人，那样有学问的一个人，还不怕杀头，我们又怕什么？我劝你，不是自己怕死，只是要你不要误大事。"话说得那样恳切、那样真诚，叫老六也感动了。"你们的事，我不知道，我也不想知道。我看你们都在奔跑，为穷人奔跑，我自己也常常在想：我能替他们做些什么呢？我看你同许多人在谈，谈革命的道理，我也很想听听，知道知道，你却不找我谈。有时我见你同阿玉在谈，心里就难过，在你眼中，我是连阿玉也比不上……"说着，她的眼圈红了，声调也呜咽了，"我不是那样女人，我只希望你关心关心我。倒是大林不同，他常常和我谈谈，叫我做点事，我也很乐意做……"老六难过地说："你这些话为什么不早对我说？"玉蒜道："我总觉得你一直是把我当小媳妇看的。"老六道："那是很久以前的事。"玉蒜道："现在也还有些。"老六把头低着，兴奋和惭愧的心情交织着……

四

大林和老黄明早就要分手了。虽然分手只是短暂的，相距也不过几十里，但双方都觉得有些难舍，似有许多话还没说完。他们见面，在一起工作，不过十来天，由于共同的理想，由于阶级友爱，使他们建立了亲密友谊，产生了难分难舍的感情。因此，也一夜无法入睡。

大林问他离开家乡时，家里还有什么人？老黄说："父母早过世了，只有一个女人和两个孩子。孩子还小，女人早当了村干部。"大林问："你离开后就没消息？"老黄有点悒悒："第四次反'围剿'时，还接过她的信，以后就断了，我想这时，她不是被杀，就是入山。"大林问："不想念她们吗？"老黄微笑着："想也没有用。反正我是把自己交给革命，也把她们交给革命。"沉默片刻，又说："孩子倒是长得很好，很可爱，大的今年也有十三四了。女人对我也很好，没有什么文化，却很坚定、勇敢。男的上前线，她就领导村里人在后方生产，当反动派打来了，她又领导妇女上山打游击。当我离开前，她从乡下来看过我一次，并和我约定：革命不成功，我们就不见面。又说，孩子我负责替你养大，你可要全心全意地为党工作。分手时，没有一滴眼泪、一句伤感的话。可是，我知道她心里和我一样难舍。"大林听了也很感动，说："我们有千千万万这样的革命儿女，哪怕革命不成功！"

老黄在谈完自己的家事，又问起他和玉华的关系："现在怎样哪？组织也很关心。"大林道："已有许多年哩，在禾市时就是这样。现在是，我们两人都不觉得怎样，只是玉华娘在为这件事操心。"老黄问："已有条件结合？"大林道："说感情，没有问题！说环境，却不允许。你想想，我们现在过的是什么日子，却来谈这个。"老黄却说："我倒有不同理解。从工作出发，你们正式结合有好处。对掩护你在城里工作有利，这样，你就可以名正言顺地在进士第住下，没有人怀疑你；其次是，拉上亲戚后，也可以利用蔡监察的关系，为党多做些工作。你今后在城里工作，工作的方式方法要改变了，不能用老一套，要设法找份正式职业，找块土地生根，做长期打算。"大林说："这些日来，我也正在考虑这个问题，却没想到和玉华结合的事。"老黄道："我不过是个建议，你回去后找玉华研究研究。"

天刚蒙亮，大林就起身，老六也要到鱼行街去做买卖，正好同路。下弦月挂在天边，现出淡淡月色，照着村庄大道。老六挑起鱼担，穿着麻鞋，踏着朝露；大林拽开长腿，紧跟着他，一前一后地向渡口走去。这时，为了谋求生计，本村人和邻村人，要进城去的人很多，有的挑着担，担上还挂着灯笼，也有空手打起火把的，远远看去，有几路火光同时奔向渡口。

大林低低问："开完会后，没睡好觉？"老六点着头说："是呀，情绪很激动，回去后又和玉蒜谈了许久。"大林有点不安："你和她吵来着？"老六摇头笑道："这是我自己的事，和她无关，为什么要和她吵？我是去征求她的意见，她说得挺有道理。我就是这样，对她的进步关心很不够。"大林略为安心："你能看出这点，就是进步。玉蒜是个有培养前途的同志，你可要好好帮助她。如果能把她教育好，通过她还可以做许多工作。你们村的妇女，我觉得有许多人不错，比如玉蒜和那个勤治，都可以吸收参加组织。现成的工作不做，现成的对象不吸收，却到几十里外去招兵买马，不能说不是你在工作中一大缺点，要先把基地巩固起来，立定脚跟再向外发展。"老六道："你们所说的，我都同意。"大林说了声："但愿你今后能在老黄同志直接领导下，做更多工作，做出更大成绩来。"不觉已到渡口了。

渡口是一片火光，几路人会集在一起，都在等渡船，只见那阿玉驾驶着渡船尖声叫着："大家不要挤，成单行，一个个上船！"从对岸直开过来。船靠岸了，从对岸来的客人还没下船，这边的客人已一拥而上，又听得阿玉在叫："大家不要挤，成单行，一个个上船！"大林夹杂在人行中被人推着前进，刚刚要上船，却和从对岸来的一个人碰上，那个人一见大林就拉住他，低低地说："你回来啦，玉华姐要我来叫你，她有点病。"大林一看是小林，很吃一惊。

第五章

一

玉华这一天没有去上课，在家里替学生改卷子。

一见大林分外兴奋，笑着说："你说三几天就回，一去却是半个多月。"大林也是情绪热烈的，即使在百忙中也从没把她忘记，这时更是情不自禁，把她从书台上拉了起来就是几个热吻。"让我来看看你，"他激情地说，"听说你病啦？"玉华大笑，轻轻推开他："是的，害了一场小病。"顺手从书桌里拿出一封信递给他："你看看这封信，妙极了！"

大林把那信打开，是一封怪信，写信人满纸恭维她，说她文章写得好，是刺州难得的"文学天才"。在信中又露骨地表示了这封信作者的立场、态度。言外之意寄信者自己也是革命阵营中的一员，只因组织破坏，失掉联系，现在"颇有孤军苦战之苦"。玉华问："你知道这个人？"大林道："似乎在《刺州日报》上见过他的名字。"玉华道："对！就是这个人！"

原来在刺州文化界不久前突然出现了一个奇特人物。此公年在四十左右，高高瘦瘦，一副苍白而又自作多情的面孔，留着一头不男不女的长发；平时喜着大方灰格子西式外套，打大红领结，戴金丝眼镜；手不离"文明杖"，挟着只大皮包，走路时双眼朝天，目空一切，像是留洋绅士，又像大学教授。他的大名叫吴启超。身份是《刺州日报》编辑，主编副刊。

刺州原有日报三家，其中历史最老、读者最多的是《刺州日报》。此报在北洋军阀的统治垮台后创刊，因为立论比较公正，也有些进步人士在那儿工作过，所以颇受读者欢迎。它又一向重视副刊，当地文艺青年大都在那儿投稿，又成为文艺界的活动中心。周维国莅刺坐镇后对地方实力派把持这份报表示不满，进行改组，因而面目全非，满纸是"清匪剿共"，连副刊也取消了，因之销路大跌。不意过了半年，报上刊出启事，又进行改组，恢复副刊，并"重金礼聘文坛健将吴启超先生主编副刊"。

这"文坛健将"吴启超主编了副刊后，不但副刊篇幅从八栏扩大到十二栏，宣布"稿费从优"，还出现不少"左"的文章，其中有吴启超一个专栏叫"匕首集"，专事抨击"不公正"现象，揭发"社会黑暗"，并且提倡"阶级斗争"，反对地主对农民的压迫，代表青年对"现状表示不满"。有一篇文章甚至用这样大胆火热的字句发表："……为什么革命的烈火在到处燃烧？为什么要求改变现状的人越来越多？为什么会有人铤而走险？是由于民族危机日深，地主恶霸横行，贪官污吏盘剥，人民在水深火热之中。镇压、逮捕、杀人能解决问题吗？不能！问题是在社会制度方面，必须打倒地主恶霸、贪官污吏，改变这不合理的、人吃人的社会制度……"

这篇文章发表后，刺州具有进步倾向的青年，奔走相告，大喊痛快："我们已多少年没读过这样的文章了。""吴启超到底是个什么人？他不怕人头落地，在这个时候写这样文章？"有人去信向编者致敬，过去有人怕惹火烧身而长期不敢投稿，现在也鼓起勇气投稿。自然也有人因之大惊失色，把状告到党部去："那简直是公开为共党张目！""此人应该立即逮捕法办！"

而吴启超不但没有因此被"逮捕法办"或"停笔不写"，反而"变本加厉"发表了《答读者问》说："有人认为我言论偏激，有人认为我该受法律制裁，我为真理立言，为正义呼吁，何怕之有？人可杀，头可断，也不能改变我这种立场！"自然，又获得一部分人叫好！

吴启超与历来副刊编者不同，他非常重视与读者、作者联系，有稿来必亲自批阅，尽可能地发表，并致以丰厚稿酬，今天把稿子一发表，明天就派人把稿酬奉上。对读者来信，也必亲自拟复。对那些稿件写得特别进步，特别多，"有培养前途的作者"，也必亲自登门拜访。

在谈话中，他不但表示对现状不满，攻击军事独裁，有时根据不同对象，有意无意表露自己身份，他会神秘地问："你们读过在上海出版的《红流》月刊吗？那是一份党的地下文艺读物呀，我经常在那儿写小说。"说着，他就从大方格子外套口袋里神秘地掏出几本《红流》，请人过目。打开一看，果然每期都有吴启超"大作"。

这样表态一番之后，又感慨万千地说："可是环境太恶劣了，为了这些文章我受到反动派的迫害，被迫远离组织，远离同志。为了生活，不能不流落到这个小地方，当小编辑。"他对《刺州日报》还很不满："舆论是代表谁的？应该是代表劳苦大众的！可是《刺州日报》不是代表人民，而是代表地主、官僚、党棍，站在反动立场。我很痛心，可是没办法。我只不过是个小小副刊编辑，影响不了整张报纸，只能在自己小地盘上说话。我算做了该做的事，可以问心无愧。要是党老爷生气，我不在乎，要我滚，也无所惜。反正我是站稳阶级立场，决心不为几个臭钱出卖革命利益！"接着，他往往又要自怨自艾："离开了组织，离开了同志，办事真困难呀，现在我叫孤军苦战……"

他又到处打听有哪些"志同道合者"，他说："这个副刊不是我一个人的，是刺州全体进步文艺界的！我的立场已很鲜明，一定要请那些无产阶级作家来支持。我要尽量地发表具有革命内容、革命热情的作品，至于那些风花雪月无病呻吟的让它滚吧！资产阶级、反动派用得着它，我们副刊用不着！"他的努力不是没有结果，果然有人介绍他去找刺州女作家蔡玉华和诗人黄洛夫。

那黄洛夫是被认为刺州文艺界后起之秀，他的诗充满了对革命的歌颂和激情，连那些对新诗大有成见的人，读了也不得不承认颇有才华。

刺州文艺界沉闷窒息了一年多后，突然爆出这"冷门"，杀出这样一员闯将，颇引起震动。玉华迷惑，黄洛夫却满怀高兴，认为整个革命形势正在向更好、更有利的形势发展，反动派被迫不得不改变作风，以笼络人心。他认为《刺州日报》副刊九十度大转弯是自然的，不足为奇的。"既然有此时机，我们为什么不充分利用它，替在窒息中的人民做点好事？"因此当吴启超在副刊上刊出"代邮"请诗人黄洛夫先生惠赐大作，以光篇幅时，他就投了稿，并附以热情短简，对副刊的"新面貌，新精神，新作风"，大加赞扬。他的"大作"立即被发表，热情的复信也来了，紧接着这具有文人学者风度的吴启超先生，也亲自到立明高中登门拜访。从此他们就做了朋友，而且过从颇密。吴启超还请他吃饭，纵谈天下大事，据说十分投机，相见恨晚。

吴启超见玉华反应冷淡颇有意见，他私下问黄洛夫："蔡玉华为什么不支持我？"黄洛夫这次倒不糊涂了，他说："我们虽然先后同学，同住在一个城市，从未来往。"吴启超问："听说她长得很漂亮，年已三十尚抱独身主义，有迟开的玫瑰之称？"黄洛夫不表示什么。"听说她对人又很骄傲？"黄洛夫也只笑笑。最后吴启超说："看来，她对我还不了解，我又得亲自登门拜访。"不久，吴启超果然亲自到私立刺州女子中学去拜访了。

蔡玉华对这个貌作热情谦虚的"大文人"，既不热情也不冷淡，不失礼节，又相当淡漠。她对吴启超的恭维、拉拢，只是说："我已多年不写东西了，对贵报也不大看，几百学生作文本子已够我改啦。"第二天，吴启超就派人把报送来，说是"免费赠阅"。公开代读者"呼吁"："务请惠赐佳作，以解读者饥渴。"

虽然仅仅是一次会见，但蔡玉华给吴启超的印象，却相当"深刻"，他对黄洛夫说："蔡玉华是个温柔、沉静而兼有非凡傲骨的女子，她生活在这个地方，简直是好花插在牛粪上，埋没天才！"又说："为什么她年近三十尚保持独身？叫作找不到知音，我也找到解答了！"就在大林离开期间，他的拜访频繁起来了，几乎每天都到她那儿去纠缠，并且逐渐地表露自己身份："……离开组织，离开同志……"最后甚至向她写起"多情善感"的信了。

玉华说明了那经过，又把黄洛夫最近发表在《刺州日报》上的文章交给大林："我很替他担忧。找你来商量这件事。"大林把黄洛夫文章披阅着，也觉得问题颇多，他问："你没对黄洛夫提出意见？"玉华道："我不便去找他！"又说："这个人不迟不早偏在这个时候出现，言行异于常人，行动怪诞，很值得研究。"大林问："你对他还有什么看法？"玉华道："不能过分相信，我倒不怕自己上当，我担心的是黄洛夫，他和他打得那么热，听说还要把刺州文艺社的人介绍给他。这一来问题就不简单了。一个姓刘的已把我们整得够惨，不能再有第二个、第三个！"说时情绪激动，大林也很同意她的看法。玉华又道："必须制止黄洛夫和吴启超关系再发展！我们不随便怀疑一个好人，但也不能随便相信一个坏人。"问题已经摆出来了，大林觉得很有找黄洛夫深入了解一下的必要。

二

大林亲自到立明高中去找黄洛夫。

这立明高中设在中山公园内,原是坍塌了的武庙旧址,好些年前由一批热心乡梓教育的人士向海外募集了一笔基金修建创办起来的,因此又挂了个侨办名义。黄洛夫一直在校内寄宿,为了便于对外联络,也便于在夜间出外参加活动,他拣了间西面有大窗的房间住。窗口正对着公园环行马路,只要把大窗打开,就可以利用那二尺半高一尺半宽的大窗做个后门自由进出。学校当局早有意把所有向公园的大窗都安上铁枝,杜绝走私通路,因预算没有着落一拖再拖,而黄洛夫也得以继续利用。

大林并不进校门,他习惯于利用这面后窗和黄洛夫进行联系。他选中了这样一个时候,在公园环行路上来回地"散步",经过几个来回,看准黄洛夫房间有人,悄悄地踅过去,在棉纸窗上轻轻地只敲了三下,就见黄洛夫推开窗门探出身来。大林对他招招手,黄洛夫把头一点,重又把窗门关上。

大林直上八角亭。那是个暑天纳凉的好去处,亭子盖在假山上,离地有两丈多高,前后各有石级,供上下之用,有棵古榕,高可十丈,枝叶茂盛,正如一把大伞笼罩着它,因此显得格外阴凉。过去凡来游园的人都争着到八角亭去歇歇,乘乘凉,自从接连发生了几宗上吊事件,相传有鬼魂出没,也就没人敢去,因此游人稀少,十分幽静,大林和黄洛夫正好利用这个特点常常在那儿碰头会谈。

大林自在八角亭坐着,约过二十分钟,在环行道上也出现一个年在二十上下、身材高大、满面胡须、一头乱发、穿一身破破烂烂黄色咔叽布料学生装、赤足上穿着对木屐的青年。匆匆奔向八角亭。当他将近亭前,闪进榕荫下,看看无人注意,才把木屐脱下,用手提着,赤足沿石级上来。他正是刺州诗人黄洛夫。

这黄洛夫是侨办立明高中毕业班的学生,出身贫寒,亲生父母原都是种田的,因兄弟姊妹众多,教养有困难,从小就被过继给一远房亲戚,从此连姓也改了。养父在石叻开菜馆，颇有积蓄，一妻两妾均无所出，所以对这过继儿子，也当作亲生的看待，不惜工本地让他受教育，从小学一直培养到高中，还打算把他送进大学，以便在他学成之后，出洋承继父业。

黄洛夫原名黄新，性好文艺，在小学时就接触到一些文艺书籍，读初中时受苏联文艺影响，开始学习写作，并改名为洛夫，以示他对苏联无产阶级文艺的崇拜。他原是安县人，从初中开始来刺州当寄宿生，一直读到高中毕业班。养父对他的期望是深的，多年来侨汇没断过，但他对出洋经商却没兴趣，他最大的兴趣是做文学家。对银钱的事也看得很淡，有钱来就花，没钱来也从不去信追索。为人热情、爽直、乐观、愉快，好打抱不平，好助人，而生活则散漫不羁。

他每一季度都从养父那儿收到一笔可观侨汇，做三个月的生活费用。可是他一见有些同学生活特别困难，交不起学、膳费，被学校停学停膳，激于义愤，只要身上有钱便自动代为缴纳。平时身上有几个钱，谁需要了就让谁用，也从不计较。因此常常闹穷，头发几个月不理，衣服都是破烂补丁，没有鞋穿就赤足走路，交不起膳费被学校停膳，也满不在乎，一天仅吃一餐。正因为他为人豪放，才华出众，因此人缘极好，在学校中成为中心人物。又因为能写一手好诗，被社会誉为当代刺州诗人。

黄洛夫在政治上的发展也很快，十七岁参加CY，十八岁入党，被提拔为CY特支负责人之一，负责领导反帝大同盟。在他努力下，这个学校的反帝大同盟有了很大发展，它们掌握了学生会领导权，还策动成立刺州学生联合会。由于时局变化过快，学联没有成立，而环境则日益恶劣，反帝大同盟活动也一天天困难，组织上决定用灰色面目出现，黄洛夫因此又成立一个以"研究文学为宗旨"的"刺州文艺社"，还出版了一份名为《刺州文艺》的油印月刊。这份月刊，从集稿、编稿、刻蜡纸、印刷、发行都由黄洛夫一人承担。

文艺社的活动除了出版月刊外，还经常召集文艺讲座，讨论有关写作问题。以立明为中心，不少中等学校都有它的"文艺小组"，相当活跃。但自吴启超复刊《刺州日报》副刊后，黄洛夫带头投稿，大部分文艺社社员也都转而向副刊投稿，《刺州文艺》因之就有两个月没出版，看来要解体。而黄洛夫自从和吴启超结交后，也觉得《刺州文艺》的出版已无现实意义了。还想利用吴启超来扩大文艺社的影响。

上了八角亭后，两人默默地拉过手，大林就问："在哪儿谈？"他们已有一个多月没见过面了。黄洛夫回答："不会有人来的，就在这儿怎样？"大林也不反对："你说怎么谈？"黄洛夫实际上也有很多话要谈，只是很难找到大林，这时他就热情洋溢地说："我要谈的话可多哩，我想先向你汇报一下文艺社的工作，最近我们可大开展，沉闷的局面已经打开了。"大林微笑着，没有打断他的兴致。"我们找到新地盘，我打算把那份小油印月刊停掉，在《刺州日报》上编个文艺周刊，也叫《刺州文艺》，这样影响大，也不费力……"大林只是微笑，不表示什么。黄洛夫继续说道："我找吴启超谈过，他也赞成，并答应由我挂名主编……"

大林忍不住要开口了，他问："你怎样认识吴启超的？"黄洛夫兴致勃勃地回答："先是他来找我，请我支持，而后我们就常常来往，关系搞得很不错。"大林又问："你了解这个人？"黄洛夫道："这人不错，思想进步，对人热情爽直，曾经是个同志，在上海左翼文艺刊物《红流》上写过文章，他的文章我都读过，是真正普罗文学，那刊物不幸被反动派查封了，同志们相继被捕，他因此也被迫逃亡……"大林越觉得问题复杂了："谁告诉你这些情况的？"黄洛夫坦率地说："是他，吴启超自己。有一天，我们两人在馆子吃饭，他心情悒闷，多喝了几杯，就把什么都告诉我，还一再叮嘱：不许告诉别人，不然我也待不下去呢。除了玉华和你，我什么人都不说。"

大林面色变了，黄洛夫却没觉察到："你们还有些什么来往？"黄洛夫道："他很有学问，一套文艺理论说得真好，我请他和文艺社社员座谈座谈，他也一口答应，还说可以把座谈记录在他副刊上发表，以扩大文艺社的影响。"大林问："座谈会已举行过？"黄洛夫道："还没有，我等问过你再举行。这些日子我真焦急，要找你，找不到，时机又好，要利用；对这新形势，对吴启超这样个人，我们也得有个对策才好。"大林问："你想该用什么对策？"黄洛夫很感乐观："形势好得很，对我们有利。先说说《刺州日报》的转变，这和反动派不得人心，报纸销路大跌，不能不改变调子，以争取读者有关；至于吴启超这个人，我认为是可以相信的，必须利用他的地盘，多发表一些好文章，多替革命做些有益的事。"

大林反问："你说吴启超这个人可靠，有什么根据？"黄洛夫还是满腔热情："不多，但他的表现不坏，他就对我说过，他在报馆里处境不好，有人监视他，找他麻烦，说他太革命。他说，我不肯改变编辑方针，除非把我开除，干革命就得有这样不怕死精神，头可断，血可流，而革命气节必须保留。"大林问："你根据的就是这些？"黄洛夫继续说道："他说他从报馆记者那儿，知道有好多革命同志被捕，个人、家属都很困难，他问我：这儿有革命互济会没有，我现在是远离组织、远离同志，不能直接为革命牺牲流血，却可以做点别的工作，我的薪水不少，一个人用不完，很想捐一部分钱给那些受难的革命同志……"大林注意地问："你怎样答复他？"黄洛夫道："涉及组织问题，我当然不说。"

大林又问："他还对你说过什么？"黄洛夫沉思片刻："对！他对玉华同志非常注意，几次问到我，为什么她不肯支持他的革命事业？为什么她对他那样冷淡？还谈了好多不必要的话……"大林问："是哪些不必要的话？"黄洛夫道："比方说：人人都说她是迟开的玫瑰，为什么她年近三十尚独身不嫁，她有男朋友吗？和你们文艺社关系怎样？我说：我们虽是先后同学，又住在同一个城市，却不来往，她的事，我一点也不知道。"大林浑身热辣辣的，起身说："我们下去走走。"

玉华的汇报，引起大林的深切注意，而在听完黄洛夫亲口汇报之后，他觉得一个类似姓刘的叛变前严重的情况，又摆在党组织面前了。当年，姓刘的打进了吴当本控制下的刺州总工会，他何尝不是满腔热血，幻想利用吴当本的地盘，扩大赤色工会的影响，做一番有利革命的事业，还妄想得到吴当本的信任，把总工会大权交给他。当形势对国民党反动派不利，××军反蒋，闹独立，吴当本又故意对姓刘的表示进步，说他是一贯主张贯彻孙中山三大政策，以国家民族为重，他不反共，主张联共，把那姓刘的耍弄得蒙头转向，得意忘形，竟把吴当本当进步分子看待，认为可以利用他，可以合作。结果，把自己面目暴露了，组织暴露了。周维国一来，吴当本一马当先，出面告发……这教训还不够惨重？

现在又出了个黄洛夫！这吴启超到底是个什么人，来历如何，意图何在，自然还可以研究；也不是没有可能：这些日来由于国民党反动派在白区中，进行空前的白色恐怖，组织破坏，许多同志不能在原来地区工作，纷纷转移，而且还在失掉组织联系下坚持工作。但在情况未判明前，是不该轻易把组织暴露在人家面前！玉华说的话对：一个姓刘的已把我们整得够惨了，不能再有第二个、第三个。自然，黄洛夫与姓刘的不同，他年轻、幼稚……

两个人并排着缓缓地沿着环行路走，公园里很寂静，因电力不足，偶见几盏路灯，也很黯淡，正便利他们做这样一次"散步"。这次是轮到大林说话了，他先对黄洛夫传达了当前形势。这个传达加强了黄洛夫的信念："对！形势的确好，连反动报纸都转向哩！"接着大林又说："我不怀疑你反映的有关吴启超的情况，但你缺乏分析。小黄，在这儿，我要批评你，你对吴启超这个人下的结论太早，也太随便了！"他用低沉而严肃的声调说："你为什么事先不加分析研究，不和组织商量，就那样肯定他是个好人？就把自己和文艺社轻易暴露给他？"

他的严肃态度，给黄洛夫带来紧张气氛，很想辩解："我没对他表示自己是什么样人！"大林打断他："如果他是个曾经参加过组织的，如果他是敌人有意放出来的，就不会那样笨，看不出你来！"黄洛夫的热度在减低。"我承认：你的想法、做法、动机都是好的，从工作出发的，但是动机好，不等于效果也能好。我们是共产党人，我们是辩证唯物论者，不是唯心主义者。要有调查研究，不能凭主观，凭动机。你对《刺州日报》突然转变的看法，显然是错误的。你想周维国是个什么人，他会允许在他铁拳统治下，有份进步报纸？刺州文艺社是个什么样组织，谁在领导的，谁同意过你把吴启超这样一个不明不白的人引了进来？"大林严厉地看了黄洛夫一眼，黄洛夫把头低着。"你自己先就不该在副刊上带头写那样文章！如果说这份报纸的突然转变是为了欺骗读者，你不正做了反动派帮凶？如果，是敌人有意布置，情况就更严重，反动派仅仅根据你写的那几篇诗，就可以逮捕你，证据确凿，你还有什么话说？"

黄洛夫从来就没想到这些，更体会不到它的严重性，经大林这一指出，才开始感到严重，热度已降到零下了。大林接着说："你忘记了组织上给你的指示，隐蔽地工作，用灰色面目出现；你这样做，不等于公开向敌人告密！"这话说得那么沉重，使黄洛夫急得几乎要掉泪。

他们在环行路上走过一圈又一圈。大林激动，黄洛夫沉重，有好一会儿两人都不说话。"现在该怎么办？"大林忽又开口，"我现在还不能立即就下结论：吴启超是个坏人，是敌人有意识派下来的，但他的可疑之处很多……"黄洛夫低声问："要我马上离开吗？"大林道："还得看发展，但有一点是可以肯定的，你的文章不能再写了，和吴启超的关系也不能再维持下去，所有的打算都得暂时放弃，同时，也得做更坏的准备！"最后，他又问："有什么不同意见？"黄洛夫心烦意乱，情绪沮丧地说："也只有这样！"

三

大林怀着不安心情回到进士第。他暗自在检查，这一场谈话是不是过分了，使黄洛夫难以接受？过后一想，也好，让他有所警惕。这个同志也太粗心大意了！玉华也刚从她伯父蔡监察家回来，她是受母亲的委托，送一些刚从后园摘下的水果到他那儿去的，随便探些情况。她边用面巾抹汗，边对大林说："形势很紧。我一到那儿，就听见伯父和几个地方实力派在谈话，他们说红军主力开走了，但留下的人实力还不弱，据侦察结果有一股万余人，正向章县移动。现在留在章县的只是一些杂牌，几次'围剿'早已被红军打得七零八落，没多大战斗力，形势危急。周维国十天前被召到省城开会，刚回来，听说带来一个什么巩固后方方案，要请乡绅议事组织乡团。"

大林很注意地听着："军队要调动吗？"玉华道："说是意见分歧，省方叫他抽两个团去支援章县，周维国不同意，说：一个专区，五个县，我手头只有六个团，泥菩萨过江，别说两个团，就是两个连也抽不走。但省里很坚决一定要他抽。他没办法，只好同意。现在就是要组织乡团，弥补兵力空虚。"大林想："情况重要，必须马上通知组织。"他见玉华要进里屋，便说："你等会儿还得来，我们要谈谈工作。"

玉华进内室去换了衣服，叫陈妈倒水洗澡，大林就在书房里给组织密写了一封信。信写完，看看手表，还没到戒严时间，又匆匆出去。他找到小林，把信交给他："明早送到清源，交给老黄。"小林把信在货架上藏好，又告诉他今天在东大街发生的一件怪事。

原来这天，在东大街好多间铺头都发现有形迹可疑的人，手里拿着一封信，装出极为神秘仓皇姿态跑进去问："请问德昌同志在家吗？我是从外地来的，有很重要事情找他。"这个神秘人物也撞到十八号。当店铺答他："我们这儿没这个人呀！"就表示，十分焦急失望，叹着气："我是从很远地方来的，找不到他怎么办，你们做做好事，告诉我在哪儿可以找到他？"大林回进士第后用十分忧虑的心情对玉华说起这件事，玉华却又说了另外一件怪事。

她说："怪事年年有，今年特别多。"在那些被捕的同志中，有几个意志不坚定、动摇怕死的人，写了"自新书"出来，满以为从此可以太平无事，过安定日子了。想不到保安司令部却要他们按期去"汇报思想情况"，还分配他们工作，有两个特别坏的，就奉命跑到宋日升同志和陈天保同志家去，劝日升女人庚娘和天保娘："在里面过的不是人的日子，你们在外面过的，也不是人的日子，你们不如去劝劝他们，叫他们自新，像我们一样——自新出来就没事，老刘还做了大事哩。"

那庚娘是个明白人，她一言不发，一面掩着鼻子，一面故意问她大儿子大狗："哪来这股臭气，把人熏得难过，大狗，你找找看，是哪家的狗偷偷进来屙下臭屎？"把那坏家伙丑的逃出门去。天保娘却说："天保是个堂堂男子汉，没偷人抢人，自新什么？！姓刘的是姓刘的，我天保却不是姓刘的！"也把那坏家伙撵跑了。

这一手失败了，又有两三个自新分子奉命到处乱跑，看见从前认识的就向密探告密。可是成绩也不好，没有找到新线索，使保安司令部特务科长朱大同非常不满，把姓刘的叛徒叫去骂了一通："你们这些自新分子都是饭桶，放出去这许久，没一点表现，不如杀掉算了！"据说姓刘的叛徒又提了个新方案，叫把自新分子送回第一监狱，散布谣言说：在外面的家属苦死了，有人当光吃尽，当叫花子过日；有人煎熬不过干起"半掩门"勾当，也有闹着要重新嫁人的。劝那些还在坚持的同志："自新算了，共产党不再照顾我们这些受难人啦，还守这股气节做什么！"他们按这新方案做了，却也做不出什么成绩来。

玉华说："从老魏那条线我们听到一些消息，日升同志吃苦最多，已被打成残废了，但表现得很坚决，他对那些叛徒说：你们做你们的官去吧，我坐我的牢，我们叫作道不合不相为谋，早已一刀两断，请不要白费心机！天保这个人顶粗暴，一见这些人就恨得刺骨，一言不合就动手打人，他对这些人说：不要用你的狗屁来熏人！为了他打人，也吃过不少苦头，可是他不怕，一见那些家伙在散布谣言，还是动手打人。只有那陈山在记挂他那新婚女人，他听说有人在外头闹着要改嫁，把眼睛都哭红了。"大林问："家属的情况怎样？"玉华还没把话说出，就先掉泪了："苦呀……"大林道："正是有这样的迫切情况，特区才决定我回来布置这一场斗争，现在，你没事了吧？坐下，我们好好研究一下……"

几天后，一个由革命互济会发动的"捐助受难革命同志家属"的捐献运动就悄悄地铺开了。发动范围比较的广，党团组织和外围团体都动了，他们把这次运动和时事教育相结合，要做到提高革命群众斗争的信心，又能发挥阶级友爱精神，因此也是一次阶级教育运动。大林亲自主持这个运动，玉华却到处在奔跑，主持会议传达对当前形势的看法。党团员满意："许久来，我们没开过这样的会了！"革命群众也表示："国民党反动派所说的，全是吹牛，共产党、红军是越战越强的！"曾停顿了相当时候的组织又恢复活动了，并且是生气勃勃的。

黄洛夫刚刚收到从石叻寄来的一笔侨汇，他对大林说："你全拿去。"大林问："那你的生活费怎么办？"黄洛夫道："我另想办法。"老互济会会员老魏原是个肉贩，他在衙门口菜场内摆了个肉摊，听了传达就对玉华说："这件事早就该做了，我们苦点没什么，可不能伤了里面同志们的心！"他从裤裆内拿出一叠银圆："这是猪本，你全拿去，我们一定要叫反动派谣言破产！"学生们有捐零用费，教员捐出了薪水的一半或三分之一。老黄也及时给他们支援，从农村挑来好多农副产品，有鸡鸭、米粮和番薯，都放在小林那儿。农会、妇女会还写了慰问信，对受难家属说："你们在城里住不下去，就到我们乡里来住！反动派猖狂一时，却消灭不了我们千千万万颗炽热的心！"

每天有成绩汇报到来，都使大林感动，他几乎是热血奔腾地说："我们有这样好的党，这样多的革命群众，反动派想来消灭我们？痴人说梦！"运动将近结束时玉华也把几件首饰拿出来，她说："这是娘为我准备的，有你一份，也有我一份，来，我们把它也加上！"

四

　　在一个阴雨连绵的黄梅天，有个侨眷打扮的妇女，打着把黑布伞，穿了双陈嘉庚雨鞋，提着只布口袋，小心翼翼地在打铁巷出现。她一边看着份简便路线图，一边在泥泞曲折的路上打听庆娘家。连下半月阴雨，这儿又是烂泥地，到处是水潭、泥坑，路非常难走。她进入打铁巷，转了几个弯，到了一片"火烧地"。

　　相传在十多年前，这儿发生过一场大火，烧去一片房子，留下的只有十来间烂泥屋，后来有人临时在火烧地上搭了些简陋木屋贱价出租，因此又成了个新居民区。但居住在这儿的，都是些贫民，有挑夫、小贩、工人，甚至有小偷、妓女，一向被人认为是"肮脏、污秽"地方。日升、天保就是住在这儿的。

　　这个在烂泥地徜徉着，按图索骥的妇女，几乎走了大半个火烧地，才在一间半塌的民房门口停下。她轻轻地敲着门，有个十岁来大，衣衫褴褛，满面乌烟的孩子出来开门。他睁大双眼，用惊异不安的眼光望着这个陌生人。那妇女和气地问："小朋友，你叫大狗吧？你娘在家吗？"那孩子更加吃惊了，在他记忆中，这一年来他们家里就很少有外面的人来过，更不用说像这样阔气的"太太"。他问："找娘有什么事？"那妇女道："你带我进去，我有事找她。"大狗反复地把她打量着，还是让她进门了。

　　来的正是玉华，她是来执行任务的。

　　她走进门，只觉得一片阴黑，到处是水漏，地上也是一片泥泞。她把布伞放开一边，用手拍去身上的雨滴，只听得从门后灶间，有个女人沙哑的声音传出："大狗，谁来哪？"大狗边答着，边进内："娘，有个太太找。"玉华正待跟大狗一同进去，那庆娘已经出来，一个三十四五年纪妇女，头发蓬松，衣衫不整，拖了双木屐，用背兜背着一个约一岁半孩子，那孩子正在呼呼入睡。

　　玉华迎上前去，叫了声："宋太太，是我。"庆娘一时愣住了，哪来的风把这个阔太太送来？她不安地把她打量着。从日升吃了官司后，她们这儿常有些不三不四的人来，使她起了反感，因此对一些"来历不明的"总是有些戒心。她粗声粗气地问："你找我有什么事？"玉华一直是和和气气的，微笑着说："我是从城外来的，听说宋师傅手艺高，特地来请他去打锡器。"那庆娘见她的打扮、神态、说话与那些不三不四的不同，而在过去，像这种自己找上门来请宋日升去打锡器的也常有，因此也信了。她的神态也变了，一面请坐，一面说："太太，你来迟哩，日升不在家……"

玉华自己掇条板凳坐下，也请她一同就座。还是诚诚恳恳地说："宋师傅是不是出去干活，什么时候完工回来？"庆娘是个直性子的人，一有不满就冲口而出，她既认定来人不是个坏人，也就冲口说出："我们家当家的，不是被人请去做工，是被人用绳子拉出去坐牢！"玉华故作吃惊道："为什么？"庆娘双眼闪光，声调激昂："他们说他是共产党！"玉华表示同情道："宋师傅一向是忠厚、正直。"庆娘一听这话就更加气愤："这个年头就是忠厚人吃亏！"她对大狗说："看火去，水快开啦。"小狗醒了，哭着，她解开背兜，抱在怀里，顺手把那干瘪的乳头塞到他口里。玉华问："小狗有多大啦，还在吃奶？"庆娘道："保安司令部来拉他爸时，刚半岁。孩子不足月就生下，身体不好，我说多奶他几个月，一岁多了，还吃奶。"接着又说："日升吃这门官司，我不失望，他干的事光明正大，不偷不抢，说到哪儿我面都不红！"玉华乘机问："这一年多来，你们一家人怎么过？"庆娘见话说得投机，也不再回避，她说："把三餐改作两餐，稀粥改吃番薯，大不了当叫花！"

玉华原担心她对一个陌生人不会这样爽快利落，现在情况变了，肯谈，而且也接触到正题，她想：她的政治情况大家都清楚，似乎也不必那样转弯抹角，便说："宋师傅没有可靠朋友吗？"庆娘忽然警惕起来："他有什么好朋友我不知道。"答得也很利落。玉华倒很欣赏，这个人粗中有细，不愧是日升同志的爱人。便又道："宋太太，你很机警，这句话我本来不该问的。"庆娘有意避开："我叫庆娘，你叫我庆娘好啦。"玉华却紧追着不放，她说："庆娘，你允许我和你多谈几句吗？我知道你不会信任我的，但我还是要设法争取你信任。我不是来请宋师傅，是来探望你和你的孩子。和宋师傅我们虽没见过面，但我是他可靠朋友，他的事，我早已知道；你还不认识我，但我早就认识你……"庆娘把面孔一沉："我不明白你的意思。"

玉华回头望望门外："这儿谈话方便吗？"庆娘没搭腔，却向灶间大声叫："大狗，番薯下锅没有？"大狗在灶间答道："熟哩，妈妈。"庆娘道："你出来。"大狗一头大汗出来。"到门外去站，有人来就说声。"大狗答声"是"便出门去。玉华问："到你这儿来的人不多吧？"庆娘口里不说，心中却暗自在想：当年日升在时，也常有些陌生人来家，他们在谈话时，也常问："方便吗？"日升也常对她说："庆娘，你出去看看，有人来，打个招呼！"她就拿起小木凳，坐到门外做手活。这个人说话为什么和日升朋友说的一模一样，难道是我们的人又来啦？也低低回答说："坏人已许久没来。"

玉华把凳子挪近她，用严肃而柔和的语调说："庆娘同志，请你信任我，我不是普通人，我是代表组织来慰问你们的。我姓苏，你就叫我苏姑娘好啦。"庆娘睁大眼睛，重新打量这个陌生来客。"从日升同志被姓刘的叛徒出卖后，组织上一直在关心他，也关心你们。可是环境恶劣，我们的人不能出面，也不便出面。日升同志虽然不幸，但他的表现很好，组织上完全了解他，很为有他这样一个优秀的共产党员，对敌人不屈服、不投降的优良品质，感到骄傲！……"说时，玉华非常激动，庆娘更是感动，她双唇抖动着，泪水汪汪。玉华抹着泪，继续说道："你，不愧是日升同志的好妻子，你在这样困难的情况下，表现还是这样坚定、沉着，勇敢地承受一切痛苦；没有因日升同志的不幸，没有因组织由于环境困难，对你们照顾不周，而埋怨党、责备党！你和党一样，对日升同志的崇高行为感到光荣、骄傲。因此，你也是我们的好同志！"

庆娘实在再也克制不住自己，她扑向玉华，玉华张开双臂搂住她，当时两个人搂成一团，低低地像多年不见的亲人在一种极端困难的环境下会见了似的哭着。庆娘呜呜咽咽，断断续续地说："我知道，日升在时常常对我这样说过，只要我能守下去，你们会来，你们一定会来！"玉华也哭道："我现在不是来了吗？庆娘同志，只是来迟了一步。"庆娘摇摇头："只要能见到你们，什么时候来都一样！"两个人就这样，搂在一起又分开，分开后又搂成一团，说着又哭，哭了又说。多少话，多少心里的话、痛苦的话、欢欣的话想说呀！可是，时间过得真快，她们还有多少事要做，多少问题要研究讨论呀！

小狗睡着了，庆娘把他抱进里屋去，玉华也跟着进去，她们就在床沿坐着，手拉着手，抒发衷情。玉华说："组织上知道你这些日子生活艰苦，叫我送了点钱来，还有各地同志寄来的慰问信和一些农副产品，你一定要收下，把一家大小生活安顿安顿。钱不多，做点小买卖过活还可以。除了你们一家，天保娘也有一份。组织上还准备了另一笔钱给其他受难同志的家属，现在我都交给你，也请你代表组织对她们表示慰问。"说着，她读了那些慰问信，又从布袋里拿出三个纸包，一包是给她，一包给天保娘，另一大包给其他家属摊分，都交到庆娘手里。

庆娘虽然感到生活困苦，但对于接受人家帮助，却还不习惯，她面红地说："钱我不要，情领啦。你能来看我们，就是最大恩情。你放心，日子再苦，我也会熬下去。"说着，又把东西退回给玉华。玉华道："不是我个人的意思，是组织的决定，不能拒绝的。"说服了半天，庆娘才叹了口气："我该怎样感谢你们？"说说，又哭。玉华替她抹去眼泪："除你和天保娘的外，其他受难同志家属都托你们两个去分配，该多该少，谁该给，谁不给，都由你们两个决定，千万不能暴露关系，说我来看你，防止里面有坏人。还有那些吃的，过后我也叫人送来……"庆娘点头道："我虽不是组织内的人，道理我也懂。你们托我办的事，我一定好好办，这些受难人的家属，除了那些'自新'出来的，我们也常在一起，不是到天保娘家，就是到我家。"玉华又道："这就更方便啦。不过，我还有个建议，为了安排大家今后生活，也为了叫牢里同志安心，你们最好组织在一起，互相帮助照顾，有困难大家设法。"庆娘点头。

玉华又问："你们最近探过监没有？"庆娘一听这话又是怒气冲冲了："从日升他们出事后，我们去过也不止三五次，都叫赶出来，有的说已解走，有的说还在这儿。"玉华道："日升同志他们都没被解走，都还关在第一监狱，只是不许和家属见面，这是敌人有计划封锁消息，好让那些叛徒造谣生事，说你们都快饿死了，有的去当叫花，有的当私娼，有的要改嫁……"庆娘非常气愤："狗嘴里就是长不出象牙！那些叛徒真可恶，还公然跑到我这儿和天保娘那儿叫我们去劝日升、天保自新哩。他们说：只要我们答应了，就可以见面。我说，你们做梦也别想。"玉华道："这件事我们也知道了。现在最重要的是先把大家生活安排好，让大家生活安定，以后我们要做的事还多着哩。"

庆娘心里热烘烘的:"苏姑娘以后还来吗?"玉华问:"到你这儿方便,还是另找一个地方碰头方便?"庆娘道:"初时反动派派人来,守了几个月,看看什么好处也没得到,以后就不来哩。你来时,先看看我窗口有没尿片挂着,有尿片人在没事,不见尿片就不进来。"玉华笑道:"你也学会做地下工作哪。"庆娘面红了一阵:"我是向日升学来的。"玉华和她约定下次见面的时间,起身要离开,庆娘却又忙着把她止住:"你等等,我先出去看看。"她开门出去,只见大狗缩着身坐在屋檐下东瞧西望,庆娘低声问:"没坏人?"大狗摇头,·庆娘返身对玉华招手,玉华打开布伞出去。

庆娘在门口,以难舍心情,望着玉华匆匆离去,一直到她的背影在转角处细雨飘飞中消失了。大狗早已溜进灶间去,这孩子成日总在叫饿,好像从没吃饱饭似的,一会儿就用粗瓷大碗装着香甜番薯出来,说:"娘,吃饭。"庆娘心不在焉地说:"你先吃,我有事。"说着,就解下围兜披在头上,朝天保娘家走去。

五

那庆娘原是本城一大户人家的下厨丫头,从小就吃不饱、穿不暖,经常挨打受气。到了十六七岁时还像个十二三岁女孩,只是手足特别粗大,有人说她双手从早摸到黑没停止过,从出娘胎那天起双足就没穿过鞋子,所以是粗手粗足的。宋日升从小学会一门手艺——打锡。在这个城市,因为人人迷信风水,重视孝敬祖先,陋习相沿不衰,因此就出现了一种特殊行业,打锡器。打锡工人用锡锭铸成各种祭器,如香炉、烛台、锡壶、锡杯等。有钱人家,为了表示门第身份,大都自备有锡质餐器,每遇祭祀大典或宴请贵宾,就亮出来炫耀一番。

宋日升从徒工而至正式锡工、当了师傅,已有二十来年,由于他手艺精巧,家传户晓,有钱人家常常把他请上门,选了个黄道吉日,开炉制器。日升被邀上那大户人家家里打锡器,已有一年多,他为人诚实,重信用,埋头苦干,话也不多说一句。东家给他工资,他不说声谢谢,拖欠工资也从不开口。这一年多来，东家到底是贵人多忙，忘了呢，还是有意不付他的工资，除了初来那个月拿了份工资外，再也没收到一分钱，因此日积月累，数目也相当可观。

日升从小家贫，父母双亡，一个人靠这门手艺找饭吃，三十多年纪了尚无妻室。那东家见他行将完工，拖欠的一大笔工资不好再事拖欠，便假惺惺地装出同情的模样，说："日升，古语有说三十而立，你年已过三十，也该成家立业了。我见你为人诚实，做事勤谨，是个好人，有意抬举你，和你拉上门亲戚。你在我这儿干了一年多，这笔工资不必算了，我把庆娘赏给你。"

庆娘虽然长得不好看，面黄肌瘦，蓬首垢面，粗手大足，但为人心地好，对这位打锡师傅的三餐、茶水，招呼得特别周到。有时主人家不在，也偷偷来帮他做点轻便活。他对她印象好，同情她的遭遇，有时庆娘挨打，青一块，紫一块，口出怨言："过这日子，还不如吊死的好。"他便劝她："别打这傻念头啦，父母生了我们，就得活下去。"东家向他提出这件事，当时他也很吃惊："别寻我们穷人的开心！"可是东家很认真，提过一次又提第二次，他心里便有点活动，却又怕庆娘嫌他年纪大，不愿意。

有一天，主人不在家，庆娘又来找他拉闲话，他想：我就在三几天内要离开，东家又说等我答复，还没问过庆娘呢？就问问她看看。这老实人心里一经盘算果然就壮起胆，问起庆娘来。当时还有点提心吊胆，怕她会给他两记耳光，或大哭大闹，叫他真个下不了台。不意那庆娘一听他话，面一红，竟然满口应承。她说："打锡师傅，你是大好人，我愿意跟你。就是跟你当叫花，也比在这儿挨打受气强！"这样，他回复了东家，算说成这门亲事。

在他挑起锡担离开东家那天，东家特别恩赐了庆娘一套半新旧衣裳、一双粗布鞋，叫她把头发梳上，双双对主人磕了三个响头。日升在打铁巷贫民区里租了间小屋，请几个友好吃顿便饭，算是成家了。十多年来，两夫妇过的日子虽然清苦，倒也相敬如宾。日升还是当锡工，庆娘当家，先后为他养了四个孩子，两个大的都没养大，只留下一个十岁的叫大狗，一个还在吃奶的叫小狗。

年前，日升吃了那场官司，一家三口就完全陷入绝境。她把家里凡能卖的、当的，都当了卖了，还只能维持一天两餐番薯粥。她从不喊苦，却在想：要日升出来，除非太阳从西边出。但是今后日子怎过呀？她多想能找一笔小本钱，摆个香烟摊，或做个小贩……可是，本钱又从哪儿来？日升吃的又是这样致命官司，平时来往多的，不是也吃官司，便是怕见她面，怕上她的门，更坏的是劝她去说服日升自新！

她从小就是骨头硬，那主人罚她光着腿跪在赤红的烧火棍上，她咬住牙根，冒冷汗，还是不肯叫饶哩。现在年纪大了，更懂事了，她会用哀怜的目光去乞讨同情？她会劝日升做出卖良心的事？日升在她心目中，不仅是个好丈夫，简直是神明。他说的话、做的事，包没错。因此，她常说："日升是正直人，他生平没偷人、抢人一针一线，吃官司，我不伤心！"对那些经不起考验、受人挑拨的与日升同时受难的人的家属，在她们口出怨言时，也对她们说："干革命、当共产党，你们当家的没这意思，人家会来追你、拉你的？为什么不骂国民党，反骂共产党！"

不少人不喜欢她，说她是风干了的老姜头，样子难看却辣得狠哩，但也有喜欢她泼辣能干的，天保娘就是其中一个。天保家比日升家更简单，只有寡母一人！天保娘和庆娘本是近邻，平时来往多，从天保与日升同时被捕后，两家人同病相怜，来往的就更密了。这老人家就很喜欢庆娘，她说："庆娘就是有志气，丈夫吃官司不叫屈，不求人！"在这贫民区内，她是个"消息灵通人士"，哪一家的家事，她不数得一清二楚？她常来庆娘家歇歇谈谈，她对庆娘说："朱四家女人熬不住哩，说是带孩子回娘家，等朱四出牢再回。"又说："我看陈山女人最近形迹可疑，那私娼常常到她家去。"她所说的，都是和上次大逮捕事件有关的人事。

庆娘对朱四家女人是同情的，她平时就没吃过苦，一家子油盐柴米，穿的吃的全靠朱四一个人呀！至于说到陈山女人，她可大为吃惊，从乡里来的姑娘，老老实实，和陈山结婚还不到一个月，陈山就被捕。人家都劝她先回娘家住住，她却说要等陈山出来，没多久前，庆娘还说她有志气哩。庆娘说："要是她经不起坏人的诱惑，做错了事，怎对得起陈山呀？"天保娘也摇头叹气："我也是这样说，没多久前，我还找过她，劝她，她只是哭，说陈山没指望哪。"庆娘说："一定要设法帮助她，这件事要是传到牢里去，陈山会怎样想的？"天保娘道："我就是这样对她说的，开头她不承认，以后就说她只是向那私娼借钱，还说是不能空着肚皮过日子呀！"庆娘担忧道："肚皮是个大问题，我们不会想办法吗？我们的人不少，一个人想出一条办法来，一二十个人也就有一二十条办法。"天保娘也说："得想办法！主意你多出些，跑腿的事，我来！"……

庆娘送走苏姑娘后一直摸到天保娘家。那天保是个货车司机，二十八九尚未娶妻，人丁少，家有老屋一座，大半倒塌，只剩下三小间，后面一大片荒地，天保在时帮着他娘整理整理，倒也成一块菜地。天保吃了官司，天保娘就种菜度日，日子虽不好，倒比庆娘强些。有时看庆娘实在挨不下去，也主动地周济一些。

这时天保娘一边在堂屋剥豆角，一边和陈山女人在谈话，那陈山女人一把鼻涕一把眼泪，掩住面在哭，只听得天保娘道："年轻轻，没依没靠，也难怪你。可是人，总得有志气，他们男的在牢里，坐老虎凳，下热锅，苦吃的比我们多，就不'自新'，无罪释放可以，'自新'不干，争的就是这口气！你没想过，你和那些不三不四的人搞成一堆，流言蜚语，一传进陈山耳朵，他会有怎样个想法？那些自新分子正在说我们饿死呢，当叫花呢，做'半掩门'买卖呢，闹着要改嫁呢……"陈山女人哭了一阵，又说："我已叫她不要来……"天保娘道："这决心下得下，就对，对那金花，我也不同平常人看法，说她坏，勾男人，二十五六就守寡，没个依靠。你就不该和她一样见识，陈山干的是光明正大的事。"

陈山女人又说："她不来，那男的却又来……"天保娘气得直哆嗦："你不赶他走！"陈山女人一阵伤心，又呜呜地哭了："就是因为我赶他走，谣言怪话才满天飞呀，全是他一个人在外头瞎说。"天保娘问："你到底和他有了事没有？"那陈山女人放声大哭："就是那一次，我不该和金花喝过两口，醉啦，半夜她把那人放进门……"正在这时，庆娘推门进来，那陈山女人慌忙起身，掩起面朝门外就跑。庆娘问："还是为那事？"天保娘叹了口气："叫作陷进泥坑拔不出脚。"

庆娘把门掩上，问："家里没外人？"天保娘道："你慌张什么？"庆娘挨近她，一把拉住这个亲如生娘的老人说："阿婆，我们的人来哪。"天保娘停住手，发了怔："什么人来？"庆娘满肚子是腾腾的烈火："共产党呀！"天保娘一把拖住她，又是惊又是喜："不是说全完哩？"庆娘道："完不了，人可多哩，也还在城里。"接着，她说了今天的奇遇："一个叫苏姑娘的女同志，可和气，可甜哩，她对我说反动派希望我们垮，我们不会垮，我们的党还在，而且人更多，势更壮！她还说红军长征，北上抗日，还只去一部分，有很多人留下，不久，就可以打到我们这儿！"天保娘双手哆嗦着："这样说来，我们的人还有希望？"庆娘道："有希望，希望大得很呢。那女同志，还送来一笔款子、几封慰问信，还有一些吃的要送来，她说：大家生活苦，组织很关心，叫我们把大家安顿安顿，不要让一个人过不了日子。"

天保娘道："那些自新的坏蛋呢？"庆娘道："变坏了，当然不是我们的人，我们只救济那些表现好的，苏姑娘叫我来和你商量商量，看该怎么办！"天保娘坚决、明确地说："坏蛋不救济我赞成！"庆娘又道："苏姑娘还要我们把大家生活安排好，团结起来，人多势大。"天保娘又捏起拳头说："现在家属们都要求到监狱探望亲人，我也想去看看天保，他们凭什么把人关了这么久，还不让家属见？"庆娘道："对！凭什么不叫见？我们去。但是我们得注意大家的安全。"

那一夜，有五六个人在天保娘家集会，商量怎样生产自救。

庆娘说："这笔钱可来得不容易，是我们的人每一分钱、每一角钱，集起来捐给我们的，要省吃俭用，不能大吃大喝，要用在找生活上去。还有个约法三章，不能对外说钱的来源，不能说是谁人交给你们的，要大家行动一致。我们受难家属也要组织起来，有事大家商量，大家做主。"

这些道理大家也都明白，也都赞成，只是谁该分、谁不该分，是把款子集中起来用还是分给大家自谋生计去，有争论。有人就不主张分给陈山女人，那陈山女人也在座，有人责问她："你忘了陈山干的是光明正大的事，他刚刚吃官司，你就胡乱瞎搞，对得起陈山不？"那陈山女人当场哭得死去活来，说："大家都不体谅，我只好死！"天保娘却出来替她说话："人家不是存心做坏，是受害……"她替陈山女人说了那经过，也就过去。

有人又提起那些自新过的，说："真正坏的，也只一两个，苏四自新前说姓刘的答应他，一自新就有赏金，分配事做，可是自新出来，赏金没有，也不给事做，他去找姓刘的那坏蛋，姓刘的把牛眼一瞪：谁答应给你事做？你没腿，不会自己去找！苏四到处奔跑，什么地方也不要，有人说你当了共产党我们不要，有的说，你自新过，我们这儿不好要，现在苦的连老婆裤子也拿出去当。"也有一两个人同情附和的，说："到底也是吃过苦头来的。"天保娘却气得直哆嗦，面红脖子粗地叫："这种人没有骨头，做了鬼，我们还给他救济，拿老婆裤子去当，到处抬不起头，活该！一分钱也不能给，还要和他断绝往来，谁还想偷偷摸摸，和他们勾勾搭搭就是犯罪！我们给他救济了，那些正直的不对反动派低头的人，会怎样说！叫我断去这老命可以，叫我昧了良心，赞成也分一份给他们，我不干！"最后，算是庆娘出来做了结论：凡是已自新的，从行动上说他已变坏了，不能给！救济金可以按户分发，自己找生活去，切不可浪费。也可以留一部分下来，准备给在牢里受苦的人做费用。今天没有来的，经大家公议，该发一份的，也要发。

大家没意见，分了救济费，成立了个三人小组，也都欢天喜地地回去了。

六

玉华到老魏家里和他谈了一次重要机密的话，她说："老魏，组织上有意思要和第一监狱搭上关系，你看有没有办法？"老魏沉吟半晌说："关系倒有一个，就是那个包伙食的老孔，此人胆小怕死，不可靠。"玉华问："除了老孔，没有别的可靠人事？"老魏吸了两斗旱烟，苦苦思索想出另一个人："还有一个人，就是在老孔手下做事的金禾。每次老孔出来采购，就是他挑的担子。"玉华问："这个人怎样？"老魏道："人倒诚实，也是苦人家出身。"玉华又问："你们的交情怎样？"老魏道："还有点，可以探探口气，再做商量。"玉华道："只要他肯给我们递递信，和里面的同志通通气就行了。"老魏道："行不行，等我谈过再说。"玉华临走时又特别叮嘱道："能办就办，不要太性急，太勉强，更不能过早地暴露自己的面目。"老魏笑道："我知道，放心。"

那老魏在衙门口设下的肉摊，因平时和第一监狱包伙食的老孔有些交道，来往多，消息也灵通。老孔每次上菜场就到他摊头上坐坐，谈谈，无意中也漏出许多消息，只是没什么组织关系。

玉华走后，老魏暗自思量：这些日来没见老孔、金禾出来，倒换了另一个助手，也许是病了，倒不如借故去第一监狱走走。他割了两斤肉，买了一瓶糯米酒，朝第一监狱走。进了第一道门，门警问他："老魏，来做什么？"老魏道："多日来未见老孔上菜场，怕是有病，割两斤肉，买了一瓶酒来探他。"门警原来也是熟识的，说："老孔确有病返乡去啦。"

老魏正想退出，却有人在背后叫他："老魏。"回头一看正是金禾，打扮得整整齐齐。老魏说："老金，多久不见，说是老孔病哩。"金禾道："他就是那样三天两头病的。"老魏问："你上哪？"金禾道："今天轮到我休息，回家去。"老魏想：正是机会，便说："走，我割了两斤肉，买了一瓶酒，正好和你喝两盅。"金禾笑道："这样不太破费？"老魏道："只要多照顾我几回，这点小意思算不了什么。"说着，就一起动身。

金禾住在离衙门口不远一条横巷里，有个女人，四五个孩子。老魏把猪肉、米酒交给老金女人，金禾说："是老魏请的客，要做合口些。"他女人忙着下厨去准备，两个人就在房里坐定。老魏问了老孔的病情，又问他近来忙不忙，金禾叹了口气道："这碗肮脏饭不能再吃了。"老魏表示吃惊："不是说挺有油水的？"金禾只是冷笑："油水多的是人家，我们连块骨头也啃不上。保安司令部尽在那儿抓人，好像越多越好，牢里挤得满满的，过去关三十人的一间监房，现在关五十，伙食费就是克扣不发，犯人吃不饱，闹事，一闹上去又是包伙食的不是，这伙食还能办？"

老魏道："反正是老孔的事，你们当下人的管得了这许多。"金禾道："你说得也是，就是良心过不去，看那儿的人，不审问，不发落，个个饿得像鬼，尤其是那关在特号监的政治犯，不让家属接见，苦头挨得又多，有点外面供应，也可以改善改善，每次我送饭到那儿去，就是一阵心酸。你认识那打铁巷的日升、天保他们？"老魏道："听说关了一年多了！"金禾竖起大拇指："真是好汉，日升被打断一条腿，一头一面白须白发，看来就像个六七十老头，就是不屈，那次那个姓刘的去劝说了他半天，他一口痰直吐上他面，骂声：狗，走！那天保小伙子，上过一次火刑，双足都烧烂了，那姓刘的也去劝他，叫他自新，他还动起手打人，好在有狱警在，把姓刘的保护出来，才没挨打。"

一会儿，酒菜都端上，金禾女人自和孩子在外头用膳，两人就在房里点起灯喝两盅。老魏问："他们的案件怎么个处理？"金禾几杯酒下肚，话更多了："谁个知道，早说要上站笼，又没消息。"老魏问："为什么不让他们家属探监？那日升、天保的老婆老母我倒见过几面，也真可怜。"金禾道："听说是那姓刘的对保安司令部特务科长朱大同拍了胸膛：别叫他们和外面通气，我自有办法叫他们自新。自新的事没办妥，反叫那姓刘的一到那儿就要挨揍。"说着哈哈大笑："坏人自有恶报！"

他们直喝到快到戒严时间，老魏才告辞。临出门见金禾那几个孩子，个个面黄肌瘦，心内有点过意不去，从袋里掏出几个银角子，一个人塞了一个在手："买糖吃！"在路上，老魏心想：这老金看来也有同情心，下次再进一步谈……

下次金禾休假，老魏又带上酒肉还有一份礼品上他家去。金禾问："这份礼谁送的？"老魏道："收下再说，都是老朋友。"两个人吃喝一番，老魏又引起日升、天保的话来谈，这次他谈的多，不外是日升女人、天保老母，想念自己丈夫、儿子，哭得双眼都快瞎了。金禾听了也很难过："让她们见次面也不是什么大事。"老魏道："我也是这样说，就是权在人家手里。"说着，看了金禾一眼，"老弟，你看有什么办法？"金禾却闷声不响。老魏又用话去打动他："有点同情心的人都该难过，谁个没有丈夫儿子。"说着尽叹气。金禾忽然开口道："老魏，我们是自己人，我只说给你听，别传出去，坏了我的饭碗。"老魏对天发誓道："我老魏不替你守秘密绝子断孙。"

金禾道："叫日升、天保捎个信出来如何？"老魏故意问："谁个敢捎？"金禾沉吟半晌，把胸膛一拍："有我！"老魏心想：有七八成了，却又故意问："他们相信你吗？有姓刘的那坏蛋在搞鬼，怕他们也不轻易信人。"金禾一想，倒也是真的。"我这儿倒有个主意，"老魏忽然说道，"不如叫日升女人、天保老母先写封信去，那日升、天保见了，必然会相信你，这不更好？"金禾说："也是个办法，可是，我怎能帮这个忙？"老魏于是伸手把金禾用力一拍："不瞒老弟说，我也因同情孤苦，受人之托，这份礼就是日升女人请我代送的，她的信现在我身上，就烦老弟看在多年老友面上，做这次人情吧。"说着把信掏出来，"信我看过，没有什么，可以放心。"他把信打开摊在金禾面前，金禾一看，无非是些慰问的话，也就放心收下。

第二天，金禾果然秘密地把信转了，也讨了回信交给老魏。老魏抓住机会做了工作，从政治上启发他、帮助他，不久便把他吸收为革命互济会会员。

那宋日升和外面通了气后，不久又得到一封用薄纸条、正楷字，小到不能再小、密到不能再密的信。信这样写道：

亲爱的日升、天保及所有英勇不屈的同志们：

革命互济会向你们——不屈的英雄们，致以最热烈的崇高的革命敬礼！

你们被叛徒出卖，遭受国民党反动派的迫害，使我们感到无比的愤恨。但你们又都是优秀的革命儿子、工人阶级的先锋队，你们的自由虽然丧失，你们的肉体虽然受到反动派残酷的摧残，由于你们都有崇高的革命意志、伟大的无产阶级理想，你们所进行的坚强不屈的斗争，不背叛革命，不出卖良心，不向敌人低头，使敌人不得不一次再次地失败！你们伟大坚贞的行动，将永远刻在四十万刺州人民的心里！

亲爱的同志们，国民党反动派对革命的疯狂进攻，并不表示它的强大，而是表示它的软弱、懦怯！这些日来，在敌人疯狂进攻下，我们是受到一些损失的，但反动派并没有达到它企图消灭党，消灭革命工农红军，消灭中国革命的阴谋诡计。相反的，我们的革命斗争没停止，我们的党、我们的革命工农红军更加坚强、壮大！我们亲爱的毛主席，正率领着红军在进行史无前例的伟大壮举——长征，它前后已消灭了国民党反动派几十万部队，扩大了革命影响。留守在中央革命根据地的红军，也在四面出击，扩大革命根据地。在不久的将来，他们将会到我们这儿来，来解放四十万受苦受难的刺州人民！

亲爱的同志们，当前的革命形势对我们很有利，只要我们能坚持，敢于和反动派进行斗争，我们一定能胜利，胜利一定属于我们！你们的家属，组织上已有妥善安排，他们生活过得很好，叛徒和反动派的造谣诬蔑全是假的，不要去信它！

顺致

布礼！

刺州革命互济会

这封信大大地激动了这些受苦受难同志的心，日升热泪盈眶地说："我们又和党联系上了，党还在战斗，红军还在战斗！"天保也欢欣鼓舞地说："对叛徒、反动派，我们要给予更沉重的打击！"

他们联名写信问党："该怎样战斗？"党给他们回信说："形势正在变，你们准备力量，准备迎接新的战斗！"

第六章

一

刺州的形势的确在变。

周维国自从省城开了保安会议回来，接连又开了几天军事会议，讨论既要抽调队伍支援章县，又要确保刺州五县治安的办法。保安司令部参谋长是随同周维国出席省保安会议的，他带来个"确保地方治安清匪剿共方案"，在会上做了报告。大家见是上面定下的办法，没什么意见，照办就是。可是在讨论抽兵援章问题时，议论就多了，谁都有困难，谁都不愿去，结果拟了条"先成立各县乡团，然后相机挺进章县"的决议。理由是"地方兵力空虚，匪患猖獗"，报省请示。

为了成立本州地界乡团，会上又议了个"召开各乡绅共议国是"办法。

于是在本州地界各知名豪绅、实力派，不论在朝在野人士，在同一时期内，几乎都接到周维国司令的大红金字请柬。这份请柬引起各方议论和各种猜疑，以他们的经验判断，这顿饭是不大好吃的。过去民军时代，也曾有过这样例子，什么司令、师长、旅长给大家派了请柬，等大家盛装赴宴，酒过三巡，就当堂宣布要筹粮饷若干，枪支若干，点名摊派，限期交结，如有违抗，传令官就出来传："司令有令，请某某先生等暂时留步！"所谓"留步"，只是说得文雅些，实际就是扣留。一直到具结清楚，表示如数照缴，才又："司令有令，某某先生等可以回家。"

自然也有人乐意干这勾当，反正羊毛出在羊身上，浑水可以摸鱼，上面派的是五千，他向下面要一万，油水不薄。而所用方法也是一模一样，叫作"上行下效"，只是他们召开的是各户家长会议，不是什么"宴请"。届时豪绅老大照样把"圣旨"一读，就叫各户家长当场认捐、具结、限期交缴，如胆敢违抗，也来个："保长有令，某某家长等暂时留步！"轻则在乡公所过夜，重则送衙门法办。物极必反，不过今天的老百姓已和从前不同了，因勒索过多而激起民变的也不在少数，有聚众请愿，有捣毁公所、打死保长的。因此乡绅老大总是摇头叹气："公益事越来越难办。"

周维国这份大红金字请柬，又不知葫芦里卖的是什么药，该不会又是民军首领的那一套？去赴会吗？为难；不赴会吗？也为难。有人说："为什么不去请教请教为民兄？"他朝里有人，消息灵通！一听许为民也决定参加，才安下心参加。

那在刺州地界有鼎鼎大名的许为民，确也收到同样一份"请柬"，与众不同的是这份请柬不是由普通人送来，而是"专使、专程"送来。而那"专使"又不是别人，正是刺州大红人——党部书记长吴当本。那吴当本谁都知道是个有名的"无事不登三宝殿"，他长途跋涉，亲上池塘，自然有"重要公事"。因此一经通传，许为民就亲身出迎了。这年在四十以上，戴金丝眼镜，西装革履，一手挟着公事包，一手挥动文明杖的大人物，一见许为民就满口"许老""老叔"，叫得怪甜。

当时他们在许公馆台阶上见了面，吴当本就笑容可掬地先来个："恭喜老叔，吉星高照。"许为民却也满怀敬意笑道："我一不做官，二不发财，何喜之有？"吴当本用手指了指自己鼻尖："你看，我这个有名无事不登三宝殿的都登上宝殿了，还不是有好事！"说着，两个哈哈大笑，携手共进大厅。坐定，用茶已毕，吴当本忽顾左右而问："许老，此地谅无外人？"许为民看来势就知道必有要事商量，便说："外人倒无，还是到密室去谈好。"这样，他们又进了许为民经常用来密议大事的密室。

双方坐定，用过另一道茶，吴当本便打开公事包，从里面拿出两只印有"刺州保安司令部"大信封，恭恭敬敬地呈了过去，开口说："保安司令部周维国周司令向老叔致意，并派小侄亲送请柬一道、亲笔信一封。周司令因军务繁忙，不克亲自登门拜访，多请原谅。"

许为民确也有些意外，从周维国坐镇刺州后，他们从无往来，虽说过去凡有人当权于刺州必来登门请教，成为惯例，周维国一不登门请教，二从不理会，他心里正有几个疙瘩，摸不清对方态度，是看不起呢，还是对自己有意见？这时竟有亲笔信来，而且还派了这样一个大人物送来，也有几分得意。但这老奸巨猾的家伙，在政界混了多年也知道作态，以抬高身价。

当时装作无动于衷地接过那封亲笔信和请柬，略为浏览一下，便放过一边，说："多谢周司令的美意，小弟还没登府请教，他却先写信来了。"吴当本道："老叔这份心意，周司令早心领了。小侄今天奉派前来，原有要事奉商，临行前，周司令再三致意，务请老叔支持。"他轻轻地咳了两声，这是他遇有重要话要谈时惯有的做法，以示郑重："当前刺州大势，老叔是知道的，内有匪乱，外有共军，生灵涂炭，民不聊生。周司令关心民间疾苦，以党国为重，坐镇以来，建树虽多，苦于无法治本清源，救民于水火之中。老叔向以乡梓为重，威望霍霍，谁个不敬畏三分，此次遣派小侄前来，实有所求……"

许为民暗自得意：你这周维国也搞不下去了，才来请我，暂时探探口气再做理会。便谦虚道："人老了，无用，说干事业，还是要你们这些年轻有为的人来。"吴当本连称："老叔谦虚了。"又说："周司令准备日内召开本州地界五个大区的治安大会，共商国是。这次会议关系重大，务请老叔带头参加。刺州事，谁都知道没有老叔参加，就解决不了。"许为民心里明白几分，却说："吴书记长说错了，我是井底蛙，见识浅，一向株守在家，外面事知道不多，帮不了周司令的忙。倒是少不了你这个少年英俊的干才！"吴当本连称："老叔过奖，过奖！"之后，又鼓起如簧之舌："周司令的意思是想通过这次治安会议成立各乡乡团……"

许为民打断他问："人呢，枪呢，粮饷呢？"吴当本继续说道："已议过，都有出处。只是在人选方面，尚费踌躇，周司令自兼刺州乡团总司令，下设各区司令。老叔为南区大户，又是德高望重。南区为刺州首富，人人都说得刺州就得刺州五县，得南区就得刺州，可见南区地位的重要。如此重任，周司令说，非请一贤能有为的人担任不可，这样担子就落在老叔身上了。"

许为民忽然起身放声大笑，连称："你们找错人了！找错人了！"一会儿又坐下提问："当年有所谓团练，今天提出乡团是不是一回事？"吴当本道："所谓乡团，顾名思义，就是为乡梓治安服务。与当年团练不尽相同。"许为民故示吃惊道："刺州匪患虽深，但有周司令、中央军坐镇，正安如磐石，还要成立乡团，不画蛇添足，多此一举？"吴当本当即解释道："老叔所说极是，周司令年少有为，中央军兵强马壮，刺州治安自然无虑。但由于共党在江西惨败，残余共军尚有向我方突围侵扰可能。刺州地处战略要害，距章县只有五百余里，而章县现处风雨飘摇，一日数惊境地。中央深谋远虑，认为如要确保地方治安，非动员民众以收配合作战之效不可，这就是倡组乡团的原因。"

许为民频为点首："俗语有云：好花需绿叶扶持，道理我明白。不过，我算什么绿叶，就怕扶持不了好花！"他也有意思要刺一刺吴当本："拿我们小小南区来说，仅许天雄这股匪帮，就无奈他何，而周司令安坐大城从不过问，我无实力，对付许天雄尚且如此，如何说得上与中央大军配合反共？"又问："周司令对许天雄有何看法？"吴当本劝说半天还没个着落，知道他和许天雄矛盾深，便故意说："只要老叔肯出山……"许为民反问道："如果我不出山呢？"吴当本微微一笑："很难说周司令不去起用他！这样南区天下便不再是老叔……"

有人进来通知开饭。

膳中，吴当本重提出山事，许为民问："你是在朝官，我且问你：共军对本州威胁到底有多大？"吴当本道："照共军惯用的奔袭战术看，他们如要攻打本州，只要两天一夜。"许为民又问："周司令在本城的实力又如何？"吴当本道："我们是自己人，不能不说老实话，相当空虚。"许为民神色一变："抵挡得住共军吗？"吴当本道："如果抵挡得住，也不用请老叔出山啦！"

许为民至是放声大笑："摆了半天龙门阵，才说实话，为什么不早说？"吴当本道："我怕老叔摸清周司令底细，更下不了决心！"许为民正色道："亏你我是世交，这点也不了解！共产党如果来，我还有什么好活的？我全副身家都在这儿。周司令打败了可以撤退，我就是无路可退。请你转告周司令，一切放心，我人虽老，身体还结实，可以再干三几年！"吴当本也大为振奋，紧紧拉住许为民的手："老叔，我知道你一定会出山。"许为民却又说："反共我不落人后，但在南区，有我就不能有许天雄，我得把话说在前头！"吴当本满口保证道："周司令既已荷重老叔，哪有再找许天雄之理，一朝不能有二君呀！"许为民举杯："一言为定！"两人碰杯，一饮而尽。

二

周维国宴请群"雄"的那一天，许为民穿了身蓝丝夹袍，黑缎子马褂，红顶子瓜皮帽，黑缎子厚底鞋。乘着特制私家人力车，由四名挎着匣子枪的商团丁，前呼后拥地拥进城。

在中山大街，他看见受邀的四乡豪绅老大也服装整齐地在赶路，他们都对他热情地招呼，亲切问好，而他俨然以司令自居，威严地端坐在包车上，只是微微点头还礼。

不久，他到达保安司令部门口，吴当本早在大门前迎候，他们互相拱手问好，许为民歉声道："迟到了。"吴当本却说："不迟，人还只到三分之二哩！"他被迎进去，沿途站岗的卫队都给他敬礼，他表示非常满意，偷偷问吴当本："他们都知道我已当区司令？"吴当本乘机买好道："老叔的威名，在保安司令部内哪个不知道！"他点点头。

从大门口走过三道戒备森严的大拱门，就是保安司令部大堂。这个宽敞高大到足以做室内足球场的大堂，一向被人称为"白虎堂"，举凡处决要犯都在这儿过堂。普通人到了这儿，都不免胆战心惊。但议论大事，有时也在这儿举行，它算是刑堂又是礼堂！

今天这白虎堂布置得特别花彩，摆了近二十台酒席，还点缀一些盆花，正中高悬"蒋委员长像"和他亲笔题的四个大字，做"礼义廉耻"。

这时，大堂之上，已到了不少豪绅、名流。在乡里他们个个是有身价的人，平时对人威风凛凛，神气十足，可是一到这儿，却像刚出洞的小老鼠，小心翼翼，低声下气。许为民自以为是见过大场面，而且又是未来司令，神态风度自是不同。他安步自若，谈笑风生，虽到处有人与之拱手为礼，恭称声"许老"，他还是昂首阔步，爱理不理。

吴当本当时把他直迎进贵宾室。那贵宾室里自是另有一番气氛，早有不少军政大员在内，吴当本逐个替他介绍，这个是参谋长，那个是政训处长、军法处长、县长、团长、商会会长。他在这些大人物中，自觉短了半截，态度也变得谦恭而有礼貌。可是到了东区的林金水也被迎进贵宾室，他又觉得比这个姓林的高出半个头，神态也傲慢起来。

这林金水虽在地方上混了二十多年，做过民军团长，有小小虚名，却是只纸糊老虎，有名无实，别说全州摆不上他的位置，即使在东区知名人士中，也不过是个二流货色罢了。为什么这二流货色竟然也挤进贵宾室？难道东区真的可怜到这地步，连个像样人才也派不出？许为民心里兀自不服气，那林金水倒是相当殷勤，伶俐地对许为民叫了声："许老！"许为民只冷冷对他点头，话也不多说一句。过了一会儿，北区、西区也有人被延请进来，这些人在许为民眼下也不过是二三流角色罢了。他想地位不同，身份有别，何必与这些人多费口舌应付？他略作应酬，便想走开，不意这时竟有人进来通知："请贵宾入席！"

回到大堂，大部分人都已入席，只剩下两三席没人敢坐，大概是等贵宾室的贵宾。许为民迟疑着决不定该坐哪一席，要是把他放在林金水一席该怎么办？正犹豫间，吴当本已过来了，低声说："许老，请坐首席！"和他在一起的又是参谋长、政训处长、商会会长、吴当本等一流人。至于林金水等则被招呼到次二三席上，他大为得意，心想："周维国到底是场面上人物，有眼光！"口里却说："我怎么可以坐在首席，让我和他们一起吧。"吴当本哪儿肯，一把拉住，还特别招呼："这是周司令的意思。"他笑了笑也就当仁不让了！

席位大体安排已定，却不上菜，在首席主位上还空着，大家都知道大人物还没出场。突然间，从后堂匆匆走出一位戴少校领章的军官，笔挺地站着，以霹雷巨响，厉声喝道："周司令驾到——立正！！"大堂之中大起骚动，有人因这一声"立正"像触了电直跳起来，有人胆战心惊地半天站不起身，也有人业已起身又复摔倒，有人把杯筷碰翻，发出玻璃破碎响声。许为民虽也心跳不已，却装作若无其事，故意对商会会长说："我们刺州实在太无人才，这样一个小小场面，也把人吓得屁滚尿流。"商会会长因刚刚那阵霹雳声，也有些胆战心惊，听许为民的话以为存心讥讽他，也老实不客气回敬两句："像许老这样人才当然不多！"

这时全堂鸦雀无声，出现着一片静肃、阴森局面，周维国恰在这时昂首阔步而来。此人年在四十出外，狮子面，粗眉大眼，扁鼻子，身材短小、肥胖，活像只狮子狗。在他后面跟着副官处长和十来个面目狰狞的卫士。他面无表情地对大家举手为礼，一直走进席位。那霹雷声又响了："坐下！"这次大家有了准备，也就不像刚才那样乱成一团。

菜上了，吴当本忙着把"地方父老"介绍给周维国。当介绍到许为民时，周维国果然恩宠有加，狮子面上露出半边笑容："许老先生，久仰了！"许为民连忙起身拱手为礼："司令的威名，本人也早心领了。"周维国点点头："听说许老先生热心公益，办乡团的事可要多出一把力！"许为民恭恭敬敬地说："愿效犬马之劳，愿效犬马之劳！"周维国点头，许为民却又加上一句："怕是老朽了，做不了什么事！"商会会长却从旁插嘴道："谁不知道许老至今还妻妾成群，风流韵事甚多，健壮得如中年人！"说着，又冷笑一声。

许为民心里发恨，"他专在揭我老底！"却又不便光火，倒是周维国救了他的驾，说："会长先生，听军需主任说，你那笔军饷还没缴齐。你知道我是军人，不尚空谈只重实际，开口说话只有一次，到了第二次可要用枪口哩。"看来像是开玩笑又像下命令，语气间阴森可怕。许为民暗自痛快，那商会会长却是一头大汗，连声说："三天之内缴齐，三天之内缴齐！"正话间，酒菜已过三巡，参谋长低声问周维国："请司令训话？"周维国点点头，他对那值日官弹弹手指，于是霹雷声又响了："司令训话！"

周维国起身训话了，他用嘶哑嗓子只叫了声："各位父老兄弟……"散处各席以主人身份陪同贵宾的大小官员，立即带头鼓掌。"先让我用主人身份敬大家一杯！"大家又是鼓掌，又是举杯。那破嗓子继续干叫下去："今天，我请大家来，为的是和大家见面。"鼓掌。"其次是奉蒋……"他先自立正，大家极为混乱，不知道该怎么办，有坐有起，极不雅观，把那值日官急得一头大汗："这些土财主太不懂礼貌！"索性来个"军事管理"，大喊："立正！"这下才像个样。"……奉蒋委员长命令，坐镇贵境，清匪反共……"这些土地主却又屹立不动，那值日官不得不又叫："坐下！""……

蒙各位父老兄弟同心协力，匪患因之大减，治安得以确保，此皆蒋……"值日官又大叫："立正！""……此皆蒋委员长领导英明，各位协助之功。"鼓掌，值日官："坐下！""……匪患虽减而未清，交通仍遭破坏，劫案不断发生，共军不甘江西惨败，小股残余仍有入侵吾境可能……"

与会者均表吃惊，一时交头接耳，嗡嗡之声不绝，都在谈共军入侵的事。周维国的话讲不下去了，皱起大眉，值日官被迫出来大叫："不许说话！""……不过，大家也不用害怕，我中央大军兵强马壮，而共军则为强弩之末，来了也不过送死而已！但保家乡，卫民国，人人有责，我周维国有责，你们也有责。你们这些人，在共产党眼中都是地主恶霸，都在被清算杀头之列。我问你们要等共军来了被清算杀头，还是现在就出钱出力？"这一问大家又嗡嗡面谈，也顾不了什么礼节，虽值日官连喊几次："肃静！"也没人理会。

政训处长第二个训话，这个一副苍白老鼠面、戴深度近视眼镜、萎缩矮小、活像大烟没有抽足的老枪，用小得可怜的声调，说了一番表扬周维国"爱民如子，语重心长，请大家千万不要误会，不要害怕，刺州治安绝对无虑"的话，又吹了一通中央军实力雄厚，兵强马壮，我们做准备，是为了防患于未然，为了彻底根绝共祸之类。

最后参谋长出来宣布：全州立即成立乡团！办法如下：本州地界成立乡团司令部，由周司令兼任，下分东南西北中五区，各设分团司令部。区下大乡成立乡团大队，中等乡成立乡团中队，小乡成立乡团小队，几个乡合起来尚可成立乡团联队。各乡团队的人员、枪械、服装、给养，由各乡自筹。乡团任务：协助国军清匪剿共，维持地方治安。服从统一调动，不得借故推辞。"现在形势已十分紧迫，不容延缓，本参谋长代表司令宣布：从本日起，宣布成立，限期十天各乡须呈报人员、枪支、弹药，如逾期不报，当以违抗命令论罪！"之后，他当众宣布了一份名单：南区乡团司令许为民，东区乡团司令林金水之类等等。

参谋长刚一坐下，军法处长就起身说话，他说："我是军法官，我只从军法角度提意见。周司令已决定先在本州成立乡团，然后再推行本专区其他四个县份，他是司令官，他说出的话就是命令，命令就是法令，只许赞成、服从，不许反对！谁听了不照办就是反对，反对命令就是违法乱纪，就得法办！我说我是军法官，我有执法之责。执法有各种，轻的判刑，重的杀头，叫作军法从事！我这个人从来做事痛快，先小人后君子，说过的话就一定要做，务请各位善自珍重。到那时军法如山，不要说我铁面无情！"在一阵威胁恐吓之下，大家都惊慌失色，面面相觑，不知下面又有什么把戏，因而酒菜也不再对这些人发生诱惑了！

在参谋长示意之下，吴当本算是代表全州乡绅父老出来说话。这个油头粉面家伙，一开口就说："我代表全州四十万民众，对周司令的英明决定表示感谢，也代表与会的父老兄弟表示接受！周司令是我们的父母，他的命令就是父母命令，父母的命令岂可不听，不听父母之命就是不孝。周司令的命令是代表中央下的，中央就是国家，国家的命令谁能不服从？不服从国家命令就是不忠！因此，对这命令不执行就是不忠不孝！"这个油嘴说得周维国频频点头，参谋长也表示满意。

这一来吴当本劲头更足了，他说："要在这样短时间内组织几万乡团，不论人员、财政当然有困难。但我们这儿有办民军传统，子弟兵一呼而应，枪械也不成问题，又有各区司令亲自主持，我相信十天不算短。"接着，他又用恐吓口气说："周司令的作风大家知道，说干就干，一点不含糊。军法处长执法如山，法纪严明，刚才他也训过话，说得十分清楚。请各位不要以身试法，到那时你们再来找小弟，小弟也无能为力了！"

吴当本说完话，暂时没人说话，参谋长却暗示区分团司令也该表表态。这一下吴当本又忙碌起来，他在五个区司令间奔跑了半天，大家都不肯出来，有人还说："请许老代表吧，他就坐在首席。"他想这也有理，便过来对许为民说："许老，你是首席分团司令，大家都推你出来代表。"许为民表面谦让，内心却得意，他对商会会长说："怎么推到我头上？"商会会长道："五个区分团司令，就只许老德高望重呀！"他只好起身说话："周司令和各位长官都训过话，说过的话就是命令，我们只有服从，不服从就是违抗命令！我提议大家回去马上开会，办事。事情办得好办不好，看大家自己了！不过，办乡团这件事，看来十天实在太短，我要求司令放宽些，就改为一个月吧！"

有人鼓了掌，也有人低声在交谈："许老这句话说得好！"许为民大感得意："论年纪我是落后了，做不了多少事，既蒙周司令宠爱，又是为乡梓福利，也只好拖条老命出来效犬马之劳。在南区我一定照司令的命令办，司令的军法严明，自然人人害怕。我们决心出来干，我想还不仅仅是怕军法从事，更重要的是为乡梓福利……"又是一阵掌声，有人又低声在说："好！许老有胆量！"但周维国和军法处长的面色却不大好看，周维国心想："这老狐狸拉拢人倒有两手！"

大会散了，五个区分团司令又和参谋长单独开会。

三

许为民在回家途中，有几分得意也有几分忧虑。得意的是总算当上中央委派的司令，和那些杂牌民军委派的不同，将来在家谱上也可以添上一笔。担忧的是形势未可乐观，周维国这番话不管是真是假，都说明了国民党宣传的红军已垮，共产党被消灭的话靠不住。另外还担忧乡团组成之后，周维国会不会用过去对付民军的办法对付他，连人带枪收编过去？如此一来，他的起家老本，手头那几百条枪便血本无归了。

他安坐在私家包车上，闭目养神，似觉有点疲乏，却无法安定。

他又想起，周维国看来似乎对地方实力派还不信任，既信任就得信任到底，为什么在委任各区分团司令同时又派出特派员呢？当时各区分团司令被留下开会，参谋长就对大家宣布：为了便利各区与总部保持密切联系，周司令已委出几位特派员分驻各区。还没来得及听取大家意见，就急急忙忙地把那几位特派员介绍给大家。被派到南区来的是个少校军官叫林雄模，他笔挺地站在许为民面前，用力把军靴后跟卡特一拼，说声："陆军少校特派员林雄模报到，听许区司令吩咐！"许为民想："这简直是强奸民意，要买要卖双方总得有个志愿，不能说要派就派！"又想，"什么叫联络呀，明明是监视，把人按上宝座，又派了个太上皇！"他觉得头绪很乱，又是个"未可乐观"。

许为民的大公子许添才，一早听说老子被周司令请上城开会，又听家人说老头快当上什么官儿了，便急急忙忙地从为民镇赶回家，等候佳音。

此人大有父风，在南区横行了三十来年，被人称为"二霸"，只是生来

"先天不足"，少了个聪明脑袋，冒失鲁莽，他老子常批评他："快五十的人了！看你什么时候才成器！"成不成器都好，在南区他反正是坐第二把交椅的！

他在许公馆门口已等了许久，也早有人来通风报信："许老已被中央委任司令。"他还是站着等，不是为了向他老子祝贺，而是想打听一下自己的出路。父亲当了司令，那么儿子呢？他对于做官比玩女人更有兴趣，多少年来他就梦想能正正式式地穿上军装，戴着金色领章，挂上斜皮带，到城里炫耀炫耀！

老头的包车一拉进村口，就有人在接，一到公馆门口就爆竹连天，站在大门口的商团举枪致敬。包车刚一停下，前面是许添才，后面是七太带着一大群丫头养娘簇拥而上，把老爷扶下："老爷辛苦啦？""老爷没什么吧？"之声不绝。许为民面露倦容，一手扶着七太，一手轻轻捶着腰杆，回头对许添才说："谁叫你们这样张扬的？"许添才恭恭敬敬地说："老爷当了司令，还不热闹一下！"许为民装聋作哑地反问："谁说的？"七太接下道："满城都传开了，老爷还想瞒我们吗？"

一群人簇拥着进了正堂，几位夫人和全家大小都出来，他们把许为民让上太师椅坐下，丫头们送热手巾的、送铁观音的、送水烟袋的，像走马灯似的去了一个又来一个。许为民接过热手巾揩揩面，喝了两口铁观音，接过水烟袋，跷起脚来，上了两筒。之后，扫了大家一眼，故意问道："你们来了这许多人干什么呀？"七太是所有夫人中最受宠爱的一个，她的发言具有代表性，她抢先发言道："来给老爷贺喜呀！"许为民哈哈笑道："这叫少见多怪，周司令请吃一顿饭，也用得着你们兴师动众。"又抽上一筒水烟，似要说明经过，又像有意卖弄："不过，他给我的印象还不算坏，第一次见面，就对我那样殷勤、亲切，满口老叔长老叔短，就像家人一样呀！人家到底是吃过外国面包，喝过西洋水，是蒋委员长学生、亲信嫡系，有眼光，有学问……"七太嘴尖舌利，插嘴道："这个周司令到底有多大年纪，是不是也是个老头？"许为民不快地横了她一眼："你问这个做什么？"七太掩着嘴咯咯地笑："人家叫作少年得志，比我家大少爷还年轻上十岁，却是个少将司令，手下人马也有几万。"说着眼睛只一瞟，转到许添才身上。

许添才非常紧张，七太却在暗笑，以为又有场好戏看了。但许为民却

125

没有说:"看你什么时候才成器!"只是说今天盛会:"今天这个会真可称为群英大会呀!全州的知名人士都到了,不管是多大的豪绅名流都到,只是周司令不把他们放在眼下,只有对我客气……"听众活跃。"我一下车,周司令就亲自到门口来接,称我为老叔,自称小侄,又说因军务繁忙未及登门拜访,又说这次见面真是三生有幸……"七太又插嘴道:"这样,他就委你当司令?"许为民瞪了她一眼:"……当时我就被迎进贵宾室。在那儿又会见参谋长、政训处长、军法处长等大人物,他们对我自然比周司令更谦恭、更有礼,都说相见恨晚……之后,我就被迎上贵宾席,由周司令陪着喝酒……"大家又发出一阵兴奋呼声:"啊!……"

许为民故意申斥道:"少见多怪!"又说:"吃饭时候,周司令亲口对我说:蒋委员长久慕老叔大名……"七太又忍不住了,她几乎是惊叫地说:"蒋委员长也知道老爷?"许为民面不改容地申斥道:"少见多怪!我许为民虽不天下闻名,却也红遍半边天……周司令说:蒋委员长对老叔极为器重,早就有意请老叔出山,共商国是。我说老了,无用了。他一味地请,我就一味地推……"七太着急道:"老爷真的把官儿推掉?"

许添才当下也有几分失望,怕希望落空。许为民只是不交底,想吊他们胃口:"他一味地请,我一味地推,就这样一边请一边推,急得多少人来劝呀!人家是蒋委员长学生、亲信、中央大员,又有那参谋长、政训处长、军法处长,还有吴……"七太忙接下:"就是那个小白面!"大家哄笑着。"……从旁苦劝,我怎能不允呢?"大家松了口气,特别是许添才。

七太又开口了:"司令是什么官儿?有多大?"许为民并不理她,说:"……周司令见我答应了,当时非常高兴,即在大会上宣布,他说我们刺州要成立乡团,他自己是总司令,我是南区司令……"七太又插嘴了:"就只请老爷一个人当司令?"许为民这次可有点尴尬,但又不能不说:"自然各区还有人,不过周司令特别重视南区,他说南区是首富,没有南区就没有刺州,其他各区也就不重要,因此在全体赴会的豪绅名流中,只请我一个人演讲!"大家又哄闹起来:"老爷在会上演讲?"七太也问:"当时老爷心跳不跳?"这一下,许为民可真的生气了:"你们真是妇人之见,我许为民见过达官贵人多着哩,在这样一个小小场面上演讲,还会心跳?太不像话!"

七太生来伶俐，容易见风转舵，一见许为民动气忙说："从今天起，我们称老爷就是司令哪？"许添才道："自然是许司令！"七太先自恭恭敬敬对他叫了声："许司令！"回头又对大家："你们这些不肖子孙、丫头、养娘，还不过来给司令磕个头，庆贺庆贺！"果然就有人拥上来磕头祝贺，许为民满面笑容："免了吧，免了吧。"又对七太说："今晚通知大厨房加菜，让大家乐一乐！"

大家闹了一通之后，慢慢地都散了，只有许添才留着不走。许为民把他招过来，道："添才，你来得正好，我有话要同你谈。"许添才摆出满腹心事的样子："老爷在司令面前提到我没有？"许为民道："提倒没提，不过你的心事我是知道的，也就是古语说的：知子莫如父，而且我自己也有了安排。从今天起，我是司令，你呢，少不了也是个参谋长。我们父子俩就是相依为命，我有什么，你也少不了。"许添才兴奋得面红着，可盼上哩。"不过，话也得说明白，你是半百的人啦，人家周司令四十上下就能做出大事业，而你……总不能老没出息！我问你，这些日来你少回家，又不在镇，到底在什么地方胡混？你丢开娇妻不管，在外面随便玩弄女人，我都不说话，偷偷在外面讨小老婆我可不答应！要玩女人，镇上那些姑娘、家里丫头养娘不是够你玩个够吗，为什么要从禾市偷偷讨个女人养在外面当小呢？"许添才见被揭了底，大感狼狈，面红耳赤地说："谁说我讨小的。那时乐园买来个女子，说是原装货，我见她长得还白皙，留下来玩几天，并没说要讨她做小。"许为民道："留下来玩玩我不反对，讨小可不许，要知道你现在已不是普普通通的人，是我的参谋长。"许添才道："我明天就把她送回乐园。"许为民点点头，叮嘱道："在我身边留几天，组织司令部的事用得着你。"

四

那一晚，许公馆大摆筵席，明灯结彩，庆祝许老爷升官。全家上下几百人喜气洋洋，大块肉吃，大杯酒喝，正在闹哄哄，忽听："万歪求见司令。"许为民几杯酒下肚，正在兴头上，一听说万歪到，大为高兴，说："万军师来得正是时候，请进来！"又叫太太们躲开："我和万军师有事要谈。"七太当时就不满，噘着嘴说："这个风水先生太不识相，早不来迟不来，偏在这时来，扫兴！"带着女眷扭着屁股，退后堂去。

这万歪字中正，出身没落地主家庭，业"风水先生"。在南区百里内外的豪绅地主中，颇有点名气，因而也以地方名流自居。五十开外，貌不扬，身材短小，下巴略歪，光头，猴相，一面黑麻。为人奸险圆滑，善清谈，点子多，因此被豪绅地主誉为"足智多谋"。幼时熟读《三国演义》，崇拜诸葛孔明，自比为"今之卧龙"。为了使名实相符，他终年穿上长衫，手执白鹅羽扇，走路学外八字，说话摇头摆脑，轻摇鹅毛羽扇，以示"军师"风度。此公虽自封名流，但家庭破落，到处依附权贵，奔走土劣门下，常自感叹未遇明主，以救穷途落魄困境。

少时，他那面临破产的地主的爸，曾想把他培养为"栋梁"之材，送他入塾读书。但他极不长进，读了三四年私塾，还背不出半部《论语》。离开私塾后，高不成低不就，大事干不了，小事不愿干，却清高自命。父亲死后家境更坏，被迫拜邻村一个风水先生为师，终日捧个锦套罗盘跟在他屁股后跑，算也学了点看风水本领。刚要"出师"那年，那风水先生急病死了。

此人居心不善，在学师期中，早已看中那风水先生微有家产，尚有独女一名。女貌虽不扬，幼时害了个小儿麻痹症，瘸了一条腿，嫁不出去，他还是死命追求，老师一过世，便公然入赘，成为这家家主。自然，那老师这份职业、罗盘，也被他合法继承。他利用老师的社会关系，靠看风水找坟地混饭过日。成名后，跻身在权贵名流群中，俨然名流，对自己由于先天缺陷——歪下巴，而父亲竟又替他取了个极不雅听的大名"万歪"，甚为不满。为了纠正这历史性的错误，便给自己起了个别号"中正"，意即"不偏之为中"是个正直的丈夫！

万歪之驰名于南区，是和刺州传统习俗分不开的。原来刺州人重风水，有钱人给祖宗找坟地，讲究风水；普通人盖座房子，挖口水井，也讲风水，什么都和风水分不开。因此风水先生便应运而生，全州大大小小风水先生就不下百人。但别的风水先生与万歪不同，他既"学问渊博"，善辞令，风度"不凡"，又善观气色，擅逢迎拍马，使人"可钦可佩"。此地豪绅地主虽胸无点墨，一窍不通，却冒充风雅，摆几件古董，挂两幅字画，谈谈风水，背两句古书，兀为风气。像万歪这种不学无术的江湖术士，肯与他们交往唱和，正是难能可贵。

万歪一年三百六十日极少在家，大都住在东家家里。他根据对象大小、财产厚薄，决定找风水地时间，有时一块坟地可以看上三五年，也有只需两三个月的。在替东家看风水期间，吃、住、穿、用就全要东家供应。他同时替几个东家看风水，东家住住吃吃，西家又住住吃吃，年复一年便混过了大半生。

他在许为民家已混了许多年。许为民非常迷信风水，他认为自己有今天锦绣前途，全和祖父坟地埋在巨山大岭中的龙穴分不开。他满望子孙后代，也能千秋万岁地继承他的"霸业"，因此也想找块龙穴，作为葬身之地。万歪在他六十大庆时已和他搭上关系，答应替他找块风水地。十年来，这位风水先生不辞劳苦，登山涉水地为这东家的龙穴奔跑，虽然坟地没有找到，两人却结起深厚友谊。许为民对他相当信赖，每有心中失意，就找万歪谈谈。万歪善观气色，能揣摸对方心理，投其所好。万歪既得许为民的信任，也极力利用这信任，死心塌地地依附他做清客。除看风水外，慢慢也插手许家内外事务，凡事替许为民出主意想办法，做个不折不扣的"军师"。

万歪对许为民曾经说过：从他父亲墓地风水看，到了他这一代正是"龙气"大发时候。预言在他七十上下当为辅国将相，而将年过百岁，注有百子之福，极力鼓吹他多讨小老婆。这就和那年近三十而专宠不衰的七太闹矛盾了。七太愤恨地说："这不中不正的歪货，专在咱家出坏主意，什么将相，什么百子，全是鬼话。叫花子要东西，还懂得对女主人说两句买好的话，而他就想把女主人踩在脚下！"

她怕许为民再讨个年轻漂亮的进来，夺去她的宝座。多次设下圈套想抓万歪辫子，利用机会把他撵出许家。她背后教唆一个贴身丫头，三更半夜借送茶送水为名，到他那儿去勾引他："只要他一动手，你就大哭大闹，那时我自有办法整他！"但这个"足智多谋"的军师，也自知为了讨好许为民，难以见容于七太，倒处处小心谨慎，衣食对他比女色更重要。因此，七太也没他办法，只好认输，改为对他施点小恩小惠，以示笼络。并暗示他："百子的话少提也罢，要家用，尽可开口，我不是死抓住钱眼不放的人。"万歪暗地里得到七太好处，"得人钱财，替人消灾"，自然也不再对许老头提什么百子之福的鬼话了。

这次家有小事，万歪离开许家已近一月之久，今日恰好回来。一进村正好撞见许二管家，听说许为民已被委任乡团司令，大感得意："当年我不过为衣食对他瞎作吹嘘，竟然应效，妙哉，妙哉！他今当了官，对我这个军师少不了也有一番照顾。"便拽起长袍三步当两步，径奔许公馆求见……

许为民一声"请"，万歪虽是一身大汗，心里十七八个吊桶一上一下，却装出十分安详的"未卜先知"模样，摆动八字脚，轻摇鹅毛扇，安步上前。一见面就是个九十度鞠躬："司令，中正前来贺喜！"说着又想跪下行大礼，许为民连忙伸手扶住："万老，我们都是自己人，这种俗礼免了吧。"于是入座同饮。

许为民道："我的事，万老何从得知？"万歪欠身而起："当日小弟暂告返家，早就料到今天。许老面现红光，祥气洋溢，正合当日小弟预卜为辅国将相者当在七十以后。但天机不可泄露，未便通知许老。今早小弟起身，即闻喜鹊高叫，小弟屈指一算，便知许老业已荣居辅国大任，所以特来贺喜。"许为民满面笑容："万老未卜先知，真神人也！"万歪拱拱手道："托许老的福。"

好酒斟上，新菜添来，万歪举杯先敬许为民又敬许添才："大少爷，许老荣任朝廷重职，你也差不多了。"许为民忙道："添才为我左右手，我当官他哪能再做布衣百姓，今天我已委任他当参谋长啦！"万歪忙又举杯："可喜，可贺，小弟借花献佛，敬此一杯！"

这席酒一直吃到深夜十二时，许添才早已酩酊大醉，告辞而去，别的人也都散光，只剩下他们两个。七太在绣房内宽衣上床早等得不耐烦，三番两次叫贴身丫头来催促："老爷，七太说你辛苦了一天，也该进去歇歇。"万歪从旁劝驾："许老歇去吧，别辜负了七太一番心意。"许为民意犹未尽，把万歪一拉："别理她，我们谈个通宵。"一直把万歪拉进密室。那七太听丫头回说："老爷不肯来，还说'别理她，我们谈个通宵'……"已气得千刀剐万刀剐地把万歪骂起来："狗头军师，我看你还能把老头迷上多久！"叫关门熄灯，赌气睡下。

许为民和万歪面对面盘坐在太师床上，一人一把水烟袋，吸得满室烟雾腾腾。许为民道："万老，我今日得当司令，你当得第一功。想当年没有你提醒，我也不会做这样打算，为了报答你的辅助之功，我有意请你屈就一下，当个秘书长。"对万歪来说不算意外，从刚刚许为民对他所表示的亲切宠幸，他早料到自己少不了也有一番作为了，倒没想到是个秘书长，心中大喜，连忙起身称谢："多谢司令栽培，我万中正即使粉身碎骨也要图报！"许为民笑笑，点点头："有万老辅助我也放心。"接着又说："周司令要我马上成立司令部，把事业办起来。我想问问万老，你见识广、点子多，一切该如何进行？"

　　万歪盘腿静坐，双目微闭，沉吟不语，脑筋一动，顷刻间也想出个主意，他说："现在是万事皆备，只欠东风。所谓万事皆备，司令有了，参谋长有了，秘书长有了，我想也差不多，又可称为阵容整齐，人才出众。既有司令部，而无直属部队也不成样，许老手下不是有现成商团，可把它改编一下、整顿一下，仿照周司令模样来个特务大队。三百来人，武器精良，军容齐整，摆出去也有分量。我说的东风，是各乡团队如何组织，问题不少，要他们出人、出钱、出枪不容易，这就要看许老了！"许为民道："这件事我也想过，我们乡里的事不压就办不好……"万歪拍手道："对！要压！"许为民接下又道："周司令就用这方法把各区压了一下，我为什么不可以把各乡也压一下哩？"万歪道："听说周司令用的是鸿门宴？"许为民点头称是："我当不能落后！"万歪道："只要司令有主意，其他一切全包在我身上。"

五

　　特派员陆军少校林雄模，把周维国给许为民的委任状、关防和就任告示亲自送到池塘，并带来周亲笔信一封，礼物"军人魂"佩剑一把，信中说："南区为刺州重镇，富甲全州，又为交通枢纽，兵家必争，现有兄坐镇，吾可释重负矣。成立乡团之举，迫如星火，务速进行，期上不负党国重托，下不负弟之热望。"林特派员又说："周司令亲送'军人魂'佩剑一把，供许区司令佩戴。此剑原系蒋委员长赠予周司令，现由周司令转赠予许区司令。"说着双手呈上。许为民对这件隆重礼物极为重视，一面叫设宴款待，一面把许添才参谋长、万中正秘书长介绍给他。

林雄模此次奉派至池塘是负有另一个使命的，主要是来探索许为民的虚实。他对这"南区一霸"也是闻名久矣，因此立刻以同僚身份展开活动。他开头尚以下辈自居，谦虚地请许参谋长、万秘书长指教。不久，发现万歪满口迂腐言辞，许添才草包愚蠢，也就不在话下，尾巴也慢慢翘高。

宴会开始了，许为民举杯致辞，表示欢迎和感谢。林雄模满口奉承，深幸周司令得人。万歪见机不可失，连忙抢着发表伟论，以示在许区司令手下也还有人才："许司令为当代圣者贤者，许司令可无刺州，而刺州不可无许司令。莫道区区南区，即以全刺州而言，也只要许司令一句话。"林雄模暗自发笑，却连称："早有所闻。"万歪又自我吹嘘道："十年前，小弟夜观星宿，早知许司令有此一天！"

许添才见风头被万歪一人抢尽，心里别扭，待不应酬几句，怕人家瞧不起，说吗，又不知该说些什么。在忙乱中，忽然爆出："特派员，什么时候到我们镇上走走，那儿姑娘好，菜好，包你玩个痛快，吃个痛快。"许为民觉得他在这场合，说这样不合身份的话，太不得体，又怕他再说下去闹笑话，连忙横他一眼，许添才更加慌张，只得闭口不言。林雄模对他却很有兴趣，笑着说："是呀，我也很想到贵镇走走，听说是个小巴黎，很繁华。到时一定请参谋长介绍几个姑娘，请吃一餐饭。"许为民连忙说："添才不过说着玩，那儿怎比得上大城。"

宴罢，林雄模起身告辞，许为民送客。

客人走后，许为民便把许添才狠狠训斥一番："你刚刚说的，像什么话！身为参谋长，在官场上也是个大人物了，怎么光谈吃玩？"许添才面红不语，许为民又面谕万歪："秘书长应该教导教导他，让他在官场上也能应酬几句，以免出丑，说我们没人才！"万歪点头称是。许为民于是亲捧"军人魂"进内院，"好让那些妇道人家也见识见识"。他对七太等说："这是蒋委员长亲自赠送的，只有他的亲信学生才有这样珍贵礼品，从此我也是蒋委员长的亲信了！"七太脑袋机灵，一转就想出："这样说，老爷也可以上京啦？"许为民道："自然可以。"七太忙道："那就把我们都带去，这鬼地方我也住厌了。"

既有正式委任、关防、就任告示,算是正式官儿了。许为民在万歪策划下就在公馆内空出几间房,正式办公,又下了第一道命令,把商团改编为区乡团司令部特务大队,委任许二管家担任副官,叫他集中全区裁缝赶制军装:"要和中央军穿的一样。"赶制蓝底白字上有党徽的招牌两块,上书"刺州南区乡团司令部"挂在公馆大门口,另一块是"刺州南区乡团司令部直属特务大队部"挂在为民镇原商团团部门口。许二管家(应改称为许副官了)又叫人到四乡张贴就职告示。万秘书长也立即就职视事,他先拟就司令部各级官员名单候批,又在筹备召开全区乡绅大会。据他说这次大会有两个内容,一个是庆祝许为民荣任司令,另一个是"共商组织各乡乡团事宜"。

不过,为了谁来担任特务大队大队长的事,又引起许家内部的一番争吵。二少爷通过七太表示意见:"大哥现已是参谋长,大队长一职就该轮到我做。"许添才当即反对:"特务大队也就是商团,商团一向是我带的。"七太一向和大少爷不和,这时便出来偏袒二少爷,她说:"咱家人多,总不能把大官小官都让你一人包!"

二少爷乘机又鼓动下面的少爷们起来闹事,先闹到万歪那儿去,后又一直闹到许为民面前。许添才表示坚决:"我当参谋长没有实力干不了!"七太反问:"你叫二少当什么?"万歪各方面讨好道:"参谋长没实力干不了是真,二少、三少等没有一官半职也说不过去。"那怎么办?他对许为民献了条两全其美的计策:"委二少当个军需主任,三少以下各人委个副官、参谋,反正委任状是白纸写的黑字,又不花钱。"于是皆大欢喜。

但七太也有意见,她找到万歪说:"你的点子出得好,个个都有份,"她把鼻尖一指,"我呢?"万歪知道事情难办,刚应付过这些少爷们,幕后大将又亲自出马了。他说:"司令夫人本身就是不小官儿呀!"七太把面孔一板,冷笑道:"哪像你秘书长威风呀,连委官卖爵都要听你的!"万歪连忙发誓道:"我万中正一向秉公办事,唯司令的命令是从,司令交代什么就办什么,如有贪赃枉法,老天在上!"七太继续进攻道:"在老头面前少出点坏主意,少说我几句坏话就功德无量了。"万歪对天发誓道:"我万中正如有半点对不起七太的事,天诛地灭。七太对我,这十年来我还不知道,您的恩情比天还高、比海还深，我感激还来不及哩。"七太回嗔转喜道："你真的对我那样忠心？"万歪指天道："老天在上……"

七太见打得差不多，正是拉的时候，忙说："万秘书长，你的忠心我还有不知道的！我这样做也不是替个人打算，老头老啦，糊涂啦，我怕他受坏人包围有个差错。他信任你，你也该信任我，有事我们得商量过再做。"万歪双手按住胸口，俯首为礼道："完全听七太吩咐。"这样双方算取得协议，七太想卖官从中捞一把，万歪也要拉拢她以壮声势，在许为民面前，通不过七太这一关事情可不好办。

第二天，七太把万歪叫进内室，果然亲自交了一份名单给他："万秘书长，上面所写的都给我委上！"万歪打开一看全是七太家的人，大哥是金涂乡大队长，小弟是大队副，还有亲亲戚戚都是这个官那个官的，他连称："谨遵大命，谨遵大命。"

六

那许添才心想："我们许家几代没一个做过官的，现在爸做了这样大官，还不好好热闹一番？可别叫人耻笑我们做下辈的不会办事！"便对万歪说："请客的事，我一手经办！"七太听说要请酒庆贺，又是一番主意，她想："祝寿、婚嫁是大事，升官也是大事，人家无事还找名义，有现成的机会不搜刮几个还行！"她问："升官是不是也要叫人送礼？"万歪连称："自然，自然。"七太道："叫他们都送份礼来！"万歪也满口应承："照办，照办！"万歪也想借此机会讨许老头欢心，在众人面前炫耀炫耀，也乐意大搞。他对许为民说："庆祝司令荣任要职，可不是等闲的事，要办得像样点。"许为民道："你们几人协议经办就是，小事情不必问我。"

按许添才的设计，要摆五六十桌酒，演两台戏，把乐园、迷魂谷、快活林那几十个姑娘都弄来陪酒。并在接待室内摆下大烟档，任抽多少不计。又设了十几台麻将牌，一样有姑娘们伺候。

发往各乡请柬都由许二副官派专人去送，请柬之外另附红纸条一张，写着"如蒙送礼，请在三天前送到"。收到请柬的人，果然纷纷送礼，礼品也不敢送薄，事前七太把许二副官找来，说："许二，你这个副官是我在老爷面前开了口才定的，你知道吗？"许二连忙称谢："多谢七太栽培。"七太又道："你是副官又是管家，我呢是司令夫人又是当家的……"许二道："许二一向听七太吩咐。"七太道："人家送来的礼，没有我的命令谁都不许动，知道吗？"

许二却有点为难，早一天好多位太太都这样对他命令过，他也都说："听太太吩咐。"现在七太……他有点犹豫，七太知道他的心事，便说："许二，你到底听我的，还是听……"许二一头大汗："自然听七太的！"七太把桌一拍："一切照我的意思办，如有差错，小心找你算账！"许二走后，七太就叫她两个心腹丫头："看住许二，有贵重礼品直送到我房里！"其他几房人，听说七太要一手包揽礼品，也纷纷派心腹的人出来："礼是送给老爷的，大家都有一份，容得七太一个人包揽？看住她房里丫头，谁敢动手就打她个半死！"

许为民举行"群英大会"那一天，南区各乡都贴上皇皇告示，宣布许为民就职，为民镇和池塘各商家也都接到命令，要张灯结彩，以示庆祝。公馆内外更是一片忙乱。早一天为民镇各家大饭店的大小厨师，都被集中到许公馆来杀猪、宰牛，大院内东西两角搭上戏台，商团丁都换上草绿色新军服，挂上新符号，公馆门口搭了大彩牌，彩牌两面挂着对联，一面是"普天同庆"，一面是"万民欢腾"，正中横额是"爱民如子"。

当天清早，为民镇的姑娘们在大小龟公龟婆率领下，乘着两辆临时封用的"公路车"开到池塘，下了车，刚安置好，就由许二带进内院向太太们磕头请安。第一个接受这荣誉的当然是七太，她端坐着故意问："你们到三太、四太那儿去请过安没有？"姑娘们齐声说："第一个来向七太请安。"七太对许二说："姑娘们少回家，该好好款待她们。"又说，"每名赏上大洋五块。"

在这姑娘群中有十来个原是许家丫头，被迫去当娼的，她们特别受到许家丫头们的欢迎，人情做过就偷偷地聚会在下人旁，问长问短，互相诉着苦情，也有哭成一团的。

再过一会儿，有人报说戏班也到了，一个是"七子班"，一个是"大梨园"，从不同的地方出发却在村口碰上头。这两班戏子各背着一只小小包袄，挟把油纸伞，有的面带烟容，有的还留有脂粉痕，跟着戏箱拖拖拉拉直趋许公馆。他们也找许二副官。许二自然又有一番忙碌。刚把他们安置在空谷仓，又报说："客到！"

许二按照他多年接待经验，知道这些早到的人都是些穷鬼，一心想多吃两顿，抽几日，很是瞧不起。他说："真他妈的，请的是午后，怎么大清早就来？"但又无法不去应酬！在穷于应付情况下，他把那些军服笔挺、老早就挤在大厅上等出风头的少爷们，也分配上任务："长官们，接客呀！"那群大大小小少爷正无事可干，乐于炫耀炫耀新军服、新领章，也争先恐后地出来接待，算是解了许二的围。

岂知在礼房里又闹出事，客人把礼品一送到还来不及写回单，几房派来的人就争相抢夺，这个说："这份礼三太叫拿的。"那个说："四太要！"七太派来的人一声叱喝："都没你们的份，七太早和秘书长说定，送来礼品全归七房分配！"闹了起来，一声说："谁拿到就是谁的，谁说全归七房分配！"一时七上八下，动起武来，几房人都在抢礼品。那些办事人员见劝阻不了，索性来个相应不理。各房人众，七房的人抢不过，闹进七太那儿去，七太一声说："死丫头反啦！"带上十来个丫头、养娘都带上木棒赶将出来，一声喊打，把各房人打得七零八落，哭着逃回去。几房太太哪肯服气："七房就是当了司令，坐上虎皮交椅也得有个上下，找老头理会去！"

老头在后厅和万歪、许添才在议事，讨论有关乡团重大事情，见这些太太们闹得太不像话，一阵臭骂："你们都吃饱饭无事干，给老子滚！"几房太太心怀不满嘀咕着返身要回去，恰又碰上七太闻风赶来。大家一言不合，各房人多心齐，一声："叫这婊子也看看厉害！"动手就打，有的捉手，有的拖足，有的揪发，一声"打"把七太放倒在地，乱抓乱打，一霎眼，把七太浑身上下衣服撕个碎烂，露出一身肥白皮肉，打得青一块紫一块。

老头在议事，听见七太喊救忙赶将出来，气得五孔生烟："是什么日子，你们闹这个笑话？"动手就是一阵耳刮子，又把太太们打得鸡飞狗走。对那赖在地上装死的七太也没好颜色："你呀，简直在拆我的台！"七太只是喊痛，呜呜哭着，一下子变成弱不禁风，生猛泼辣劲头全失了，叫那老头见了又怜又气，一手扶起："礼品的事，我交你全权经理。"七太虽然装死装活地回去，心里却暗自得意："死婆娘，你们闹吧、打吧，老头要的还是我！"

下午三时左右，客人大体到齐了，大院里戏台上两台戏，已跳过加官，上了正本。客人们在许二副官的妥善安排下，都各得其所，皆大欢喜，都到几个偏厅去，有的在腾云驾雾，重要角色，还有女招待递巾捶背，十来台麻将牌都坐满了人，也有就在戏台下和戏子眉来眼去的。

金涂路远，七太大哥苏成秀来得迟一步，他一进门就拉住许二问："七太在哪儿？"许二对七太家的人，一向另眼相看，又听说他将被委任为金涂大队长，自更极力巴结，说："七太在房歇着哩，苏亲家我送你去。"苏成秀道："你忙，我自去。"他径向后院，这个禁地对他倒是开放的，刚进后院七太房门口就碰见七太的贴身丫头，端了盆热汤出来，他问："我妹妹在哪？"那丫头努努嘴低声说："正在上妆。"苏成秀掀开布帘进去，叫了声"二妹"就坐下。

七太正由一个贴身丫头帮同在梳妆台前打扮，慢声地问："人家一早就来，为什么你拖到这时才到？"苏成秀推说："路远，交通不便。"七太问："见过妹夫么？"苏成秀道："刚进门，就上二妹这儿。"七太道："见到就该谢一谢他，你的事……"苏成秀道："我正为这件事来，未知有着落么？"七太道："早说妥哪，自然，要等你这时才来说还会有着落！你就是腿短，也不多来跑跑。这是个什么年头，有个风声，人家早就像苍蝇追粪包。没有我，别想捞这大队长当。"

苏成秀满心欢喜，起身要谢。七太说："道谢的话少说，大哥，我有句话，时机难逢，捞上一笔是一笔，把手伸长些，下面你自打理，上面有我可不必多费心。我也不想你孝敬我什么，能捞间房本，置百二百亩田，我们苏家一家人安稳过下一辈，我的心愿也足了。别看我这儿日子好过，红得发紫，我面上堆的是笑容，对这个地方，心早就寒了。"她沉沉叹了口气，"这些话说给你听了也没用。出去，找那不中不正的、草包大少应酬应酬，人家现在大权在握，多说几句好听的话不会错。等会儿我就来。"说着她把手只一摆，苏成秀也就起身告辞。

苏成秀刚走出正厅，宴会已将开始。正厅上，在许为民巨大画像下，红烛双烧彩灯高悬，四周挂满、堆满贺幛、贺匾、花篮、礼品。整个大厅摆的都是酒席，只在正中主席背后空出一列座位，安置着一个丝管乐队，一字排地坐着乐园四大天王和几个伴奏乐师。那四大天王是个什么模样？一式绲边绣花大红褂裤，柳眉凤眼，梳着两只螺丝髻，二十上下年纪，架着腿，怀抱四面琵琶，露出一式四对绣花薄底桃红鞋。

这次前来出席盛会的乡绅老大极为整齐，绝大部分地区都到了，各色人等都有，有风干老朽的，有肥头大耳的，有骨瘦如柴、满面烟容的，也有的獐头鼠目。这些平时在乡间自称为正人君子，或为一族之长，或为一乡之长，一到这个地方，碰上那花枝招展、年轻貌美的姑娘，都变成色昏目眩，忘记了自己年龄和威严。有人对那坐在台面上掌壶的姑娘动手动足，有人对那四把琵琶手的色艺大加赞许：亏他挑的这样整齐，年龄大小、模样，都差不多，就像孪生姊妹呀！有人又在赞叹："许老，真艳福不小呀，听说这都是他们家的姑娘？""可不是，"又低低地说，"许家的丫头哪个不是从小玩到大？玩厌才送去当姑娘的！""这叫一举两得，人得了，财也得了！"一阵笑声。

忽见那许二从后厅匆匆奔出，喝了声："司令驾到！"尽管他军服皇然，神态严肃，但没人理会。满厅还是一片嘈声，有人在高谈阔论，谈许家阴私，谈四大天王，谈绑案，谈共产党。也有人老起面皮和那陪酒姑娘打情骂俏，偷偷问：愿不愿意和自己相好呀，而姑娘们则装娇撒赖骂他老心不老。许二原想显一手，叫那些乡下老财见识见识，他们不是在一个普通人家里做客，而是到一个当司令的公馆来办大事。一炮未响，先自慌了手足，不知该怎样来维持这一局面。

紧接着是许为民带着一千人马出来，左有许添才，右有万歪，后面是大队武装卫队。许二管家一急，也顾不了军事正规礼仪，面红耳赤地大叫一声："起来！大家都站起来！"倒是这一吆喝起了作用，嘈声立刻停止，纷纷抬头张望，只见那许为民已出了场，当即有人起身上前，这个叫他"许老"，那个叫他"为民兄"，就没叫他"司令"，一片恭维祝贺之声。这一下许二乐了，忘了叫"鸣炮"，倒是许添才想起，大声叫着："妈的，为什么还不鸣炮？"炮声才响，没见奏乐，他又骂了声："妈的，你们这班乐队都死啦！"乐队也才起乐。一时祝贺声、爆竹声、乐声交织一起，才有点气象。

过了这一关，大家安下心，特别是许添才，频频去额头揩汗。这一身鬼军服把他像只粽子裹得紧紧的，多不舒服，索性解去斜皮带，歪戴着军帽，敞开胸膛。菜上了，姑娘们忙着斟酒、劝饮，整座大厅，又是闹哄哄的。

酒过三巡，许为民起身准备致辞，但许二这家伙又不知去向，万歪怕差事又被许添才抢走，慌忙起身，权代司仪，拿起官腔喝了声："许司令训话！"喝过之后，又带头鼓掌，但追随者却只有零落几声，有人还在底下说笑话："到底是朝廷上的官儿了，连吃餐饭也得军事化！"

许为民举起酒杯说："今天是我们南区乡团司令部成立的吉日，让我来敬大家一杯。"一阵喧闹之后，他又说："各位谅尚未见过我们司令部的主要官员，现在让我来逐个介绍……"他先宣布"参谋长许添才"又加上句"小犬……"大家哗笑着。其次，他介绍"秘书长万中正……"一时议论纷起："哪个叫万中正？"知道这个万中正的人就说："就是那个风水先生。""他不是叫万歪吗？""你这个人也真是，当了官，自然要有个官名。"那万歪十分得意，笑容满面，频频拱手为礼。许为民道："我现在请万秘书长宣布各乡大队、中队、小队长名单。"说完话坐下，下面的戏就交由万歪去唱了。

那万歪随手抽出一本花名册用官腔朗诵名单，榜上有名而且安排得当的自然满意；那些榜上无名，或把"官职"放得太低的，就带头责问："这官儿是由谁委任的？"万歪回答道："自然由许司令委任！""凭什么分官儿大小，凭实力、凭资望还是凭财产？"万歪答称："凭实力、凭资望也凭财产！""你怎么知道我的实力和财产比某某人低，他是大队长，我当中队长？"当时又是一阵混乱，人多声杂，许为民当即敲起桌来："有个规矩没有？要官做，也不是这样闹法！实力大小，资望如何，自有公论，我不比你们清楚？想把官儿当大点也可以，我现在就宣布，能出一百条枪、一百个人我就委他当个大队长，只能出五十条枪、五十个人的，只能当中队长。"

这一宣布波动面就更广了，有些已被委上的便吃惊地问："当队长的要自己出人出枪？我干不了！""办乡团不是官方出枪出粮饷？叫我们到哪儿去筹？办不通！""许老，我看还是你一个人干吧，没人，没枪，没钱还办什么乡团？""早知道这样，我也不来哩。""万歪，你把我的名字抽掉！"一时又乱了，有人面红耳赤，有人慷慨激昂，也有心照不宣的，说："吵吵闹闹像个什么军事会议，许老叫办事，他心中自有妙计，一会儿办法就出来，紧张什么！"

万歪和许为民低低地交谈了一会儿，最后还是由许为民出来说话："这些事我都想过，刚才没说清楚，现在再补说两句。办乡团是周司令的命令，一定要办，谁反对，谁就是破坏国法，要受制裁。人员我允许在本乡抽调，枪也允许你们摊派，至于粮饷……"底下非常活跃，有人问："是不是也可以摊派？""光摊派还不行，我主张开赌、开烟！"

一说到开放赌烟禁，许添才就紧张起来，原来全区的烟、赌、花捐、屠宰历来都由他一手包揽。如允许各乡自由开烟、开赌，将来花捐、屠宰势必自由开放，那他就无法收拾了。一时冲动，忘了他参谋长身份，涨红面起来反对："办乡团只能摊派按户负担，不许开烟、开赌！"有人不服气，反问他："为什么不能开烟、开赌？"许添才答道："各乡没有权开烟、开赌，至于花捐、屠宰也一律禁止！""可是你们为民镇什么都开！"许添才一听这话就气得直骂娘："我是承包主，为什么不能开！"一时空气紧张，有人说："还谈什么？不如走！""不开烟、开赌还能办乡团！""肥的你拣去，骨头叫我们啃。有油水也叫大家分润分润。""许老，还是你自己办吧，我们都没条件！"

倒是苏成秀出来打圆场："乡团要办，没一笔开办费着实为难，大开烟赌着实也叫许参谋长为难，两面都有困难，不如来个两全其美……"有人当场起来责问："你说两全其美，是什么个全法、美法？"苏成秀道："全是顾全大局，美是两面照顾。"许为民频频点头，对万歪说："我这个内弟看来还有些见识。"万歪乘机捧了他一下："虎门焉出犬子。"有人又问："你说怎样个顾全大局，又怎样个两全其美？"苏成秀道："乡团一定要办，这是大局；大家困难要照顾，烟赌都得开放，许参谋长困难也得照顾，因此只能有限度的开放。"

一时议论纷纷，满厅喧腾，有的赞成，有的反对，有的责询："什么叫有限度？"许为民也和许添才、万歪频频交换意见。最后万歪起身，叫大家肃静："司令有话。"许为民道："我已决定，烟赌开放半年，大家回去马上就成立乡团部，限一个月内把人员枪支造册报部。现在请大家喝杯庆祝庆祝。"空气一时大变，许添才又起身宣布："今晚大家都不用回去，要吃的，我们这儿有吃，要抽的这儿任你抽，要赌有赌……"有人问："姑娘陪不陪睡觉？"许添才道："姑娘也免费陪玩，只是粥少僧多，每人不得过十五分钟，可以到许副官那儿去登记。"一时掌声不绝，欢声雷动。万歪也有个通知："散席后，各乡大队长请到本人办公厅领取委任状、关防。"又是一阵喧闹。

饭后，各人都找自己去处去玩耍寻乐，大多到万歪那儿去领完委任状、关防之类的证件后，就上许二那儿去，大家都争着要那四大天王，许二说："各位请原谅，不是我许二不给面子，是上头有交代，你们抓阄吧，凭运气，抓上谁就是谁。"他摊开一只小口袋，里面是一堆纸筹，都写上时间、房号，却全不写姑娘姓名。

这样忙了大半个时辰，才忙完。

在万歪办公厅内，当报到请领的人员大都办完手续，还剩下金井大队的一份，没人请领。万歪找到许二问："金井许德笙来了没有？"许二道："来了呀。"万歪问："为什么没在宴会厅上见到？"许二耸耸肩说："谁知道。"万歪想："许德笙不来领取委任，有蹊跷。"他叫人关上办公大门，亲自出去。他各处走了一转，都没找到这许德笙，正待去向许为民报告，却有人一把把他拉住，叫声"万老"。来的正是那许德笙。

万歪喜出望外："我到处在找你，所有委任的都领了，只剩下你这一份。"拉着他要上办公厅。许德笙却说："万老不忙，我还有几句话奉告。"反把他拉到一个幽静去处。双方坐定，许德笙就说："我不便见许老面陈，对你说也一样。这份差事我不能干，也请别委他人去干。金井离上下木仅一箭之隔，许天雄称为势力范围，谁个敢动？如我应承了，一回乡，怕不在三天之内人头落地，委任别人，也不会好过我，最好办法是不办。"

万歪道："那许天雄真有这样猖狂？连国法也要反？"许德笙道："万老你不是外地人，不会不知道，许天雄闹事已不自今天。"又说，"我和许老是多年老友，请你也转告他，处处当心。这次周司令不委任许天雄，而属意许老，许天雄量浅，见识短，对许老成见深，乡团一成立，我料不出十天半个月势必无事生非，出来闹事。苏成秀那儿比金井也好不了多少，最好也叫他别当什么大队长。今晚我也不便在这儿过夜，多多拜谢许老，小弟告辞了。"说着就起身。万歪问："天色已晚，路途遥远，你如何赶得回

141

去？"许德笙道："我自有办法。"说着就匆匆走了。

当万歪将这件事对许为民父子说知，许为民大为吃惊，许添才却气焰逼人地说："我们办了这个乡团，先就要打掉那狗日的许天雄，再去和共产党算账！"

第七章

一

南区乡团司令部成立，许为民大宴各乡豪绅、加紧筹备各地自卫武装的消息，很快就传到上下木去了。那许天雄对这消息很感不安，当即在议事厅召集了手下两员大将商议对策。

这许天雄在南区虽是个风云人物，却身材短小，体重不到百斤，一副四方面孔，两条粗眉，一对鹰眼，颧骨高高突起。剪了个平头，平时只着黑布衣裤，一双半旧胶跑鞋。此人虽相貌平庸，却性如烈火，手下人都很怕他。

当时许天雄在议事厅上，像只猴子似的缩身在那又宽又大的虎皮交椅上，盘着腿，对手下两员大将提出问题。他说："周维国办乡团，许为民任南区司令，说什么都好，对付的就是我们，大家想想该怎么办？"当下二头目许大姑就发表意见，她说："兵来将挡，水来土掩，周维国与许为民互相勾结有意与我为难，我也不能示弱，如今可乘其立足未定，给他来个落花流水。"她主张攻打为民镇，来个下马威。许大头却另有一番见解，他说："组织乡团的事，看来不全为了对付我们，我实力有限，万不能轻举妄动，惹火烧身，应该看看再说。"双方见解不同，许天雄一时下不了决心。

正议论间，忽听得有人从外面直嚷了进来，十几个飞虎队员拥了三个浑身血污的人员，吵吵嚷嚷地直趋议事厅。那三个血肉模糊的人，一进大厅就跪倒在地连呼："大哥为我报仇！"许天雄大吃一惊，忙问："出了什么事？"那三个人同时抬起头来，用手摸摸耳朵，三个人六只耳朵全不见了，又哭着叫喊："许添才干的好事，大哥为我们报仇！"许天雄一时还没闹清，已有人从旁说了那经过。

原来是许添才当上区乡团司令参谋长后，急于邀功，一回为民镇就给特务大队下了道命令："严查过往行人，如遇有天雄人马一律给我绑来，重重有赏。"那添才手下人员一听有赏果然加紧查防。从此双方就不断出事。

这为民镇是商业重镇，又是交通要道，历来有人与白龙青龙两圩做买卖，上下木、下下木也常有人来这儿走动。许天雄虽与许为民不和，底下人贪图为民镇是个繁华世界，也有偷偷来吃赌玩乐的。过去双方心照不宣，都没出事。这次，许添才来了个"重重有赏"，手下一班便衣密探，便有意来找上下木人为难。前些日子，已有事情发生，一个上下木人到为民镇赌场来赌，赢了二百大洋，一出赌场大门，许添才手下便衣便喝声："搜查！"当时栽了赃，当堂搜出四五颗子弹，诬他贩卖军火，打了一顿，赌款抢走，连上衣也剥下。

看来是个小事件，没人把这事报上。不意，今天又出了件大事，原来有三个飞虎队人马因公出勤，路过民镇，因赶了不少路，相当疲累，一个说："时间不早哩。"另一个说："肚也饿了。"第三个说："吃了饭再走。"准备歇歇再走。不意他们一进镇门就被许添才便衣钉上。那三人径入酒楼，便衣也跟上。那三人在二楼坐定叫了酒菜，便衣一看他们腰上都是胀鼓鼓的，料定有武器，便又返身下楼。

不久，来了十多个人，先把酒楼前后围住，另由五个人持着武器冲上楼，一声"搜查"，那三人面色大变，其中一个头目打扮笑着起身说："各位兄弟请坐，喝两杯。"那添才的人却不买账，哼声说："谁是你兄弟，把手举起来！"只一挥手五个人就都上去。

那三人哪肯示弱，飞虎队的人向来是不吃这个的，一声"别动！"也都从腰上拔出手枪，酒楼上原有一些客人，一见要闹事纷纷逃避，有的撞翻桌，有的躲进桌下，有的从楼梯上直滚下楼，惊呼："要杀人哪！要杀人哪！"小头目一边说："你想搜查问过天雄大哥没有！"双方都举起枪，扣紧枪机，一边朝楼梯口退，一边步步进迫。双方正在相拒间，那埋伏在楼下的添才人马见闹开，偷偷闯上去，从背后大声一喊："你们死已临头，还不缴枪！"那五人也一拥而上，来了个前后夹击。

那三名飞虎队员欲进不能，欲退无路，只好都缴了枪，当场被痛打一顿，押进特务大队部。许添才一听说活捉三名飞虎队员，大为得意，叫声："给老子押过来！"就在他的"大队长室"审问起来。许添才仇人相见分外眼红，他拍着桌子说："妈妈的，你们长了眼睛没有，敢到老虎头上动土！"那飞虎队小头目见枪被缴，人被抓，已先自软了，心想英雄不吃眼前亏，说几句好话，搬出天雄大哥来，也许可以少吃点苦头，便赔起笑面："我们都在天雄大哥手下的，因事路过贵镇，并非有意与大家为难，请大队长原谅。"

那许添才一听见"天雄大哥"更如火上添油，拍桌大骂："是匪首许天雄的人，罪加一等！"不问情由，就下命令："给老子把这三个匪徒推上大街，各打军棍五十，割下耳朵，匪枪没收，赶出镇门！"当时一声呐喊，几十个添才手下打手，把那三个人拖出特务大队部，加上五花大绑，鸣锣游街，并在市场中心当众剥下裤子行起军棍。把那三个飞虎队员打得如杀猪般哭叫，添才人马争相拍手喧笑，说："有天抓住许天雄，也要如法炮制！"打过屁股，割去耳朵，才用乱棍打出为民镇。

那三个飞虎队员又苦又气，一身是血，扶着伤窜回上下木，在哭诉时不免又加油加酱地说了许多叫许天雄难堪的话。那许天雄亲眼看见手下人如此受许添才凌辱，更听说许添才当众对他辱骂，一时兴起，暴跳如雷。从虎皮交椅上直跳下来，在那三人身上乱踢，大声叫骂："你们为什么这样怕死，不当场和他们拼命？拼死了，老子称你们是忠义勇士，老婆孩子全归我养。现在枪被缴了，屁股被打了，耳朵被割了，叫你丢人，也叫我丢人！妈妈的，走，给老子去死，我许天雄没有你们这种丢人的部下！"吓得那三个飞虎队员面无人色，只在地上号哭求情。

站在一旁的许大头怕许天雄在气头上，真的把他们宰了，便从旁劝说道："大哥，请息怒，听我说几句。这件事不能全怪我们的小弟兄，我们的人到了添才地方，如虎落平阳。哪有不吃亏道理。"许大姑却冷笑着说："你刚才不还说不全为对付我们的吗？现在火烧上头来了，怎么说？"那飞虎队小头目又乘机挑拨道："许添才还当我们面说，大哥不过是个山野匪类，竟然称王称帝，太不自量。我早要吃他的肉，剥他的皮，拔他的老巢，叫他死无葬身之地！又说，我留下你们几条狗命，不是我怕你们，而是要你们带话去，叫许天雄赶快出来投降，如尚执迷不悟，包叫他玉石俱焚！"

许大头把头低着，面有惭色，那许大姑却又步步进迫："所以我说，不能退让，他们用的是杀鸡儆猴法，有意叫大哥难堪。我们也要给他个以牙还牙。"那许天雄像只猴子似的跳来跳去，他在决定大事时总是这样。那三个飞虎队员也想在火中再加一把油，却给许大头叱喝住："没事啦，还不赶快向大哥磕头，滚出去！"那三人磕过头，便回家养伤去。

议事厅内充满一片沉寂，许天雄还是在那儿走来走去，许大姑情绪激昂，许大头却低头不语，而在外面的飞虎队员则议论纷纷都赞成报复。约过了十分钟，许天雄忽然站住，回头问许大头："苏成秀那边怎样？"许大头答道："听线人报告，他正在准备开赌，成立乡团大队。"许天雄又问："日期定了没有？"许大头道："听说早定了。"许天雄又问："实力如何？"许大头道："如果大哥有意给他照顾照顾，就像雷公打豆腐一样，包打它个稀烂。"许天雄道："不过，我要活的。"许大头微微一笑："不难。"许天雄道："我就把这件事交给你做怎样？"许大姑也想插手，她刚要开口，却被许大头抢先一步："行呀！"

这件事算议定了，许大头自去布置，许大姑却陪着许天雄进内厅去。天雄问："你和大头的事到底定了没有？看来，你们两个人很难合在一起。"大姑冷笑道："我们没有什么事要定的，他是他，我是我，谈不上。"天雄大不以为然地说："三十多年纪了，你总不能老一个人过下去。"大姑笑道："我又不靠他，为什么不能一个人过下去？"天雄不同意她的意见："当初我拉他进来，也不单纯是为了你的事，这笔家业总得有人继承，我今年是五十一了，还有多少日子，你们两个合起来正可以做一番事业。"大姑道："爸爸，你怎么也说起这样泄气话。"天雄叹了口气，说："不是我泄气，是人真正的老啦。"大姑道："我知道，你早已想好退路，想洗手不干了。"天雄不承认也不否认："狡兔还有三窟，何况是人。"大姑说："我想最好还是自己的家乡。"天雄道："环境也大不如前了，叫作好日子不多。"大姑问："你怕许为民？"天雄大笑："他还没到了叫我怕的程度，我怕的不是他。"临分手时，他又特别叮嘱："和大头关系要搞好，嫁给他也不会委屈了你。"

这老人的心思许大姑是明白的，他把许大头从外地收容来，信任他，提拔他，就和自己儿女一样。可是从小在男人堆里长大、任性自负的许大姑却不大把他看在眼里，她自问：论相貌许大头不足以引起她动情，论本事也不如她，他哪一点叫她看上的？单纯为了他是个男人吗？这一点她也不稀罕，如果她需要的话，尽可以从自己手下挑选……

二

那苏成秀原是赌棍，向无正当职业，在赌场混了二十来年，靠替人"做庄"为生。一朝当了个乡团大队长，第一件大事就是开赌，想从开赌先捞他一笔。他和以前的赌友密议了几日，有人说："光开赌不设集市没人肯来。"有人又说："金涂十里内外，向称富庶之地，只因地方不宁，有钱的纷纷搬上池塘、为民镇居住，现在就得把乡团办好，身家有了保障，才有人敢来。"苏成秀一听都对，先凑足了二三十条枪，四五十人马，决定了开赌和举办集市日期，并要大大热闹一番。名为庆祝金涂乡团成立，实是利用名目打下基础，开出一条财路。

飞虎队把苏成秀的各种布置安排打听得一清二楚，及时地走报许大头。大头说："先不忙动手，以免打草惊蛇，让他先尝点甜头再动手。"他又安排了一些人化装成小商小贩前去参加集市，一面探听虚实，一面做具体布置。

金涂开赌第一天，果然热闹，吃喝、买卖、耍赌都有，只是来的人还不多，苏成秀也很紧张，怕许天雄为难。第一天过去了，一切顺利，第二天又没事，苏成秀松了气："我料定一有乡团许天雄就不敢来。"四乡赶集市玩乐的人，也胆大了，他们说："苏成秀有办法，许天雄也吃瘪啦。"只是住在金井的许德笙却劝大家别去自寻麻烦，这苏成秀年轻，不懂事……只没人肯听。到了集市第三天，各乡来的人就更多了，赌摊从十台增到十五台，戏台还演出以全部女角做号召的《小梨园》，有人还问苏成秀："三天集市期满了，还延不延期？"苏成秀说："谁说只办三天？我就要宣布无限期地办下去！"

这一天，将近黄昏时候，许大头带领飞虎队出动了，出发时他交代：

"分批分路进去，没我命令不许乱动。"他们化装成各式人等，有的是小商小贩，有的是普通游客，都杂在各乡赶集人中混进金涂。那许大头化装成个"番客"模样，头戴番客帽，眼戴墨色遮阳镜，一身绸褂裤，脚蹬黑皮鞋，胸前挂着金链袋表，一摇一摆地进村。

集市设在村心祠堂口，一片大广场，东头是戏台，正在上演《辕门斩子》，西头就是赌棚，一字排列开，祠堂口一边挑出面乡团旗，一边挂着块蓝地白字的大招牌，上写"金涂乡团大队大队部"，站着两名哨兵，出入口都有乡团哨，还有一个流动巡逻哨。

许大头绕着集市走了一圈，只见飞虎队已纷纷进入阵地，有的挤在赌摊前，有的在戏台下，在乡团大队部门口，有一摊小食担，围了五六个人，都在那儿吃东西。看热闹聚赌的人很多，只是不见苏成秀。许大头和那带头侦察的小头目碰了头，低低地问："几个哨岗都派上人？"小头目道："一个钉一个。"许大头又问："为什么独不见苏成秀？"小头目道："还要等一会儿。"正交谈时，那流动巡逻哨已巡过来，五六个人都穿上草绿色新军装，为首的还举了面三角旗，上写"巡查"两个大字。大头闪过一边，点烟抽，等那巡逻队过后，才说："苏成秀我来对付，其他的你们自己动手。"小头目问："什么时候动手？"大头道："听我的信号。"说着，两人又散开。

入夜不久，苏成秀吃得饱饱的，喝得有几分酒意，大摇大摆地在集市上出现。新军装、斜皮带，腰挂左轮，脚蹬长筒马靴，手提马鞭，和两个佩匣子枪的人，既威风又得意地招摇而过。他先到赌棚去巡视一番，轻轻挥动马鞭，拍着长筒马靴，得意忘形地说："放心赌呀，到了金涂就像买了保险。"又亲自上戏班后台，一屁股坐在戏箱上，跷着大腿，把那扮穆桂英的女角直揽上大腿，用手去逗她的粉面，嬉皮笑面地说："不反对和我相好？这戏箱我坐定哩！"那小姑娘面红着，低下头。戏班师傅却巴结着说："大队长肯赏面，做个相好的，正求之不得哩。"离开戏班后台，又故意四处走动，无非是炫耀、讨好的意思。

那许大头一见苏成秀出来，满心欢喜：这家伙看来逃不脱啦。早就悄悄钉上，苏成秀到哪儿，他也借故挤到哪儿，前后左右也带上十来个飞虎队员。那苏成秀在集市上来回地周旋了大半个时辰，正待回大队部休息，许大头一见机不可失，叫声："飞虎队来啦！"拔出匣子枪对空连打三响，各地飞虎队员一听信号发出也纷纷发动。

先有人瞄准戏台上那两盏大光灯打了两枪，大光灯应声而熄，一片漆黑，秩序大乱；赌棚内赌摊庄家听见起了枪声正叫"收摊"，说时迟那时快，各摊内外早已有人拔出枪，先打翻几个想逃走的，喝声："不许动，动了就开枪！"当场有人跳了出来又打开布袋，把赌桌上的银圆钞票尽量搜刮，搜完赌桌上的，又去搜各人的身。散在各处那几个乡团队岗哨，一时还来不及弄清出了什么事，也早被飞虎队开枪放倒，巡逻队也没一个走脱。

那苏成秀刚要进大队部，一闻枪声，知道大事不妙，提起腿想跑，许大头早已钉上他，哪儿肯放过，叫声："苏成秀，往哪儿逃！"一挥手，十几条枪，十几个人一齐动手，直撺进大队部。站岗的先吃了两枪，卫队走得比苏成秀还快，一转眼就不见，苏成秀带酒行动不便，在慌乱中走不上两步，大腿上早已中了一弹，仆倒在地。大头飞步上前，一足踏住，喝声："绑！"早有人把他像粽子似的捆绑起来。大头再一声："走！"两个人用破布把他的口塞了，抬着就走。

集市内一时枪声卜卜，号哭声、喊杀声闹成一片，食品担被踢倒在地，货摊上逃走了主人，母亲找走失了的亲儿，孩子哭着叫娘，村内不知是谁家的人上了屋顶敲锣，接着也有人敲打起面盆、铁锅，村狗狂吠不已，像是世界已到末日。有人对大头说："乘机做一笔再走？"大头说："把苏成秀带上就够，不宜久留！"一声号令，飞虎队押着苏成秀、背着大小布袋分三路散开。

那苏成秀当夜被抬回上下木，许大头就去向许天雄报告。那许天雄正在许太姑房里坐等消息，一听苏成秀抓来了、乡团队几乎全军覆没，拍着桌子说："许为民，你也有这一天！"叫："给我把苏成秀绑来，打他个一百大棍，割下两只耳朵！"许大头返身要走，许大姑却把他叫住："且慢，这苏成秀是七太的亲哥哥，这样就放未免太便宜，叫她拿十斤金子来赎。"许天雄想想也对，说："照大姑的意见办！"

这消息当天晚上就传到许添才那儿，许添才很是恐慌，一面宣布全镇戒严，一面飞报许为民。不说那为民镇一片混乱，家家关门，人人闭户，都说出了大事，再说那许为民一听到消息就跌足叫苦道："坏了我的大事！"万歪问他为什么，许为民道："乡团草创，金涂第一个成立，一出马就受到

148

这样沉重打击，全军覆没，大队长被俘，消息传开还有人敢出来？"万歪却说："当前的大事，是设法解救苏大队长。"许为民道："我与许天雄势不两立，人在他手上，如何救法？不如乘机报告总部，请求派遣官兵前去清剿，才是一劳永逸之计！"这件事一直议论到第二天清晨吃早饭时候。

正议论间，只听得一阵凄凄切切哭声从外面传了进来，许为民正在心烦，喝问："谁哭得像死了亲爷？"只见那七太披头散发，衣衫不整，直哭将来，一见许为民就跪倒在地，哀声求救。许为民以为内院又出了什么事，跳着腿骂："就是你们这些女人，一天吵吵闹闹，坏了大事！"那七太哭着道："你看看，这封信！"说着把一封沉甸甸的信递给他，许为民打开一看，从信封内掉出两只血迹模糊的大耳朵，当下吓得直哆嗦，吃惊地问："哪来这鬼东西？"七太捶胸拍股只是哭："请看在我这个无用女人面上，救一救他吧，信写得清清楚楚，再不花钱去赎，三天内就要杀头啦。"

许为民打开信一看，是苏成秀写来的："……命在旦夕，他们已割去我的耳朵，如三天之内再不以黄金十斤取赎，将无法再见你面……"收信人却是七太。许为民问："信是谁送来的？"七太道："刚才送来的。"许为民问："送信人呢？"七太也才想起，万歪连忙奔出去，一会儿把许二叫了进来，许二说："一早就有人来送信，说是七太家里的，信放下，人就走哪。"许为民心神方定，又耍起威风大骂许二管家："饭桶！办事不力，给我追，不把人抓回来，也别回来！"

许二带了十几个人分头去追，哪有人影。

当天，没议出对策。七太口口声声说："要十斤金子就给十斤，人命重要。"许为民心痛这笔金子，却借口下不了面子："我许为民是什么人？现任乡团司令，清剿不了许天雄匪股，反而向他纳贡赎票，一传出去还能见人！"七太只是哭闹："你官大，面子要紧，用我的名义，算不丢你面子！"许为民执意不肯："你也不能出面，你现在是许家人，不是苏家人！"七太一听无望，又捶胸拍股地大哭。

万歪道："我倒有个主意。"许为民问那主意，万歪道："冤宜解不宜结，当初许参谋长痛打天雄手下，我就料到会有今天。现在事情闹大了，人在他手上，也没办法，只好找人疏通疏通。"许为民问："你心中有人？"万歪道："人倒有一个，就是金井的许德笙，看来他和上下木方面还有多少交

149

情。如果司令出面不便，就由卑职出面也好。"不意这件事给许添才知道了，就极力反对："事情闹出去，我这个参谋长还能当！"

这样一拖就是三天。到了第三天，一清早，有人在为民镇牌楼上发现一只布包裹，上书："专程送交许为民司令"，赶送给许添才，许添才打开一看，原来是颗形状可怖、血肉模糊的死人头，那苏成秀已经一命呜呼了！

许添才招来这场打击，心里极为不服，暗自想着：许天雄这样和我为难，不给点颜色你看，也显不出我的威风。他暗自从手下挑出二十多名团丁，组织了一支"敢死队"，临到青龙圩圩期，就把他们派出去。临走时，他召集大家并宣布说："许天雄与我为敌，杀了苏成秀大队长，破坏我们乡团队的威信，不给他点颜色看，大家还能安居乐业？现在我派你们出去，只许成功，不许失败，大家混进圩一定要把它打掉，杀人放火都可以。把人杀得越多，把圩棚烧得越惨越好。事成之后回来，重重有赏。"

那些敢死队奉命混进青龙圩后，正遇到买卖在进行，大都是从上下木来的，也有从为民镇去的。二十几个人分成几队，利用平时许天雄防备不严，一声："动手！"子弹纷飞，火光四起，应声倒地的有三十多人，圩棚也起了火。当飞虎队闻声赶到，许添才的敢死队已安全撤回为民镇。

青龙圩垮了，而许为民和许天雄的冤却越结越深。

三

在乡下，由于南区两雄矛盾的深刻化，互相攻击，闹得人心惶惶，纷纷逃避。而在大城谣言也特别多，都说章县告急，周维国部要开走，不日就要大拉夫。刺禾公路和从刺州通往内地的几条公路线都已停止通车。商店停业，学校停课，兴旺一时的建筑业也暂时停了下来。从乡下进城的人很少，而且几乎全是妇女，刺州商会虽然出了几次布告，说匪徒的谣言不足为信，刺州治安固如磐石，"各界人士，万勿自相惊扰"。但没人愿意相信这些鬼话，有人预言说："不出三天，就要大拉夫了！"实际上还没封两天，保安司令部的拉夫队就出动了。他们先包围了各建筑工地，拉走一大批建筑工人，以后又沿街拉人。

形势变得特别快，在大拉夫前大林对玉华说："看来，我对章县的军事行动已开始，周维国拉夫就是个信号，我得找组织上去商量，决定一下我们的对策。"玉华道："外面风声紧，万一在路上出事怎么办？"大林笑道："拉不了我的。"

他在清源找到老黄，老黄正在忙于帮同老六建立东岱据点。这是一个大乡，在东区内，全乡人从事陶瓷业，供应全刺州，但剥削重，窑工生活困苦，对革命要求迫切。自老六在那儿建立了关系后，有老黄暂留清源协助，发展就很迅速。这些日来老六、老黄都到东岱去了，刚刚回来，因此能够和大林立即接上关系。

大林和老黄对当前形势和工作，足足讨论了一天，大家都认为章县方面可能已有战事，周维国忙于调兵，我们不能使他这样安安稳稳地走，拖不住，也要给他来个人心惶惶，不可终日。他们决定用特区名义，发一份告人民书，揭露敌人处境，号召人民起来斗争。两个人把告人民书稿子拟好，大林用密写抄了一份，缝在衣角里准备进城后翻印，老黄也说："我也要赶回下下木去，离开那儿已有一个月，也要去布置布置。"

当大林到了渡口，只见满载是人，而大路上又是人山人海，都是从大城出来的。大林问："出了什么事？"大家纷纷在说："周维国在拉夫。"从渡口这边上船的却只有大林一个，阿玉低声问："人家往城外逃，你却往城里送？"大林一时决定不了该走该留，但是任务重大，不去冒下险如何能完成？反复考虑过后，决定还是走，反正他不走大路，小路较安全也较近，只要一到进士第就无事了。

这时城门已进出不便，从大城逃出的人，大都是越过城墙出来的。大林匆匆走过城墙缺口拣那僻静小路，一心只想赶回进士第，他想：只要能及时赶到，晚上就可以和玉华工作个通宵，明早可以把告人民书发出，当天就可以使全城震动。他伸着长腿，用力地在赶路，冥想着周维国因发现这些传单而惊慌失措甚至会影响调兵援章的计划，不觉露出笑容。

他走着，走着，慢慢接近市中心，只要再走过两三条横巷，就是进士第了。他一心陶醉在这场新的斗争中，说时迟那时快，从路角隐蔽处突然杀出几条身穿草绿军服大汉，一声："站住！"大林猛一抬头，已被那拉夫队牢牢擒住，他们把他反剪双手，用麻绳兜头一套，拖着就走。他暗自叫苦，却已迟了。

那拉夫队拉了大林，又在附近巷口，如法炮制地拉了五六个人，才把他们一起押赴开元古庙。原来这次被拉夫来的人都关在这座可容五六千人的大庙，大殿四周警卫林立，大殿内关了五六百人，大都是青壮年，有的哀声痛哭，自称家有八十老母，这次一去包无生返，老母晚年由谁供养？说了又哭；有的在骂娘，自叹倒霉，大林一问知道都是被拉夫队拉来的，略为平静。但任务在身，而且责任重大，这次被拉了夫，不仅任务无法完成，今后也不堪设想，心绪烦乱。"无论如何得想办法，"他想，"不当政治犯被抓，却当挑夫被拉，太不值得了！"

将近黄昏前，有人来给他们松绑，一个军官模样的人对大家训了一通话："你们不用哭爹骂娘，闹死叫屈，只到章县就把你们放回来。"不久，又有伙夫抬着大军用锅，每人派了只破铁罐："吃饭。哭闹都没用，长官说过，到了章县就放你们回来。"当下有人端着破铁罐去盛饭，却有人拉住那伙夫，低声哀求："老总，做做好事，烦给我家里送封信，烟酒钱少不了！"那伙夫先自不肯，还骂人："给长官知道，剥你的皮！"但当那人把明晃晃的银圆送过去，却又改变了口气："信你写好，送得到送不到，没把握。"见那伙夫松口，一时送钱求情的人也多了。那伙夫一个人不敢做主，又偷偷去找那军官，两人低低地说了些什么，只见那军官笑笑，点点头，这样算是合法了。原来拉夫不比别的，是允许和家人通个气的。

大林想："能送信出去，就有生机了。为什么不给玉华去一封信，请她想办法？"也写了张便条，并一元大洋。在那纸条上又故意写明："接信后请给送信人酒钱。"把那纸条和银圆送到伙夫手上，又故意说："老总，请多帮忙，信送到，我家里还会有赏。"故意把那纸条给他看："我都在上面写明白了！"那伙夫一看果有这样字眼，也笑着说："一定送到！"又问："看来先生不是普通生意人。"大林故意说："我家是做官的。"那伙夫就更胆大了："我自送去，先生还有什么亲口交代的？"

玉华一直在提心吊胆，听说全城已在拉夫，不但在城门口拉，大街小巷拉，还挨家挨户地拉。早一个时候听说老魏也被拉了，后来却又逃脱。原来拉夫事来得突然，老魏把当天没卖掉的鲜猪肉按照平时习惯，叫老妻看住菜场肉摊，自己挑起担子，吹动海螺，沿横街小巷去叫卖。事有凑巧，无意中竟和拉夫队碰上，一声"站住"提着麻绳就追。老魏一见来头不对，返身就跑。拉夫队人多，来势凶猛，老魏心慌，又要兼照顾肉担，看看将被追上，一时情急智生：天下间哪有不要钱的兵，让我来个金蝉脱壳！他伸手去掏钱袋，边跑边把铜板、银角朝后就扔，扔得一路都是。那几个拉夫队一见有钱在地，还有见钱不要的，争着去捡，人也不追了。这样老魏算把人把肉担都保存了，重门深锁地把自己关在家里，只是不出来。玉华担心大林疏忽，在路上出事。

正在忧虑间，大门口有人在敲门，陈妈出去一看，仓皇地进来说："小姐，保安司令部有人拿了姑爷的信来找你。"玉华大吃一惊："说为着什么事没有？"陈妈道："那人说一定要亲自见你才肯说。"玉华心烦意乱地说："请进来！"那伙夫一跨进进士第就怀有几分敬意："拉夫队真是瞎了眼，这样的官户人家的子弟也拉，不怕得罪人！"又见玉华那样温文尔雅，便说："太太，不用难过，林先生被拉去当挑夫只是误会，你们是做官的，找人去说一声就放出来哩。"玉华看了信，稍为心安，给了那伙夫一块大洋，写了回信，说："多谢你来送信，告诉林先生；我们马上就找周司令去。"

那伙大　听与周司令有交情，就更加恭敬，拿了回信匆匆赶回开元寺，对那管理挑夫的长官说："这林先生和周司令有来往，赶快把他单独放开，要不，怕出事。"那军官也觉得紧张，就把大林从挑夫队中提出来，并安慰他道："只要有人来保，你就可以出去。那拉夫队也真他妈的瞎了眼，怎把自己人也拉哩。"

送信人走后，玉华心想：要快交涉，说不定三两天就开走哩。她连忙去找娘，说明经过。玉华娘一听就生气："你呀，就是胡闹，连个未婚夫也管不住，这是什么年头，兵荒马乱，还放他在外头瞎窜？现在只有找伯父去。"说着就要走。玉华说："外面到处在拉夫，娘年纪大，还是我去！"玉华娘道："拉夫还会拉上我这老太婆？倒是你留在家里稳当。"她一直到蔡监察家去。

那蔡监察为了大城拉夫事，正在府上和一些地方实力派人士包括那商会会长在内，大发议论："周维国来后没替我们乡梓办过一件好事，尽做坏事，抓人、杀人，现在又拉夫。闹得满天神佛，鸡犬不宁，商业凋敝，民生不安……"一听玉华娘说是未婚侄女婿也被拉夫队拉走了，更是火上添油，愤恨不平地对那几个地方实力派说："太不像话，我的侄女找了十年才找到这样个未婚夫，人家还是个大学毕业生哩，却把他当挑夫拉走。我长到这样大，还没听说过，拉大学生去当挑夫，中国的弱，斗不过列强欺凌，就是人才太少，好容易栽培出来的大学生，却当挑夫拉走，还成话！"他对玉华娘说："我马上给吴当本打电话！"

那吴当本接到蔡监察的电话，也慌了手足，连称："如果真有其事，实在太不像话！"又给保安司令部朱大同打电话。那朱大同却有几分疑惑："什么时候听说过蔡监察有这样一位侄女婿？"吴当本道："我也才听说，这老头难对付，先把人放出再说！"

第二天一早，那管挑夫的军官就对大林说："林先生可以出去了，都是误会。"又说，"我还得送你一送，今天拉夫还没停止，大街小巷尽是拉夫队，你一个人出去，怕又会拉进来。"这样，他就亲自护送大林从开元寺大摇大摆地到进士第。大林很是感激他，请他进内坐坐，喝杯茶走，把玉华介绍给他见面，那军官也非常客气地说："我叫李德胜，就在朱大同大队长手下当个少尉排长，将来有机会再来请教。"说罢告辞回去。

玉华娘一见面，就气呼呼把大林责备一番："女的不懂事，男的也不懂事，兵荒马乱还四处乱窜，亏你伯父去保，要不军队一出发，不打死也得挑死。"大林只是表示歉意，玉华却说："人家刚吃过苦，一进门没句好话。"玉华娘便把矛头对准她："你还说！不管你们怎样，名分可要定下，将来我这个正正式式岳母娘也好管一管！"又说，"等拉夫过，两口子得去向伯父道个谢，人家为你们的事出过力，别叫人说我们没家教。"

玉华娘走后，大林就对玉华说："今晚上，我们可要熬个通宵。"他将组织的决定传达了，说各方面都要行动起来，包括那些在监牢里的同志。玉华也很兴奋："现成的蜡纸、钢板、油印机，你把文件拿出来，我来刻字。"当天晚上，他们把一千多份告人民书印好、包扎好，准备拉夫一停止就发出去。玉华娘听陈妈说："小姐姑爷好得不得了，昨晚足足谈了一个通宵。"玉华娘听了大为高兴，吃早饭时，又问："你们谈了一个通宵，算谈妥么？男大当婚，女大当嫁，这是天经地义，现在是文明世界，我也不求铺张，请几桌酒，找一些亲朋友好，吃餐饭，在报上再登个结婚启事就算数。"大林望望玉华，玉华只是笑。玉华娘把她一瞪："笑什么？我谈的是老封建、老八股！总之，不管你们同不同意，我是长辈，我这次可要做主！"饭后，大林问玉华怎么办，玉华说："我没意见，看你。"大林把老黄意见告诉她，玉华道："既然组织上已经同意，从工作出发，我们只好来个：我俩蒙××先生介绍，相爱多年，现已到成熟阶段，经双方家长同意，兹订于……"一阵哄堂笑声。

四

拉了三天夫，忽然平息。商会又出了告示，劝导各行各业人等安居乐业。市面略为安定，开门营业的店铺多了，来往行人也多了。就在这时街头巷尾忽然出现一种五色油印小传单，有的散发在地上，有的贴在墙上，还有用墨汁写的大标语。揭露国民党反动派所谓"剿共"已彻底胜利，共产党、中央红军被消灭了的鬼话；说革命力量正在发展，而且迫近章县，迫使周维国不能不抽兵援章，号召刺州人民起来迎接革命，反对拉夫、强迫组织乡团、派捐派税……消息一传开，全城又是一片惊慌，店铺重新关门，行人也稀少了，均纷纷在传说：章县已失，红军已打至刺州地界；有的还说便衣已进了城。当保安司令部下令关城三天，加强巡逻，就等于证实这传闻，更是惊恐。

也就在这时，关在第一监狱的政治犯，连同普通囚犯一致绝食，要求改善伙食，改善待遇。典狱长慌了手足，连忙把老孔叫去查询伙食情况，老孔说："伙食的确办得坏，可是，有什么办法，粥少僧多，囚粮从上到下七折八扣，三百人的口粮钱要办五百人的伙食，又拖欠不发，我实在无法办下去，你们另请高明！"

许久没出现的政治犯家属，也携男带女地来到第一监狱前吵吵闹闹，说："听说亲人在牢里绝食，快死了，我们一定要在他们死前见一面。"开头只是少数的、零星的，慢慢消息传开了，受难家属越来越多，连普通犯家属也去了。一时在第一监狱门口就集合了百余人，男女老幼都有，衣衫褴褛，面现忧容，哭哭啼啼，口口声声说："人都快饿死了，还不让我们见一面！"其中有一个干瘦女人，背着一个小的，牵着一个大的，头发蓬松，赤着双足，声音特别响亮，她大声喧叫："天下间哪有这类事，抓了人不审讯，不判刑，不许接见家属，又不许吃饱，想把他们活活饿死，你说这些当官的有良心没有？"另一个老太婆也一把鼻涕一把眼泪地在哭诉："我是个快死的老太婆了，只有这个独子，靠他赚钱养老、传宗接代，国民党无缘无故地把他抓去关了这么久了，叫我这个孤老怎样过活？请你们大家也评评理看！"说着又哭，哭了一阵又说。

一时在衙门口那青板石广场上，就像在举行诉苦大会，哭的喊的，动人的说辞，吸来了几百人，纷纷议论，有的说："这种黑牢，多少年来就不知道冤屈了多少好人，就是没有包青天！"也有看见那小的一把鼻涕一把眼泪拉住母亲衣角哭饿，动了怜心："她们来了这一天，没吃没喝的，可怜！"有人就自动出来捐助："各位仁人君子，看在那些苦难人的面上，凑几个钱给她们买点吃喝的吧！"一时在人群中就捐开了。

这些情况都有人及时地报告给典狱长，那典狱长除了派武装狱警加强警卫外，也心慌无数，只得据实报告特务科长朱大同。那朱大同气得直跳："你在干什么？陪小老婆睡大觉，为什么不给我打！"那典狱长诉苦道："都是些老的小的。"朱大同在电话机上叫嚷着："管他什么老的小的，给老子狠狠地打，打死人我负责！"那典狱长也就急急忙忙下命令："给我狠狠地打，打死人保安司令部负责！"

一时第一监狱大门哗的一声开了，狱警提着枪支、皮条、短棍，如虎似狼地冲了出来，叫声："走不走？不走，打！"家属叫嚷着不肯走："打死也不走！"只见那皮条、短棍、枪托上下飞舞，尽朝那些老弱妇孺身上打，被打的人哗啦一声退下来，有的被挤倒，有的被踩伤，一时号哭震天。

那干瘦女人，头上已挨了一枪托，浮出一块青肿，衣服也被撕去一大角，还是把背上幼孩放下，交给那老太婆："天保娘，你替我看住他们！"返身又复上去，用她那响亮的声音向狱警责问："你们也有父母、子女，为什么打这老的小的？"又对那些受难家属说："我们没犯王法，我们仅仅要求见见自己亲人，不要怕，上去！我们的人在牢里反正活不成了，要死大家死在一起！"又复带头冲上去，并且和那穷凶极恶的狱警纠缠起来，这一来那些被迫退下的人受到鼓励又复上去。

有人见赤手空拳抵挡不住狱警的枪托、皮条、木棍，自动跑到附近横街小巷去搬石头，同情她们的观众也帮着搬，还替她们出主意："用石头砸他们脑袋，那样坏！"受难家属有了武器，斗志昂扬，重新投入战斗，喊声："打！"一时石头横飞，都飞向那狱警头上、身上。被打了的狱警，在这突然袭击下，大都鲜血淋淋，有的破头，有的伤身，急忙退却，争相奔逃，退入第一监狱大门。

正在危急间，一阵哨子响，从大街两头突然传来阵阵枪声，紧急的跑步声，有人叫说："保安队来了！"庆娘当时有点紧张，又想到组织上曾交代过：不要和敌人硬拼，要保护大家的安全。她对大家说："我们暂时避一避，这些杀人凶手什么都干得出的！"那些受难家属和群众，一听见她的话，一时都哄散了，狱警自是紧闭大门不出，只是保安司令部派出的援兵却在四处追赶，抓人！

这时，庆娘已和天保娘、孩子们拆散了，在慌乱中向衙门口菜场边一条横巷走，不管背后枪声卜卜，步声紧急，一直放开脚步，只见有家平房虚掩着门，也不管三七二十一，三步作两步闯将去，用力掩上门，用背紧紧顶住，张开口喘息。

那屋里原有一男一女，正在低声交谈，一见有人进来，急忙起身，男的问："谁？"女的正待避入内室，庆娘喘着气待说几句什么，那男的已认出是她："庆娘。"女的返身又出，也迎上前去，庆娘认出那男的是老魏，女的就是苏姑娘，说了声："原来你们都在这儿！"玉华说："我听说这儿发生了事，很不放心，刚赶来。你受伤了？"庆娘面露笑容："额上、身上挨了几枪托，没有什么。"玉华说："你们斗争得真勇敢，对反动派也是大暴露。"

老魏把大门上了栓，加上锁，也进来："我一直在那儿，你们打得真好。"庆娘道："保安队还想抓人，我们早撤了。"玉华道："好！你们斗争得英勇，撤退得也迅速。"庆娘兴奋地说："是啊！叫反动派扑了一场空。"玉华点头称好："这样就可以避免造成牺牲。"又说，"反动派不会甘心的，以后可要特别小心，行动暂时停下，看看反应再说，最重要的是把那些受难同志家属紧紧地团结在自己周围，你出不了面，就交给天保娘去做，她怎样？"庆娘道："很坚定！"玉华说："注意培养她。万一这儿待不下去，组织上也早给你安排好一条退路，不用担心。"她对老魏说："给她找套衣服换，把伤口包扎好。"又对庆娘说："此地离衙门口不远，不宜久留，我走了，有事会去找你。"说着，玉华起身从后门离开。

那周维国听说第一监狱前有闹监事情发生，大为震怒，把朱大同找去狠狠地训斥一顿，他说："你们都在干什么呀，睡大觉还是有意对我隐瞒？同时出了几件大事，又是共产党传单，又是政治犯绝食，又是第一监狱闹事……显然都是一条线布置下来，想动摇我们的军心，打乱后方部署，拖住我们的足，是前后方共产党一种配合行动的预谋，你们为什么没看出来？"朱大同倒没想得那样周到，当时听了很是吃惊。"你又说，从那姓陈的打死，姓刘的投降后，刺州共产党全垮了，为什么还出这许多事？"他把几份《告人民书》丢到朱大同面前，"这儿共产党没有被消灭，共产党在扩大！我们也要行动，也要反击，你可要把这些散传单的，领导绝食的，领导闹事的幕后主持人给我找出来！"

那朱大同被痛骂一番之后，回到家里，心烦意乱，一个人自酌自饮地有了七八分酒意，也把那姓刘的叛徒叫来，着着实实地训斥一番："总座今天发了雷霆，叫我立下军令状，要交出散传单、领导绝食、闹事的幕后人物。我现在责任在身，也要你立下军令状，如在这十天中不交出刺州共产党残余组织，就要你交出自己的人头。奖赏大家都拿了，吃排头也不能只叫我一人！"

姓刘的听说要自己的头，也是魂不附体，苦求宽限，事情总要弄个水落石出，只是不能这样快。朱大同把桌一拍："不管是十天还是八天，总得有个交代！"

五

玉华娘换上一身最时新衣服，也叫大林、玉华打扮起来。她对大林说："伯父一向宠爱玉华，欣赏她的才华，也一定会喜欢你。这老头喜欢的是高帽子，见面时对他称赞两句。"大林只是笑，玉华却说："娘一口袋里装的全是高帽，专给伯父戴，所以伯父也很听娘的话。"说得玉华娘也笑了。

玉华娘率领了两个大的，带上小的，迤逦径投蔡监察府。

那蔡监察早已得到通知，叫一家大小都来看看这个未来侄女婿，看看他这位才华出众的侄女，在挑选了十年之后才挑上的，到底是个什么出色人才！当玉华娘等一干人马在监察府出现时，立即引起一阵骚动，一家大小二十来口，都争着出来看新姑爷。

大林早有精神准备，从玉华那儿，他打听到有关这老头的许多情况，因此应付起来也十分从容。当时，他一见蔡监察就谦恭有礼地伸出双手紧紧握着，他说："伯父，小侄前来拜谢。如没伯父出面，小侄现在还不知道在哪儿受苦呢。"又拜见伯母："伯母，常常听娘说，您也很关怀我和玉华，以后仍请给我们这些当下辈的帮助教导。"见过伯母，又见了大嫂，这蔡监察大媳妇，自从她那"在京为官"的丈夫讨上个某大学校花当小老婆后，就一直失意地和公婆住在一起，读过多年老书，喜弄文墨，心情特别抑悒。大林说："听玉华说，大嫂的诗词文章出众，小弟虽没这方面才能，却也喜欢读读。"

玉华娘又从旁敲边鼓，称赞这个未婚女婿聪明能干，一时上下对他都有好感，议论纷纷，有称赞玉华好眼光挑上这样人才；有赞扬大林风度、仪表的，"看他的谈吐也顶有学问"。那蔡监察当堂被戴上高帽，已自满心舒畅，又见他口舌伶俐，人才出众，更是赞赏，一把拉住，说："贤婿饱受虚惊，不但委屈了你，也深使我大感不平。"延坐、看茶，垂询有关家庭情况，过去学历、所学和专长。这些大林早都想好了，因而也对答如流，十分中肯。

蔡监察说："从我二弟去世后，进士第就衰落下来，现在有你们，也可以振振家声。"回头问玉华："你们大喜的日期定了？"玉华娘连忙插过话来："他们俩已和我谈妥，就在这半个月内。"蔡监察点点头对大林说："二弟早逝，你父母又都在南洋，这样大事，没人主持也不妥，如果你们不反对，我倒可以主持主持。"大林连忙称谢。

蔡监察又问："婚后怎样个打算，行止都定了？"大林道："小侄自从大学毕业后，父母原要我出洋从商，只因性情不合没有去。现在父母又来信嘱咐，完婚后出洋。"蔡监察问："出洋的事玉华同意吗？"玉华故意说："这年头毕业就是失业，找不到事干，还不如让他出洋。"蔡监察却不大同意："父母之命固不可违，但漂洋过海……"他对玉华娘说："进士第就更加冷落了。"玉华娘也说："阿林也不太坚持，我已对他说：玉华从小跟我长大，要她在婚后就离开，我也不依。大伯，有什么事，找份给他干干？有事干，他就不出洋啦。"

蔡监察点点头沉吟半晌，说："现在找事也的确难。不过，我倒有个想法。"他对大林说："我这儿有个秘书编制，一向没亲信可靠的人，没请委任，贤婿如不嫌屈就，倒可以担任。"大林望望玉华，玉华心想：这不正符合组织要求？便说："阿林，我看可以，漂洋过海的事，人情风俗不同，气候炎热，再加上那钱臭社会，我受不了！"大林也说："玉华说什么我就是什么。"又对蔡监察说："多谢伯父栽培。"

蔡监察叫留饭。几杯下肚，这老头乘着几分酒意，就发起一番议论，自也没忘记为自己过去的光荣历史吹嘘一番。他说："想当年，我追随孙总理奔走革命，哪个不说我年轻有为，大胆泼辣？可是，现在人老了，也就不在话下，叫作老而不死。尽管我还有一颗年轻的心，不甘落后，想多做点事……"说着，他感慨一番，"有人说，这是青年时代，我不反对，做人嘛，总有老的、病的、死的，也有新生的，刚刚成长出来的，我不反对年轻人当权，多负责任。可是，有一种年轻人，我就看不惯，他们幼稚无知，目空一切，不尊重老人，不尊重革命前辈，一味胡闹。就拿我这个老而无用的人来说吧，当年追随总理革命，组织同盟会，参加改组国民党，闹北伐，不说对革命有功劳，也该有点苦劳吧。可是总理刚一去世，革命就越闹越不像样。说是提拔后进，话说得不错，但并不是年轻的个个有为，个个是好的。说我们这些老不死是过了时的，不中用，也不是不能做一番大事呀。你说说看，没有孙中山能有国民党？只有一个孙中山，没有我们这批人帮着摇旗呐喊，辛亥革命能行？这些人今天吃到好果子，却忘了当年种树人！"说着，他用手砰的一声拍起桌子，感叹万端地摇着头。

蔡伯母见风头不对，连忙说："今天见了新姑爷，大家都是高高兴兴，说这些扫兴话做什么呀！"蔡老头大不为然，他摇头说："正因为新姑爷来了，我才要说这些话。国家大事，也该让他们年轻人知道知道，这叫不平则鸣！"大林也插上两句："伯父的话，对我们很有教益。"这一下，蔡老头又高兴了："你说是吧，我的话句句是晨珠朝露，来得不易呀！"又对大林说："说起办党，我们当年是怎么办的，现在他们又是怎么办的。办党不是为了做官，党部也不是衙门。可是现在的党是什么样的党？那些委员、书记长，包括那个笑面虎吴当本在内，哪有一点革命味道！不是味道，我一见面，心中直想作呕。他们哪是来做革命事业，就像北洋军阀一样在钩心

160

斗角，抢地盘，争权力，拿办党来发财、混官做。你到党部去看看，像个什么机关呀，不是党部是官僚衙门，有卫兵站岗，出入还要通报。有一次，我上党部去，那门房还叫我填表等通传，说这是新规矩，不填表不等通传就不能进去。我问他认不认识我这个蔡某人，你想他怎么说的？不管你是谁，书记长有命令，不填表就不能入内。当时我气得直哆嗦，拿起拐杖就要打，那小子走得快，没打着。从此以后，这个党衙门我就少去了……"

蔡老头越说越有劲，酒也越喝越多。蔡家人很为他担忧，大林和玉华却觉得对自己了解情况很有帮助，他们不时交换着眼色，表示赞赏。蔡老头接着又说："你们看见什么衙门都在宣传'以党治国'，我说这四个字要改了，不该这样写，该把'党'字改为'枪'字，叫'以枪治国'。现在是枪杆子世界，枪杆子第一！从前那些杀人放火，为害乡里的土匪、杀人犯，因为有了几条枪，都摇身一变，成了什么司令，当起父母官，有时还要领导党务。我就曾问过中央党部：你们把这些鸡鸣狗盗都弄进党，党务如何办得好？他们到底知不知道什么叫作三民主义？说句笑话，有人连总理遗嘱也背不出，党歌也不能唱。因此我提出主张，不管什么人入党，都得先把党义考一考。可是中央党部给我的答复是：蔡老算了，何必那样认真！好，你们不认真我又何苦到处得罪人？以后我就什么也不说了。可是，国家大事我也有一份，你吃这份监察委员的饭，不管还行？要管就是没人听，有人还说你老不死，活得不耐烦。家里人说我老酒喝得多，爱发牢骚；有人又说我不识时务。怎么说都成，反正我是看不惯。有机会，有人听，我还说说，平时就闷在肚里。年轻人，你们说我是酒喝得多，还是爱发牢骚呢？"他双手朝面上只一蒙，泪如泉涌："总理呀，总理，要是你还在，也一定为你手创的民国痛哭三声！"

六

大林、玉华等一干人从监察府回家，一进门就听陈妈说："那个姓吴的又来啦。"玉华问："来干什么？"陈妈道："说有要紧事找小姐。我说不在，他一定要留下；这时还在客厅上哩。"玉华娘说："这是什么人，看来鬼鬼祟祟，不正派！"玉华问大林，大林说："听一听他说的是什么也好。"又对玉华娘、小冬说："娘，弟弟，我们绕进内院去。"这样他们和玉华便分手了。

那吴启超神色沮丧，情绪不宁，默默地坐在客厅上。一见玉华就亲热万分地说："蔡同志，我可把你盼到了。"玉华问："吴先生，还是来要稿子？"吴启超愁容满面，装出十分神秘的模样，说："我有件极严重的事情、极可怕的事，请求蔡同志帮助。"玉华警惕地说："你叫我蔡小姐好了，我从没听见有人叫我什么同志的。"吴启超苦笑着："叫你同志也好，小姐也好，我反正是把你当作自己人看、自己人信任，我今天来是为了……"他神色不安地四面张望，"为了一件极为可怕的事。城里因为发现传单，又闹了第一监狱暴动的大事，保安司令部下命令搜捕共产嫌疑犯，他们追查到我过去的历史，说要抓我。蔡小姐，我现在是在生死关头上，没有组织，没有同志，我只好大胆走来找你，请你设法替我打个关系，让我有个地方逃难，最好是乡下……"

那玉华把面孔一板，厉声说道："吴先生，你在说什么，我全听不懂！"吴启超还是那副沮丧焦急神气："我以革命名义，请求你给我援救，把我送到什么地方去都好，只要那儿有我们的人，安全！"玉华面色一变，大为生气："请你不要在这儿说这些怪话，我不认识你，也不认识什么人！吴先生，你找错门了，我这儿没有这样的人，这样的关系，请你马上就走！"那吴启超还赖着不走，只是苦求，玉华一急就大声喝道："走不走？不走我可要通知保安司令部了！"对内又叫着："陈妈，请这位吴先生出去！"当时陈妈闻声赶出，那吴启超只好垂头丧气地动身走了。

回到里屋，玉华正待告诉大林，大林道："我什么都听见了，你处理得好，此人来意不善，可疑之处甚多，会不会和我们这次行动有关？"玉华道："如果他有鬼，还可能到黄洛夫那儿照样贩卖。"大林道："极有可能，得赶快通知黄洛夫一声。"

那吴启超在玉华面前碰了壁，果然就到黄洛夫那儿去。但立明高中在大拉夫时停了课，至今未恢复，学生都星散了，黄洛夫也不知道到哪儿去了。吴启超在失意之余，只好回到家里。

吴启超在中山大街闹市中，原有一个家。这个家他很少对人公开，除

162

非是至亲朋友。占了二楼整整一层，一房一厅，另一厕所厨房。家里平时只有一个十五六岁小姑娘，她在这儿地位很特别，和吴启超关系也非常微妙。说她是主妇吧，吴启超却把家里的门窗都安上铁枝，大门也上了锁，每天他要出门就把大门反锁上，从不让她出来。每天三餐都叫对面一家餐馆送，把饭菜从大门窗洞外送进去，吃过了的碗碟由她从里面送出来，过的就像个被禁锢了的人生活。说她不是主妇吧，这一家就由她在管理，吴启超回家后，生活也由她打理，也和他同一床铺睡觉。

不知道内幕的人觉得奇怪，知道内幕的人也就不足为奇了。

原来谁都不知道这个小姑娘的名字，她也从不对人提起，只因长得小，大家图个方便都叫她"小东西"。小东西虽然长得细小，但眉清目秀，样子还很逗人喜爱，只是身体羸弱，发育不全，身体平板，活像只风干板鸭，所以吴启超每遇心中不如意就干脆叫她作"板鸭"。

她原是江西人，从国民党反动派对江西革命根据地进行了第四次"围剿"后，她的家被烧了，父母被杀，兄弟上山，她则因为逃避不及被俘。虽然还没成人，国民党反动派见她长得秀丽可人，也和那些年纪较大的一样发充军妓。一年多来，这小东西从前方辗转到了后方，又被卖到妓院。周维国驻防省城时，朱大同常常拉了一批友好、同僚去逛妓院，一天，他拉了吴启超去消遣，人都说这位"诗人"有特殊癖好，专喜欢小的，朱大同便把小东西介绍给他，说："诗人，你看她能引起你的灵感吗？我做主，把她送给你！"那吴启超和小东西鬼混了一晚，第二天朱大同就派人把那小东西连同她的行李送来，并说："当使女、情妇由你。"

正如大林所怀疑的，那吴启超确不是个善类，他不但是蓝衣大队人马，还是个地位不低的骨干，专做那破坏革命活动的勾当。此人投机善变，当中国革命高涨时，他蛮想投进步之机，在上海混了多年，以"无产阶级浪漫主义诗人"自居，写了一些不三不四空洞叫喊的"作品"，作为他投机进身资本。没有投上机，却又遇到革命暂时受挫，蓝衣社得势，他便以受排挤的"进步文化人"姿态转身投靠蓝衣社。那法西斯反动组织见他反共卖力，也很像个"文化人"的样子，加以信任，并分配到"剿匪"部队做文化工作。

此人不但政治上反动，在私生活方面也极为腐化堕落，自称在一生中离不开酒色两字。女人越弄越多就越显出他风流倜傥，越玩得怪越有意思，朱大同深知他这种"特殊兴趣"，便把这个基本上还是未成人的孩子送给他。他在周维国部已有好些年头，曾随部到中央苏区去"围剿"，周维国进驻刺州后，特务机关眼见这儿知识界动荡，进步思想活跃，便把他这张"王牌"打出来，要他和朱大同来个"双簧戏"，伪充"进步"，伪充失掉组织联系的"地下党员"来做工作，目的在于"打进去"以便将"共党地下文化组织一网打尽"！

此公在刺州以"左翼文人"姿态，到处招摇撞骗之后，虽还没完全"打进去"，却也做出一些成绩，他找到黄洛夫这样对象，从他那儿掌握了一些情况，又在继续对玉华进行侦查。

他对小东西既然兴趣不大，又不急于把她打发掉，他的生活需要人来照顾，有这个小东西总比要个勤务兵强。而当他在情绪悒闷时，又可以到她身上发泄。他不但奸险而且阴毒，打人不用动脑筋："板鸭，过来，给我捶捶背。"轻了一记巴掌，重了一脚踢下地，"妈的，你想捶死我！"有时被认为过错大了，还罚她跪个通宵，或用烟头烧她的足心，且不许哭叫："老子送你回院里去！"却又不许她一个人出去，怕她走掉。

那小东西在和他生活了一年多，真是体无完肤，身上经常是青一块紫一块，常常跛着脚走路。一见他面总是提心吊胆，笑不是，哭也不是，但她心是活的。她在这禁锢生活中，没一个熟人、一个朋友，唯一的解闷方法就是回忆童年，回忆家乡那火热的斗争生活。有时，当她独自一个时，也会唱唱故乡的山歌，自问自答地发抒胸中苦情。她表面什么苦都受下来，什么委屈都愿承担，但她的仇恨是深沉的，她恨吴启超，恨国民党，恨所有反动派，她想："总有一天，你们也得不到好死。"

这一天，吴启超失意回来，这小东西一见他面色阴沉，就有几分警惕。她特别小心地伺候他，送茶送水，替他宽衣解鞋。那吴启超正在一肚子气无处发泄，故意找她的差错，问她："我不在家时你做什么？"那小东西吃惊地张大口，"你没有想我死？"小东西惊慌地摇摇头。"去你妈的！"吴启超忽然发起凶性来，狠狠地给了她一记耳光。那小东西仆倒在地，"滚！"她连爬带滚地躲进厨房去了。

那吴启超双眼涨红，像只野兽似的来回走着，他想起和玉华那场谈话，

164

她那样的狠，那样的不客气，刺了他的心。"我从没遇到这样的女人，"他想，"给人这样难堪。"他又想："要我是朱大同，早就下了命令。"不过，他又想起朱大同说过的另一段话：一个蔡玉华我们还闹不出个头绪来，现在忽然又杀出一个未婚夫。怎样闹清这些人的背景、关系比什么都更重要。"不管你是怎样狡猾、泼辣，刺有多长，我一定要把你闹个水落石出！"他想着，又是信心十足了。

七

许久以来没出现过的便衣，又在打铁巷出现了。庆娘想：苏姑娘的话说得对。一边通知天保娘、陈山女人叫她们当心，从此不再在窗口挂上尿片，自己却照常挑着菜担到外面去叫卖，赚几个钱度日。说来也怪，从衙门口出了那事后，她到哪儿去叫卖，总有另一个卖针线、绒绳、纽扣、木梳的担子跟着她。开头她还以为是偶然碰上，久而久之，心内也就明白了："那狗派来盯梢的，让你去，反正我又不到自己人地方。"

一天，她卖完小菜回家，看见大狗在吃麦芽糖，她问："哪来的糖？"大狗也不犹豫地说："刘叔给的。"庆娘感到奇怪："哪个刘叔？"大狗想了一会儿才说："就是那个爸在时，常常来看爸的刘叔。"庆娘冷了半截："就是姓刘的那个坏蛋！"忙又问："他来干什么？"大狗倒也诚实，说："刘叔说是来找娘，我说娘卖菜去了，他就坐下逗小弟弟玩，还买糖给我们吃哩。"庆娘打破砂锅问到底："他问过你什么？"大狗见娘着急，心内也有点怯："他问家里有人来过吗？常不常来，有哪些人……"庆娘问："你怎样回答？"大狗见娘问话的神情不对，更怕了，支吾半天说不出话来。

庆娘正待发火却又忍住，她想：这些日来心神不安，常常打骂大狗，把他打怕了，要是再这样追下去，他连半句实话也不会说。便换了笑容："是叔叔自己请吃的，娘不怪。"那大狗立即活跃起来，说："我对刘叔说，在我们家常常有人来；刘叔又问是叔叔还是阿姨？他们叫什么名字呀？……"庆娘又按捺不住，她真想给这小混蛋狠狠的几记耳光：死鬼，你坏了我的事！可是，再一想，又觉得不该错怪孩子，对他没交代过，他又怎能知道姓刘的是个什么人？火又消了下去，平心静气地问："你又怎样回答？"大狗道："我说我什么都不知道。那刘叔忽然生起气来，骂我小笨蛋，是阿姨叔叔也搞不清。我说，我才不笨哩，来的都是阿姨。刘叔这次高兴了，他又问：是一个人来，还是许多人来？来开会吗？谈了什么？……"

庆娘心跳着，这孩子，话越说越不像了："你又怎样答他？"大狗道："我说来的阿姨可多呢，她们来做什么，我不知道，你问娘好哩。"庆娘稍为感到舒畅，这孩子还机警："后来呢？"大狗道："他给我们一个人一角钱，临走还叮嘱不许把话告诉娘。我想这个人真怪，来找娘，又不许我把话告诉娘，到底他是一个什么叔叔呀？"庆娘这时才放下心。

她把大狗拉进怀里，用衣角抹去他的鼻涕、泥污，又和气又爱怜地说："大狗，你这样答很对，我没什么要说的。就是有一件事要注意，以后这个刘叔来，你可别吃他的东西，和他谈我们家里事。这个人，不是好人！孩子，你该还记得，娘曾带你到第一监狱去找爸爸，人家不许见，还打我们。他们都是坏人，想活活饿死爸。孩子，你知道是谁害你爸爸坐牢吃苦的？害天保叔、陈山叔去坐牢吃苦的？都是这个姓刘的。他不是人，是狗！"说着，她先忍不住悲愤地流泪，大狗更是放声大哭。大狗痛恨地哭着："他是大坏蛋，害人精，以后来，我不再给他进门，不和他说话，也不吃他的糖！"庆娘赞许道："对！孩子有志气，以后你就照这样做，娘不怪你。"

庆娘抱过小狗，一边奶他，一边在想：姓刘的为什么在这时来，背着我向孩子打听呢？一定和那次衙门口事有关，想来打听是谁叫我们去的。哼！叛徒，你别想！

过不了两天，姓刘的又来了，想从大狗口里再套点什么。但大狗对他态度却大不相同，对他很反感。当他还想拿糖果收买他，大狗就瞪起大眼，老实不客气地警告他："我不吃你的糖，也不许你再到我们家来，你不是好人！"姓刘的内心恐慌，却装作若无其事的样子，说："大狗，你怎么啦，我是你爸最好的朋友，怎么说我不是好人？"大狗怒形于色，愤恨地指斥他："你是好人，怎会害爸爸去坐牢？"姓刘的词穷却又不愿放松他："这话是谁说的，大狗！"大狗只冷笑一声抱起小狗就走。姓刘的也跟着他走，他一定要弄清这句话是谁说的。

正在纠缠不清时，庆娘回来了，姓刘的一见她面相当尴尬，却还装着笑面:"大嫂,你回来啦。"庆娘一边收拾菜担,一边示意大狗到天保娘那儿走一转,对这皮笑肉不笑的坏蛋,却没点反应。姓刘的又假装关心问:"大嫂,我们又许久不见啦,近来生活怎样?身体还好吗?"庆娘只是一声不吭,走出走进,希望他识相些自动走开,免得她发火。但那坏东西却厚颜地赖着不走,不请自坐,又拿出烟卷来吸:"听说你们去请过一次愿,这也是应该,就是政治犯,关了一年多不判决,也没理由不让家属见。"

庆娘没有理他,面色非常难看。姓刘的又自言自语地说:"是干革命嘛,杀头坐牢是家常饭。不过能够避免就更好,他在牢里吃苦,我们在外面的也有责任,得想想办法,让大哥出来。大嫂,你说对不对?"庆娘早已一肚火,却还勉强按捺着。那狗东西却没一点自觉,又继续说:"我也真为大哥的官司着急,从出牢那天起就在找组织。可是组织却像是沉到地下去似的,一个人没找到,一点声息没听见。我找组织没别的作用,只是为了大哥,大家商量商量,想想办法,让大哥早日出来呀。大嫂,有人来找过你,和你商量过这件事没有?"

庆娘实在按捺不住,她对这副狗嘴面,越来越反感。忽然在地上啐的一声吐出口水,恨声说道:"狗嘴里长不出象牙!"姓刘的面色大变,却还假惺惺地装作不懂,他说:"大嫂,你怎么啦,身体不舒服?"庆娘冷冷一笑:"姓刘的,我想问你一话,日升生来和你无冤无仇,没有对不起你的地方,为什么你要害他?"姓刘的故作吃惊地问:"大嫂,你这句话是怎说的,叫作没个头尾呀!我和日升大哥亲如骨肉,他受的罪,我恨不得代他去受,怎会是我害他的?到底是谁在你面前搬弄是非,挑拨我们的关系?"

庆娘霍地一站,指着他的鼻子骂道:"姓刘的,呸!你这人面兽心的家伙,我早看出你来,不是人,是狗!你想做官,没人反对你,为什么偏要出卖朋友?为什么你要陷害日升,迫得我们一家骨肉离散,走投无路?你这几天来偷偷摸摸地到我们家来做什么?你已陷害了日升,难道还兽心不足,想来陷害我!我告诉你,不管你多厚颜无耻,也不管你会花言巧语,在我这儿没有你站的地方。出去,不要用你的狗腿来玷污我们清白的门槛!"她顺手抓起一把扫帚,对门口一指:"给我滚!"姓刘的惊慌地叫着:"大嫂,大嫂,你怎么啦?"庆娘怒叫着:"走不走?"姓刘的还在喊:"大嫂,大嫂……"庆娘已抡起竹扫帚迎头打下:"狗,出去!不许玷污我的地方！"姓刘的一边招架，一边朝外逃命。

庆娘一直把姓刘的赶出大门，正好天保娘也提着扁担赶来，喊声："打狗呀！"又加上两扁担。一时左邻右舍都闻声而出，有人问是出了什么事，不知内情的人说："一定是那个地痞流氓，来调戏妇女，打！"一时大家都起哄："还了得，青天白日调戏妇女，打呀！"于是扫帚、扁担、木棍、菜刀纷纷出动，吓得那姓刘的丧魂落魄，逃命而去。

那姓刘的被打一场，心内怀恨，他存心想整庆娘，他给朱大同打起报告说：这场暴乱经调查属实，确系宋日升老婆策动。那朱大同便命令这叛徒：从速给我抓来！姓刘的遂带齐人马前去打铁巷捉拿庆娘。当下把庆娘家团团围住，破门而入。却不见庆娘，只有大狗、小狗在。这叛徒遂问大狗："你娘呢？"大狗一见又是那坏蛋，大为反感："不知道。"姓刘的再三追问，他再三说不知道，这叫叛徒火了，打了他一记耳光，大狗放声大哭，小狗也哭。

正好碰到陈山女人路过，匆匆赶去报告天保娘，不意在天保娘家和庆娘碰着了，陈山女人说："你家出了事啦，那姓刘的在打你们大狗。"庆娘双眼冒烟："这叛徒，把我们男人折磨了不够，还想折磨我的孩子！"就想去找他理会，却给天保娘拦住，她说："我看这坏蛋来意不善，你等等，我先去看看。"陈山女人也说："我看他们来了许多人，说不定对你有事。"又说，"要是有事，天保娘家也不安全，我那儿没人注意，还不如到我那儿躲躲。"说着就把庆娘拉回家去。

天保娘一走近庆娘家果见形势紧张，巷头巷尾全有人把守，不让人家进出，叛徒已把大狗、小狗拉走了，临走时还说：庆娘要人就自己上保安司令部领。她返身就走，到陈山家说明这事。庆娘听说大狗、小狗也被抓走，一时伤心大哭："和孩子有什么相干呀，叫他们去受苦！"天保娘明白她心事，劝说道："别傻啦，孩子出不了事，你去可就完啦！"陈山女人也说："还是躲躲好，这些狗一时疯了起来，什么事都会干！……"

从此庆娘就躲在陈山家，陈山女人把她藏在柴房里，白天藏好，入夜出来。天保娘怕陈山女人一个人照应不来，大多时间也在她家里。她已从另一个自新分子女人口中打听到，保安司令部说庆娘也是共产党，要抓她。她对庆娘说："料你在这里也待不住哪。设法找找苏姑娘，叫她把你送走。"

庆娘一时却拿不定主意。

在出事的那几天内，庆娘也曾反复地思索过，事已至此，要再待下去是不成了。走，孩子们怎么办？又往哪儿走？她无家，也无亲呀！不错，苏姑娘曾经告诉她，如果必要，她们会想办法把她送走。但她是母亲，孩子又正落在坏人手中，她不能丢下他们不管。要管，她就得落入坏人圈套，出去自首，她能这样做、该这样做吗？反复地想着，想着，最后才想出一个办法：为什么不把孩子们委托给天保娘？又不知道她愿不愿意。

这样，在一个夜晚，当更深人静，陈山女人早已上床歇了，她就和天保娘面对面地谈了她的心思。她说："我从小无娘，在这儿十多年，你们天保和我们日升就像兄弟，我也把你当娘。"天保娘道："穷人不照顾穷人能靠谁？十多年来，你的心思，我全明白。"庆娘又说："五岁那年我没了娘，卖给人家当丫头，十三岁还像个猴子，又瘦又弱，主人又把我糟蹋了，叫我死不了，活不下；女主人说我妖，怕长大了碍她事，就把我送人，这些财主就是这样不把人当人。日升是个诚实人，他不嫌弃我，把我当人待，只有跟着他，我才觉得自己像个人。"

这些苦情天保娘都知道，但她听了还是感动得掉泪，她一边抹泪，一边说："孩子，当年我不比你好呀，说来穷人都是一样命运，天保爸去世早，天保下地三个月就没了爸。"庆娘又道："只有穷人才能互相体贴、互相照顾，阿婆你对我这样，日升对我也这样，就是有钱有势的对我们不一样！他们把我们踩在地下，让我们一辈子抬不起头，你家的天保，我家的日升都给他们抢去了！"天保娘一阵心酸，泪如泉涌。"天保、日升有什么不是？说他们有错，就错在投错胎，不该出生在穷人家！"

天保娘抹泪道："这些日来，我也想了许多，慢慢就想开，就像你说的，天保、日升吃官司不丢人，他们站得正，做得光明磊落，不偷不抢，没有见不得人的。当初我还有点想不开，天保吃了官司，丢下我这孤苦老太婆，无依无靠怎好过日呀？现在想想，天下间这样人多的是。俗语说过，虎死留皮，人死留名，天保也许一辈子出不来，也许过三天五天就在站笼上一站，砍头断命。算不了什么，他替穷人争口气，留下的是好名声！"庆娘欣慰道："阿婆说得极对，我们穷人就得有这志气，好争气。反动派可以抓人、杀人，就是打不掉我们这口气！"

天保娘频频点头，忽又附耳低声问："孩子，你信得过我就对我说，天保、日升都是共产党，你呢？"庆娘没想到她会问这话，把面一红说："我还不配。"天保娘蛮有自信说："你勇敢，有志气，我看将来也一定是。"庆娘非常激动："阿婆将来也一定会是！"天保娘露出缺牙大口："我六七十的人啦。"庆娘严肃地说："干革命不分年纪大小，只要和革命和共产党一条心，八十岁也当得上共产党。"

谈过这次话，庆娘心就安了，对天保娘认识更深，她决心把关系交给她。因此，第二天当她们又面对着时，她就直截了当地说："阿婆，我已决定离开这儿，不再拖累你们。"天保娘吃惊道："你不是说没亲没戚吗，要上哪去？"庆娘道："我有个熟人，一个非常可靠的人，只要找到他，他就会替我想办法。"天保娘道："是不是苏姑娘？你说吧，我替你去找。"庆娘道："不是苏姑娘，是苏姑娘的人。不过，阿婆要非常小心，还得保守秘密。"天保娘生气道："你哪次叫我做的事，我不守秘密？"庆娘这才放心叫她去找老魏。

当天，天保娘果然提着菜篮去肉摊买肉，把庆娘吩咐的话对老魏一五一十地说了。那老魏受了玉华的委托，也正要找庆娘，听了非常兴奋，他说："叫她安心再等两天，有消息我随时通知。"

第八章

一

大林开始以蔡监察私人秘书的身份，在刺州上层人士中出现了。

他第一天到监察府去办公，听候蔡老头吩咐，蔡老头交办的不外是些来往函电和与有关机关接头联络等，事情不多，但涉及机密却相当多。蔡监察对他说："薪水你可照支，正式委任等南京来电，这不过是形式，安心做，没关系。"

对这工作他倒安心，只是有一天他听见蔡监察和一个党部监委的谈话，使他非常不安。那蔡监察问他："《刺州日报》现在还算不算党报？"客人回答："自然是党报。"蔡监察又问："有没人管？"那客人又回答："自然有人管。"于是蔡监察把面孔一板："先把那个人撤下来！"客人大吃一惊，问："蔡老有意见尽管说，撤人可不行，那是周维国派下来的。"蔡监察问："他叫什么名字？为什么常常会有一些奇怪论调？"客人迟疑了好一会儿才说："那人叫吴启超，人家还是蓝衣大队一员大将哩。"接着又低低地说了几句什么。

大林暗自叫苦，果不出所料，黄洛夫危矣。前些日子他曾找过黄洛夫一次，谈了工作，也谈了吴启超的动态，黄洛夫说："我们已不大来往了，虽然他对我还一样热情，我却尽量避开他。"大林问："他是否对你提起介绍关系避难的事？"黄洛夫摇摇头："我根本就不见他。"当时大林的分析：吴启超没抓紧黄洛夫做工作，可能是碰了壁知难而退，也可能是放长线，做长远打算。对吴启超疑点虽多，却也不全拿准，猜想成分多，没有什么证据。现在，情况可说全明了，他怎能不心焦呢？当下匆匆地离开监察府回到进士第和玉华商量这件事，玉华说："我早怀疑他和保安司令部特务组织有关系，这是个什么年头，容得他在老虎跟前打鼾？"大林也说："事不宜迟，先下手为强，把黄洛夫送走再说。"当下就决定通知黄洛夫离开。玉华要去，大林道："吴启超正在注意你，还是我去好。"

当晚大林就赶到立明高中，在环园路上看见黄洛夫窗门敞开，正埋头在灯下写什么，他隐身在榕树荫下，乘人不注意时扔了块碎石子进去，那黄洛夫抬头一看，正看见大林在对他做手势，他点点头，一会儿灯也熄了。约过一分钟，有个影子闪在窗门外，低声地问："我可以进去吗？"黄洛夫返身把宿舍门扣上，说："没有人在，进来。"那窗门很矮，大林几乎是跨进去的。黄洛夫接住他问："为什么这时还来？"大林道："我只有几句话，说完就走。"黄洛夫感到他的声调很不自然，还有点气促的样子。"难道又出了什么事？"他想。

这些日子形势特别紧张，谣言四起，又在传说要抓人了，他对这些情况都很注意，就没想到这件事和自己有关。他总觉得从组织上决定改变工

171

作的方式方法后，他是把自己掩蔽得很好，出头露面的事少做了，平时也不大说话，只埋头在功课里。因此学校对他表示满意，教务主任就曾对他说："你肯用功来对付功课，我很满意。你是本校的高才生，各方面都很注意。历年来从本校毕业出去的学生少有考不进大学的，你自然也不成问题。不过，这是你完成高中课程的最后一个学期，如果不肯用功也很难说。这是关系到你个人的前途，也和学校的信誉有关，因此，我也不能不说。"这时他没有想到大林一开口就叫他走。这一惊可非同小可，黄洛夫哎哎地半天说不出话："为为……什什什……么？"

大林反而镇定起来了，他想，话得和他说明白，不然他是很难心服的，便开门见山地说："现在组织上已经查明，吴启超不是什么进步文化人，也一直和组织上没有关系。他是周维国手下蓝衣大队的一个重要特务，专以进步姿态打进地下组织以便从中破坏，他对你接近，正是为了这个目的。因此，组织上决定你必须在天亮之前就离开这儿！"黄洛夫一点没做这样的精神准备，发着抖说："真有这样紧急吗？"大林表示十分坚决，他知道这个同志不抓紧就要拖沓，他说："情况非常紧急，从现在就走时间还来得及，迟了怕来不及。"

黄洛夫完全陷在混乱中了，他说："我一走，这儿的事情怎么办？"大林道："组织上正在安排，也许暂时还没人去接替，但不久就会有人去接。"黄洛夫又道："我还有许多书，许多原稿怎么办？"大林道："原稿可以随身带，书通通丢下。至于详细情况我没时间告诉你，到了目的地后组织会告诉你的。"他的话说得很坚决、很明确，看来是没点商量余地的，那黄洛夫像迎头挨了闷棍，昏了半天，说不出句话，当大林再问他有什么困难，他只要求："再给我一天时间成不成？"大林生气了："你还不知道利害，同志！这是组织命令，只能服从！"黄洛夫低声地叹了口气："好吧，我天亮前走。"大林再问："没有其他困难？"黄洛夫面红红地说："我口袋里连一分钱也拿不出。"大林把钱交给他。黄洛夫感动地问："我们以后还能见面吗？"大林松了口气，算说通啦："一定能够再见，你不会离开我们，不会走得太远的！"最后，他把联络地点、暗号告诉他，拉拉手重又从窗口跳出去。

大林怕惊动左右邻居，绕路从后门进进士第，这是他和玉华预先约定的。他轻轻在门上敲了三下，门就开了，玉华露着笑容站在门边："一切都顺利？"大林低低答道："天亮前就走。"他们把后门反关上，上了锁。大林问："你怎么知道我这时回来？"玉华把手搭在他肩上，用额头在他胸前揉着揉着，低低地像是从梦里发出的声音："从你离家的那一分钟起，我就守在这儿了。"

大林感动得紧紧把她搂着，她抬起头，眼睛明亮，像两颗黑色闪光的钻石，双颊泛出桃红，气息有点急促，大林用力地亲她的头发、眼睛、嘴巴，依恋地说："怕什么，我现在不是回来啦。"玉华摇摇头："我不怕，"她说，"多少比这个更严重的情况都度过来了。我自己也说不出什么，我只觉得，从我们结婚后，不见你，就像短了些什么似的。"大林微微笑着："这种情绪不健康。"玉华道："我也知道不好，可是……"她沉吟着，半晌，"我的身体最近有些变化……"大林兴奋地问："有了孩子啦？"玉华点了点头："我问过娘，她说是。"大林道："这样，就要少教点课。"玉华笑了笑："不关事，只要能多见见你……"

月色正浓，清丽的月光照在后园那块菜地上，显得意外明亮，他们互相搀扶着，一步步地在青板石径上迈步。一会儿玉华又低低地问："小黄走了，你考虑派谁去接手？"大林道："我正在为这件事伤脑筋，你看小林怎样？"玉华摇头："他的任务重，不能动。"大林问："那么我自己去？"玉华还是不同意："与其你去，不如我去。"大林也不同意："正好碰上吴启超那大坏蛋。"玉华道："这样就难了。"

大林问："能不能从共青团中再找出个人来？"玉华道："我们学校里倒有个对象，是个语文教师，我找她谈谈看。"大林道："事不宜迟，我估计小黄一走，立明的组织就会乱，在混乱中难保吴启超不利用机会动手。"玉华也觉得是个大问题："你有什么安排？"大林道："明天我再走一趟，文艺社还有个负责人，是个共青团员，我们碰过几次头，一通知他就知道怎样做啦。"玉华吃惊地说："你再到立明去？"大林笑道："他有个亲戚住在中山大街，也是个进步群众，我叫他捎个口信去就是了。"

可是，第二天当大林派人去通知时，那个共青团员也匆匆地离开学校了，那群众回复大林说："一夜之间，许多学生都不见啦。"自然，这是后话。

二

黄洛夫一当大林离开，就急急忙忙地在收拾东西，他的衣服用品不多，最多的还是书籍和文稿。在匆忙中他把认为该烧该毁的都烧了毁了，该带的也带上了，就只一些他平时心爱的文艺书籍不知该怎么办，带走吧，太累赘，大林也说不要带，不带又万分舍不得。一时捡起又放下，也不知反复了多少次。在房间里转来转去，终于，下了决心："都去你妈的，全不带！"

他从来就是一个人住的。为了工作便利，他总有办法用种种理由把同宿舍的人弄跑，后来同学们都认定他有怪癖，不愿和他同住在一间房，因而他也就得其所哉，一个人占了一间宿舍。这时尽管他一个人在宿舍内翻箱倒箧，忙乱不堪，也没人来注意和打扰。到他把一切都清理打点好，和衣靠在架床上，才想起他能够这样只顾自己走了吗？吴启超果真是个大坏蛋，摸了他的底细，刺州文艺社的成员也凶多吉少，在他们中有不少是CY，是反帝大同盟的盟员，大林虽然说过组织上会另作安排，他是领导，他总有责任。

"不行，"他想，"我总不能这样，一个人不声不响地跑掉。"要设法通知，又该用什么方法呢？把这件事对大家公开？大林说过：不得惊动任何人！不通知，万一吴启超那大坏蛋真的明天就动手怎么办？他想来想去，反复地想着。终于想出一个自己认为是好办法的办法。他俯身在书桌上写了这样一张条子："父病，速归！"写完了又想一想：是通知一个人，还是所有的人？临时又加上一句："弟妹们均此。"写完这张纸条便悄悄地踅到第八号宿舍，那儿就住着一位被认为绝对可靠的同学，一位共青团员。宿舍门没有上扣，那位同学正在呼呼入睡，在月色的微光中他找到那位同学挂在床架上的外衣，悄悄地把纸条纳入口袋中，才返身而出。

将近清晨六点钟，快近解严时间，黄洛夫看看表认为该走了，再迟学校就吹起床号做早操，那时要走也来不及。他提起随身包袱正待从窗口出去，忽又想起：这样没个交代就走，行吗？不，还得给教务主任留下一张条子。因此，他又匆匆地写下这样一张纸条："……因家父急病，派人前来通知，嘱速返家省视。事关紧急，未及依手续请假，请予宽恕……"把纸条放好，匆匆巡视一周，用颇为依恋的心情和一切告别了。

尽管时局不靖，终夜戒严，但小民迫于生计，漏夜偷偷来往的还很多，特别是郊区的菜农和临海渔村的渔民，他们主要依靠的是对城市供应四时蔬菜和鱼鲜，因此总是披星戴月，半夜离家，坐在城门口等天亮。

黄洛夫怀着沉重心情，每走一步总觉得有几十斤重。从前他粗心大意，认为一切都不成问题，现在却又夸大了问题的严重性，老觉得处处有人注意、跟踪、监视，对他布下天罗地网，恨不得背上长出翅膀飞天，希望地上能裂开个大口遁地。什么理想呀，美丽的想象呀，一股脑都丢开，唯一的希望是出城，尽可能快地出城。他完全相信大林的话：一出城门就安全了！

他背着那只随身包袱，七上八下地走过那些横街小巷，一条过去了又一条。这时来往的人已经不少，大都是些小商、小贩。人家在赶路，他也在赶路，在不知不觉中也夹杂在一起了。走得和大家一样快，似乎他也在为生计奔波。不久，他到了城墙边，他认得那条路，一穿出去就是城门了。城门口设有检查站，有大队军警在把守。他认为这是最严重的一关，他甚至于幻想，吴启超早料到他会朝这个方向逃跑，因此也早在城门口检查站上布下人马，只等他一到就动手。他想：要出事一定在这儿！他就是在这种矛盾和混乱的心情中，走近城门口。

这时城门大开，城外的人像潮水似的往里涌，城里的又往外挤。一涌一挤，十分混乱。检查站的士兵虽然不少，也都荷枪实弹，气势汹汹，但在那股巨大潮涌下，到底还是少数，显得十分渺小。对付开头几个，他们还虚张声势地叱喝几句，叫骂几句，搜搜身，问问话。而后人多了，不胜其烦，也懒得理，改用抽查办法。

黄洛夫越走近城门，心情越觉沉重，步伐越发迟缓。他到底怎样挨近城门口的，也不大记得。总之，他这时是在城门口，要通过检查站。也许他过于紧张，也许他的神色有点仓皇，走在他前头的人都顺利通过了，只有轮到他通过时，便有一个持枪的人瞪了他一眼，把他从队伍中拉出来。黄洛夫很是惊慌，暗自叫苦："不出所料，吴启超布下圈套啦。"

那持枪的人用怀疑眼光上下打量他又问："你干什么的？"黄洛夫顺口答道："学生。"他的确是个不折不扣的学生模样。持枪的人点点头，表示相信，却又问："到哪儿去？"黄洛夫对这种问答倒是做了准备："回家。"也很顺口。持枪的人又问："为什么在这时回家？"黄洛夫想起给学校留的那张纸条，灵机一动顺口地说："父亲有急病，请大夫看病。"持枪的人说："大夫呢？"黄洛夫道："大夫不肯现在走，叫我先走一步，一会儿才来。"

那持枪的人见他答得也还老实，想放又不想，忽又爆了一句："你爸爸害的是什么病？"黄洛夫情急智生，故意夸大说："霍乱。"这一声"霍乱"在那持枪的人身上立刻起了反应："走，赶快走！"黄洛夫还想把包袱递给他检查，对方唯恐霍乱感染，一挥手，连声说："走，叫你赶快走！"黄洛夫正是求之不得，三步当作两步，一下子也随着人流混出城门。

黄洛夫一走出城门，就像突然长了翅膀要飞起来，心情舒畅极了，步伐也轻快得多。他一口气赶了四五里路，才歇下来。在大路口有个凉亭，叫五里亭，亭中摆着不少早点摊子，四乡人连夜赶路，凡经过这儿都要停下喝喝水，吃点东西，因此亭内十分热闹。黄洛夫揩去头上汗珠，找到一家甜馃摊，一口气吃了几块甜馃，又喝了两大碗甜麦粥，才消去一夜未眠又经过一场紧张奔波所引起的疲劳。难关业已度过，可是新问题又来了："万一找不到关系，找不到马叔怎么办？"他在乡下没熟人，再进城又不可能，因此，他又有几分着急。不过，他又想，大林同志既然叫他来，一定也有安排，相信组织不会叫他冒这个险。

离开五里亭不远，有座尼庵叫五龙庵，也是个联络站，但要在十分紧急时才用。大林就是叫他到这儿来接头的。他一边忙着装肚子，解决饥渴问题，一边向那甜馃摊主打听。弄清去向后，他因肚饱，体力也恢复了，便信步走去。走了一段路，想起去见组织总不能这样狼狼狈狈，得找个地方洗洗面，把服装、仪容整饬一下。便到路旁一个水潭边，看见有人用汗巾在洗面，他也蹲在一旁掏出面巾用清水洗面。洗过面，对着那澄清如镜的水面照了一会儿，觉得头发太蓬乱，又用湿面巾在头上胡乱擦着，抽出牙梳梳得明亮光彩。可惜胡子又太长了，这个他无法可想，平时是从不用刮胡刀的。虽有几分惋惜，却也不失为"服装整齐""面目光彩"了。打扮完毕，他就悠悠荡荡地朝五龙庵走去。

五龙庵是个菜姑寺，四周围着道红砖墙。进了正中大门是一个大院子，左右两边各植大榕树一株，走过院子就是正庵。当时黄洛夫走进大门并没人出来阻挡，进入院子，才看见有个菜姑模样的年轻妇女在那儿打扫，黄洛夫连忙上前招呼，恭恭敬敬地叫声："师父，您早。"那菜姑抬头望他，不发一言又兀自在扫她的庭院。

　　黄洛夫觉得无趣，却又急于要找马叔，尽管对方表示并不热烈，也只好再低声下气地问："师父，请问一声，你们这儿有位叫静姑的没有？"那年轻菜姑停了手，重新把他打量："你找哪个静姑？"黄洛夫依照大林交代的暗号："我找从咸江口来的静姑。"那年轻菜姑略为有点迟疑："你找她做什么？"黄洛夫道："她有个亲戚叫成哥的，托我带一封信交她转给马叔。"菜姑四面张望，却又装作不明白的样子："你再说清楚一些。"黄洛夫重新把话复述一遍。不意那菜姑竟然摇起头来："你找错地方了吧？我们这儿没有马叔这个人。"这可叫那黄洛夫如受雷打一样，一时傻住了，他口吃地说："你……们这……儿不是叫五……龙庵吗？"说着，又跑到大门口去查对，一点没错，那大门上明明白白写了"五龙庵"三个字。

　　那菜姑见他那傻里傻气的模样，反而抿起嘴来笑，而黄洛夫也一口咬定："是五龙庵就一定有静姑，一定有马叔；你也许新来不知道，请替我通传一声，我要找静姑。"那菜姑见他认真着急，看来又似有什么急事，也不再为难他，便对他说："我就是静姑。"那黄洛夫一听这话，一身松下，大为高兴说："我早知道成哥不会骗我。"接着却又埋怨起人来："你不知道我有多急，却在寻开心！"静姑敛下笑容说："信呢？"黄洛夫道："要亲自交给马叔。"静姑又有几分沉吟了，一会儿又说："也好，不过他现在不在这儿。"那黄洛夫一时又起了恐慌："那我怎么办，我是回不去了的。""你一定要亲自见他？"黄洛夫道："我一心一意就为了这个。"静姑又道："也许是三天，也许是五天，你能等吗？"黄洛夫无可奈何，也只好如此了，他表示愿意，于是静姑说道："那你就跟我来吧。"

　　当下静姑就把他从侧门带进去，庵后有一排平房，平时是准备给香客过夜的，这时正好把他安插下。她一边打开一间清静小屋请他进去，一边又问："你从没来过这儿吧？"黄洛夫把包袱放下："要是来过，也不会受你这些气。"静姑笑着解释："我不能对什么人都相信。你是刚从城里来的？"

黄洛夫一时兴起，很想把什么都告诉她。但静姑却警告他："门有缝，窗有耳，说话可得小心。你在这儿暂住，不许出去，也不许乱跑，吃的喝的我自送来。找马叔由我安排，不能性急，运气好一下子就找到，运气不好先住三五天再说。"说着又出门去，一会儿把一壶清茶送进来："自然我很清楚，没急事你也不会到我这儿来，但是马叔忙呀，像个神仙一样游来游去，连他自己也不知道在哪儿过夜。我看你眼睛充血，面色灰暗，该一夜没睡了吧？这儿有现成的床，躺下歇歇，有事我会来关照，千万不要到处乱走！"说着，把门反扣上，咔嗒一声又加上一面锁。"这次真的被俘啦，"黄洛夫想，"但是在一个漂亮的女同志手里！"他倒有点诗人的豪兴哩。

三

　　黄洛夫在五龙庵像隐士似的，整整地过了两天隐居生活。睡倒睡饱了，只是无书读，无事干，无聊。静姑对他的照顾既热情又细致，按时送茶送饭，有时还抽空来谈谈，顶大方，不像个乡下姑娘。她很忙，庵内大小事务都要她管，那个庵主已是六十多了，除念经、礼佛、打坐、接待施主、办功德、替人还愿，什么也不管，一切全交给她。经过了几天的接触，黄洛夫和她混熟了，他本来也挺随便，讲起话来也就不那样注意方式方法，他竟然大胆地问她："年轻轻的为什么要出家？"静姑避而不答，却反问他："没有我这个出家人，你还能安安静静地住在这儿？"一句话把他问得直傻笑。"真厉害，"他想，"到底是革命妇女！"

　　一天，将近黄昏，静姑来敲他的房门，对他说："马叔派人接你来啦。"叫他把包袱理好。不久，就带进一个比她年纪略小的姑娘，那姑娘还叫静姑做表姊。这人更有趣了，一见面就对黄洛夫做鬼面。静姑对那小姑娘说："我把人交你，路上出事，你负责。"那小姑娘完全是另一类型的人物，她喜怒无常，一会儿放声大笑，一会儿又对你瞪眼皱眉，大声大气地说话，倒十分爽朗。当时她便半认真半开玩笑地回答："要有事出，我就跳海！"静姑说："还是小心点好，到那时想跳海也来不及啦！"

　　小姑娘大摇大摆地对黄洛夫说："喂，洋学生，准备好了么？现在就走！"黄洛夫小声小气地回说："听候吩咐。"那小姑娘叫声："走！"把他的包袱一提就走，力气倒不小。走了约里来路又对他大声恐吓："洋学生，你可得准备准备，我们要走一晚！"再走三五里路又开他的玩笑："喂，洋学生，你会唱歌吗？这儿可不是大城尽你怎么唱都出不了事。"见他走得慢，老落在后头，又说："我看你就不行，还走不上三五步路就不行啦。累了吧，要不要歇歇？"

黄洛夫见她那样随便、刁蛮，也不那么老实了，他说："有这样漂亮的姑娘陪我走，再走十天十夜也不累！"这可叫那姑娘瞪眼竖眉，她气愤愤地说："洋学生，你说粗话，小心我告诉马叔，他不会饶过你的！"黄洛夫故意问："马叔很厉害吗？"小姑娘大声恐吓道："他不厉害？连石头狮子见了他也要低头！"他们就这样说说笑笑地赶着路，不上三个小时就赶到一个地方，黄洛夫一看是个渡口，一艘大渡船停在那儿，旁边泊着一只小艇。那姑娘对那小艇只一指："上去！"黄洛夫莫名其妙地问："还要赶水路？"那小姑娘笑道："到哩。"黄洛夫更闹不清了："为什么还乘船？"

小姑娘把他只一推，赶上小艇，那小艇摇晃着荡了开去，黄洛夫正待喊叫，那小姑娘纵身只一跳跟着也上去，叫声："坐定，开船了！"从船篷架掇过竹篙，就沿岸撑去。小艇行约三里地，到了一片芦苇丛内停住，这时她才叫黄洛夫坐在船篷里休息，自到艇尾生火煮饭。当火燃了，米下了锅，才说："洋学生，你知道，那儿是渡口，人杂，不好说话。在这儿，可以放心，大声唱歌也没人管。你不用急，我告诉你，马叔不在家，要过几天才能来，叫你先住在这小艇上养养身体。"黄洛夫暗自又叫起苦来："刚刚在五龙庵关了几天，又要在小艇上坐禁闭了！"

那小姑娘比起静姑来就更大胆泼辣了，她自我介绍道："我叫阿玉，脾气有点不好，心地倒顶直，不要见怪。你在艇上不用怕，白天我有事，你一个人守在这儿，有人问，就说是阿玉的表哥，探亲来的。晚上，"她突然问道，"你怕鬼吗？"她自笑着，"这儿虽是荒凉，没鬼，不用怕，还有我呢。"黄洛夫口吃地问："你也住在这儿？"阿玉嗔声道："我怕你吃掉？没有我，你倒真的会怕鬼！"说着又是一阵笑声。

饭后，阿玉从船舱下拿出铺盖，丢了一条粗棉毡给黄洛夫，指着舱板说："你睡在那儿。"自己却在船头和衣曲身躺下，又开口叮嘱："不要封建，不要胡思乱想睡不着，我们船家人都是一家人睡在一条船上的。"不久，就呼呼睡着了。黄洛夫直挺挺地躺着，双眼睁得大大的，看月色从船篷外泻进来。小艇在水中摇晃，江水淙淙，发出咽声，不时也发出鱼儿跳跃、芦苇丛中鹭鸶争鸣声。他觉得一切都很新鲜，都像在梦境里。"可是，"他想，"我什么时候才能见到马叔呀？"虽然和他原来想象的不同，生活起来倒也挺有意思。第一是，他已离开虎口，可说是百分之百的安全了，其次是，他所接触到的人，对他几乎都是亲切的、同志式的。

第二天一早，小艇靠了岸，阿玉对黄洛夫说："洋学生，我有事，艇就泊在这儿，不要随便出来，饿了自己生火煮饭吃，米、菜现成。"说罢，一纵身又上了岸，真如飞鱼一样的轻巧灵活。黄洛夫坐在艇舱内，看她那健壮的四肢、曲线玲珑的背影，暗自叫好。

那阿玉沿岸走，想到渡口帮她公公撑渡，忽然在半路和老六碰上。老六说："我正找你。"阿玉问："问那洋学生的事？"老六道："也是一桩，他的情形怎样？"阿玉道："顶听话，一点没什么。我把他关在艇上。"老六道："还有一个紧急任务要你去。"接着又低低说了些话，阿玉道："你叫我把那洋学生放在哪儿？"老六道："暂时留在你家怎样？"阿玉嘟起嘴挤着眼，做了个无可奈何的样子："也只有这样啰。"

说着，老六自去，阿玉又回头，到艇边叫了声："洋学生！"纵身一跳又上了艇，一边起锚一边撑篙说："有要紧任务，要用船，没有办法，只好又把你送到另一个地方去。"他们在离渡口约一里远停下，阿玉把艇靠上岸，把黄洛夫带着，进了渡头的草屋，对黄洛夫说："这儿离渡口更近，常有坏人来往，更要小心，不要随便出门。累了就在床上歇歇。"说着，返身外出顺手锁上门，上了小艇，头戴竹笠，手划双桨，沿江而下，直转护城河去了。

当阿玉把小艇开进护城河内，到了老六指定的石灰窑边"三棵大树"下，已是中午了。这护城河淤泥堆积，尽是芦苇败草，要不是桐江水涨，即使小艇也开不进去。她把小艇泊在第一棵大树下，悄悄地涉水上岸：没个人影，石灰窑正是淡季，没人烧灰；护城河离城根很近，只有三五丈远，城墙边满是蓬蒿，显然也少有人来，仔细一看，才依稀看出一条蜿蜒小径，从石灰窑直通到城根。沿那路线往上搜索，四丈来高的城墙石缝里还有崭新足印，说明有人在这儿进出过。阿玉侦察了半天才定下心：对，就是这儿。她四处都探过了，没个人迹，又想："也许还没有到。"重又涉水回艇。拿出一些冷饭陈菜，盘腿坐在艇头，胡乱地吃着，却一心在等那对象出现。

约过一个时辰，她才看见城墙上有人影晃动，先是个白发老头探头下望，在找那通道。她心跳着："人来哪！"却兀自不动，只在背着老六告她的暗号："……那人走近三棵大树第一棵树下，找艇，你就问：上白鹤庵烧香去吗？对方答：我是回娘家去的。你再问：搭艇去？对方便问：取费高不高？不高就搭你的去。你说：小意思，随意送。那就是我们的人了。一上艇就把她带来，在黄昏前送到我家里。"

不久，那老头把城墙上的通道找到了，转身招手，便有个干瘪的中年妇人探头出来，看那通道，双方低低交谈着。接着又是一只包袱从城墙上丢下，接着那干瘪女人就沿城墙石缝裂口，细心、谨慎地一级一级爬下。在那城墙上，老头一直是探着头在注视她，怕她失足，怕她胆怯，直在鼓气："胆大些，没有关系，再加把力气就到啦。"不久，那中年妇女落了城根，仰头上望，对老头笑笑，摆摆手，似叫他回去。但那老头却又朝三棵大树方向指，她点点头，寻回包袱，提着，拨动蓬蒿，走向三棵大树。

只有一会儿工夫她就找到第一棵大树，注视那小艇。没等开口，阿玉就起身问："上白鹤庵烧香去吗？太太。"那中年妇人便说："我是回娘家的。"阿玉再问："搭艇去？"那妇人略作沉吟："取费高不高？不高我就搭你的去。"阿玉心想："对头！"便说："小意思，随意送。"当即把跳板架起，伸手来接包袱，顺便把人也接上艇，抽去跳板，提起竹篙："太太坐好，开艇啦。"只见那中年妇人还依依不舍地对城墙上老头摇手示意，那老头笑笑，点点头，便不见了。那妇人在篷内坐定，双手紧紧抱住包袱，阿玉只在撑艇，赶潮水未落前，把艇开上桐江。

阿玉只是用力地撑着篙，那妇人却眼瞪瞪地在打量她，两人一路无话。一直到了桐江口，阿玉收起竹篙改用双桨，那妇人才开口问："这是什么地方？"阿玉半认真、半开玩笑地回答："快到娘家啦。"那妇人一听这话心情也宽舒起来："你怎知道我娘家，小姑娘？"阿玉掉过头来只对她笑，却不说什么，顺口唱起一段小曲："若要人不知，除非己莫为……"

阿玉把小艇泊在离渡口三里地一个小码头上，看看天色，夕阳还没全下山，她便对那妇人说："还得等等。"又到船尾忙着洗米下锅。那妇人问："小姑娘，你想把我送到哪儿？"阿玉笑道："你不是说回娘家去吗？"说着，又笑。那妇人也笑了："是我娘家派你来接的？"阿玉道："当然，要不，那个鬼地方，一辈子也不会有人去兜生意的。"那妇人道："非常感谢你，小姑娘。"阿玉却大大方方地说："没有什么，这是我的责任。"

太阳完全下山了，一锅饭也煮熟，阿玉起身说："走，我带你见亲娘去！"说着又嘻嘻地笑。那妇人上了码头，由阿玉带着，绕小路进清源。在路上，那妇人说："你真会开玩笑，小姑娘。"阿玉却道："我叫阿玉。"又说，"一人闷声不响过日子多难过，我就是怕闷，所以有时喜欢唱唱歌，说说笑话。"那妇人见是自己人，也自我介绍道："我叫庆娘。"却也没追问下去，她知道她的任务和这个无关。

不久，她们进了村，阿玉一直把庆娘送到老六家。老六、玉蒜还有红缎都在家，他们亲切、热烈地欢迎这个新来的客人，老六双手紧紧地拉住她，满面笑容地说："庆娘同志，欢迎你！"阿玉在一旁看热闹，一会儿才对老六说："我的任务算完成了，现在可以回去了吧？"庆娘觉得应该对她有个表示的话，便道："阿玉同志沿途对我照顾真好。"阿玉只是笑笑："没什么，只是多开几句玩笑。"又问老六："可以走了吧？"老六却半认真半开玩笑地说："是不是放心不下那小伙子！"阿玉只说了声："去你的！"返身便走。

当下玉蒜便对红缎说："叫庆姑。"老六也说："马叔还没回来，你就在咱村暂住，我一切都安排好了，自己人，不要见外。"又问玉蒜："你把庆娘同志送过去，还是等勤治来接？"原来，他们就把庆娘安排在勤治家住。红缎自告奋勇道："我送庆姑过去。"正说着，就听见勤治的声音："大嫂已经来啦，也不事先通知我一声。"那勤治原是一个年轻寡妇，她和自己丈夫成亲不到半年，丈夫出洋，一去就是十年，信息全无，等到打听清楚才知道早在五年前病逝。她买了个儿子来养，守住夫家一点产业，又做些手艺度日，也就算了。这时家里只有寡母幼儿二人，相依为命，因为地方比较宽敞，人丁又少，从她参加革命后，就成为一个经常活动场所。老六说："你来得正好。"当下就把庆娘交她带走。

那阿玉回到草屋，只见黄洛夫背着手在阴沉沉的草房内绕圈圈，一见阿玉进来，真有说不出的高兴，尽拉着她问长问短。阿玉觉得他很可怜，便说："一路上都在担心你闷气，不把你关起来又怕出事。"黄洛夫连忙声明："我完全是照你的话做，不敢走出门一步，连灯也没敢点。"阿玉只是点头微笑："你这洋学生肯听话，很不错，叫人喜欢。走，我们回去，这儿没人招待，在船上，至少还有我。"说着他们就出门，沿江岸走，这时那渡船已不开，泊在对岸，老艄公蹲在船头吃夜饭，见阿玉回来就打招呼："回啦？"阿玉对他摆摆手说："又要走。"黄洛夫问："那老伯是什么人？"阿玉嘴尖舌利："你又不想和他攀亲，问长问短的做什么？"黄洛夫以为不好问只好不响。

上了艇，阿玉又把它摇到老地方，搬出饭来，黄洛夫张口就吃，阿玉望着他直笑："饿坏了吧，洋学生？"黄洛夫说："还好。"扒过一碗，又添。阿玉一边吃，一边交代："刚刚听说马叔还不能来，你得安心在这儿再住三五天。"黄洛夫低低叹了口气："又是个三五天。"阿玉道："心里闷，我给你本书读。"说着就去找，在堆破烂的船舱内找出本石印版的《水浒全传》给他："读了书心里还是闷，我这儿还有现成钓竿，可以钓钓鱼儿玩。"

黄洛夫搁下饭碗把那书翻着，开口问："你从哪儿弄来，专为给我的？"阿玉这次可真有点不高兴了，她说："洋学生，你为什么这样看不起人？我告诉你，这本书是我托六叔买的。"黄洛夫大吃一惊："你认得字，会读《水浒全传》？"阿玉得意地说："不多，只有几个字。其实，看懂个大意也就行啦，字不全认得也没关系，跳过就是。"黄洛夫对这个刁蛮姑娘又有新的看法了。"真不简单，"他想，"还认得字哩。"

四

吴启超原想放长线钓大鱼，来个"一网打尽"，不意大鱼没上手，反而跑掉个黄洛夫，把他急得直跳。朱大同却说："再不动手，连小鱼小虾也逃光了。"当发现黄洛夫逃走的第二天晚上，就有一连兵被派到立明高中和几个有关地方去抓人。抓走了十来个文艺社的人，主要的人却一个没抓到。

原来那立明高中在黄洛夫逃离的第二天中午才发现他留下的纸条，引起一阵惊慌。教务主任研究了半天，肯定与政治问题有关，通知不要乱传。而那个共青团员，一早发现了黄洛夫放在他衣袋里的纸条，认得是黄洛夫写的，连忙去敲他的宿舍门，门被锁住，从门缝里看进去，一地是碎纸头、旧杂志，知道有紧急情况，急急忙忙地通知了有关人士，叫他们赶快地离开。

因此在上第一堂课时，不但纸条到处在传，大部分学生也在交头接耳，到了上第二堂课，听课的大减，老师觉得奇怪，问："同学都到哪儿去了？"和文艺社无关的人只是冷笑，坏学生却到处在打听。听说是出了大新闻，连忙赶到党部去报告，党部又报告朱大同，朱大同立即下命令：事不宜迟，从速动手！因此就有大队军队开上立明，把学校团团围住，按照黑名单逐个地搜捕。结果主要的人物都不在，抓去的一些"嫌疑犯"也大都不知道黄洛夫等一干人的下落。

这次大逮捕失手，使朱大同大为震怒，他怪吴启超做事不密，漏了风声，吴启超却说："工作没做好我有责任，问题不全在我这儿，从这件事我看出我们的对手是很强大的，不但组织严密，而且情报灵通，我甚至怀疑，在我们内部也还有他们的人。"朱大同问："你这样判断有什么根据？"吴启超道："看来我们一举一动他们都知道，我们要抽兵援章了，他们来个告人民书、绝食、示威；我们要抓黄洛夫，他们又来个'不辞而别'……"朱大同问："会不会是姓刘的在卖苦肉计，有意地潜进来？"吴启超摇头道："我看此人庸碌无能没这本领，我怀疑的倒是另一个人。"

朱大同问："可能是谁？"吴启超道："我怀疑的是林天成，蔡玉华的丈夫。此人在举行婚礼时我见过，言谈举止老练，来历不明，又得到蔡老头那样器重信任。蔡老头是现任监察委员，政局有什么变化，我们内部有什么风吹草动，他哪有不清楚的。有这样一个秘书，在他旁边，怎能情报不明呢？"朱大同道："对此人我也早有怀疑，只是他是蔡老头心腹，又是亲戚，也没有证据。"吴启超继续说道："至于蔡玉华，我一直就不放心，和黄洛夫比起来，她老练得多了。我在她身上花的工夫不算不多，可是，效果很差。如果说她也是，就绝不是个普通人。"朱大同问："又和蔡老头有关，真伤脑筋！"吴启超道："我是不到黄河心不死，不甘心失败的，老朱你把侦察林天成的任务也交给我吧，他们强，我也不服输，大家再来较量较量。"

从此，吴启超又在进士第进进出出了。在这个家庭里面，他虽是一个不受欢迎的人物，但他面皮厚，死赖着不走，对大林表现了极大热情，对玉华表示歉意："过去不知道蔡小姐已有对象，在言谈间有点冒昧，多请原谅。"对玉华娘又是送礼，又是说奉承话，逗那老人家欢心。有天，玉华娘就对玉华这样说："看来，那姓吴的，也不怎样坏。"

玉华却觉得压力一天天在加重，她知道吴启超是坏东西，却又不能不应付。大林更感忧虑，情况越来越复杂，他们现在是在老虎窝里，处处都得小心提防，一有差错就不堪想象了。但有任务在身，又不能不坚持下去，俗语说："不入虎穴，焉得虎子。"他想，这样对自己对革命也是个锻炼。有一天，他们两个还就这个问题谈了大半个夜晚。玉华说："我烦得很，明知他是鬼，又不能不和鬼打交道。"大林却安慰她："组织上把我们安排在这个岗位上，我们就得好好地来完成任务。形势有变，我们也得适应。"接着又说，"看来我们现在的生活和工作方式都得改变。"玉华建议就目前的情况和组织上谈谈。大林道："我也有这个意思。"

但在这时，大林却和老黄联系不上，他早已回下下木，大林一时又走不开。

第九章

一

三多、苦茶离开下下木，告别众人直上青霞山。三多原打算当天赶过分水岭，到南县地界找个村子过夜。但苦茶却另有打算，要在青霞寺过夜。这样，她就有充分时间和三多面对面地谈他们之间的问题了。三多按自己的打算，尽在赶路；苦茶按自己打算走得特别慢，他们之间老有一段距离。

三多走过一段路，回头看看，苦茶还在后头不慌不忙地走，停下等她，再走一段又是这样，他不得不开口了，苦茶却不慌不忙地说："急什么。久没走过山路，真累人。"说着索性就坐下休息。最后三多也只好放缓速度，迁就她。这样，大家都走得慢，有时苦茶还扶住他走路，他以为她身体不便，她却暗暗地在笑："这急性子病，得用这方法治你。"

两个人拖拖拉拉，走近分水岭时不觉已日落西山，暮色漫漫了。三多心想："糟，赶不上宿地了。"在山径道旁停下，得商量商量了，他问："今晚赶不上宿地怎么办？"三多焦急，苦茶反而轻松了，她说："这是你们男人家的事，倒来问我。"三多搔搔头皮："没办法，只好……"苦茶张头四望，她认得这个地方，朝岭上只一指："那是什么地方？"三多道："你忘啦，青霞寺。"苦茶笑道："你怕喂大虫，这儿不正有个现成宿地。"三多点头道："我倒没想到。不过荒废日久，怕都倒塌。上去看看再说。"

他重新挑起担子，刚好有一岔道，日久没人走动，被乱草掩盖，只能依稀地认出条路迹来。走过岔道，不远又有道山门，石阶上、石门上满是滑溜溜的藓苔，看来是长久没人来过。进了山门有条夹径，往高处有石级一二百级，蜿蜒而上。三多说："路滑小心。"一手抓住担子，一手来扶苦茶，苦茶索性就挽起他走。走过石级，又是一道山门，进了山门豁然开朗，出现一座大寺。寺前一片平地，左右各有古柏一棵，正中面对寺门一座石雕香炉，有千斤来重，也是青苔累累，寺门大开。三多说："看样子，久没人来了！"他们直向寺门走去。

三多把担子放下，拍拍身上埃尘，拔出匣子枪，拉开大机头，走进寺门。那寺共有两重，前后殿连在一起，巍峨壮丽，从半山上仰望，只见雾气腾腾，彩云缭绕，仿如仙阁。走近一看，却荒芜得很，大半倒塌，野草丛生，荆棘遍地。几尊泥塑菩萨，年久失修，大都坍倒，有断头的，有失脚的。大殿上画梁间，尽是野鸟蝙蝠窠穴，满地鸟粪，蝙蝠拍翼哀鸣，带来惨惨阴风。走出大殿，转过侧门，更觉凄凉，原来那儿有两排平房，充当尼姑的宿舍、客舍、厨房、仓库，现在只剩断垣残壁，长满高过人头的蓬蒿，二丈来高的野树，充当山禽野兽的窠穴。当这稀客突然出现，立即引起一片骚动，野鸟发出尖厉哀鸣，振翼高飞，蓬蒿中黄猄[1]发脚狂奔，引起那沉睡山林一片回音。

苦茶身累腿软坐在寺门口石阶上，用竹笠扇风，突然听见一声枪响，有几分吃惊，不知出了什么事，匆忙赶进大殿，正见三多一手持枪，一手提着一只三十来斤重的黄猄走了出来。那黄猄虽受了伤，却还用力在挣扎。苦茶道："吓死我啦。"三多笑道："刚好碰上，放走了可惜。"解开绳子把它捆绑起来。他们聚在一起了，正好研究过夜的办法。苦茶说："你说怎，我就怎。"在这儿干稻草难找，野草尽有，却不如松针睡起来舒服。三多想了半晌，才决定在入口处找块干燥地方，作为临时铺。他把意见说了，苦茶也不反对，这样他又返身出去，一会儿搬进一大堆枯黄松针，细心地铺在地上，笑着说："这铺可舒服啦！"苦茶一边看他铺"床"，一边在想心事。

她回想十年前，当时还是个黄花闺女，知道要嫁到过县的下下木，心情是非常沉重的！一个人关在房里哭了几日几夜，她为什么生来这样命苦，出嫁也要过县界？临出阁那天，大哥老白过来对她说："把东西收拾好，我送你上婆家！"她怎样都不肯，哭哭闹闹的，叫做娘的也生气："这样大一个闺女，嫁人又不是去送死，哭闹什么！"结果还是被迫收住泪，给祖宗神位、母亲磕了头，由老白送着上婆家。

她记得很清楚，那一晚上就在青霞古寺投宿，那时青霞山还太平，古寺香火旺盛，有十几个尼姑，十来个菜姑、长工，来往的香客也不少。可是，现在时过境迁，她原来投宿过的地方已认不出来，古寺一片萧条，尼姑香客都不见了。一转眼又是十年，她丈夫也死了，落得个不上不下，怎不使她触景生情？

三多把"床"铺好，用毛巾在揩汗珠，一面却对苦茶说："我在寺后找到一泓泉水，凉爽清甜，可以喝，也可以洗身。"他看见苦茶没有反应，似乎也没听见，走近一看正在流泪，问声："有病？"苦茶抹去眼泪，摇摇头，像和谁赌气似的返身朝外走。三多也跟了出去，边走边说："刚才不是还好好的，为什么又闹病？……"苦茶有一肚子委屈，索性扶住寺门放声大哭。

三多站在一边，有点失措，心想自己这一天来一直没顶撞过她，为什

---

[1] 黄猄：一般指赤麂，麂类的一种。

么发这样大脾气？"太累了？"苦茶摇头。"为什么呢？"苦茶一阵心酸："不要问我，问你自己！"三多更是莫名其妙："问我？我什么时候得罪过你？"苦茶更加悲伤了，呜呜咽咽地哭："人人夸你，我就说你不是男子汉。"三多更是丈二金刚摸不着头了："我从没欺负过人，大嫂，我对你一向是尊重的。"

这话使苦茶大起反感，她哭着又跺足道："大嫂，大嫂，你就只会叫我大嫂！"三多道："这也是我的错？"苦茶直嚷着："你害人！"三多吃惊道："我害过谁？"苦茶道："害我！"三多道："我在什么时候、什么地方害过你？"苦茶又爱又恨，又好气又好笑："所以我说，你不是男子汉，你不了解人！"她不再说什么，也不再哭叫了，向发出淙淙流水的地方走去，三多在她后面悄悄跟着。

他们在泉边，喝着清甜泉水，吃了随身带来的干粮，两个人不交一言，不望一眼。夜色弥漫全山，星斗满天，对这一对满怀心事的男女，眨着眼。吃完饭，苦茶对三多说："把面孔转过去。"三多想走开，又怕她一个人出事，只好转过面，苦茶就动手解衣用毛巾在清水泉边抹身。过后，她又对三多说："你也来抹一抹，我在前面等你。"三多道："你先回去。"苦茶故意说："你不怕我叫大虫吃掉？"三多笑道："那你就在前面等。"

他们回到古寺，坐在寺门口的石阶上，三多怕再引起不快，平心静气地对苦茶说："你的床我已铺好，你累，先休息。"苦茶一怔问道："你睡在哪儿？"三多道："我不累，我在门口守夜。"苦茶感到一阵冷意穿心而过。三多却兀自从腰上拔出匣子枪，检查弹夹，自言自语地说："在这个地方，周围没一户人家，一个人，谁知道会出什么事。"苦茶忽然又无缘无故地赌着气了："我还怕什么，死了倒好！"三多笑道："你今天为什么老生我的气？"苦茶道："我不生你的气，生谁的气！"接着她又自怨自艾地叹了口气："做人多难呀，特别是做个像我这样的女人，有话没人说，有气没处出……"三多笑道："所以你专找我这老实人发脾气？"苦茶活跃起来了："人人说你老实，我看你这老实是假的。"三多吃惊道："你从哪儿看出我假？"苦茶心想该说了吧？便开口道："这些年来你把我逗得多苦，心里有话，为什么不老老实实地说，反要叫我来开口……"

三多恍然大悟，她老生气，原来为的是这个。一接触到这个具体问题，他的心情又沉重起来了。他遥望那沉沉的太空，内心交织着错杂情绪。他知道这些年来，她都在等待着他，等待他的一句话。实际上在感情深处他也摆脱不了她，他们，没有如一般人谈情说爱过，但相互间的体贴、关怀，眉目谈笑之间，就深深地体现了这种不是一般叔嫂间的感情。她有愿望，他也有需要。但他拿不定主意来面对这现实，为什么呢？他想了许多，和寡嫂结合多不光彩，还有将来老婆孩子的拖累……

他的沉思不语，鼓起她的勇气，她想起婆婆的叮嘱、组织的关心，她觉得不能再等待了，要说，把心里话都说出去："你从未向我说过一句心里话，对我有过真情表示，尽管我对你……"说着，她满怀委屈，声调变了，泪如泉涌："从你大哥去世后，我一直在守，你知道，我为什么要守？当时我还年轻，如果我要……还有人要。我不愿意，我还一心一意地在等，我等你，等你一句话，一个知心的表示。我只有一个想头、一颗心，我相信你，相信你会。这样一等就是七八个年头，把我等到皮干、心老了。"她掩住面哭着，"而你，对我又是怎样？对我有情又似无情……"她伤心到不能再伤心了，站起身就走。

三多也很激动，站起身快步跟上去，苦茶一口气走到石香炉前，双手扶住它在哭。"我了解你，你的心就像一池清水，我一眼就看到底，"她哭着说，"你不是不要我，你是怕……"这话说得那样中肯，正打动三多的心思。"你怕人家耻笑吗？怕我落后拖累你？或者是心里还有别的女人？……"她几乎是在梦境里说这伤心的话，"那为什么要使我这样受苦呀？"她几乎是号啕大哭了，哭得他多难受！

他觉得她的话句句是真情，字字是血泪，但他也不是一个寡情汉子，他从来就感到她对他的真实情操，她照顾他、关怀他，就像一个善良妻子对着亲爱的丈夫一样。可是，他为什么又要使她难过呢？仅仅是为了个人的考虑？那不太自私！他的真情也动了，觉得很对不住她，很委屈她。他在她背后站着，听她的哭诉，泪水在眼中汪着，情不自禁地伸出手去，抱着她，她没有表示抗拒，她变得那么软弱、那么的无力，让他抱着，紧紧地拥在他怀里。"哭吧，"她想，"尽情地哭吧。"她的泪水沾湿了他的胸膛，双手扶在他肩上。"我多恨你，"她说，抬起头，用那充满幸福、激情的泪眼望他，"我多恨你呀！"她又呜呜地哭了。

夜深更尽了，从山坳里传来阵阵阴风，苍柏发出沉悒的呼声。苦茶和衣躺在松针床上，无法入睡，她在想：三多对她虽然没有一句明确的言辞，但第一次那样热烈地、多情地拥抱她，也算是表示他的态度了。这样他们多年来纠缠不清的大事，就可以解决了。可是，他为什么又不到她身边来？他们可以谈个通宵，谈谈他们今后的日子。他一个人沉默地坐在离她远远的地方，又在想什么呀？

三多这时手持着短枪，坐在门槛上，的确也在想心事。他得再想一想，他和苦茶的关系就这样解决了呢，还是……他觉得有点后悔，后悔刚刚不该那样冒失、冲动，在这荒山残夜，在这古寺内，只有他们两个人，如果他愿意……可是，他不能把自己、把苦茶陷得更深。

半缺的月亮升了上来，群山在清新明丽的月光下，显得那样美丽动人。这雄伟壮丽的大山，这动人的夜景，又使他想起另一件事，他想起老黄同志说过的话："别说它山高林深，荒无人烟，将来我们革命成功了，它就是一座宝山。我们可以在这儿建设我们的工业基地，建设新工业城市！"又说："要开展武装斗争吗？青霞山是一个不可不经营的重要根据地！"三多也在想着：如果我们有三几百革命武装，坚守在青霞山上，让敌人用千军万马来进攻吧，也不用担心！

从远远密林深处传来了虎啸，月光鸟栖歇在古柏树上对着月光发出了哀怨的鸣声。他起身踏着月色，慢慢地走动，从寺外又走进寺内。走过前后殿四周，才又回到苦茶身边。月光斜照着，泻在她身上；她枕着残砖侧身在松针床上，看来似已呼呼入睡。借着清幽月色，他注视着她的睡态，这也是他多年来第一次看见的。他默默地凝视她，觉得她那安详的睡态，挂着泪珠的双眼，匀平的呼吸，都是那样可爱和动人。他暗自说："我不能再误她了！"

从门外刮进一阵夜风，带来刺人凉意，他想："也许她要受凉。"他跪在松针床上，伸手去摸她的额头、手心，默默地脱下外衣，轻手轻足地唯恐会惊动她，替她盖上。悄步离开，又复坐在门槛上，像是母虎为了保护幼虎的安全，守卫在洞口似的。

其实苦茶并没有睡着，三多的一举一动她都明白。当他用那样目光在注视她，当他宽衣为她盖上，她的泪水也挤出紧闭的双眼，感动地在想：

"这样一个好人，我为什么还要对他起疑心呢？"她觉得大事已定，也就安心入睡了。

二

三多和苦茶的突然到来，是轰动整个大同乡听闻的大事。多少年来大同乡人已没见过下下木的人，同饮一山水，同在一座山上讨生活；当时各县公路未通，又是往来两个县界的大道，由于人为的关系，兀自成了两个天地，隔膜，不相了解。对自家来说，更是做梦也没想到。

苦茶娘还健在，这个山区老妇，一头银发，一面皱纹，却仍行动敏捷，心情爽朗。她一听说闺女回家，不敢相信，还在骂那孙儿女："不要瞎说，姑妈再也回不来啦！"当她亲耳听见苦茶叫声："娘！"她又不能不相信了。满眶热泪，一把哭声，把她紧紧抱着："闺女呀闺女，娘是在做梦吧，你怎能回来，你从哪回来呀！"说着又哭，哭了又说，"让我看看，是真的假的？"她紧抱住她不放，看看她的面孔，摸摸她的身体。只见苦茶满面笑容："娘，不是做梦，闺女真的回来，从山里过来的！"老人家一直搂紧她不放，又是哭，又是笑："闺女真的回来哪，闺女呀闺女，足足有七八年了，你不曾回来一次，娘也过不了山，怎不想煞娘呀，娘的心想干哩，娘的眼泪哭干哩，我的心肝儿呀，你还想得起娘。娘老了，娘说过，没见你一面，娘死了也不瞑目！"

三多意外地见到老白，他高大粗犷，和十年前相见时一样结实，只是老了，老得多了，剃了个光头，袒开胸脯，露出满胸黑毛，腰系布巾，一见三多，就用两只铁棍一样坚实的臂膀，把他抱起来，把他从地上提起来，又兴奋又感动："亲家呀亲家，你怎这样无情无义，自己不过来，也不让媳妇回娘家，把娘想死，把我们一家也想死！"

苦茶在娘家时还没大嫂、弟媳，侄儿、侄女，这时见了面，也都搂成一堆，哭成一团。许多人都见过了，就是没见过二白，她问："二白呢？"老娘说："在山里。"苦茶吃惊道："那我们一家人又都团圆在一起哪。"老娘叹了气："也是经过多少风霜，说来话长。"看见苦茶还用白绒线结发髻，老母心就冷了，她说："我和你谈谈。"一把拉进房去。大嫂、弟媳也都跟上。

她们在老娘亲屋里坐定，老娘问："你那死鬼丈夫去世已十年，你还一心一意地为他守节？没一男半女，结婚还不到一年，就……"说着，她的泪水就像断珠一样地滚下，"你没个打算？婆婆对你怎样，有个安排没有？"苦茶早知她一回娘家，老娘就会问她这件事，也早做了准备。因此老娘一问，便心情开朗地说："娘，你为什么问这个？"老娘道："我不问，谁问？"苦茶这次却胸有成竹了，她不慌不忙地说："婆婆对我很好，就像亲娘一样。"老娘频频点头，表示满意："对你的大事，没个安排？"

倒是大嫂眼尖，当他们撞进门，她正在外屋，一见那三多和她亲昵的模样，就看出几分，连忙插嘴道："安排定哩，娘，你没看见姑姑和那……"弟媳也说："我在村口撞见他们，两个人还是手拉着手走路哩，那时我们都还不认识。"苦茶又得意，又害臊，她说："大嫂、二婶，你们……"大嫂道："是我看错？可是二婶也说。"弟媳道："看姑姑那样，一定是，叫那三多和你配上，正好一对！"老娘听了满心高兴："真的定了？闺女，对娘要说真话，为你这事，娘操心得要死。"又问，"是你自己挑，还是婆婆定下的？"苦茶只是沉默不语，她想：和三多的事，定是定了，还没稳定，将来回去，不知会不会变卦？

老娘一见她不语，心又冷下半截，一开口又是悲从中来，一把鼻涕一把眼泪："要和娘说个清楚，好容易我们一家子又团聚了，大家都好，你哥嫂是二男一女，你弟弟和二婶现在也有喜，都在一起，就只你一个不在跟前，年轻守寡，没个一男半女，怎不叫我伤心？你不能太老实啦，俗语说得好，人老珠黄，女人过三十，嫁不出去，找不上合适对象，以后还有人要？我几次三番对你大哥说，尽管山上匪多，也得过去打听打听，把苦茶接过来，她婆婆不做主，我做主，闺女是我养的，我为什么做不了主！我嫁她是去当媳妇的，可不是嫁去守一辈子寡。当年我又没收你聘金，大家凭个人情……"大嫂子怕她话说多了扫兴，从中打圆场："娘，不要再说这些扫兴话，茶姑的事看来是全定啦。"苦茶娘还在那儿纠缠不清："你嫂子说得没错？当真是他？那就好啦。三多这孩子我倒中意，比他那死去的哥诚实能干得多。"

苦茶见大家都在关心这件事，自己也有八九成把握，不能再伤大家的心了，便说："娘，大嫂、二婶，你们说得都没错，就是他。我们互相看中也有许多年哩！"老娘一听可乐坏哩，哈声大笑："死丫头，对娘也卖关子，叫我白气一趟！"又问，"为什么不赶快成亲？你想把自己磨成老太婆？"苦茶道："七八年来，我们俩心里都明白，他少不了我，我也少不了他，只是他胆小怕提。"大嫂道："他怕提，你没有口？你提，怕什么，是光明正大的事，又不是偷偷摸摸的！"

　　苦茶低下头，用手指弄衣角，她在这些长辈面前，似乎又恢复到少女时期的青春羞怯："我们昨晚一起在青霞寺过夜……"大嫂这下可高兴啦："这样说来，你们已有……"苦茶面红着，嗔声道："大嫂，你！他不是这号人！"苦茶娘点头道："我早说过，他是个诚实男子，苦茶也是诚实人，诚实人不会乱来。终身大事还能乱来？"苦茶又说："关于我们俩的事，昨晚都说过了。"大嫂道："什么时候请吃喜酒？"苦茶道："日子还要问过婆婆才定。"这一番谈话算是把苦茶娘的心事全安下，她高高兴兴地说："苦茶，只要你下半生有个着落，娘死了也瞑目。"又对大媳二媳说："三多已是咱家姑爷，你们可要好好待他。"大家都说："娘放心。"

三

　　妇人家在内屋有一摊；在堂屋上，男的也有一摊。三多、老白不见面这些年，又是亲家怎不高兴？说着笑着，老白又频频伸出大手拍他肩。看来双方性情都没大变，老白还是那样乐观、爽朗，说话随便，好恶分明，他叫这是山区人的习性，"吃亏也是这个"，但见识、谈吐全不同从前了。

　　他说："我和二弟给高辉拉去当了几年兵你知道？"三多道："听说过。"老白又道："当兵是坏事，吃的苦头可真不少。有机会去见识见识，换换这个不中用脑袋却也是好事。"说着，他用小烟斗敲了敲那铁蛋似滚圆溜滑的光头，"谈起当年当兵事，一则是被拉，不能不当；再则也有个自己打算，穷山区嘛，石头榨不出油来，没出路，出去捞一把也好。一出去才知道穷山村难捞，外面花花世界，我们这些穷人，当小兵的，也一样捞不上。就只那些当官的好，一张口，一伸手，就有大把银洋进口袋。当小兵的只配去卖命送死，真是他奶奶的，三餐吃不上，半饱不死的，说定月饷一月三大元，说的好，做不到，一欠就是三个月半年，你要饷？没有！你们要，可以，老子当官的，可以开一只眼，闭一只眼，让你们找老百姓去要。好吧，找老百姓就找老百姓。可是，这年头，你当兵的穷，老百姓不穷？他们就是手头没枪，有枪也会来抢当兵的，这叫全是……"他说了句新名词："无产阶级化哩！"这话说得三多很吃惊：老白真的变哩。

谈起当兵打仗，老白又口沫横飞、滔滔不绝："不给吃饱，不发薪饷，真是他奶奶的，还叫去打共产党。亲家弟，你说这是玩哩？打共产党才真不是玩哩！那中央军自己怕吃亏，不敢上江西打红军，叫我们这些杂牌去打头阵、送死。弟兄们对红军的英勇善战早就闻名了的，一听说要去'围剿'，没有开拔就开小差，上了路更不用说，在我们那个连，一夜间就逃走二十来个。后来中央军提了意见，给捉回一半，高辉气得胡子直翘，下命令各打军棍一百，弟兄们不同情高辉的做法，一百军棍真正打上身的还不到三五棍子，打前又都招呼过：弟兄，多叫几声包没错，我棍下留情，你可不能不呼声叫痛，好让我也有个交代。开小差的还是多，中央军又提意见，高辉没办法，杀掉一些带头的，才算勉强稳住。可是士气不振呀，大家背后都在说：中央军装备好，人员多，还怕共产党，我们这群乌合之众打个卵？好，队伍勉强开上去，进入苏区，每个人都是提心吊胆，一天走不上二三十里。亲家弟，你要知道，那苏区可和我们这儿不同，老百姓就是共产党，共产党就是老百姓，共产党和老百姓只有一条心。我们所到的地方，一个人找不到，一口水、一粒粮也喝不到，吃不到。他们白天上山，入夜就一个劲围攻上来，东西南北尽是他们的人，打枪呐喊，吓得我们有些人连屎尿都流出来了。弟兄们吃不饱，睡不好，上头还一道命令一道命令地追：前进，前进！前进个你妈的！哪有这样打法，敌人在东南西北都闹不清楚，却一味要前进，前进！好，走了三天三夜，大家都又干、又饿、又累，真是人不像人，鬼不像鬼。就在第四个晚上，大队红军突然出现。他们就像天兵天将，来如风，去如电，我们还摸不清敌人来的方向，他们已站在我们面前，有人想抵抗，一下子就完啦，大多数人都来不及放枪就投降哩。我们两兄弟算幸运，我只听他们叫：穷人不打穷人，就把枪缴了，二白也一样。我们当了一个时期的红军俘虏，他们可好呢，对我们不打、不骂、不搜身，还受优待哩。"

三多听得兴奋，问："你们碰到的红军多吗？"老白摸摸络腮胡子，放声大笑："人家还只是一个地方赤卫团，几百人，就把我们一个独立旅三四千人打得落花流水，捉去两个团长、许多营长、连长，高辉要不是腿长跑得快，也和我们一样要当俘虏哩。"三多也抱住肚皮大笑："后来又怎样哪？"老白道："当了半个来月红军俘虏，在他们后方有吃有喝，还有人对我们讲共产党政策。他们说的话都对，叫大家开了窍，穷人就是要翻身闹革命。共产党叫我们说话，我们也都在会上诉了苦，反对国民党、高辉。最后共产党说：愿意当红军打国民党反动派的留下，要返乡的自愿，一律发路费。当时我和二白商量，二白说当红军好是好，就是家里只有老的小的，没人照顾，还是志愿返乡吧。我想也有理，当了五六年兵，家里又不知怎样过，也就来个志愿返乡，这样就领了路费返乡。那共产党真好，把我们送出根据地，又指点我们：返乡该走哪条路，哪儿有国民党兵封锁，用什么方法偷过封锁线。这样走了三五天，沿途听说国民党在抓逃兵，我们不是逃兵，也不能不当心，再抓回去，又得当兵，又得当炮灰，可不能干！好容易走到章县地界，看见路头路尾尽贴高辉的大布告，叫原是独立旅的散兵游勇回去报到归队。苦还吃不够，要去报个屌到！归个屌队！大家都说：要回家，不去报到……"

讲的人入迷，听的也入了迷，三多又问："那高辉逃走后情况怎样？"老白拍手大笑："那高辉，逃得可狼狈，一个独立旅只剩下三百来人，自己化装成伙夫逃到章县，随行的只有三十来人。中央军不但不给补充，还想问他个临阵脱逃，影响全局的罪哩。他到处张贴布告要重整旗鼓，就是没人再去。"三多问："他现在在哪儿？"老白道："他还住在章县，成了个无兵司令，老本完啦，中央军不信任，只得带着几个小老婆在那儿鬼混度日。有个独立旅名义，却无实力，听说他要求返乡整编队伍，周维国就是不许……"

三多问："以后你们就直接返家？"老白摇摇头："可不那么容易。从章县到刺州一线，国民党设了许多关卡，派兵把守，要通过真比登天难。当时，我们就想：再逃不过这关又得去当兵，要当国民党兵，不如当红军。

大家想办法，想来想去就想出个办法，冒充伤兵，有的'断腿'，有的'伤手'，包纱布，扶拐杖，在通过那些关卡时，国民党兵要扣留我们补充，我们都大声喊苦：伤得厉害，连独立旅也不要我们哩。他们一见果真是伤兵，算了，滚你娘的！好，我们就滚，走得比什么都快。这样我们遇到关口就装伤兵，没有关口就是好人，一直混回家。"

三多问："都是今年的事？"老白道："去年的事。可是一回家，又出事哩。"三多连忙问："又被抓走？"老白道："差点。原来在大同，高辉设有个后方留守处，那留守处主任就是高辉弟弟叫高忠义，我们称他高老二。这高老二是个大烟鬼，终日不离烟床，讨了六七门姨太太，天天陪他上烟床，不久也都染上烟瘾。一家大小上下每天相对着抽，除收租迫税外，外面事极少管。那高辉吃了败仗，当个无兵司令，心有不甘，给高老二来了封信，叫他抽丁前去补充。高老二见回来的人多，心想壮丁都抽光了，哪来人，不如来个追捕逃兵，把这些人补充上去。便下命令：凡是从前线逃回来的，一律报到归队。自然没人理，他便来个挨家搜捕。这时，我们乡从外面陆续逃回来的，也有一百多，都不愿再去当兵吃苦，听说高老二在搜捕，都来找我想办法。我说：要当兵早当上红军哩，不去报到归队。有人说高老二在挨家挨户地搜捕。我说：你们在苏区时没听那共产党指导员说过，穷人要反对地主、官僚、国民党反动派，只有团结自救。现在我们各村有一百多人，就来个团结自救，大家生同生，死同死，一人有难众人共受。这意见当时大家都同意了，这样我们便成立个'兄弟会'。一百多人在山上斩鸡头，喝血酒，对天共誓：有难同受，有福同享，不出卖兄弟，不出卖团体！"

三多道："和高老二斗过没有？"老白继续说道："……有了兄弟会，我们的胆子就壮起来，当时大家约定一起上高老二家去，对他说：我们家有老少，不能再当兵，你们一定要强迫，我们先铲掉你这个留守处，再上山！这高老二见高辉垮了，没个靠山，手头也只有那几十个人，二三十条枪，腰杆子硬不起来，更怕我们真的铲了他的留守处，便软下来，只说：也是上头命令，不当也罢，何必认真哩。算是暂时无事，却又怕高辉再回来。当下兄弟会又决定，来个大翻身，索性共产了吧，大家都把自己在苏区见到听到的有关穷人翻身的事到处说了。说来说去，也只有个兄弟会，没有共产党……"

三多听了这一段话，暗自高兴：老黄真有眼光，叫我来这一趟，外面世界变化多大呀，就只我们住在山坳坳里的人，没看到。

正说间，老白女人从内屋出来，把老白拉过一边，低低说了些什么，又偷眼来看三多。老白连连点头，面露喜容。当他女人返身入内，他就过来用力把三多只一拍："好小子，谈了这半日，有好消息也不告诉我一声。"三多莫名其妙，却还微笑着。"你和苦茶爱上啦？就是好，我这个妹妹，是个金不换，人品才能都出众，就是命苦。"又说，"你没成过家不知道，像我们这种一竿子通出屁眼的男子汉，没个女人来管管就不行。有个女人管，家务不用说，人也变得聪明些！"

只见一个二十五六年纪，光个头，高大粗犷的男人，背脊上挂着竹笠，敞开个胸脯，跨着大步，边用腰巾揩汗，边问着进来："茶姐在哪儿？"老白一把拉住他："二白，见见新姊夫。"二白一见就认出是三多，笑逐颜开地说："你就是新姊夫呀，真太好啦。"又说，"这次来，一定要住上三几个月，不住这样久，不放你们回去！"

四

这村子有个兄弟会经常集会的地方，叫作"大同丝竹社"。村里喜爱"南曲"的年轻人又凑了份，从南县县城请来个南曲师傅，教大家吹打弹唱，因此，平常都有人在，而且一入夜就像赶庙会的，人来人往热闹得很。

饭后，老白把这个新妹夫带到"丝竹社"，介绍给兄弟会的人。这穷山村平时不大容易看到外客，三多又是老白的亲戚，自是不同。他们问了他许多有关刺州的事，自然也牵涉到当前政局，这倒给三多提供了一个宣传的机会。三多听见老白介绍后，头脑有点热，也想露一手，他问老白："这些人怎样？"老白道："没有高家的人，有话尽管说。"三多放大了胆子把老黄传达的材料用通俗有趣的语言，大大地宣传一番。不过他加上这样一句话："我们住的也是穷山村，知道的事情不多，这些话也是听来的。"

他说了有关当前的民族危机，日本帝国主义侵略，国民党不抵抗政策，

197

以及红军长征北上抗日的意义。在说到国民党为阻止红军北上抗日，派百万大军随后追击，吃了大亏，整师整军地被消灭时，那些兄弟会的人均大感兴奋，他们大都是红军的手下败兵，有亲身经验，对这些话大都感到亲切、入耳。一时议论纷纷，有的说："国民党尽会吹牛，说什么把共产党赶跑啦，把红军消灭啦……当年我们一个独立旅，三四千人，还挡不住人家一个赤卫团几百人，枪声一响，被俘的被俘，被打死的被打死，差点连高旅长也当俘虏。报纸还说我们大捷哩！"说得大家都捧腹大笑。有的又说："我相信三多哥的话，红军从来没打过败仗，他们离开苏区不是打败，而是北上抗日！"

大家你一言我一语，说得非常热火，不知不觉间已到了深夜。妇女们来叫当家的回去，说明天还有活干哩，大家听得耳热、心痒，没一个肯离开。一直到老白女人来叫："妹夫赶了一天路，你还不让他休息休息？"老白道："我们谈得高兴，倒把这件事忘啦。"

老白把三多送到新住所，还不肯离开，尽管他女人三番两次地来催："该让妹夫休息休息呀。我说你这个人就是长气，有话可以留到明天说，茶姑说过，他们还要住许久哩。"老白就是舍不得离开，他说："你睡你的，我们谈的正开心。"他女人生气道："你怕我舍不得你？没有你，我睡的还要甜！"老白还是一袋旱烟接上一袋，精神十分焕发，一点没有离开的意思。

这半天来，他和三多谈得很投机，觉得三多也变了，当年他送苦茶上下下木，看见他，还是个什么也不懂的小伙子，只有一身气力、一股儿牛劲，不大会说话，不大吭声。可是，他这次来就大大不同，从他的谈吐中，从他今晚对大家说的话，有条理，有见解，就不像普通庄稼汉。他默默地吸着旱烟，这间房本来空气就不流通，加上他吞云吐雾，空气就更浑浊，但大家都不觉得。

两个人盘腿对坐在眠床上，老白忽然开口道："你们那儿，现在也有共产党了吧？"三多注视着他，决不定该怎样回答，老白又说："说句实在话，三多，可惜我们这儿没有，要不我也加入。"三多问："你为什么这样想？"老白默默吸着烟斗，半晌又说："那次我在苏区被俘，看见共产党许多事情，听他们的指导员对我说了许多话，眼界才算开了。像我们这样过下去，有什么意思！"旱烟斗吱吱地响着，"要不是有这一大家子拖累，说句老实话，我当时也不想回来，当红军闹革命强得多哩。"三多放胆地说："闹革命到处都一样，哪儿有穷人，有反动派压迫，哪儿就得闹。"老白点点头："我也这样想。不过，闹革命得有个头，有个组织，一群龙无个头怎能行哩！"

三多问："你怎知道南县就没有共产党？"老白非常肯定地做了手势："没有！我已找了快一年啦。"三多问："你用什么方法找？"老白笑道："方法不好，可也没办法。我听说共产党来无踪、去无影，神出鬼没，却很注意穷人的行动。我对人宣传苏区的好处、共产党的好处，已宣传了一年多，我想我们这儿要是有共产党，一定会知道，也一定会派人来找我。可是没有，没有一个共产党来找过我。"三多问："你不灰心？现在还在宣传？"老白笑道："前前后后不过当了半个多月红军俘虏，听的看的能有多少？说说不也完啦。你今晚上说的话真行，有新玩意，中听。三多，我们是自己人，我问句话，不见怪？"三多笑道："你说吧。"老白满满装上一袋烟："你说的话，真像红军指导员说的，你现在是共产党了吧？"三多大笑，老白也笑："你知道，我是见过共产党的！"笑声使这间黑沉沉的小屋，充满了生气。

老白又道："要是我猜得不错，三多，你来得正合时，我们这儿要加入共产党的人可多哩。今天我带你去见的这些人，就有许多要加入共产党的。"三多道："你们不是已经组织起来？"老白点点头："早就组织起来，不过不是什么共产党，是兄弟会，专门为对付高老二抓逃兵的。"三多道："人数不少吧？"老白道："一百来人，大都是当年做过红军俘虏的，各村都有。"三多问："你们平时还干些什么？"老白道："互帮互助，一人有事大家帮助，比方说高老二压迫谁，大家就一起去算账！"三多道："听说高家盘剥农民很重，为什么不全面同他干？"老白道："干是谁都想，就得有个头呀！"三多道："你不是个现成的头？兄弟会会长！"老白放声大笑："我算个什么头，只有共产党才行！"这时，苦茶娘亲自出马了，一进门就骂老白："没见过你这样的人，像个夜游神，你不歇，妹夫可要歇！"老白连忙起身说："好，好，我走！"他对三多做了做怪面，告辞出去。

三多虽然熄灯上床，却兴奋得无法入睡。当组织决定他同苦茶来大同时，他的信心是不足的，对困难也估计得大些，对老黄所说的"目前是革命大好形势"认识不足。到了这儿，和大家一接触，才相信真是革命的大好形势。不是党在找群众，而是群众在到处找党呀。

当晚苦茶和她娘合铺，老人家早已呼呼入睡，而她还毫无睡意，也是心事重重。她这次回娘家算是够光彩的了，她没使她娘、大嫂、弟媳和哥哥、弟弟们失望，她带了一个被他们认为合适理想的人。大家都已肯定她的婚事是定了，只等举行婚礼，所以他们都叫三多做"新姑爷"，叫他作"妹夫"。但她心里还有矛盾，她对家人虽然说得十分肯定，他几乎是她的人了，但三多并没有明白对她提起结婚的事。他不会再变吗？男人们的心事总是捉摸不定的，特别是追求他的人又多，光村里那年轻女人就有银花……

她却又忘不了青霞夜宿的情景：他热烈地拥抱过她，像老虎守卫幼虎一样地在守护她，为她牺牲睡眠，怕她受风寒，深夜为她加衣……这不都是深情的表示？可是，他为什么又不明白表示他们的婚事呢？"也许在他眼中我真的只是一个会管丈夫、会养孩子，每天只能在灶间转来转去的落后妇女？"她感到不平，"他太小看人了！"又想起小许在她离开前对她说过的话，她想：对！小许说得对，这次来，组织上交下的任务，我不会让他一个人单独去做，我也要做给他看看，是他看错人哪，还是我真的不行！

五

接连几天，三多和老白、二白都有接触，双方了解深了，思想见了面，最后三多才把共产党员身份露给他。并说，他这次来是想了解一下这儿的情况，把大家组织起来。老白觉得兴奋，也感到光荣，他对三多说："一见面，我听你谈吐，就猜到一些。"又对二白说，"我的话没错吧？只要我们工作，共产党就会来找我们的，现在妹夫不是来了？"但他认为办这件事容易，"我叫二白到各村去把我们的人找来，让你开通开通就行。"三多却说："树大招风，这样干革命不是办法，千万使不得，万一给高老二知道，对我们不利。我想，我们还是到各村去走走，我也想利用机会了解了解各村情况。"

老白想一想觉得他的办法稳当对路。可是，他又问："我们组织什么？组织共产党？"三多道："共产党我们是要组织的，现在先要组织赤色农会，有了农会再把里面表现好的，干工作积极的，出身穷苦、觉悟性高的人，吸收进党。"老白点头道："分开来组织我同意，是不是把原来兄弟会的人都叫入农会？"三多道："我现在就要同你研究这个问题，你从前组织兄弟会自然好，赤色农会和兄弟会性质不同、宗旨不同。兄弟会是封建性组织，只是为了一时需要，如反对抓逃兵、互助。赤色农会却是个革命组织，有阶级路线，有远大目标，要组织穷人起来翻身，闹共产革命，打倒地主恶霸，打倒国民党，建立苏维埃。所以，有些人虽然参加了兄弟会，但还没有革命立场，不赞成共产革命，因此也不能让他们参加。有些人虽然没参加兄弟会，却赞成共产革命，符合我们革命的宗旨，也要让他们参加。不仅男人要参加，妇女也要参加。男人参加农会，妇女参加妇女会。"

老白有点泄气了，他问："有了农会，是不是要把兄弟会解散？"三多不以为然道："既然已经组织起来，起了作用，为什么要解散？我想经过我们审查，大半的兄弟会会员可以参加农会，没有参加农会的就让他留在兄弟会内，将来就由农会来领导兄弟会，把它做一个外围组织。"这一解说老白也通了，他说："这叫母带子，办法好得很。"

这样，他们就开始进行审查，先从本村起逐个地把兄弟会的人员审查过，挑出一部分人，由老白找他们谈话，成立了秘密农会小组，选出负责人。然后又出发到别的自然村去。这样兄弟会没解散，赤色农会又组织起来。三多却在考虑建立党组织问题。

一天，三多对苦茶说："我和老白出去走走，天黑就回。"苦茶心中有数，反问他道："你把这儿的人都组织起来啦？"三多道："你怎么知道？"苦茶笑道："你不要以为只有你才做得了大事！"她摆摆手又说，"你走吧，我也有自己的事要做。"苦茶在政治上是追求进步的，到大同几天，也和三多一样，一直在思考工作上的问题，她见三多在忙，自己也没空闲，一直在摸情况，了解周围的人！

从她回来后，老白家就大大热闹起来，不但周围邻居妇女来了，远点地方的人，也常常来看她，而且大都是些青年妇女。苦茶这几年来，在小许领导下做她们村的妇女工作，也积累了一些经验。她不善于在大庭广众中进行宣传鼓动，却善于做家常式的叙谈。她很会谈话，也能谈出妇女们的痛处，吸引她们，逗她们的眼泪。

住在穷山村的人，一向很苦，妇女尤其是苦，她们和男人从事一样劳动，上山下地，还要看管孩子，照顾家务，受男人的欺压！她就是利用妇女们在农闲时做手艺，和她们谈妇女的苦处，翻身做人的道理。在出嫁前，她是唱山歌的能手，出嫁后，有时心中悒闷，也常常一个人在唱，唱时泪涟涟，自己哭了，听的人也哭了，最后来了场大家抱头痛哭煞尾。但从她参加工作后，她已不再唱从前的老山歌，而是唱新山歌，她最喜欢唱的是一首《妇女四季调》。而这首《妇女四季调》正是蔡老六编的歌仔，经组织上修改后印发出来的。

她就是这样开始工作的，她把妇女们吸引到她的周围，白天在家里，夜晚就到门口晒谷埕上，各人一只矮木凳，带着手艺，团团坐，边工作边谈笑，而她就对她们唱起《妇女四季调》。她的歌喉不逊于当闺女时的清脆动听，有人说："苦茶，十年来你的歌声没有变。"苦茶却叹气道："不唱就难过。"大家说："再给我们唱一唱吧！"她重复地唱了，唱到大家都掉下泪，有人说："苦茶，你这支新山歌是哪儿学来的？"苦茶道："在我们那边到处都唱开了，怕是你们这儿还没听见？"有人说："那你就教教我们。"苦茶道："我可以教，不过光学会唱还不够，还得了解一下歌儿的意思。"大家齐声说道："也请你解一解！"苦茶道："好，那我就边唱边解吧。"

当下她轻抒歌喉，先唱了一段，接着就解说："这是一个穷苦妇女在唱她的苦痛。她是一个贫苦农家的闺女，因为官厅、地主苛捐重税的盘剥，迫得她爹娘不能不把她卖给人家去当童养媳……"有人马上说："在我们村也有。"苦茶接着又说："她的婆婆，是个刻薄阴险的人，叫她做重的，吃稀的，稍有差错就拳打脚踢，把她关禁在柴房里饿饭。好在她那未婚男人倒是个好的，同情她，爱护她，常常拿话来安慰她。"有人说："我们村这种好男人可少见。"有人不同意："男人也有好的，你家男人对你不就是体体贴贴的？"这话说得大家都笑了，只羞得那妇女满面通红，叫着："说的是歌仔，怎的把我也拉上！"苦茶道："不是所有男人都是坏的！"有人笑着说："我看三多哥对你就好过孝顺娘。"

苦茶只是微笑着，等大家闹过，才又唱起下一段。唱过又解着说："十八岁那一年，他们拜了天地，结成正式夫妻，女的想：从此苦去甘来，要过个像人的日子了！男的也庆幸得了个贤良能干妻子。他们男耕女织，平安过活。可是，一阵霹雳平地起，官府不去抗日，打百姓，硬说穷人要造反，派人强征农家人，女的哭，男的号，官府虎狼兵，做人太无情，一条麻绳，一声喊走，从此杳无下落……"

在场的人起了阵骚动，此情此景正是大家都遇过的，苦茶大嫂首先说了话："你哥就是这样给抓走的，当时我们全家哭叫，跪地求情都无用。"二白女人也叫着："他们抓走大伯不到三天又来抓二白，我说男人不在家，我们要活也活不下去，要死大家死在一块。那高旅长派来的人，还踢了我一脚，骂声说：臭女人，你男人不在我养你！"

一时议论可多，大家争着发言，有的说："我们这个自然村除了老头、小孩还能见个男人影子？大家去求高老二，高老二还说：没男人你们就过不了？要不我轮着陪你们！可把大家气坏了，他有钱有势，谁敢去惹他！"有的又说："抓去送死的都是好人，他高家的，那个狗腿子当过兵，还不是在村上作威作福，鱼肉农民，糟蹋妇女？"有的说："高家人半夜敲那丈夫去当兵的女人家门，叫妇女陪他睡觉，不答应还恐吓：烧掉你的房子！"你一言我一语几乎变成控诉会了。

苦茶道："这种情形，不止咱们大同一个地方，到处都有呀。都是咱们穷人平时没有团结，怕官怕府，吃了大亏。要是我们穷人团结一致，他们也不敢！"接着，她就唱到"秋季……"又说："八月十五月正圆，家家户户庆团圆，官方在赏灯，地主大摆宴，就只她，一个孤单女人，冷冷清清。她哭天天不应，哭地地无情……"她的话还没说完，就有人放声大哭，有人痛苦地说道："一批批男人给拉走了，就没见一个回来。"有人又说："咱们村的寡妇都是这样来的，打了一次战，一个消息传来，就有几十人当上新寡妇。那时真是哭天天不应，哭地地无情，有人想不开，一条麻绳上大梁，活活地吊死了！"

苦茶大嫂道："这日子我也受够了，要不是红军救了你哥，我现在还不知道在不在世哩。"苦茶道："穷人的命就是这样苦。"她鼻酸泪流地唱到第四季，并作说明道："村里有个土霸，他不走正路专把弱女欺，一眼看中这如花娘子，叫人来说：我就是看中你，你的男人不会回来了，还是跟我当个小吧。女的说：我虽是穷家女，却穷得有志气，穷得光明磊落，不贪你们这些狗的荣华富贵，一把扫帚打那说亲人。那土霸平时说怎就怎，谁个敢不依？一时怎肯罢休，一声'给我抢来'，打手就绑走那苦命人。女的说：要人办不到，要命只有一条！威胁利诱都不成，一根麻绳归西天！"

这段歌词，唱得说得有声有色，当时十几个人都哭成一团！有人叹气说："这歌儿说的就是咱村的事！"有的又说："高老二就是那个恶霸，他三妻六妾哪个不是抢来霸来的？怕她们将来不死心塌地跟着他，强迫她们个个染上烟瘾。又说：哪个不听我的，我不打不骂她，就断她的烟。"苦茶道："官府豪绅、地主恶霸，都是一家人，他们吃的是穷人的肉，喝的是穷人的血，还要穷人的命。穷人要翻身，才有好日子过！"有人问："穷人怎样才能翻身？"苦茶想起小许常常对她们说的话："要打倒贪官污吏国民党，土豪劣绅，地主恶霸高老二，穷人起来闹革命坐天下，才有好日子过！"她正说到这儿，从黑暗中传来了一阵叫好声："说得好，说得妙！"妇女们吃惊地回头看，原来不是别的，正是老白和三多。

老白口衔小烟斗，三多满面笑容，他们正好从外村回来，看见晒谷埕上围了一大堆妇女，有唱有说，有哭有骂的，老白对三多说："别闹散她们，我们也听听。"拣个阴暗处，两个人蹲在一边，静静地听着。一直到她们议论完了，才突然出现。妇女们一见秘密被人听去，大起鼓噪："男人们真坏，专门偷听人家的心事！""丑死了，我们说了这许多话，偏叫他们偷听去！"老白笑道："革命道理人人听得，女的听得，我们男的为什么就听不得？"他女人道："这段歌词也说到你。"老白道："这样，我就更应该听了！"

埕上很活跃，山区妇女一向是比较大胆的，她们向三多进攻道："新姑爷，苦茶已给我们唱过，你也给我们说一段。"三多道："我要说的话都给苦茶说完哩。"苦茶嗔声道："你还好意思说这话。"三多道："妇女们的话我说不来，我还是给大家唱一段，这歌儿叫作：翻身要靠共产党。"大家鼓掌表示欢迎。

老白和三多走进家门，老白女人跟着也进来替他们开饭。老白表示兴奋地说："这才有点像闹革命的样子，连妇女也动起来了！"他女人道："为什么妇女就不配闹，连革命，你们男人也要包？"老白伸了伸舌头对三多说:"这几天来变化可大,连我这黄面婆子也叫要闹哩!"说着放声大笑。

三多也暗自在吃惊,他从没想到苦茶会是这样的人,她工作得多好,多深入细致!他们在一个屋檐下,生活了十多年,他们同在一张桌子吃饭,一同上山下田劳动,为什么就没注意到她的变化?

六

不知不觉间他们已住了十多天,老白和三多白天出黑夜回,到路远的地方去就在外村宿下,就这样把七个自然村都跑遍,也都组织起了。工作看来是顺利的,从前老白组织的兄弟会给他们的工作打下了有力基础。

一个晚上,苦茶偷偷地溜进三多房,问他:"把家里的活忘啦?"三多道:"我正要问你,你的事怎样啦?"苦茶故意反问他:"我是回娘家探亲来的,我有什么事?"三多笑道:"你看,又在生我的气。"苦茶扑哧一声也笑了,她说:"你不是说我们妇女无用,专拖你们男人的后腿?"三多沉默着,面孔有点发热。苦茶道:"别急,事情都搞妥了,不多,十多个人,正好成立一个妇女小组,组长也选出来了,就是我大嫂。"三多道:"我明天再和老白谈谈,工作算有个结束,可以走哪。"苦茶道:"什么时候走?"三多问:"你说。"苦茶道:"后天一早动身。"三多道:"我赞成,你去准备一下。"

临走前,三多和老白做了一次深谈,他们把南县情况反复地研究,又对今后工作做了番布置。最后三多对老白说:"我们相处了这些日子,一起生活,一起工作,从我对你的了解,老白同志,你现在已有条件做一个共产党员。"老白感奋地问:"你说的可是真话?"

关于这个问题他曾向三多提过两次,但当时三多只是说:"要当共产党员可不容易,要看你的工作,对革命的贡献。"老白相信他说的是实话,他想当个共产党员不那么容易了,以后也就不再提,但他还是努力地干。想不到这时三多却主动地对他提了,他怎能不感奋呢?

三多又道:"我愿意做介绍人,把你的要求提到组织上去讨论。"老白紧握着他的手,半天说不出话。三多继续说道:"我相信组织会批准你入党的！"有好一会儿,老白才开口:"以后我该怎样做?"三多道:"按照布置的做,二白和另几个人也有条件,可以入党,但要迟一步。"老白点头:"你什么时候再来?"三多道:"下次你最好上我们那儿,我介绍党的负责人和你谈谈,他是一个老红军,从中央苏区来的。"老白吃惊道:"真有这样的人?"三多道:"不久你就可以见到他了,我们都是在他领导下工作的。"老白用力在地上敲着小烟斗:"我一定去!"三多道:"一个月以后怎样?"老白道:"行呀!"三多道:"那时我还要请你喝酒哩。"和苦茶的婚事,他已暗自定下了。

天没亮,自家就挤满人,有白家人,也有亲戚邻舍和农会、妇女会会员,他们都是听到消息赶来送行的。苦茶娘一边抹着眼泪,一边迫三多、苦茶一定要把两大碗鸡蛋线面吃下去:"你们要赶山路,沿途又没人烟,不吃饱还走得动?"老人家说说又哭了:"以后你们可要常来,最少每一年也要来一次,娘年纪大了,谁知道还有几年好活!"苦茶也感动得流泪,大嫂、弟媳还有一些送行的妇女都哭了。老白却微笑着在吸旱烟,他说:"你们这些妇人家就只知道哭哭啼啼,也该说几句吉利话。"妇女们一听他话中有话便把他包围起来:"你说这话是什么意思?难道个个都得像你们男人这样无情无义,就只知道往外跑,家不要啦,老婆儿女也不要啦。"老白却又开起玩笑:"对!对!还是你们女的好,以后奉劝大家光养女的,千万别再养男的了!"这话逗得大家都笑哪,连苦茶娘也破涕为笑。

有人又问:"苦茶,什么时候才请我们喝喜酒呀?"老白故作吃惊道:"怎样,你们天天在一起,苦茶还没对你们宣布过?三多已约定我下个月到下下木去喝喜酒呢!"苦茶感到紧张,她说:"大哥,不许你乱说!"老白道:"你想守秘密,我偏要说。"妇女们一下子都轰到苦茶那儿去:"苦茶,你真坏,连日期都定了,还瞒住我们!"苦茶面红红的,既吃惊又高兴:三多真的对大哥说了?为什么他不先问问我?他这个人就是这样不民主!苦茶娘也有点意外,她的亲生女儿就没对她说过,她相信她不会瞒自己的,她走去半认真半开玩笑地问三多:"是你私自定的?为什么连岳母娘也不说一声,难道苦茶不是我生养抚大的?"三多只是笑。自然,大家都为这件事特别高兴!

大家把苦茶、三多直送出村口。临分手时,苦茶指着那些妇女,低声、严肃地对老白说："大哥，我也把这些姊妹们交给你了，她们都是妇女会会员。"又把大嫂子拉过来介绍："还有，她是我们妇女小组组长。"老白笑道："且慢着急，我还要送你们一程哩。"他们离开欢送队群开始上山，苦茶走走又回过头来，依依不舍地望着大家。送别的人都还在村口站着，对她挥手，有人还在唱《妇女四季调》哩。她兴奋、感动，泪水纵横。

回想起十年前，她一身布衣服，一只小包袱，也是由老白送着，到下下木去当新媳妇。那时虽也有她娘、小弟弟到村口送行，又是多么凄苦、冷清呀，和现在有多大不同。当时她觉得不是去成全一生中的好事，而是去受难，她真不愿离开这个生身长大的家乡，她多么想死呀！现在，她真的是去成全人生中最大的好事，也舍不得离开家乡、亲人，但在她心中却充满了喜悦！

老白挑着白家送给亲家娘的礼品，和三多边谈边走，已经走得很远了。他们在这些日子里已谈了许多，似乎还没谈完，一下子也谈不完。三多问老白："乡里还有多少武装可用？"老白道："需要的时候，两百来条枪还拿得出。"三多又问："高老二那边还有多少？"老白道："已经不多，高辉走时都带走了。"又问，"你想，我们什么时候可以拿出来用？"三多点头道："也许很快，也许还有一段时间，总之我们一定会用得着它！"老白兴奋地说："只要你一句话……"三多道："不是我一句话，是我们的党。"老白改口道："我的脾气真难改，又说错哩。"他们走了一段路，回头看看，苦茶还在老远地方走走停停，依依不舍。他们停下等她，老白道："看来苦茶今天特别高兴。"

老白把他们送到十里路外山岔口上才分手。

还是三多伴着苦茶，苦茶低着头和三多并排走，不时却偷偷瞟眼看他，暗笑。三多道："为什么你老这样望我？"苦茶故作正经地说："我说你这个人，现在越来越坏哪。"三多道："为什么？"苦茶望望远处，表示对他冷淡："这样一件大事，也不先问问我，就对大哥说，要是我不同意呢？"三多心里明白她要说的是什么，却故意问："你说什么大事呀？"苦茶冷笑道："装得多像！"三多道："是不是……"苦茶道："别说啦。"三多道："那晚上，在青霞寺，你不是已经说过？"苦茶装出生气模样："我说过什么？"三多道："你说过……"苦茶道："那时是那时，这时又是这时，当时你又怎样表示的？我现在已改了主意。"三多倒觉得有点意外："你当真变啦？"苦茶乘机在路旁一棵大树下歇下，不走："是的，后来我的主意就变了，我现在是很不喜欢你的。"三多也把担子放下："就因为生我的气？"苦茶道："从前你不讲理，现在我也不讲理。"

三多见她话说得认真，有几分急，苦茶见他急了，心中就有几分乐："我不但生你的气，我还生自己的气，我为什么要这样傻，人家瞧你不起，不要你，你还死死等他！"三多道："可是我已经决定……"苦茶绷起面孔说："那是你的事，我可没对谁说过。"三多在她旁边坐着，不觉叹了口气。苦茶道："你叹什么气？"三多道："我上了你的当！"苦茶心想，把他急得也差不多了，又问："现在你想怎么办？"三多道："我只好问你啦。"苦茶忽然吱声笑了，三多掉头望她，她还是在笑，笑得那样逗人喜爱。他情不自禁地对她伸出手去，她就顺从地投进他怀里。他们的大事就算这样定下了。

七

三多、苦茶回到下下木不久，老黄也回来了。三多娘和苦茶都在忙着准备他们的婚事，村上议论纷纷，大都对这段苦姻缘表示同情和欣慰。只有一个人非常不服气，那人便是三福妹妹银花。这十六岁的小姑娘叫作"人细鬼大"，发育得早，心眼多，从十四岁时起就懂得同男人眉来眼去，轻浮、虚荣。三多常到三福家，把银花当小妹妹看待，常对她开玩笑说："长得真俏、真快，不久前我还替你揩过鼻涕哩。"银花却一味学大人样，想嫁人，她想嫁谁呢？曾偷偷地对人说："要嫁人，就嫁三多。"她也是妇女会成员，可是最不服苦茶，她说："破鞋就只配垫桌脚！"又翘起鼻子，轻蔑地说："要是我可不这样，男人不喜欢，死缠着不放。"上圩下地时总是盯住三多，见苦茶面没点声气，一见三多就满面光彩，话也多了。三多一直没把她放在眼里，没想到她会有那么多心事，苦茶却看出她的心事，也感到苦恼。当消息传开后，银花差不多整整哭了一夜，再不到苦茶家，三福娘看出点苗头，气得直发抖，狠声骂她："死丫头，发昏啦，三多配做你爸哩。"

这银花在三多那儿失望，就想起小许来。她想：小许人虽不英俊却有学问，受人尊敬。就常常跑小学，许老师长、许老师短地叫，当小许一个人在改学生卷子，还偷偷一个人走去找他，故意挤在他身边，有次还故意拿她发育得特别饱实的胸膛去碰他。

小许一直把她当小妹妹，当他的学生看，没想到她有什么，忙时也叫她帮自己做些小事，她一得意就对外说："许老师对我有意。"这话被一个姊妹伴听见了，便警告她说："这话可不许乱说，人家早有对象。"银花吃惊地问："谁呀？"那姊妹伴笑道："村上早传说了，只你一个人还在鼓里。不是别人，是杏花，是许老师干娘三多娘、干嫂子苦茶做的主。"这一下，又把银花气坏了，她哭着说："我的命为什么这样苦呀！"从此对三多一家还有杏花，意见很深。

连日来，老黄、三多、小许都在忙着开会，有时苦茶也被吸收来做汇报，主要是总结大同的工作。老黄对这次工作非常满意，认为路线一对工作就能铺开。真是当前的形势特别好，不是党在找群众，而是群众在找党。不过，他又给自己提出新问题来了：怎样有计划地来经营青霞山？他说："群众一向把青霞山作为衣食父母、寻找生活的泉源，却没有建立根据地的思想。现在有了条件了，山这边有我们的人，山那边也有我们的人，为什么我们不进一步把青霞山管起来？平时可以开点荒，种点粮食，甚至于搬一部分人上去住，一有事就不用担忧了。"他反复地宣传了这种思想，说得兴头十足，叫那三多、小许也是热乎乎的。会后，老黄又和三多上了山。

从下下木到青霞寺中间，有个叫"炭窑"的地方，有不少窑棚。每年到了烧炭季节，下下木的人上了山砍了柴就在这儿烧炭，烧完了才挑回村。那些采生草药的，也大都把炭窑当中心站。平时他们三三五五，背着背篓、砍刀、铁锹、麻绳，上到高山野林去采药，入夜就回到炭窑。因此炭窑这个地方平时也有不少人来往，只是没人想把它建成一个新村。

老黄和三多，来到炭窑，他问："每年我们的人到这儿有多少时间？"三多说："两三个月样子。"老黄又问："就住在这儿？"三多道："烧炭时在这儿住，烧完了也就回去。"他们继续爬山越岭，不久来到青霞寺，老黄看见遍山茶园都荒芜了，又问："这些茶园是谁的？"三多道："是寺产，这青霞寺从前住了许多人，种了大片茶园，听说收入很大。从青霞闹匪，尼姑星散，采茶工人不敢住，这茶园就没人管了。"老黄问："村上的人也不来采茶？"三多摇头道："从没人来过。"

老黄从一棵茶树摘下几片嫩叶，放在口中嚼着："好茶呀，遍地是金子呀，为什么没人来捡？"又说，"在禾市一斤茶叶要卖许多银子。这些银子你们却白白地让它丢掉。"他顺手在地上抓起一把泥土，把它捏碎，闻着，又问："这儿的土壤可以种什么？"三多道："从来没人在这儿种过东西，不知道。"老黄又问："水源怎样？"三多回说："水源不缺，山泉很多。"老黄问："为什么不开点荒种点番薯？"三多道："没人试过。"

他们又走进青霞寺，进口处，老黄看见那松针床，感到奇怪："这儿有人住过。"三多面红着，不好开口。他们走过前殿、后殿，又回到寺门口在石阶上坐着，老黄又开口说："这不是现成的居住点？只要花点工夫整理整理，就是一个非常漂亮的地方，可以住人，也可以开几百人的群众大会。"他在寺前寺后走了好久，只是不愿离开。

他们又上得分水岭，三多指着一块界石说："界石这边是刺州地界，界石那边是南县地界。"老黄问："从这儿到大同有多远？"三多道："八九十里。"老黄问："中间有村落？"三多道："有一个三五户人家居住的村落。"老黄问："这些人干什么的？"三多道："过去是土匪藏'肉票'的地方，现在情况不明。"从岭巅下望，只见峰峦重叠，片片野林点缀其间，真可称为山高林密，正是个好去处。

他们当天又赶回炭窑，两个人又就经营青霞山问题谈起来。老黄问："搬一部分人到炭窑来落户有可能吗？"三多却觉得为难："农民就是这样，在一个地方住定了，就不愿意动。"老黄道："我们的人可以带头。我想很有必要在这儿建一个新村，论地势，这儿比下下木强，进可攻，退可守，问题是粮食生产。至于如何解决生产问题，可先开点荒，种些杂粮，比如番薯、玉米等一类。青霞寺茶园是一片黄金地，要改善人民生活，发展革命力量，可以从它那儿去要。制茶运销问题再想办法。"三多还是那个老问题："叫人来落户有困难。"老黄道："要利用组织力量，利用党团力量才行。"又说，"这座大山，从前是高辉，而后又被许天雄霸住，现在他们都不要了，我们共产党人为什么不能也把它管起来？我想，我们形势很好，以青

210

霞寺为中心，前有下下木，后有大同乡做护卫，进可攻，退可守，是再理想没有了……"

当天晚上，他们就在窑棚里过夜。老黄一夜都在考虑建立武装根据地问题，他想：不少人都以青霞山作为起家资本，我们共产党人要革命为什么就不能？他的决心初步地拿定了，要干，好好地干出一番事业来！第二天，他们又往炭窑两侧去探索地形。在伸向上下木方向走时，忽听见山脚下，传来一片枪声，大家都感到紧张，不知出了什么事，按方向推测，三多说："是在青龙圩。"说要下去看看，老黄道："要是有事，小许、三福会派人上来的，暂时不要动。"

当他们回到炭窑，果见三福带了十几个人，都带着武器上来了，他说："青龙圩出了大事，听说许添才为了报金涂苏成秀被杀大仇，派了几十个人混进圩开枪杀人，杀伤上下木几十个人。"老黄问："许天雄那儿没什么动静？"三福道："还不知道，看来也不会甘休。"三多不安地说："青龙圩一垮，我们白龙圩也有问题。"三福道："所以消息传到村里来，大家都很恐慌，怕我们白龙圩也开不成哩。"三多道："这是大问题。走，我们下去看看。"一行二十多人又赶回下下木了。

第十章

一

三多家充满一片喜气。三多娘早一日就央人把家里那头肥猪宰了，切成百来份，又请人来家做喜饼，把一块块猪肉、一份份喜饼分赠给至亲友好，至亲友好也都前来送礼祝贺。三多忙得团团转，幸好小许过来帮忙才松得开手。三福又动员人上山砍了些生松枝，在大门口石埕上搭了个大棚，贴上"百年和好""鸾凤谐鸣"等一类的喜联，更添一番喜气。

老白没有失约，早在婚事举行前两天，带了四五个人，各怀着武器，从大同过来，他给苦茶、三多带来老娘亲的祝福，又带来一份厚礼，一对山猪、四只山鸡、一瓮红米酒。他对亲家娘说："山野地方没有什么好的，几样野味，算是一点小意思。"客人们都被小许安插在临时招待所里住。

听说老白已到，老黄立刻和三多去看他，经三多一介绍，老白就像被磁石吸住的铁屑，紧紧把他抱住，说："盼呀盼算把你们盼到啦！"老黄也很喜欢他，用力把他那宽大结实的肩膀只一拍，说："现在不是成一家人吗？"两人哈哈大笑，重又抱成一团。三多在一旁说了几句热情感激的话，因为事多就先告辞，老黄说："我们已经变成老朋友了，你有事自去办。"

老白一把拉住老黄只是不肯放手，两个人亲亲热热地坐在一起，他性急地对这位老红军说："三多一到咱们村，一切就活啦。大家经他一开导都起来了。现在是人马整齐，大家就是性急，叫我来问：什么时候动手干，不是宣传宣传，而是实干。人有二三百，枪支嘛，拼拼凑凑也有二百来条，就只等这边消息，好把那高老二这坏蛋铲掉。"老黄也说："一切全知道，干不用说，什么时候干，怎样个干法，得研究。我今天来找你，就是为的这个。你在这儿有几天，我也暂时不走，我们今天可谈，明天可谈，后天……一直谈到无可再谈再分手。"老白说："我也是这个主意，三多和我谈了许多，一走，又觉得还没谈够。"老黄半开玩笑半认真地说："现在我们就谈它个饱，不谈饱，不叫你回去。"两人用力拍着手掌，算是一言为定，哈哈大笑。

这样，三多、小许忙着去办三多的婚事，老黄、老白却在进行另一方面的工作。

一个晚上过去了，又是整整一个白天，都是老白在谈，老黄在问。等到老白把要介绍的情况介绍了，把要谈的问题提出来了，老黄反复地问："就是这些？"老白说："就是这些！"老黄问："没别的问题啦？"老白又答："没别的问题了！"老黄才说出他的意见。他说："老白同志，你们干得很对，干得很好，组织上对你们的工作表示满意。不过……"他顿了一下，态度严肃而亲切，"不过，我要提醒你一下，干革命就是干人类的解放事业，说得通俗一点，是为全世界穷苦人办事，不同于闹土匪，一哄而起，一哄而散。中国在历史上有很多教训，历次的农民起义，当时形势都很好，力量也大，把反动派、帝国主义打得落花流水，为什么后来又失败了呢？一个重要教训，没有无产阶级，没有共产党的领导。我们现在已经有了共产党，有了毛泽东，有了红军。党是革命的灵魂，没有党的领导，没有党组织在起核心作用，是不行的。革命闹不成，闹起来了也不会成功！听了你的汇报，我初步可以这样说，你们那儿形势很好，但是党的基础薄弱。那样大的地区，那么多革命群众，还没个坚强的党组织在领导，这还能行？现在主要的问题是建立党的组织，党的领导核心，是巩固，是稳定，而不是盲目大搞。至于武装斗争，那是我们党成功经验之一，很重要。就你们的情况来说，目前搞武装斗争条件还没有成熟。你们那儿是高辉老巢，他统治了多少年，潜力大，影响不小，我们有很好工作条件，广大群众站在我们这边，但时间短，基础薄弱，一时还不宜大搞、公开地搞……"

关于建立党组织问题，他又以非常严肃的口气说："关于你申请入党的事，特区党委根据三多同志的报告，审查了你的历史，根据你在工作中的表现，认为你是符合一个中国共产党党员条件的，因此，现在，我代表党组织正式通知你，老白同志，党同意吸收你入党！"这消息给老白带来极大的鼓舞，他兴奋极了，想说几句什么，一时又说不出，泪水在他眼中转着。

老黄看了也很感动，微笑着，一会儿又说道："组织上以能够吸收你入党，也感到高兴。不过，你要知道，在南县三十万人民群众中，你是第一个被吸收入党，是第一个光荣的中国共产党党员。因此，你的责任很重大，你要忠实地、无条件地、坚决地执行党交给你的任务，好好地团结群众，发展组织，在党的领导下，为无产阶级革命事业，为解放全人类、全中国的劳苦大众，奋斗终生，以至为党献出生命！"老白低着头，悄悄地抹去泪水。

"至于一个党员应该遵守的规矩，"老黄接下道，"我现在就告诉你……"他开始对老白上起党课来了，从一个党员的条件，说到党的历史、性质，党的纲领，组织形式，组织原则，长远的斗争目标和目前的斗争任务。有条理地、深入浅出地、不厌其详地说，说完了停停，让他提问题，谈看法，接着又说。一直到老白说"通了窍啦"，再说新的。

老黄把这比作开井，要挖得深，泉水才涨得满，流不竭。特别是对一个新党员，这一课必须上，而且要上得深，讲得透彻，给他有个深刻印象。他就是按照他多年来做组织工作的经验这样做的。讲完大的、一切基本认识，又谈工作方法，怎样做党的工作，怎样找人谈话，怎样主持会议，怎样解决群众提出的问题，带动他们起来斗争。他用许多具体事例来说明，来打动他的思想，一直到他又表示"通了窍啦"，才又谈到"怎样做一个共产党员"。

这样几天过去了，老白觉得他似乎在上学校，听老师教导，想起了过去所想所做的，也觉得好笑，他说："你这一说，叫我去做工作就更有把握啦。"他满怀了信心，急切地想到工作中去。老黄却说："我只能给你上第一课，第二课、第三课要靠你自己到群众中去学习了。"

二

结婚仪式按照传统习惯举行，喜堂上红烛双烧，观礼的人挤满一屋，三多和苦茶都是盛装打扮，被引了出来，先拜天地，后拜祖宗神位，再拜家长。苦茶娘没来，有人拉老白去当女家代表，老白怎么肯，他说："亲家娘一起代表了吧！"三多娘穿上大红绣花衣裙，笑口吟吟的，端端正正高坐在喜堂正中的交椅上，接受新婚夫妇拜了三拜，于是礼成，新郎新妇被送入洞房。

在忙乱中，有人急急忙忙地来找三福，那三福这时正充当司仪，走不开，叫等等说，可是那人很急，一定要找他，他临时把小许拉住："你代一代，我有事。"三福当即被拉出大门口到小学里去，有个从上下木来的人对他咬了半天耳朵，三福听了很是惊讶，说："你等一等！"返身入喜堂，想找三多谈，三多正拜完祖宗神位，要拜家长，他只好把老黄拉过一边又一五一十地把听到的话说了，老黄也很担心，他急切地问："那上下木的人还在？"三福道："我叫他暂时留一留。"老黄道："我找他谈谈。"

他们一起到小学。那上下木的人说："事情很急，我一看情形不对就赶过来哩。"老黄叫他重说一遍，那上下木人说："从昨天起，各地人马就来了，都带上火器，许天雄叫多带子弹，把家里几挺轻机枪也搬出来，干

214

什么，到哪儿去，很是秘密，谁也不知道。"老黄问："一共来了多少人？"那上下木人道："看来也有四百来人，本乡的一半、外来的一半。"老黄又问："许天雄知道三多今天行婚礼吗？"那上下木的人笑道："全上下木都传遍了，他怎会不知道？"

那人所知道的也仅仅这些，再问也问不出什么了，老黄叫三福把他送走，自己却在想：许天雄在这日子里集结兵力是什么用意？他回到喜堂，听说新郎新娘已入洞房，就把小许、老白一拉："走，我们出去谈谈。"他们到了小学，把大门掩上，老黄对他们两个说明此事，老白道："我在大同也听说，这许天雄的飞虎队惯会打袭击，出人不意，当年他打下下木就是利用大风大雨，打金涂利用开圩，现在会不会利用三多办喜事来找麻烦？"小许问："要不要找三多来商量？"老黄道："悄悄地通知他一声，不要张扬。"

不久，三多换了便服过来，三福送走那上下木人也回来了。三多听完消息直觉地想起他大哥的事："我们两乡的冤仇一直未了结。"三福说得更肯定："在这样大日子，许天雄集结人马，不是来找我们麻烦是干什么的？"老黄经过反复探索却另有考虑："这种人不可不防，但他与许添才正在有事，也不至于再到下下木来树敌。"三福却很急躁："我们本来是世仇嘛，是土匪就什么都干得出！"老黄又说："会不会要报青龙圩之仇，目标不是我们，而是许添才？"三多道："也有可能，但不能不防。"老黄道："要防，不能大意，但也仅仅是防，不主动去找他麻烦。"

最后几个人的意见一致了，他才做出结论，并部署："不要宣布这件事，以免大家心慌意乱。喜事照办，吃、喝、闹照旧。三多，今天是你的好日子，凡事不用操心，我们有的是人。小许，把主持婚礼大事交给你，一切照常进行，除非对方来攻。三福，你把人马秘密召集起来，做战斗准备，沿几路山口守住，对方不过来，不开枪，也不能过去。"又对老白吩咐道："我们在一起坐镇，有事随时商量。"商议已定，便分头出动。外面都没人知道，只是三福在召集人马时，有人问："今天不是吃三多的喜酒吗？"三福笑道："喜酒要吃，但要吃慢点，先把大事做完再吃。"有人又问："出了什么事？"三福道："上了山再说。"大家疑神疑鬼，却不说什么。

几盏大光灯把三多家内外照个通亮，入夜以后三多娘就穿上大红礼服，她在结婚时第一次穿过它，天成结婚时穿过它，这是第三次了，她还希望将来为干儿子小许办婚事时再穿一次；发髻上插朵大红花，满面笑容地和老白、小许站在喜堂上接受至亲至友的祝贺。喜堂内外满铺着喜席，祝贺吃酒的人，携老拖幼而来，一片祝贺声，有的说："但愿明年早生贵子！"有的说："老伯母，这次您的心事算定了。"也有说："人逢喜事精神爽，看老伯母你，今天又年轻了十岁！"三多娘拱着手频频弯腰作揖，答复这些祝贺。

来的人很多，就不见那些年轻人，三福爹娘一进门就问："三福呢？"有人回说："没见过。"那老头可有意见："这是什么日子，亏他还是三多至好兄弟！"那面色苍白、精神恍惚的银花却说："他上山去哩。"老头吃惊问："要有事？"老黄在一旁忙插嘴说："老伯这边坐，也许迟步就回。"人多声杂，又忙着入席，这些年轻人不在，也没引起多大注意。

人到的差不多，小许就宣布入席，自己却去和老黄、老白，还有老白带来几个人坐在一起，以便随时商量大事。一时吃喝开来。那苦茶打扮得像朵花，早从洞房里给杏花和几个姊妹伴引出来，她在出来前见三多闷闷地坐着想心事，问："还不出去？"三多道："你先出去，我一会儿来。"当苦茶走后，他心想：如果真的有事，三福一人也顶不住，现在情形不知又怎样了？虽然老黄叫他不要动，还是不放心，随手从门背取下弹带、匣子枪，从后门悄悄地溜了。

酒菜都上了，大家都在那儿开怀痛饮，就只不见新郎，有人叫着："新郎官到哪儿去了，为什么不来敬酒？"苦茶陪着一些老辈人，既无心喝酒，也无心吃菜，一直在东瞧西望，为什么三多还不出来？她借个口，兀自回房，人又不在，到哪儿去哪？她回到席位上，等着，至亲好友又嚷开："新郎官到哪儿去了，为什么不来敬酒？"三多娘坐在隔席也很着急，过来问："三多呢？"苦茶低低说："他说迟一步出来，刚刚进去，却又不见人！"三多娘也很生气："这孩子，唉，都怪我平日没管教好，不懂礼貌。我们一起敬大家一杯！"这样，婆媳俩就挨席地出来敬酒。

敬完酒，苦茶又回到自己席位上，只在想，想三多到哪儿去了。拜过天地祖宗后他们回房，她就觉得他神色不对，匆匆地出去，半天回来，又是一声不响。"为什么那么多心事？为什么一点笑容没有？是我得罪他，还是这次结合，勉强了他？委屈了他？"她偷眼看看三福爹娘那一席，银花也是那样一副怪神气。"难道他的心中人不是我？"她想来想去，又想起这十年来他们的不正常关系，似是有情又无情，在他们两人问题上，一直举棋不定。想着，想着，不禁悲从中来，一阵心酸，泪水簌簌地下了。杏花也一直在着急，着急三多为什么不出来，看见苦茶那悲苦神情更是不安，她很想去问问小许，到底有什么事哪，却又怕在众目睽睽之下闹笑话，只好挨身走近苦茶，低声问："你不舒服？"苦茶只是抹泪。

　　一直到上完最后一道菜，三多才匆匆进来，还挎着那匣子枪，一见他面大家就哄开了："你这个新郎官，这样大喜日子，不陪大家喝两杯，却兀自躲开！"有人还叫着："罚他三杯！"三多笑着说："我愿吃罚酒。"举起杯来一饮而尽。可是大家又都嚷开："刚刚新娘还挨席敬酒，你也走不脱。"三多说："我敬，我敬！"他挨席地去敬酒，一直敬到老黄、老白时，才低低地附在他们耳边："队伍出动了，方向看来不在我们这边。"老黄问："打劫去，还是……"三多低低说："不像打劫。"老黄略为放心，和老白一起举杯："我祝你们幸福、愉快！"

　　三多敬到老娘那席，老娘就把他狠狠责备起来："粗手粗足，又不去扫强弱房，还佩着枪做什么！"三多只是笑："娘，各位伯父伯母，我敬你们一杯长寿的酒。"老头老太婆都高兴了，对三多娘说："你还说他不懂事，礼貌可周到哩。"当三多再敬到苦茶那一席，对苦茶笑笑，苦茶却在赌气故意不去理他。他笑笑，对大家举酒："伯伯，婶婶，我也敬你们一杯！"杏花趁空把他拉住，低声问："你到哪儿去？害大嫂生气。"三多也低低回说："事情多啦，等会儿再说。"又挨过别席去。

　　喜宴结束，新娘回洞房，小许在指挥人拆桌子打扫喜堂，又宣布下面节目即将开始。苦茶在洞房坐着兀自在赌气，她想等三多进来就狠狠地责问他一下："你到底对我怎样？为什么在这样大喜日子，这样地冷冰冰？"但是三多却没进房，又不知道到哪儿去了。一会儿，又有人来请新娘出去敬茶。当她走出房门，只见喜堂上已换了个样，所有椅桌都搬空，四周排着坐凳，团团围坐着人。杏花手托锡茶盘，提着锡茶壶，茶壶里装的是用冬瓜糖泡的红茶，三多娘对她说："先敬前辈，再敬平辈，后辈就免啦。"杏花在锡杯上斟满甜茶，像个熟练的陪嫁娘，把苦茶引到前辈面前，苦茶提起茶杯，双手奉上，叫声："三公喝茶。"按规矩陪伴新娘敬茶的，也要说声："甜一甜，大吉大利。"这杏花当时也微微把双膝一屈说声："甜一甜，大吉大利。"说完又兀自抿嘴笑。

那三公岁已近百，满口牙齿都掉了，却还笑逐颜开地说："三公没听清楚，再叫一声。"大家哄堂大笑，都说："三公也变年轻啦。"苦茶重叫一声，三公表示满意，接过茶杯一饮而尽，也说了句吉利话："早生贵子。"悄悄地在茶盘上放下红包。之后又是伯父、伯母等一辈人。敬过一圈茶了，还没见三多，苦茶心内嘀咕，临近小许时低声问他，小许笑笑对门边只一努，苦茶看去，只见三多和老黄、老白正在那儿紧张地说话，她想：今晚三多行动古怪，为什么大哥、老黄也……

苦茶自然不敬后辈的茶，那满肚子气的银花早已借故溜出去了，她暗自骂道："那杏花真不要面，就像她在办喜事！"

茶敬完，乡间乐队就吹打起来，有人搬了两只椅子放在人圈正中，先拉苦茶坐定，又叫："新郎官呢？"当即有人过来把三多也拉进去，两个人并排坐着，当时人圈发起一声喊："好一对恩爱夫妻呀！"苦茶斜眼瞪住三多心想："人家都这样说，就只你……"三多只是笑。有人又起哄："叫他们亲个嘴好不好？"大家鼓掌，三多却想起身逃走，大家叫着："拉住他！"三公也说："亲嘴免啦，叫新郎敬新娘一杯茶吧。"大家鼓掌，有人叫："杏花！杏花！"杏花笑容满面把茶盘托出，交给三多："敬茶呀，新郎官。"一阵笑声，三多不肯，大家又都叫开："不肯敬茶，我们就闹到天光，叫你洞房不成！"

三多只好拿起一只杯子，直递给苦茶，大家又闹开了："为什么不说话？""苦茶，别接他的！"那三多只好开口说："请喝茶。"大家又不同意了，一致叫着："要起身，用双手，还得有个称呼。"三多搔搔头皮说："我称呼她什么呢？"大家闹着："这就看你的啦！"三公这时又出主意了："就称娘子吧。"一阵哄堂大笑。那三多只好起身，双手端起茶，恭恭敬敬地送过去，说声："娘子，请茶。"那杏花在一旁也微微把双膝一屈说声："甜一甜，大吉大利。"一阵掌声，乡间乐队又复吹打起来。

正吹打间，突然从人圈中起了声喊："来啦！"原来从门外走进一群"叫花子"，他们都赤着上身，头戴草箍，面涂黑油，高卷裤脚，由一个手托道情鼓的人带领着、呼啸着走进人圈。那手捧道情鼓的"叫花头"，开头谁都闹不清是谁，原来他也满面黑油。一开口就露出破绽，有人直叫："小许老师！"杏花更笑得前俯后仰，苦茶也忍不住掩面笑了，大家都笑开了："小许老师也表演来啦？"可不是吗，干哥哥办喜事，他能不高兴！"他和杏花的事怎了？"有人对杏花娘说："快和三多娘攀上亲呢！"老人家回答倒干脆："年轻人要自由，我们要管也管不了！"自是一阵议论。

那叫花头朝正中只一站，大叫："众儿们！"各叫花齐声叫着："喂！"纷纷把他和新郎新娘围住，各人都双手抱胸，屈着双膝走路，只听那叫花头开声，来段道白："人逢喜事精神爽，我们这群叫花的，沿村讨饭而来，到了下下木，听说三多大哥和苦茶大嫂，缔结良缘，大家闹新娘闹得正热闹，不免也来段余兴，叫大家乐一乐。"群众大声喝彩。叫花头便对着众叫花叫道："孩子们！"众叫花同声应了声："有！"叫花头又道："大家来唱段，跳段，你们赞成吗？"众叫花又答了声："好！"这样叫花头轻轻敲起道情鼓，唱起叫花歌，众叫花也齐声附和，个个弯臂、屈腿在地上绕圈子，乐队顺着道情鼓在吹打，那叫花头带头在唱，众叫花边用胳膊拍打双腋，绕起圈子，齐声高唱。群众活跃极了，也有人唱的，也有用双掌按着拍子打拍的。老黄和老白站在人圈外，兴致也很高，老黄问："你们乡也有这风俗？"老白道："看来都一样！"

众叫花屈腿绕圈，跳过五六个大圈，又直起腿来跳，一会儿拍腋，一会儿击胸，一会儿拍腿，都是绕着新郎新娘在跳、在唱；乡下人叫它"拍胸舞"，也有叫"叫花舞"的。这样跳着、唱着，一段过去了又来一段，有人把双腋、胸脯、大腿拍红了，嗓子唱哑了，跳出人圈又补进一个，跟着唱、跳。一直闹到深夜……

三

送走了最后一个客人，三多和苦茶回到洞房，闹了这一天，两个人都有些累了，正是清晨一时，都该卸妆歇息了。但是苦茶想起刚刚伤心的事，却绷着面，坐着不动。三多站在旁边低声慰问："也该歇歇。"苦茶就是不理，三多把手按在她肩上："对我又有意见？"苦茶把他推开。

三多道："为什么这样不高兴？"一阵闷气，一阵感伤直涌上心头，苦茶放声哭了。"我看错你啦，"她哭道，"你对我不是真心的，你心里一定还有人。"三多吃惊道："到现在，你为什么还有这种思想？"苦茶几乎是咬牙切齿的："多丢人，到处找不到你！你想想，今天是什么日子？你是什么人，为什么一拜完天地就想溜。我们的事，也是你开的口，又没人勉强你……"三多这才恍然大悟，反而吱的一声笑出来。苦茶气愤道："你得意，还笑！"三多道："仅仅为这个生我的气？好，我现在就告诉你……"说着，就把她抱上床去。"是这样，"他开腔道，"白天……"正待说下去，又有人进来敲门了，苦茶赶快把他推开，跳下床躲过一边。三多开门，进来的是三福，他一身汗湿，武装还没有卸下，慌慌张张地对三多说了些什么，三多只一声："我马上就来！"返身把匣子一提，随着三福又出去。

这时从山上撤回来的一部分人，都集合在学校前的篮球场上，三多的喜酒他们刚才虽没吃上，饭菜却还留着，这时就要在球场大吃一通了，吃完了他们还要出发去换另一批人来。老黄、老白、小许，都集中在一个角落里，蹲在地上，听一个侦察员汇报。三多一到也加入了。那侦察员道："去的人数不少，有三百来人，两挺机枪，二百多挑夫，是十点动的身，地点是为民镇，可是到现在还没一点动静。"老黄问："他们到为民镇去的消息是准确的？"侦察员道："我打听的一清二楚，一点不错。"正说着，三福做了个手势："听，枪声！"果然从为民镇方向传来了一阵密集的枪声，接着又是一片锣声和狗吠声，大家屏息着，球场上一片寂静。"干开了！"是三福的声音，老黄用力一拍："就是要他们狗咬狗！"三多道："我们现在怎么办？"老白道："没你的事，回去，我和老黄、三福再上山看看。"三多坚持道："不行，我还是和大家一起去，地形我熟。"说着，他们就动身。

那许天雄的大队人马果然是去攻打为民镇的。

原来从青龙圩发生那场惨案后，上下木人死伤了几十个，把多年来苦心经营的圩也破了，群情激愤，要求报复。许天雄召集许大头、许大姑商议，许大姑道："麻风出到面，现在是不打也不行了，许添才先动手，我不还手叫作我们怕了他，以后还会再来二次、三次，那时我们再还手就会威信扫地，人人都要说：现在许天雄不行了，去归附他，不免会落个树倒猢狲散。"大头见迫上头来，也主张给那许大少来个痛击："最好把这坏种也逮来！"

许天雄却还有些顾虑："要打就得大打，势必倾巢而出，你们想下下木那边会不会乘虚直入？"许大姑却说："我们已许久没动过刀枪，看来他们也不想惹我们，上次我们的人过白龙圩就没出过事。况且，我们青龙圩不成集，他们的白龙圩也成不了集，兔死狐悲。从背后插我们一刀，料也不至于。"又说："目前形势也不许我们和下下木再结冤仇；我想要是有机会和许三多讲和，还是和了好，双方力量加起来，就不怕他什么许为民。"许天雄问许大头："和得了吗？"许大头道："和不和以后再说，怕下下木来找我们麻烦，目前却是个机会，我听说这两日三多就要和他寡嫂成亲，正在忙着办亲事，料他在这样大好日子，即使我倾巢而出，他也不致会从背后暗算我们。"

当下计议已定，便决定征调人马，由许天雄亲自指挥，分三路出击为民镇。两路分别封锁住镇头镇尾炮楼，一路进镇，活捉许添才。又准备了一两百挑夫，对那为民镇来个大扫荡。

就在三多、苦茶成亲那晚，许天雄的三路人马果然浩浩荡荡地出发了，在十二时前抵达为民镇。当许天雄一股封锁住镇头炮楼、许大姑一股封锁住镇尾炮楼，许大头带领的飞虎队、挑夫便直扑镇内，活捉许添才，劫掠财物。这时，镇内还是一片升平，妓院、酒楼、赌场一片热闹，全没料到要出事。那飞虎队前锋人马，化装成若干前来嫖玩客人，紧跟着是那手缚白布的飞虎队员，后面跟着拿扁担、麻绳、布袋、箩筐的大队夫役。他们在镇门外牌楼下遇上乡团哨，对方喝声："口令！"嫖玩客人说："到镇上玩来的！"说着加快脚步前进，乡团丁觉得他们行踪可疑，忙又叫声："站住！"说时迟，那时快，那些嫖玩客人已近了哨所，也不多言，开枪就打，一时枪声卜卜，喊声震天。

镇头镇尾炮楼上的守兵，一闻枪声，知道有事，忙要出来支援，早被许天雄、许大姑两挺轻机枪将出路锁住，当场打翻了十几个人，又退回去。那许大头手提快慢机，一声："上！"百多条枪齐上，横冲直撞地入镇，见人就开枪，几个小头目自是各按分配对象带领挑夫去抢赌场，攻当铺、钱庄。那许大头自领的一路人马，径投乡团大队部，几排枪，几十个人，把那守卫的杀了，冲进大楼，见人就杀，见枪就缴，把那大队部内的五六十乡团丁打得鸡飞狗走，一时不知对方来了多少人，又没做防备，大都在奔跑逃难时被杀了。

那大头左冲右撞，到处问："许添才在哪儿？"都说不知道，他搜过一遍又一遍，喝问那些受俘的乡团丁，有的说回家去了，有的说在情妇家过夜，有的又说："大概在乐园里吧！"许大头一时无了主意，乱枪把那俘虏兵也杀了，返身又到乐园。那乐园早已被另一股人搜刮过一次，那些姑娘有的被剥得精赤，有的躺在血泊中呻吟，嫖客也有死的，也有在床下躲着的。许大头逐楼地追问："许添才在哪儿？"皆答："没见过！"最后来到一间布置华丽的房间，只见一个年轻女人躲在门背后发抖，他顺手只一揪拖了出来，喝问："许添才在哪儿？"那女的抖声哭道："没见来，不要杀我，大王。"大头心想：便宜了这小子！一见那女人年轻标致，想起许添才手下有心爱的四大天王，怕不就是她？又喝问："四大天王在哪儿？"那女的颤声道："都在这儿。"大头喝声："叫她们出来！"

那女的果然颤巍巍地从床下叫出其他三个娘儿来，全是披头散发，裹身短裤，狼狈不堪，一齐跪地哀求："大王，不要杀我们，我们也是苦命人！"大头喝问："你们就是四大天王？"那四个女人面面相觑，有个胆大的说："人家都这样称呼！"大头把她们四人的面相、打扮一看，都很相同，活像四个孪生姊妹，真是名不虚传。这时正有一队随队挑夫进来，大头心想："捉不到许添才，就捉这四大天王，让老子也乐一乐。"便叫挑夫："把她们带走！"那挑夫动手来拉，见她们颤巍巍地又娇又嫩，就像糯米捏成的，挑夫骂了声："妈的，苦差事，叫她们走路，一辈子也挨不到咱们乡！"大头命令说："背上！不要伤了，等我回去发落。"那些挑夫一个对一个，背起来就走。

大头从乐园冲到大街，枪声已停，尸体、被从铺里打劫出来的衣物，遗弃一地，飞虎队正挨家挨户地攻门抢劫，挑夫把抢劫到的东西尽朝镇外挑。当铺被打开了，只是钱庄攻不下，大头冒了火一声命令："放火烧！"他说完就走，自去指挥洗劫这个小巴黎。

许天雄这支人马，共有五百多，在为民镇足足洗劫了三个多小时才撤走。到了上下木，已近天明，大家纷纷来缴胜利品，那许大姑腰挂双枪，杀气腾腾，站在大厅石阶上，只见在那堆积如山的胜利品中，竟有四个女人，上身仅穿紧身衣，下身也只着粉红色丝短裤，山区清晨寒意习习，那一身肥白皮肉尽在发抖，吸引了一大堆人在那儿品头评足，她心内火起，便问：

"哪来这四个怪物？"挑夫答称："镇上抓来的。"许大姑把面孔一板，骂声："带这些废料来干什么？妈的，妖里妖气，看了讨厌！"拔出双枪，一手两发，只卜卜四响，围观的人哗地惊号一声散开，那四大天王一个个应声倒地。

那许大头正在清点人马，一听枪声，忙问是谁在打枪？有人告诉他："大姑在杀人！"他匆匆赶进去一看，大声喝道："大姑，你怎么杀了我的人？！"大姑冷笑道："什么是你的我的，送到这儿的都是我的！"许大头过去一看，那四大天王有的中了头部，有的中了心口，都没救了，气得直跌足，却也无可奈何……

三多、老黄、老白、小许、三福等一干人，在山上先听到为民镇一片枪声，不久枪声停止，不久有几路火把忽隐忽现，向上下木方向移动。不久，又听见上下木一片嘈杂人声，再过大半时辰，一切又归沉寂。大家放心，说声："无事了，回去！"

那三多拖着沉重步伐回家，大门虚掩着，喜堂上烛灭了，祖宗神位前琉璃灯尚见灯光闪烁，他轻步走近洞房。房门紧闭，轻轻敲着，没有声响，低低叫着，也不搭腔，他兀自笑了一声，返身回到喜堂，掇过两把椅子，靠着，不久就呼呼入睡。在沉睡中，似觉有人轻轻在摇他，睁开眼，在熹微晨光中，只见苦茶服装不整，发髻散乱，站在他面前。他连忙坐起低声问："天亮啦？"那苦茶又爱怜又气恼："进房去，这样睡会着凉的。"

第二天，老白要走。他临走时没有别的，对组织只有一个要求："把小许老师派到我们那儿去，这样我们就可以像下下木一样办间学校，又可以建党。"要求得十分迫切，老黄和三多商量，三多开始有点为难，过后便也答应了，他说："等他把这儿工作结束了，我就派人送过去。"老白自是欢天喜地地告别，老黄却接到从老六那儿转来大林的信，一看大为震惊，说："我也得走！"

四

老黄和庆娘在勤治家整整谈了一个下午，又半个晚上，最后对她说："对日升同志和你的两个孩子，我们一定会想办法援救，你放心住在这儿，在老六同志领导下工作。环境变了，工作也许会有暂时困难，但我相信你会克服它，做一个好的革命工作者。"又对老六说："庆娘暂时留在这儿，你要好好帮助她，她出身穷苦，立场坚定，斗争勇敢，我相信她不久能成为一个好的工作者，成为一个光荣的中国共产党员。"老六高兴地说："庆娘刚到，我就做好打算，要把她留下。"勤治也说："在我家住一点没困难，我已对外宣传她是我的堂姊，家里没依靠，暂时过来住的。"

和庆娘分手后，老黄问老六："庆娘到了清源后表现怎样？"老六道："到底是穷苦人家出身的，一到勤治家就要找活干，她说：大事做不了，小事还能做些，你找点事给我干干，也免得多想心事，她正在向勤治学抽纱的手艺。"老黄问："她有哪些心事？"老六叹了口气："也难怪，丈夫孩子都为革命在那儿吃苦。不过她的骨头还硬，提起这件事从不落泪，只说：日升不偷不抢没丢过人，他坐牢我不面红。对孩子还有点放心不下，天冷天热、吃饭睡觉都想起他们，不知道他们现在又怎样了，几次叫我找老魏打听一下。不过，有件事倒是很难得，她到清源的第二天我去看她，她就对我说：有件事不知道该不该提。我说，有话你就说吧，我们都是在一个革命大家庭里的。最后，她就说了，她说她想入党……"老黄大为振奋说："这就是个表现呀！"老六道："我当时就对她说，你有这样想法是非常好的，我一定向组织上报告。不管你现在能不能入党，总要分配工作给你的。我已叫她帮勤治的忙，把妇女们的觉悟好好地提高一下。据勤治说，大家对她印象不错，她用自己的事例来帮助大家，总比我光讲大道理要好得多……"说着，老六又兀自笑了。

老六讲完庆娘又谈黄洛夫，老黄道："他的事情我已知道，来得正是时候，我们现在需要他，我要找他好好地谈一次。"他叫老六通知阿玉："我到艇上去看他。"

阿玉果然就把老黄带到小艇去找黄洛夫。那黄洛夫在小艇上闷了几日，有阿玉在照顾，倒也慢慢习惯了，他和她谈了许多，谈两个人的过去，谈现在，也谈未来的理想，而且谈得很投机。不久浪漫主义的诗兴又发了，向阿玉借笔纸，阿玉问他干什么用，他说："写诗。"阿玉哈哈大笑："什么叫作诗呀？"黄洛夫对她说："诗就是分开一行行的，可以朗诵，也可以唱。"阿玉不大在乎地说："这叫歌仔，没有什么了不起，我们卖鱼的六叔也会写，写出来教人唱，有时我也写……"黄洛夫大为吃惊："你也写诗？"阿玉不服气地说："你写得我写不得！"接着，又做了解释："我有时瞎编，随编随唱，六叔听了说好，把它写下来就是歌仔，也就是你说的诗。"

黄洛夫叫她唱自己编的歌仔，她就是不肯。当黄洛夫把自己写的新诗读给她听，她又放声大笑："这叫什么歌仔？谁也听不懂。"倒把老六编的《妇女四季调》唱给他听。黄洛夫听了很是吃惊：有这样的人？便问："这卖鱼六叔是个什么人？"阿玉只是笑，不搭腔，当他问急了，才说："没这六叔，你还能在这儿享清福？"有时阿玉不在，他就读《水浒全传》、钓鱼作消遣。

在一起生活了这么些时日，双方了解深了，关系也密切起来，阿玉不但给他有好印象，也慢慢觉得她可爱。对很多事情她虽然不大在乎，但对较重大的事却很负责、认真。他开始觉得她刁蛮，慢慢地就发觉这正是她动人的地方，她就像一颗从地下挖出来未经雕琢的宝石，看来很粗糙，却隐藏着万道光芒，随时都可以发射出来。

那天，阿玉把一个结实的中年男子带上艇，他还以为是卖鱼六叔呢，一见面就表示恭维道："六叔，你的歌仔写得好极了，阿玉唱给我听，介绍了你这样一个民间诗人，使我极为佩服。"老黄只是微笑，阿玉却忍不住了，放声就笑，把那黄洛夫笑得更加莫名其妙。阿玉这才说道："洋学生，你弄错啦，这位不是六叔，是马叔。"一听说是马叔，黄洛夫连忙伸出双手："马叔，我可把您盼到啦，大林同志……"他性急地介绍了自己和沿途经过。

老黄不慌不忙地拿出小烟斗，装着烟丝，面露笑容，频频点头，一直到黄洛夫把自己介绍完毕，才说："小黄同志，幸亏你走得快，再迟一步，你也完啦。"黄洛夫吃惊地问："他们当天就动手？"老黄道："也不过迟了一天，文艺社有不少人被捕。"这个突如其来的噩耗，可叫黄洛夫冒出一身的冷汗。老黄冷静地但没带任何责备神气："就是那个你说可以利用来扩大影响、自称为左翼文豪的吴启超干的好事！"黄洛夫又伤心又惭愧，面红地低下头。"有这场经验教训也好，"老黄温和地说，"最少可以帮助你提高认识，阶级斗争是尖锐的、无情的，你死我活的；敌人也是诡计多端、阴险毒辣，不能太天真大意！"黄洛夫感到心酸要流泪，老黄又安慰他道："好在你临走时留下那纸条，外围团体被破坏了，团却没有什么损失。我不是来跟你算这笔账，我是来和你谈谈你今后的新任务、新工作。"他对阿玉说："能把艇开到上游去？"阿玉问："还回不回来？"老黄道："我们在白鹤洞码头下船。"阿玉自去开船，老黄和黄洛夫却在船舱里谈。

老黄把党委的意图告诉他：党要建立一个宣传中心，出一份公开的、群众性的通俗油印报《农民报》，以宣传党的政策，扩大党在群众中的影响。还要出版若干党内小册子，以提高党员的觉悟和政治、思想水平。"而这工作，"老黄说，"特区党委讨论过，认为你合适，早有意思调你来担任。"黄洛夫表示兴奋："我能够干，也愿意干。"老黄又说："这工作重要，又能发挥你的才能。"接着，又对他介绍了即将去的是个什么地方，环境如何，接触对象是哪些人，他该采取什么态度等等。

黄洛夫把一切都牢牢记住，既担忧又兴奋，不过，他听说工作繁重，便问："只我一个人干吗？"老黄道："我已给你考虑过一个助手，这个人没干过这种工作，文化水平也低，只念过二年私塾，认得几个字。但政治上可靠，立场坚定，热情负责，有培养前途。"黄洛夫问是一个什么样的人，老黄笑了笑说："今天你就可以见到。"

小艇在白鹤洞小码头泊上，早有几艘小艇泊在那儿，有人问阿玉："载什么客来？"阿玉答道："从大城来，返乡省亲的。"她进舱说："白鹤洞到啦。"老黄对黄洛夫道："我们在这儿下船，再走二三十里地就到了。"老黄看看阿玉，阿玉只在笑，心里对这"洋学生"倒有几分难舍，在一起几天，熟了，相处也好，却突然分手，又不知何时再能见面。她想对黄洛夫说几句什么，又碍于"马叔"就在跟前，只好笑笑，却很勉强。那黄洛夫的心情就更沉重了，但不知道怎样表示才好，只说了声"后会有期"，提着包袱下船。上了岸，走过一段路，黄洛夫偷偷回过头，只见阿玉还站在码头上，远远地对他招手，他低低地叹了口气。

五

老黄、黄洛夫一进潭头乡，就发现情况非常混乱，家家关门，户户下锁，村庄沉寂，一片阴森气氛。市集关闭，学校停课，人人如惊弓之鸟。

他们径向学校宿舍走，在门口庭院上遇见顺娘妈，她一见老黄就说："老黄呀老黄，你怎这时才来，已闹翻天哩。"老黄问："出了什么事？"老人家吃惊道："你还没听说过？那姓许的大坏蛋吃了大亏哩，死了七八十，伤了近百，当铺、钱庄、赌场都叫抢哪，各家铺头也被抢得精光。"老黄故意问："到底是谁干的？"老人家道："不是那许天雄还有谁？这一下可把那大坏蛋教训够哩，人人都叫好！"

走进宿舍大门，只见那陈聪在堂屋对几个人手舞足蹈、口沫横飞地在说他的惊险故事："可真怕人，当时我在床上堆了几床大棉被，躲在床底下，还觉得不安全，那子弹吱吱响，就像雨点似的在我头上飞来飞去。"一见老黄，就说得更有声色了："简直是大灾难，我有生以来从未见过这样一场大战。在一夜间，那繁华的小巴黎就成了这个模样：尸积如山，血流成河，阴森、恐怖，如同地狱。"老黄把黄洛夫介绍给他："宋学文先生，到学校教书来的。"陈聪心里一震：派人来哪？却还装出笑容："欢迎，非常之欢迎。"因谈瘾未足，又继续在说他的"历险记"："简直是场血战呀……"有人来说沈常青有请，陈聪对黄洛夫说："老宋，自己人，恕不招待。"说着，就像一阵旋风似的走了。

老黄叫黄洛夫休息，自找顺娘去，一小时后，他把顺娘带来，介绍给黄洛夫："顺娘同志——你的未来助手。"黄洛夫把她上下一打量，有点失望：道道地地的乡下女人，能帮我什么忙？顺娘却大大方方地说："我没文化，什么也不懂，帮不上你什么忙，照顾些茶水还可以。"老黄却说："印刷、发行全交给你，现在不懂慢慢会懂的，重要在于学习。"

晚上，老黄又到顺娘家和汪十五见面。那汪十五说："过去老愁没事干，经你把路一点就通哩，现在我们就热乎乎地干开哪。"说了好多情况，全是叫人兴奋的消息。

原来，由于为民镇一天天地繁荣，运输业也相应地发展了。各乡破产农民跑来当挑夫找活计的日有增加，但他们没组织，没个头，没规章，随请随去，雇主随便压低挑运费，粥少僧多，你不去我去，大家互相争夺，不但便宜了雇主，还时常引起搬运工人间的争吵打架。汪十五过去只把做挑夫当找饭吃的活，没把它当件工作来干，和老黄谈过后开了窍：把这些运输工人组织起来也是革命工作，他就开始在这些运输工人中进行活动。

在为民镇的运输工人中，他的资格最老，当初还没人去干，他就和自己女人干开了。尽管现在新来的人多，入庙要先拜土地神，对他也还有几分敬意，因此很有条件做这工作。

十五对大家说："大家没个规章，没个组织，有活干你争我夺，雇主占便宜，我们吃亏。现在人多活少，天天闹纠纷多不好，为什么大家不来个组织，共同订个规章，挑担按重量，工资按里计，大家一律，不许你争我夺。大家都是穷人，为找碗饭吃，争争吵吵，甚至打架，自己团结不了，人家见了笑话。"这建议立即获得大家热烈欢迎，一致支持。可是也有人提出问题，他们问："就算大家不争不夺，也有吃亏的，你人粗力大，雇用的人就多，我体力不足，雇用的就少，反正出一样工钱，谁不要那人粗力大的？"十五道："你这话也有道理，大家有了组织就不吃亏，我们还可以订个办法，大家轮班，排个号，不能随雇随去，有人来雇，讲妥了价钱就由轮值的人去，谁都有机会，谁也不吃亏。"

这办法大家也赞成了，可是又有人提出新问题："万一有新来的人和我们抢活干怎么办？"由于农村赤贫化，这种人的确多，怎么办？十五道："这也确是个问题，大家想想看，有什么对付办法？"有人说："我们可以把现有的人登记一下，名册上有名的就许他在这儿干，没名的不许他干！"有人又说："来抢生意的大家一起对付他——打！"十五摇头道："登记办法我赞成，打人不妥，大家都是穷人，生活苦，到这儿来找活干，我们怎能赶走他们？我想还是组织重要，从我们成立那天起，就不许单干，谁到我们地头，都得加入组织，服从规章。人多了，也不用怕，那时我们还可以派人出去兜活干，谁要雇用挑夫，运多少东西，我们一起承包，把包下来的交给大家做。"这办法倒不错，亏他想得出，他们说："十五，你办法想得好，就带我们干吧。"

他们经过了多次反复讨论，到商会那儿立了案，找了个小小门面，便把"为民运输服务社"招牌挂上去，又推出汪十五当"经理"，大家服从他分配，社里一切开支从大家收入中抽出十分之一。这个服务社一成立确实起作用，不论什么人要在镇上雇挑夫都得上服务社去，不按订下的工资缴付，就雇不到人。过去在运输工人中你争我夺、争吵打架的事没有了。商人不满，却也没办法，有人还上许添才那儿去告状，但许添才却说："服务社是在我这儿立案的，谁也不许反对！"

汪十五说："大的解决了，小的还有许多，小事办不成，大事也干不好。"接着又说了一件事。原来在服务社里，有个叫老丁的挑夫，过去是风雨不移的，有几天忽然不见，大家觉得奇怪，便派人到他家里去了解，是不是病了，派去的人到他家里一看，果然出了事。他父亲刚刚去世，家境清贫，连棺材钱也凑不出。到地主那儿去借债，地主要他拿东西抵押，他说我一无田地、二无房产，拿什么抵押？多方奔跑哀求也济不了事。死人放在家里都快发臭了，老丁哭着说真的没办法，我只好用破草席卷着去埋。

派去的人回来把情况一说，大家都很气愤，也很同情，有人说："他是我们服务社的，我们不想办法谁想办法？"十五也说："对，我们大家应该想办法。"当时开了会，有人说："我们做个会给他解决困难。"有人又说："大家捐一天工钱。"十五想做会远水救不了近火，捐一天工钱顶不了事，还是采取自由捐助的办法好。结果就把一具薄板棺材凑成了，他们还派了人去送殡。这件事影响很大，有人说："有了服务社我们就有了依靠！"几天来大家都在讨论怎样筹一笔公积金，替困难的社员办红白喜事。

汪十五接着说道："可是，现在却出了新问题。许天雄这一打，把为民镇打得七零八落，一死一伤就近二百，生意人白去收尸埋葬没事，那乡团丁有八九十，许添才发下薄棺木叫收殓，也没事，叫抬去埋，那乡团丁家属就闹起来，男男女女携老带幼地上镇哭闹要求抚恤。不给抚恤金，就不许把棺木抬走！许添才就是一毛不拔，说：你们死人我丧财，不就相等了。双方闹得很僵，把那许添才闹火了，就下命令：你们不愿把死尸抬回去埋葬，老子叫服务社人去埋，一道命令交到我这儿。服务社的人一听说要抬死尸都哄散，不敢上镇，现在棺木还摆在镇上，天热，尸体发臭，一进镇，就是一片臭气……"

老黄问："这件事现在还没解决？"汪十五道："现在镇上叫群龙无首，许添才从事发后只来过一次，又匆匆缩回池塘去，谁也不敢出面……"老黄问："那些请愿的家属都散啦？"汪十五道："他们哪肯散，都还赖在镇上。这些人也不好应付，事发后，镇上人大都搬走，有的进城，有的到池塘，也有分散到四乡的，大多铺门都只在外面加上锁，那几百家属都成了打劫能手，谁都怕他们，谁都不敢碰他们，他们见没住的就随便打开铺门

229

进去住，没吃的挨家地抢，拿到什么吃什么。有人担心把镇上东西抢光吃光了，也会抢到附近各村，所以家家关门闭户。"

老黄沉思有顷，忽然开口问："在这些人中，有熟人吗？"汪十五道："原都是从四乡来的，熟人不少。"老黄脑筋一动，就想起一个主意来，他说："浑水可以摸鱼，许为民挨了这一阵棍子，正惊魂未定，六神无主，我们为什么不给他再来个难题，开上另一战线？"接着，说出自己的意见，那汪十五、顺娘听了一时都很赞成。"要做得机巧一些，不要露出破绽。"当下他们就把工作布置起来。

六

许天雄这一手，确是把许为民打惨了。不幸消息一传到，他就哀声痛哭道："我这一生血汗全完了呀！我的钱庄、当铺……"只是把自己关在房里不肯露面。七太旧愁新怨一齐来，直指着许添才的鼻子骂："你也有今天！为什么不和你那宝贝四大天王一起被抬走？你无事生非，自找麻烦。当初为我大哥事，你一毛不拔，害死了他，现在你也得到报应，成了死无葬身之地，还有面目回来！"许添才各方受责骂，只是低头不语。万歪却从旁劝解："这是天意，非人力所能转移。且事已至此，争吵也无用，还是善后要紧。"七太一把怒火又转到万歪身上："你这狗头军师，坏事也有一份。现在是树倒猢狲散时候，赶快收起你秘书长臭架子，不必再在我们这儿作威作福。还是当你的风水先生去，三餐一宿不会有人短你的，我们许家也要和你一拍两散！"把那狗头军师骂得狗血淋头。

而池塘更是一日数惊，六神无主，从四乡托庇投奔而来的富户人家，纷纷在议论："不怕不识货，只怕货比货，现在南区的天下再也不是许为民坐的了，他泥菩萨过江，自身难保，为民镇还出事，池塘又如何能保住？"都纷纷在打叠行李，准备搬进城。

倒是周维国派了林雄模特派员来慰问，许为民推病不见，许添才不敢说他不在镇上在情妇家过夜，事前一无所知；却捏造了一篇故事，敷衍一番："那许天雄匪股现已投奔共党，听说我们要反共甚为恼火，起了一千多人马，十余挺轻重机枪，四面包围，我乡团大队以兵力悬殊，苦斗经夜，终以弹尽援绝，节节败退。"那万歪也千方百计地从旁遮瞒，说："天雄匪股实力不弱，加上共军支持，如虎添翼，锐不可当。今后前途，如非周司令亲挥大军进剿……"他冷笑一声，"南区天下，鹿死谁手实难预卜。"

林雄模少校虽觉他们所说的话不全对头，却也不露声色，只问："天雄匪股现与共党勾结，你们有什么证据？"许添才甚觉慌张，万歪却胸有成竹地掏出一份告人民书说："这就是证据，全南区都散遍。"又加上一句，"当天雄匪股侵犯为民镇时，他们也散发这类传单。"林雄模查问了些人员、枪支、财物损失情况，便告辞而去。

许为民不吃、不喝、不见人，把自己关了三天，忽然传见万歪、许添才。许添才从事发后一直不敢去见他，这时见他传见，很是忧虑害怕，不知道会怎样处治他。提心吊胆地进去，一见面就跪倒在地，抱头痛哭，万歪也惊惶万状，满口："司令息怒。"

那许为民头包白毛巾，面现病容，倚身在太师床上。大出两人意外的，他倒没有半句责备的话，只说："三天来我想了很多，要想的都想过了，许天雄敢下这毒手，我也要来个以牙还牙，要同他来个你死我活。可是，目前我们实力大减，不是他的对手，要雪这口恨，除非把中央军也拉进来……"万歪连忙邀功道："小弟早料到许老会有对策，今天林特派员来时，我已对他暗示过。"许为民接着又说："我已决定在为民镇重整旗鼓，并请中央军前来坐镇。"万歪连说："此议甚佳，此议甚有见地。"只是许添才还有异议："现在南区是一统天下，有个许天雄已把我们闹得头痛，再来个中央军……"许为民怒声喝道："你少开口！好话是你说的，坏事也是你做的！"许添才受了这一阵责骂，也只好低头不语。

三人正在密议大势，忽听得门外一片喧哗，许为民问："又出了什么事？"许二这时正一头大汗三步当两步狂奔进来，说："大少，她们又闹上公馆来了。"许为民起身问："什么人闹上公馆？"许二望望许添才，许添才只好说："那些乡团丁家属要求抚恤，已在镇上闹了几天，我说：你们平时吃了粮饷，因公死亡是应该的，还有什么抚恤金！她们却说：你们不给抚恤金，我们就不收尸。我说不收尸就让它臭、烂……想不到今天又闹到这儿来。"许为民问："来了多少人？"许二道："二百多，拖男带女，披麻戴孝，哭哭啼啼，围在公馆前，劝不动，骂不走……"许为民把双眼一瞪："那不是反了！我许为民再倒霉，也不会向这些乱民低头，给我狠狠地打！"许添才为了将功赎罪，也表现得十分积极："我去打！"

当下许添才就点起公馆内的打手五六十人，各持长短棍、枪械冲了出去。只见那公馆外人山人海，二百多死难家属，披麻戴孝齐跪在大门口哀天恸地地哭着："救救我们的活命！"从四面八方围着来看热闹的人更多，也有上千，有的同情，有的幸灾乐祸地在说风凉话，有的在劝说："人死了，还闹什么，算了！"有的打抱不平："丈夫死了，孩子家人这一大堆，不救济几个钱，叫她们如何过活？"那汪十五和他女人，还有几个服务社的人也夹杂在人群中。汪十五说："当兵不是去卖命，死了人还有不抚恤的？"另一服务社员也说："叫这些老爷们少吃一餐饭就够穷人一年饭哩！"议论很多，也很难听。

那许添才前呼后拥、杀气腾腾地提着皮马鞭冲出大门，在台阶上一站，双手一叉，开口就骂："妈的，你们想死了，老子早对你们说过，要钱一个不给，想死，我倒准备了几颗子弹！"那受难人的家属齐声号哭着，请求："救我们一命呀！""你们有的是钱，不稀罕这几个！""你们少吃一餐饭，就够我们一年饭！"有个女人披头散发地怀里抱着一个三个来月的幼孩爬行到他面前，哀声哭求着："大少呀大少，我们一家和你无冤又无仇，男人为你们丧了命，丢下我们这一家大小，你们还不肯给几个钱，叫我们怎样过得下去？叫我们怎么活下去呀？我求求你，看在这个死了爸的面上，救救我们呀！"说着就把头磕在地上，所有受难家属也都齐声哭着："救救我们呀！"群众中有人叹气，有人摇头，有人也在哭着。

那许添才却把马鞭一指："滚！"群众叫嚷着："你不答应，就不走！"恰好那妇人又爬前一步，想抱住许添才的腿求情，他以为她要来拉他，提起脚来朝她胸口只一踢，那妇人哀叫一声仰面倒地，鲜血冲口而出，群众发声喊："打死人啦！"

许添才一不做二不休，挥起马鞭就打人，那群打手有的朝空鸣枪，有的挥棍打人，公馆前几百人乱成一团，打人的被打，被打的也打人。而且混乱从公馆前一直扩大到街上，那些受难家属敌不过许添才率领下的那群打手，节节败退，心有余恨，有人叫声："把许为民这老巢烧掉！"一呼百

232

应，纷纷放火，也有乘机抢劫的，一时街上火头四起，争相关门闭户，如同到了末日……

在池塘点起的这把火好像是个信号，池塘一烧开，各乡跟着也烧开了，那些穷苦无依的老百姓跟着也起来闹，甚至于发展到破仓抢粮。各乡富豪人家原已人心惶惶，这样一来更乱了，都说共产党已打了来，正在发动穷人共产，纷纷搬进城住。

第十一章

一

开赴章县的队伍悄悄地开拔了，据说走了一日一夜，实际上周维国唱的是空城计，为了显示他兵力充足，来了个武装游行，有些队伍从东门开出，又从南门进，一进一出，三几千人也就变成几倍人数。老百姓怕拉夫，不敢出门，只听见人马嘶腾，调动频繁，不知虚实，一传开就是去了三几万人，实际去了多少，来了多少，也没人知道。

林雄模去了一趟池塘回来，搜集不少材料，向周维国做第一手的报告说：情况混乱，"乱民"四出骚扰，许为民损失惨重。南区各乡一向都看许为民，他一垮，各乡观望的更多，乡团看来难办。关于许天雄股匪，他有个估计：说他与共党勾结，未免言之过早，共党地下组织活跃却是事实，"乱民"骚扰恐与此有关，他们间关系如何，尚待查明。"派兵进驻为民镇之举，许为民已有请求，"他说，"从长远打算，有此需要。许为民面临困境，威信大损，如不及时予以支持，许为民一垮，南区局势就更难收拾，务请钧座定夺。"

那周维国一得到报告，内心甚是不安，当即召见高等幕僚议论，他说："许为民处境困难，自在意中，支持是势在必行。可是我们兵力空虚，自顾不暇，如何是好？"参谋长却说："看来许天雄压势凶猛，说仅为报私仇有部分根据，但他的行动来得不简单，看来还是带有政治性的。打金涂，活捉苏成秀，是给南区乡团来个下马威；攻打为民镇，是想搞垮许为民，和共党在告人民书中所说的是一致的。'乱民'四出骚扰，看来也和共党煽动有关。到底是共党利用了许天雄，还是许天雄的行动有意和共党配合，值得研究。"

林雄模却持不同见解："许天雄在为民镇不类土共平常所为，主要在于掳掠财物。因此，我判定他不全是政治性的。"参谋长把那告人民书朝他面前一扔："你得细细斟酌，共党反拉夫是个幌子，反对组织乡团队倒是真正的目的。"双方因之有了小小的争论。最后周维国问参谋长："你对林少校建议派兵进驻为民镇有什么意见？"参谋长道："我刚刚发表的，就是要为派不派兵找根据。如果我的说法不错，兵一定要派，至于有无兵派问题，我也想过，可以从特务营里抽个连去。"

朱大同一听就大吃一惊："参座，我手头只有这点实力了，再抽，我只好唱空城计。"参谋长道："我们现在要唱的就是空城计，派去为民镇的兵名为一连，实际是一个排，不过是虚张声势，做个象征罢了，目的在对许为民支持，不是去清剿什么许天雄。"周维国点头表示同意："这样看来，你和林少校见解一致了。"参谋长道："也有不同。"周维国于是便对林雄模说："队伍现在是决定派，名为一个连，实是一个排。至于许天雄股与共党关系如何，土共活动、实力又如何，全交你去研究。"林雄模请示道："我也下去吗？"周维国明确表示道："立即下去！就在池塘设下你的特派员办公室，必要时就向为民镇推进！"林雄模说了声："是！"起身立正，恭恭敬敬地接受任命。

周维国把大家瞭了一眼，问："还有别的事？"朱大同起身请示："鉴于本州地界共党猖獗，最近公开发表宣言，纠众闹事，还出版一种报纸，煽惑民心，影响极坏……"说着从卷宗内拿出几份用油金纸印刷、套色的《农民报》分给大家。"因共党宣传惑众，人心惶惶，都以为共军就要攻打刺州，对我极为不利。"周维国把那份《农民报》仔细地翻阅一番，大为吃惊："又爆冷门了！"却故作镇定地问："从哪儿得来的？"朱大同颇为得意道："刚刚收到，听说四乡都张贴、散发开啦。"参谋长接过仔细翻阅一遍：

"印得不坏，也很有煽动性，看来共党不是在削弱，而是在加强。"朱大同道："所以我说情况严重。"

周维国问："道理不用再说了，你打算怎样办？"朱大同道："要来个镇压，振振正气！"周维国不喜欢他平时那股啰唆劲："说短些、具体些。"朱大同难得有此机会，还想表现表现，噜里啰唆地说："我们已许久没杀人，本地百姓刁蛮，共党以为我软弱可欺……"参谋长听了也感到不耐烦："师长叫你说短些、具体些。"朱大同原想发表长篇议论，给这一说，只好把话缩成一句了："我的意思是最近杀他一批。"周维国点点头："有必要。名单呢？"朱大同又从卷宗里拿出一份名单，双手呈上："一共是十一名，其中有宋日升、陈天保等重要头子。"周维国看看，交给军法处长："你有什么意见？"那军法处长道："共党既然胆敢向我进攻，我们也应来个相应反击。"周维国纠正道："应叫镇压。"朱大同道："对，来个镇压！"

周维国低声和参谋长交谈几句，参谋长点头，周维国忽又面向朱大同："朱科长，你说了半天，把一件重要事情忘了交代。"朱大同起立恭听。"德昌案件如何？"朱大同面红耳赤地回答："卑职正在勠力侦察。"周维国不满道："我看你最近花在女人身上的时间精力都太多了，德昌未落案，又走掉一个黄洛夫、一个宋日升女人……"朱大同想解释："那黄洛夫是由吴启超……"周维国把手一摆："我不问谁具体负责，你是特务科长，是蓝衣大队副大队长，你有责任！"那朱大同急得冷汗直流，一直站着不动。"坐下！"周维国最后说了他的决定："我同意把这十一人最近处决，以振正气，漏网分子也不能放松，正因为军情紧急，才更要加紧。"说着，起身就走。

会后，朱大同到处找人解释，参谋长却说："老朱，我看你和吴启超的双簧不必再唱了，你们都是聪明人，共产党也绝不是笨蛋，那姓黄的走得那样从容，看来老吴的戏法早穿了底！还是老的一套办法好，坚决地杀！"

二

当为民镇在一片混乱、潭头乡人心惶惶时，老黄带着黄洛夫、顺娘却不分日夜地在工作。他们花了三天时间，把全剌州地区第一份地下党公开报《农民报》创刊号出版了。

这秘密报社社址，虽然狭窄简陋，在老黄看起来却是再漂亮没有了，黄洛夫也很满意，至于顺娘却说："还不够好。"当初在寻找这样一个地址，是很费老黄一番思索的，地方虽不一定要大，但要机密，易于疏散，易于掩护，而顺娘家那堆破烂的小阁楼，就正符合这条件。他把黄洛夫带来，并把组织意图告诉顺娘时，她就满口答应，并且连夜进行布置。

当老黄带着黄洛夫去看他们报社时，那阁楼已不再是满地埃尘、鼠粪、蛛网、油烟，而是一间整洁、明亮的小房间。顺娘很费一番心机来打扮它，先把破烂清除了，四周油污发黑的墙壁，糊上白报纸，窗擦得光亮透明，近窗口安上一只小四方桌，对窗地方又用门板安上一张床。老黄一走上阁楼就满口称赞："再也找不出第二个比这更漂亮地方了！"黄洛夫也很满意，他站在窗口，对着窗外桃园，遥望青霞山那青苍雄伟的山景也大为赞赏。顺娘却说："看看缺什么，再想办法。"

学校一直在停课，陈聪借口无事可干，回家去。老黄把学校用的钢板、钢笔、蜡纸、油墨、纸张都搬到"报社"去，几个人关上阁楼门，就工作起来。老黄不是个文化人，也没办过报，但他知道人民的要求、党的政策又是什么，该对什么人宣传，宣传些什么。他亲自拟定报纸的方针大计，并把第一期内容规定好了，才对黄洛夫说："我说你写。"

他们就这样，老黄说一段，黄洛夫写一段，写完了全篇，再回头来逐段、逐句地推敲。稿件定了，版面设计由黄洛夫提出方案，老黄做了决定。但当第一张蜡纸刻出以后，老黄却又不满意，他说："小兄弟，你忘了对象，我们的报叫《农民报》，对象是农民，农民认字不多，因此内容不但要通俗，字体也要写得端正，你写的美术字虽然好看，就是叫人看不懂。"又说，"反动派政权在手，有钱有势，要印什么有什么。我们是在地下，没钱没势，要出这样一份报纸可不容易。因此，每一个字要写得清楚，每一份报要印得清楚，让每个人拿上手都看得懂。"

这是他们第一次合作，在合作中，两个人不是没有意见冲突，黄洛夫开头有些自负，论写文章他高明，论油印刊物，他有经验。既然是组织把办报的事交给他，为什么这个不懂得写文章、办报的老黄同志，意见又那么的多呢？有好几次，他心里就是不高兴，表示泄气。但老黄对他也很耐心，很能了解他的心情；不急于批评他，伤他的自尊心，只是耐心地反复地对他进行教育。有时，当他们把一篇文章的内容规定了，叫黄洛夫写，写完了，读出来听听，再一讨论，问题不少，要重写过，写完以后再读就不同得多了。这样经过几次，黄洛夫慢慢地也心服了，他想："这老黄同志，不简单。"

当他们发生分歧，有不同意见时，顺娘是起了一定作用的。她平时坐在一边，听他们争论，不大发言，但当相持不下时，她却又不放弃说话的机会，她说的话有分寸，有见解，从实际出发，往往有很大说服力，因此大部分意见都被接受了。这又使得黄洛夫不得不改变对顺娘的看法，他觉得这个纤细、羸弱的女同志，也是光芒闪烁的，和阿玉不同，却更有吸引力。

顺娘并不比老黄、黄洛夫清闲，她跑上跑下，为他们准备吃的喝的，在他们讨论时候参加意见，在黄洛夫坐下刻字时，看他怎样刻的，到了印刷时候，听老黄说："再过一两期就要归你负责。"她就细心地在研究、观察，对黄洛夫提出许多技术上的问题。她聪明、细致，肯动脑筋，一听就能理会，一看就会照做，而且不会不懂充懂，不懂就问。

当她看见黄洛夫能用一张蜡纸印出两千份报纸，自己在试印时，却不上三二十份就把蜡纸印坏了，就反复地请教黄洛夫，一次两次，不厌其详地问，一直到她能掌握了才罢休。不久，有新问题出来了，又提出请教。因此对黄洛夫又产生了另一印象，她很巧，很有学习向上精神。有次黄洛夫开玩笑说："不出三个月，我就要失业了！"顺娘却说："组织上叫我学，我学不会就是对不起革命！"

在工作中，黄洛夫不仅体会到集体负责力量大，而且也受到许多教育，他虽不是什么"大知识分子"，但对劳动人民有一种传统、因袭的不正确看法，认为干文化工作就得由像他这样的人来干，而事实恰恰证明，像这个当过红军、当过马路工人的领导同志，不但知识丰富，才能也更出众。而这个只读过二年私塾、乡里乡气的顺娘，就比他在学校里所接触的受过很好教育的女同学，更聪明更有才华。相反的，倒觉得自己粗糙、漂浮、幼稚、浅薄。他很同意老黄的一句话："不是什么作风问题，而是思想！看你有没群众观点，能不能处处为党的利益、为广大人民的利益着想！个人在集体中有作用，但仅仅是个小螺丝钉的作用。"

第一张《农民报》出版了，通过顺娘的手，包扎分配，发了出去，群众在谈论，反动派在惊慌失措。当黄洛夫听说在为民镇出现了这份报纸，有人偷偷地张贴在那市场上，看的人很多，他也特地上镇去看看，果然人头攒动，议论纷纷，他激动极了。"几日几夜的辛勤没有白费，"他想，"这样一份出自他们三个人手的、八开张的小油印报竟有这样大的吸引力，真想不到！"从此，也更觉得自己要好好学习，踏踏实实地工作。

三

陈聪回家去了四五天，匆匆赶回来，也带来一个消息："中央军大队人马要开到为民镇驻扎了！"老黄当时十分吃惊，忙问："消息从哪儿来的？"陈聪手舞足蹈地说："是我亲眼看见的，听说来了一连人。"老黄又问："人马都已到齐？"陈聪道："镇上正张灯结彩、敲锣打鼓欢迎他们哩。"说着，又匆匆赶上洋灰楼去报信。

老黄找到顺娘："周维国派队伍驻在镇上，来意不善，你去走一趟，看看。"顺娘打上腰兜，披上头巾，手挽一只小竹篮，装作上镇买东西模样上镇去。一进牌楼，果见牌楼上扎起松叶，贴着"欢迎中央大军清匪剿共"，还有好些红绿标语。走过牌楼，又见很多逃到城里、池塘、四乡的商家也纷纷搬来，服务社的人正忙着，大家都争着抢雇挑夫，有些店铺也在重整门面，还有几家已开张营业。当她走过原来商会和乡团大队部，门口也换上新招牌，叫作"刺州保安司令部特务连连本部"，守卫的都换上"北兵"。骑楼下还摆着两挺重机枪。再进市场去，从四乡挑运来的蔬菜、肉类摆满街。许多日来销声匿迹的许添才乡团，也出现了，只是没有以前那样飞扬跋扈。看来市容慢慢在恢复。

顺娘给老黄、黄洛夫切了半斤肉，一些葱蒜之类配料，重又回潭头，正在向老黄汇报情况，沈渊也扶着布伞进来。一见面就说："这一仗把许为民打得够惨，却也给南区带来不少麻烦。"他说，周维国派兵驻为民镇，又派了一个少校军官在池塘设下特派员办公室。老黄问："池塘也驻了兵？"沈渊道："不多，一个卫士班。"老黄问："这次周维国派兵进驻南区是他自己决定，还是许为民去请的？”沈渊道：“听说是许为民去请的，犒赏费出的不少，每人五块大洋，只是许添才不大愿意。这叫狗急跳墙，许为民在南区已到了穷途末路。”谈了半个多时辰，就上洋灰楼去。老黄对黄洛夫、顺娘说：“形势在变，要加强警惕。”黄洛夫问："我们报社要转移吗？"老黄笑道：“看看再说，不必过分慌张。”

那周维国几乎是把军队和特派员同时派下的，带领这个特务连的叫王连长，他一来就占据乡团大队部当自己连本部。林雄模原要在公馆内设特派员办公室，许为民却推搪着说：“我家人丁众多，外人进进出出，于妇女不便。”叫许二另找房子，就在街上征用了一所西式房子住下。许添才自在为民镇宰猪杀羊犒赏王连长等一班人，许为民也在公馆内宴请林特派员。

许天雄在上下木听说中央军王连进驻为民镇，又听说许添才口口声声说：中央军是来帮助他们剿匪的，大为不安。又召集了大头、大姑来商议应付对策。许大头说：“许为民来这一手倒也相当厉害，大哥，我看我们得做另一步打算，万一挡不住就得有个退路。”许大姑却冷笑道："人家还没动手，我们倒先乱了手足，别说中央军来的是一连人，一团人来也不在话下，只是我们实力还不大，要扩充一下来和许为民对抗，"她又重提，“和下下木和了怎样？那儿有现成的人枪，可为我用。”

许大头不同意，他说：“大姑，你想的也太天真，现在许三多在下下木扛大旗，大哥和他有杀兄之仇，和三多女人有杀夫之仇，他见我们现在危急，肯来和我们言和？同时，我又听说……”他低低地附在许天雄耳边说了声：“我听说那下下木常有一些形迹可疑的人进出。”许天雄不安地问："到底是些什么样人？"许大头道：“我想不是许为民那边来的，就是老共。”许天雄道：“必须打听清楚，免得来个措手不及！”许大姑道：“这件事可交给我做，和的事还请爸爸考虑。”议论了半日，却没个决策，只是内外都加强戒备。

四

那林雄模带了两名助手、几个卫兵在池塘安下据点后，就卖力地经营起来。此人年轻、精力饱满，沉着、好静而心地阴毒，在蓝衣大队中是个比较踏实精干的人才。他一到池塘，不上几天工夫，对许为民上下人员都打通了，他不摆架子，不以中央大员自居，不论有事无事照例上公馆去向司令问安、请示。手面阔绰，在特派员办公室酒宴不断，因此很是热闹，反而把许公馆冷落了。他到任不久就看上万歪，心想："此人虽腐朽，不学无术，但是地头蛇，知道内情不少，为什么不利用他一下？"因此又勠力地拉拢，每见面必恭恭敬敬地叫声"万秘书长"，自称下辈。

那万歪虽不学无术，却也雄心勃勃，上得这山望那山，好容易爬上这个地位，当了名地方上官员，又想攀上中央关系，将来好青云直上，对这周维国手下红人，中央命官，自有另一番看法，也要拉拢他，只怕对方看不起，却不怕附炎奉承，现在对方有意，正可乘机投靠。

双方都有所求，水到渠成，一拍即合。万歪常借故到特派员办公室去喝酒，林雄模也热情款待，在吃喝之间，不免谈论些是非。林雄模有意打听，万歪则作为卖身投靠资本，两人自是投机。万歪谈有关许家内幕，也谈当地情况，都极详尽中肯，给林雄模帮助不少。

他说："许添才是个大脓包，除嫖赌吃喝什么都不懂，许为民有意培植他做继承，只是烂泥巴扶不上墙。七太在许公馆虽是个实力派，老头言听计从，就是个人打算多，死命抓权抓钱，树敌太多，各方面对她都没好感，只是怕她。老头在一天，她得宠一天，还可以勉强混，只要一失宠，或老头归天，不出三天就要被打进冷宫。她聪明能干，不是看不到这个，这时利用她年轻，有几分美色，死命地抓钱，也是给今后找退路。其实像她这样一个年轻漂亮的女人，有点个人打算也难怪，从十八岁进门，今年三十二三，连屁也没屙出一个，将来老头一翘辫子她靠谁？"在说到南区情况时，万歪又说："我想许天雄招兵买马打家劫舍，也还是为个钱字，他就靠这个起家。许添才和他过不去，种下祸根，一口咬定他和土共有关，老头附和，私人意气多，我也不便多说，其实土共哪看得起他？在南区有共党是事实，实力有多大？难说，人人只见那明的，暗的就看不到。其实暗的比明的难防，看来各乡都有他们的人。"

林雄模问："在你们乡也有这种暗的？"万歪笑道："看来有个人很值得怀疑。"接着，就说出了个沈渊："此人原是个华侨，在国外多年，因为闹事，有共产嫌疑，被侨居国政府抓去坐过牢，说是相当厉害。现在是个痨病鬼，在家乡养病已有多年。"林雄模问："家境怎样？"万歪摇了摇头："不好，靠他堂叔救济度日。那堂叔叫沈常青，是个华侨资本家，也回国多年，现住在潭头养老。"林雄模又问："此人过去既是活动分子，回国后自然也不会规规矩矩养病，没有活动吗？"万歪道："有什么活动不大清楚，我料他不敢，许司令为人特派员是知道的，谁在他管下想闹事，别想活哩。"林雄模又问："和他来往的人多吗？有哪些人经常来往？"万歪道："不大清楚，我想总有。"林雄模又问："平时有什么言论？"万歪道："此人过去是偏激分子，唯恐天下不乱，自从被抓坐牢就变得胆小怕事，平时读读医书，话也不大说。"

情况讲得很多，林雄模也都牢记在心。

这林雄模闲来无事，常常便装简从地在池塘走走街，串串门，到乡郊散散步，态度和蔼，对人亲切。也常在街上小茶馆坐坐，听听茶客们的闲话。

他更多的是到沈渊家附近去走动，名之为欣赏乡间景色，实在是想办法和沈渊碰头认识。沈渊家居村角，一幢小平房，全家只有老母、妻子和一个从小买来养的儿子，屋前搭有葡萄架，他平时在葡萄架下一盅清茶、一张竹靠椅，清闲度日，偶有亲朋到访，也都在这儿接谈。林雄模了解这种情况，就故意去碰他，这样经过几次，先是林雄模主动向他打招呼，而后，就不客气地走进葡萄棚，沈渊为礼节上需要，请他坐坐喝茶，他也就老实不客气地坐下和他攀谈。

林雄模第一次和沈渊接触时，就露出特派员身份，他说："乡居无聊，难得找到一两个可以谈谈的人。"又说，"对先生久仰了，能够萍水相逢，不胜荣幸之至。"对这个不速之客的突然到访，沈渊开始很有几分惶惑，他本既不过分热情，也不去得罪人的宗旨，做了一般的应付，希望把他打发了事。可是客人却来得很勤，他说："我干的是份可有可无的差事，平时在机关也还得看看公事，划划行，在这儿除了吃饭、睡觉就无所事事了。"他真是牢骚满腹。

沈渊又见他为人斯文，态度谦恭，谈吐也不俗，就有几分好感。不但次次有清茶招待，话也谈得多了。但他也有一条，绝不上"特派员办公室"回访，以示在他们间还有一段距离。你不去，他就来，林雄模是够谦虚了，有一次他甚至说："沈先生，你的学问文章在本乡算是少见的，为什么甘于清淡家居，也该出去做一番事业。"沈渊面青气喘干咳着："特派员过奖了，我这个只剩半条命的人还能做什么，只是等死罢了！"林雄模对他的身体也确关心："病情不算重吧？"沈渊道："据大夫说只剩半边肺了。"林雄模道："为什么不到医院看看？"沈渊苦笑着："西医说无大希望，我也不相信他。我自己在研究医学，自己的病自己明白，找点草药吃吃，有时反而见效。"林雄模因此表示无限惋惜："一个天才给病痛白白地糟蹋了，可惜，可惜。"

从医学问题，他们又谈到时局，林雄模以谦恭语气请教道："方今天下大乱，民不安生，先生有什么救世良策以献党国？"在谈到这个问题上，沈渊倒有几分警惕，他苦笑着说："特派员问我这个问题，简直是对牛弹琴，找错门哪。我现在重病在身，已成井底之蛙，天地只有那么一点，见识也只有那一点，哪里谈得上对时局的认识！"林雄模却又故意问："听说沈先生一向对国家大事关心，不能没有见解。"沈渊有几分紧张，却故表镇定地回说："当年年轻不懂事，喜欢胡闹，现在年纪大了，身体又不好，还谈这个！"说着说着，也就把话题岔开。

看来交往慢慢深了，林雄模对沈渊母亲、女人又是谦恭殷勤，伯母长伯母短，嫂子长嫂子短，他母亲、老婆对这个特派员也都有了好印象。他母亲老见人家来串门，不见沈渊去回访，颇有意见，她说："不大不小人家也是个特派员，老见人家登门，又不见你去回拜，别叫人说不懂礼貌。"沈渊却说："你们不懂，少啰唆。"而林雄模对这事却不以为意，他说："沈兄还是多在家里休息休息好。"

在日常交往期中，林雄模的确没看见什么人，正如万歪所说的，沈渊身体很坏，只在家里休养休养，没有什么活动，没有什么交际应酬，说话也十分谨慎，很难套出什么来。可是，有一天，他和往常一样前去"登门拜访"，刚刚遇到沈渊在送客，他在未被察觉时返身就走，却暗暗对他的助手何寄萍中尉示意：看那客人从哪个方向回去。

那何中尉一直跟住那客人，一直到他离开池塘乡界为止。回来报告说："看来是朝为民镇方向走。"林雄模点点头不表示什么，却暗自在想："听万歪说，他有亲戚住在潭头，该不会是这个人？"不久，何中尉又给他报告：

"那个人又来了。"林雄模问:"见在沈渊家?"何中尉点头称是。

那林雄模起身就走,他又去"拜访"了。可是葡萄架下没人,大门紧闭着,他故意在外问:"沈先生在家吗?"隔了好一会儿,沈渊才出来,一样热情招待,却没见那人出来,他坐了快一小时,只好又告辞,内心却是疑惑,问何中尉:"你真的看见那个人到沈渊家来?"何中尉道:"我亲自看见他进门去的。"林雄模自言自语道:"为什么不见出来呢?"何中尉道:"怕是从后门走哪,他家后门也有条通路。"林雄模在备忘录上加上这样的新内容:"在沈渊家出现一可疑人物,行动神秘,来历不明,可注意。"

万歪又来喝酒吹牛了,当他有几成酒意后,林雄模便问:"万老,听说在为民镇住有沈渊的亲戚。"万歪沉思有顷,说:"没见说有。"又问,"是个什么样人?"林雄模道:"三十多年纪,面上有几颗白麻子。"万歪恍然大悟,点头称道:"有这个人,但不住在为民镇,住潭头。"林雄模故意问:"就是你说的那个沈常青?"万歪摇摇头:"此人叫陈聪,不是沈家人,在潭头小学教书的。"林雄模问:"小学情况你知道吗?"万歪道:"没去过,情况不明,听说办得不错。"林雄模又暗暗地记住这些话。

有次,他听说那陈聪又来了,正和沈渊在葡萄架下座谈,便匆匆赶了去。这次去得突然,那陈聪走避不及,沈渊又没替他介绍的意思,便故意问:"这位是……"沈渊有几分慌张,却还笑着:"我忘记替你们介绍,这位是陈聪,潭头小学校长;这位是林特派员。"

陈聪一听说是特派员,表示特别谦恭:"久仰,久仰。"林雄模也恭维他几句:"听说潭头小学办得很有成绩,沈老先生关心乡梓福利,斥资兴学可敬,陈校长专心致志教育事业,为下一代造栋材,可贺。"那陈聪一被戴上高帽子,满怀高兴:"小弟不才,学校没办好,人人在说潭头小学办得好,我却感到惭愧惶惑,办得很不好。"林雄模道:"小弟在出任军职前,也曾从事过教育事业。"陈聪谦恭有加,连称:"老前辈,老前辈。"林雄模又说:"人在军中心在教育,直至现在尚未忘情,教育生活比军旅生活虽较清淡刻苦,却有意思得多了。"陈聪乘机搭上:"特派员有便请来指教。"林雄模道:"一定登门拜访。"说着,陈聪起身告辞,林雄模也觉得收获不少。

五

为民镇在许添才与王连长之间出了件不大不小的事，原因是双方争夺权益而起。林雄模被迫赶着去处理。

当他的专车开进镇时，许添才的乡团和王连长的特务连，双方都在武装警戒。许添才的乡团散布在市镇两头，都枪上膛刀出鞘，准备随时开火；特务连则以连本部为中心，也在大街上武装戒备，重机枪已被抬到街中，对着大街两头，也准备随时开火。已经恢复了的市容，由于双方驻军闹矛盾，又乱起来，店铺关门闭户，生意停止，也有人在搬家，谣言很多，都说许添才和王连长快打起来了。乡团队散布着说："去了个许天雄，又来个王连长，这日子我们还能过？"王连的人也说："治安是我们维持的，好的尽是你的，连骨头也不叫啃一块，哪有这便宜的！"商人都摇头叫苦："从此为民镇不好住，也不好做买卖了。"

林雄模带上他的助手何中尉，四个佩匣子炮的卫队，直开到连本部。王连长迎接着说："特派员，你来得正好，你亲自看看，这些蛮子是这样来欢迎我们中央军的。"林雄模却说："有话慢慢说，先把重机撤了！"他进了连本部坐定又问："为什么会闹到这地步？"王连长说："对方无理取闹，不给点厉害看，我就无法在这儿执行任务。"接着，就说了那事件经过。

原来王连看见乡团队以维持地方为名，每月都向当地居民征收治安捐，油水颇大。王连长说：从特务连进驻为民镇后，治安责任已转到特务连手中，这治安捐该归特务连收，此其一。王连士兵见乡团丁到赌场都有特别收入，也想要"保护费"，赌场说：我们只能付一次，不能付两次该交给谁，你们双方去商量，拒不另缴。特务连士兵便进场赌，赌赢了，拿着就走，赌输却不认账，闹了不少纠纷。特务连士兵又上妓院去嫖，妓院问他们要钱，特务连士兵说："你们是靠我们吃饭的，玩次把女人也要钱？"不肯照付，纠纷闹开，就把二龟公抓上连本部吊打，又纠众捣毁"香巢"，把嫖客都打走了。

有人走报许添才，许添才对王连长占了他的大队部早已心怀不满，又接连闹了这许多事，哪能容忍？便派武装去保护，并叫人去要回被捕吊打的人。王连长说："这小子靠我们保护过日，竟恩将仇报！"人不许保出，入夜就宣布戒严，又放出空气要禁赌禁娼。在这时特务连士兵与乡团丁之间接连也发生了多次斗殴事件。特务连抓了乡团丁吊打；乡团丁也抓了特务连士兵吊打，以示报复。因而矛盾白热化，双方把武装摆出来，形成对峙局面。

　　林雄模听了这许多，当时就不满地说："当初朱大同把你们派来是怎样说的？要钱也得看时间地点，我们初来乍到，立足未定，怎可以和他们闹？"他命令把所有扣押的人释放，立即解严，恢复原状。接着又去拜会许添才。

　　那许添才自从见镇上出了那么多事，也很不安，他对王连得寸进尺，插手为民镇事务，虽然不满、憎恨，不能不"兵来将挡"，却又相当害怕。自知实力已不如前，把老虎请进门了，要赶走，也不是那么容易，如果对方真是蛮干到底，他实在也没办法。不这样挡一挡，威信就更差，几乎无法立足，也很纳闷。正在感到左右为难时，报说特务连人员和武装已撤退，又听说特派员亲自来访，也很高兴，当即亲自出迎，并和他手拉手地进门，边走边说："特派员，你一来我们就有救啦，一切你都亲眼看到，是非也一定清楚。"林雄模笑着说："真相我已明白，双方都有不是，都有责任。不过，一千个不是，一万个不是，到底也是自己人呀，兄弟还会吵闹，何况是两支队伍，说个清楚也就无事。"坐定之后，又说："我这次来，不站在哪一方，目的是调解。当前大势，双方都有困难，因此要精诚团结，共同对外。我们自己人尚不能精诚合作，何能一致对外？我已命令王连长把武装、人员撤走，你的乡团也不该再在那儿找事生非。"

　　许添才乐得做个空头人情，便也下了命令："把人马撤回大队部，等候特派员处理。"但他又说："发生这不幸事件，都因为一些小事情引起的，本镇一切税收历来……"林雄模笑道："我明白，参谋长，你们的给养全由地方自筹，一切照旧。"许添才非常满意："我本来也这样说嘛。""不过，"林雄模又加上一句，"中国有句老话：有饭大家吃，本镇油水不少，吃肉也得留几根骨头、几滴汤水让大家都尝尝，你说对不对？王连长也有困难，

245

兄弟们的生活不是过得太好，治安任务又重，我建议你们来个君子协定，只要双方都过得去，以后就不会有什么了。"

许添才对这个"不过"却表示为难了，他说："本镇税收一向有限，我还要维持这个大队。"林雄模道："也是事实，可是你也要叫特务连弟兄心服。我建议你原来的收入可不必动，再来个附加捐怎样？"许添才一时还拿不定主意，那林雄模已起身，一手拉住他："你再想想，暂时不忙决定。走，今天是我做的东道，大家吃一顿饭，有事和王连长当面说说也就没什么哩。"那许添才见他热情谦逊，不便推却，也只好同意了。

当天林雄模办完了这件大事，晚上就由许添才安排着在乐园过夜。许添才乘着几分酒意，用十分感伤情绪谈起他那手下王牌"四大天王"："我算是费了九牛二虎之力，才把她们弄来的呀，当时红了半边天，哪个来玩过的不津津乐道，要是她们现在还在，怕特派员有多少娇妻美妾，也一定要乐而忘返。就不知道她们现在落在许天雄手里命运如何。"说罢唏嘘叹息，大有不堪回首之慨。林雄模也附和两句："怪不得人人都说参谋长是个多情种子，今天我算是证实了！"许添才一听表扬，身心为之一快："特派员过奖不敢当，这种娱乐事业，关系乡梓福利，我的确注意。"王连长也从旁打趣："听说这儿几家窑子的姑娘都拜在参谋长门下？"许添才不知话里有话，还兀自得意："孩子们都要拜我做干爹，我也只好都收下。"一时哄堂大笑。

第二天，林雄模告别众人回池塘。当他的专车沿刺禾公路走近潭头地界，远远看见一幢白色的巨大洋楼在阳光下闪光，忙叫开慢些，又指着那村庄问何中尉："什么乡？"何中尉在这条路上来往多次，认得它，回说："潭头乡。"林雄模又问："那高楼大厦是谁的？"何中尉又回道："潭头第一首富沈常青的房子。"林雄模问："就是那沈渊的叔叔？"何中尉点头称是。林雄模从沈渊想到陈聪，想到他的学校，心想：为什么不去看看？便叫停车，又对何中尉说："我们去走走。"

这位"贵人"的突然"光临"，使陈聪大感振奋，在对他热情招待之余，自不免借机替自己吹嘘一番，带他们前后"参观"，又把他们介绍给学生们，只没把他们带到自己宿舍，一则是觉得寒酸，见不了贵宾，再则有老黄、黄洛夫在那儿也有些不便。

林雄模带着何中尉等一干人马，在学校转了转，问了些情况，也不提出特别要求，却对教导处贴出的布告感到兴趣。在一份布告上，他发现那字迹很熟，却想不起在什么地方见过，故意问："陈校长，你的美术字写得真不错。"陈聪却说："不是我写的，是一位姓宋的体育老师写的，还过得去。"林雄模问："你们学校有几位老师？"陈聪道："有好几位，不过，有的是兼课的。现在好老师难找，我们这儿水浅养不了大鱼。差的我不要，好的请不来。"林雄模点点头，告辞离校，一直在想："这字迹在什么地方见过呀？"

六

那黄洛夫在学校里兼体育、美术、歌唱老师，报社工作一忙，除了上课外，很少在学校里，大部分时间在报社。老黄在报社未全上轨道前一直没离开潭头，通过和黄洛夫、顺娘共同工作，帮助他们，使他们懂得怎样来办这份地下党报，懂得做地下发行工作。同时把潭头工作亲自抓一抓。这时服务社工作已有很大发展，领导核心形成了，也有十来个人参加到汪十五领导的"赤色工会小组"。在本村，由于顺娘工作的结果，也从那些长工中发展了五六个人，成立一个"贫雇农小组"，也是一片热腾腾的。

这时黄洛夫已经能单独工作了，老黄除了重大问题还要亲手抓抓，大都放手交给他去处理。顺娘也慢慢地掌握了印刷技术和地下发行业务。她的刻苦和负责精神，使《农民报》能够保证在出版后三天全部分发出去。她和下下木地下党组织约好，在白龙圩外一座颜氏祖墓墓穴内设了个交通站，她把报纸送到那儿，做了秘密记号，从下下木按期派出的交通员，看到那记号把报纸拿走后，也做了记号，这样双方不必见面，又能按时收到宣传品。

她又亲自上清源，把报纸送给老六，有时老六不在就交给玉蒜，也带回从城里转来的信件和几天来的反动报纸。有时，她离开清源已近黄昏，玉蒜劝她留下过夜，她总是表示："有任务在身，不便久留。"连夜又赶回了。

只有把这宣传品输送进城要不要她去的问题，老黄费过踌躇，他想：顺娘任务重，不该去冒这个险。顺娘却以为老黄对她还不够信任，她说："我已死过一次，不怕再死一次。老黄同志你放心，万一失手，我绝不出卖组织，出卖同志！"老黄却说："顺娘同志，你误会了，我考虑的不是这个问题。"顺娘问："你怕我带不进去？你看，"她拿出一件特制小马甲，"我早已准备好，我把我们的报放在贴身地方，再加上这件衣服，就看不出来啦。"她试过一次，叫他们看，果没见什么破绽，老黄也安心了，让她去过一次，一切顺利。

她打扮成一个挑屎的妇女，混在一大群人中，那些守城士兵嫌她臭气熏人，不愿来检查，也就让她顺利通过。她把宣传品送到鱼行街小林手中（这时小林已离开东大街他伯父的杂货铺，依照组织的安排在鱼行街一家鱼行里设下新交通站），有时也带了口信和密写的文件回来。从此以后，刺州大城的发行业务也交给她。

看来一切都顺利，但他们是在逆水中行舟呀，一个浪头过去就会有第二个浪头袭来。地下党工作就是在这种惊涛骇浪中冲过一个浪头又迎上另一个浪头，过了一关又一关，一直在前进，没有平静时刻，也没有终止。

这一天顺娘发现林雄模到学校来过，又和陈聪欢谈了半天，心甚不安，告诉了老黄，老黄也很奇怪，他问黄洛夫："你知道他们什么时候认识的？"黄洛夫道："似乎听陈聪说过在沈渊那儿认识了这个人，只见过一次面却不多谈。"老黄在心里嘀咕："曾听沈渊汇报过和这特派员有交往，怎的又拉上陈聪关系，并且亲自上学校来呢？"他问："最近陈聪表现怎样？"黄洛夫道："看来还是顶积极的，只是作风没大改变。"老黄又问："和玉叶关系怎样？"黄洛夫道："看不出有什么新发展，我看这人吹的比做的还多。"老黄摇摇头："不见得。"却在考虑报社搬家问题。从《农民报》影响一天比一天扩大后，他就在考虑报社应该有个较安全地方，他想到清源，也想到下下木。可是清源离城近，把黄洛夫放在那儿没个掩护名义不便，搬到下下木交通又不便，消息隔膜，因此迟疑了。现在出了新情况，又想起这件事。

正在迟疑间，陈聪又回来了，一见面就说："好险呀！"老黄故意问他：

248

"出了事吗？"陈聪道："事倒没出，就是差一点。"他说了林雄模"大驾来临"的事："当时我很担忧，担忧他到我们住的地方来，万一又碰上你们多不便。好在我应付有方，几句话就把他们弄跑了。"老黄问："这个大人物来干什么？"陈聪道："听说是到为民镇来调解王连和乡团冲突，顺便来看看我。"老黄郑重地问："仅仅是为这个？"陈聪道："我看不出有别的。"说完就匆匆回房去。老黄和黄洛夫继续在交换意见："你看怎样？"黄洛夫道："也许是无心。"老黄虽然不再说什么，却又想起大林说过的一段话："此人极不可靠……"如果不把报社搬走，也得设法把他调开。他对黄洛夫说："对他还是小心点好。"

老黄的担忧不是没根据的。陈聪和玉叶的关系并没有断，只是做得更隐蔽罢了，特别是在黄洛夫和老黄面前。

从大林和陈聪谈过那一次话后，曾有一段时间陈聪和玉叶很疏远、很冷淡。但玉叶不放手，多次地找他，陈聪见组织不再提起这件事，胆子大了起来，又恢复原来关系。这样又过了一段时间，有一天，他和玉叶单独在一起，忽见那玉叶心事重重地流起泪来。陈聪问她：为什么流泪？玉叶一时悲从中来，呜呜地哭道："我们这样下去，会有怎样个结局呀？"陈聪却轻松地说："只要我们行动小心，不会有人知道的。"那玉叶只是摇头："万一有了孩子怎么办？"陈聪一时想讨她的欢心："有了孩子也没关系，大不了远走高飞，乐得做对正式夫妻。"玉叶把话听在肚里，信以为真。

第二次再来时，自动交出一包东西给他，陈聪打开一看，全是些贵重的金银首饰，她说："你先自收下，将来我们离开这儿，就不怕生活没着落。"陈聪受利欲所惑，又放起大言来："你想得真周到，有了钱我就天不怕地不怕了！"于是玉叶重又提起："你上次对我说的，都是真的？"那陈聪立即对天发誓道："我如有半句假话，天诛地灭。"玉叶算完全安心，便说："下次我再拿一包来。"

她第三次来，又带来一包贵重首饰，并说："我把全部私蓄都交给你了。"陈聪一看说："也够我们过好几年啦。"他们又过了几次温柔乡生活，有次玉叶忽又问起："阿聪，我们什么时候离开这儿呀？"陈聪以为她说的玩，便说："你说呢，我随时准备着。"玉叶十分认真道："你听我的？我说在两个月内离开。"陈聪有点不自然："为什么要在两个月内？"玉叶沉吟半晌，觉得不能不说个明白了，便说："我已有两个月身孕，再过两个月就瞒不住家人耳目。"陈聪这下可吓坏了，他惊讶地说："你真的有……"玉叶道："我早就想说，就怕你变心。"

陈聪像掉在冰窖里一样："为什么不早告诉我？"玉叶怕他反悔，也有几分紧张："你不是说有孩子没关系吗？"陈聪满面不高兴："我当时不过说说，真的有就得想办法。"玉叶掉下泪说："你是说着玩的？"陈聪见她认真，也不敢弄僵，连忙转笑道："大丈夫一言既出，驷马难追，我说的话算话。"玉叶又道："那你刚刚为什么那样不高兴？"陈聪勉强应付："我哪会不高兴，我是想说，你该早点告诉我，好让我有个准备。"玉叶稍为放心："不是还有两个月吗？"陈聪只好也说："对！还有两个月，我们还可以想办法。"

看来大事已定，玉叶加意奉承，而他却满怀不安。从此后，玉叶一见面就追他："我们该到哪去，你准备好了么？"陈聪却一味在拖延。他哪有真决心带她逃走，又怕事情揭穿了，老黄认真起来下不了台。

正在为难之际，他想把黄洛夫也拖下水，他想："老宋现在是老黄的亲信，叫他也下去，就不怕老黄开口了。"每当老黄不在时，就找黄洛夫吹嘘男女之间的事，说他在年轻时如何风流潇洒："年轻人不结交几个女朋友就显得自己无用。"又问黄洛夫："你现在也该有不少女朋友吧？"黄洛夫对他的庸俗，有时甚至于近乎下流的作风是反感的，却又不得不应付几句，便说："像我这样的人是没人看上的。"陈聪大不以为然道："错了，你全错了，像你的样子比我当年还不知英俊风流了多少倍，叫作大有希望。"黄洛夫内心反感却微笑不语。

陈聪以为他真的动情了，便又说："还没找到，为什么不找呀？远的难找，近的为什么不找？"黄洛夫表示没有兴趣，他却纠缠着，越说越有劲："你觉得在妇女夜校中那个玉燕怎样？长得可白皙呀，只是走起路来不大好看，有点像狮头鹅是吗？那么，玉叶又怎样？这个小妇人长得可不错，面孔身段都好，虽说是结过婚的，但她丈夫是白痴，不省人道，还是个黄花闺女呢。守了几年活寡，一心要找对象，听说对你也顶有意思，平时看你就与众不同，要是你有心，我就替你充当介绍人，包你放心，一切秘密……"每当他说得入神，黄洛夫就走开了，他却不识相，还追过来："在我们这个地方，只要我不说，什么事也没人知道。你同意了，我明天就给你想办法。"这样一次两次的胡闹，一直到黄洛夫烦了，他才说："我不过和你说着玩。"

在黄洛夫那儿不成，他又去追玉叶："我是有家有室的，年纪也大了，你为什么不去找比我年轻又是独身的。我们那宋学文老师，比我就年轻英俊，听说对你也很有意思，你为什么不去找他？"他一开口，玉叶就掉下泪，说："你是存心试我，还是真有这个意思？当时我们相好，为什么你就不这样说？我是嫁鸡随鸡，一定要跟你到底！"因此又碰了壁。

那陈聪在慌乱中，一直在研究黄洛夫拒绝下水的原因，他的恋爱哲学是：哪个少男不思春，哪个少女不多情？"他也许听到一些关于我和玉叶的传闻。可是，对别的姑娘为什么又那样冷冰冰的呢？"有一天，他看见黄洛夫房门半掩，里面似乎有女人的声音，他刚想撞进去但又退了回来。一会儿顺娘从里面出来，还在摸着纽扣，心一动："我明白了，原来他看中的是这个小寡妇。"这个意外的发现，使他想起许多事。"为什么老宋有时行动那么鬼祟，常常深夜才回来？秘密就在此！好呀，老宋，我也要给你来个出其不意，先糊住你这张口再说。"他对这个小寡妇印象不好，总觉得他和玉叶的事，是她无事生非传到大林那边去的。"想不到你也有给我抓住辫子的一天，我也要给你来个下不了台！"

计算已定，就暗自把黄洛夫"盯"了起来。一天，他看见黄洛夫又深夜不归，心想："一定又到那小寡妇家去寻欢作乐了。"便悄悄地摸到顺娘家，屋里静悄悄的，只有那小阁楼透出一线灯光，他想："两个人一定是在那儿成全好事。"趑近大门边，轻轻一推，门扣住，用力再一摇，无声地开了。他轻手轻足地摸了进去，没有人，阁楼门关着，灯火从门缝里透出，似有低低的人声，他想："对，正是他们。"

他把鞋脱下赤足爬上扶梯，屏着气，通过门缝对内探望。不看犹罢，一看却大吃一惊，原来那阁楼内满地是《农民报》，黄洛夫和顺娘两个正满头大汗在赶印着哩。他匆匆返身赶出，到了大门边，只见顺娘妈抱着一捆枯柴枝进来，自言自语地说："奇怪，我明明把门扣上，怎的又自己开啦？"他躲过一边，等她摸进灶间去，才溜出大门。

第十二章

一

　　章县方面，枪声已响，一支从中央苏区突围出来的工农红军，在国民党反动派兵力调动部署未定，来个神出鬼没地奔袭，攻进章县县城消灭了当地国民党军八千多人，等国民党援军赶到，红军撤出，却又不知下落。一时刺州大为震动，纷传撤出章县的红军已"流窜"刺州地界。

　　大林送来一封急信："有要事，请老黄同志速来一商。"老黄接信一想：许久没和大林见面了，即使没信来，也该去走趟。便从潭头绕道进城。他一进刺州大城，满街都在传说："要杀人哩！"人心惶惶，店铺都只开半边门，保安司令部的巡逻队，此往彼来甚为频繁。老黄到鱼行街找到小林，小林把他带上二楼住所，话未出口就泪水直流："日升、天保同志他们完哪。"老黄也很吃惊："牺牲啦？什么时候？"小林一边抹泪，一边咽声地说："昨天下午被推出来，都在站笼里，一共十一位。"老黄把足一跌，一阵悲伤，也泪如雨下："反动派，你们也要用血来清还！"当下两人相对饮泣。

　　半晌，小林又说："大林同志处境也很困难，他叫我不要再到进士第去。"老黄抹去泪水："也被监视了？"小林道："很有可能，他却没说。"老黄问："那么，我在什么地方会他？"小林道："你稍坐一会儿，我去安排。"说着先下楼去。约过一小时他再上来，带了一个须发苍白的老头，介绍给老黄："老魏同志。"老黄热烈地和他握手："是老魏同志，没见过面，我却早知道你。"老魏笑微微地说："是呀，革命的人到处都是兄弟。"说着就请他动身。他们离开鱼行街，绕过大街抄小巷，转弯抹角地走，最后进了老魏的家。

大林已先在。小别重逢，分外亲热。当下两人就搂成一团，大林说："像是几年不见。"老黄也说："也有几个月了。"老魏给他们弄好茶水，低声关照："家里没人，可以放心谈，有事叫一声，我就在门口。"说着，便出去放哨。

大林和老黄一坐定也不多闲话，便就时局问题交换起意见来。大林说："这儿情况很紧，反动派正为章县吃了大亏疯狂镇压，日升同志等十一人已被推出站笼示众……"老黄点头表示知道，却问："章县情形怎样？"大林道："从蔡监察那儿知道，反动派吃了大亏，周师派去的两团人几乎全军覆没，高辉被击毙，杂牌张师闻风弃城而逃，让周师两团人完全陷在我军包围中。周维国已赶到省城要求增兵刺州，惩办那杂牌张师长。"老黄兴奋极了，连说："打得好！打得好！"

大林又说："我军于占领章县第三天又主动撤出，现在动向未明，这儿谣言很多，据蔡监察说蒋介石连日派空军去侦察，找不到红军的主力，也很慌乱，一说是化整为零向刺州地界渗透，一说打完这仗后又回老根据地去。"老黄问："到底哪个可能性大？"大林道："一般的猜测是化整为零的可能性大。"老黄问："这样说来也有向我们这方面游击的可能？"大林道："我也这样想。"老黄却又疑惑："为什么市委没有指示来呢？"大林道："正是这个问题我要找你商量。从周维国惊慌失措的程度看，似乎红军已经到了本州地界；从他挑选了这个时候来杀人……"老黄问："你怎样看他在这个时候杀人的意图？"大林接下道："又似是要显示他的力量，镇压群众。"老黄道："我看不矛盾，正因为乱才需镇压群众。"

大林问："如果这个分析不错的话，我们的对策又是什么？"老黄道："让他更乱！"大林接着道："那十一位同志的家属，自从她们的亲人被捕以后，还一次未和他们见过面，她们坚决要求在他们牺牲前相见一面。她们要举行路祭。这可能有些风险，但我们也很难阻止。我看也可以借这机会给反动派一点小小打击，也要给革命壮壮声势。我们的同志可以牺牲流血，但是党没有被消灭，没有失败，党还活在人们心中，党还要领导斗争！从当前斗争形势看有此需要，受难家属也有这个要求。因此虽有些风险，但还得斗一斗！"

老黄批准了那个小小的行动计划，不过，他说："不能付出更多代价，我们已经遭受了不少损失了，不能再受打击！"

大林站起来理理衣服就要回去，老黄也想返潭头，分手时老黄忽然想起小林说的一段话，他问："你现在处境如何？"大林笑道："有点小小感冒，不要紧，必要时吃上两片阿司匹林就好哩。"老黄却十分关心："不能粗心大意，同志，一有风吹草动就下乡。"大林摆摆手乐观地说："出不了事，放心。"匆匆地走了。

大林一走，老黄也想离开，临到城门口时，忽见人声喧杂，满街的人都在奔跑，他心知有异，连忙躲进骑楼下，拉住路人问："出了什么事？"那人喘息未定地说："关上城门哩，保安司令部又在抓人！"有的又说："怕又要拉夫。"老黄心想："糟了，出不了城！"连忙躲开大街，抄进横街小巷，大街不敢走，小巷不认识，正在苦恼中，忽见在一条小巷巷心挑出枝竹竿，上挂一盏油纸灯笼，上写四个大字"德记旅舍"。老黄心想：有救了！

匆匆地走进德记旅舍，那老板娘正要上门，一见是老黄，悲喜交集地说："老黄呀，是你，赶快进来，又抓人哩。"一手就把他拉进去，匆匆地上了大门。两人在账房内坐定，老板娘问："怎样一去就不见来？得意了吧？现在做什么大事，看你身上穿的，面色红闪闪的，一定是得意哩。"老黄笑着说："发财谈不上，只是帮亲戚跑跑腿，做点小买卖，生活倒还安定。"老板娘说："这就好哩，这年头能求得个生活安定就很不错啦。"

老黄问："外头闹哄哄的，又出什么事？"老板娘道："谁知道，听说章县在打仗，大城也像是要打仗的样子，又是杀人，又是戒严拉人，闹得鸡犬不宁，也弄不清到底出了什么事。总之宁为太平狗，不做乱离人。老黄现住哪儿？"老黄道："就住在为民镇，刚刚来谈笔买卖，说是戒严哩。"老板娘道："趁早就在我这儿住下，走不成哩。"老黄迟疑着，那老板娘却笑开了："这次算来走我的亲戚，不会像上次叫你担惊受怕。"老黄说："那次苦头确叫我怕。"

当夜满城风雨，枪声不绝，派出所查夜也特别严，但老黄却安睡无误，有老板娘在那儿庇护，果然没人来麻烦他。可是第二天清早满街又闹开："正午时分在南教场杀人！"老黄焦急地想："怎么又提前啦？"他关心的是那个计划，会不会因反动派提前杀人而有所影响。他到鱼行街去，小林不在；到老魏家，老魏也不在；想上进士第，担心有人监视，临时把出城计划打消，又回到德记旅舍，对老板娘说："还有一笔生意没有谈成，过一两天再走。"他想看看情况变化、发展……

二

为了处决这次十一名所谓"共犯"，朱大同是很费一番心思的，正如大林分析的一样，这次他挑了这个时机来杀人，主要在于安定人心，说明自己还有力量，因此要特别的"铺张"一下。

当日"犯人"被取出站笼，播上"斩条"，执刑队浩浩荡荡从保安司令部开出。走在前头的是一队手枪队，紧接上的是号手，五名赤着上身，满面满胸黑毛，高大凶狞，手持鬼头大刀的刽子手。而后是那十一名被人挟持着的"正犯"和骑着高头大马、斜佩青天白日执法佩带、满面杀气的"监斩官"朱大同，两旁又都有卫士护卫。他们故意要来个示威，因此队伍都是缓步而行，沿途吹打。走过衙门口，到了十字大街，转中山大街。一见这杀人队，群众就惊慌奔走，也有怀着好奇心伫立观望的。

尽管那朱大同在耍威风，做出叫人惊心动魄的样子，而那即将受处决的人，却没一个表示屈辱畏怯的。被押在最前头的是宋日升，他须发蓬松，跛着一条腿，一年多来的磨折，已使他面目全非，骨瘦如柴，但他这时还面不改容，目光闪闪，昂头前进，表示出一个威武不能屈的共产党员崇高气节。他目光四射，如两把尖刀，望着哪儿，哪儿就出现了一片赞叹声："共产党真行，不怕死！"

在他之后是陈天保，那年轻的司机，一上街就大声地叫喊："老乡们再见了，我们和你们一样是善良的百姓，只因不堪国民党反动派的压迫，不愿过奴隶生活，才起来革命！国民党反动派想杀我们这十一个来恐吓革命的人们。他们能杀我们这十一个手无寸铁的，却杀不了千千万万被压迫的中国劳苦大众，杀不完千千万万中国共产党人！"陈山也在对着那些刽子手杀人犯破口大骂："反动派，你们的日子也不多了，红军已打到章县，很快就要来和你们算账，讨回这笔血债！"而后，有人在喊口号："打倒国民党反动派！""中国共产党万岁！""中华苏维埃万岁！"也有人在唱《国际歌》的："起来，饥寒交迫的奴隶……"

群众始而以惊骇的目光注视他们，继之以同情和赞叹："共产党就是好汉！""有这样不怕死的共产党，还怕蒋介石不倒！"老年人却摇头叹气："年轻轻的就……罪孽！罪孽！"妇女们掩面痛哭。

这群不屈的烈士就这样沿途在出国民党反动派的丑，表示他们对党、对人民、对革命的忠诚，也表示了他们对敌人的痛恨和蔑视！

正当这支队伍转进中山大街，那陈天保宣传了共产党不怕死后，又宣传起反动派出卖祖国的罪行："蒋介石不放一枪一弹，用双手把东三省奉送给日本帝国主义，又集中了百万大兵来攻打抗日救国的中央苏区和北上抗日的红军。同胞们，现在你们都该明白了，谁是真正抗日救国，谁是卖国求荣的！"接着，又高呼："打倒蒋介石卖国贼！""打倒祸国害民的国民党反动派！"他们就这样走走停停，对群众大声疾呼，使那反动的执刑队非常害怕，反复地来干涉，陈天保叫着："你们害怕真理，我就偏要宣传真理！真理是不会在枪杆下屈服的！"他们叫喊声更大，更理直气壮。弄得那反动派没一点办法，朱大同只好下命令："清道！把看热闹的人打走！"群众被打得四散奔走，但走不远又都回头跟上。他们不再是来看热闹，而是来对英勇不屈的战士表示崇高敬意。

正在这时，从横巷突然冲出一支人，是一群披麻戴孝的妇女儿童，由天保娘带头，又哭又骂地直撞进执刑队，拉住那些"犯人"不放，特别是那些儿童惨切地号哭着："爸呀，你不能死！"妇女也有跪倒在地上死拉住自己亲人不放的："你死了，叫我们一家怎么过活呀！"群众一见有"路祭"的家属来了，也从四面八方围上，人很多，一下子就有上千人。那执刑队虽拳打足踢，怎样也打不散这些死死纠缠的妇女儿童和推推拥拥的群众，那家属甚至有直冲猛闯地扑到朱大同那儿去"求情"。队伍一时陷在人圈中动弹不得，秩序因之大乱。

正在拉拉扯扯，纠缠不清时，从大街侧旁的三层楼顶，又纷纷扬扬地飘下了些红红绿绿的传单。朱大同眼快，一见形势有变，快叫："有共产党放传单！"拔出枪对着两侧骑楼顶就射击。这一打坏事哩，执刑队见监斩官开枪，也胡乱开枪，一时枪声卜卜，人如山倒，更有人乘机大叫："红军打来了！""共产党进城来了！"混乱的浪潮锐不可当，四面冲击，店铺关门声、枪声、群众惊慌奔走呼叫声，汇成一片。

群众动了，"囚犯"们也动了，陈天保首先和执刑兵打了起来，他的手被捆绑着，只好用身子去撞击敌人，其他的人也拼命和他们撞，一时乱成一团。有部分妇女在天保娘带动下，直扑朱大同，要把他拉下马，这杀人凶手没想到会有这意外，一时乱了方寸，没个主意，又闹不清到底来了多少共产党，枪是谁打的，扭转马头回头就跑，士兵见监斩官跑了，也哗地四处奔逃，都以为红军进城。

那朱大同沿中山大街走了一段路，见没有新的动静，不过是自相惊扰罢了，想起在仓皇中把"囚犯"也丢了，万一逃脱，如何交差？忙又回头指挥士兵："饭桶！别把共产党放跑哩！"当他赶到出事地点，"囚犯"和家属已四散走开，有的冲进横巷，有的躲进两旁尚在兴建中的洋楼。朱大同一面开枪，一面大叫："抓逃犯！"刚刚在这时，闻声从保安司令部开出的人马也及时赶到，双方人马会齐就分头追赶"逃犯"、群众，当时他们像群疯狗，见人就抓，就开枪。一时使整个大城处在恐怖、混乱状态中……这就是后来被荆州人津津乐道的"大闹法场"的惊天动地事件。

正当中山大街闹出了这大事，大林、玉华、吴启超还有玉华娘正在进士第打小麻将。吴启超从清早就来"拜访"，一直不肯离开，大林偷偷地对玉华说："陪他玩上这一天，看他怎的？"两个人心情特别紧张，却又不得不装出若无其事、安定、闲适的模样，又过四圈又叫陈妈备饭，饭后又上牌桌。吴启超心里有鬼，也装作若无其事，他的任务是侦察、探测这两个重大嫌疑犯的反应：保安司令部在杀他们的人，难道他们会无动于衷？没一点反应？他拼命地谈有关章县的情况，谈宋日升等十一个人将被处决的事情。玉华有点激动，大林却很冷淡，他故意地说："老吴，大事我们管不了，小事不愿管，来，还是玩我们的！"

当从中山大街方向传来了枪声后，三个人都很注意，却又都不愿提起。大林、玉华在关心这场斗争，吴启超觉得枪声来得不平常。不久，陈妈匆匆赶进来说："吴先生，报社有人找。"吴启超匆匆出去，回来时拿起外套、文明杖就要走。大林故意问："报社有事？"吴启超道："事情闹大了，红军闹法场，报社叫我赶快去。"玉华激动极了，大林却说："我想，吴先生还

257

是在我们这儿待待好，如果真有事，路上一定戒严，走不了！"吴启超道："不！我还是回去。"原来出事的地点就在他那不公开的家门口，有部分传单甚至就从他家三楼上散下。保安队在追捕"捣乱分子"时把附近几层楼都封锁了，挨家挨户地抓人，无意中把那"小东西"也逮走了。

吴启超走后，玉华悄悄地问大林："我出去找老魏一下？"大林道："那家伙虽然走了，不会留下人在外面监视？你还是老老实实地待在家里。"玉华却焦急非常："就不知道事情怎样发展的？他们会不会感情冲动，出了问题？"大林道："我相信小林、老魏会小心处理的。"两人当时都没出门。

受难家属去"路祭""收尸"是老魏亲自主持的。从这些受难家属出动后，他一直和她们在一起，玉华交给他的任务，原来只要给敌人来了难堪，振一振革命正气，想不到这群披麻戴孝的家属一出现，竟出了意外的变化，那些家属眼见自己亲人被押解着去受刑，新仇旧恨一起涌上心头，愤怒代替了悲伤，竟控制不住，凶猛地直扑敌人，受难的同志也及时配合上，起来斗争，局势完全变成不可收拾了。眼见敌人惊慌失措中乱了手足，老魏一时也忘记了玉华是怎样交代：要小心谨慎，不要过分地暴露自己，招来不必要的损失。但他却一不做二不休，首先叫着："红军打来了！""共产党进城了！"一时一传十，十传百，都叫开了，使局面越发混乱，敌人越发惊慌，不可收拾了。

那小林临离家时，想到家里还剩下一些传单，当时灵机一动：何不带了走？于是就揣在身上。来到大街上，只见满街都乱哄哄的，他在混乱中混入了大街旁刚修起还没人住的洋楼，登上了三楼；他站定了往下一看，就把传单撒将下去，立时人丛中传单纷飞。朱大同见此情景，立时惊慌失措，大呼："抓共产党！"小林却早已下了楼，混在闹成一团的人群中了。

那"小东西"原也在二楼看"杀人"，眼见那杀人队伍浩浩荡荡开过来，朱大同耀武扬威地骑在马上，受难家属携老拖幼、披麻戴孝地在拦途哀号，她感到难过，想起自己父兄也是这样在反动派刀下牺牲的，忍不住热泪纵流。当她看见有人在散发传单，高呼口号，妇女们、"囚犯"们都动起来，朱大同那样威风扫地，惊慌失措，狼狈奔逃，又忍不住拍手哗笑，笑得多舒畅！一直等到保安队来搜捕"共产党"，踢开她的门，她还兀自在那儿笑。他们问她："共产党呢？"她说："我们这儿有个吴中校，没有共产党。"来人又问:"你笑什么？"小东西把眼一瞪:"我笑你们狼狈相！"说罢又大笑,一直到她和一群被搜捕的"嫌疑犯",被押解上保安司令部去,一路还在笑,她觉得从没这样痛快过。

三

大城一直在混乱中,第二天周维国匆匆从省里赶回来,把所有高级幕僚都骂了,又下命令:"把所有追回来的共犯通通给老子秘密枪毙！"

老黄住在德记旅舍,密切地注意事态的发展,外表却轻松愉快,他和老板娘做起亲戚来,认她做干妈,还送了一份不薄的礼。德记旅舍给逮了好些旅客,却一直没有碰到他。第三天,他设法找到小林,小林一见面就很吃惊:"老黄同志,你为什么还留在城里？"又说,"大林、玉华同志都没事,就只天保娘被捕。"老黄问:"其他情况怎样？"小林说:"反动派花了多大力气,搜了全城,十一个人已被找回十个人,天保同志一直没被找到。反动派围了打铁巷,也没搜到,最后只好把天保娘带走。"

老黄关心地问:"老魏呢？"小林摇摇头笑笑:"我已和他联系上,没有事。我们正在设法和天保娘联系,从第一监狱传出的消息,朱大同亲自审讯老人家,要她把天保同志交出来,她老人家还不知道天保同志逃脱呢,一听就张开嘴笑,说:老天保佑,陈家不会绝后了！反动派打她,她只有一句:要打要杀由你,我反正什么也不说。"老黄听了非常感动,他留了个口信给大林:"敌人是不甘失败的,要加倍小心,要打听出天保同志下落,并迅速转移。"又对小林说:"你不该在那种场合撒传单,太容易暴露。以后要注意。"然后才离开。

城乡交通又恢复了。乡间震动也不下于大城,到处都在传说:红军便衣已进了城,大劫法场。有人还说:"红军真像天兵天将,来无踪去无影。"有人又说:"红军便衣,全是一式黑衣裤,头上扎着红头巾,一排枪打倒了几十个中央军,把犯人背起就腾云驾雾地走了！"一致意见却是:"中央军不行,一个大城住了成个师,只有几十个红军便衣便被打得落花流水！"说罢哈哈大笑。

老黄沿途走去，有意地搜集群众反映，因此，走走停停，凡有人歇足的路亭食摊就停下，心里却在想这一期《农民报》内容得好好反映一下。可是，当他越近潭头时，就越感到气氛不对，有不少人在交头接耳地谈论，谈论什么呢？老黄心内疑惑，问人，人家听他说的是外地口音，都闭口不说，反而都走了。他侧耳偷听，也只是片言只语，只听说：抓了人。抓谁？为什么？全没下文，越发疑惑。

不久，他走近潭头地界，心想：还是绕路走妥当，先到顺娘家打听了再说。他沿小路上山，将近松林时；忽见有人在叫他："老黄同志……"老黄有点意外，却无心避开，只见从刺丛中钻出一个人来，不是别人，正是汪十五。那汪十五面色仓皇，心神不安，拉住老黄就朝刺丛里钻。开口就说："老黄同志，你不能再进村了！"老黄吃惊地问："出事了吗？"汪十五当即说出一件非常不幸的事："我和我女人分开两条路，已等了你好几天，陈聪叛变了，沈常青、沈渊都被捕哩。"

这是平地雷声，老黄面色大变："老宋和顺娘呢？"汪十五呜声说道："老宋同志下落不明，顺娘同志……"说着，就泪如泉涌，"牺牲哩。"像被电流触过一样，老黄感到一阵麻木："为什么？"汪十五抹去眼泪："说来话长，老黄同志，你千万不能再进村，那儿已不是我们的地方，有叛徒和反动派住着。我带你到一个地方去，慢慢告诉你……"说着，他们就朝青霞山走去。汪十五一直把老黄带到一个人迹罕到的石洞，和他对坐着。"是这样，"汪十五道，"叛徒害人呀……"话没说完，就放声大哭。

原来，那陈聪和玉叶有了勾当以后，弄出肚子来，玉叶几次催陈聪赶快解决，陈聪只一味在拖延，还想甩开她不管。那玉叶肚皮一天天大起来，面色苍黄，饮食不思，婆婆以为她有病，叫她去看病，她说无病，坚决不医。沈常青女人和沈常青背地商量之后，决定强制她去看病。那天，他们把镇上一位老大夫请到家，常青女人看过病后，就把大夫带到玉叶房里，对她说："玉叶，大夫来了，你也顺便看看。"那玉叶心里明白却不敢直言，又无法推托，便在婆婆监督下由大夫摸脉。

那大夫摸了一会儿脉问了几句话就起身。常青女人问他："大夫，我媳妇害的是什么病？"大夫只是一言不发，常青女人又问："要不要开方？"大夫摇摇头，笑笑。常青女人觉得奇怪，这大夫一向是有问必答的，为什么今天这样怪，她请他再坐坐，他答："不必了。"一直到快出大门前，他才说："恭喜了，沈伯母。"常青女人很是奇怪，哪来的喜？死死追迫着："大夫你可不能随便开玩笑，是人命上的事。"那大夫被迫不过只好说实话："沈伯母，你媳妇没病，是你快要抱孙子了。"常青女人当时大出意外，待再问些什么，那大夫已上轿走了。

常青女人一回到沈常青那儿，面色非常难看，沈常青问起媳妇的病。她一时委屈不过放声就哭："老头呀，我们家门不幸，养了这样个媳妇，那女人不是好女人，忘恩负义。"沈常青一向是封建保守，一听这话也猜到一些，当时面色苍白，大声责问："再说清楚些！"他女人一把鼻涕一把眼泪地说："大夫说她没有病，偷汉子，把肚皮弄大了！"

那沈常青一听这话还了得，气得七孔生烟，直哆嗦，拿起鸡毛掸就走。当他推开玉叶房间，见她还在伤心饮泣，他闩上门，开口就骂："臭婊子，做的好事！"说着迎头劈面就是一阵痛打，把那玉叶打得随地乱滚，爬进床下，哀声呼救。"告诉我，偷了谁？"沈常青哪容她躲避，伸手揪住头发，用力地打，打过又骂，骂过又打："说不说？不说你今天也别想活了！"

那金枝玉叶的女人从没挨过这样痛打，一身都是伤痕，痛不过就把什么都说了。沈常青把女人、丫头叫进来："把她所有的金银首饰都给我搜出来。"一搜大部分首饰又不见了，沈常青挥起鸡毛掸子又问："我给你的首饰珠宝到哪儿去了？"那玉叶跪倒在地，直认不讳："全叫陈聪拿走了，他答应和我逃走。"

沈常青叫把玉叶锁住，气冲冲地下楼，他女人问他："你上哪儿去？"沈常青道："我找那姓陈的流氓算账去。"他女人却死死缠住他："老头呀，你想死啦，人家年轻轻的，一拳怕不丧掉你的命。还是把沈渊找来，叫沈渊来讲理，人是他找来的，出了这事他能不管？"沈常青听了也觉有理，便派人去叫沈渊："务必立即赶来！"

那沈渊一听说叔父家出了大事，三步当两步扶病赶来。当沈常青对他说了事件经过，常青女人又从旁责备："渊侄，我们没有对不起你的地方，为什么引狼入室、把我们害得这样惨？"那沈渊也是火暴性子，一时兴起，也大骂陈聪这流氓痞子忘恩负义，拿起扁担就要去找陈聪算账。常青女人却出了主意："渊侄，你也不是他的对手，派人把他叫来，再好好教训他！"

果然就派人去请陈聪。

那陈聪还在鼓里哩，一听叫唤就和平时一样，兴冲冲地走来。一进门，铁闸就被关上，沈渊、沈常青和他女人，一字排地站着，正在等他，看来要审讯他了。先由沈常青开口问："姓陈的，你到我学校做事，这几年来，我对你怎样？"那陈聪虽觉形势有异，心有不安，却还满面笑容说："沈校董像父母一样关怀照顾我。"沈常青又问："你该怎样对我？"陈聪是个聪明人，见他话中有话，多少也猜出一些，正想来个"君子不吃眼前亏"，四面铁门全被锁上，他想插翼也难飞，便硬着头皮回答："我应该报您的大恩。"那沈常青于是便大声喝道："你为什么恩将仇报？"说着挥起扶杖迎头就打。

那陈聪心里有事不敢还手，却对沈渊呼起"救命"，这时沈渊也已气得说不出话，早准备起扁担一条，抢起就打："你这流氓地痞，我哪件对不起你？你为什么要害玉叶？"常青女人一时气不过也挥动竹扫帚来打："你骗钱、骗色，又想拐人！"那陈聪被打得急了，想还手，早有丫头长工把他拉住，只有挨打的份了。他一见大势已去，只好跪地求饶。可是谁能饶过他，一时扶杖、扁担、竹扫帚，再加上长工的几下拳头，把他打得落地乱滚，满身满面伤痕，只好装死，那沈常青怕他真的死了，才命令："把他赶出去，学校也不办了！"

那陈聪被逐出洋灰楼，自知混不下去，也无面见人，匆匆收拾起行李，上镇去请挑夫。刚好在路口碰上汪十五，请他来挑。这时黄洛夫正在顺娘家，陈聪字也不留一个，满怀愤恨，挑起行李就走。汪十五替他挑着行李，沿公路上走，正走到池塘村口时，忽见林雄模带着五六个人，前呼后拥地从池塘出来要进城。一见那陈聪行动诡秘，衣衫破烂，面带伤痕，连忙叫何中尉去打招呼。

那何中尉当下问："陈校长，怎么走得这样匆忙？"陈聪摇头叹气道："我辞职不干了。"林雄模也走近前："和谁打架来的？"陈聪一听这话就流下泪："我是只奶牛呀，奶挤完了，也只好上屠场。"林雄模故意问："这话怎讲？"陈聪感到难堪，呜呜只哭："东家把我打了！"林雄模正想了解沈渊，这一说正中他心意："沈渊不是你的老朋友吗？为什么不帮你说几句话？"陈聪一听到沈渊更是咬牙切齿："他还帮着主人打我！"那林雄模脑筋一转，知道其中大有文章，用手一拉："走！到我家去，我们谈谈。"说着就回村，汪十五仍旧挑着行李，跟他们走。

进了特派员办公室后，林雄模关怀备至，叫人替他敷伤，又叫备酒"压惊"。他的温情厚意，叫陈聪大为感动，加上几杯酒下肚，就大发牢骚："沈常青打我，我不怪，反正他儿媳妇是被我玩了。沈渊也打我，我就不服，他是个什么人，居然也帮助资产阶级来压迫无产阶级。"林雄模假装糊涂："沈渊不也和沈常青一样，是个资产阶级？"陈聪开怀痛饮："你不知道，他是共……"林雄模问："你说他是共产党？"又笑着说，"老哥，这年头共产党的帽子，可不能随便给人加呀。你和我是朋友，沈渊和我也是朋友。"陈聪怨气未消："他是你的朋友，你就要更加小心，他装病，他说他什么也不干，是幌子，想骗人，是个不折不扣的共产党。"

林雄模一面替陈聪斟酒，一面对何中尉做眼色，何中尉找个借口就偷偷溜出去，却躲在隔壁房间偷做记录，那林雄模一边劝饮，一边又问："那你呢？"陈聪道："我就因为不是党员才吃亏，学校是我经手办起来的，名义是校长却无实权，经费要交给他们，人来人往，我也不能过问，什么活动也不能参加，设的秘密机关，还不许我知道。"林雄模对这送上门来的情报，大加赞赏，却装作毫不在乎的样子："这样说来，你这间学校也是共党机关了？"陈聪道："当然是机关，你认得陈鸿？"林雄模摇头道："不知道。"陈聪得意扬扬地说："刺州共产党第一号人物，他的头就挂在大城贞节坊上示众过。"林雄模问："人死了你还提他干什么？"陈聪道："就是他和沈渊勾结在一起，通过沈渊又去勾结沈常青才把学校办起来的。"林雄模道："这样看来，沈常青也是共产党了？"陈聪道："当共产党没资格，当个外围，像我一样倒差不多。"

林雄模道："你说第二号共产党大人物又是谁？"陈聪稍作沉吟，心想：我现在已和他们全面破裂了，一不做二不休，就把什么都说了吧。便说："一个姓王的，叫王泉生，高高瘦瘦，双腿长长，三十来岁，大学生。"林雄模又问："第三号大人物又是谁？"陈聪道："那王泉生代替了陈鸿来领导我。后来，他走了，又来了个姓黄的，外地口音，四十上下。"

林雄模问："那么第四号大人物又是谁？"陈聪道："就是我们那宋老师。"林雄模吃惊道："第四号大人物却是个教师？"陈聪道："别小看他，秘密印刷厂、地下报全是他一个人在主持。"林雄模问："就是那份《农民报》，在你们那儿印刷的？"陈聪道："机关不设在我们学校，是设在一个小寡妇叫顺娘的家里。"林雄模问："你说那姓宋的是个什么样人？"陈聪道："是学生，短短胖胖，二十来岁，美术字写得特别好。"这下林雄模就想起那张学校布告为什么那样面熟，原来他是在《农民报》上看见的。正待继续追问，那陈聪已酩酊大醉。林雄模叫何中尉把陈聪扶进房去："派人守住，不许他离开一步！"

这时有人来请示："陈校长的行李怎么办？"林雄模道："留下！""挑夫呢？"叫他滚！"原来那汪十五就在离客厅不远的走廊下守着那担行李，陈聪说的他全听到了，内心十分着急，恨不得立刻就离开，把这重大变化通知黄洛夫和顺娘，一听说："叫他滚！"连挑夫钱也不要，丢下行李就飞奔回村。

那汪十五一赶回村，全村都闹翻了，人人都在谈论陈聪的臭史，嘲笑那洋灰楼第一号大财主。他匆匆赶到顺娘家，把他所见所闻的全说了。那黄洛夫当时只是叫苦，大骂沈渊坏事。又说："老黄同志不在家我们怎么办？"顺娘却说："不能等待，赶快走！"又对十五说："老黄同志不在，什么时候回来不知道，你设法到五里外地方路口去等他，告诉他这件事，千万不能进村！"

他们把报社钢笔、钢板、油墨、纸张、行李分装上两大麻袋，从后门直扛上青霞山。顺娘在半山一个石洞里，把黄洛夫安置好，喘息稍定，想起在床底下还有一大麻袋印就的本期《农民报》，觉得丢给敌人太可惜，又见村里没一点动静，便对黄洛夫说："看来，敌人要动手也不会这样快，让我下去再把那袋《农民报》扛回来，顺便也带点吃的。"黄洛夫只是不同意，他说："已经上了山，不能再去冒这个险。"顺娘却说："地方我熟识，你不用怕。那些《农民报》是党的财产，我们又都花过心血的，不能白丢给反动派！"执意要走。双方吵了一顿，黄洛夫说服不了她，最后也只好同意，叫她快去快回。临走时又反复叮嘱："一见形势不对就回来，别因小失大！"顺娘也交代："万一我出事，回不来，你就赶快转移，这儿不是久留之地！"

顺娘利用朦胧夜色，飞步下山，她走走停停，停停走走，过松林向桃花园推进，只见那独家寡屋没有灯火，也没人声，静悄悄的，心想："没事！"便要进屋，刚一进门，就听见一声："抓住！"从黑暗中奔出几个人，伸手来抓，她用力把他们一推，返身正待要跑，说时迟那时快，门外四面八方都钻出人来，火把明亮，被困在人中，她一时着急：死也不当俘虏！纵身只一跳就过篱笆，一转身进入桃园，那潜伏的敌人却紧追不舍。她穿过桃园又想朝松林跑，一声："开枪！"枪声就响了。她在奔突中，只觉得胸口、肚子、腿上一阵麻痛，再也走不动了。

原来在黄昏前，林雄模带同陈聪会同为民镇的王连，分三路进入潭头，一路直趋洋灰楼捉拿沈常青、沈渊，一路到顺娘家潜伏着，另一路到学校宿舍。那陈聪捉拿了沈常青、沈渊后，得意扬扬地给了他们几记耳光说："你们也有今日！"林雄模却对沈渊说："沈先生，我等候有这一天已有许久了！"

沈常青开口大骂陈聪忘恩负义，沈渊却低头不语。那陈聪把玉叶放出时，也说："玉叶，特派员已答应我，从今天起你就是我的，这幢洋房也是我的了！"玉叶一见家里被抢，沈常青、沈渊被绑就放声大哭，对陈聪哀求着："把我带到哪儿都可以，不要抓他们！"陈聪一不做二不休，麻风已出到脸也只好强干到底，冷笑着说："共产党不抓还行！"他把住在楼上的人都赶下楼，把沈常青房间让给林雄模做审讯室，自己却拉着玉叶进她卧室："让我们也好好地过一夜。"

当何中尉等一帮人把顺娘尸体和那袋《农民报》抬到洋灰楼，林雄模甩手在她胸口只一按，就跌足道："为什么不抓活的？"何中尉道："我也说要抓活的，可是她顽强得很，就像兔子一样在跑呀！"林雄模问："那姓宋的呢？"何中尉道："没找到，看样子，早已逃上山！"林雄模当即下了命令："看来也逃不远，打上火把给我搜山！"他只在洋灰楼留下一班人，其余的都搜山去了。

搜山队直到天亮还没搜到人，林雄模把王连长留下继续搜捕，就押着沈渊、沈常青、陈聪，还有顺娘的尸体进城去请功了。

四

老黄听完十五的报告，十分焦急，心想："如此一来，大林也危矣！"便对汪十五交代道："好好地工作，稳定同志们的情绪，有事我会派人来！"

他们约定碰头地点、暗号，老黄又说："黄洛夫同志没有被捕，看来也还在这山上，设法找到他，把他掩护起来！"说罢就朝清源方向走。他想：无论如何得通知大林离开。

当他走进老六家，意外地听说黄洛夫已在这儿，一块石头下地。原来那黄洛夫从顺娘下山后，一个人在荒山上又焦急又担惊，总怕顺娘出事，他一直在洞里守住那两只麻袋，怕一离开会被人抢走似的，时间也过得特别长，坐一会儿又起来走动走动，最后索性跑出山洞。只见在潭头方向静悄悄的，他想：也许顺娘的话是对的，敌人要动手不会来得这样快。要是她能安全回来，在这荒山里多有诗意，多富浪漫色彩啊！

他坐在草地上，口里嚼着草根，它有点甜又有点苦涩，倒像野树上长出的山楂。顺娘每次上山回来，总要摘一把山楂，装在围兜里，悄悄地放在他面前说："吃点，多好的山楂果！"有时找不到山楂，就摘"逃军粮"，他记起顺娘说过关于逃军粮的故事："小时候，我们一家人，逃兵灾，上山，什么吃的也没有，村里住着兵下不来，娘就叫我们去摘逃军粮，她说：孩子，这叫逃军粮，老天不绝人，遍山都是，吃了止饥又止渴，有几天时间，我们都是吃这种粮食。"黄洛夫想：天一亮就找逃军粮充饥！

想念很多，愁绪很多，突然听见从村那边传来一阵枪声，他惊慌极了，当时想逃进洞，想想还远，又停住。而那枪声却越响越密，接着又是人声，又是火光，他忍不住叫了声苦。"出事了。"他想。但他还把希望寄托在顺娘的机智勇敢上，也许他们抓不着她，打不中她。他等着，等着。顺娘没回来，人声却十分嘈杂，几路火把满山遍野而来，似乎是在搜山。

他不能不相信她真的出事了，自己也在危急状态中，当时拔足就跑。盲目地跑了一段路，想起那两只麻袋都是党的财产。"我们弄来可不容易呀，能让敌人白白抢走？不！不能！"他又回头，爬进山洞匆匆忙忙藏好。待要出洞，又想起万一我们要再出版《农民报》没这些工具怎么办？又回头去找，在黑暗中从麻包里找出钢板、钢笔和一筒蜡纸，往袋里、怀里塞好，匆匆出洞。乱走了一阵，但还没解决上哪去的问题。他想：除了这儿和清源我能到哪儿去呢？潭头回不去了，生路只有一条，上清源去！他利用星斗位置，大体摸了个方向，七上八下地走了。

他记不起是在什么时候走下山，也记不起在什么时候穿过刺禾公路，在慌乱中掉了一只鞋，七上八下，多不方便，索性把另一只也丢了。衣服被野刺钩破割裂，也管不了。他只紧紧地护住那块钢板、那支钢笔和那筒蜡纸，其余的都不管了。他就是这样凭着一点记忆，一点信念，向他认为对的方向走，一直到天亮才走到桐江边。

经过这一夜惊恐、奔波，真是又饥、又渴、又累，但心情特别舒畅，他想：终于逃出虎口了，担心的是顺娘不知怎样，他到江边喝了水，洗了面，整理一下衣服，却认不清清源渡头的方向，又不敢问。他一个人悄悄地坐在江边休息了约有半小时，见有一个放牧儿童骑在水牛背上，沿江岸而来，心想问问孩子该不会有什么，便问："小朋友，上清源渡头往哪条路走？"那孩子用手一指："沿岸边走，一直走，再有五里地就到。"又兀自放牧去了。他按照那牧童指点的方向，鼓起勇气继续前进，也顾不了衣服已被撕得东一块西一缕了。

阿玉公孙俩正忙于摆渡，一见他那狼狈相，阿玉就忍俊不禁地笑了。他当时偷偷把她拉过一边，阿玉不待他开口丢眼又说话："表哥，还没吃早饭吧？等会儿上我家吃去！"过了渡口，阿玉把渡船交给她公公，带他上茅屋去，一见面就说："看你那样子，活像个叫花！"心里却热辣辣的，从他们分手后，她多想念他呀，就是没机会见面，这时见了怎不高兴？黄洛夫却说："我是从武装敌人包围下逃出来的，要见马叔。"阿玉满怀高兴地说："马叔不在，六叔在，我替你找。你这个样子千万使不得，人家见了会怀疑。"说着，就去翻箱倒箧，从旧衣堆里拿出一套满是补丁又粗又大的土布衫裤："换上，难看点没关系。"将近黄昏时，又把他带去见老六。

老六听了报告也很焦急，可是老黄不在。他说："你暂时在阿玉那儿住，有事我通知你！"阿玉这次不仅高兴地接受任务，而且十分主动。这个早熟的少女，从上次和黄洛夫见过面，住了几天，对他总不忘情，她觉得他很合自己心意：坦率、大方，有时还有点傻气，但热情忠厚，最使她印象深刻的，是他们在一条小艇上过了好几天，孤男寡女，她又随便大方，他从没对她起过邪念，说调引人的话，把她当家人，当自己妹妹，在她十多年来的记忆中，像他这样的人还是第一个！渔家人到了陆地，一向是不大被人当人待的，特别是那些女孩子，谁不见了起邪念？动手动足？好像从海上过来的，就没一个是正经人似的。

他走后，六叔问她："洋学生在你那儿，没给你什么麻烦？"她就说："洋学生好，就是太老实些。"老六问："怎样个老实法？"阿玉只把头低着。老六又问："你对他很有意思？"她也不否认："我喜欢他，是个好人！"黄洛夫上了艇，阿玉便对他说了好多好多话，像没个完似的，说她每次上了艇，就想起他，老放不开一个想头："什么时候能再见见他呀？"就是不敢对六叔提。

老六不在家，老黄就对玉蒜说："大嫂，烦你走一趟，把阿玉找来。叫她也准备准备，上城！"玉蒜出去约有半个时辰阿玉便来了，一听说要派她进城，就料定会有特殊任务，因此随身携带那套护身道具。一见老黄，和过去一样正正经经，规规矩矩叫了声："马叔。"老黄匆匆把她叫过一边，低声而严肃地叮嘱："有一封要紧的信，要你马上送进城去交给小林。还要等他回信，我在这儿等回信。"阿玉机灵地点点头。老黄又说："你复述一遍给我听。"他总觉得这孩子有点粗心。那阿玉便复述着："有一封要紧的信，要马上送进城交给小林。还要等回信，马叔在这儿等。"老黄放心："记性真不错——聪明。"又问，"执行任务有困难吗？"阿玉照例答声："叫我上龙官取宝也没困难。"老黄道："那就走吧。"

阿玉把宽边竹笠戴上，背起鱼篓，飘着那条又粗又黑的长辫子，离开老六家，过了渡就向东门进发。她喜欢走东门，虽然要多走几步。那东门的守门兵和她打得特别热，人家进出要招许多麻烦，有时还要搜身，而她却十分自由。那守门兵只要一见她面，就特别活跃。虽然对她不免也例行公事地问了声："干什么的？"那阿玉却是满面笑容，不慌不忙地说："老娘进城卖鱼的，你没看见？"故意把鱼篓盖打开。有一个班长模样的人走近前，她便说："老总买两条去下酒吧，生猛得很，刚刚从江里捞上来的。"说着顺手从里面提出一条又肥又大的，交给他，那士兵张望一下见没人注意，提着就挂到城门背铁钩上，照例又说声："没带零钱，下次一起付吧。"阿玉也大大方方地把鱼篓盖一盖说声："小意思，只要老总吃了不嫌刺多。"对他们挤挤眼，做个怪面，便扬长过去。

那些士兵常常从她那儿得到免费鲜鱼虾供应，因而也特别照顾她。倒有一次，换来班新守城兵，要调开的守城兵交代过：想吃鲜鱼就不要去碰那姑娘，浑身是刺呀。那新守城兵中一个下士，拿了她一条鱼，见她长得俏，又是渔家，想揩油，伸手就朝她胸口摸去。她把面孔只一板，圆睁双眼，倒竖怒眉，一手就把他打回去，说："你下次再这样，我就不走你们这倒霉东门！"那些士兵见她发起威，怕下次没油水，便都过来说好话，作好作歹地把她劝开。从那次后，那下士也不敢再毛手毛脚，只希望继续有鲜鱼虾吃。

那阿玉进得城，迤逦走过东门街，转过中山大街。一路见市面零落，行人稀少，从闹过那场大事后，人心似未全定。她匆匆走近贞节坊，忽见牌坊下当街一摊鲜血，有两头野狗争着舐那血水，过往的人都掩鼻绕进骑楼，不敢从牌坊下通过。她一时大意，也没注意到贞节坊上有什么，照旧走了过去。只听得两侧店铺有人在笑，她回转身，抬头一看，也大吃一惊，连声骂着："哪个作孽，把人头挂在街中，吓唬人！"原来在贞节坊上就挂着一颗人头，她一看又是个女的，一头血污长发。她有任务在身，无心多看，从中山大街，又趸进鱼行街。

这时鱼行街几乎没人走动，大半店铺都只留下一两个人看铺面，因为是做批发不做零售的，只有清晨热闹。小林一人在守铺，一见她来就问："有鲜鱼虾卖？"阿玉见左右没人，便跨步进去说："要买趁早，迟了就别想吃。"小林打开篓盖伸手去翻着，阿玉早已从怀里掏出那封信，低低说："马叔叫你马上回信，他在等。"小林从篓里挑出几条鲜鱼，说声："我拿钱给你！"匆匆进屋，把信打开一看，当时就大惊失色。出来说："我来不及回信了，你告诉马叔，我马上通知，就怕赶不及。你快走！"

阿玉匆匆离开鱼行街，把最后几条鲜鱼廉价卖了，又赶出东门。

五

那小林接到老黄通知后，心里甚是焦急，他必须立刻通知大林，告诉他陈聪叛变，迅速离开。但又怕进士第被监视，想到刺州女中找玉华，早又听玉华通知：女中也有人监视。那他怎么办呢？当下想来想去，想不出个妥善办法，最后才下了大决心：到监察府去！他把铺面请人代看，匆匆离开鱼行街，直趋监察府。

那监察府在横街上，四周几乎都是高等住宅，平时少有人往来。当他走近那横街街口，街灯已经亮了，有一辆小汽车停在那儿，汽车里坐着司机，在街口前后左右，又有几个面孔陌生的人在那儿走动，小林眼快，觉得有点不对，这小汽车、这几个人来这儿做什么的？是什么大人物来拜会蔡监察，还是另有其事？没敢进去，刚好在斜对面有间馃铺，他便进去买了两块甜馃，借故坐在铺门口吃，观观动静。

不久，果见有一个人匆匆从横街走出，和那几个人交头接耳地谈了一会儿，那几个人便纷纷取出火器，司机也开足油门做了准备，小林更加莫名其妙了："难道在抓人？"正疑虑间，只见大林挟着大公事包从横街匆匆走出，刚到街口，就有人叫他："林先生！"这一声好像是发出的信号，那群陌生人已一拥而上，大林一见来头不对，返身就走，说时迟那时快，已被团团围住，大林叫声："你们想绑票吗？"没有人回答他，有一人挥拳就打，当场把他打昏，一声呼啸，拥上车就走。小林见大林被人绑走，只是叫苦，却不敢出门，馃铺老板对他说："小兄弟赶快走，这世界人命贱得很哩。"

大林被绑了，小林相信玉华也一定出事，更不敢到进士第和刺州女中去。可是他该怎么办？他想起老魏："对，找他商量去！"

绑架大林的事，是经过保安司令部特务科一番布置的。

原来那林雄模押了沈渊、沈常青、陈聪一干人员进城邀功，朱大同就会同有关人员吴启超、林雄模共同进行审讯。他们先审讯了陈聪，那叛徒已麻风出上面，一不做二不休了，把自己所知的和盘托出，当他供到那王泉生时，吴启超特别注意，他详细地问了有关这个人的特征言行，心里早有几成把握了。当陈聪供到老宋，他也十分注意，问得更加仔细。

初步审讯完毕，三个人退到机密室进行商量。吴启超不等朱大同开口就先提出请求："老朱，这两个人我有把握，而且一向是我经办的，请你交给我办吧。"朱大同还弄不清这两人的来龙去脉，便问："你认得他们？"吴启超蛮有把握地说："从犯人所供的特征看，所谓王泉生也者即是林天成，也可能就是德昌。此人我注意侦察久了，就是没有证据。至于那个所谓宋学文，我刚刚把他手刻的《农民报》和他手刻的《刺州文艺》比较过，是一样字迹，也可以肯定就是黄洛夫。上次动手迟一步，被他逃走了，现在虽没有下落，也不怕他逃出我这如来佛的掌心。"

林雄模却不敢太大意，他说："王泉生是否就是林天成，还得对证。他现在是蔡监察手下红人，不可轻动。"吴启超道："要对证也不难，他现在每天都上监察府去办公，我们可以把陈聪秘密藏在街口叫他认，认明无误了才动手。"朱大同又问："你是说公开逮捕他，还是……"吴启超道："不论在什么情况下，都应该秘密下手。"朱大同问："理由呢？"吴启超道："为了避免那蔡老头纠缠不清，也为了我对蔡玉华现在还不想动手。"朱大同笑道："暂时留下你那迟开的玫瑰有什么用？"吴启超道："用处大得很，林天成一被捕，林的线可能还会牵到她那儿去，这样我们就可以一石二鸟。"

商议停当之后，他们又对沈渊、沈常青审讯一番。沈渊一口拒绝陈聪的指控，他说："我是病人，从回国后什么活动也没有，关系也没有，陈聪为人卑鄙，恩将仇报，不念我给他的友谊帮助、叔叔对他的信任，却无耻地来勾引我弟妇，骗她的私蓄以期达到财色两收目的。我没有错，如果说错，就错在不该打那坏蛋一顿！"至于那沈常青，他也矢口否认陈聪的指控："谁不知道我是潭头第一大户？古往今来你们听说过大资本家当共产党的？这陈聪不是正人君子，是个卑鄙小人，他私报公仇，含血喷人，打死我也不承认！"他们虽然多次挨打，又叫陈聪来对证，也不肯招认。最后，他们就把希望寄托在林天成身上，只要这"第二号大人物"一招供，便可以真相大白了！

那吴启超亲自押解陈聪到蔡监察府外横街口秘密地认了大林，陈聪说："就是他，把他砍成肉碎我也认得出！"这样就发生了对大林的绑架事件。

大林一直被秘密绑到保安司令部特别刑讯室。审讯时朱大同、吴启超、林雄模一排列地坐定。吴启超一见面就欠身而起，故意说道："林先生，久违了。"大林故表欣慰道："吴先生也在这儿？那我完全可以放心了。最低限度也有一个新闻记者在场证明我是怎样被绑架来的。"回头又去责问朱大同："朱科长，我完全不能理解你们用这样绑架手段到底为的是什么？我是堂堂的监察府秘书，有名有姓有住所，有事可以通过正式手续找我，为什么在光天化日之下用这种匪徒绑劫行为？真太令人难解！"

这一番话把朱大同说得面色一阵青一阵红的，他忽然老羞成怒地拍起桌来："少废话！德昌，你现在已落在我手上了，放老实些，把你们党的组织人员通通给我招出来，以免我来动刑。"吴启超接着也说："林先生，我们是老朋友，我极愿在你困难的时候助你一臂之力。不过问题还在你自己。你现在是到了非常危难的境地，要保存你的名誉、社会地位、娇妻和蔡监察的信任，就得好好招供，为党国效劳；不然要身败名裂，坐老虎凳、被杀头。何去何从，全看你自己了。"

大林笑道："你们所说的，我全不明白。到底我犯了什么罪？"朱大同道："你是共产党头子，你犯了危害民国罪。"大林只想笑："你有什么证据？"朱大同喝道："我们有人证！"吴启超也说："我们早就知道你就是德昌。"大林微笑着说："我叫林天成。"朱大同叫着："你叫德昌！"大林还是从容不迫地说："要栽赃也不是这样的栽法……"朱大同用力把桌子一拍："你胡赖！陈聪已供出你来！"当下大林有点吃惊，却装作惘然不知："谁是陈聪，他是干什么的？我从来不知道有这个人。"朱大同还是声势汹汹："你还装！老子就叫他出来和你对证。"大林依然面不改容："平生不做亏心事，你叫鬼来我也不怕。"心里却在想万一真有其事又该如何应付呢？从他被绑的那时起，他已下定决心：最多也不过一死！因此，他表现得特别坚定。

那朱大同见一时攻不下来，低低地和吴启超、林雄模交换下意见，便传令把陈聪带上。一会儿陈聪果然就被带上，这可耻的叛徒一见面就装作痛苦不堪的样子，叫声："王同志，我不是有意出卖你，实在是受刑不过。我已认了，你也认吧。"那大林把陈聪上下打量了半天，才吃惊地说："哪来这个人，我从未见过！"陈聪还说："王同志，你是我的领导，从陈鸿同志被杀后，就是你来领导我工作的。"大林把双眼一瞪，怒声斥责道："你这人好无理，如何敢在公堂上胡说八道，含血喷人！谁是陈鸿，我也从未见过面。你是哪来的流氓骗子，胡乱告密，自己想升官发财，可不许含血喷人呀！"把那叛徒骂得满面通红，低头不语。朱大同忙又喝道："林天成，你还是不认，我可以再传第二个证人来！"说着，叫把陈聪推下，又带上沈渊。

那沈渊从被捕的那时起也自己考虑着：我为人刚直一生，从未做过一件违背良心、对不起党的事，虽然有时也有点小小过错，特别是从牢里放出来后，胆小怕事。原以为从此可以安定地过下去，没想到我这个打算也是错的。这些日来，我小心谨慎，唯恐出事，结果还不免落得这样个地步。人说：人死留名，虎死留皮，我沈渊虽过去没有什么大作为过，多少也是党教育过来的，生时虽不能为党多做工作，死时也决不能玷辱党。沈渊呀沈渊，你得坚定呀，不要让你的子孙后代也受玷污，被人辱骂：曾叛变过革命，出卖过同志……

他决心不承认任何足以使他受到污辱的事。他想："大丈夫不做个轰轰烈烈的男子汉，也该保住清白身！"因此，当他被推出刑堂，朱大同温和地对他说："姓沈的，只要你说出这位林天成先生是不是和你有来往，我就放你出去。"沈渊把大林一看，心里十分难过，就闹不清楚大林怎样也被牵进来了，也许又是陈聪那该死的叛徒告密的？便摇摇头说："我没见过这个人！"大林原也十分担心，怕他变坏，像他这样胆小怕死的，一旦受不了刑，也很难说。一见他有这样坚定表示，一时也放声笑道："朱科长，不要诬陷好人，这位先生说不认识我，我又何尝认识他？你如有所谓人证不妨再搬几个出来，我倒要请你注意，你这样无辜地陷害现任政府官员，又该受什么责罚？就算我可以原谅你，蔡监察也决不会饶你！"那二个人低低地交换了会儿意见，便叫休息。

当大林再度被传讯时，由于他的顽强抗拒，便受刑了。

在初次审讯没有结果后，朱大同和吴启超曾交换过意见，朱大同主张给他狠狠地来一下："我不相信共产党都是钢铁做成的，不怕痛！"吴启超却说："如果他真的是大人物，留点余地对我们还是有用的。"他主张"先礼后兵"，由他先以"老朋友"身份去说服说服："不行了再动手。"朱大同也不反对。这样吴启超便到"特别拘留所"去找大林。

大林在特别拘留所里忧恨交织，情况他已慢慢摸清了，陈聪叛变，牵连到沈渊、沈常青和自己，却不知道为什么会出这件事，也不见有顺娘、汪十五和老黄。"大概他们都没事了吧？"他想，感到欣慰。

对陈聪这个人，他早看出他不可靠，必须及早处理，不知道老黄为什么还不处理，招来这个不幸。其实，也不能怪老黄，要处理陈聪的打算已有好多时候了，他对陈鸿提过，陈鸿也有这个意思，自己接手潭头工作，也有打算，就是下不了决心，有困难，陈聪和沈常青关系密切，受到信任，找人代替难，加上他们一向还是把这当作内部问题来处理，批评批评、教育教育就算了，想不到一错百错！他实在痛心："丧失对革命敌人的警惕，就是对革命的过失！"

对沈渊的估计，看来自己过去却有点过分了，他对他一向印象不好，认为这个人后退了，在慢慢地变坏，经不起新的考验，没想到他这次的表现如此之坚强，拒绝出卖同志。他看人看得不够深刻，只看沈渊的表面，胆小怕事，没有看到他的另一面：到底还是长期受了党的教育过来，在南洋坐牢，吃过不少苦头，也还没有做出对不起组织的事，他的革命品质还是好的，只是带来更多缺点罢了，特别是摆脱不了封建的家庭关系。"革命同志能没缺点？"他想，"只要能对党忠诚，经得起暴风雨考验，基本是好的，这些缺点也就不那么重要，可以通过党的帮助教育慢慢来改变。"他感到内疚：在他和沈渊联系接触期间，对他很少帮助，在思想上提高他，只把他当作一个既不完全信任，又不愿放弃的具有严重缺点的同志来处理，有事用他，无事也就放过一边。陈聪的事，他发现原比较早，如能早提出和沈渊商量，也许不至于发展到现在这样不可收拾的地步。

他对外面非常之关心：他被秘密逮捕的事组织上知道了吗？老黄现在做什么？玉华的安全又怎样？如果组织上知道了，会怎样来估计自己？玉华如果也不幸被捕，他相信她也会坚持，对党忠诚。"可是她……"他想，"已有孩子。平时的表现也很刚强，但由于家庭出身不好，未受过严酷的考验，能受得住这样的风浪？"更使他不放心的是那卑鄙小人吴启超。"他对她，看来似乎在政治上有怀疑之外，还有个人的企图，万一也落在他手中……"他感到难堪。

他相信他这次被捕，情节是非常严重的，朱大同直指他就是德昌，陈聪也一口咬定他们的关系，难道他们已掌握了自己的材料？已弄清楚他在剌州党的地位？"可是，"他又想，"为什么又不敢公开逮捕我呢？"第一次审讯经过他驳斥之后，敌人也不是那样"理直气壮"，他特别注意，当他对他们提出抗议，并提到蔡监察对他们这种罪行将不会饶恕时，他们又是那样的慌乱，草草收兵。他想："他们也许还没完全掌握我的材料，对我这个蔡监察的亲戚、亲信人士，也还有一番顾虑。那就这样，他怕蔡监察，我就要求他正式通知蔡监察，看他怎么办？"

因此，当吴启超用伪善的笑容，带上水果日用品等一类东西来"探"他时，他就表现得非常之自然镇定，并且对吴启超说："老吴，你们这样来对待一个监察府的秘书，实在太不光彩太可笑了，有事我不怕和你们一起在蔡监察面前说明白，怎可以根据一个莫须有的瞎扯，来定一个在社会上有身份有地位的人的罪呢？我的为人你不知道，说什么也不能把我和共产党拉在一起，如果像我这样的人，既不写文章骂人，也没任何证据可以被安上共产党，那你在报上写了那么多攻击现状的文章，又该被安上什么呢？"

那吴启超倒十分奸猾，他笑着说："林先生，我是个什么人，你现在也该知道了吧，你的事和我不同，如果你做了我们的人，你再去做共产党地下组织的第一号大人物，甚至于公开写文章攻击现政府，我们也会全力支持你的。可惜，你现在还不是我们的人，而且是和我敌对的！我是你的老朋友，现在就用老朋友的地位来劝导你，放弃你的信仰和立场吧，乘人不注意时，我们可以把你放出去，让你再回到你的同志那儿去，照样做你在共产党地下组织中的大人物，也一样安安稳稳地坐在监察府里你的机要秘书地位上。没有什么麻烦的事，只要你办个简单手续。"说着，从衣袋里掏出一份自新书朝大林面前一摆，"在上面签个字。那么，你马上就可以自由，就可以出去，以后谁也不会去麻烦你了。"

那大林把面孔一板，生气地说："姓吴的，你把我当什么人？"他把那份自新书一推，站起身来就来回走动，"我和你所说的没有任何关系！"吴启超并不为此而生气，他见过这类人不少了，他还是笑容可掬地说："小老弟，你还年轻不懂事，政治上的事情我比你懂得多，英雄不吃眼前亏，你年轻有为，又得蔡监察信任，如果在政界上混，将来还是大有前途呀，何必为那即将被扑灭的共产党葬送自己前途呢？我劝你看开一点，在这样的时代，人不为己，天诛地灭，算了，还是个人前途为重，地位、官阶、汽车、洋房都在等你！"

大林只是冷笑，一阵恶心，几乎使他想吐，那吴启超接着又说："你不考虑你自己的前途，也得替你那美如天仙的娇妻考虑呀。你不回头，她将失去自己丈夫，她将孤苦伶仃地一个人在过凄凉绝望日子。也许还不止此，还有更可怕的事在等她，她也会受你的牵连，她也会被捕，并且受到残酷的肉体摧残。你知道，我们那朱科长可不好惹，他是个杀人魔王，他对女人有特别的方法，使她既活不下去，又死不了。你替你的女人考虑过没有？她的命运也在你手上。"

他的卑劣言辞，越说越使大林反感，但他也知道在这时和他辩论没有好处，他还应该保持他和一切都无关的身份，他说："姓吴的，你所说的一切，都与我无关，我没有办法做，也无必要做，请你收回你的所有不切实际的打算吧。如果你真的是我的朋友，那就请你帮一帮我的忙，把我被秘密逮捕的事，告诉蔡监察。"吴启超问："那你是决心不自新了？"大林也理直气壮地说："我什么也不是，我自新什么？"那吴启超把笑面一收，也露出狰狞面目："你真的是敬酒不吃，吃罚酒？"大林也大声喊道："我立得正，我不怕一切威胁恐吓！"那吴启超虎地一站："你真的是要死硬到底？"大林也不客气："谈不上！"那吴启超把送来的礼品顺手收起，返身就走。临近门边，又回过头来，心平气和地说："小老弟，我看你还是平心静气地想想。"大林用手一摆："去你的，我没有什么好想的！"

这次谈话算是失败了，吴启超向朱大同汇报之后，朱大同就说："你那一套不行，还是看我的吧！"因此，再度提审时，大林就受刑了。

一场严刑拷打之后，大林就昏过去了，他当时只有一个念头：反正我是什么都不承认、不说的，要杀你就杀，死并没有什么可怕，人终归要死。自然死也有各种各样死法，有重如泰山的死法，也有轻如鸿毛的死法，我们共产党人要的就是要轰轰烈烈、壮志凌云的死，而不是苟且贪生，甚至于出卖组织、出卖同志的那种辱没自己、辱没子孙后代的卑鄙的苟生。可不是吗，我们参加革命，参加党是出于自觉自愿的，从入党的那天起，我们就随时随刻准备着牺牲，怕死就不做共产党人！在他昏迷状态中，他也想起陈鸿，想起日升和天保。"他们都是坚强不屈的，"他想，"真不愧是一个共产党员！"又想起沈渊："同志们平时都在议论他，就是胆小怕死！为什么在面临考验时候，却又那样的倔强呢？他们都能做到的，难道我就做不到？……"他被从吊架上放下了，用冷水冲醒，又是审问，又是拷打，但他没有失去信念，什么也不说，只有一句："不！我什么也不是，什么也不知道……"

六

大林被捕的消息由小林带给老黄后，老黄觉得并不意外，却感到痛苦难堪，当时泪水直流，责备自己，在和敌人争夺时间迟了一步。"如果我当时能亲身赶进城去，"他悲痛地想，"也许还来得及。"更后悔早知陈聪不可靠，没有当机立断早做处理，现在却给党给革命招来这样大的损失！

他问小林："玉华那儿怎样？"小林道："我相信她现在也知道了，因我发现这件事后，已设法通知她。"老黄问："她也受监视吗？"小林肯定地点点头："也在危急中。"老黄问："有什么办法把她弄出来？"小林道："如果她已出了事，如果她被严密监视，就比较困难。"老黄道："可是，我们对她的安全也要负责。"小林把头低着，一时还想不出办法。

老黄接着又说："情况很急，你现在就赶快回去，设法和玉华取得联系，如果可能，用一切方法把她弄走，万一不可能也要她做一切应变准备。"小林牢牢地记住，说他一回去就办。老黄又说："大林同志的情况布置老魏去了解，设法告诉他：党对他完全信任，他必须坚持，为了党和革命的利益即使牺牲也是光荣的！"小林感动地流着泪说："老黄同志，大林同志会坚持的，他是个好同志。"老黄抹下泪水："我相信他是个好同志，会坚持到最后！"一会儿，又说："城里工作不能没有人负责，小林同志，你虽然还没正式入党，但组织上一直把你当一个忠实可靠的同志在信任。你曾请求过入党，现在我就告诉你，党已批准你成为一个光荣的中国共产党员，回去告诉老魏，他也被批准了。从今天起党把大城工作交给你们，你多负责些，老魏协助你工作，把党团、反帝大同盟和革命互济会工作都抓起来做。暂时要和玉华隔离，不是不信任她，而是为了以防万一，你和老魏也要从现在住的地方转移到可靠地方。"

小林把老黄所交代的任务都牢牢记在心里，也不多话，匆匆就告辞回城。

小林走后，老黄就把老六、黄洛夫找来，他说："革命正气不能在反动派白色恐怖面前低头，《农民报》必须在几天内复刊，我曾有个想法，把

《农民报》放在清源，离城市近，黄洛夫同志没个职业掩护不便，现在有些情况已经改变了，而且一时又找不到适合地点，也只好暂时设在这儿。我不在时，这份报纸交给你们两个共同负责。"老六和黄洛夫同时都表示决心，一定要把报纸办好。

老黄又对老六说："庆娘的入党问题已经解决，这儿用不着这么多人，别的地方需要她，明天我就把她带走。我们在城里正经历着一场严重考验，工作我已有布置。从明天起，老六同志你暂不进城去贩鱼，可叫玉蒜去，晚上也不要留在家里过夜，出门时小心在意，不可冒失，准备随时应变。小林如有紧急事情找我可马上通知。"交代完毕，又去勤治家找庆娘谈话，叫她准备动身，到新的地区，接受新的任务。

原来这些日子，老黄都在和老六、黄洛夫研究《农民报》在清源复刊问题，其中最大的一个问题是黄洛夫如何找到合法的身份在这儿待下来。反复地谈了许多，最后老六出了个主意："叫小黄冒充我的表弟，在我们这儿办学，有了这个名目他就可以安心地住下去了。"当下，他就去找蔡保长商量，只说自己有个远房表弟叫蔡和的，从中学毕业后赋闲在家："咱村也不小，一向办不起学，孩子们上外乡读书多不方便，不如把我们宗祠空出来办学，让我表弟有份事做，村里有了学校，也免得孩子们上外乡读书不便。"那蔡保长一听主意果然不错，满口应承，老六便说："你也同意了，那我们就分头办事吧。"

这样，蔡保长挨家挨户地去登记学生，说是："咱们村也要办学哩，免得孩子们不方便。"老六动员了玉蒜、勤治等一批女将把蔡氏宗祠空了出来，整理一番，挂上块临时招牌叫作"私立清源小学"，又用每月十五斤大米的代价，向村上一个寡妇租下两间多余空屋，作为蔡老师宿舍。一切安排停当，黄洛夫搬进新居，设下《农民报》新办事处，组织上又把阿玉调来代替顺娘，做助手和发行工作。这样《农民报》的新摊子算搭起来了，只等复刊。

把一切都安排停当，第二天老黄就带庆娘上下下木去。在路过潭头时，老黄在松林内坐着歇息，远望潭头乡，心内抑悒，只在一转眼之间，什么都变了，他想念曾消耗过他们多少时日、也干得多么有声有色的《农民报》，更想念那忠贞不屈、满身是苦难伤痕的顺娘。她的音容笑貌，似乎还在他面前。他似乎还看见她，每次从大城回来急急忙忙地去找他，解开衣襟和紧身马甲，从贴肉地方把小林送来的纸条交给他："老黄同志，就是这个。真糟糕，我身上的汗又把它湿哩，没有影响吧，下次我可要小心，别汗湿它。"而现在，她却永别了，和陈鸿同志一样，她的头被挂在贞节坊上……想着，想着，不禁十分感伤。

那庆娘也在想心事：组织上曾通知她反动派在可耻地屠杀十一位革命同志时，路上曾受到我们的严重打击，可是后来这些同志都被秘密枪决了。她听了这消息没有流泪，只是心在酸痛，当勤治安慰她时，她却说："没有日升倒下，我也不会站起来的！反动派杀不绝我们的人！"她却在关心天保娘和大狗小狗的下落，他们现在又怎么哪？……

有哀泣声从不远松林中传来，听来声音很熟识。老黄觉得奇怪：哪来这阵哭泣声？他朝松林深处走去。在五十步外，在荒地上筑起一堆新坟，一个老妇人披头散发地扑在坟堆上哭着，他似乎认识那背影，心想："会不会是顺娘妈？"走近一看，正是她！他低低叫了声："阿婆，你……"话没说完，自己也簌簌泪下。

那顺娘妈抬起泪眼认得是他——老黄，哭得更伤心了："老黄呀老黄，你得为顺娘报仇呀！"老黄伤痛地扑倒在坟堆上，悲愤地说："血必须用血来偿还！"庆娘也用双手掩住面孔呜呜地哭着。"她死得惨，"顺娘妈哭得凄切，"连尸体也被抬走呀，现在还是下落不明。十五对我说：反动派怕我们追念她，连坟堆也不给我堆哩，我们就来个义坟，把土堆上，把它留给子孙来悼念！"这些话老黄几乎听不下去了，他说："阿婆，不要说了！"顺娘妈道："我没做错？"老黄恸声道："你没做错，你做得对！"

当时他们都勉强压下心中的悲伤，老黄和顺娘妈并坐着，向她打听潭头的变化。她说："那叛徒又回来了，说在城里立了大功，特派员很赏识他，委了他个乡团大队长当。"老黄问："乡团组织起来哪？"顺娘妈道："还没。那坏蛋一不做二不休，居然也霸起沈常青的家产来，又说：蒙特派员恩典把玉叶赏给我。现在臭极了，白天晚上公然和那臭婊子睡在一起，他家里的老婆孩子来哭闹，也被叫人打了出去。"老黄咬牙切齿道："我们不会饶过他的！"这话特别引起顺娘妈的注意，她问："老黄，你不是老红军吗？为什么不宰掉他？"老黄受到启发，他问："阿婆，你说对这样的反革命叛徒该怎么办？"顺娘妈狠狠地挥起拳头："宰掉他，老黄！宰掉他，老黄！"

老黄和顺娘妈分手，带着庆娘又继续赶路。

他们路过白龙圩时，一片荒凉，看来久没成圩。圩棚还在，只是冷冷清清，不见一人。他们在圩上歇了半晌，吃些干粮，又出发，将近黄昏时才进下下木。

下下木倒很平静，只是小许走了，他把工作移交后就到大同去了；小学由他的助手、两个共青团员在主持，支部书记交给三福。三多一见面就十分关切地说："外头闹了那许多事，可把我们急坏了！"老黄问："这儿也出事吗？"三多道："事情有许多，只没出大事，慢慢谈吧。"三多娘听说老黄回来，就匆匆赶来告状："老黄呀老黄，请你评评理看，是我错了，还是三多错，我说要调小许，也得使他和杏花成了亲再走。三多一口咬定不行，说走就得走，硬把人家拆散，是什么道理？"老黄笑道："这件事好办嘛，伯母，把杏花送过去成亲，不就完哪。"三多娘一听老黄支持三多，也就不那么理直气壮了，她无可奈何地说："还不知道她家人肯不肯哩。"苦茶却说："杏花早答应哩。"三多娘瞪了她一眼："你就只会袒护三多。"婆媳俩都笑了。

晚上，三多把庆娘安排好，自然有苦茶具体去布置，他过来和老黄谈，他说："上下木那边最近有些变化，前几天，许大姑派人过来说：我们上、下下木原是一家，一杆笔写不出两个许字，尽管过去有误会，到底还是近亲。又说：如今许为民请了中央军坐镇为民镇，破坏了青龙、白龙两圩，叫我们两乡同受损失。她建议：双方谅解，把两圩并在一起，恢复来往。"老黄道："看来许天雄是真的要讲和了？"三多接着说："有此迹象，但村上争论很多，有人赞成，有人反对。赞成的说，到底是一条龙脉下来的，一杆笔写不出两个许字，过去的事已是过去，如今许大姑伸出言和的手，我们怎好拒绝？青龙、白龙都单独成不了圩，双方合作也是个办法。反对的却说：许天雄为人狡猾善变，他今天闯下大祸，就会把我们拖下水，我们怎能轻信他的话，况且以前的血债就这样一笔勾销？没个结论。"三多又说，"这些日来，我们已在山上开荒，整顿废茶园，种上一些杂粮。"老黄暗自在想："又是个新情况。"便问："对许大姑的建议支部讨论过没有？"三多道："还没有，我只是和小许、三福扯过，都说许天雄面临困难，要利用我们来对抗许为民。"老黄问："你的意见呢？"三多道："可以先把圩恢复，双方都有利，都方便。"老黄也同意了。

第二天，老黄带着三多、三福和十多个武装上山。青霞寺废弃的茶园大部整顿好了，也开了不少荒地种上杂粮。晚上，他们就在炭窑开会，老黄把当前斗争形势做了介绍，报告了有关陈聪事件的经过，最后又提出一个建议：根据当前阶级斗争形势，成立"打狗队"，先对陈聪采取行动，振一振革命正气，而后也可以相机做一番事业。他说："斗争形势不容许我们再等待了，我们对敌人也只有白刀子进去，红刀子出来！"当老黄在摆形势时，与会的人就立即闹开，特别是三福，他咬牙切齿地说："让我带上十来个人到潭头去把那狗窝的打个落花流水再说！"老黄却说："要行动，得有周密组织，详细计划，不可盲动。武装斗争是阶级斗争的一种最尖锐斗争形式，一开枪就要死人的，不能马虎。"他要大家展开讨论，又对三福说："这次要你上大同走一转，把小许、老白请来，我们开个会，详细地研究研究今后的斗争路线问题。"

会后，三福带了两个人上大同，老黄和三多也带上五六个人到潭头，为对陈聪采取行动做准备。

第十三章

一

那陈聪为反革命立了"功"，得到林雄模的赏识，被收下来做爪牙，并特别给他配备四个人四条枪，又特别嘱咐说："潭头是个大乡、富乡，只是没人才。为了你这次立了功，我请准司令委你个乡团大队长当，算是一点赏赏。你今与共产党作对，共产党势必要报复，你只要把本乡乡团组织起来，抓在手上，身家性命就有保了！以后遇有困难可以找我，也可以找王连长，我们一定做你后盾！”

这鸡狗一升了天，就在洋灰楼挂上潭头乡团大队部招牌，并以大队长身份在那儿办公，和玉叶双出双进，俨如夫妻，十天一大宴，三天一小宴，请的全是林特派员、何中尉、王连长等一类"大人物"。并时时恐吓乡人说："不听我话，我叫你们个个去坐牢。"穿上军服，佩起手枪，进出有人护卫，居然充作大队长了。

这件事，自然也有人走报他家里那黄面婆子。她想：当今陈聪做了官，三天一小宴、五日一大宴，大享清福，我为什么不去跟他，却在这儿啃咸菜头？便带上一家大小亲自找到潭头，来个寻夫。不意那"陈大队长"一旦升了官，又兼有新宠在旁，哪肯认她，也来个"陈世美不认妻"。先说不在，后来那黄面婆子闹开了，觉得太不像样，又来个反面无情，叫人把她打了出去，不许她在本村"招摇撞骗"。那黄面婆子吃苦受气，心有不甘，就在村口立下地状，带大拖小哭哭啼啼，逢人便诉陈聪忘恩负义，勾上了狐狸精，不认结发妻。一时在村上大哗，却无人敢公开反对他，说："人家正红得发紫，少给自己找麻烦。"

沈常青女人从事发那天起就病倒了，被赶下楼和下人住在一起，没有人敢去看她。她哭着对那贴身丫头说："看来常青没有希望，我也快死了。我就是死不瞑目，叫那陈麻子、小妖精把我们一家害得家破人亡！"

那玉叶开头也是满心高兴，可以吐口气，也可以公开地和她心爱的人住在一起了。慢慢地也发觉陈聪这个人不是她过去所想象的那样，他无中生有地治了沈常青和沈渊"共党分子"的罪，手段恶毒，又带人来抢劫这一家，住进门不久又闹了好多事，先是那黄面婆子来争丈夫，吵吵闹闹，叫她抬不起头，而后又把全家丫头都糟蹋了，动不动还拿枪吓唬人："老子枪毙你！"她始而吃惊，慢慢地就为"看错了人"伤心起来。

那陈聪见她愁眉不展，一天哭丧着面，也有些不满，说："我做出了这些事，为的全是你，你没有好面色对我，就是恩将仇报！"又恐吓她说："你眼睛得放亮一些，我现在已不是穷教员，要看人家面色吃饭，我已是大人物，有特派员、中央军做后盾。你得好好伺候我，有点差错，也叫你去坐牢！"她只有伤心痛哭，怨恨自己命运。也只有在那陈聪不在时，才敢偷偷去看婆婆的病。婆婆早就恨死她，对她来探只闭目不语，她哭着，说了好些懊悔的话，婆婆只在肚里骂：臭婊子，你说给谁听！而陈聪又多方需索，追问沈常青财产、存款，迫她写信到国外去要钱。稍不如意，也借酒行凶，一个耳光，有时还加上一脚："你到底是死心塌地地跟我，还是三心二意？"玉叶哭着："我不是把什么都给你了，还要我怎的？"

这乡原有个保长，却是个挂名不做事的。那陈聪一上台就热衷于办乡团大队，把保长叫来训斥一番，又叫他晓谕各户：每三户出枪一条，一个人，负担全部费用，限十日内完成。"如有违抗，送中央军法办！"保长开了几次会没成功，没人到会，陈聪发急了：开什么鸟会？反正我已说定，按期不交就抓人！把那保长逼得团团地转，到处央人想办法。这时却有人替他出了个主意："疯狗咬人无药医，远避为上。乡团不办看来是过不了关，应付应付也是个办法。把富户的枪拿出来，再到半山那穷户招二三十人，就算是当长工的，一应付不也就完啦。"

那保长一想也觉有理，本村人家，枪尽有，只是怕当兵。当时登记上三十来条枪，又到半山找穷户商量。正好找上"贫雇农小组"的人，他来找汪十五商量，汪十五想："曾听老黄同志说过：办乡团，能反对就反对，反对不了派人进去！"便说："他们肯出钱，我们包下来干。"就代表那些穷户出面和保长谈判。谈定白天各人干自己的，晚上穿上军服，算乡团丁。这样，保长把人枪拼拼凑凑，成了个三十来人一支乡团队，带着汪十五去报到。

陈聪不问来的是些什么人，只见枪械整齐，人员壮盛，表示满意。又见汪十五精悍，大家服，有意收他做个心腹，便说："十五，你家穷，人口多，生活苦，我有意提拔你，当个小队长，但你必须依我的话办事。"那汪十五自是满口应承，于是就成了陈大队长手下一员头目。

这一来，陈聪也算是个有势力人士了。他自仗有林雄模后台，颇为嚣张，并不把许添才看在眼里。进出是特派员办公处，来往的是王连长，叫那许添才恼火非常。他私下对许为民说："这南区司令到底是爸当还是特派员当？为什么抓人杀人、卖官许爵，竟不到我们这儿说一声？"许为民口里不响，心里也自发愁，那沈常青是潭头首富，一向和他是世交，竟然说他是共产党？叫谁相信！现在那穷酸教员，竟又一朝发达，鸡犬升天，占人媳妇，霸人财产，当起大队长，还有法度没有？你说抓什么共产党，我说是存心敲诈勒索，就秘密叫人去对沈常青女人说："你可以到我这儿来喊冤，我为你申雪。要花钱也不能花在他们那儿，我们自有衙门，自有法度。"

那沈常青女人见有世伯出面撑腰，借口看病，由一贴身丫头扶着直奔池塘区乡团司令部喊冤。许为民不但亲自接见，还叫万歪帮她写状子，他说："常青老弟，是我多年友好，如今遭这不白之冤，我不出面还有谁能出面？你可暂住在我这儿，有事我担当。不过，官司不小，不免有些花费，将来花多花少，实报实销，我也不多要你一个。"那常青女人当把随身带来的首饰、存折交出，说："只要人能出来，这口冤气能申雪，花多少钱都无所谓。"许为民把东西过眼，知道油水不薄，为表示清白，又交回常青女人。从此常青女人就在许公馆住下。

许为民为了表示不满，这件事竟也不向林雄模提，却叫人把吴当本请来，气愤不平地说："人在我辖区，有事不通过我，直接插手，事后还瞒着不把真相告诉我，这叫什么作风？当初来请出山的是老弟，说交我掌管南区大权的也是老弟，现在出了这件事，你不能没干系。"吴当本当时想推："林特派员不就住在这儿吗？为什么不找他谈谈？"许为民面孔一沉表示不快："林特派员目中既无我这个司令，我目中又如何有他这个特派员？"那吴当本见势不妙，怕把矛盾闹大，连称："只要沈常青不是真正的共产党，一切包在小侄身上！"说着匆匆告辞。

而万歪在许为民示意下，也在对林雄模那边施加压力，他说："这沈常青与司令有多年交情，是个什么样人，司令哪有不一清二楚的？你如今把他当共产党办，光听那姓陈的一面之词，又怂恿他去闹得鸡犬不宁，怎能叫他心服！"暗示必须放人才能平息许老不满。林雄模说："我自也怀疑，可是案件未了。"实际这案件重心已转到林天成身上，沈常青最多只能问个"受人利用"，可轻处也可无罪释放。只是朱大同听说他是首富之家，要钱："没有一二十万，别想出去！"万歪又对林雄模说："特派员，这件事的来龙去脉当初也是我提出的，后来我见特派员那样热心地找沈渊就知道有事，果然破了这桩大案，我只想到沈渊，没想到沈常青。把沈常青当共产党办是说不过去的，许老已自过问，想要钱也不大好开口。我看一个人情做到底，把人交许老去处理算哪。"

双方还在那儿讨价还价，潭头已出了大事。

二

　　老黄、三多当晚带了人直趋顺娘家，那顺娘妈一见老黄又哭得死去活来。口口声声要求替顺娘报仇。老黄把队伍一指："阿婆放心，这些人不都是为顺娘同志报仇来的？"那老太婆忙要生火煮饭，老黄却叫她去通知十五。不意那老人把面孔一沉又骂起汪十五来："知人知面不知心，十五是我从小看大的，好个诚实人，顺娘刚死不久也变哩，这几天也和那坏蛋打得火热，办乡团，还当什么队长呀！"老黄只是笑："不要错怪好人，十五不会变，阿婆放心，他和过去一样，当乡团队是我同意的。"老人家于是才恍然大悟，笑得合不拢嘴："老黄呀老黄，你真有办法！这叫孙悟空进牛魔王肚子。我现在就去叫他。"老黄却又叮嘱她："先到他家，不在，就叫他女人去叫，说马叔有事找他。"

　　那十五一直泡在乡团队部内，这乡团队基本上是贫雇农小组加上一部分服务社运输工人，白天各干各的，晚上到队部集合，双方言明每人有薪饷大洋五元，外加一顿夜宵。夜间除了分上下夜出去巡逻一次，就在大队部"守夜"。那陈聪做贼心虚，也知做了这许多坏事，共产党饶不了他，心情一直不安，入夜就把自己和玉叶锁在洋灰楼楼上，并命令乡团丁替他前后左右看守。当乡团队未成立前，还有那林雄模派来的四个武装人员，乡团队一成立，那四个人也撤走了，只能依靠这些乡团丁。汪十五一手抓住这些武装、人员，也很卖力地在经营，一直在等候老黄的消息。

　　当时顺娘妈摸到十五家，十五嫂和一大群孩子正在吃饭。老人家把她招到门口，低低说："老黄来啦，在我家。"十五嫂道："十五不在家，在队部。"顺娘妈道："去找他，说马叔有事找他。"十五嫂当时放下饭碗就走。乡团队部就设在洋灰楼，楼上是"大队长办公室"，楼下大半房间充当团丁宿舍，一律是门板床，床头倒挂着步枪和子弹带。这时十五正集合全体人员在分配上下夜巡逻和队部守卫人员，见十五嫂匆匆进来，招他出去，和他低低说了几句什么，回来便说："我家里有事，一会儿就回。"随十五嫂走了。

十五走进顺娘家，只见灶间前一个黑面高大汉子，身佩匣子炮，脚蹬多耳麻鞋，和老黄并坐在一起，门前门后又有五六个武装大汉把守，有点迟疑，老黄却说是"自己人"，才略觉安心。老黄见人到齐，就对顺娘妈说："阿婆，烦你出去看看，有人来大声咳三下。"顺娘妈道："谁替你们烧水煮饭？"老黄道："我们自己来。"顺娘妈便到门外去放哨。

十五一坐下，老黄略作介绍就开口说："你们这边事情我已知道，顺娘妈也有个建议，我认为很好……"十五问："是不是要整那狗窝的叛徒？"老黄道："就是这个。"十五也觉欣慰："老黄同志来得正好，迟了那坏蛋怕就要溜。"老黄心想：又是个情况，却问："为的什么？"十五道："为了沈常青的女人，她上许为民那儿去告了一状，许为民出面撑她的腰，说沈常青是他多年世交，是不是共产党，没有人比他更清楚，发了脾气要林特派员放人。又说，陈聪是个什么家伙，也配当大队长？不认账，还要治他个强占良家妇女的罪。那陈聪很慌，听说特派员表示全力支持，'你有功党国，我不叫你吃亏！'那王连长也说：'万一潭头待不下去，就把队伍拉上为民镇来，和我在一起。'那坏蛋才稍为心安些。"

老黄问："沈常青真的有希望出来？"十五道："现在还不知道，他女人却一直住在许公馆。"老黄又问："群众有什么意见？"十五道："没一个不恨那坏家伙，都说像这种人该万刀凌迟，就是有中央军做后台没他办法。"老黄又问起乡团队内部许多情形，十五道："临时凑数有三十来人枪。"三多很关心那些枪支："枪支好不好？"十五道："都是大户人家拿出的，有七八成新，还有一挺轻机枪，是洋灰楼的。"三多问："子弹多不多？"十五道："每条步枪配五十发，轻机枪配三百发。"三多对老黄说："比我们的多。"又问："轻机枪现在谁的手上？"十五道："在陈聪卧室里。"三多又问："为什么不弄过来？"十五道："难就难在他对我们还不太信任！"老黄也问："这些团丁你都掌握住啦？"十五道："当初我就是按照你的指示，反对不了就打进去，现在有四分之三是我们的人，有事包拿。"

老黄当即提出活捉叛徒陈聪为顺娘报仇，为潭头老百姓除害，三多又加上一条："我们也正需要这批武装来扩大实力。"征求十五的意见。只见那十五沉思半晌，说："把武装弄走好办，要活捉陈聪那坏蛋，怕有点难。"

老黄问："难在哪儿？"十五道："他做过什么，心里明白，平时不轻易下楼，那楼房建筑坚固，门、窗、天井全是铁的，有锁锁住，轻易攻不进去。他只和玉叶还有两个贴身丫头住在那儿，吃用的全有，十天八天不下楼也没关系。"

十五把情况一摆，老黄、三多确也感到有些为难："不活捉陈聪振一振革命正气，就没多大意思。"十五却想出一个计谋："只有一个办法，可以把他骗下来。那王连长经常带人来看他，一听说王连长到，这坏蛋必定亲自下楼迎接。"三多问："那王连长经常在什么时候来？"十五道："白天多，有时也在黄昏时来，大吃大喝过后就留下过夜。"三多也想这办法有理："只能冒充王连长把他骗下楼了。可是化装用的军服难办。"十五道："我们原做了五十套，现在还有十来套没用上，我可以想办法。只要老黄同志决定了，我就去布置。"

商量有了个结果后，十五回洋灰楼去布置，老黄、三多和弟兄们上山去住。又派了一个精干的打狗队员回下下木去搬人，指定第二天入夜时分在松林内集合。

一天无事，只见那十五在内内外外忙着。

黄昏过后，家家户户都在吃夜饭，只见一队服装整齐的人马，从村口开了进来，为首的是一位军官打扮的黑汉子，他们故意大摇大摆地走过大街，直向乡团大队部走。这些日来，穿军服的人来来往往很多，也没人去理它。只见那队人走到乡团大队部，早有人走报汪小队长，他连忙出迎，故意大喊大叫："长官来啦，赶快通知大队长！"又在楼下敲楼梯门："大队长，长官看你来呢。"

那陈聪和玉叶正在楼上吃饭，听见汪十五大叫大喊，又敲门，连忙走近窗口去看，只见一队人马簇拥着一位长官走进大门，对玉叶说："怕是王连长或特派员来了！"匆忙回房换整衣裳，一面叫玉叶开楼梯门，那玉叶慌慌张张地赶着开了三道门，当陈聪换好衣服推开楼梯门匆匆赶下去，楼梯下已有四五个人上来，为首的就是那黑汉子。

陈聪一看不是王连长，正在迟疑，那黑汉子也不答话，已三步赶作两步，伸手只一拉，陈聪失去重心，失足滚下楼，大叫："救人！"却已被人擒住，捆绑起来。那黑汉子擒了陈聪又直奔上楼，只见那玉叶正赶着在换衣服迎接贵宾，他把匣子炮一亮，喝声："机枪在哪儿？"玉叶一看，来势不妙，又听见陈聪在叫救命，已自吓昏了，半天说不出话来，黑汉子又厉声喝问："机枪在哪儿？"玉叶浑身直哆嗦，朝门后只一指，早有人到门背后去搜。黑汉子见目的达到，只说声："我们是共产党打狗队，为民除害来的，要打的是陈聪，不关你事！"说着返身下楼。

这时陈聪已被捆成一团，口里塞着破布片，像死猪似的躺在地上，打狗队的人有的在搜缴枪支，有的在贴标语。那些乡团丁事前已由十五做了布置，并不惊慌，只是把东西交出就站在一边。那黑汉子故意指着汪十五问："他是什么人？"有人回答："汪小队长。"黑汉子把面孔一板："也是个队长，给我绑起来！"当即把汪十五也绑了。

那黑汉子接着又对乡团丁训起话来："我们不是什么中央军，我们是共产党打狗队，为了捉拿这反革命叛徒陈聪来的。你们都是好人，是善良老百姓，冤有头，债有主，我们绝不和你们麻烦。"说着，又故意问："这汪小队长也一定不是好人，一起带走吧？"那汪十五慌得双腿扑通在地叫起冤来："我也是穷苦人，没作过恶，请你们高抬贵手。"有人说："这次饶过他，下次再来如有作恶行为定将严办！"那黑汉子点头称是，只一招手，全部人马扛着缴获的武器，用一根竹杠抬着陈聪，从从容容地走出乡团大队部，朝空打了一排枪，扬长地去了。

那为民镇王连长听见潭头方向枪声连天，连忙打电话问许添才："是不是有情况？"许添才道："潭头是你管的，有事反来问我，真怪！"王连长正在无头无绪，忽见有人来报：潭头被共产党打进去，乡团全被缴械，陈大队长被捕，见有乡团丁来报告。王连长大吃一惊，忙叫把乡团丁传来。来的正是汪十五，一见王连长就放声大哭：救救陈大队长呀，王连长。"王连长问："是共产党吗？"汪十五道："正正式式的红军，自称是打狗队，新服装、新武器。"王连长问："有多少人？"汪十五道："满村都是，怕也有二三百。"

王连长一听有二三百也慌了手足，连忙下命令戒严，一面劝慰汪十五，一面派人去请许添才过来商量大计。那许添才一听说陈聪被绑，潭头乡团枪支全部被缴，非常得意，心想："你们也有今天！"却装作猫哭老鼠模样："王连长，救人要紧，我预料匪徒定走不远，如有贵连追击，定可将陈大队长救回。"王连长道:"共军去路不明,如何追击?"许添才耸了耸肩说:"连王连长也没办法,我也只好告辞了!"

三

一清早,王连长就亲自来实地视察,街上乡人和各乡团丁同声说是共产党打了中央军旗号潜进村里,活捉陈大队长,"差点连汪小队长也被带走"。他审讯玉叶和那两个贴身丫头,她们也说:"穿的是中央军服装,全是陌生面孔,不抢东西,只捉人拿枪。"王连长只好把玉叶和汪十五送特派员办公室,让林雄模去处理。

潭头乡团队被袭击,陈聪被活捉,对林雄模来说并不是那么重要,更重要的是发现了新情况:共产党有武装,人数众多,而且武器精良!他问自己:"哪来这许多武装?是从章县潜入的?还是如许为民所说的,是许天雄那边来的?可是,从金涂、为民镇以至现在潭头的打法比较,显然有很大不同,这次没打死人,没抢劫东西,行动很文明,而且公然贴上标语,完全是政治性的;上次金涂、为民镇事件,不但杀人还抢劫,完全是另一性质。刺州土共有武装,"他想,"是肯定的了,可是潜伏在哪儿呢?"他得进城去商量这件事。

朱大同对陈聪被擒的事也很震动,一见面就问:"怎么搞的,老弟?"林雄模却问:"那林天成案件审得怎样了?"朱大同道:"什么刑都上了,就是不认,而那蔡老头又多次来麻烦,他说人是你们绑走的,有人看见你们用汽车绑架。我说,没有,我们这儿没有这个人。"林雄模问:"为什么不对蔡老头讲清楚,见有人证。"朱大同耸了耸肩道:"这人证现在也自身难保。"林雄模又问:"对沈渊审讯结果又如何?"朱大同道:"这痨病鬼是决心不想活,硬得很哩。而沈常青那老王八又抬出许为民来和我们对抗,叫作一毛不拔,一点油水也揩不上。"林雄模又问:"从玉华那儿侦察出什么线索没有?"朱大同道:"我们的人日夜守在那儿,这臭娘儿也一毛不拔,半天打不出个屁,我对吴启超说:动手吧,这金枝玉叶身体,一声喊打,怕她不急得什么都说了,只是那吴启超就不听我的,他说要创造奇迹。什么奇迹，还不是被这个臭娘儿迷住了！"

林雄模报告了潭头事件经过，又把自己几点疑惑提了出来。"土共有武装是第一次发现，"他说，"就是摸不清个来龙去脉。"朱大同对于有没有武装这件事倒不那样重视："有什么好怀疑的？变来变去反正就是许天雄那一股。"林雄模摇头道："我不同意这种看法。"朱大同顺水推舟："我真佩服老弟你肯费心机钻这些难题，有兴趣我就交你全权去办，找出个头尾，我给你申请奖金。"

林雄模离开朱大同后，便去找吴启超。两人坐定，那小东西送过茶后，兀自站着不动。吴启超双眼一瞪，她才匆匆退下。这小东西从那天被保出来，很受一些"管教"，吴启超问她："共产党在那儿闹事，你高兴什么？"小东西一言不发，远远地站在一边。"过去！"吴启超叫着，"把那马鞭给老子取下。"

她早做了准备，一场打是不免了，只是不知道在什么时候，想不到来得这样快，当把皮鞭取下交上，吴启超脸一横袖子一卷："还站着做什么？"她又把上衣解开袒出那伤痕累累的背，跪在地上，垂着头，吴启超红着眼叫："为什么不求饶？"她不响，也不流泪，一阵鞭子没头没脑地打下去了，她咬着牙根，不哼一声，那皮鞭使皮肉现出一条条青、红鞭痕，沁出血丝。但她不求饶、不哭、不叫，一直到那吴启超也觉得无趣了，丢开鞭，她才悄悄地躲进厨房里去哭。

林雄模看着她消失的背影："这小家伙变聪明一点了？"吴启超摇摇头："真他妈的贱骨头，我真想把她送回去，人在福中不知福。"林雄模笑道："你也太认真，这叫阶级仇恨，她不拿刀杀你，放毒药把你毒死，已够客气了，你还希望她做什么？"又说，"我刚从老朱那儿来。"吴启超也问："听说你那儿又出事，损失不少？"林雄模道："我就为这件事来的。"他打开公事包，从里面掏出几份新出《农民报》："又是你那诗人朋友的杰作，狡兔也只有三窟，而共产党就有无数个窟，破了一个又出了一个，我那儿人力有限，想请老哥下去协助协助。"

吴启超看来似乎也有些兴趣，忙问："具体任务是什么？"林雄模道："案是你承办的，该也义不容辞吧？"吴启超道："可是我这儿也正忙着。"林雄模道："不是说你那迟开的玫瑰也是一毛不拔，半天也打不出个屁？"

290

吴启超感到为难道："那姓林的可顽强。"林雄模道："老哥，我看，你也算了。把玉华再一抓，移给老朱去，你不就任务完毕，我们一起去对付乡下那股土共。我现在发觉共党的中心已经转移，不在城市，而在农村，看来就是用毛泽东那套农村包围城市战略来对付我们。更使我吃惊的是，他们的做法也大大地变了，不再是利用一些青年写写标语，散散传单，喊喊叫叫，而是用革命武装来反对反革命武装，这次潭头出现的事件，就是一个信号。"

吴启超点了点头，问："如此说来，他们已有根据地？"林雄模道："就是弄不清楚，按照共党斗争规律，有武装也必然会搞根据地，我对老朱提出过，他不大在乎，叫我去弄清楚，我叫作孤掌难鸣，要应付那许老头，又要对付那股土共，可有点力不从心。你也挂个帅，下去对付这许老头和这份《农民报》，我设法弄清这股武装土共下落，如何？"吴启超道："就不知道老朱意见如何。"林雄模道："只要你答应，老朱那儿由我去说。"吴启超也有困难，他说："我这儿案件也未了。"林雄模道："还是为那朵迟开玫瑰？还是那句老话，交给老朱算了！"吴启超不大赞同："不，我有计划。"林雄模道："那你就两边跑如何？"最后，吴启超也同意了。

办完这些事，林雄模起了个早，乘车回池塘。一出城就见沿刺禾公路行人走得慌张，交头接耳，他问何中尉："又出什么啦？"这话提起何中尉注意，他朝大路上一指："特派员，你看！"公路上满地都是红红绿绿的小传单，林雄模忙叫："停车！"何中尉下去捡了好多份，交给他。再走一会儿，何中尉又叫："特派员，你看！"路旁的电线杆上，也贴着不少红绿标语。停了车，何中尉又去撕下几份。

不久，到了池塘村口，公路侧那棵千年古榕，树梢上远远就露出一面有斧头镰刀标志的红旗，在晨光中迎风飘扬。再见那大树下围了一圈人。何中尉一看，知道又有什么好看的了，连忙命令司机："快！"车果然飞快地走着，一到大树下突然地刹住，这一突如其来的行动，惊动了那些看热闹的人，又见从车上跳下几员凶神恶煞的中央军，都吓得四面奔跑。

林雄模赶前一看，也自毛发悚然，原来在大树干上挂着陈聪的首级，首级下面，贴有大字告示一道，标着五个大红字："反革命者死！"告示用端正毛笔字写着："查反革命分子陈聪，现年四十，陈村人氏，串同国民党反动派，为害乡里，诬陷良民，全民共愤，均欲得而诛之。本打狗队屡接人民控告，调查属实。为发扬正气，与民除害，特于某月某日将反革命分子陈聪逮捕，经革命法庭审讯，并有被害人代表多人做证，宣判处以死刑。今后如尚有不法之徒，甘心与民为敌，为虎作伥，当依此法惩处，切切此布！"下署"中共刺州特区打狗大队"。林雄模连叫把红旗卸下，告示揭走，何中尉问："这颗人头怎么办？"林雄模道："也带走！"

他没有回特派员办公室，直趋许公馆下车，要求见许区司令。那许为民、许添才、万歪正在议事，一听说特派员到，忙请入内，林雄模满面怒容，一见面就说："许司令看见那些标语、传单、人头吗？"万歪怕双方口角，连忙出来打圆场："我们正在讨论。"林雄模没理他，又说："既有发现为什么不采取措施？"万歪急急忙忙地说："正要派人去收拾。"

许为民只是冷笑，说："特派员还发现什么没有？"这一军倒把林雄模将住了。"从我这儿到为民镇三座大桥全被烧毁了，现在正是交通断绝哩。"许添才也乘机反击："我们忙了一个晚上，可是王连长怎样？我发现情况，和他通话，叫他派人去打，他借口敌情不明，像只乌龟一样缩在镇里不动。"林雄模对他态度不满，故意问他："你们乡团队又做些什么？"许添才笑道："中央军嘛，兵强马壮，有现成重机两挺还不敢动，叫我们这些手头仅有几支烧火棍的，如何敢动？"万歪又装出和事佬神气说："当时情况很紧，谁都没把握，也怪不了哪个。现在是大家来收拾大局的时候了。"许为民起身道："看特派员怎么办？"说着就进内室去。

四

两路人马的头头，聚集在青霞寺开了两天会。

从南县过来的是老白、二白和小许，下下木方面出席的有三多、三福。由特区书记老黄亲自主持这次特别会议。首领们在开会，底下小弟兄也不闲，曾一鸣惊人的打狗队员也和老白从大同带来的二十来个武装弟兄在开联谊会。叛徒陈聪却被捆绑在寺前古柏树下，他装出可怜相，逢人便哀求诉苦，说他不是有意出卖革命，实在是胆小怕死，受刑不过，才供出来，

292

但是没人理他。

打狗队员对大同弟兄说明这次攻击"陈大队长"的经过，又拿出那缴来的三十来条枪观览，引起了众人极大兴趣。大同的人也说："我就只看中高老二那二十来条好枪和这差不多，都是洋货，回去我们照样也来一次活捉高老二。凭我们有这么多人，这样力量，雷公打豆腐，包那高老二也束手就擒。"另一个却说："我早就对老白哥说过，乘高辉完蛋，高老二没个依靠，这时不动手还等到什么时候？"老白却说："上头交代的，时机未到。"另一个又说："头头现正开会，谈的怕不是这个？我们做下级的，少出主意，上头比我们更懂得怎样做。"

特别会议讨论的也正是这个问题，因这一仗打得响，大家情绪都很高。第一次出马就有这样大的战果，打了叛徒，缴到三十多支枪，可说是不费一枪一弹。因此会上争论不多，反之却要求过高过急，老白要求立即就把高老二这座山搬掉，他说："他的靠山倒了，我们还不赶快搬？"老黄却说："高老二这座山是要搬的，但大同的基础未固，还得把根基打深一点。留他在那儿，迟早都一样，跑不掉。目前的中心，还是设法经营青霞山，这样，我们就进可攻、退可守了！"

会议议论了近一天，才下结论，当即正式成立打狗大队，由三多仟大队长，老白、三福任副大队长，人员由下下木抽出三十人、大同三十人，平时分散活动，必要时可集结一致行动。快散会时，他们又讨论如何来处治叛徒陈聪，老黄首先提出方案，大家当场一致通过。

这时庆娘和杏花都在山上，庆娘要过大同协同老白工作，杏花要和小许团聚。庆娘上山后，老黄曾把她介绍给老白、小许："你们三人正可以成立特别支部，作为领导大同工作的核心。"又对庆娘说："组织上考虑再三，决定把你调去大同，那儿形势很好，妇女工作大有前途。你虽是新党员，却是经过革命考验的。要安心工作，孩子的下落我们在打听，如果没事出来，也一定有人照顾，放心。"几句话说的庆娘泪水直流，她说："组织上对我的关心信任，我完全明白，我虽然什么都不懂，对敌人该怎样却是懂的，我一定尽自己力量做。"

当老黄对大家宣布："在这样富有历史意义的日子，我们对刺、南两县近七八十万人民宣布：人民的武装斗争业已开始，也要做另一件值得大家都高兴的事。你们知道我们小许同志的心事吗？他多少时来就想和我们另一位同志结合，只是没个适当机会，现在就由我做主给他们两个来个有情人终成……"正说到这儿大家起哄，小许面红地要走开，却被三多一把拉住。有人故意问："小许同志的对象是谁？"杏花早想溜开，却被三福拉了回来，大声宣布："就是她——杏花同志！"杏花挣扎着，低声要求："三福放开，丑死人哪！"三福却笑着说："老黄同志做的主，容得你不肯。"老黄指了指小许和杏花二人："他们两个相爱多年，双方都同意结合，今天我们就在这儿给他们办个婚事，大家赞不赞成？"一阵雷似的掌声。

"通过了！"三福对杏花说："组织上通过了，来！"他把杏花和小许拉在一块。就带头脱下上衣，跑进人圈，大声叫着："众孩子们，今天我们来到青霞山，正遇到小许和杏花两位喜结良缘，为了表示祝贺，来个拍胸舞好不好？"当即有十来个人应声附和着："好！"自动把上衣脱下也跳进人圈去。有人击起掌，有人唱着叫花歌，就在人圈中舞了起来……

当天三福带人进野林去打野味，老黄在草拟"告示"，小许在刻印传单，庆娘和杏花却在赶制红旗。等一只黄猄、两只野兔都烤熟了，他们的工作也都完成了。大家喝过小许和杏花喜酒后，只留了十来个人守住青霞寺，其余的人都押着叛徒陈聪下山去办正经事。

当时下山的有五十多个人，五十多条枪，带着那该死的叛徒陈聪。当老黄站在山口上，眼望这支雄赳赳气昂昂的无产阶级队伍，在三多、老白率领下如猛虎下山，感到无限兴奋，他对和他站在一起的小许说："我们的理想实现了，我们的局面打开了，你看，有这样好的战士，还能战而不胜？"小许也说："一个很好的开始，两支队伍共同作起战来了！"

夜幕垂下来了，老黄和二白、庆娘在谈今后的大同工作。小许几次想进来参加，都给赶走："不要把新娘子冷落了！"那小许只好回去，在那临时搭成的人字形松叶棚里，杏花盘坐着，在想什么，小许悄悄地爬进去，问她："想什么？"她低低地说："真像一场梦，我们两个真的……"小许把她拉进怀里："你不想吗？"杏花依偎在他怀里，感到温暖舒畅，用手去摸他的面孔，像在梦里似的说："不想，我也不会来啦……"

群山在静睡中，时间过得真快，已是四更后了，远远传来了枪声、锣声，小许拉着杏花从"新房"出来，看见在非常遥远非常遥远的山底下，有几团火光,老黄、二白、庆娘还在老地方谈着,小许问:"干开啦?"老黄笑道:"没有你们的事,回去!"

五

打狗队一战而扫荡了半个南区,也把许天雄惊动了。他找许大姑、许大头到议事厅来议论这件事,颇为感慨地说:"想不到今日的南区竟成三分天下。"大头冷冷地说:"出了这共产党打狗队,对我也很不利。"大姑却说:"为什么不利?他们打的不也是乡团队、许为民?"大头笑道:"大姑只知其一不知其二,你知道这打狗队是谁干的?就是我们的死对头,下下木的许三多。"大家听了都吃了一惊。许大头又道:"我已派人去密查过,连日来下下木很忙碌,许三多、许三福这一帮人都不在村上,有些人在山上也鬼鬼祟祟的,人不离枪,开了好些荒地,重修青霞寺茶园,搭了不少草棚,看来有盘踞青霞山之意。"

许天雄对这消息特别地感到兴趣,想当年他羽毛未丰时也曾"落草"青霞,难道三多现在走的也是他的老路?许大姑以如此机密大事被大头抢先一步打听出来,有点不服,故意挑剔道:"你怎知道打狗队就是他们?"许大头道:"我已算过一笔账,南区几十个大小乡没个有这样实力敢和中央军、许为民作对,那下下木几年来又有些不明来历的人进进出出,看来不像是干我们这行的,这事不是他们干的是谁?"许大姑忍不住冷声一笑:"说来说去,也不过是猜测罢了。"大头也不服输:"反正是他们干的。"许天雄也说:"三多为人我多少也了解一些,深水游不上,浅水难待,反正要出点什么事,就没想到他干的是红的。现在他也做起世界来了,我们该有个对策。"

大姑道:"我当初主张的是和,现在也还是。"许天雄问:"你们都和上了?"大姑道:"联合开圩的事早办了,听说没出什么事。现在他们和中央军、许为民有事,我们和许添才也是对头,叫大敌当前,要进一步合作就有更好理由。"大头却不全同意,他说:"现在三多羽毛未丰,还不至于得罪我们,要合作谅也不难。只怕有一天他们坐大,我们吃亏,一笼二虎总不是办法。况且他们走的、我们走的又不是在一条路上。"这话很叫许天雄赏识，他频频点头，却不表示什么。

大姑有和三多讲和的主张由来已久，她想：下下木也是大姓大乡，同处在青霞山中，对双方都是威胁。打了几十年强弱房，一直没把它打下去，看来要对方低头也不容易，不如就和了。一则可以免去后患，再则双方和了以后，对三多等人也可以动以利害，把他们拉过来，这样许天雄的江山就可以坐稳。大姑这种心思，大头不是没有察觉，他也另有自己的想法。

成为许天雄得力助手后，他原以为可以顺利地当上山寨驸马，将来继承许天雄大业，他对许天雄百依百从卖力拼命，想取得他完全信任。却没想到对手许大姑却是这样一个难以对付的角色，她有自己打算，不把他放在眼下，别说招他当个驸马，甚至于还设法把他挤走。他想：大姑不是不想把我挤走，只是飞虎队还在我手中，无法动。又想："她热衷于和下下木讲和也有个人打算，万一和成，下下木人马一统上下木，大姑实力坐大，我的末日也到了。到底他们是近亲，不比我这个沾了个许字边的人。"

因此，一边主张和一边就主张维持现状，多年来一直在为这问题反复未决。现在大势迫上来了，这问题必须重议，而争论也展开了。当下大姑怕许天雄受大头的影响，忙又说："不和许三多，万一许为民勾结中央军向我进攻又怎么办？"许天雄点点头："也是问题。"许大姑接着又说："我们和下下木都是一条龙脉传下的子孙，到底一杆笔写不出两个许字，他不走我们的路走歪路也难怪，山林自古就出英雄豪杰，你不要他们，拉上一把，他们就找别的出路去了，要是早讲和了，他们到了我们这一边，也许不至于出这个麻烦。不过，现在和也还不迟，我不相信天下人不喜金钱财富的，和我们走，有了好处，他们就会离开那条路。"

大头给她说得无言可发，却还有点不服气："相思也要双方。"大姑把双眼一瞪，虎地站起身来："只要我们有心，不相信他们无意。"那许天雄一时也拿不定主意，见许大姑说得那样有信心，也只好表示："能把许三多拉过来，我也不反对，大姑说有办法，就把这件事交你去办。"

许大姑便派她的亲信许果过下下木来找三多，说："大姑有事想找三多哥面谈。"这时老黄、三多、三福、打狗队队员都在山上。老白、小许、庆娘、杏花等一班人已回大同，只留下二白和从大同来的武装人员参加老黄在青霞寺主办的"游击训练班"。下下木把这消息送上山后，三多就问老黄该怎么办，老黄详细地问了从下下木来的人后，便分析着说："我料这次大姑亲自出马，一定是和我们在潭头的行动有关。目的不外有几个：一、是表示和意，壮许天雄的声势，解除他们后顾之忧。二、是探我们的虚实。可能还有别的目的，想拉我们入伙。不管怎样，面对共同敌人，许天雄还是可以利用的，最低限度可以利用他们间的矛盾，让他们来个鬼打鬼、狗咬狗。却不能过分相信他们，更不能暴露自己的虚实。"当下三多接受了指示，便带同三福下山。

双方会谈是在两乡交界处的许氏祖墓地上。三多带着三福和几个人，武装齐整。那许大姑仍旧是男装打扮，浓眉、大口、长面、短发、黑衫裤，袒开上衣，露出圆领细纱白汗衫，束着条二寸来宽腰带，上面插着双枪。她骑着马，也带了五六个人，从上下木方向疾驰而来，一到祖坟前，见下下木的人早到，跳下马低低地问了许果一会儿，便上前和三多拉手："堂兄弟，我很高兴能见到你。"三多也说："和你一样，我也很高兴。"那大姑把每人身上只一打量，就又笑道："我们是来干什么的呀，堂兄弟，今天我们是来言和，又不是来打强弱房，双方这样武装齐全干什么？撤了吧。"说着，为了表示大方把双枪除下交给许果，一摆手，那几个随从人员远远退下。

三多心想：十几年未见面，那鼎鼎大名的许大姑，竟然是这么个人，确有点丈夫气概，她大方我也不能小气，也把匣子枪除下，交给三福，一摆手，三福等一干人也远远退下。大姑坐在墓地上，手里挥动马鞭，一会儿兀自掏出镶金烟盒："吸支烟？"三多微笑着："我不吸。"大姑点上烟，又开口道："俗语说冤宜解，不宜结，我上、下下木一条龙脉传下的子孙，一杆笔写不出两个许字，过去有误会，打过强弱房，双方都有不是，现在双方都明白过来了，不是有近十年没打过？"三多冷笑着说："这话我从你那天派来的人口里听到了。"许大姑又道："可见我是很有诚意的。"三多说："我们也会用同样诚意来对待你。"

大姑表示满意："目下许为民勾结中央军与我作对，破坏我两乡圩集，给大家造成好大困难，我上、下下木叫唇亡齿寒，青龙不成圩，你白龙也成不了圩。"三多道："我们不是早联成一片了吗？"大姑表示满意："我非常感谢你那样快就同意我的建议，现在我们两乡又走起亲戚来啦。不过当前的困难还不仅是小小的圩开得成开不成，许为民已与中央军勾结，想来与我们作对，独霸南区。"三多道："大概是你们在金涂、为民两次触怒了他们。"大姑笑道："潭头的账不见得他们就不算。"三多装作不明底细的模样，吃惊地问："潭头也出事吗？"那大姑大笑，挥动马鞭用力地拍了一下："算了，堂兄弟。你不想谈这个，我也不勉强你。在南区的事谁也瞒不过谁。"又说，"千言万语还不如一句话重要，我们两方还是应该合作，不是我们怕许为民，也不是我们没有实力。"三多微笑着。"实在是我们两乡，一条龙脉传下来，一杆笔写不出两个许字，冤宜解不宜结，我今天选中我们许家祖坟见面，就是有这个意思，大家应该忘记过去，重新和好。"三多也说："和好的事不在我们这边，我们怕的是你们用过去的老办法对付我们。"大姑把头一摆："那是老一辈人的事，不用再说了。今天当权的是你和我，我们谈妥了也就无事。"三多道："大姑的话我相信，不过我还得回去商量。公益事要由大家决定。"

一听这话大姑当时又笑开了："怕不是这个意思吧，堂兄弟，人人都在说……"三多郑重其事地问："说什么？"大姑收下笑容："今天我们不谈这个。怎样都好，今天我们见面很有意思。你愿意到我们上下木做次客吗？也算表示你们的诚意。"三多说："自然乐意，不过，不是现在。"大姑倒很大方："什么时候来都行，我叫许果和你们联络。"说罢起身告辞，许果上前，她把双枪一插，跨上马，轻轻加了两鞭就朝上下木方向飞驰而去，一班随从人员也跟着走了。三多也收队回山，他问三福印象怎样，三福说："人人都在夸许大姑，看来名不虚传，就不知道武艺如何。"

不久，三多回到山上，老黄接住问明经过，三多把情况都说了："看来还有几分诚意。"老黄却又想起另一件事："为什么不打进上下木去？许天雄虽不能信任，底下人难道就没个好的？大乡、大姓、有现成的武装，听说还有军械厂……"他详细地问了三多对大姑的印象，三多说："听说她双枪厉害，为人很凶暴，人人怕她，连许大头也惧她三分。"老黄问："看来，她继承许天雄大有希望哪？"三多道："大家都这样说，不过，飞虎队不在她手上。"老黄又问："那许大头怎样？"三多道："比大姑更坏！"老黄问："和大姑搞好关系有什么好处？"三多道："也许可以弄点弹药……"老黄点点头。

几天后，三福奉派到上下木去。许大姑听说三福到，连忙叫许果来请，许果一直把三福带进里屋。这时大姑另有一番家居打扮，上身是件圆领短袖针织汗衫，下面是条淡蓝色绸长裤，穿着双皮拖鞋，显得特别修长、清瘦。她随随便便地接见了三福，又请坐。

那三福没见过有这样女人在他面前这般随便过，有点不自然，大姑却若无其事地在他对面坐着，开口就问："今年多大年纪啦？有多少年没上我们这儿来过？"三福局促地回说："二十五岁了，十多年没来过。"大姑道："比我少十岁，算是堂弟。"又问："三多年纪今年有多大？"三福道："比我大五岁。"大姑点点头："是三十，也是堂弟。"又说，"我早说过，不管怎样，我们两乡人都是自己人，不是堂兄弟就是堂姊妹，反正是一杆笔写不出两个许字。"三福口才不好，点点头，笑笑。

一会儿大姑又问："听说你们那儿枪很多，子弹十分缺少？"三福为人诚实，一见她满口称兄道弟，也承认了："有些不足，外头很难买。"大姑微微一笑，心想：此人老实，可以多问几句。便说："我们这儿有修械厂，还能造子弹，你们既然缺子弹为什么不到我们这儿来拿？我大姑为人讲义气、讲感情，从不计较这些。"三福说："就是过去结冤结得太深。"大姑道："所以我说冤宜解不宜结。我们这儿有几千人马，加上你们那边……也有千把人枪吧？"三福不敢随便说什么，没响。大姑机灵，也把话题转了。"上次我和三多谈过话，你们打算怎么办？"三福挪了挪身表示："三多哥叫我过来对大姑说明，双方言和的事没有意见，可以和，联圩也照旧。你们的事我们不过问，各人的地界还是各人的，大家说个清楚，以免引起误会。"

大姑问："青霞山算谁的地界？"三福道："我们衣食全在那上面，三多哥说，就算是我们的吧。"大姑道："不对，我们也常常有人上去。"三福道："三多哥说，你们不靠山。"大姑又道："万一有我们的人在那儿路过呢？"三福道："也没有关系，只要打个招呼，就各走各路。"大姑又问："听说你们把青霞寺的茶园都占了？"三福这次可不那么老实了："无主的东西，谁也不能说谁占。"大姑笑了笑，也不和他争论，却又突如其来地问："听说你们打狗队也在计划打为民镇？"三福大吃一惊："谁说的？"大姑故意又说："你们打狗队可比不上我们飞虎队，打为民镇要吃大亏的！"三福大不服气："不见得！我们打潭头就不费一枪一弹，现在正是兵强马壮，别说是许添才的乡团队，就是中央军也不在眼下。"大姑心里大乐，却故意说："所以我说有了我们的飞虎队和你们的打狗队，我们就天不怕地不怕了，你说是吗？"三福点头。

大姑于是当场复了口信，三福告辞，大姑说："慢点走。"她叫："许果，替我到军械库取两支匣子来。"那许果答声："是！"出门一会儿提着两支匣子枪来，大姑熟练地检查过机件，才把它递给三福："送一支给你，一支给三多，算是我的一点小礼品。"又叫许果带他到村里"见识见识"，然后送出村去。

三福一离村，大姑就去见许天雄，说："打狗队果然是许三多他们的。现在双方已协议互不侵犯。"许天雄便交代许大头："今后不要和他们碰头，他走大路我们就抄小路。"

第十四章

一

大林神秘失踪的第二天，玉华就从邮差手中接到一封匿名信，但她认得字迹是小林的，信里告诉她大林被绑劫经过。她非常吃惊，想找小林当面了解情况，又怕对他不便。这些日来，她一直发觉有人在监视她，她相信小林也一定会通知组织，可是又该如何去搭救大林呢？小林那儿不能去，组织上找不到，想来想去，很费一番踌躇。当晚看见大林不回家她娘已在问，再不告诉她，无论如何是隐瞒不住，不如索性公开了吧。玉华娘一听说大林被绑架，急得如热锅上的蚂蚁，当下拉住她说："走，我们找伯父去，现在也算是他的人了，他能不管！"母女俩就这样到了蔡监察府。

那蔡老头一听说林天成被绑架，也很为生气，拍着桌子说："有王法没有，光天化日之下绑劫我的人！"立刻叫备车，要亲上党部。那吴当本接住他，问明情况，迟疑半天，也说："蔡老，除非是土匪，中央军绝不会干这种伤天害理的事，你放心，我替你打个电话联系一下。"当场就给朱大同挂电话。那朱大同当时正在对大林进行三面会审，还没个结果，就死口咬定："绝无其事，我们这儿没见这个人。"吴当本更是理直气壮了，他对蔡监察说："蔡老，我的话一点不错，保安司令部没见这个人。"蔡监察吃惊道："那真有匪徒来绑劫？明明说是有人在我家门口用汽车把他绑走的。"吴当本耸耸肩："怕是老伯听错了吧？"说着把双手一摊表示无能为力。

蔡监察只好不得要领地回家，告诉玉华母女。那玉华娘一听下落不明就放声大哭："青天白日用汽车绑架，不是他们是谁？"倒是玉华相当镇定，她心里明白却不能直说。那蔡监察背着手，来回地走，有好一会儿时间，才对玉华招手，把她带进书房，用十分严肃而神秘的声调谈话："玉华，从你父亲去世后，我就把你当自家女儿看待，你该信任我。"玉华见他模样，也多少猜到一些，便回说："伯父对我怎样，我哪儿不知道。"蔡老头又道："你该对我说实话。"玉华道："我不知道伯父要我说什么？"蔡老头双眼注视着她："你该坦白地告诉我，林天成到底是不是共产党？"玉华早有了精神准备，一听他问的认真就掉下泪来："连伯父也这样怀疑他，保安司令部怎不绑他的票。"

蔡老头见她动了情，也有几分心软，连忙解释："要是我对天成怀疑也不会叫他当秘书。这青年倒很切实，工作态度好，有能力，肯干。可是，为什么他又这样不明不白地被绑呢？听说保安司令部是用这办法来对付共产党的。"玉华抹着泪说："人肯定是被他们绑去的，伯父如不想办法，天成就没有命了。"蔡老头连忙劝慰她说："只要不是共产党，我一定要想办法。"玉华道："就我知道，他什么也不是。"蔡老头点点头，忽又问道："那么，你呢？"玉华道："伯父，你对我也怀疑了？"蔡老头连忙否认说："不是我怀疑，是随便问问。我相信像我们这样书香世家，不会出共产党的！只要你们都不是，我就放心了！"说着，叫她离开。

玉华和她娘回家，心情十分沉重，第一关碰壁了。在这种情形下，她怎能去找组织，预料组织也暂时不会来找她，她没有人好商量，也不知道该怎么办。她虽然十分痛苦，却还照旧到学校去上课，只是肚里的孩子慢慢地大了，行动不便，又有些生理反应，心情格外郁悒。有时当她一个人面对着孤灯，看见她和大林共同工作到深夜的书案，甚至于偷偷地垂泪。她不知道大林现在哪儿，是不是被暗害了？还是在受重刑……

倒是那吴启超常常来，他第一次来就问："林先生呢？"玉华对他厌恶极了，却还装作若无其事的样子说："被绑架走了。"那吴启超装得也挺像，吃惊地说："哪能这样，一个堂堂的监察府秘书被绑架，有王法没有！为什么不找蔡监察去交涉？"玉华有意给他难堪，故意说："这件事，我伯父也无能为力，只有靠你吴先生哪。"吴启超相当慌张，却仍然满面笑容："蔡小姐，你说这话我不明白。"玉华道："吴先生不是说，在保安司令部内熟人很多吗？"吴启超道："对！对！因业务上关系，我有几个熟人……"玉华道："那就请你去想办法。"吴启超满口应承："好，好，我替你去打听打听。"以后，他就利用这个关系常常地来，并说："我到处都打听过了，确实没这个人。"玉华笑道："我也知道不会有什么结果的。"吴启超却对天发誓说："我确曾努力奔跑过，林先生和我亲如手足，我怎能不替他奔跑？这个机关不行，我再到另一机关看看。"

奔走没个结果，吴启超却和她大谈起刺州的共党活动来："他们真坚强，杀了那么多，抓了那么多，还在勇敢地战斗着，又是劫法场，又是打狗，听说还有武装。"玉华对他的"拜访"更加厌烦了，对他的话简直不愿听，她说："我什么也不知道，也没兴趣，请你不要跟我谈这个。"吴启超却一点不放松，又问："林先生的失踪是不是和这个有牵连？"玉华把面孔一板正色问道："吴先生，你这话是什么意思？"吴启超连忙装出笑面："我只随便说说，有时好人也会受牵连的。其实，人生为的是什么？还不是享乐两个字，像我现在就把什么都看淡了，革了多年命，还落得个这样下场，一切得过且过，不要看得太认真。文章不写了，报纸也不想编了，一心想找个漂亮老婆，安下一个安乐窝子，过过安定日子。"玉华就是不理，由他一人自拉自唱，唱得无味，自告辞去。

说话她不听，吴启超改变了战略，频频地给她写那"热情如火"的信，有时还派人送花。这件事引起玉华娘注意，她说："此人落井下石，看来不是好意，你也别理会他。"玉华汪着泪说："我恨透他，只是没办法！"玉华娘便叫陈妈挡驾："今后那姓吴的来，一律回说小姐不在。"但吴启超还是经常地来纠缠，回说不在，就声称："我等她！"赖着不走。迫得那玉华娘又上蔡监察府一把眼泪一把鼻涕地哭诉，蔡老头说："太不成话，叫玉华搬来我这儿住，那人再来就打断他狗腿！学校也不用去了。"

二

玉华想把学校功课办个结束，才搬到蔡监察府去。那天她对她娘说："我去办理请假手续，找个教师代代课。"她娘正在替她收拾东西，准备送她进监察府，说："早去早回。"

那玉华离开进士第到刺州女中，办完交代正和几个同事在交谈，忽见传达老包匆匆进来，对她说："蔡老师，有人找。"玉华问："什么人找？"老包说："一位小姑娘，说有要事。"玉华这些日来虽然一直保持着较高的警惕，听说是个小姑娘也就不大注意，对大家说声："再见。"刚走到门房，果见一个十四五岁瘦瘦小小的女孩坐在那儿。觉得奇怪，从来没见过这人，找她有什么事？当时开口就问："你是谁，有什么事？"那小姑娘慌慌张张地说："有人叫我来找你。"玉华很不自然："什么人叫你来，有什么事？"那小姑娘朝校门口一指："哪，在那儿。"说着，先自动身，玉华跟着也走出校门。

说时迟那时快，正在这时从校门外掩蔽的地方闪出几条便衣大汉，一个带头的说："保安司令部请你过去谈谈。"玉华把面孔一板："我和他们没有关系！"那人又说："没有关系也得走！"一摆头，几个人同时拥上，不容分说地把她架起来就走。当时玉华放声大叫："土匪绑票！"老包一听"土匪绑票"，一边呼救，一边上前拉玉华，不让她走，但对方人多，老包年纪又大了些，被一便衣大汉当胸打了一拳跌倒在地。

老包一边呼救，一边在挣扎，到他爬起身，玉华已被拖出老远。老包不顾死活按住胸口追上去，只见从不远地方开过一辆汽车，那几条大汉把玉华往车上只一塞，便呜呜地开走了。老包边叫着："土匪绑票！"返身又跑进学校去报告学校当局。学校当局也觉得情况严重，赶派老包走报进士第。

玉华在车上被那几条大汉紧紧挟住，那小女孩莫名其妙地责问："不是说只找蔡小姐谈几句，为什么捉人？"那带头的喝了声："小东西，少管闲事！"她吓得不敢声张，却把面孔用手来蒙。那汽车一直开进保安司令部，玉华被人挟持下车，推推拉拉地进了一个布置相当不错的房间。门开处朱大同早已站在那儿，笑口吟吟地说："蔡小姐，受惊了？不是我们不文明，实在没办法，请你暂时委屈一下，问几句话，无事就可以出去，请坐，喝茶！"玉华心内明白，却还叫着："你们有王法没有，怎么青天白日绑劫妇女！"朱大同又一次表示了歉意："我再一次向你道歉，不是我们不文明，实在是没办法，请坐，喝茶。"

玉华面壁站着，朱大同轻轻把手指一弹，里面的人一下子都离开，朱大同又说："坐呀！"玉华不理。朱大同自拉自唱地说："你不肯坐，也没有办法。蔡小姐，我想问你一句话，你什么时候加入共产党的？"玉华把头一扬："我什么也不是！"朱大同点起烟卷，在沙发上跷起脚来："是客气了吧，还是害怕哩？我再说一次，不用害怕，只要你老实承认，我便放你出去。你知道，我们对妇女一向尊重，何况你又是蔡监察最心爱的侄女，有名的女秀才。"玉华还是那一句："我什么也不是。"

那朱大同皱起浓眉，故意走近写字桌，打开一只卷宗，翻阅着一叠文件："可是，你那亲爱的丈夫，林天成先生已经招供了，他说：你们两个都是。"玉华心颤着，大林也在这儿？但她相信，像他这样的人，是什么也不会说的。当他们成了夫妇后，他们曾不止一次地互相勉励着、期许着，发出了忠贞誓愿：如果有一天被捕，不论是谁都决不背叛组织，背叛党，出卖革命，出卖同志，头可断，血可流，但必须把革命进行到底！她坚信他能遵守这誓愿。自己也决不做可耻的叛徒和逃兵。当下玉华便对朱大同斥责道："人在你手上，要杀就杀，不许含血喷人！"朱大同却狡猾地笑着说："你不信，我可以把他的供词给你看！"说着，把一份所谓"供词"丢在她面前，推开门轻步地出去。

十五分钟后，朱大同又进来，那份"供词"没有动，玉华还是那样倔强地站着："读过了吧？小姐，你有什么意见？"玉华还是那句话："不许你污蔑我的丈夫！"那朱大同笑笑把"供词"捡起，归了卷宗，"你不相信？也好，我就给你看另一份文件，这是你的朋友吴启超大文豪的报告。他侦察了你的行动已不止一天了，他的忠实可靠材料完全证实你是一个不折不扣的女共产党员！"玉华叫着："都是胡说！"朱大同又道："你不相信，我可以再给你一份材料看，这是你们党的最高负责人德昌的供词，他也早被捕，在他的供词中提到你！"

玉华几乎笑出来了，这反动派把自己的狐狸尾巴露出来了，他还闹不清大林和德昌是个什么关系哩，可笑可鄙！还是那一句："胡说！"那朱大同心想：软的你不吃，老子就给你来点硬的，便拍起桌来，叱喝道："你到底认不认？"玉华冷笑道："我没有什么好认的！"他气呼呼地冲到她面前："不认老子就要动刑了！"玉华笑道："人在你手上，要怎样随你！"

那朱大同双眼充血，面目狰狞，卷起袖子，当面给了她两拳。她感到一阵剧痛，一阵昏眩，摇晃着，想找个地方扶住。又觉得小腹受到一阵刺心的撞击，她哈着腰，用双手紧紧护住她那可怜的、尚未见过世面就被伤害的小宝贝，跌倒在地，紧咬着牙关，泪水直流，却不哼一声……

那老包匆匆赶到进士第，报告了这件不幸消息。玉华娘由陈妈扶着，一直哭到蔡监察府。蔡老头极受震动，又叫备车，他先到党部找吴当本，不在，又到他家里去，一进门就口沫横飞地叫嚷着："到底有王法没有，青天白日绑架妇女，看不惯我这蔡家，索性把我也抓去就是！"那吴当本正在吃夜饭，热情地招待他坐下，小心地问明经过，又说："蔡老伯放冷静些，再有天大的事，也会弄得水落石出的，你坐坐，平平气，我马上就找保安司令部。"说着，他果然出去给朱大同打电话。二十分钟后，回来了，面色严肃，说声："蔡老伯，这件事我看你最好也不要插手！"

蔡老头也觉得奇怪，这笑面虎怎的忽然不那样外交了。忙问："为什么？"吴当本道："我现在就坦白告诉你，林天成和蔡玉华都是保安司令部秘密逮捕的，是重要共犯，南京有命令来，蔡老伯一向清白，身为监察大员，为这件事把自己牵连上去，也大可不必！人家周司令为了尊重蔡老对党国的贡献，没把你牵上，你如徇私而自投旋涡，周维国这个人……"他摇摇头，"会做出什么，难说！"这几句话把那蔡老头说得如掉下冰窖，半天说不出话来。

当他转回监察府时，一见到玉华娘就生气："你教养的好女儿，找的好女婿，差点把我也连累上。他们做了什么，他们心中明白。我就要上京去，管不了，你也少去叫喊，把小冬抚养成人，那点房产也够你这一辈子了！"说着，就进内室去，声明不愿再理会进士第的事，半个月后就全家迁省了。

三

　　吴启超应林雄模的邀请，抽空到池塘住了两天。林雄模对他说："你来就住在我这儿，我要推到为民镇去，我把老鬼交你去对付，我自对付许天雄去。"又半认真半开玩笑地说，"这老鬼难应付，七太倒风骚、标致，我是不敢领教，你有兴趣不妨和她打打交道！"他把这堂堂的陆军中校带去拜会许为民，又带到镇上去拜会许添才。

　　当吴启超回城，就听那小东西说，朱大同叫人把她带出去过，觉得奇怪："带你出去干什么？"小东西心有余悸："带我去抓人。"当小东西把经过一说，吴启超便骂起娘来："妈妈的，老朱坏了我的大事！"也不多言，径投保安司令部找朱大同理会。那朱大同一见面就说："你那迟开的玫瑰刺真多。"吴启超不满地说："怎么不打个招呼就动手？"朱大同道："我看你也该死掉这颗心，这臭娘儿和那林天成都是一班死硬货，这次我硬来，给她上了三次刑，连针灸也用上了，还是打不出个屁来。"吴启超跌足道："你坏了我的计划！"朱大同道："看你那样有信心，我现在就交还你。不过老哥，我们还是有话在先，如果你再攻不破，我还是要要回来。我不相信她真是铁打的，不要命！"说着，叫把玉华移交给吴启超。

　　蔡玉华受过几次刑后，从昏迷状态中苏醒过来，只觉得浑身热辣辣的如火烧的一样，她用昏花迷糊的眼睛望着她那十只刺痛红肿的手指，它们都曾被逐个用竹针刺过。每当一根竹针刺进她的指甲，就像刺在她心上一样，她痛昏了，死了过去，被冷水喷醒，反动派又迫她："认不认？"她还是那句："我什么也不承认！"于是又有另一竹针敲进她的手指甲，她又痛昏过去了！就这样，他们一支竹针一支竹针地钉她，迫她供认，她咬着牙根坚决地拒绝供认，于是十只手指都被钉上竹针了。后来，他们又用火烙她，她还是不说，在她心里没有惧怕，没有后悔，只有一个憎恨！

　　这样，过了几个昏死和可怖的日夜，当她再度睁开眼，她发觉自己已不是在那污秽潮湿的独身牢房，而是在一间布置华丽、阳光充足、家具齐全的房间里，她躺的也不再是血迹斑斑的稻草堆，而是那柔软舒适的弹簧床。"我在做梦吧？"她想，"为什么我会在这样的地方呢？"她想挣扎，她想起身，可是那刺心的疼痛又使她昏迷过去。

当她再度睁开眼睛，她看见一个人，一个瘦瘦细细的小女孩，站在她床边。她觉得似乎在什么地方见过，似乎有点面熟，对，她想起了：就是这个人把她骗出学校。她睁着愤怒眼睛，气愤地叫她："走开！"但那个胆怯的、神色惊惶的小女孩，却低低地在劝导她："小姐，不要动，你伤的太厉害了，我是来替你换药的。"同时还有一个人在摇头叹气，她回转头去，可不是吗？在她后面正站着那个卑鄙无耻的吴启超。也在说："你醒过来了，真叫人不放心。都是我不好，有事出去，迟了两天回来就出事。你的伤很重，浑身都是伤痕，现在要好好敷药，休养。"

她完全明白了，又是落在什么人手里。当那小女孩颤巍巍地替她揭开白布单，要替她敷药，她才发觉她是在一种什么状态中躺在那儿，她伸出那麻木、僵硬的双手，想拉住那布单，挣扎着怒喊："滚开！"但她的双手早被绷带裹住，刺心的疼痛又使她昏过去了。

当她还在清醒时候，当她还有点力气挣扎时候，她一直拒绝那小东西为她敷药。不吃不喝，也不睁开眼睛看谁，咬住牙关，忍受疼痛，双手紧紧地护住那被单，内心却复杂地在交战，她想死，这种日子并不比死好。她受刑罚、侮辱，在反动派的虎口里。让我死吧，活着没什么意思！可是肚里那幼小无辜的小生命却在搐动，似乎在那儿叫喊：我有权利活，我要活，要到这个黑暗世界，和它抗争！她又懊悔了，也许我不行了，可是我们还有下一代，他们会做出比我们更大的事业。为什么我不想活？作为一个共产党员经不起考验是可耻的，为了下一代，我也要活！我要活！！

那小东西是被吴启超命令来侍候病人的，他对她谈过，这个人很重要，要把她的伤养好，叫她尽快地把健康恢复过来："看住她，跟着她，万一她死了，逃了，我就剥你的皮、喝你的血！"因此那小东西很慌乱，很烦恼。她曾在她健康的时候见过她一面，那时她那样地鲜丽，那样地逗人喜爱；现在她受摧残了，受伤了，就像被雷雨打折翅膀、在污水中挣扎求生的小鸟，变得那样阴惨、那样不幸。

看见玉华痛苦，自己也痛苦，想起在她那可爱的家乡，在所有反动统治下的人民，也有千千万万人这样痛苦过，现在她完全明白这个快做母亲的人为什么会被捕，为什么会受刑，而吴启超为什么又那样重视她。她感到难过，难过自己在特务进行罪恶逮捕时，也有她一份，她的双手也沾着玉华身上的鲜血。她又怕，怕她死去，吴启超说过，万一玉华有事，就要剥她的皮、喝她的血！

由于悔恨，由于同情，也由于她被授予特殊任务，她不敢离开病人一步。白天她坐在床边，晚上她睡在地板上，当玉华拒绝敷药、拒绝吃喝，她就焦急，就害怕，泪水汪汪地看着她。她很想说几句安慰她的话，可是她能说什么呢？那玉华不正眼看她，不对她说一句话，她把她看作是那些刽子手中的一个。"她也是他们一伙的，别以为她会哭，哭得多伤心呀，"她想，"那不过是鳄鱼的眼泪罢了！"她对这儿的一切，一切人，一切陈设，只有反感，只有仇恨。

经过了几天休养后，玉华的健康有了一些进展，不全是因为治疗，而是她的健康状态一直就不坏。她清醒得多了，心思也更多，她想念党，党知道她被捕了吗？党会知道她这时的心思吗？她是坚贞不二，决心一死的；她想念大林，他现在怎样啦？被害了吧，或者还在受那惨无人性的酷刑？她坚信他会和她一样，坚持到最后时刻，正如他们曾相互期许过的一样，为了党的利益，献出赤诚的心。可是，他想念我吗？想念我们的孩子吗？她又想念起妈妈和弟弟，他们都是那样无知，为了大林和自己的事，一定也在受极可怕的精神上的打击，他们现在在做什么呢？哀求伯父的帮助，或是在呼救无门，哀天怆地？她想了很多，泪水一直没干过。

审讯是暂时地停止了，但那卑鄙的小人吴启超，却还常常地来，为她送花、送水果，露出那可耻的假惺惺的嘴面，安慰她："一切都会好起来，最重要的是把伤养好，把孩子养出来。"见她不吃不喝，又说："不要再傻了，你想死，可是孩子是无罪的呀，你不想到自己，也该想想孩子。"每次一见他的面，听见他那伪善的声音，她就起着强烈的反感。她不理他，不发一言，闭着眼，当作没这个人、这种声音；她恨透了他！直斥他是刽子手、卑鄙的小人！

当她能够转动，能够坐起来时，当她经过了这些时日的观察，她发觉这个日夜不离她的小东西，不是她所想象的那样坏。她很单纯，但懂得不少事。当夜深人静，当周围没有一个人，或是当她见玉华睡不着，心事重重时，也会从地底下爬起来坐着，呆呆地看着她，眼中充满泪水。玉华偶尔去看她一眼，发现在她眼中闪烁着善良、同情的光。

玉华想："也许她真不是个坏人，也许她是被迫而不得已，也许她是被利用，也许她还有点良心。"又想到，"我现在什么都不知道，这些反动派为什么突然会把我优待起来？他们存的是什么心机？到底要怎样来处置我？"她又想起大林说过的一段话："在反动派里面，也不是个个是坏人，是铁板一块。他们中也有好人。我们只要肯做工作，就能从里面找到朋友，找到自己人。"玉华想："这小家伙看来也有满腹心事，我为什么一定不理她，一定要那样恨她呢？也许她能帮我了解一些情况，也许她能替我做点事。"慢慢地，慢慢地，她对这小东西就不再采取仇视态度了。

她开始不拒绝她为自己敷药、用她的手碰触自己皮肉，拿来的东西也愿意吃了。这使那小东西惊喜交集，话也多了，她说："小姐，你真好，你这样做就是帮了我的大忙。"玉华问她："为什么？你们不是想把我活活磨折死吗？"小东西张皇四顾，忽然掉下眼泪："他们见你不吃不喝，拒绝敷药，便认定是我服侍不好，要剥我的皮，喝我的血！"玉华觉得她的话里有话，故意问："他们是谁？"小东西低声地说："吴中校，就是那吴启超！"

玉华又问："他是你的什么？"小东西把声音放到不能再低的程度："那人坏，坏到不能再坏了，是蓝衣大队的人！我是他的什么人？是他的泄气筒，是他的奴隶！"这话叫玉华吃惊，那小东西又说："反动派在围剿苏区时，把我从故乡俘虏来，那时我还只有十四岁，先把我拨充军妓，以后又卖到妓院，后来朱大同把我送给这吴启超……"玉华问："你就当起他的太太来？"小东西苦笑着："是狗和主人，什么太太，他把我当狗，高兴时，把我摸摸捏捏，不高兴时……"说着，她双眼闪出愤怒火光，把衣服往上一揭。"你看，"她悲愤地说，"这儿是他用马鞭打的，这儿是他用香烟头烧的，这儿是他用口咬伤的，就像那死特务头朱大同对小姐一样，只是吴启超不像他那样一下子地伤你，却慢慢地，逐日地来磨折人……"说着，就呜呜地哭了起来。

"我过的就是这样的地狱生活，平时他把我监禁在房里，不让我出门一步，见个生人，这次还把我拉下水，叫我把你从学校里骗出来。"小东西说得真切，玉华想不到竟有这类事，而小东西竟是这样的人，同情和阶级的爱，使她忍不住伸出手去抱她："你也是个苦命人，你的苦难和我一样呀。"两个人紧紧地搂着，都哭了。"当初那大坏蛋叫我来，"小东西哭着说，"我蛮想对你多做点事，赎我的罪过，我是不该帮他们做坏事的。可是，我看见你那样恨我，把我当他们的人看，我难过极了，我只有暗暗地在哭……"说着又哭。

玉华也一样难过："小妹妹，你也不能怪我，当时我实在不了解你，我想这儿的人都和那些坏蛋一样。"小东西承认道："这儿是没个好人呀！只有一个……"玉华问："一个好人，就是你？"小东西摇摇头："还有一个，叫李德胜，看守班班长，我听他叹过气说过，他曾在你家里见过你。"玉华感到愕然。"他还认得林先生。当初林先生被拉夫，就是他把林先生送到你家里的。"玉华依稀地想起来了，有这样一个人。"他不满朱大同把你打成这样，他说：即使是共产党也不能在人家这个时候上这样毒刑，等孩子养出来再审讯也不迟。"玉华问："他也是好人？"小东西道："我以前不认识他，这次搬到这儿来才认识，他现在带着人在看守你。"

玉华问："这是个什么地方，监牢吗？"小东西笑道："监牢可没这样客气，是有钱人住的洋楼哩，在城边，四周都没人住，只有一片花地。"玉华又问："他们为什么不把我关在监牢里，却送到这儿来？"小东西道："这也是那大坏蛋吴启超出的主意，我偷偷听见他说过，对这样的共产党要威抚兼施……"玉华全部明白了，朱大同给她那样重的刑罚用的就是"威"，现在吴启超这大坏蛋用笑面、鲜花，大概就是所谓"抚"了吧？让他来吧，反动派！

认识了小东西，从她那儿又知道了李德胜的情形，使玉华在黑暗、绝望中发现一线光明，她在想：奇迹为什么不能创造呢？也许是幻想，也许有此可能。她把思路又转到另一边了……

四

听说玉华健康大有进步，肯让人敷药，也肯吃肯喝了，吴启超自感得意，又满面笑容地在玉华面前出现了："蔡小姐，对不起，我还要这样称呼你，更显得亲切些。听说你健康状态有所进步，我感到十分愉快，我本来就说过，一个人要向前看，不能老向后看，过去的过去了，要重新开始。"玉华没有理他，吴启超在她旁边坐下："生活上还有哪些不便的？需要什么，只要说一声，我就叫人送来。"玉华不屑理他，勉强扶着床站在窗门口。"我是一个尊重现实的人，对你也很敬慕，过去的比如昨日死，新的比如今日生。你还年轻呀，得拿起勇气重新做人。"

玉华实在太反感了，她激愤地责问他："吴中校，我们到底有哪一点对不起你，为什么你要把我们害得这样惨？"吴启超有点突然，旋又笑道："你原来也知道我是吴中校了？"玉华冷笑道："若要人不知，除非己莫为，姓吴的，我早就知道你。可是，我自问没有什么，我不怕，所以我照样把你当朋友看待。而你，为什么要诬害我们？"吴启超道："你要证据吗？朱大同大概都给你看了吧？"玉华气愤地叫着："他是诬告，我们什么也不是！"吴启超道："你这态度就不是尊重现实的态度，要是正视现实的人，就得大胆承认一切。我们会尊重你，你自己也不至于吃这样大亏。"玉华叫着："我不能对一切造谣污蔑屈服！"吴启超却奸猾地说："可是你那亲爱的丈夫、林天成先生已把你出卖了！"接着又冷冷地道，"你想再见他也没希望了，他已经被处决了！"

这突如其来的消息，使玉华愣住了：可能吗？也许是！一阵激动悲愤使她忘记了一切，只有一个念头："把命拼了算！"她像只受伤的老虎，向着吴启超直扑过去："刽子手，杀人犯，还我丈夫来！"来势很凶，吴启超也猛地一惊，把她一推就夺门而去，玉华双手扶在门背上簌簌泪下。

那晚上，玉华做了一场噩梦。

她梦见大林在一个月黑风高的夜晚，一身血污，拖着那沉重的铁镣，唱着《国际歌》在荒野上走着，在他后面就是那恶狗似的朱大同，他露出狰狞血口，举着枪从背后向他射击，大林中了弹，没有倒下，还在唱着，唱着，似乎没有听见枪声，一直在走着，艰难地吃力地走着，向前走着……她呜呜哭着，迷迷糊糊地睁开眼，在她床边站着那小东西。她关心地问："你哪儿不好？"玉华一手抓住她，一边挣扎着要下床，哀声叫着："他不能死！刽子手，不许你杀害他！"小东西慌了手足，用力摇撼她："玉华姐，玉华姐，是我……"玉华醒了，看见房里的一切，她重又躺下床，难过地饮泣。小东西给她端来水，劝她喝下："是梦，是梦，我从前也常常做这样可怕的梦。"

第二天，她又不吃不喝了，小东西见她在哭，自己也哭，她说："玉华姐，你不能这样，这样就上了那大坏蛋的当了。"玉华拉住她问："为什么会上当？"小东西瞻前顾后地张望着，半晌才低低地说："是那大坏蛋对你说什么了吧？他们总是这样，把你一切希望都断了，然后再迫你屈服。"玉华问："那么，他说的不是真的？"小东西道："是关于林先生的事吧？我听那李德胜在背后议论：人家共产党真是铁打的汉子，那姓林的什么刑都尝遍了，就一句不说，说来说去还只有那一句：我什么也不知道，不承认。"玉华想：那么是大林还在坚持？对！他怎样也不会出卖党的！怎样也不会死的！她安下心了，她说："小妹妹你的话对，我不能上他们的当。"说时内心起了敬慕和惭愧的心情，敬慕的是这位小东西虽然年纪小小的，却很有见地；惭愧的是自己那样的脆弱，在某些问题上还没有这小东西见得透彻。

那吴启超又来了，还是那副奸猾阴险的面孔。

"蔡小姐，真对不起，我的话引起你伤心。其实也没有什么，你年轻漂亮，又是出身名门，蔡监察得意侄女。林先生死了对你有什么影响，再找一个，比他更好、更有社会地位的。"玉华一听又怒火中烧，想起小东西的话，"不上当"，也就处之泰然，反而嘲讽地说："吴先生倒想来替我做媒似的。"那吴启超连忙说："没有问题，没有问题，只要蔡小姐肯合作，把一切弄清楚，不出一小时你就可以自由。高兴在本地住，可以；想到上海去当文学家，也可以；我一官半职当然更不成问题。总之一切会好起来。"

玉华道："要是一切都弄不清楚呢？"吴启超感到狼狈了，却还想用流氓手段来恐吓她，他说："那就难说了，我对你一向敬爱，没问题，那朱大同一发起火来可不是玩的，他给你实行过针灸治疗了吧，他是个不高明的针灸大夫，可是对某些人倒很有效。他对你也仅仅用点小手术，大手术还没用过哩。"玉华恨声道："你说我会向你们低头？"吴启超道："你的勇气我佩服，是个巾帼英雄，不过中国也有句老话，叫英雄不吃眼前亏，又何必自找苦吃。"玉华火气又起了："不是我找什么苦吃，是你们诬害好人！"

吴启超道："我们不谈这个，大家一见面就吵吵闹闹，哪像个朋友在交谈。"玉华道："我没有你这样朋友！"吴启超装出受委屈的样子："可是我也不是你的敌人。是敌人我就不会在你非常危急、生死存亡只在一线时刻把你保出来。"玉华奇怪道："是你保我？"吴启超大感得意："对，是我把你保出来的，这儿不是保安司令部，也不是监牢，这儿是我的家，我给你安排了这样一个舒适温暖的家，有人侍候，有人和你谈心，一切吃用不缺，天下间哪有这样监牢？"

玉华问："既然你这样重视友谊，为什么不放我出去，放我回家，却把我关在这儿，派人监视，派卫兵守护？"吴启超道："你又误会了，我不过是为了你有病、你的安全；你不知道，那共产党对被捕表示悔过的人可凶哩，最近他们成立了一个打狗大队，专来对付像你这样人，有个叫陈聪的你们同志，就是这样被活捉去，还公审砍头示众哩！"玉华道："笑话！你说的和我有什么关系！"吴启超道："即使我现在就放你出去也无用，不出两天打狗队就来找你！"玉华大声喝道："不许胡说，我和他们根本没有任何关系！"内心却感到振奋：组织经过整顿后更加壮大了，武装斗争开始了。可是什么时候才能打进城来呢？党呀，你知道我的心意没有？你的儿女，在强大敌人的压力下、酷刑下，没有低头，没有出卖同志，我只有一片坚贞，向着你！

有谈话就有争论。但吴启超觉得有进展，有很大进展，他认为那迟开玫瑰的刺正被他一根根地拔掉，锐气也正一点点地被磨掉。他相信，只要再有些时间，再加把力，他就会成功，将使她低头，屈服在他巧妙的战术下。他每次见到朱大同，这杀人不眨眼的上司总是问："可以叫她签自新书了吧？"他说："还得有段时间。"朱大同皱眉道："我已等得非常不耐烦，省方有电来问：要是你们对付不了，就解到我们这边来，只要三天时间，我们就会叫她连骨头也吐出来。"他又吐露说林天成最近要解走，"省里要这个人，听说在禾市也抓了好些人，有人认识他。"吴启超问："林天成案件已了？"朱大同烦恼道："就是他妈的死不承认！"吴启超又问："你那手术没用上？"朱大同道："大手术、小手术全用上了，就是他妈的没用。"吴启超得意道："那只好看我的了，我用的就是孙武兵法，攻心为上。"朱大同道："老哥，我看你慢点得意，这对活宝不是那么容易对付的。"吴启超耸耸肩说："等着瞧吧！"

回到"公馆"后，他就对李德胜下命令："我命令你，如蔡玉华有要求，可以放她出来走动走动！"

五

这是一座老式的巨大宅院，没有进士第宽敞，但是所有的建筑物都很完整，后院有座大花园，用一人高的红砖墙围住，园里有四季花木，还有八角亭和养鱼池。从花园里可以看到外面，是一片花地，花农在这儿种着四季时新鲜花。刺州妇女有个传统习惯，她们喜欢在发髻上争艳斗姿，妇女们按照自己的身份地位梳着各种样式的发髻，而在髻上必然都戴上花串，或簪上几朵鲜花，因此花农很多，每天在清晨、午后两次采下鲜花，由卖花姑娘提着花篮，沿街叫卖。

玉华开始被允许由小东西陪着在花园里散步，免不了也有那李德胜在旁"监护"。那李德胜三十上下年纪，沉默寡言，他对玉华很有礼貌，虽没交谈过，可是，每次见面照例远远地打招呼，日子久了，见面多了，玉华更有意接近他，他也敢走近她，听她说什么，开头虽只是听听，点点头，微微一笑，再过几次也肯开腔了。

有次，当小东西不在他们跟前，玉华坐在八角亭内，李德胜在鱼池边观赏水中嬉戏的金鱼，玉华便开口说："李排长，为什么不进来坐坐？"那李德胜四望无人，也慢慢跨进亭来，却不肯坐，玉华故意问他："李排长，还认识我吗？"李德胜笑笑。"你来这儿很久了吧？"李德胜点点头。"家里人都在？……"那李德胜不得不开口了："在山东老家。"玉华又问："许多年没见面了吧？"李德胜叹了口气。"当兵当了许多年哪？"李德胜点头。"不想家吗？"那李德胜难过地低下头。不久，小东西回来，李德胜又退到八角亭外。

那吴启超有时也来陪玉华散步。玉华虽没有说话，他却还一个人自拉自唱，大谈其人生之道享乐而已矣："什么革命、斗争都是骗人的。"玉华不再去驳他，也不和他辩论，当他们散步到花园口，那儿有道铁门，用一面几斤重大锁锁着，玉华在门边站站，起了个念头，故意叹了口气："能够出去走走，多好。"吴启超为了讨好她，连忙把李德胜叫来："李排长，你带有花园门匙没有？"李德胜立正道："报告长官，门匙在身。"吴启超命令道："开门，让小姐出去散闷。"

门开了，一片花地，阵阵清风传来了茉莉、含笑、玉兰的扑鼻清香，玉华在花丛中走着，感到特别的自由舒适。想起了曾有人说过这样的话：当一个人在自由时候，并不觉得自由的可贵，当自由失去了，才感到它的可贵。"难道我这时就是这样的心情吗？"她问着自己。"是的，就是这样！自由，自由，你多么叫人热望呀！"想着，泪水就忍不住滴下。她偷偷抹去泪珠，唯恐心事被人看破，唯恐那可鄙的敌人笑她软弱。

但是一直悄悄地注视着她行动和内心变化的吴启超，却比她更敏感，更能体会这种心情。他信步过来，并且存心挑逗她："蔡小姐，你现在也觉得自由可贵了吧？"玉华没有理他，往前直走。吴启超心想："她心动了。"也紧紧跟上："自由永远是你的，问题是你想不想它。只要一句话，蔡小姐，你就可以像那自由的小鸟飞上无边无际的晴空，过着你自由歌唱、自由飞翔的生活。"

玉华还是不理他，她走进含笑花丛。吴启超在后面紧紧跟着："我以为这件事对你并没有特殊困难，只要你承认、自新，自由便是你的！怕人家说你当叛徒，我们可以不对外宣布，出去以后也不一定替我们工作，只要以后不再和共产党往来就算了。"玉华咬住牙关，忍住自己的愤怒，她快步地离开花地，径向花园大门。花园门边站着小东西在等她。小东西问："走了这半天，累了吧？"玉华一直奔向她那"舒适的"牢房，把自己关着。等她慢慢冷静下去，等她能用理智来思考分析问题时，她突然想起的那个念头更加坚定了："走！逃出这个牢笼！"

那吴启超却以为他的攻心战术获得巨大成就，他想："她心动了！自新书可以用上了。"只要她能在上面签了字，不怕她不交出组织和人员的名单，不怕她不屈服在自己的面前，这样他就可以一石二鸟，能为"反共大业"尽一份贡献，又能赢得这朵刺州玫瑰。他陶醉在自己的成就里，叫备酒，一个人自酌自饮，又把小东西传了来。

那小东西以无限同情和爱惜心情在注视玉华，她很担忧她会受欺骗、上当；她早看出那笑里藏刀、阴险毒辣的吴启超转的是什么念头。他想用涂着蜜的圈套套她，叫她出卖革命，出卖人民，而后占有她。到了他心满意足再抛弃她，像抛开一只烂草鞋一样。仇恨燃烧着她，胀满心怀。"我一定要让她知道，这些人没一个是好的，别听他们鬼话，别上他们的当，要么就死，要么就……"她也起了个念头："逃！"

听说吴启超在叫她，心里就做了准备，一定又要她汇报玉华的情况。她匆匆进去，那吴启超开口就问："蔡小姐最近心情怎样？"小东西一肚子怨懑情绪，却还恭恭敬敬地回答："比初来时好！"吴启超问："好在哪儿？"小东西道："有说有笑，高兴得多了。"吴启超点头表示满意，又问："没对你说过什么吧？"小东西故意撒谎说："她说老爷对她很好，很感激，就是太不自由。"吴启超又频频点头："她想怎样才算自由？"小东西下定决心，无论如何也要帮助玉华逃出虎口，她说："她说：吴先生对我虽好，却还不信任，白天夜晚房门都是上锁的，这不等于坐牢？"吴启超心想：我早看出这女人并不那样坚定，硬姿态只是为了讨价还价罢了。"她为什么不亲自对我说？"小东西沉吟一会儿，说："她怕你拒绝。"吴启超又问："她还说过什么？"小东西道："我常常听见她一个人在自言自语：要是能早日恢复自由多好呀！"吴启超非常之高兴：全攻对了！他把一只鸡腿送到小东西手中，算是给她的奖赏。

小东西回到玉华那舒适的牢房，一路在想：怎样对她暗示，让她鼓起勇气逃走？她知道因为玉华有孕在身，行动不便，对她的防卫并不严，全院子前后左右不过五六个人，只要能悄悄地走出花园，再争取一二小时时间，她便可以离开险境。至于她逃出这儿后到哪儿去，她想如果她是一个真真正正的共产党员，一定会有地方去，会有人接应她！进房后，见玉华一人坐在窗下闷闷地想心事，不愿打扰，也悄悄坐在一边。玉华知道她被叫去汇报的，也有意打听，她问："那大坏蛋又对你打听我什么来哪？"小东西东瞧西望说："上床后我告诉你。"

这座外表装作"公馆"，实际是特种的宅院，不论日夜，外表都是和平恬静的，入夜后也很早熄灯入睡，只见那巡逻人员，无声地在四处走动。玉华按照旧习惯上床，有人打开门探头进来望望，灯熄了，人都上了床，把门锁上，也就算完成例行公事。小东西和玉华在被窝里低低地交谈着，她把对吴启超说的话，吴启超问的话都对玉华说了。玉华听了叹了口气：

"我一个弱女子，又快养了，有什么办法？"小东西乘机鼓动她："逃走！"这话正合玉华多日来深思熟虑的心意，但她不能暴露过早，便故意问："像我这样能吗？"小东西倒很坚定，无论如何平时是看不出她会有这样果敢精神的，她说："只要你有决心，我就能想办法。"玉华感动极了，紧紧搂住她："要是你真的能替我想办法，那就比我亲生父母还亲！"小东西也很感动，她流泪说："帮助你就是替我父母和我自己复仇！"

六

连日来，玉华都在花地"赏花"，有时由吴启超"陪同"，有时由小东西，而每次又都少不了那李德胜在旁做监护。为了使玉华能呼吸到更"自由"的空气，吴启超在玉华面前对李德胜又做了交代："蔡小姐房间，不论日夜都不必再加锁了。"但玉华却无心赏花，她在观察来往去路，为她未来的行动做准备。为了麻痹吴启超，她甚至于不再和他争论，他说什么，她只是听着，最多只是悄悄走开。她愉快得多、活泼得多，并开始替自己修饰起来。吴启超送来的东西，吃了，送来的衣服也穿了，只是当吴启超一次两次地把"自新书"偷偷放在她梳妆台前，她却把它都撕毁了。

当吴启超不在时，她又找机会和李德胜谈了一次话。这次谈话李德胜胆子大了，话也多了，他说："蔡小姐，我见过林先生。"玉华激动地问："在什么时候，什么地方见过他？"李德胜道："当他被绑架那一天，就是我们排看管的。"玉华问："他身体很坏吧？"李德胜摇摇头，叹了口气："他精神很好，很勇敢，只是用刑太重，身体吃不消……"玉华一阵伤心，抹去泪水又问："他现在在哪儿？听说被杀哩。"李德胜苦笑着："也许是，也许不是。"半晌，却又加上一句，"不过我听说要解省哩。"玉华问："为什么要解省？"李德胜道："林先生不肯承认，落不了案，省里很生气，骂朱科长是饭桶，要亲自办。"

玉华安下心，她那亲爱的丈夫、战友、同志，还在艰苦地战斗着。李德胜陪伴她走了一段路，又叹气说："这年头就见好人吃苦。"玉华故意问他："为什么你有这样感觉？"李德胜四面瞻顾又说："可不是吗，像林先生，像蔡小姐，哪一点像坏人，却吃了这样大亏，当初他们把你抬来，一身是血污，我是军人，我打过不知多少仗，看见过无数死人，连我也不忍看。一个有了孩子的母亲……"说着，他摇摇头又叹了口气。玉华问："你也有母亲吧？"李德胜摇摇头。"也有妻子儿女吧？"李德胜点点头。"要是你的妻子儿女也是这样地在受苦受难……"李德胜把头低着，"你怎么办？"

散步回去，李德胜心里也很悒闷，他仰卧在床上，双手交叉在脑后，眼盯盯地望着天花板，想着自身遭遇，母亲被地主迫死，女人孩子，听说黄河决口，都逃荒去了，至今有两年多下落不明，而他则在枪林弹雨中，转战中央苏区，尽在干那杀人放火勾当，到底为的是什么呀？

吴启超匆匆从朱大同那儿回来，派人来叫李德胜，他一边在收拾公事包，一边说："李德胜，我有要事出去几天，这儿全交给你。"李德胜立正称是，吴启超又把手一摆："给我把那只板鸭找来！"李德胜说声是，出去。一会儿小东西慌慌张张地进来了，吴启超连看也不看她一眼，开口就说："我有事出去几天，要紧紧地看住蔡小姐，没事便罢，有事我回来，小心剥你的皮，喝你的血！"那小东西低着头，却暗自欢喜，这大坏蛋不在了，玉华的事就更好办。

吴启超见她没点声响，大喝一声："听到没有？"小东西连声说："知道，知道。"吴启超把手又一摆："滚出去！"小东西像得救似的匆匆离去。那吴启超整理了一下文件，最后从抽屉里拿出随身武器，摸弄一番，检查着，也放进公事包，锁上，叫声："张大化！"卫士应声："有！"进门，吴启超把公事包交给他："马上走！"一会儿门口就响起了引擎开动声，吴启超匆匆走了。

那吴启超是得到林雄模的通知，要去执行一项紧急任务的，林雄模来信称：在清源有人告密，说在那儿出现一个貌似黄洛夫的人，务请速来侦察逮捕。朱大同说："这又是你经办的，上次手短些给他逃走了，这次可不能再叫逃了，我等你落案归来。"吴启超连夜赶到池塘去。

玉华问小东西："那吴大坏蛋叫你去做什么？"小东西喜形于色地说："好消息，那吴大坏蛋出差去，有好几天才回来，我看，你也要赶快准备。"玉华问："就在今晚？"小东西道："不行，要看机会。"

一天过去了，一切都和平常一样，非常平静，但小东西却很活跃。这儿卫士班，上自李德胜，下至一个普通士兵，对她都有好印象。一方面是可怜她的身世，另一方面也因为她人缘好，叔叔伯伯叫得特别香甜，他们一直把她当作不懂事的小妹妹。吴启超一不在，她索性就泡在卫士班里和他们混。李德胜对她说："小东西，吴中校对你也有过交代，你可要小心。"小东西故意说："一切放心，这位小姐看来把孩子养下，就是咱们的吴太太啦。"有人开玩笑地问："那你呢？"小东西倒很大方："我不过是吴中校一条看家狗罢了。"说得大家都笑。那李德胜一听说玉华快做吴太太了，心情越觉沉闷，他想，人在苦难中熬不住，什么都会干的。他女人会不会因熬不住饥寒另嫁了人呢？……

　　那吴启超不在了，大家也都轻松活跃起来。小东西又对大家说："叔叔们想吃点喝点什么？厨下有现成的酒肉，叫厨子做了就是。"有人问："你做得主？"小东西道："我做不了主，那蔡小姐做得了主，主人都是为她备办的，她说：我心烦得很吃不下，你们拿去吃吧。"大家一听都起了哄："好呀，多久没痛快喝过了。"小东西道："我去替你们办！"

　　不久，红烧肉、白斩鸡都上了，酒也来了，李德胜把一串门匙交给一个助手："你去前后看看，没事，我们也好安心喝酒。"那助手出去一会儿，回来说："前后门都上了锁，我们那位未来的吴太太，正睡得甜哩。"李德胜放了心，把门匙随手只一放，说："来，大家痛痛快快地喝一杯！"他举杯，大家一起举杯。

　　那小东西一直就挤在李德胜身旁，她话多，叽叽喳喳地直嚷，频频向大家劝酒，有人说："小东西，你今晚特高兴？"小东西道："你们不是常说今朝有酒今朝醉，等那吴中校回来就没机会了。"李德胜也说："你说的也是。你是条看家狗，我们也都是。来，为我们的狗命运干一杯！"一时大家哄闹，有的在喝酒，有的在猜拳，连那在门口守卫的，也频频伸进头来凑热闹。

　　在哄闹中，小东西乘人不意悄悄地把李德胜门匙偷了，借故抽身出去，见有守卫的在碍手碍足，便又对他说："老洪，你不进去喝两杯？"老洪道："我在守卫。"小东西道："前后门都上了锁，人家未来吴太太，正等着把孩子养下就当太太，这时你叫她走，她也不想哩。"老洪还是有点迟疑，小东西把他只一拉："我代你守卫。"他也进卫士班闹酒去了。只见那小东西里里外外地跑，一会儿添酒，一会儿加菜，又到门口去守卫，却没人注意门匙的事。

小东西偷偷地踅进房间，对玉华说："要走就在这时，迟了没机会。"玉华一听连忙从床上爬起，这两天来，她一直在做准备："可是前后门都落了锁。"小东西悄悄地掏出那串门匙："放心，全在这儿。"玉华又问："有人守卫吗？"小东西道："这时全到卫士班闹酒去了。"

玉华动身就要走，忽又想起一件事，拉住小东西问："我走了，那你呢？"小东西把她推着："你放心，我自有打算！"玉华还是迟疑："他们会打死你的！"小东西一味在催快走："你再不走就完啦，我的好姐姐，好同志。"玉华又感动又着急："可是你……"小东西只是推着她："快，人来了！"玉华只好掩着面和她分手，心里却在说："好妹妹，如果我找到党，我一定会向党说：我们有千千万万同志，虽在敌人手中受折磨受迫害，但他们还是一心向着党，向着革命呀，我们要努力地工作，努力地斗争，把他们从敌人铁蹄下拯救出来！"

那小东西送了玉华，走出后花园，一直到她在蒙蒙夜色中消失才回来，轻巧地、神不知鬼不觉地把内外门重新锁上，把玉华床重新理过，塞了一些破烂衣物，晃眼看去人还在睡着哩。关上门，熄了灯，又若无其事地回到卫士班，把门匙偷偷放回原处，举着酒说："喝吧，不喝就没机会哩！"一饮而尽，大家哄闹着："这小东西真行！"又都来向她敬酒。

他们直闹到半夜，李德胜有了五六分酒意，提着那串门匙做最后一次检查，他看看前后门都锁着，又探头进玉华房间，灯火熄灭，玉华和平柔静地在床上睡着，他低低地问："睡着了？"小东西也低声回答："你不要吵她，睡着啦。"李德胜才安心出去，心里又有阵感伤：女人到底是女人，开头被打得那样凶，一口不承认，现在，唉！……

一宿无话，第二天太阳已爬到半天边，玉华房还是静悄悄的，李德胜不见玉华起身，也不见小东西起身，觉得奇怪，便想去推门，门却在里面锁着，爬上窗向内探望，窗门也都全闭上，窗帘拉紧，李德胜一看不对，连说："来人呀，出事了！"当时来了卫士班好些人，问出了什么事，李德胜叫把房门撞开，进去一看，玉华床上没人，只有一堆破烂东西，李德胜再问:"小东西呢?"有人被什么东西无意中碰着了,惊叫一声:"在这儿!"在门背后,只见那小东西悬空吊着,一条麻绳紧紧套在颈上,早已断气。李德胜心中有数,也觉得欣慰,却还假惺惺地下着命令:"搜查!"一面又用电话向朱大同报告:"小东西串通放走了蔡玉华,事后已畏罪自杀。"

第十五章

一

那林雄模经过实地调查,有个基本看法:许天雄不是"土共",打狗队的活动与许天雄无关。又认为在三分天下已形成之后,南区的混乱局面,要靠许为民收拾已经困难了。许天雄实力与他旗鼓相当,谁要压倒谁都难,如能争取双方合作,既可确保南区,也才有力和"土共"争雄。可是有什么办法和许天雄拉上关系?他为这个问题苦思良久,不得其门,颇感烦恼。

有天,万歪又来闲谈,他置酒相待,在闲谈中,自不免涉及这个问题。万歪道:"此事只能徐图,不可急进。"林雄模问:"万秘书长有什么锦囊妙计?"万歪徐徐摇动鹅毛扇:"人倒有一个,但要特派员亲自出马,也还不能惊动许司令。他难与许天雄合作,最近对特派员不通过他过多插手南区内部事务,已很有意见。"林雄模道:"万秘书长提醒得极是,我当加小心。不过我还是很想知道这个人,和他做个朋友;也想请教你,对这件事该如何进行。"

那万歪沉思半晌才说出一个人来:"此人在金井也是一霸,过去做过土匪,手下也有三二十条枪,自从许天雄崛起,手下人马都跑过去,变成一个光棍首领,也只好洗手不干。他与许天雄关系不算坏,人家拉了他的人,却还常常到他那儿去走动,也替他做点事,但凡有肉票赎取,只要找到他就能解决,从中得到一些好处,也就把它当作一门找生活的门路。在许天雄手下，有一名出色头目叫许大头，名列第三，原是此人手下大将，七八年前投奔许天雄。那许大头虽也姓许，到底是外乡人，怎样也斗不过许天雄手下另一头目许大姑，近来听说两方很是不和。"

林雄模见有了门路颇感兴奋，接着又问："我听说飞虎队是他带领的，打金涂、攻为民镇也是他？"万歪点头道："这许天雄其所以能称雄南区，全靠这飞虎队，而飞虎队就是这许大头一手搞起来的。"林雄模表示有极浓厚兴趣："万秘书长想想看有什么办法和这许大头打上交道？"万歪献策道："只要能找到金井的许德笙，就能找到上下木的许大头。不过此人圆滑、好利，对他空口说白话怕不济事。"林雄模道："只要他好的是利，而不是义，就好办哩。"

万歪既已抛出这张王牌，也想从林雄模这儿捞点好处，他说："许司令多次向我提出，要我转告特派员，那沈常青的事，解铃还要系铃人，非特派员设法不行。他已答应常青女人出面担保，如果司令部方面不给他面子，他就无法下台，对特派员在南区的工作，怕也有所不便。"林雄模心里不快，却也为了顾全大局不能不担当下来，他笑着问："沈常青女人到底给了许为民多少好处，他这样卖力？"万歪道："我没经手，不清楚。"林雄模半认真半开玩笑地说："那么，你呢？"万歪满面通红，僵极了，林雄模却说："叨在知己，我卖的是你的人情，不是许老的，秘书长，有好处你可不能轻轻放过，也不要卖的太便宜，人我设法让你们保出来，那许德笙的事你可不能放松，三几天内我就要见人。"万歪满心欢喜，自然满口答应。

那林雄模为了担保沈常青的事，特别进了次大城。当他从大城回来，也把沈常青一起带回来，并亲自把他带上许公馆交给许为民，当面对沈常青说："你的案情非常重大，很可以给你判个死刑或二十年徒刑，全看在许司令的面上……"

那沈常青吃了这场官司，头发长有半尺，胡子也有二三寸，身体瘦且弱，他女人一见面就号啕大哭，怕他活不长，许为民却说："人已放出来了，还哭什么？"当即通知许二，给他理个发，洗个澡，换换衣服，把"霉气"冲去，又说："今晚就在我这儿住，明天我派人送你回家。"

那晚上，沈常青和他女人就在公馆过夜，他女人问："你那宝贝侄儿呢？"沈常青叹了口气："完啦，早在十多天前，就在牢里病死。对他来说也是个归宿，他的身体那样坏，又受了那样重的刑，出来也活不下去。"又说，"开始我只有一股怨气恨他不该把我连累，过后，我想人各有志，他有那样思想，走那样的路，吃了苦一声不吭，倒也是个硬汉子。"说完话感慨很多，一会儿又问："这次保我出来，你一共花了多少钱？"他女人道："出钱消灾。一共花了十多万大洋，许老头那儿五万，七太三万，万歪又要去两万，说是特派员要的，零零碎碎的也有万来元。"沈常青苦笑着："我这半生心血，大概也就这样完了。"他们又谈了些关于玉叶的事。常青女人道："从陈麻子被共产党杀掉以后，我曾想把那臭婊子送回娘家，她娘家见闹出这样大事，名声已臭，也不愿要，硬说是泼出的水，就是你沈家的人，她生是沈家人，死也是沈家鬼，你们怎样处置她都好，我管不了！"沈常青只是冷笑。

第二早，许为民和七太请他夫妇吃了顿饭，在饭桌上先自立此存照地说："沈兄，你这场官司花了不少钱，我可没沾过你半文钱。"又对许二交代："等会儿你带几个人送沈老兄返家。"沈常青夫妇就这样在许二护送下，出了池塘乡，迤逦到了潭头。这消息早在潭头传开，原在沈家当长工打杂的，都到村口去接，那沈常青一声不响直走回家，一进大门，就看见一个年轻妇女，面目憔悴，披头散发，怀着个大肚子，从里面哭着奔出来，跪倒在地，哀声哭求："公公、婆婆，饶我这一次！"那沈常青正眼不看她一眼，只冷冷地说声："你还没有死！"便进门，常青女人却呸的一声在她头上吐了口水："臭婊子，你还有面来见我！"所有的人都簇拥着沈常青进屋，只有那玉叶蒙着面哭倒在地。

沈常青回到楼上，眼见一片劫后景象，摆设、古董、字画，值钱的东西全完了，不禁感慨叹气，他女人却一直在劝他："留得青山在……"他痛苦地说："我是棵老木啦，长不出新芽！"许二起身告辞，沈常青说："多多拜谢许老，我这条老命全亏他一手保住！"许二交给了常青女人的行李包裹。只听得门外一片喧哗，有人高叫："有人跳井了！""救人呀！"有个长工匆匆赶上楼来，说："玉叶跳井啦！"一时大家都很震动，只有沈常青不慌不忙地说："人各有志，她要跳井，就让她去吧！"他女人又加上一句："死得正好！"长工说："叫人下去救呀！"沈常青又说："大家都在这儿，是她自己跳井的，可没人逼她！"说着反背转身，信步进内屋去了。

二

许德笙接到万歪的信，就亲自到池塘来。一见到万歪就声明："万秘书长，我可要把话说在前头，我只有一副脑袋、一条命，你们和许天雄的事，我叫作绝对保守中立。"万歪笑道："这次不叫你去组织乡团了，是有个贵人仰慕大名，特地叫我写信请你来见面，做个朋友。"许德笙问是什么人，万歪只说："稍候便知。"招待他吃了顿饭，抽了几口上等大烟，便有人在外面叫了声："万秘书长。"未待答复兀自推门进来。

万歪连忙起身介绍，那林雄模满面笑容说："久仰德笙先生大名，得在此地见面，万分荣幸。"许德笙也道："乡下人怕见官，一向不敢打扰。"林雄模道："许先生不也是现任乡团大队长，是个不小的官呀！"许德笙连忙解释："特派员怕弄错了，我住在金井不在金涂，金井一直是保守中立的。"林雄模笑着问："对谁保守中立？对政府中立？"万歪赶着从旁插话："许德笙先生和林特派员都很会说笑话。来，坐。"

那许德笙是个见过世面的人，奸猾而颇多心机，一见摆开的阵势，已猜出几分，决心周旋到底，但不露底。而林雄模却取攻势，寒暄已过，就直截了当地说："许先生，听说你和许天雄颇有交情呀。"许德笙有几分紧张，却还装出笑面说："人家现在是红遍南区半边天的大人物，我这个村野老朽，哪攀得上？"林雄模也不示弱："早就闻名，当前许天雄手下红人，原也是许老先生手下当年的猛将。"

那许德笙瞟了万歪一眼，心想：妈的这不中不正家伙，怎在他面前搬弄这些是非，很感不快，却还勉强招架："都是万秘书长随便乱搬弄口舌，许大头是金井人，我也是金井人，从小在一起过，谈得上什么手上手下，最多只能说是个同乡关系罢了。"林雄模却问："现在还有往来？"许德笙笑道："又是特派员在开我们这个村野老朽玩笑，他是政府要抓要杀的匪类，我是普通良民，怎能连在一起？特派员，可不能误会呀！"林雄模放声大笑，万歪连声说："特派员今天的豪兴真不小，叫德笙先生也穷于应付了！"以下，双方就不再谈什么了。

林雄模一告辞，许德笙也匆匆要告辞。万歪拉住他道："你忙什么？"许德笙面色难看，当场埋怨他道："你不该这样对待朋友，为什么在一个中央大员面前揭我的老底？一个差错就要把我弄成沈常青，倾家荡产了。"万歪却说："德笙兄你大可放心，我不是那类人，我找你来，正有好处给你。"说着，就把一个大纸包掏了出来，"这儿有二百大洋，你拿去用了再说。"许德笙感到突然，张大个口："我不明白。"

　　万歪拿起水烟袋，点上纸引，咕咕地吸着："还不明白？这钱不是我的，是特派员的，一点小意思，你收下。"许德笙只是不收："特派员平白送我钱，一定有道理，不说明白我就不能收。"万歪重新装上水烟，递给许德笙："你收下，吸一口，我再说。你不收我也不便说。"那许德笙只好收下。于是万歪便开口道："当今南区大事不外许为民、许天雄两虎相斗，势不两立，政府关心，人民不安，林特派员有意和许天雄和解……"许德笙把水烟袋一搁："已经失去时机，当年组织乡团，请他出山，不就易如反掌？现在叫作麻风出到面，难办。"

　　万歪道："当初情况和现在不同，叫作不打不成相识。今日政府有意拉他，他还有不乐为的？只是少了个中间人，从中奔跑，特派员的意思，就是要请德笙兄当个红娘，从中拉拢拉拢。"许德笙沉吟着："不是我不肯奔跑，实在是我见不着许天雄。"万歪道："许大头不是和你颇有交情？"许德笙道："他已落户上下木，从不到金井。"万歪道："你不会到上下木去走走？"许德笙道："仅仅是带个口信过去？"万歪不做正面答复："就我知道，我们这个特派员倒不是个小气鬼，事成之后，你的好处可多啦。"

　　许德笙当夜就赶回金井，但他并没有去进行这件事。此人对许天雄底细很清，对他们内部的事也很了解。就他所知，许大姑和许大头最近又闹不和了。

　　第一件是积怨，从许大头归顺许天雄，成立飞虎队，横行南区杀人越货，颇有功绩，许天雄原有意把许大姑许配给他，纳个驸马爷，以便继承大业。但许大头在许大姑眼下，却不是块料子，她说："大头骑马射枪哪样比得上我？靠的只是股牛劲，死打死冲，肯卖命！"又说："我许大姑要找的可不是他，谁能压服我，我就跟谁，他差得远哩！"自然大头是压服不了许大姑，还常常受她压服，当驸马落个空，内心抑悒，很感失望，卖力卖命，充其量也不过是个打手，将来还不知是个什么样下场呢？

第二件是，那次攻打为民镇，许大头劫走四大天王，原想学许添才那样放之金屋以藏娇，给许大姑两下双枪都结果了，许大头大为愤恨："你许大姑玩小白面行，就不让我也有几个心爱的人陪伴陪伴！"

第三件是，和下下木联圩和解的事，又是许大姑占了上风。许天雄对这两个心腹的心事、矛盾，不是看不到的，可是他们都是他的左右手呀，对外需许大头，对内少不了许大姑，一个为他出生入死，一个是亲生女儿，为他掌管家务，听哪个的？也很为难！

许德笙犹豫的是，上下木当前也是三分天下，许天雄左右为难，大姑是死硬派，难说服，大头是外乡去的，实力有限，左右不了局势，要怎样才能把三方面意见都统一起来，和许为民和解呢？

那林雄模听说许德笙已收下他那份礼，放下心，问万歪下一着棋该怎样走，万歪建议道："特派员得推进为民镇了，那儿和他联系容易。我已和他约定时间和你见面。这一次可多问他一些事，他知道的事多。"这一建议正合林雄模的心意，就叫何中尉积极准备。

一切都已准备就绪，正待动身，却见何中尉引进一个人来，那人叫臭头三，原是个市井无赖，年轻时染上大烟瘾，吸光了祖遗田产、老屋，又把自己老婆卖到快活林，不到半年也吸光了，改干偷鸡盗狗勾当，常常被乡里抓住吊打，跛了一条腿，因此又叫"跛三"。自从"特派员办公室"成立，何中尉奉命广招耳目，他投奔前来，当了个只拿奖金不支月薪的"情报员"。最近各乡经常发现传单、《农民报》，跛三为了领赏经常出去收集，见有传单就捡，见有《农民报》贴在墙壁上就撕，搜集好了都送到特派员办公室按份取赏。

这一天，他又找何中尉来了，何中尉问他："又有什么发现？"那跛三露出个极为神秘得意的神情说："这次我来可比揭几张标语、捡几份传单重要得多啦。"何中尉说："去你的，每次见你来都在吹。"跛三这次可是认认真真的，他说："副特派员（他把所有林雄模手下的人概称为副特派员），这次可是真材实料，一点也不吹。"何中尉不耐烦道："拿来，少废话！"

跛三神秘地说："我带来的是一个人，他有极重要的情报。"何中尉问："在哪儿？"跛三却迟迟不交底："他说先要谈定奖金多少才肯来。"何中尉生气了："他妈的，你在卖什么关子，老子忙，老子就要走。"说着就想走开，这叫跛三大大着急，他大叫："副特派员，你不能走，那人我已带来，就在门外。"何中尉道："叫他进来。"跛三又问："奖金呢？"何中尉道："是重要情报奖金从丰，如系假造，存心欺骗，先吊起来打！"跛三对天发誓道："包你满意，再重要不过了。"何中尉将信将疑："带他进来！"跛三还是不放心："奖金有多少呀？"何中尉想：也许是确实，便说："我和他当面谈。"

那跛三返身出去，一会儿带进了一个像骷髅一样老烟鬼，一谈定价钱就说出了一个极为惊人的消息，以致林雄模不得不临时改变行期。

三

原来那老六的烟鬼父亲，近一年来不知到哪儿去鬼混，突然不见了，全清源乡人都以为他死在什么地方，因而连老六、玉蒜也把他忘了。不意近一个月来，这老不死又在村头村尾出现，面目垢污，发长垂肩，穿一身缕结破衣，挂一只洋铁罐，挂一条打狗杖，直到家门口。在门前门后逡巡不前，只有那脱毛老狗还认得他，不曾对他吠叫。红缎从黄洛夫办的学校放学回家，只见一个叫花在门口徘徊，大声叫着："你想偷东西，走开！"那老不死抬头一看，认出是红缎，笑着说："红缎，你忘啦，叫声公公。"红缎细听得耳熟，一打量，也兀自吃惊，连忙奔入家门报信："娘，老鬼回来啦。"

那玉蒜正在灶间烧水做饭，闻声而出，一看心也冷了："你怎么弄成这样呀？变成不折不扣的叫花了，在家我们哪样缺过你的，却甘心出去当叫花！"那老鬼满面羞容，强作欢笑道："都是我不好，扫了你们的面，做做好事，让我回来吧！"玉蒜又气又苦，说："家是你的，谁也没阻你回来。"那老鬼才壮起胆走进大门。

老六不在家，他到东岱去了，那儿工作有大发展，要正式成立党支部，他去主持支部成立大会。老鬼一听说老六不在家，胆就壮了起来，在堂屋坐着，一边要求："玉蒜，给我点水喝，给我碗饭吃，我实在挨不住。"玉蒜一边在骂："弄成这鬼样子，见了真气。知道你的人，说你自讨苦吃，不知道的人，还以为我们刻薄了你！"一边给他倒水、盛饭，又从老六旧衣堆找出两件干净衣物，提桶滚热的水到澡房去："好好把污气洗掉，换身衣服。"又对红缎说："来，给我拿把剪刀来！"把他那一头又脏又臭虱蛋缕结的乱发也剪了。"好好打扮一下，别叫老六回来见了生气！"

那老鬼吃饱饭，洗了个热水澡，换了身洁净衣服，打扮起来，果然也有几分精神了，他在堂屋坐定，一边称赞起媳妇孝顺，一边又伸手要钱。玉蒜把眼一瞪："你的烟瘾还没戒掉？"那老鬼低声下气地说："正是这口烟戒不掉，才把我弄成这模样。"玉蒜气恼极了："我没有钱，有了，也不能给。"老鬼欺她妇道人家，心肠软，一时就掩面哭将起来："再不给我上两口，我就会死在家里。"又说，"只有这一次，以后再不戒，天诛地灭！"玉蒜果然心软，只好给钱了。那老鬼拿着钱出去上足烟瘾，神气活现地回来，为他出去这一年吹了一阵，见没人听他的，使摸回自己房间睡觉。

晚上，老六从东岱回来，玉蒜小心把老鬼回家的事告诉他，只没说一回来又讨钱吸烟。她原以为老六听了会生气，想不到他倒是平心静气地说："回来也好，我们虽苦，也少不了他一个人吃用。"饭后，红缎在温习功课，玉蒜披上头巾出去参加妇女核心小组会议。这半年多来村里的妇女工作，有了很大发展，一共成立了好几个妇女小组，玉蒜、阿玉还有勤治算是核心小组，由黄洛夫亲自在领导，这时就在黄洛夫家里开会，讨论妇女切身问题。

玉蒜刚刚出去，老六就擎着油灯直上老鬼房。那老鬼倒很警醒，一听有人来就翻身坐起，老六把灯放下，坐在床边，对他说："你迷途知返是好事，我们欢迎你。今后要好好做人，不能好吃懒做，大烟是非戒不可！"那老鬼见他态度和蔼，语重心长，也很感动，说："从今以后我一定好好做人，大烟不戒就天诛地灭。"双方都有好的表示。

老六回到堂屋，在灯光下审阅完这一期《农民报》稿件，玉蒜也回来了。上床后，她低低问老六："你看小黄和阿玉怎样？"老六笑道："你不是说他们天生的一对？"玉蒜道："我听勤治说，她有时就留在他那儿过夜。"老六正色道："你不要胡说，那是他们在工作。"玉蒜道："我不是说这个，我是说，该让他们正式做对夫妻，免得人家闲言闲语。"老六问："有人说过闲话？"玉蒜道："阿玉倒不在乎，村上有人说蔡老师好是好，就是不大检点，和阿玉又不知道是个什么关系，两个人偷偷住在一起。有些年轻人还说要捉奸哩，说得难听！"这话很引起老六注意，心想："等老黄回来，可要当个正式问题讨论讨论。"

第二天，老六要出门，又对玉蒜交代："我已和老鬼说清楚，吃用都不缺他的，只是不许吸大烟，他也答应了。你为人耳短心软，听不得他作死作活，痛哭哀求。我有话在先，别的不要缺他，讨钱吸大烟，千万不能！"玉蒜道："我知道啦。"

老六一离开，老鬼又活跃起来，他听说老六有个远房堂弟在村里开馆教课，问玉蒜是怎么回事？"哪来这个远房堂弟？我从没听说过？"玉蒜骂道："天下间姓蔡的有多少，你个个认得的？不要胡说八道，叫人听了坏老六名誉。"老鬼当时不说，心内疑惑。吃过饭，就偷偷上小学去看。那学校果然办得好，学生有好几十，就只黄洛夫一人在那儿唱独角戏，他赤着双足，手执一条软木棍，走出走进，一个人同时照顾三个班次。

老鬼在门外撞了一会儿，才大着胆进去，对黄洛夫敬礼，并自我介绍道："我是老六的爸，堂弟，你是哪村的，我们似从未见过？"黄洛夫对这个不速之客感到突然，听说是老六的爸，也只好应付几句，却不正面答复他的问题，这就益发引起老鬼的怀疑。

老鬼回家，瞒着这件事，倒是红缎在玉蒜面前把他拆穿了，他只好说："没有什么，我只去拜会拜会这堂弟。"又伸手向玉蒜要钱，玉蒜说："你对老六怎样发的誓，现在又要钱吸大烟，我没钱！"那老鬼又装死装活："你不给钱就是要我死，我死了，你们还得出棺材钱。"玉蒜下定决心不理，他烟瘾一发作就在堂屋里躺下，翻起白眼，吐着口沫，大小便一道流，连称："这次死啦！"玉蒜气恼不过，又给钱，却声明："只这一次，下不为例。"老鬼说："我全知道，全知道。"

邻村有个三家小镇，只有几间小店铺，却有间大烟馆。馆主也是个偷鸡盗狗的人物，他开了这大烟馆方便了烟鬼，也方便了自己，前门开烟馆，后门做收买赃物勾当，有谁偷东西都交给他出手。因此，有时他也方便那些一时拿不出现款的人。

老鬼就是上这儿吸大烟的，也认识不少自称"江湖好汉"，其中就有臭头三，又叫跛三的人。那跛三在未当上情报员前，几乎一天到晚都泡在这儿，现在他自称当上"官儿"了，来得少些，每来必宣传："特派员对我说：抓到共产党有赏，大头子赏五百大元，小头子赏三百。"又说："告密的也有赏，告的是大头儿赏三百大元，小头儿也有二百。"他拿出那份《农民报》问："各位好汉，你们知道这共产报是在哪儿印的？告了密，赏大洋二百。"

这个"有赏"很引人注意，可是谁也没办法。有人还说："共产党打狗队厉害，今天你告它的密，明天打狗队就来割你的头。"也有不同意这看法的："共产党厉害，中央军更厉害，来了些官儿，共产党连动也不敢动他们。"这些议论，老鬼都偷偷地听到肚里记在脑里，有时也很羡慕："这买卖比偷鸡盗狗强得多。"他躺在大烟床上想了很多，他想起老六，在石叻埠造过反，吃过官司，回来后，交结的朋友都很怪，匆匆地来，匆匆地走，关上门，密谈到深夜，他们是于哪一行的？"老六该不会也是共产党？他的朋友，该不会都是共产党？"他又想起那开馆教课的所谓"堂弟"，哪来这堂弟呀？"人人皆说，共产党都是洋学生，这堂弟又是洋学生，该不会也是……"

这老鬼狡猾，有了这许多疑问，却不直说，只是在玉蒜、老六不在时，偷偷地向红缎打听。那红缎年少不懂事，有时也漏出几句什么。老鬼故意问她："这年来我不在家，爸的朋友还常来吗？"红缎很讨厌他，说："你多管闲事，问这个做什么？"老鬼做出知音模样："你爸现在做大事，不比从前当码头工人的老六哩，他交的朋友，哪个不是大人物。他们大人物在一起，有大事要商量，我在这儿碍手碍足多不方便。"红缎说："那，你就躲开好啦。"老鬼故意逗她："不知道他们什么时候来，我怎好躲开？"红缎道："黄伯常在我们家，有时一住就是好几天，你一见他来就躲开得啦。"老鬼又问："你知道那黄伯在干什么大事？"红缎厌恶地瞪了他一眼："我不知道！知道了也不告诉你！"老鬼微笑道："真厉害，全和你娘一模一样！"

老鬼在红缎这边碰了壁，有时见玉蒜心情好，也偷偷去打听："好玉蒜，你知道老六这些朋友全在干什么大事？"玉蒜很不高兴："老鬼，让你住下，算是开了恩，你就好好做人，少管闲事！"老鬼连忙解释："我不是坏意，我是想打听清楚了，好叫人提拔提拔，做点小事，也减少你们一份负担。"

玉蒜不理他，他也不便再问。

老鬼闲来无事，就常到小学去钻，多钻几次，就发现一个秘密，这"堂弟"住的地方从来不让人去还有那摆渡的阿玉和他来往得密，他想：奇怪，这阿玉怎会和他搞在一起？那堂弟，看来也是个神秘人物，常常来找老六，两个人关在房间里一谈也是个大半夜！根据他的判断："这些人全是共产党，老六也是！"

老鬼并无意戒绝烟瘾，他的需索也从没停止过，而且越来就越胆大。有时对玉蒜低声下气的哀求不灵，就挟硬地要，把面孔一板，没有好声气地说："你不给钱就不行！"玉蒜当时也气得面孔发青："你凶我偏不给！老鬼，你不知足，得寸进尺，这些日子，我都是瞒着老六偷偷给你的。"老鬼并不稍退，一样强硬："老六又怎的？你拿他来吓唬我，现在我也不怕他了！"玉蒜见他话里有话，吃惊道："老鬼，你活得不耐烦了？"老鬼竟然施起恐吓："别叫我狗急跳墙！"玉蒜拍手骂道："你想怎的？"老鬼道："他对我不住，我就叫他一辈子翻不了身！"玉蒜心里有事，也不敢强硬到底，多给了他几个钱算了。却没把这事对老六说，她怕老六生气，再把他赶出去，惹人耻笑。那老鬼见威胁起作用，腰杆子硬起来，需索也越发地多了。

日久了，玉蒜老喊家用不足，引起了老六注意，和她谈了一次。他平心静气地说："不要瞒我，玉蒜，你是不是把家用给老鬼去吃黑饭？"玉蒜心慌，不敢不承认，却怕火上添油，把老鬼的恐吓话瞒住。老六道："过去的让它去，我再说一句，从今以后你不能再害他了！"这次玉蒜真的下了决心。

就在这件事的第二天，出了事。

原来老六无意中撞回家，只听得在灶间内老鬼正在向玉蒜纠缠，他先是一把眼泪一把鼻涕地哀求，玉蒜只是坚决不给，她说："老六已经知道了，我不能再给。"老鬼见软的不行，就用硬的，施起恐吓来："你不给钱吸烟，就等于要我的命。可是，我这时还不愿死！你们两个既然不顾父子之情，我又能顾得了这许多！"玉蒜一时兴起也顶上他："你这不要面的老鬼，还敢说这话，当初老六不在家，你把自己亲媳妇糟蹋了，那就是父子情分？现在要钱却又父子情分长情分短！"老鬼还是恬不知耻地说："那件事和这件事不同，我不问别的，只问你给不给？"玉蒜大声喝道："偏不给！"老鬼冷冷一笑:"你不给,可别怪我!"

老六在灶间外什么都听到了,一时火起,也顾不了许多,拽开大步直冲进去,大声喝道:"是我叫玉蒜不给的,你想怎的?"那老鬼大出意外,早已如老鼠见到猫,缩成一团。老六怒火正上,一手提住他的衣领,正如老鹰捉小鸡:"你有自己打算?好呀,我立刻就叫你滚!在大烟没戒绝前,不许你跨进大门一步!"那玉蒜面色苍白,连声哀求:"老六,老六,你不能……"老六已把老鬼提出灶间,推出大门:"滚!我们家再没你这个人了!"玉蒜急得哭了,却不敢把老鬼说过的话告诉老六。

那老鬼被逐后走投无路,只好直到大烟馆,他拿不出钱来买黑米,只能眼白白地望着大烟床上那些瘾君子在吞云吐雾,过着"飘飘欲仙"生活。一时烟瘾发作,靦颜地走近柜台,对老板说:"做做好事,赊包烟吸。"老板问道:"又不给钱哩?"老鬼大为感伤道:"不用说啦,人家养儿防老,我就是坏运气,养儿害老。"这时那跛三也正在吞云吐雾,放下烟枪,抬起头问:"你这老不死,也是不识好歹,把亲媳妇养到肚皮胀,还指望儿子对你好。"说得大家都笑。老板把两颗竹叶包丢给他:"只能赊一天,明天要交现的。"老鬼如获至宝,捧着烟具就上床。

一会儿烟瘾足了,却又无意离开,一直挨到深夜,跛三打点着想走,便问他:"老王八,还不回去?"老鬼满怀心事,忽然流下泪来,老板过来问:"又被赶出门哪?"老鬼对老板只哀求:"让我在你这儿过一夜吧,我实在没地方好去。"老板笑道:"老子开的是大烟馆,又不开孤老院。"老鬼哭道:"你不肯我一救,我定死哩。"这时跛三从旁插嘴:"老板把他收容下来吧,牵牛年纪太大不合适,偷偷鸡总还行。"老板说:"今晚允许你过一夜,明天就得滚,儿子媳妇都不把你当人,我也养不下你!"

那一晚,老鬼反复地想了许多事,钱财能钩人心呀,一想到有几百大元赏金,什么也不想,也忘记了。"从我活到这样大,手头还没见过白晃晃几百大元哩。"他想,下了决心。

第二天,跛三又来上瘾,一见他面就问:"老王八,还没走?"老鬼见他躺上烟床却自动挤过去,和他面对面躺着,来个双龙抢珠,欲语不语地问:"三哥,你说告发共产党有奖是真的?"那跛三连忙把烟枪搁下:"你有路数?"老鬼欲语又休地说:"我只是随便问问。"

跛三此人倒也机灵，见那老鬼心事重重，心想："他也许听见些什么风声。"便把烟枪递过去："来，这次我请客。"那老鬼果也不客气，接过就吸，跛三这时又对他宣传起："特派员亲口对我说过，抓到共产党有赏，大头子赏五百大元，小头子赏三百。告密也有赏，大头子赏三百，小头子二百……"老鬼把烟瘾一口气上足了，精神顿见振作，问："这些话都不假？"跛三道："人家官府说的有假？不信我带你去找特派员。"老鬼关心的却是钱，他问："是不是一见面就领赏？"

那跛三越听越有意思，越看越觉得有苗头，连忙叫老板再送几粒烟泡来，说："老王八昨天欠的，一起算在我账上。"又对老鬼说："你吸吧，吸个饱，我们再谈。"老鬼一口气把大烟都吸光，从没觉得这样过瘾的。跛三道："这儿不便多谈，走，我们上馆子去，痛痛快快地吃一餐。"这样，他们又去上馆子。

烟吸足了，饭也吃饱了，跛三才开口："你说吧，共产党到底在哪儿？姓甚名谁？有什么证据？"那老鬼一见要他交货反而迟疑："你不是说要带我去见特派员吗？"跛三暗自骂了声娘：这老王八，真狡猾！却说："见官府可不是玩的，要是你作假，别说赏金拿不到手，还要吃官司！"老鬼蛮有把握道："没把握，我还会找你？"那跛三却拖拖拉拉，只要他说："你现在就说吧，越说得详细越好，那共产党住在哪儿，姓甚名谁，有什么证据？"老鬼只是要亲自见特派员，不肯说。

那跛三无法只好和他谈条件："你想自己去请赏？也好。不过，我话得说在前头，我这情报员也是靠赏金过活的。我们是兄弟，有福大家享，赏金多少，公开，却是要对分，一人一半。"老鬼一听这话又不合胃口了，他说："这一分，我不就没几个用？"跛三当时很生气，骂起娘来："你这老王八，真他妈的狡猾！我请你吸，请你吃，都不算钱？"老鬼道："吸的吃的有几文钱，领到赏金我还你。"跛三只好搔起头皮，表示没他办法了。一会儿又问："你说该怎样个分法才合理？"老鬼道："就让你抽个一成吧！"跛三气得拍起桌来："你这老王八坏，过桥拆板！"老鬼又慢慢加上："二成怎样？"跛三实在忍不住："四六分，我四你六，不干，拉倒！"双方又讨价还价半天，最后才定了个三七分。

一谈妥，两人就结伴径奔池塘特派员办公室，先由跛三进去报告，然后把老鬼也带进去。那老鬼一见面就说:"特派员,听说告发共产党有赏?"跛三在一旁纠正他:"这是何副特派员,林特派员的助手。"何中尉也道:"我们是官府,做事一向守信用,捉到共产党大大的有赏,告发共产党也大大的有赏:赏金多少,看你提供的情报重不重要。"跛三又从旁鼓舞:"老王八,我说得不错吧?"老鬼对这个算安了心,却又问:"是先拿赏金还是后拿赏金?"

何中尉见那老烟鬼说的这样肯定,也有个底,连忙叫人把两包白晃晃的银洋一摆:"你不放心,先给你一百大洋,以后论功行赏。"老鬼一见那白晃晃银圆心就动了,只嫌一百大元太少。何中尉道:"好,再给一百!"这样,老鬼把钱当面分了,于是开口说出那惊人的秘密。

当下林雄模叫何中尉把那两个人好好看住,一面通知吴启超。

四

吴启超和林雄模连夜地盘问那两个告发者,特别对老六那堂弟蔡和的情况问得非常仔细。盘问结束后,他对林雄模说:"这蔡和就是黄洛夫,这家伙在主持《农民报》,自从潭头被破坏后转移到清源,利用办学做掩护。"林雄模道:"那老黄,看来也就是陈聪所供的那个重要头子了,是个重要机关,这次可不能轻轻放过。"又问,"老哥,这件事是你办还是我办,我办有困难,我原要今天上为民镇,为这件事推迟了一天,你办却是顺手。"吴启超道:"为了黄洛夫逃脱,我不知吃了多少排头,这功还是由我来立吧,我手头没人马,王连要借用。"林雄模道:"在反共大业上,你我一致,没什么冲突,人我给你二十,这儿再调上许为民的一小队乡团配合,也就兵强马壮了!"吴启超道:"只等你人到,就动手!"林雄模道:"事不宜迟!"

林雄模赴为民镇,把何中尉留下听吴启超调使。吴启超只向许为民要人,却不多说话。只那七太听说又来了个新特派员,忙问贴身丫头:"人品怎样?"丫头道:"看样子挺风流、潇洒的。"七太又问:"见在哪儿办公?"丫头答道:"大半时间都和那不中不正的在一起。"

七太便借故出来撞他,吴启超一见那徐娘半老、又肥又白的七太,果然也很赞赏，非常温雅、非常有礼貌地向她问好，七太却假正经地问万歪："这位是……"万歪忙作介绍："新来的吴特派员。"七太便对吴启超说："吴特派员，乡下地方没大城的热闹，怕你住不惯。"吴启超道："这儿有电灯，有洋房，也和城里差不多。"七太又道："虽说是一家，到底还有个主客分别，你来我这儿是客，有什么要我们做的，尽管说，我这个人就是一竿子通到底——爽直，不会应酬，不会转弯儿说话。"万歪也从旁赞许："七太就是我们这一摊内外的头头，没她开口，什么都办不通。"吴启超把双手一拱："久仰，久仰。"

七太又问："吴特派员来，那林特派员就调回去么？"万歪道："林特派员坐镇为民镇。"七太道："林特派员就是拘谨些，我请过他几次上我那儿坐坐，都不曾去。"吴启超道："有便一定向七太请教。"那七太应酬一番，一阵风似的又旋开，前后簇拥着那几个俊俏丫头，就像红花衬着绿叶似的，走时还频频回过头来对吴启超瞟着。

晚上，乡团丁和从为民镇调来的二十名王连士兵都在公馆内集合，不久，何中尉押着那两名告发者，走在队伍前头当向导，吴启超全副戎装，手里还提着那文明杖，径向清源进发。

队伍一进村，把几条大路都叫乡团丁封锁住，吴启超亲带那二十名武装士兵，直趋蔡保长家。那蔡保长一见大队人马开来，当时很是吃惊，一面招待茶水，一面想："一定是捉老六来的，老六一出事，我也有干系！"暗示他女人去报信。那女人和玉蒜交情深，也是妇女小组成员，当时急急忙忙从后门绕着小路径投老六家。

老六家只有老六一人，在堂屋里油灯下写什么，只见从侧门闪进一个黑影，上气不接下气地说："老六，快逃，有人捉你来啦，几条大路都有人！"说着连面孔也不露一露，又匆匆在黑暗中消失。老六这一惊非同小可，把未写好的东西朝口袋一塞，吹熄油灯，也顾不了随身带些什么，一口气朝后门冲出，连跳过两道篱笆，闪进龙眼林。走出龙眼林就是村边了。忽又想起："我一个人走，黄洛夫、阿玉他们正在印这一期《农民报》怎么办？"又要返身进村，不意那村边，早有乡团丁在站岗放哨，一见有人出来，心想："捉个活的。"便悄悄地提着枪摸过来。

老六眼见从黑暗中闪出个人，心想："糟，这儿也有人。"欲退不能，见只有一人，胆也大了，便站着不动，却在想："一个对一个，老子不怕！"那乡团丁走上前正待伸手来抓，老六看得真切，也不搭话，一个老鹰捉小鸡的姿势，凭自己身高、力大，策步迎上，轻轻只一提，就把那人提在半空。那人当下急得直叫："捉……捉人呀！"老六心想一不做二不休，见旁边有个大粪坑，说声："去你妈的！"扑通只一声就把那乡团丁投进粪坑去了。那粪坑深达一人半，这一下也就没了命。

这儿发生的事引起了在远远站岗的另一乡团丁的注意，他大声喝问："什么事？"这时村里人声喧哗，狗儿狂吠，老六提起脚就朝东岔方向奔去，边走边在惋惜一时匆忙没把那乡团丁的枪弄到手，却也没办法再回去，只好赶快离开。

黄洛夫和阿玉这时正在赶印最新一期《农民报》，听见村狗狂吠，人声嘈杂，黄洛夫问："该不会有什么事吧？"阿玉道："你赶快收拾，我出去看看。"二人把工作放下，黄洛夫匆匆穿上外衣，把钢笔、钢板、蜡纸随身收拾好，又用一只大麻袋把所有的印刷品都装上，专等消息。

阿玉开门出去，转过两条小巷，只见在火把照耀下，有队人马急如流星，奔向这边来。第一个念头就是："捉人来啦！"返身便走，待要进门，又听见人声迫近，心想："来不及了！"连忙绕到窗外用手敲窗，黄洛夫早在窗下等着，他们早约定有事就敲窗，当他打开窗门探出半边身问："有事？"阿玉叫声："赶快走！"黄洛夫还想去提那只大麻袋，阿玉又叫着："来不及了，从窗口跳下！"黄洛夫只好把那只又笨重又累赘的麻袋放下，随手提起那装有印刷用具的小包裹纵身跳出窗口，阿玉一手拉着他，一边说："大路不好走，随我来！"

他们穿过几条小巷，越过一道短围墙，里面却是一块菜地，有间堆柴草用的破屋，这是阿玉平时就看好的一个地方，万一有事就好躲一躲。当时她不慌不忙地把黄洛夫藏好，说："不要乱动，我再去探探动静。"黄洛夫却不放心，一手拉住她，阿玉发急道："你想在这儿当俘虏？这村是待不下去哩，得设法逃出去！"黄洛夫只好放手。他见阿玉像狡兔似的一转身又不见了。

那吴启超分兵两路，一路由何中尉带着跛三直奔老六家，一路由自己带着老鬼扑向黄洛夫家。那老鬼指着一间孤立小屋说："蔡老师就住在这儿。"吴启超问蔡保长，蔡保长也说是，吴启超当即下令："团团围住，不许走漏一人！"他一马当先，一手提枪，一手拿着文明杖踢开大门直冲进去。只见房门轻掩，满地是散乱废纸，又见一只大麻袋丢在窗下，叫打开一看，全是未印就的《农民报》，人却不见一个。他有点急，对老鬼喝问："人呢？"那老鬼慌得张开大口半天说不出话，吴启超高叫："搜，四周围搜！"一时从屋里又追到屋外，四面都在敲门捶户。

那何中尉一路人马带着跛三径扑老六家，只见门户洞开，什么人也没有，正在没头没绪时，门外守兵呐了声喊，说抓住两个人哩，出来一看，却是玉蒜和红缎母女俩。原来那玉蒜带着红缎在勤治家闲谈，听说有大队兵马进村，心里有几分急，匆匆告辞回家，在路上玉蒜对红缎说："要是有什么事，宁可被打死，什么话也不许乱说。"那红缎年纪不大却很懂事，她说："娘，你放心！"她们刚一走近家门口，就被人抓住，当场解到何中尉面前。何中尉问她们是蔡老六什么人？玉蒜不见有老六心早定了，不慌不忙地回答："是他的女人、孩子呗。"何中尉喝问："老六在哪儿？"玉蒜道："我们都有事出去，怎知道。"

正在审讯中，吴启超、蔡保长、老鬼都来了，何中尉对吴启超说明了情形，吴启超见到了手的人又被走脱了，情绪很坏，他把手杖对老鬼一指："老王八，密是你告的，赏金是你拿的，也是你带的路，现在人呢？"那老鬼见抓不到人已有几分着急，又见长官在发火，更是提心吊胆，一时说不出话来。吴启超把手杖一顿："我问你，人呢？"老鬼双腿一软跪倒在地："长官，容我问问……一问。"便把头转向玉蒜："好玉蒜，你救我一救，老六躲到哪儿去哪？"玉蒜早就一肚火，暗自恨声地骂："老鬼，你黑了良心，把自己儿子出卖了，我看你还得好死！"却装聋作哑地说："爸爸，不是你叫他进城去，他去了几天还不曾回来，怎的却问我要人？"那吴启超双眼一瞪露出杀气："好呀，老王八你串通来骗我！"举起那文明杖迎头就打，把那老鬼打得杀猪般直号。

吴启超打完老鬼，回头又去打跛三："你这王八，也有干系！"那跛三挨了几杖，抱头痛哭："老爷，老爷，不关我事，全是老王八！"打过跛三，吴启超又回头来和蔡保长算账："你是一乡保长，竟然容许共党在这儿设下秘密机关，开办学校，应当何罪？"蔡保长也跪倒在地："小人确不知情，如有半句假话，天诛地灭！"吴启超用文明杖四处打人，只叫着要人："不把人交出，全部杀头！"倒是何中尉冷静些，他低低地对吴启超咬了半天耳朵，吴启超说："差点忘啦，你带人去，我在这儿等！"那何中尉把老鬼一踢："起来，捉那个女共产党去！"

正当何中尉带着老鬼和一队人马要到渡口去抓阿玉，门口又起了阵喧闹，有个乡团丁匆匆走来报告：有个在村口放哨的乡团丁被人丢进粪坑去。吴启超问："被什么人丢进粪坑？"乡团丁道："黑夜看不清楚，那人力气倒挺大，一手就把人提起来。"吴启超问："现在人呢？"乡团丁道："那个人逃走了，我们的人还在粪坑里。"吴启超又发了火："为什么不赶快打救？"乡团丁道："那粪坑又深又大，人一进去就没声息，怕不早淹死哪。"吴启超把文明杖一拍："是死是活也得捞起来！"那乡团丁挨了骂，嘀咕着走了。玉蒜安了心，红缎却忍不住要发笑。

阿玉去了好一会儿，重新返身入菜园，对黄洛夫说："人都到六叔家去了，此地不宜久留，走。"黄洛夫吃惊地说："六叔不就完哪？"阿玉也很难过："不知道他们现在怎样。"两人都很感伤。一会儿，阿玉叹了口气："我们还是走吧。"黄洛夫不安地问："我们到哪儿呀？"对这件事阿玉倒是有打算，这孩子机灵得很，一转念头主意就出来了，她说："当水盗去。"黄洛夫不明白她的意思，还是拿不定主意，她低低地对他说："到了海里再说。"黄洛夫也觉得是个办法，当下也同意了，这样，他们两个就从藏身地方出来，一前一后，躲躲闪闪，抹弯转角地摸出村。

阿玉在这儿住了几年，平时喜欢走偏路，哪条小路、哪条弯街她没走过？没路的地方，她也要走出路来。不久，就绕出村，走近江岸，远远只见渡口一片火光，叫声："不好了！"马上就认出她那草房正在烧着。但她并不犹豫，还继续在走，心想：只要那小艇还在就有救了，一直在鼓励黄洛夫不用怕："我把小艇泊在别处，他们一时找不到的。"他们就这样走走停停，停停走走，直走到四更天才找到那小艇。两个人偷偷地爬上艇，阿玉把竹篙一点，让小艇飞往江心，换上双桨，飞速地离开险境。

吴启超在清源直闹到五更天，把全村人都搅动了，却只抓到老艄公一个，缴获《农民报》一大袋，他问何中尉怎么办，何中尉道："人虽没抓到，老王八的情报却是可靠的。我们回去，留下几个便衣，责成保长、老王八、跛三三人在此负责，限他们三天内交出人来！"吴启超虽感泄气，却也无可奈何，只得同意了。

这一干人马天亮到达池塘。早有朱大同派来的人在等他，只说蔡玉华连夜逃走，小东西吊死。吴启超一听面色大变，顿足叫道："我的运气为什么这样坏呀？"又叫声："走！立刻返城！"

他一赶回大城就去见朱大同。那朱大同冷淡地说："老哥，你善自珍重，这次再不把人找回来，不要说中校职位，怕你那颗头也保不住！"吴启超当即要求道："请允许我在报上公开发表蔡玉华的照片和自新书。"朱大同吃惊道："她已签过自新书？"吴启超摇头道："她没有签，这是我的战略，要叫她逃走后也无路可投！"朱大同哈哈大笑："我明白你的意思，这一手好得很！"

第十六章

一

玉华当夜逃出虎口，心里很是慌乱。她完全没有料到能够走得这样快，这样顺利；她有个逃走的强烈愿望，却没有想出妥善逃走的办法，也有点担心这愿望是否可能实现。想不到那小东西那样果断，那样有办法，因此，当她离开那可怕的地方时，是有点精神准备不足，是有点匆忙。

她匆匆地离开那舒适的牢房，只顾朝她认为是安全的、可靠的方向走。她走过花地，沿着城墙边，这儿，当她还是初中学生的时候和同学们来过，知道地方很僻静，没什么人家，也少人来往。也许她过于紧张了，也许她走得太匆忙，也许已临近产期，当她走过一段路，忽然觉得肚里那不争气的小家伙在不安地蠕动，在抽搐，肚子痛起来了，一阵比一阵紧，她想："糟哩，要养了！"她勉力支持着，扶着肚子，弯着腰，咬紧牙关。"走！"

她想，"要争取时间，离开这儿，到安全地方去！"

她拽开步伐又走，终于离开城墙边，转进一条小巷。可是，她这样盲目走着，要到哪儿去呢？她的最安全地方又在哪儿？从她下定决心要逃走，她就反复考虑过这问题，她想回进士第，也想到监察府。但觉得两地都不妥，因为敌人发觉她逃走，首先注意的就会是这两个地方，她不能再去冒这个险。她也曾想到老魏那儿或小林那儿去，也许他们会把她隐藏起来。可是，这些日来组织到处受破坏，能担保他们不出事？

她想着想着，焦急不安的心情在加剧，最后她感到有点绝望。"怎么办呀？"她想，这个生身长大的城市，从没如现在这样使她感到陌生、恐怖。"叫我到哪儿去呀？"阵痛一阵紧似一阵，她感到头昏，浑身冒着冷汗，腿软了，步伐像挂着千斤锤一样沉重呀。她走不动了，她找到一块石阶坐下，双手紧扶住那不争气的肚皮。阵痛在加剧。"孩子呀孩子，你为什么偏在这时和妈作对呀？"她痛苦、伤心地流着泪，"让妈度过这一关，走完这艰苦的路程再出来吧，孩子！"她又挣扎着，起身。"不能在这儿等死，"她想，"不能叫自己再落在那反动派手中呀！"她举步，她走，又挨过一段路、一条横街。

街上静悄悄的，不见有人影，也不见有灯火，她走走停停，停停走走，但问题还没解决，她要到哪儿去呀？那受苦的婴儿没有谅解她，他似乎急于要出世，要出来向这个罪恶的世界表示他的不屈意志。阵痛在加剧、在缩短，她实在太痛苦了，就是爬也爬不动了。她看见前面不远地方，有明亮的灯光，照着一座庙门式的建筑，她似乎认识那儿就是私立刺州女中，她曾在这儿工作过几年，曾朝夕进出过。"为什么不暂时到那儿去？"她想，"那儿还有我们的人，有老包。"她扶着一道砖墙，那是校门外的围墙，一步步艰难地走着。阵痛、手足发软，都不能阻挡她。"走，再走几步就到了，孩子，再忍耐一下，再忍耐一下呀！"她走着，几乎和爬着差不多。终于她到了校门口，到了传达室外，她伸出手去轻轻地在窗门上敲了两下，就不支地瘫软在地，失去知觉了。

当她像从死亡中苏醒过来，她发觉自己是睡在草房中一堆稻草堆上，老包一手扶着她，一手拿着一碗滚热的红糖老姜汤，老包女人坐在一旁，手里抱着一只烂布包。她全明白了，孩子出世了，老包见她睁开眼才放心说："好啦，无事了！"他女人也兴致勃勃地说："是个男的，林太太。"说着把那包裹在烂布包里的婴孩细细的红红的小面孔亮给她看。

玉华一阵心酸又滴下了泪珠："可怜的孩子，你为什么不早点或迟点出世呀，偏在这时……"当她再张开泪眼，张目四望："我是在……"老包让她把红糖老姜汤喝下，才抱歉地说："是在学校菜园后草房里。很对不起，小姐，我们不是不愿你到我家里去，是情形很不好呀，保安司令部从你那天被绑后，就来搜过，党部也迫校长把当时和你有来往的老师开除了！"又低低地问，"你是逃出来的吧？我当时在门房里听见敲门声，出去一看就猜到一些……"

玉华挣扎着要起身："在这儿没有危险？"老包道："也没办法，当时我见你已痛昏过去，看样子，孩子就要出世，把你直背进来，和我老婆商量，才决定暂时放你在这儿生产。这个后园平时没人进来，暂住两天，我看也没关系。"老包女人也道："我不让人进来就是了。只怕孩子哭。这孩子呀，口大眼大，粗手大足，刚出娘胎就大喊大闹，真叫人担心。现在，他安静些，睡着了。"又问，"你自己奶他？"玉华把双手举起来给她看："全给钉上竹针。"那十只指头满是溃烂伤痕，有几个指头的指甲也掉了，又扯开衣襟，胸前也满是灼伤，玉华难过地说："也是反动派用火烙伤的。"那老人家一见这惨重伤痕，也泪水汪汪地说："作孽呀，这样来对个母亲。"又对老包说："我们宁可受累坐牢，也千万不能叫她再去受苦。小姐，你放心住下，孩子我帮你带！这鬼地方你也不能多待，等过三两天，我替你找个地方！"

这样，玉华就在草房里躲着，孩子第二天就被老包女人转移出去，因此也不曾引人怀疑。但是第三天一早，当老包来探望她时，心情却很不舒畅。玉华觉得奇怪，问："有人来搜捕？"老包却说："小姐，你吃了这许多苦头，为什么还自认是共产党？"玉华吃惊道："是谁说的？"老包道："报纸都登出来了。有你的照片，还有你写的自新书。"玉华浑身震栗着，惊叫："拿来我看看。"

老包从袋里把当天一份《刺州日报》掏出来给她。玉华一看，反而放心地笑了："全是假的，老包，为什么你也相信？"老包也觉吃惊："报纸登的有假？"玉华向他解释道："要看是谁办的报纸，狗嘴里长得出象牙？这是反动派的阴谋，迫我投降不成，又见我逃走，想用这个毒计来陷害我。只要我能离开虎口，我就不怕它，让它去造谣吧。我是纯洁的，我可以把自己的心掏出来叫所有的好人看！"听完这一解释老包也安了心，他说："我早想到小姐不是这类人，要不，也不会受这许多毒刑了。你放心，我已叫我老婆出去替你找躲藏地方。"

玉华口里虽这样解说了，心里却很感忧虑。这假自新书一发表，对组织、对同志会有什么样的影响呢？他们不明白她被捕后情形，也许一时会被蒙骗。但她相信，党是英明的、正确的，绝不会上反动派的当；只要我能找到党，对党交代清楚，党会相信自己忠心耿耿的儿女，决不会去相信敌人！"对，"她想，"一定要设法找到党！"

二

老包常常来找玉华谈，他是本校最早加入革命互济会的老会员之一，有一个时候就是玉华直接和他联系的，因此对他夫妇都很放心。她说："老包，你也是革命阵营里一员，你对革命的贡献，革命不会忘记你。你在这样危难的时候救了我，救了我的孩子，我和我的孩子也一生一世不会忘记你。俗语有句话说，送佛要上西天，你能不能再替我做点事？"老包道："我是小人物，做不了大事，你叫我做的事，只要做得到，我一定做。"玉华于是交了一封信给他，请他到老魏家里走一趟："先看看，他那儿出了事没有，如没出事就对他说，我希望见他一面。"

老包接过那信，果然趁了个空，亲自到老魏家去。老魏女人出来见他，从她的言谈举止还看不出有什么事，老包说要见人，老魏女人答称不在家，老包只好把信留下。

老魏这些日来没出过什么事，倒是小林从大林、玉华被捕后又离开鱼行街，搬去和天保娘、庆娘的两个孩子住在一起，他们都改名换姓，拼凑成一个家庭。

原来那天保娘被捕后，朱大同只追她天保的下落，她不说，也实在无可说的。不久，天保却又被姓刘的叛徒从自己家里那口古井里搜出来。那天保从那次在混乱中逃脱，因双脚被钉上铁镣，行动很不便，先后躲了几个地方，都无法把铁镣打开，最后明知冒险，也只好回家，在那古井里过着日藏夜出生活，算是把铁镣弄掉。却因火烧地到处有特务看守，不敢出来，后来被特务发现里面有动静，派人去坐捕，在一个晚上果然上了当，落了案。事实证明和天保娘没关系，天保娘才被释放，但她的家已被钉封，无处安身，被陈山女人收容了。

过不久，庆娘那两个孩子，因为日升等一批人已被朱大同秘密处决，庆娘已逃走，敌人觉得留下这两个小孩也没甚意思，也赶出第一监狱。那大狗带着小狗，破破烂烂，流荡回家，见家里大门已被封闭，邻居怕惹祸不敢收容，白天出去讨点饭，或在垃圾堆上找点吃的，晚上就随便在哪家门口过夜，有时口渴肚饥，小狗哭爸叫妈，非常可怜。天保娘无意中见到他们，伤心难过地抱着哭了半天，说："孩子，为什么不早找我？"大狗哭着说："你家也被封啦，叫我到哪儿找？"

这孩子从狱里出来似乎懂事得多了。天保娘道："走，从今以后你就是我的孩子，我就是你们的娘。"把他们带到陈山女人家住了几宿，怕陈山女人有困难，对她说："你有困难，我了解，过几日我带他们另找活路。"老魏在新门边的一个僻静去处，替她们找了间房子，又给了一笔钱，说："从此，你们都改名换姓，千万不要谈过去的事，留下的钱，做点小买卖过活。"天保娘利用这笔钱做些甜馃，自己和大狗提上街到工地上去叫卖，倒也能赚下一天三餐。那小林自从大林、玉华出事，匆匆离开鱼行街，一时找不到地方躲藏，老魏便把他介绍到天保娘那儿住，改了姓名，变成天保娘的大儿子了。

那老魏接到玉华的信，匆匆赶来找小林商量。小林说："这件事不小呀，你我都承担不了，组织又一时找不到，没人敢抓主意。在目前，报上登的，我们还是宁可信其有，不可信其无。老魏，我劝你暂时也躲一躲。"这样老魏也躲开。当老包第二次再去时，老魏嫂就干脆地给他一个："在这儿，没这个人！"

老包回复了玉华，很是气愤不平："真太寡情无义！"玉华倒劝导他："报上造了这样的谣也难怪人家怀疑。"这时她离开大城的决心更大了。有天她和老包商量这事，老包却不同意："现在城里追捕得正紧，你还不能动，暂时到我侄媳妇那儿去躲几天再说。"

当她已能起身走动，老包听说学校又要搜查了，才把她转到侄媳妇家去。那侄媳是个寡妇，四十来岁，靠磨豆腐养猪过日。玉华剪去一头秀发，穿上紧身马甲，换了身学生装，倒像个男中学生。她在老包侄媳家又养了一星期，看看身体大体复原了，有天，老包又去探望她，她重新提起："老包，从我搬到这儿来，我就一直在想，不能再待下去，不能再拖累你，我已决心离开。"老包倒是忧心忡忡地说："特务满天飞，到处都在搜捕你，怎走得脱呀？"玉华道："不走，我就会真的上了反动派的当，冒险也要走！"她说得坚决，老包见怎样也劝阻不住，只好也同意了。

玉华于是又说："我什么都不再怕，不再牵挂了，最放心不下的是孩子。这孩子命苦，一出世就见不到爸爸妈妈。我相信他将来会成为一个有用的人，万一爸爸妈妈都牺牲了，他会报仇。我现在备有信一封留给你，等我走后，你就连信带人送给我娘，她见到信会收养他……"说着，起了一阵母子难舍之情，心酸下泪，"也许我们将来还能见面，也许我们永远见不到面了。如果我和孩子的爸都牺牲，而孩子又长大了，那时老包同志，你还健在，就请将我们的情形告诉他，要他不要忘记这仇恨，要报仇！要报仇！！"说罢掩面大哭。老包也泣不成声。一会儿她又说："我明早就走。"老包却问："要不要我送你一送？"玉华道："你不方便，万一我出事，反累了你。"老包还在那儿坚持："我不亲眼见你出城，我不放心。"

第二日，玉华打扮停当，穿起男学生服，戴了顶学生帽，挎着只包袱，果然是少年英俊。离开老包侄媳家，向新门城口大摇大摆地走去。那老包提心吊胆地远远跟着她。当她在城门边受盘问时候，他就远远站着张望，忽见那守城兵拉住她进检查棚，看来是要搜身，他忍不住连声地叫起苦来。她那样子怎禁得住解衣搜身？当时那玉华也很慌乱，当她被拉进检查棚勒令解衣时，情急智生，把心一横，把手伸进口袋，把全部现洋都拿出来，朝那士兵手里只一塞："老总抽烟。"那士兵见这许多白晃晃银圆一时愣住，她却乘机大摇大摆地从另一道门出去了。那老包直见她走出城门，才抹去一头冷汗回家，却不知道她用什么方法混过这难关。

三天后，老包带着他的女人抱着玉华儿子去扣进士第大门。陈妈出来开门，认得是荆州女中门房老包，问他有什么事，老包道："见有个乡下妇女抱了一个初生婴儿沿街叫卖，说她家穷，人多养不起，我见那孩子长得白皙端正，想起先生娘曾说要买个孩子养，我便把他抱了来，请先生娘过过目。"那陈妈忧心如焚地说："先生娘为了家庭出了这许多变故，前些日子又被搜过一次，心烦，已病了多时，大概不会再要什么孩子了吧。"老包却一味央求："人已抱来，合不合也过一过目。"

陈妈把老包夫妇放了进去，进内室告知玉华娘。那玉华娘正心烦意乱，说："我都快病死了，哪来这闲心？"陈妈正待出去回话，老包夫妇已直撞进内室，老包一努嘴，他女人就缠住陈妈："陈妈，你来看看，这孩子长得多福相！"强拉出去看孩子。老包见房中无人才放胆地说："这是蔡小姐刚养下的儿子，叫我送来，见有亲笔信在此。我怕给您招来麻烦，故意这样说。"说着，把信呈上。那玉华娘一边看信，一边泪不停流地哭着："多亏你，老包。"老包道："报上登的全是假，小姐已平安到她要去的地方。孩子留给你，对外就说是买来养的。我走啦。"玉华娘当即跃身下地，一刹那间什么病也没了，连叠声地叫："陈妈把那孩子带进来我看。"陈妈果然把那孩子抱过来说："要是先生娘身体不那么坏，买下这孩子养养倒好。"玉华娘一见那孩子又是笑又是哭地说："肥肥白白的多逗人爱呀，给我留下。老包，你等等，我给你把钱带去。可要对那人说明，从此买绝，不能再有纠葛。"老包夫妇满口称是。

三

从那一夜起，黄洛夫和阿玉就在桐江上过着游荡、飘忽无定的生活。

他们白天把小艇泊在僻静去处，有时在芦苇丛中，有时在人迹罕到的地方，晚上才敢出来。好在艇上还有些油盐柴米，足够他们几天食用。

桐江一样按时上潮落潮，就和时钟一样的标准。从江面上吹来的风，一样是令人愉快。半夜升起的月亮，也还和过去一样明亮，照在芦苇丛中，照在那鳞光闪闪的江面上，充满了无比动人的诗情画意。可是，境遇变了，人在患难中。黄洛夫的情绪是比较的消沉，不是对革命失去信心，而是在思念那些朝夕相处的战友。他和大林接触过多时，他喜欢这个同志的坚定果断，有时不免也有点近乎严厉！他和老六在一起工作过，他的热情、负责，看事情都朝乐观方面看："死不了人！"也给他深刻印象。可是，他们现在又怎样了呢？牺牲了吗？被捕了吗？

而阿玉也沉闷得多了，她不再是笑口常开，也不再把"褒歌"挂在唇上。她思念她那苦了一辈子的爷爷，也在怀念老六一家。她没遇到过这样的大风浪，当初她把事情看得单纯些，走开了事。可是，现在，她是没有亲人，失去衣食的依靠，今后怎么办？自然，她也有单纯的愿望，还有个黄洛夫。

这个年轻人，从他们见面时起，就给她好印象，以后，他们在一起工作了，在无数个不眠的夜里，共同的理想、战斗和两颗青春跳跃的心，把他们连接得更紧了。但看见他那样愁容不展，也有些担忧。患难见真情，他会不会变心呢？因此，每当黄洛夫在和她讨论今后怎么办时，她总是带着试探口吻说："你是男子汉大丈夫，又是领导，我总是看你的。"又说，"过去我靠六叔、爷爷，现在我只有靠你了。"黄洛夫对她真情的表示却是肯定的，他说："我们的命运反正就是这样——分不开！"这话给了她无限的慰藉，她想："我们的事，看来也定了。"

他们在桐江上游荡了两天，有一个晚上，黄洛夫忽然被一个可怕的噩梦惊醒，他起身，浑身冷汗，阿玉听见响声也爬起来，问他有什么事？黄洛夫心有余悸地说："我看见六叔，浑身血污，还有那玉蒜大嫂披头散发，在对我说：小黄呀小黄，你得替我报仇！"阿玉听完话，内心悒闷，也说："真巧，我也做了一个梦，梦见爷爷被砍下个头，挂在贞节坊上。"黄洛夫道："这是怎么回事，我们在这儿待不下去啦。"阿玉问："你想怎么办？"黄洛夫道："走，离开这儿，一定要设法把马叔找到。"阿玉点点头："我早也这样想，就不知道怎样才能找到马叔。"黄洛夫笑道："你忘记了，当初我怎样找到马叔的？"阿玉想起："找静姑去？"一会儿又摇摇头，"静姑也是通过六叔才找到马叔的。"黄洛夫的心又冷了："那，怎么办呀？"阿玉又说："我们的粮也快断了。"黄洛夫更是烦恼。阿玉却说："不用担心，我冒死也要再到清源去一趟，打听一下消息，弄点吃的来。"

第三天夜里，趁了个月黑风高，阿玉把小艇泊在安全地方，带上一只空口袋，对黄洛夫说："好好地看住艇，听我在岸上拍掌，拍三下，就把艇靠上去接应。"早一晚上他们谈定，黄洛夫没有意见，这时却有点放心不下了，万一出了事，怎么办？拉住她只是不放，阿玉说："放开，不会有什么的。"黄洛夫更加激动，用力地把她搂进怀里，眼泪只在眼中转着。阿玉既感动又得意，心想："你舍不得我，我又何尝舍得你。"只把他推开："你这样死缠住我，我能像变戏法一样变出吃的喝的？真傻。"说着，她从艇沿悄悄地下水，又叮嘱一声："千万不要忘啦，三下掌声。"她像条鱼似的，伸展双臂，轻巧而机警地向半里外的江岸游去。

　　阿玉上了岸把衣服绞干，便从小路径投清源村。从那一夜事发，村狗似乎受到惊吓，一有风吹草动就狂吠不已。她小心地走着，专拣那平时没人注意的小路。不久，到了勤治家，她相信这个人可靠，出了再大的事，即使天塌下来也绝不会出卖同志的。她机灵如同兔子一样前后左右地观察一番，觉得一切可以放心了，才去敲门。刚敲过不久，就听见屋里有走动声，再一会儿勤治就在门后问："谁？"阿玉也低声回答："我，阿玉。"门开了，勤治用力地把她拉了进去："你真胆大，这时还敢来！"阿玉却说："快断粮啦，不来怎么办。"

　　她们两人在灶间坐地，掩上门点了灯，勤治说："看你这狼狈样，一身都湿了。"阿玉道："我是游水过来的。"勤治双手拉住她问："小黄现在哪儿？"阿玉一听到黄洛夫名字就开口，像是得意，又像是要透露那重大的新闻："和我在一起。"勤治大大地放了心："无事就好哩。我一直在替你们担心。老六也走脱了，就不知下落。那些坏蛋，扑了个空，又有一人被投下粪坑淹死，可真恼火，把那两只告密的狗，打了一顿，又留下人迫他们和蔡保长在三天内交人。今天是第三天，交不出人，蔡保长上区乡团司令部请求宽限，那区乡团司令部说这件事我们管不了，蔡保长自己回来，见再没人来追也就算了……"阿玉问："蔡保长也变坏？"勤治笑笑："他叫作干系重大，不能不做个样子，心还是向我们的。"又低低地说，"老六就是他放走的哪。"阿玉开心极了，笑得挺响亮。

　　勤治道："就是那几只狗难应付，老鬼还不敢怎样，只是那跛三可真坏，尽出坏主意，和那几个便衣勾搭在一起，在老六家赖着不肯走，一天讨吃讨喝的，还要打红缎那小鬼主意，也常到蔡保长家瞎闹。玉蒜问我怎么办，我说：暂时不要理他，看看再说。"阿玉又问："我那爷爷呢？"勤治道：

"我倒把这事忘啦,他还关在池塘特派员办公室,据说挨了点打,要他交出你这个女共党。你爷爷却说:她是不是女共党,我不知道,半年来行为不正,已被我赶走。我现在是个孤老头,摆渡吃饭,什么也不管。"阿玉难过了一阵,她的脾气就是这样,过一阵也没什么了。

"你们还没离开这儿?"阿玉道:"暂时做几天水大王再说,看小黄怎么个打算。"勤治关心道:"你们已经……"阿玉一阵面热:"也没有什么,爷爷常说女大当嫁,小黄也确是个好人,我也有意。"又说了他们临分手时那样难舍的样子。勤治表示欣慰:"将来正可成对患难夫妻。"她们又谈了会儿别后的事,阿玉要告辞,勤治把米缸里的米粮,还有些油盐都给她装上。送出门前又反复叮嘱着:"这儿千万不能再来,附近江上也不好久住,那几只狗什么都干得出的。"阿玉负起粮包,沿原路回江岸。

在黑暗中,她远远看去,江上还泊着那艘小艇,在水中摇晃。她轻轻拍了三下手掌,小艇便向岸上靠过来了,她把米袋递上去,黄洛夫接着,她也只纵身一跳就上去。黄洛夫紧紧地把她抱住,直在那儿亲她:"我急死啦。你回来,什么都好。"阿玉却说:"马上开动,勤治说过附近江面也不能久待哩。"这时江水正在涨,滚滚江水向上流奔驰着。阿玉让黄洛夫什么地方都亲过,头发、眼睛、嘴唇,然后说:"够了吧?走!"安上双桨顺流而上。

黄洛夫在她身后坐着,仰头望她,只见她那壮健的身影一前一后地摆动,桨声咿呀作响。两人不交一言,他只是爱惜地痴看着她,越看就越觉得她可爱,越舍不得她。当她离开的时间,他几乎变成热锅上的蚂蚁,同时却也在想:"真是这样,我们两个的命运只能结在一起了,我一定要向她提,让我们结合,让我们成了真正的夫妻!"阿玉也是心事重重,不时回过头来看他,对他笑笑,似乎也在说:你看,我多愉快,我多幸福,因为有了你在我跟前!他们在汹涌的江面上奔驰着,到达渡口时,她把双桨刹住,似想要让船走慢一点,让她再看看,看看这曾日夕和她相处多年的渡口,看看那成了灰烬的茅屋。但江水冲激得很厉害,那渡口也只一刹那便消失了。

三小时后,他们又停泊在另一个地方,准备过夜。阿玉照平时一样,把卧具抛给他,自己也在安排休息地方,黄洛夫却不安地转来转去,怎样也不肯睡下。阿玉觉得奇怪，问他："你怎么啦，小黄？"黄洛夫只是不响，她过去和他并排坐下，问他是否病了，那黄洛夫忽然掉下泪来说："阿玉，你这样对我，我不知该怎样说好，从我参加革命起，见过不少女人，你是第一个使我最难分难舍的。当你不在时候，我心里苦极了，我怕再也见不到你，我怕一个人孤独，我我……"他情不自禁地提起她那双又粗又大的手亲着，亲着，阿玉也很激动。"现在，你回来了，我们又在一起了，我不希望你再离开我，我们两人永远不离开……"说着，他又去亲她的面，只见她眼里满含着泪水。"答应我，"黄洛夫像是用了全身气力在说，"让我们结合，让我们做对正式夫妻！"他把头埋在她怀里。

从那晚起，他们就成为正式夫妇了。

他们又游荡了几天，也都在研究如何与组织取得联系，大不了再冒险回清源去。正在这时间，阿玉又对黄洛夫说："又快断粮啦。"黄洛夫很感恐慌："怎么办？"阿玉沉思半晌说："你真是个坏丈夫，什么办法也没有，现在罚你一个人再在这儿待下，我去想办法。"她提着那只空口袋又要上岸，黄洛夫却不放心，他说："我和你一起去。"阿玉笑道："你怕你老婆跑掉？"黄洛夫说："你一个人去，我就是担心！"阿玉也感到安慰，这洋学生确是真情地对待她啦。便说："这个地方你可以放心，我不是去找别人，是去找静姑。你不是说要找马叔吗？我找她看看有什么办法。"黄洛夫于是放了心："行动务要小心。"

阿玉匆匆来到五龙庵，静姑一见她面就急急忙忙把她拉过一边："你来得正好，把我急死了，那天来了个学生找马叔，我没得到通知，没敢答应他，他急得直掉泪，一口咬定：你是静姑，你一定知道马叔，又说，我叫蔡玉华，是从牢里刚刚逃出来的，不是个男的，是个女的，女扮男装逃出虎口。当年那姓黄的来，就是我们送来的。我们没见过面，你不认识我，马叔认识我。一定要请你想办法找马叔，把我的事告诉他。我说，我真的不认识马叔，她当时就是不走，并说，如果你不替我想办法，敌人会再抓住我，把我送进牢里，说得很真切，看来是真的。我只好把她留下。我到过清源，在路上听说六叔和你都出了事，下落不明，又临时折回。现在那个人还在这儿，她急我也急，就是不知该怎么办。"阿玉一听也觉得难过："我似乎听小黄说过有这样的人，就是没见过。现在怎么办，我们的人都散哩，六叔不知下落，马叔也找不到，我们也正要问你找马叔联系哩。"

静姑道："这个人千万不能再在我这儿待了，师父已问过几次，尼姑庵长期住了个男的，不大成话，我又不便说她是女扮男装的。这两天来，这儿风声也紧，到处都在传林特派员被打狗队打死哪。"阿玉大感意外："打狗队打死特派员？在哪一天？"静姑说："是昨天的事，听说是打狗队在狗爬岭干的，车打翻了，全车六七个人只活了一个。"阿玉非常得意，也很有信心："反动派在清源打我们，我们就在狗爬岭打它，好极了。"又说，"马叔也一定在附近！"静姑道："我也这样想，只是没办法找他。"阿玉说了他和黄洛夫两人逃亡后的处境，静姑道："吃用的我给你想办法，人你设法带走，要不，我也待不下去。"阿玉沉思半晌说："好，我先找她谈谈。"

她们在尼庵后一间又小又黑的房间里找到玉华。那玉华焦急得瘦了，一个人在那黑房里既不敢出来，又担心老黄找不到，真不知道该怎样打发日子，一见静姑进来就着急地问："马叔找到了？"静姑却把阿玉介绍给她："有人想见见你。"当下玉华表示欢迎道："是马叔派来的？"阿玉眼瞪瞪地看她，见她打扮得怪，男装头，袒开学生装，白衬衫下胀鼓鼓地突出胸部，叫不男不女，只觉得好笑，却又不敢笑出声。只问："你认得小黄吗？"玉华道："是黄洛夫？"阿玉点点头。"是我们把他送出来的。"阿玉又问："你们什么时候送他来的？"玉华说出了那时日，阿玉和静姑偷偷地交换下眼色，放了心："我们也在找马叔。小黄却在不远，要见他我带你去。"

玉华对这位小姑娘的豪侠行为表示无限感谢，紧紧握住她手："你真好，小姑娘，解决了我的重大困难！"又对静姑说："也谢谢你，静姑同志，给你带来许多麻烦。"静姑却说："你马上就收拾，一会儿走。"说着，静姑去替阿玉筹办粮草，玉华却把阿玉拉在身边，并排地坐着，又兴奋又难过："别见我打扮得这样怪，不这样就瞒不过敌人耳目，全城都在闹着要抓我，他们就只注意一个女的，却不知道他们要抓的人却扮成男装逃走哩。小黄好吗？他办的《农民报》，我们每期都看，都散发，办得真好，叫反动派满城风雨。"

阿玉完全用成年人的口气正正经经地说："他很好，最近也成了家。"玉华更感兴奋："他结婚哪？和哪位姑娘？一个同志？是知识分子？"阿玉微笑着，心里却很得意："是和一个同志，和他一起在《农民报》工作的同志，却不是什么洋学生，是个打鱼的姑娘。"玉华问："那她一定长得很漂亮，又能干？黄洛夫在读书时候，追求他的女同学可多哩，他就是一个也看不上……"阿玉只是笑，只是得意地笑："那姑娘一点也不漂亮，倒是有点能干，听说她很喜欢小黄，小黄一见她也很中意，后来组织上就调他们在一起工作……"玉华点点头："他们就这样互相爱着？"阿玉道："是呀，他们就这样你爱我、我爱你的爱起来，他们便去问六叔，六叔说没意见，还要问问马叔，可是马叔还没来，他们就出事哩……"玉华大吃一惊："小黄出事？"阿玉道："不过逃得及时，只有一点小损失……他们双双逃到江上，小黄说：我们现在是生和死都要在一起了，一个人只有一份力量，两个人的力量加在一起就有三份力量，让我们就结成生死夫妻吧。这样，他们就结婚了……"刚说到这儿，静姑推门进来说："东西都办齐了，要走马上走。"玉华一站："我们走！"阿玉却指着她胸前："这样不像个男的！"玉华也笑了，她把紧身马甲重又扣上。

她们回到泊船地方，三下掌声黄洛夫就把小艇靠上来，一见玉华就过来拉手问原因。阿玉把米袋一放，接过竹篙说："这儿不是说话地方，走！"匆匆把艇撑开。小艇晃晃荡荡地在江面上走，只听得玉华在船篷内对黄洛夫说她的遭遇，说说又哭，抹干眼泪又说，黄洛夫也自恨声地在骂娘。当阿玉把船藏好，抹着汗进篷，黄洛夫就替玉华介绍："阿玉。"玉华问阿玉："那打鱼姑娘就是你？"阿玉笑着，玉华用力把她搂进怀里："真没想到，好同志，好姑娘！"

四

在狗爬岭的确发生了一件震动整个南区的大事。打狗队狙击了林雄模的专车，把车打翻，全车的人几乎都消灭了。

原来那林雄模向为民镇推进之后，经常地在池塘与为民镇之间跑，他恃自己有现代化交通工具，又有卫士保护，也轻敌，料在这个势力范围内，没人敢动他。

这件事早给汪十五打听得一清二楚。从陈麻子被活捉、潭头乡团全军覆没，十五也被解除职务全心全意地去搞他的运输服务社。他当时给老黄递了份情报，并说：此人为潭头事变祸首，此次推进为民镇看来也在部署阴谋活动，务请设法加以惩罚，以振革命正气！

　　老黄接获情报后就和三多、三福在青霞山商量起来。三多当时说："我也听说此人厉害，他就是代表周维国在这儿为非作歹的。"三福却心动手痒，他说："我们打狗队自从打了陈麻子威震南区，已有许久没见动静了，见有肥肉送上门不吃就失礼了。"两人都主张动手。老黄分析当前形势：革命形势正在发展，各地组织有大发展，革命武装士气正旺，如果再打几场漂漂亮亮的仗，形势就会变得对革命更有利。何况这林雄模又是祸首，更当惩罚以振正气，而震人心，便也同意了。当下就做了布置。

　　计议已定，老黄便带着三多等人下山，并派人去和汪十五联系。汪十五和大队人马在原白龙圩上见了面，他说："我看那林雄模推进为民镇坐镇，定有居心，他手下何中尉还公然收买四乡地痞流氓，散布谣言，说抓住共产党有赏，告发共产党有赏。我注意他办事机关，经常见有一些不明不白的人进出。"老黄问："以你看他在玩弄什么阴谋？"汪十五道："一时还没闹清，只见他在池塘、为民镇两头跑，很忙。又听说从大城又调来一个叫吴启超的新特派员。"老黄吃惊道："吴启超也来了？此人曾陷害过我们两个负责同志。我们正要找他算这笔账哩。"又问，"那姓吴的也来为民镇？"汪十五道："好久以前曾来过一次，最近就只见林雄模一个，我想那姓吴的还会来。"新仇旧恨一起涌上心头，老黄切齿道："如能把这两个反动头子都消灭，那就谢天谢地了！"当时大计已定，打狗队并在白龙圩内设下新总部。

　　原来在为民镇与池塘之间，有个叫狗爬岭的，约五六百尺高，公路车把这道岭一向视作畏途，但距离为民镇和池塘都不远，恰在两者中间，没发生过截车抢劫事件。南区乡团成立后，许为民又派了一班人住在岭上，更见安全了。这儿的地势老黄因为经常来往，相当地熟，从清源到下下木，如不经过为民镇、潭头这条大路，就必须从狗爬岭绕小路走。他和大家研究了伏击林雄模地点，认为只有狗爬岭适合。但狗爬岭有许为民的乡团队驻防，又该如何解决？老黄详细地向十五查明了那乡团队人员火力的配备和联络信号后，决定："把这班人也吃掉！"几个人反复地研究过，又去走过两次，大体把作战计划定了，只等时机到来。

那许德笙虽然对林雄模委托的任务，还有点拿不下主意，但"拿人钱财，为人消灾"，二次在为民镇见面时，就对林雄模抛出不少机密。当时他对林雄模说："要治许天雄光靠打靠杀不行，靠一纸公文也不行，要抓住他的要害；打中他的要害，不怕他不低头。"林雄模问："什么是许天雄的要害？"许德笙四顾左右，林雄模明白他的意思，叫随从人员走开，只留下何中尉帮做记录："你放心说，都是心腹，传不出去。"许德笙于是才说："许天雄靠打劫起家，人人皆说他的老窝是上下木，其实都错了，他的老窝不在上下木，而是在禾市。"林雄模对这话很感吃惊："我还是第一次听到。"

许德笙得意地笑了笑："这件事就是许为民这老狐狸、万歪这老妖精也还蒙在鼓里。特派员听说过没有，许天雄有三个儿女，大女许大姑，随身不离，此人在山野长大，从小和许天雄在一起，沾染了山野习气，平时走马打枪可称是个女中豪杰，可惜沾上大烟，淫荡过度，把身体弄坏了。"林雄模点头道："我已略有所闻。"许德笙又道："大姑下面有兄弟两个，许天雄从小就把他们送出上下木，给他们受教育，听说现在都已大学毕业，成家立业。但从不回家，也没人见过他们，只是隔了一年半载，许天雄亲自秘密去走一趟。大儿子改名为何文义，在禾市开间叫'世界'的南洋庄，专做出入口生意。二儿子改名为何文洪，开了间'大同钱庄'。其实都是掩人耳目，许天雄打劫所得的金银外钞，还有贵重物品，都不放在上下木，通过刺禾公路运到禾市，交他两个儿子出手，多年来全未被发觉，大头虽是亲信，知道得也不多。如果说大姑和她老子有矛盾也在这上头，她是不大赞成的。此人立意要做山大王到底，许天雄却多次想洗手不干，到禾市隐名埋姓过隐居生活，他所积的钱财也够他养活一辈子了，听说两父女曾为这事争吵过……"

林雄模道："他既有意，我们也有心，一拉他不就可以过来？"许德笙道："问题就在这儿。要叫他归编拉出上下木他不肯，叫他留下和许为民合作，合不来，许大姑又不是个容易应付的人。"林雄模道："照你说来，我们的计划是走不通啦？"许德笙这才献策道："所以我说要扼住许天雄的要害，叫他不能不低头，轻而易举有效的办法，只有先从禾市下手，扣住他那两个宝贝儿子，封住他们的财产，再来和许天雄谈判，到那时不容他不低头。"

这意见大受林雄模赏识，他说："许先生，你真有见地，事成之后，我可要重重赏你。"许德笙道："这一方毒药，我轻易不出的。现在我冒了生命危险说了，请你千万不要对任何人透露，免得我身家难保！"林雄模满口答应："我一定替你保守秘密，放心。其实中国也有句老话，叫作无毒不丈夫，你也正是丈夫哩。"说着哈哈大笑。

林雄模叫何中尉从速整理："通知司机，我马上回城。"一时，司机卫兵班接到命令纷做准备，特派员专车上了油，卫士都全副披挂停当，专等启程。却因何中尉整理记录要花一些时间，耽搁了。

汪十五在镇上，把一切都看得一清二楚，连忙走报打狗队总部。不久，那狗爬岭上，从岭下就来了一队人，有挑担的，有砍樵的，有卖小吃的，结伴而来。那岭上果是设有检查哨，哨棚内挑出面三角旗，上写"南区乡团特务大队检查哨"，有两个乡团丁佩着枪在哨所前守卫，有四五个人坐在哨棚内闲聊。这检查哨平时没抓到一个坏人，专做那些敲诈、勒索乡人的事。有人到为民镇赶圩，经过这儿，检查哨就借检查为名，见有鸡三只扣下一只，见有猪肉两斤就留下一斤，还假惺惺地说声："老乡，手头不便，下次来一起付了！"见有孤单年轻妇女经过，就利用检查为名，动手动足，诸般侮辱调戏，因此，大家恨它，也都无奈它何。

那挑担上岭的人一共有二十多，挑着担子，从岭下蜿蜒地爬上狗爬岭，被放哨守卫的看见了，对检查棚内努努嘴，大家知道又有买卖送上门，都做了准备。因此这队人一上了岭，哨兵就喝声："检查！"大家都停下，为首的是一个黑面大汉，他挑了担甜麦粥，不慌不忙把担子停在哨所前，一边用汗巾揩面，一边说："老总，喝碗甜麦粥吧，解渴防饥。"说着，拿起碗动手就盛，笑容满面地一人奉送一碗。第二个上来的，是个肉贩。第三个上来的又是个挑礼品担的，担上放了好些鲜鱼肉、烧酒之类，都贴上描金红纸条。以后陆续上来的又是一些樵夫，挑着柴担。大家都停下，等候检查。

那乡团丁一见这许多东西，乐得嘴都合不拢。他们一边喝着甜麦粥，一边就动手来拿东西，一个在肉担上，提起一挂肉，说："这肉倒新鲜呀，老子正缺下酒菜，喂，卖肉的，下次来一起付账！"提起就走，但那卖肉汉子却苦苦哀求："老总，这不叫我血本无归！"在抢夺那挂肉，其他乡团丁却围住礼品担，有拿酒，有拿鱼肉的，那挑礼品担的也在哀求："这是主人叫送的，见有礼单在，你拿走了，叫我怎样交代？"也在那儿纠缠不清。那些砍柴的却上前来劝解，一时兵对兵，将对将都纠缠住了。

只见那卖甜麦粥的从腰上拔出匣子枪来喊了声："不要动！"说时迟那时快，二十来条大汉一齐动起手来，有的从身上拔出手枪，有的提着尖刀，有的从柴担里把长枪、轻机也拔出来，团团把哨所围住；那黑汉又大声喧叫："大家听着，我们是共产党打狗队，特来为民除害，专杀那些与共产党为敌的坏人。你们如肯缴枪，不杀；谁敢抵抗就杀谁！"当时那一班乡团丁，一听是打狗队，手足都软了，哪个敢抵抗，个个都乖乖地把枪缴了。黑汉得手又说："对不起，暂时要委屈你们一下。"一摆手，那些乡团丁又都被剥下衣服捆绑起来，嘴里都塞了破布条，拖进哨所内去。

这儿打狗队正在清扫战场，从岭下林特派员的专车已风驰电掣地开了上来，两旁踏板上站着四个武装卫士，一式匣子炮，枪上弹，手扣机。在司机座边坐着林雄模，一身戎装，后座是何中尉，提着一只大皮包。威风凛凛地沿公路回旋而上。当他们将近检查哨，只见哨上静悄悄的没一个人，大路正中却堆满柴担，挡住去路，司机骂了声娘，把车停下，人叫："检查哨，检查哨，妈的，怎么把这些东西堆在大路上，妨碍交通！"没人理会，那四个卫士只好亲自下车来清除障碍。

正在这时，左侧高地上一阵轻机声响，卫士早已被打翻两个，四面枪声跟着也打响了，都是朝着汽车打，又翻了两个。林雄模叫声："上当！"司机连忙开动快擎，没命地奔向前去，一时冲过障碍物沿着下岭大路前进，枪声却打得更加猛烈了，尽追着汽车打，一声："杀！"打狗队也从掩护体内冲出，追打着。那专车只顾逃命，也不顾山高岭峻，道路崎岖，下得岭来，却又撞进一条干枯小河。一时来了个大翻筋斗，四轮朝天，发出熊熊火焰，当时离池塘只有两里地。

当狗爬岭枪声打响，王连和许为民的乡团连忙从为民镇、池塘分批出动，从池塘来的一路，赶到小河边，只见特派员专车正在燃烧中，赶快抢救，司机撞伤了，林特派员被抛出车外，一身血污，中了三枪，何中尉死抱住那只大皮包，已是昏迷不醒。连忙叫人抬进池塘，一面急报保安司

355

令部。王连那路人马，赶上狗爬岭，检查哨前一片血迹，那四个卫士僵卧在地，武器失了，身上的军衣符号也被剥掉，检查哨上高挂打狗队告示一道，称："国民党反动派林雄模，为非作歹，与民为敌，特予惩处，以儆效尤。"一地是红、绿传单。他们进检查哨内一看，那些乡团丁都被捆倒在地，口里用破布条塞着，打狗队却不见一人。王连长带着那些被解救出来的乡团丁，径奔池塘。见林雄模、何中尉只有一丝游气，忙叫："赶快送医院抢救。"

保安司令部这时也忙成一团，朱大同、吴启超都赶到医院去看林雄模。那林雄模已伤重流血过多，说不出话来，只指了指那只大皮包，用低到不能再低的声音说："一定要按我写的做……"便闭目断气。朱大同打开皮包一看，里面完整地保存了林雄模和许德笙的谈话记录，并附有他的处理意见。他对吴启超道："此事重大，我们见司令去！"

周维国听说打狗队又把林雄模宰了，恨得直磨牙，暴跳叫嚷："我不把他们彻底消灭，就不是铁血将军！"朱大同乘机建议道："林少校因公殉职极为可佩，但打狗队猖獗，非加镇压，不足以申正气。我主张多派军士驻防为民镇，加强王连实力，另派吴启超前往主持林少校未竟大业。"周维国当即把吴启超叫过来说："这是我给你的最后一个机会，你办事不力，一共走脱了两名共党重要人物，这次交给你的任务如果再有差错……"他冷笑着，"吴启超，别怪我铁面无情，那时只好把你的头带来见我！"吴启超急得一身冷汗，连声说："我一定按照钧座意旨好好地干，如大事不成，就一死以报党国！"周维国把手一挥："再给他带一排人去！"

那吴启超正式到池塘来就任"南区乡团司令部特派员"职务，一来就大宴其客，并亲自去拜访七太。他说："吴某这次奉派南区，决心与南区共存亡。在林特派员任内，他有许多建树，最后为南区福利，把性命也牺牲了。不过，我知道他没与许司令、许参谋长搞好关系，双方有些不快的事。这次我来，万望七太从中帮忙。"七太笑道："你比林特派员聪明，一来就来拜庙，算把神拜对了。我这个人就是这样，心直口快，谁对我好，我对谁好，谁对我坏，我对谁也坏。吴特派员，有事尽管找我，我担当得起！"他又去拜望万歪，对他说："万秘书长，我这次来是破釜沉舟，林特派员的未竟大志要由我来承担，你可不能见外。"万歪也道："林特派员与小弟也是生死之交，他未竟大志也有我一份。吴特派员有事尽管吩咐，愿效犬马之劳！”又说：“许德笙为人贪图小利，要做大事小钱不可不花，资本落足了，自然水到渠成。”吴启超又去拜访许添才，可说上下左右礼节都周到了。

五

老黄一直在白龙圩坐镇，听说狗爬岭三多、三福已得手才离开。他在山上和打狗队会合，听完汇报，向同志们祝贺，却又对三多说：“这次得手，打痛了周维国，此人少年得志，自命不凡，决不肯罢休。大家切不可存骄傲侥幸的心。你们上山，好好总结一下，我要到老六那儿去，《农民报》许久没见出版，怕那儿有事？”三多道：“老黄同志一个人去，我不放心，叫几个同志和你同走一趟。”老黄笑道：“那儿不比下下木，人多反而碍事，自卫武器我早带上了。”说着，就分手。

老黄绕路直奔清源，走了二十来里路，不知不觉间已入夜。时局不靖，又加上狗爬岭出了这件大事，许多村庄入夜都关门闭户，行人绝迹。不久，老黄走进清源，小心地绕到老六家。大门虚掩着，他轻轻推门进去，低低叫声：“老六。”没人答应，又叫声：“六嫂。”也没人答应，心内疑惑，悄步进内，突见厢房内一个跛子闪了出来，跟着又是几个敞开胸脯的大汉，他心知有异，返身就走。那跛子叫声：“捉住他！”跟踪而出。老黄暗暗叫声：“糟，老六家出事哩！”拽开大步，直朝龙眼林走，那跛子不舍，纠同那几个便衣也紧追不舍。

老黄通过龙眼林，那几只狗也跟进龙眼林，他出了龙眼林沿清源紧邻一个小村叫丙村的方向逃，那几只狗也紧紧地在后面追赶。那跛足的蹓了条腿行动不便，远远掉在后头，却直叫嚷：“抓共产党，不要让他跑掉！”老黄一味地在跑，那些狗一味地在追，老黄想：原野宽旷，目标突出，容易被发觉，甩不掉这尾巴，不如就进丙村，绕它几个圈子，甩掉这尾巴再说。想着想着就冲进村。这村他从没来过，预料只有三五十户，找地方突出去不难。狗儿在狂吠，追捕的人，紧追不舍。他进村，他们也进村，他一直在东奔西窜，最后见有条小巷，一时心急，来不及考虑，直跑了进去。一走到巷尾才叫苦，原是条死巷，有进无出，而追捕脚步紧急。

正在计穷时，只见有座红砖瓦房，大门半掩，漏出一线灯光。他一时心急，闪身入内，轻轻掩上门，把门闩闩上，闪身在阴暗处。进门处有一道屏风，两道门，从门边可以看到里面有一天井，过了天井就是堂屋。这时在堂屋内，小四方桌上摆着一盏油灯，灯光亮处摆有大菜坛一只，一大碗盐，簸箕内有半箕晒过的芥菜，看来正有人在这儿腌酸菜。看堂屋中的摆设是个中等侨眷家，就不知道是什么人，不敢进去打扰。他也只想暂时避一避，一会儿再出去。一会儿从侧门走出一个年轻妇女，蹲在地上在干菜上撒盐，又用手揉着揉着。他默默地观察她，看来似甚面熟，可是一时想不起曾在什么地方见过。

这时门外有人匆匆走过，都在问："见到没有？""明明见他逃进来的，怎的不见？这是条死巷，插翼也难飞！"对，就是她！老黄想起来，当他从禾市来，有个单身侨妇要求结伴，就是她——宣娘。那宣娘见门外狗吠得紧，想起大门未闩，自言自语地说："又是谁家要出事啦，真烦！"放下手中活计，提起油灯要来上门。老黄见屋内没人，又想要是她真的出来要躲也没地方躲，决心自动出去。他轻轻地咳了一声，故意说："宣娘，你这儿真难找。"

那宣娘一听见陌生人声音止住步，问声是谁？老黄大摇大摆地跨进门槛，一面笑容："你不记得我了吧？"那宣娘用灯光把他一照，认出就是那好人事的石匠，立即表示欢迎道："什么风把你吹到这儿来呀？"热情地请坐，又要倒茶，老黄掏出小烟斗来抽，说："一年多啦，还没忘记。从那次我们在检查站分手后……"一听到检查站，那宣娘就面红如火，低垂个头，暗自骂那贼中央军。"我一直在东奔西跑找活干，曾到过你们村几次，都没机会来，今天到邻村讨工资来的，心想：这次可不能再不去探望探望了。这样就顺道来看你。"

门外狗吠声不止，宣娘说："我去把门闩上。"老黄道："我刚刚已顺手闩上了。外头好不安宁呀，又听说来了几个匪。"宣娘一听见匪字很是惊慌："有匪？待我把石闸也上上。"那大门原来还有石闸，三根粗木柱，两竖一横，一上就固若铁门了。宣娘回到堂屋，老黄问："你先生有信回来？"

宣娘道："家信倒月月有，你没吃过夜吧？现住在哪儿？"老黄道："现在为民镇一财主家干活，我坐一会儿就走。"那宣娘看看天色，说声："天都黑了，从这儿到为民镇还有几十里，又是这样年景，怎能行？就在我家权住一宿，明天再走。"

这话正合老黄心意，见她家无男人，倒有点迟疑。宣娘却说："我们家没男人，却有婆婆，没关系。婆婆有病，在内屋，待我去叫。"说着就起身入内，一会儿出来，扶着一个五十多岁老太婆。老黄一见面就叫声："伯母，不合在这时打扰。"宣娘从旁也说："阿婆，上次我告诉你从禾市回来一路就亏这位先生照顾。"

那老婆婆一听是这样的好人，就千多谢万多谢地谢开了："你这位好人事的先生，媳妇一回来就对我说。这年景，男子汉出门还怕麻烦，何况一个单身妇女，没有你沿途照料，她真不知该怎么办。一回来，我就说，难得人家那样见义勇为，该设法去谢过他才是。就不知先生在哪儿发财。"老黄道："我一直也想来拜望拜望，就是活多，分不开身。"老婆婆忙吩咐媳妇道："好好地招待先生。"又对老黄说，"有现成客房，就在这儿过一宿。"宣娘自去打理老黄食宿，老婆婆却陪着老黄在堂屋坐地。

老黄问："阿婆已抱了孙儿哪？"只见那老婆婆堆出满面笑容："你先生，猜得正准，从去年宣娘去禾市陪她男人过了个把月，回来就有喜哩，就在上两月养出来，是个肥肥白白的小子，我对她说孩子是在禾市怀的，就叫禾生吧。这小禾生长得可像他爸，他爸听到也非常高兴，每次来信都问到他。"说着又叹气："这年景真苦煞人，到处是匪乱，中央军来了也没办法，那许为民在南区算是强人了，也没他办法，叫打得惨，狗爬岭现又出了大事，早些时清源也闹出事。"

后面这句话很引老黄注意，他忙问："清源也闹匪？"老婆婆不安地说道："闹什么匪？闹的是中央军！说是有人去告发共产党，中央军来了个吴特派员，带了好多兵，要抓那蔡老六，还有办学的一位蔡老师。闹了成夜，老六和蔡老师都没抓到，却把那摆渡的艄公抓去，连草房也放火烧了。现在没人摆渡，连过个江也困难。"老黄稍稍地安下心，却焦虑老六、黄洛夫、阿玉等一班人的下落。

不久，宣娘把饭菜还有一锡壶烧酒端出来，说："乡下没什么好吃的，蒸一碟腊肉，炒几个鸡蛋。"老黄实在饿了，也不客气，拿到就吃，老婆婆又叫她媳妇："把禾生抱出来，叫先生看看。"那宣娘面红地说："阿婆，你对先生说啦？"老婆婆道："又不是外人！"那孩子果然长得肥白，也不怕生，一见老黄还笑哩，老黄逗他玩一会儿，也说："真快，一年不见就添丁啦。"一家人对这客人都高兴，老黄也就安心住下。

　　第二天清早，老黄趁人没注意起个大早告辞，他想：老六、黄洛夫情况不明，先退回下下木再作商量。昨天吃了那阵惊吓，赶路也特别小心，不久，上得青霞山。到了潭头背，正在犹豫间：看不看汪十五去？那林雄模被打后有什么动静？忽见前面松林内有人影闪动，他连忙拔出手枪，闪过一边，仔细侦察，但见二男一女，都作农民打扮，背了只小包袱，躲在树丛下，也正在商量什么。

　　他细一倾听，声音很熟，再探身一望，原来却是黄洛夫、阿玉。他高兴极了，拽开大步直奔过去，叫声："同志，我已等你们许久了！"那对男女先是吃了一惊，而后见是老黄，也都不要命似的奔上来。阿玉挥起拳头直打他："马叔，你开的好玩笑！"黄洛夫几乎要把他从地上抬起。玉华却忍不住一阵悲伤，呜呜咽咽地在哭，黄洛夫回身对她说："玉华同志，你也过来。"那玉华还是哭得十分伤心，老黄安慰她道："你和大林同志的事情，我都知道了，我们慢慢说。"又对大家说，"这儿也不宜久留，我们走吧！"四人当时结伴向下下木进发。

　　原来那黄洛夫、蔡玉华、阿玉在船上商量了一个晚上，玉华说："狗爬岭既有我们的打狗队在活动，老黄同志一定也在不远，我们无论如何，一定要找到他！"黄洛夫也说："水大王不能再当了，我知道青霞山有我们的人，只要上得山就一定能找到他们。"他问阿玉："你同意我们去找马叔吗？"阿玉却开了个玩笑："俗语说：嫁鸡随鸡，嫁狗随狗，你上哪，我能不跟？"说得大家都笑了。黄洛夫又问："这条小艇怎么办？"阿玉道："我有办法。"

　　当晚，他们把什么都收拾停当，第二天起了个大早，先把艇驶到一个僻静去处，阿玉叫玉华、黄洛夫都上岸，然后搬了一些大石头放在船底，放了闸让艇沉下。黄洛夫道："这次，我们真是破釜沉舟了！"阿玉内心忽而涌出一阵悲伤："不知道什么时候再回来，乘着它在江上游荡？"黄洛夫却道："将来革命成功，叫组织还你一艘大火船。"说的阿玉、玉华都笑了。

他们一行三人，带着随身行李、干粮，向青霞山进发。这条路黄洛夫是走过的，因此一点不觉困难。饥餐渴饮，不知不觉就走到潭头背那片松林。黄洛夫认得当初陈聪叛变，顺娘就是带着他从村里逃到这儿躲藏，他对大家说了这件事，大家都衷心地在赞扬顺娘英勇、忠贞。黄洛夫却说："这村上，现在还有我们的同志，我想下去找找他，只要能找到他，一定能打听到马叔的下落。"阿玉满口赞成，玉华却忧虑地问："村里现在情况你都明白？"正在犹豫间，老黄叫了声："同志，我已等你们许久了！"拽开大步奔向他们来……

老黄等一行人迤逦来到下下木，这三个新同志，当时就受到极为热烈的欢迎。老黄对玉华说道："你暂时休息几天，等组织研究你的问题后，再分配工作。"又对黄洛夫和阿玉说："《农民报》不能停，必须马上筹备复刊！"

看来下下木一切都没多大改变，只是在狗爬岭事件发生后第二天，许大姑派许果抬了头肥猪、两坛酒，向三多表示祝贺。老黄道："看来许天雄完全摸清我们的底细了。"三多道："我也是这样想，收下不好，不收也不好，和三福一商量决定收下，分给同志们去哪。"

六

那跛三在丙村走失了老黄后，大感沮丧，第二天就利用机会来敲诈这丙村保长，说他窝藏共党。那丙村保长也不是个老实的，他指着跛三鼻尖说："臭三，我们附近几村都认识你，到来这儿耍赖，我们哪一家哪一户窝藏共党，你指出来看看？"跛三说不出，却指使那几个便衣一口咬定："我们几个人亲眼看见那共产党从老六家逃进你村。说来奇怪，一进来却又不见，不是你们窝藏是谁窝藏？把人交出来没你的干系，要不，我给特派员打报告，怕中央军不来洗村！"

这件事当时就在村内闹开了。宣娘听见这消息，也很紧张，心想那石匠原来就是被追上村来的共产党。她怕婆婆年纪大，糊涂，口溜，连忙去打招呼："那位先生在我们家过夜，只有你我婆媳两人知道。"她把跛三和保长胡闹的话全说了。那老婆婆闷了半天才说："媳妇你自小心就是，我不会对人乱说的。共产党不共产党我不管，那先生是个好人，对我家有恩情，他有困难我不帮他，帮谁？想去年你从禾市回来，那些强盗中央军怎样在检查棚对你的，差点没给污了清白身子。"宣娘一听就很安心，他们不说，没人知道，也只好成了无头公案。

只是那跛三的骚扰，招几个村的人恨："中央军一来，现在鸡犬都升了天，一个偷鸡盗狗的跛三，也把我们村闹得乱糟糟。"都想给他点厉害看。玉蒜找勤治商量，她说："眼见老黄是来过，没出事，真是老天保佑。现在人人恨跛三和那老鬼，你说该怎么办？"勤治问："蔡保长没个主意？"玉蒜道："他叫我找人商量商量看。"

勤治这个人平时沉默寡言，遇事却有胆识、魄力，她想了一会儿，就出了个主意："那跛三想利用这件事诈人，我们也就将计就计，吓他一下。狗爬岭不是连特派员也被咱打狗队打死啦？我们就叫人四处去散布，说打狗队曾到咱村侦察跛三等一批人的罪行，眼见不久就要动手了！"玉蒜对这计谋也十分赞赏，笑道："这一传可不把他们吓坏啦！"勤治道："正要给这些地痞流氓来个屁滚尿流！"

不出两日，四周各村果然就传出许多流言，有的说打狗队曾到清源村。有的说："他们已把跛三的罪行记录在案，不久又要有好戏看哩！"而在村头村尾竟然又出现墨写的大标语："跛三你这狗脔的，当心！"这些事情一传到跛三和老鬼耳边，果然十分惊慌，跛三对老鬼说："共产党打狗队厉害，林特派员、何中尉在狗爬岭还叫打得丧去狗命，我跛三也只有一颗脑袋，老王八，你这家我不敢住了。"又对那几个便衣说："我吃羊肉没到口，倒惹了一身羊臊气，打狗队要来和我算账，我只好不再奉陪！"那几个便衣更加恐慌，大家商量过之后，都说："当时吴特派员也没交代我们要住这样久，你走我们也走！"都纷纷溜了。只剩下那老鬼。当时他想："他们都溜了，让我一人做替死鬼？不干！"一时树倒猢狲散，都躲开了。

那老鬼凭他身上有几分血钱，在外面鬼混多日，见没个动静，心壮了些，一天，喝得有六七成，偷偷地溜回家，见红缎在堂屋内温习旧书。这孩子现已失学，非常想念蔡老师，见老鬼害了这许多好人，又引进这样一

362

群地痞流氓，不但讨吃讨喝，还背着人拉她进房要剥她的衣裳，被她叫开了才放手，恨之入骨，一见老鬼进来就骂："老王八！"老鬼却还厚着面皮在她旁边坐着，红缎把书本一合走进房去，顺手砰地把房门关上，只听得玉蒜在灶间叫着："红缎，红缎！"老鬼心想："玉蒜在家。"悄悄地移往灶间。

玉蒜果然在灶间忙着下米切菜，正背着灶间门，并不知道有人进门，更想不到是老鬼。那老鬼乘着有几分酒意，又见老六已不在家，见这媳妇现在长得又肥又白，可不比当年瘦竹竿，一时起了邪念："女人都是水性杨花，现在又没了男人……"便悄悄上前，出其不意一把将她搂住："玉蒜，我们不是有那段恩情吗？现在老六又不在家，也不会回来了，就跟我算啦……"

那玉蒜突然受到这袭击很是吃惊，不知道要出什么事。回头一看却是老鬼，新仇旧恨一齐涌起，大声喝骂："老王八，你不想活了！"用力挣扎，那老鬼只是死缠不放，苦苦哀求："跟了我吧，好人……"她见挣扎无效，一时怒起，挥动手中菜刀迎头只是一刀，只见那老鬼惨叫一声，鲜血直冒，仆倒在地。当红缎闻声赶来，只见玉蒜手执菜刀，满身血污，像是很担忧害怕。红缎却大为赞扬，拍着手说："娘，你杀得对！我找勤治婶去。"玉蒜经她一提也有了主意："对，你去找勤治过来商量，千万不要对外人说。"红缎道："我才不这样傻！"匆匆地走了。

玉蒜把大门闩上，只留下一面侧门，默默地坐在灶间门槛上，支颐凝思，她多想念老六呀，要是他在就不会发生这件事。她并不后悔，她有时打一打她家那条脱毛老狗还多少手下留情，而对这老王八她是没一点怜惜之情，只有怨恨，特别是他做了那罪大恶极的坏事以后。可到底是个农村妇女，没见过这样场面，有点心慌呀！

不久，红缎带着勤治从侧门进来，看了那老鬼尸体，又听玉蒜将前后经过一五一十说过，勤治便说："这反革命罪有应得，你杀了他正是替革命立功，不用怕，来，我帮你处理！"她们三个人立即把所有门户都闭上，找出条旧麻袋把老鬼装住，捆绑成一团。正在上绑时，红缎突然叫道："且慢！"勤治笑问："你还有什么打算？"红缎忙着到处找木板，她终于在灶间找出一块小木板，钻了孔，穿着麻绳，然后在那板上用墨笔端端正正地写着"反革命者杀"！下面又工工整整署上个"打狗大队"。

大家都觉得奇怪，玉蒜问："你干什么来？"红缎倒是轻轻松松地回答："在那反革命分子头上挂上这块牌牌不正好？"勤治连声称好："红姑娘真能干！"玉蒜也兀自喜欢："这样，我们不也都成了打狗队啦。"红缎把拳头一举："我们就是打狗队！"

入夜以后，玉蒜换去血衣，洗涤灶间的血迹，便和勤治悄悄地从后门把老鬼尸体抬出，由红缎打前哨，径奔桐江岸。她们到了岸边，拣个水深流急地方，又绑上块大石头，才把那尸体投下。做得干净利落，没一点痕迹。回家后，勤治分手，玉蒜和红缎闩上门上床休息，两母女为这件事兴奋得直谈到鸡叫。

几天后，那老鬼尸体随江水冲向下流，大石掉了，漂了上来，被船家发觉，一时又传开：打狗大队把那出卖乡里、儿子的老王八宰了，投尸入海，见有打狗队拴在老鬼颈上的木牌为证。那跛三一听说老鬼已被打狗队宰了，长长地伸出舌头，连称："好彩，走快一步，不然也要进水晶宫哩。"更是魂不附体，怎敢再在清源一带出现。

消息一传到老六耳边，他就想："打狗队也到咱们村了，预料那边也没什么事。"便想回家看看。

原来老六当晚逃出清源，径投东岱乡张器家。他摸黑走了三十多里路程，好在常来路熟没走错。到东岱时已经五更天了，他去敲张器家门，刚好张器没去值夜班，就把他藏在自己家柴房阁楼上。他在那儿躲了几天，白天上去，晚上下来。后来听说无事连白天也不躲了，就近主持当地的工作。

当他听说清源来过打狗队，宰了老鬼，跛三等一班人早已闻风逃走，便对张器说要回去走走。张器却说："我们这儿现在也少不了你。"老六答应去看看再来。当晚他披星戴月地赶回家，悄悄地去敲家后门，玉蒜出来开门，一见老六，就热泪纵横地诉说别后苦情。红缎更是兴奋，直搂住他的颈子，坐在他怀里不肯下来。当老六听说到有关清源打狗队的故事，更是笑弯了腰，笑声直达户外。他说："你们干得对！只有像这样果敢坚决才像个革命者！"又对红缎说："孩子，你想做一个真正的打狗队员？好，我答应你，等马叔来，我就对他说，把你送到打狗大队去锻炼！"从此，老六就在清源潜伏着，只是无法和组织取得联系。

第十七章

一

吴启超带了个丁秘书在为民镇和许德笙会了一次面，许德笙一见面就说："林特派员也太随便，狗爬岭是个什么地方，岂可大意。"吴启超故意问他："人人都在说这件事又是许天雄干的，许先生的高见如何？"那许德笙大笑："白纸黑字写在那儿，吴特派员怎的也相信一般流言？许天雄固然实力相当，也不过是些偷鸡盗狗之流，哪有这样高明手段？真相现已大明，打狗队就是共产党，共产党就以下下木为根据地，现有三五百条枪，由一个叫许三多的率领。此股人马贻害极人，既不损害人民利益，不打家劫舍，又专与中央军作对，因此甚得人心，现在就连许天雄也怕他三分哩！"

这些情报比林雄模所掌握的又更进一步，吴启超大为震动："土共有此实力，为什么从无所闻？"许德笙道："怕就只你们不知道。在南区现已家传户晓，人人闻而胆寒，特派员也听到清源的事吧？打狗队又把一个告密的杀哩。"言外大有叫他小心在意的意思，"共产党现在是无孔不入，吴特派员出入也要多加注意。"吴启超正色道："我怕就不会来哩。"那许德笙只笑而不答，默默地在吸烟。

那吴启超一会儿又说："从林特派员因公殉职后，本人受命接充重任，我希望许老先生仍本与林特派员合作精神，继续合作，事成之后当有重赏。"许德笙对这新任官儿作风手面不大了解，想摸一摸底，故意表示困难道："我是老朽无能了，做不了大事，最多也只能通通气，出点主意。"吴启超连忙抛出："林特派员许下的好处，到了我手下一切照旧。"那许德笙略见活跃，忙作解释："不是鄙人一味在钱眼上打转，要做大事，实在需要花费。不说别的，就说我今天对吴特派员说的这些情报，也是来的不容易。小弟花了不少钱，费了九牛二虎之力才到手的呀，我可为党国牺牲一切，但线人却不同我一般见识，他们一开口就是个钱字。"吴启超道："花钱事小，只要能成大事。"许德笙频频点首："吴特派员的见识极是。"

吴启超又道："你对林特派员所提的建议极佳。不过如此一来不免先伤和气，我们对许天雄还不愿作对，只要他能迷途知返，和我们合作共同对付土共，我们就满意了。"那许德笙却大摇其头："吴特派员所说的虽也有一部分道理，怕难走通，绿林中人见识不广，没有眼光，猜疑心重，不叫他们见到棺材是不流泪的。当初林特派员也有这个意思，我都把道理对他说明白了。"吴启超道："许老先生的意思是做不得？"许德笙笑而不言。"要是我请许老先生亲到上下木一趟如何？"那许德笙问道："叫许天雄来归顺？"吴启超道："就算是探探虚实也好。"许德笙又是一阵沉默，笑而不言。

那吴启超心想：怕又是个钱的问题。便对丁秘书努一努嘴，那丁秘书便打开公事包，从里面取出沉甸甸五大包东西，吴启超一起把它推到许德笙面前："这儿是五百大洋，你先拿去用，不够再拿。"那钱财起了作用，当下许德笙大乐，态度也变了。他说："我为党国效劳倒不全在钱财上着眼，吴特派员既有赏赐，我也不便推却。到上下木的事，我可以办，不过我这儿还有个打算，能见许天雄，晓以大义，劝他来归顺当然好，我愿尽力为之。万一气候不合，我也只能和大头先联络联络。只要做得好，把大头拉过来，许天雄两腿缺一，走不动也许会低头。"吴启超大加赞许道："许老先生果然是好军师。我已对周司令说过，事成之后再委你个官职。"那许德笙连称："多谢，多谢！"匆匆起身告辞。

上下木由于许天雄平时戒备森严，外人进出很不容易，许德笙凭他过去因赎取肉票有过来往，要进去也不难。在吴特派员那儿受命之后，第二天他便换上一套黑衣裤，夹了把黑布伞，手执松枝迤逦到了上下木。在离上下木三里外设有一道防哨。上下木原是块盆地，四面皆山，从平原地区进去只有一条狭窄通道。许天雄在通道口上利用地形筑了两座石头碉堡，牢固无比，如果他用火力把通道一封锁，即使是千军万马也难通过。

走过第一道防哨时，许德笙一手撑开黑布伞，一手把松树枝摇着，表示是自己人，便无人出来麻烦。他顺利地通过第一道防哨又到了第二道防哨，这防哨设在峡谷尽处，又是一列小碉堡，各个碉堡有羊肠小径可通青霞山。在大路口设有一盘查哨，站了几个哨兵，在这儿对过往人马要盘问几句。许德笙走近哨所，当即有人过来盘查，许德笙说："金井许德笙。"那哨丁又问："来做什么的？"许德笙道："和大头哥有要事商量。"接着又说，"请你们帮个忙带带路。"那哨丁便用黑布把他双目蒙住，派人把他带进去。许德笙把黑布伞合起来，自己抓住一头递了另一头给那带路的，就像瞎子走路一样由那人把他引进第三道防哨。

到了第三道防哨又换了另一带路人。许德笙为人奸猾，和那带路人边走边扯闲话，把那带路人逗得十分开心，又走得十分缓慢，那带路人见他是大头哥的老友，看来也是内行人，便说："老先生年纪大了，这样走路不便，我做个主把黑布除了吧。"许德笙当即表示十分感谢，并说："怕你破了规矩招来首领责备。"那哨丁说："有必要时我再把黑布给你蒙上。"这样他就被免去这"规矩"，可以大摇大摆地走路了。

从第三道防哨以后，都是平地，一片绿油油好庄稼，而道路错综复杂，进入其中如入迷魂阵，常有地堡出现。据说许天雄现在实行的还是封建的大族长统治，全乡土地除每人有一两亩地外，大片土地都归族有，种田的是大家，收成一半归公一半归己，归公的那部分就是他给匪兵做给养的来源。谁不听他的，就被取消族田那部分收入，劳役照旧，因此大家都怕他，他也利用这一条来进行他的家长制统治。

不久，许德笙被引进接待所。

这接待所是间三进大屋，平时住着来自三山五岳、四面八方的特殊人物。有来接洽入股的，有来请领武器弹药的，有来通风报信的，也有肉票掮客、受人委托前来接洽赎取肉票事宜的。上下木虽是个大乡，却没有旅店，来的各方宾客都住在接待所里。这接待所设备颇为周全，吃、喝、嫖、赌、吹样样俱全，只要有关系来的，还可以不必付款。

许德笙在接待所住定之后，看看同住的来自四面八方的人很多，都是些自称为江湖好汉的亡命之徒，有坐过多次牢的，有被通缉远走他乡的，也有被迫走投无路才来入伙的。大家都枪不离手，手面颇为阔绰，一场赌博输赢以千论计。但相互之间又都不愿露底，只说有事找天雄大哥来，或等许大姑召见。有人已来了许久，尚"未蒙召见"，有人已见过谈妥，却待办完最后手续。一天之中，来往的就有三二十人。

许大头一听说许德笙来访，知道此人是无事不登三宝殿，也亲临接待所。一见面就恭恭敬敬地叫了声："许老。"那许德笙也很殷勤，口称："许久没见了，心里直想，最近稍有余闲，过来探望探望。"又问："天雄大哥、大姑都好？"许大头道："个个都好。就是人多事杂，也抽不出时间到金井走走。"许德笙又问："最近生意可兴隆？"许大头说："也不如前了，能赎的肉票都赎走了，赎不了的，没什么油水，自养。"许德笙道："一头千斤重的大猪，有时也有肥瘦之分，看你怎个煮法，熬油、切片、做汤……"说着就是一阵干笑："为民镇那一仗你们打得可真漂亮，叫那许为民至今还翻不过身！听说那四大天王就在你这儿呀？那是四枝花呀，能弹能唱，人品又好，堪称空前绝后。大头兄，你真有眼光，什么时候也叫咱见识见识？"许大头见提起此事面色一变，叹了口气："别提哪。"

许德笙故作吃惊道："不是说你把她们背进山的？"许大头大为不快："又叫大姑宰啦。"许德笙也很惋惜："为什么？兄弟们东奔西走，弄个娘儿玩玩也不为过。"许大头只是摇头叹气，不便多说，却问："德笙哥前来敝处定有要事？"许德笙道："要事没有，过访过访罢了。"说时像有些心事，大头也是机灵人，他说："此地人多不便，请过我家里谈谈。"正合许德笙心意，便说："多久未见，叙叙也好。"

许大头现在叫作光棍，等当驸马爷，尚未有正式妻室，一个人住了一座三进大厦。后来他把前面两进拨充飞虎队用，自己住在第三进，因此，也是飞虎队大本营。

两人坐定，自有小兵丁前来送茶送水，许德笙四面张望，正色问道："怎的连个女人服侍服侍也没有？"许大头苦笑道："我们那位大姑自己是个女人，却一向厌恶女人，她不喜欢，我们做底下人的，也只好……"许德笙频频摇头："那未免苦了你。"又问："你们两个人的事怎样啦？"许大头见旁边无人，也放胆说："天雄大哥有心，大姑却无意，她看不上我，我又何尝看得上她。"

许德笙问："大姑今年也该有三十出头了？"大头道："和我差不多年纪。"许德笙故意说："一个女人上了三十年纪，能不过闺房之乐也真不容易。"大头一听这话就笑开了："我们这儿的事外头少知，大姑倒不是那样干净的人，身边那几个人谁不和她胡搞过，她要的不是像我这样的人，要年轻的小白面。"许德笙点点头："那你也得给自己打算打算。"大头道："我是看天雄大哥的，他不喜欢的事情，我也不想做。"许德笙大加称赞："你可算是忠心无二，将来天雄大哥一仙逝，这儿的摊子还不是你的？"大头又是一阵苦笑。

从大姑事又说到目下处境。许德笙问："听说三多也扎起来了。"许大头道："我正为这件事担忧，过去南区还只许为民和我们，现在却出了个三分天下局面，三多扎起来了，声势不小呀，先是潭头，而后是狗爬岭，一下子增了好多实力。连天雄大哥也很称赞，说人家打得巧、打得好，打狗队一出，叫我们飞虎队也逊色了，我就是不服气。"许德笙连忙插口："这一来你们也不得了，前有中央军、乡团队，后有共产党打狗队，正好把你们夹在中间。"大头道："我也是这样想。可是大姑不听我言，另有打算，她说三多并不可怕，可怕的还是中央军、许为民，她要联合三多。"许德笙吃惊道："可能吗？"大头道："我反对无效，天雄大哥拿不定主意，大姑又独断独行，说是双方已有了协议，井水不犯河水，各干各的，共同对付中央军、许为民。"许德笙问："这局面能维持多久？"大头耸耸肩苦笑着："天知道。"

许德笙又问："万一三多坐大你们怎么办？"大头道："我当时也说过，三多走的是红路，我们走的是黑路，怎能搞在一起？大姑却说三多也是被迫上梁山的，只要我们有心，也可以把他们拉过来，钱财的事谁个不想。"许德笙乘机挑拨道："与虎谋皮要当心连自己也进了虎口。共产党标榜的是反对贪官污吏，打倒地主恶霸、土豪劣绅，你们虽不是什么贪官污吏，少不了也是个土豪恶霸，正是他们要打倒的，况且上下木和下下木世代打强弱，结下冤仇，三多与你们有杀兄之仇，他肯饶过你们？看来是大难临头了。"大头也很丧气。"我想大姑拉拢三多，也不全是为了对付中央军、许为民，也想借刀杀人。"

大头紧张地问："杀谁？"许德笙低低地说："对付你！老弟，你相信你手中有那支飞虎队能叫大姑安心？看来天雄大哥的打算，把你和大姑凑合在一起共继他的大业也落空了。大姑为人我了解，她不常自比彩凤，而你在她眼中也不过是只微不足道的乌鸦，彩凤如何能随乌鸦？"大头把头低着，这话正中了他的要害。"现在怎么办？"许德笙接下道，"我们是旧同事，是老朋友，我不妨对你直言。只有走正路一条，和中央军、许为民言和，共同对付土共，立点功，乘机洗手不干，凭你们过去积累的那些钱财，也可以过几代清闲日子了。"

许大头并不立即表态，他一直在深思。多少也弄清这个无事不登三宝殿的许德笙，为什么在这时突然拜访的意图了。许德笙见他不作表示，又见许果匆匆进来对大头说："大头哥，大姑请你有事。"便说："晚上再谈。"

晚饭后，大头又来看他。许德笙问："大姑找你有什么事，是不是怀疑我来找你？"大头道："听说下下木来了三个陌生人，有个女的顶怪，也是男装打扮，大姑想弄清个来历，我已派人去打听。"许德笙对这消息十分注意，却不作声。但问："我白天和你谈的，你有什么考虑？"大头故意说："穿针也要有人引线。"许德笙大感兴奋："中央军、吴特派员是我的老友，许为民那边我也有知己，这件事不难。"大头把他的话套出来后，却又说了另一句泼冷水的话："这件事怕不容易，天雄大哥信的是大姑，而大姑现在是决心和许为民干到底，更怕上当，把人诱出山林再来个一网打尽。"许德笙泄气道："那我是白来这一趟了？"大头微笑道："你不是说是来看老朋友的吗？"许德笙却心有未甘："我找天雄直接去谈如何？"大头警告他道："我劝你还是早点离开这儿好，大姑知道了不是玩的。"

第二早，许德笙告辞，许大头表示愿送一程。在路上，许德笙问："那下下木新来的两女一男都查清楚？"许大头道："刚刚有个消息，来历不明，那男装打扮的叫蔡玉华，男的叫黄洛夫，另一个女的叫阿玉，现都在下下木住，看来也是些大人物。"许德笙把这些人名字默默记在心里，临分手时又说："我们所谈，仅是小弟一番善意，请勿对外泄露，免得多生是非，用得着小弟之处，随时听命。"大头通知底下人说："是自己人，不用按老规矩办事。"所以许德笙没有被包上眼，沿途看见不少虚实。

二

许德笙一离开上下木，就到为民镇找吴特派员，当他说到下下木最近来了两女一男，男的叫黄洛夫，女的叫蔡玉华、阿玉。吴启超大为吃惊：

"这三个人正是我手下逃兵，想不到竟然都上了梁山。好呀，我们又对上头了！"关于劝降的事，许德笙在汇报以后又说："这件事要办得快，就得照我对林特派员提的办，我预料你们在禾市一动手，许大头就会来找我。"吴启超当时不响，心内也有了主意：看来先礼后兵还是行不通，还得走林雄模设计好的那条路数。

在戒备极为森严的情况下，他回大城一次，并和朱大同进行会谈，会谈后带上丁秘书秘密地到了禾市。

那禾市是个著名的对外通商口岸，商业极为兴盛，国内外商船来往不绝，住有约三十万人口。当地警备司令是周维国同班同学，姓张，两人颇有交情。当时听说刺州周维国派人拿了亲笔信因公前来，马上就接见了。那吴启超给张司令送上周维国礼品一批、亲笔信一封，说声："周司令多多致意张司令和夫人公子，信中所提各事，务请张司令鼎力支持。"

那张司令打开周维国亲笔信一看，心内疑惑："果有此事？"却也叫警备司令部侦缉科长刘少校过来，当面交代："周司令有亲笔信来，可见案情重大，你好好地协助吴中校办理此事。"那刘少校答声："一定尽力协助！"就把吴启超请过侦缉科，由丁秘书协助着来研究有关资料。

正如许德笙所提供的线索，在禾市确有"大同钱庄"和"世界南洋庄"，由富侨商何文义、何文洪两兄弟主持，据说经营得法，信用卓著，年来营业颇有发展。那大同钱庄吸引极多侨眷存款，世界南洋庄专做南洋各埠买卖。何家兄弟一向在商业界活跃，被称为年少有为，历届禾市商会选举都当选为理事。

那刘科长把材料研究过之后，也有些迟疑，他说："何家兄弟在地方上颇负盛名，一向被认为正当商人，商会里有一定势力，现在只凭一人告发就随便定案，怕难以服众。"吴启超却说："告发虽仅一人，但所供材料均极确实，料不虚假，小弟这次前来也无逮捕法办的意思，仅为把他们当作人质，以便我们那边行事。"刘科长道："只要你们不引渡，仍交我们处理就行了。"言外之意，也无非"肥水不过别人田"。

第二日，何文义、何文洪兄弟就相继被捕，钱庄、南洋庄都被搜查标封，对外却不宣布。当日刘科长、吴启超在警备司令部把两兄弟提审，岂知那何文义、何文洪矢口否认，且多方提出证件证明他们都是小吕宋侨商，且有出入小吕宋"大字"。至于许天雄是什么人，他们声称从未见过，也仅在报上知道有这样的匪徒罢了。用过几次刑也没什么眉目，而禾市商会则代为四处奔跑呼吁。

这就叫那张司令有些棘手了，他把吴启超叫去问："怕是你们搞错了？当初我也有点疑惑，这样一个杀人不眨眼的匪首，怎会有这样两个斯文儿子？"刘科长也说："商会已出面担保，要答应，碍于是刺州方面来的公事，不答应，又无法对商会交代。"张司令只好说："人我扣留在这儿，你再回去弄个清楚。弄确实了，就来封信。"

那吴启超没办法只好和丁秘书重返刺州。他们一干人到了为民镇就下车，叫人把许德笙找来。一见面这吴特派员就拍桌大骂："你提供的好情报，原来何文义、何文洪兄弟的事全是假的。"那许德笙倒很镇定，他问："人捉到了？那就成了一半大事。如果特派员不信我可以约许大头来见你。但有话在先，你千万不能伤害他，好好地做一番工夫，此人是可以拉过来的。外有何家两兄弟被扣押，内部再把许大头拉过来，就不怕许天雄不低头。不过……"他半晌又说："事成之后，特派员有什么奖赏？"说的确实，吴启超也动摇了，便说："可以给你一笔赏金，再给你个乡团司令部参议。"落了实，许德笙才说："我用身家担保，赏金应先付，官职事成后再委。"吴启超暗暗地骂了声娘："他妈的，真会敲竹杠。"对丁秘书道："给他！"

那许德笙把钱收下，说："和许大头会面的事，可要非常秘密，不然就会坏大事。特派员也不能到上下木，许大头也不能到为民镇，只能在金井我家里。"吴启超却又迟疑："要我到金井去？我的安全又有什么保证？"许德笙笑道："特派员只能带三五便衣，你的打扮也要变变，有我在，包没事。"

在许德笙再度到上下木前，许大头又和大姑闹过一次。原来三多又派了三福过来，送了几斤上等青霞茶和几件野味，由许果引见大姑："三多大哥多多拜谢大姑，前次送去美酒肥猪，也叫我带来一些山野土产，请大姑收下。"大姑果然高兴，问三福道："听说你们那儿也有个女扮男装的好汉，什么时候也请过来坐坐。"三福不说是也不说不是，又说："三多大哥叫我带来口信，他说最近我们那边弹药颇感困难，有钱也买不到，想请大姑通融一下卖给我们几千发子弹。"大姑问："为什么三多大哥不自己过来？我还有好多事情和他商量呢。"三福道："三多大哥最近很忙，大姑有话先托我带去，日后有空再来面议。"

大姑当时想：三多有求于我，看来是想试试我的诚意，小钱不花大钱不来，要子弹就给了吧，双方关系打好了，日后见面好商量。便叫许果："给他一千发子弹。"又对三福说："子弹我们这儿有的是，钱我也不要了，算是我送的。多多拜上三多大哥，有空请他过来，也不要忘记把那位男装打扮的姑娘带来。"

三福当面谢过，叫人挑上弹药由许果陪送要返下下木。不意到了村口就被飞虎队人马拦住，一个小头目问是哪来的，当时许果就说："大姑给下下木送的礼。"那小头目声势汹汹问："大头哥知道不？"许果生气道："大姑送的礼关大头哥什么事！"那飞虎队就是不许通过，许果孤掌难鸣，只好又叫挑回，三福便故意说："原来大姑说的还不算数。"许果失了面子，一肚子气，向大姑回说："大头哥不肯放行。"把经过全说了，大姑听了大怒："许大头也未免太小看人了，他吃穿用的是谁给的？他有今日又是谁给的？把他叫来！"一面又叫人："多派几个人送过去，飞虎队还敢找麻烦就给我打！"那许果果然去传大头理论。

原来那三福过来向大姑借用弹药的事，早有人报知许大头，大头一听甚为吃惊：三多弹药不足正是一个弱点，如何能周济他，不正助虎添翼？一面派人去拦阻，一面也想亲找大姑晓以利害，到了半路就碰上许果，许果说："大姑找你。"大头道："我正要找她。"当下匆匆赶进大姑住所，在路上想了许多关系利害的话想对大姑陈谏。一推门进去，只见大姑面孔铁青，两手按在双枪上，像只被激怒了的雌老虎，在房里团团地转，一见面就怒气冲冲地责问："许大头，你做的好事！"大头倒还冷静，开口解释："大姑，听我说……"大姑哪容得他开口："你在人家面前丢我的面子！我且问你：从你入伙后，我们父女俩哪点对不起你？你今日有这样的荣华富贵，又是哪个给你的？你呀恩将仇报，想在人家面前丢我的面，使我见不得人！我问你：这份家业到底是你许大头的还是我许大姑的，为什么我就不能做这个主？……"大头也是性子急躁的人，哪受得起这阵臭骂，也不愿多解释了，只任她一个人在那儿叫骂。最后把许天雄也惊动了，过来劝解。

大头回到家里一肚子委屈，又听那飞虎队小头目前来汇报，说大姑派了好些人护送三福出村，飞虎队想上前阻拦，受了一顿臭打，还骂："你们吃谁的饭？敢不听大姑的话！"大头更是苦气，心想：看来，上下木也不是我许大头久居之地了。

正在这个时候又报许德笙来访。

许德笙一见面就说："老弟，我是有名的无事不登三宝殿，这次给你带来一个大不幸消息，中央军已出动了一个团，即和许为民的乡团会合前来进攻上下木，你们好景不多了。"大头很是吃惊，忙问："是真是假？"许德笙道："我们是知交，哪会说假话。我料如此兵力进攻，你们也难于抵挡。那时树倒猢狲散，老弟不能不预先做退路准备。"大头十分沉闷，低头不语。许德笙故意问道："有困难吗？"大头叹了口气："即使大树不倒，猢狲也要散啦。"许德笙知道话中有话，忙问："这话怎解？"大头心怀不满，也就把他和大姑那场争吵说了。许德笙道："那你怎么办？"大头表示为难道："也是进退为难呀！"

许德笙表示无限同情道："你既然如此为难，为什么不投奔周维国司令？当今荆州广招四方好汉，共同反共，那许为民、许添才凭什么当司令、当参谋长？还不是为的手头有点实力！凭你这支飞虎队，只要投奔过去，怕不也是个团长、副司令？如你能再把天雄大哥一起拉过去，功劳就更大了。"大头摇头："我已是过江泥菩萨。"许德笙故意试探："也有门路问题吧？"大头点头。许德笙于是摊牌："不瞒老弟，我二探上下木都是受了吴特派员的委托，来探你们虚实的。现在何文义、何文洪兄弟都在禾市被扣，天雄的后路已断，容不得他不低头。我们是老朋友，我特别照顾你，劝你抢先一步和特派员搭上关系，将来论功行赏，少不了你就得第一功。我说的全是真话，不信你可以跟我和吴特派员见次面，谈次话。"

这消息使许大头大为震动，许天雄的后路真的断了？他了解许天雄，如果这消息属实，就等于断了他命根，不会不低头的。到那时又不知会出现个什么局面。只是有点不放心。许德笙道："你怕什么？我已和吴特派员说定，他不会抓你的，就在我家会面，双方都不许多带人，他带来的只有三五个人，你也只能带三五个人，其余一切由我安排。不过这件事要非常秘密，天雄、大姑那儿都不能走漏一点风声。"事已迫上来了，大头想想：谈得好就谈下去，谈不好也无损。便也答应。

当晚，许大头带了十几个亲信，悄悄地赶赴金井。许德笙早做准备，他在村口接住他，并低声说："吴特派员已先到，人家很守信用，只带五个人，你却带来这许多人。"大头道："我叫他们在村口等就是。"许德笙又说："不管谈成怎样，在我家双方都不许动手。"大头道："只要他不动手，我也不动手。"这样，他也仅随身带着五个人进村。

这金井住有二三百户人，是个半侨乡。小康人家儿子到了十几岁就由父母筹笔款，买张"大字"出洋去，穷困点的有当兵也有当匪的，因此又出了不少匪，当年许德笙就是这儿的头目。自从他放下屠刀，表示愿出面维持乡土，金井侨商都很感激他，逢年过节大都给他寄钱送礼，他也更加卖力。此地一向既靠许德笙出面维持，又是大头的老家，许天雄不曾来打扰，别人不敢来，倒还安静。

那许德笙家道中等，儿女却很多，日子过得虽不太好，但由于热心"公益"，在地方上也算是顶尖儿人物。他家有砖房一座，因平时交际应酬较多，房子不大，布置得倒还雅洁。当晚吴启超来，许大头又接踵而来，他便杀鸡宰鸭，备酒款待，当时他见两人都有点不大自然，便说："两位且不忙谈正经事，先喝两杯。"在他巧妙地安排下，双方几杯酒下肚，气氛也就变了，他又乘机建议："双方都把上衣宽了吧。"又对双方的护卫人员说："你们也去喝酒，在我许德笙家，不论是特派员，不论是许队长，都安全得像在保险箱里。"那许大头先自宽衣把枪挂在衣架上，吴启超跟着也宽衣，把武器解下。许德笙说："这不正像一家人一样？来，让我敬两位一杯！"

在饭桌上，吴启超先开了口，大谈其周维国司令的德政，反共大业，南区形势……许大头默默听着。但当吴启超说道："当初成立乡团，周司令原有意委任许天雄先生出山共维大局，只因形势紧迫，地方父老对许天雄先生出山一事反对极多，没有成为事实，现在看来倒是失策了。"许德笙大点其头，又插嘴说："当时要是吴特派员找到我，就不会这样，双方打了那几仗，多伤和气。"许大头也插嘴："我们都以为周司令组织乡团是来对付我们的。"吴启超听了大笑："中央现有大军驻防刺州，要对付你们，也实不用劳师动众，有一两营人尽足矣。"许大头一听这大言倒有点不快："特派员也太把我们看小了！"许德笙怕闹僵，连声说："双方都有误会，过去的事，也不必多说了。"

吴启超又说:"我军南征北战所向无敌,几百万共军也不得不闻风而逃。不过,打仗总是不好,尤其是现在共军已全军覆没,共党消灭在即,恢复地方治安甚为重要。"许大头见他又口出大言,有轻人意思,故意刺他一下:"听说在狗爬岭只有十来个共党打狗队就把林特派员打死了。"吴启超道:"那是一时疏忽大意,并不显得共党有多大实力。"

许德笙见谈话不太投机,忙又打起边鼓:"这都是人人周知的事,我们且不去谈它,就谈谈双方合作的问题吧。"吴启超道:"对合作一事,我的话都由许德笙先生转达了,不知道大头先生,有何高见?"大头问:"你们的条件是什么?"吴启超道:"给许天雄一个南区乡团副司令,你们全部人马改编成乡团。"大头道:"就是说把我们归编到许为民那儿,归他节制?"吴启超道:"一区不能有二主,也只能这样。"大头当时冷笑不语。许德笙却问:"大头兄,你说天雄大哥不会同意?"大头只说了声:"我只怕,你们把他迫去和共产党公开合作。"吴启超笑道:"你们现在不是已公开合作?"大头只是笑着。

饭后,大家退到另一房间去,许德笙忙着和双方私下交换意见,不久,谈判又开始了。吴启超道:"大头先生,你真是难得的人才,只可惜在许天雄那儿委屈了,听说许天雄并不信任你,许大姑对你也不好。"许大头不响。"要是你能到我们这边来,少不了也是个上校团长。"许德笙从旁又加上一句:"许天雄之有今天,谁不知道全靠大头兄。"吴启超又道:"如果许天雄不愿出山,让大头哥出面收拾残局又如何?"大头心动,却又问起另一个问题:"你们不是把他的两个儿子抓了?"吴启超想:许德笙的话果然是实,自鸣得意地说:"我们早已布下天罗地网,不怕你们不低头。"大头却说:"不见得,俗语说得好:狗急跳墙。"许德笙道:"以大头兄的意思?"大头却转问吴启超:"吴特派员,刚才你说的话可真?"

吴启超知道他心动了,便说:"有德笙兄在旁做证,如果你能劝许天雄归顺,你是第一功,可以坐上第二把交椅。如果许天雄还执迷不悟,蛮干到底,就由你出面收拾残局,自然副司令一职也就是你的。"许大头道:"收拾残局我的力量尚嫌不足,劝天雄大哥归顺我相机一试。"吴启超道:"事不宜迟,迟了我们就动手。"许德笙也从旁插话:"大头哥的飞虎队是天雄手下王牌,谁个不知?大丈夫做事总要有点胆力,不能老灭自己志气,长他人威风。"吴启超又问:"劝降一事,你看前途如何?"大头道:"天雄多疑,大姑死硬,不易。不过,他现在已把颈子给你们套上,也早有洗手不干的意思,不是不可能的。"吴启超又问:"万一他当真狗急跳墙与土共合作到底?"许德笙道:"自然就得借重大头哥来收拾残局了。"大头还有点信心不足:"我的力量……"吴启超笑道:"你忘记了还有我们这个后盾。"许德笙也说:"有三千大军可以助你一臂之力!"大头不语,心里却跃跃欲试。

下半夜,他们谈的就不同了。将近天亮时,两人分手,许大头回上下木,吴启超自赶回大城,准备另一步行动。

三

蔡玉华到了下下木后,暂时没分配工作,在受组织上审查。老黄和她谈过几次话,叫她把被捕、逃亡经过做全面的书面交代。她和黄洛夫、阿玉住在一起,除了埋头写那份材料外,有时也帮黄洛夫编编稿刻刻钢板。生活的变化是迅速而复杂的,又是那样传奇式地在进行,她一直在紧张状态中过着。即使是到了安全地区,紧张和恐怖减少了,心情依然是不宁静的。

新的环境向她提出新的问题,组织上怎样来看她的问题?特别是反动派最后对她来了最阴毒的一手后,能够交代得清楚吗?组织上能像以前一样信任她吗?她是在城市里又是在一个没落的官僚家庭长大,平时养尊处优,过着上层社会家庭小姐生活。到了这个穷山村后,开头几天什么都觉得新鲜,可是稍为长些又感到处处不便。由于她的奇怪装束,也由于她不时无意中流露出城市小姐习惯,在这个偏僻贫困的小天地里很引人注目。开头几天有人看不惯,也有人把她当笑料,使她感到痛苦。倒是苦茶和三多娘十分同情她。对她说:乡下人少见多怪,熟了就好。果然是,对她有了了解以后,情况就变了。使她慢慢得到安慰的是当许多人都知道她的遭遇,看她累累的伤痕,同时也知道她就是大林的妻子后,没有一个不为她的不幸而伤心。

苦茶听过组织一次介绍后，就对三多说："我们想来想去怎样也想不出对本村妇女宣传些什么，玉华姊的遭遇不就是现成的好材料，为什么不请她对大家说说？也是一种教育。"三多问老黄，老黄也说："设想得不错。"这样，玉华就忙起来，苦茶到处组织妇女小组请她去做报告。不久，她就成为最受妇女们欢迎、热爱甚至于崇拜的对象。有人请她过去吃饭，有人留她在家里过夜，反复地要她讲那段可怕而又悲壮的经历。但她的心情依然是不宁静的，她想念大林，想念自己孩子，也不安地在等待组织上对她这次传奇式的逃亡下最后结论。特别是看见人人都在那儿紧张地工作，自己却只能等待，等待……

这样，她过了相当沉闷的一段日子，一直到老黄再找她谈话，并告诉她组织上对她的审查工作已告一段落，小林已有报告来，说：老魏找到老包，老包说了他所知的一切。材料和玉华所交代的相同。因此老黄在特区提出：审查工作告一段落，并要分配工作给她。同时也告诉她：组织上已掌握到大林被捕后的情况，这位同志坚强得很，虽然受到敌人各种磨折，但他从没忘记对党忠贞、对敌人仇恨，他一直在顽强地斗争着。组织上也在设法营救他。

最使她担忧的一关过去了，她必须接受另一考验，是新工作的考验。特区要在游击训练班增加政治课，老黄推荐蔡玉华去担任，组织上也同意了，在征求她的意见时，她用无比兴奋心情表示："党叫我干什么我都愿意。"第二天也就迫不及待地、急急忙忙地背着小包袱和老黄上山去。老黄把她介绍给受训的打狗队员们时虽说：这是个革命老同志，受过考验的，有过斗争历史。但打狗队员们对这位斯文温雅、看来又是体弱多病的女指导员，除了新鲜好奇外并不怎样热烈，而后又背地在议论："怎么派了这样的人来？"有时老黄下山，又叫她代，更有人内心不服。

玉华第一次给大家讲政治课，反应也是不好的，她花了很大力气做准备，结果大家都反映："听不懂。"威信更低了。她心里又焦急又难过："我参加了这许多年革命，怎的却不能适应真正的革命环境？"有时当更深夜静，她在草棚里一人翻来覆去，睡不着，想想过去，看看现在，忍不住就掉了泪。

老黄倒是非常关心她的，他虽然常常下山，每次上山都找她谈。开头她还没有勇气说出内心的苦闷，怕组织上批评。后来实在太难受了，便一边掉泪，一边对他诉苦。老黄咬着小烟斗默默地听着，倒没批评她，只是向她提出几个问题，他问："当大家上山砍柴烧炭时，你做什么？"玉华道："我在准备功课呀。"老黄又问："你从没随同大家去劳动过？"玉华道："他们都说指导员身体不好，走不动背不起，就在家里看守好哩。"老黄笑了笑，一会儿，又问："你讲的政治课是什么内容？"玉华道："我是从什么叫共产主义讲起，都是最最重要的理论问题。可是我的话他们怎样也听不进去，这儿又没有黑板写。即使写出来，怕他们也看不懂。"

老黄把烟斗取下，在地上敲着要表示意见了。"问题就在这儿。"他温和然而又是严肃地说，"同志，恕我说句不客气的话。你也许是位好老师，却不是位好指导员。你没有调查研究，你忘记了你的对象，也忘记了是在什么样的环境里工作。在集训中的同志，都是好同志，他们是从许许多多革命群众中挑选出来的。立场坚定，斗争勇敢，但没有文化，也不懂得什么叫理论、叫哲学。其实对他们也用不着讲这些，他们要的是实际的斗争知识，是如何认识敌人、仇恨敌人，加强斗争的信心！你不是没有能力讲这些课，而是你的方法不对头，我在村上听苦茶说，你用亲身的经历对妇女们进行了很成功的政治教育，使我们的妇女在阶级觉悟方面大有提高。对这些武装同志，你为什么不用自己生动的例子来做教材？这才是真正迫切需要、有血有肉的教材，可以提高队员们的阶级觉悟，憎恨敌人，壮革命士气！在队员中，我也还听说一些反映，说你没在同志中树立威信。为什么不能树立威信？也难怪，客观原因是几千年来重男轻女的中国传统习惯，使他们从内心里轻视女同志。主观原因是你的努力还不够。不要把自己放在队员们之上，放在队员们之外，要把自己放在队员们之中。他们干什么，你也干什么，同艰苦共患难，这样才能使人心服，才能在他们中间建立自己的威信……"

这次谈话使玉华受到极大震动，她来不及和他详细讨论，老黄又匆匆地下山了，和其他各次一样把训练班交给她。她沉闷了几天，反复地想着，有时想不通，有时有抵触，多想几次也就慢慢地通了。她想：老黄的话说得尖锐却很深，碰到自己痛处，她实在是把他们当知识分子学生来教育，自己也没以身作则，起模范作用。又想，既是党员，又是受党信任、重托的，残酷的刑罚、死亡的威胁，尚且吓不倒我，这一点点困难又算什么呢？她想起日升、天保他们，想起大林和庆娘，他们都在为革命而不顾一切，甚至于生命呀。我得努力，不管有多少实际困难也得跟上去，不能再落后了。

一个人思想通了，方法也慢慢地会对头的。玉华就这样在老黄指点下，经过反复的思考，终于给自己开了一条走向胜利的大道。她接受老黄指示把讲课的内容改变了，讲自己遭遇，讲日升、天保他们不屈的英雄行为；也用生动实例来揭发敌人毒辣险恶的阴谋诡计，这些材料在她看来也许是平凡的，她说过不知多少遍了，但在队员中受到极为热烈广泛的欢迎，并且就引起大家都讲出自己的经历和遭遇。从大同过来的队员说他们当红军俘虏时的愉快生活，宣传了苏区人民的幸福自由生活，揭发高辉和高老二的罪行、地主和恶霸的欺压，在下下木的人，也历说许为民、许天雄的臭史。有人说时声泪俱下，有人表示要永远跟党走，"没有共产党，穷人哪有活路？"课上活了，个个感到对自己帮助极大。热烈的反应鼓舞了玉华，她想："过去的弯路走得多远。"以后就更注意找活的材料来做课文了。

同志们还是那样表示："你走不动，背不起，还是守在家里吧！"但是玉华对这种"轻视"的论调变得顽强起来了。先检讨过去自己轻视劳动，没有劳动习惯的缺点，表示决心改正，愿跟大家在一起。当有人说："这件事不是你干的，还是守在家里好。"她有点生气了，瞪起眼来说："我是指导员，你们得服从我的命令，我说要和大家一起干，就不许你们反对！"她穿起草鞋，腰挂砍刀，从那天起果然就跟着大家进密林下炭窑。有时跌了、伤了，痛得泪水都快出了，还是咬紧牙关。"我是共产党员，"她想，"人家能做的，我为什么不能？"当同志们在练习射击、爬山越岭，她也不肯落后，尽管艰苦，她还是一点一滴地在学。慢慢地，她和同志们的关系改变了，虽然背后对她议论还是很多，却不是找她的差错，也不把她当笑话，而是在说："我们的指导员，真不愧是个吃过苦、受过考验的人！"她成了这支在成长中的队伍的一员了。

老黄还是常常上山，每次来都找她深谈，也发觉她的思想感情在变化，身体的变化更大，她不再是那个面如桃花、手若玉脂、斯文温雅的女中学教师，而是一个面红手粗、行动敏捷、身体刚健的女战士。每次回村，还身背驳壳、腰系弹带，村上有不少妇女几乎认不出她来，问她："是不是也当上打狗队？"玉华笑了笑说："是共产党员嘛，人家能做的事情，自己也该能做。"这话使大家都很感动，特别是阿玉。她对黄洛夫说："人家玉华姊连枪也扛起来了，我却越变越斯文，我们也上山去吧。"可是老黄却不同意，他说："革命得有分工，不能个个都去驰马打枪。"

这些日子来，老黄也在忙着，主要是针对形势的变化，重新调整组织，他拟了个方案报上级党委，上级党委不久也来信表示同意，他便着手来进行整顿工作。根据这个新方案，蔡玉华、老六和小许都被提升为特区党委委员，并筹备召开一次特区扩大会议。自己也打算在扩大会议后，亲自上禾市向市委做次汇报。

这时《农民报》已复刊，仍由黄洛夫主持，阿玉还是当发行员，有时也做交通。在要送出最新一期《农民报》时，老黄特别把她召去交代："一定要设法找到老六，把他带到这儿来。"阿玉虽然已是成人了，结婚后按照船家习惯把头也梳起来，人也长得特别壮健，脾气却依然未改，一样贪玩，有时还有点粗心大意。

四

阿玉由两个打狗队员护送着，在十五家过了一夜，把一包新出版的《农民报》交给他，说："老黄同志叫你准备一下，我回头带你去参加一个重要会议，要有三五天时间。"她和打狗队护送人员分手："那些地方你们不便去，三天后到这儿来接我。"说着，就穿过刺禾公路朝五龙庵出发，她想先去看看静姑了解一下清源情况，再作第二步打算。那静姑却不在庵里，说是随同老师父进城到斋主家作客。阿玉看看日头尚早，心想：不是说报社闹纸张油墨买不到吗？路又不远，不如顺道进城去走走，许久没来啦，顺便也买买纸张油墨。

阿玉单纯，想到就做，心想着，脚步也动了。进城倒没有什么，她对那些守城兵倒是应付惯了的，一副逗人笑面，两句调皮话就混过去了。她进得城来，想去看看小林，又有许久没见了，再想，不对，自己没有任务不能随便找人！直到中山大街，到了一家文具铺。那店伙见她买的纸张油墨多，有些疑惑，问她："你买这许多纸张油墨做什么？"阿玉一听就生气："你这人真怪，我总是用得着才买呗。"那店伙见把顾主得罪了，只好进行解释："不是我多心，是有人查得紧。"阿玉把双眼又一瞪："你怕我会拿去印标语传单？"那人笑笑，说声："真厉害！"便如数卖了。

阿玉正在掏钱付账，突然听见大街一阵叱喝，有人在奔跑，有人叫着："押共产党来哩！"阿玉很觉奇怪："哪来的共产党？怕不就是六叔！"连忙探头出外，只见有五六个中央军，手提匣子枪，押了一个身材高大、衣衫褴褛、反绑着双臂，光头上留有一撮头发、满面伤痕的老头过来。阿玉一看那条辫子就认出是什么人了。她当时内心酸痛，一霎眼就掉下泪，却还能压制没哭出声，原来那人不是别人，正是她爷！

他在王连那儿被关了很长一段时间，打打问问什么也没说，最后王连长恼了："把他送进城去！"才被解进城。那老艄公神色镇定，他的两条腿被打伤了，走起路来很感吃力，一身上下又都是伤痕，却还是昂着头，露出不屈神情，不慌不忙地走着。当他远远地看见阿玉从骑楼下探出头来，也很吃惊，却不敢打招呼，他知道，如果他这样做，将会招来多么可怕的后果。在那伤肿和满布皱纹的古铜色面上，露出了微微一笑。

人已去远了，阿玉还呆呆地站在那儿，她多想跟上去，抱住他痛哭一场呀。可是理性压制着她，她是什么人，能这样做吗？那文具铺店伙却在提醒她："喂，小姑娘！"她才猛醒过来，匆匆付钱取货。那店伙一边找钱，一边兀自叹着气："共产党就像捉不完似的，天天在抓，又天天出了新共产党！"这话倒提醒阿玉注意，她伸手到腰上一摸：真大意，怎么把送到清源去的《农民报》也带进城？好在刚刚通过城门口没被搜身，要是这次出城，人家搜起身来又怎么办？她边匆匆地走，边想着这事，越想越不对：马叔叫你做的是什么，却来冒这个险？真糟，怎么办？走着，着，有条横街，她无意中转了进去，一见没人，又胆大起来。"不如把它散了算！"心里一想，就动起手来，边走边散，只走过半条街就散光了。然后她穿过另一条横巷，又转过十来个弯，上了大街，才混在人丛中匆匆出城。

这时静姑已从大城回来，把她接过一边，她什么也不说，只是放声大哭，静姑急了，问是不是受黄洛夫欺负了？她却说出城里那段经历。这可叫静姑大为生气，她开口就骂："你这冒失鬼，真不知死活。那是个什么地方，你这时也去得？"把她骂得泪水又缩回去，哭声也止了。"已经成了家，头也梳上了，也该有点大人气！像你这样交通谁敢放心，叫马叔把你换掉算了。"骂过一阵，自己却又流起泪来。这次她是为老艄公感到难过。一会儿才说："六叔已回家，还不大敢出头露面，派人来问过马叔的动静。你要找他可以，但白天千万不要去，入夜再进村。"

饭后，阿玉就离开五龙庵。这一带熟人多，她不敢走大路，只走小路，走近清源时已是二更天了。她从静姑口中知道一些情形，胆子也壮了，却还不敢直接到老六家。她先去敲勤治家门。勤治一见面就亲亲热热地说："小鬼，你还没走呀？"阿玉道："上次当水大王，这次却做了山大王，上山哩。"勤治心爱地把她抱着，她也很感动，一下子两人就抱成一团。

一会儿，两人并排坐定，勤治问她山上事："这时不比那时，你可以放心，对我说说看，那山上是怎样的？"阿玉更是乐，装作十分懂事的样子说："那山上，我们的人可真多，有短枪、长枪，还有机关枪。打那中央军死王八的打狗队，就住在那儿，一大队一大队的。那才真正叫作革命呀，力量大得很呢。不怕人家来追呀、捉呀、杀头呀，我们却要去追反动派，捉反动派，杀反动派……"她说得很动情，勤治听得也入神。那许许多多都是她连做梦也不敢想的。"我们住的那个村，就像是自己的，只少了个苏维埃政府。连女兵也有呢，玉华大姊现在也当上什么长……"勤治问："玉华大姊是谁？"阿玉才想起她们根本没见过面："一位洋学生，就是阿林的女人……"

勤治问完山上的，又问她："什么时间把头也梳了？"阿玉倒面红起来。"是不是和小黄？"阿玉点点头："就在到你这儿借米的那天……"勤治也很欣慰："你们两人迟早都要成对的，大家都有个归宿就更好替革命工作了。"又说，"现在村上暂时无事，你最好多留两天给姊妹们报告报告。"阿玉道："我是找六叔开会去的，他在家吗？"勤治道："人是回来了，却不敢出面，我带你去找他。"

这一夜老六就宿在自己家，一家人见到阿玉都有说不出的兴奋，特别是红缎一直在追问蔡老师。阿玉道："以后你要叫他姊夫，不叫蔡老师了。"玉蒜已从勤治那儿知道，她说："真快，一下子就成了家！"阿玉得意地笑道："没有办法呀，两个人反正要睡在一条船上，他提要求，我哪能不答应？"老六也说："这就叫理想姻缘，革命姻缘，双方有了爱情、又有了共同理想，正是天作之合。"他又详详细细地问了老黄、黄洛夫、玉华的许多事。听阿玉说到混进城，散《农民报》的事，他把双眼一瞪，就说："你怎么也走起我的老路来？没叫你做的事，你瞎做主张，这不叫勇敢，这叫冒失！"又把阿玉狠狠地批评了一顿。心里却觉得舒畅："这孩子，有出息！"

那一晚，阿玉就在勤治家住。第二天，妇女小组的人都到勤治家去听阿玉做报告，又是短枪、长枪、机关枪，又是打狗队，把大家说得热乎乎的，都羡慕阿玉运气好，真的到了自己的家。

老六在离家前，对玉蒜说："红缎我带走，让她到革命大家庭去锻炼锻炼。这家你一个人不好住，就搬去和勤治在一起，有事两人也好商量。我这一去多则十天八天，少则三天五天就回！"红缎也非常兴奋，她要去做个不折不扣的打狗队员了。玉蒜却还有点舍不得，她流着泪说："孩子，你这次去就永远和马叔、小黄叔还有许许多多叔叔阿姨在一起了。要做好孩子，勇敢的孩子，听共产党的话、叔叔阿姨的话。妈在这儿暂时住几天，要是住不下去，也会上山的！"三个人在鸡叫时，趁着淡淡月色，踏着朝露动身了。

五

吴启超进见周维国，提出他的所谓"一石二鸟"的作战计划，周维国找参谋长、朱大同商量，也认为可行。所谓"一石二鸟计划"就是既收拾上下木的许天雄，又一鼓作气而消灭下下木共产党打狗队。但他要求再拨一部分兵力给他，以备不时之需。朱大同听完报告也很有兴趣。他说："共产党既已大举集中，我们也要全力以赴，以期一举而全歼。我请求司令允许我带上特务营去和吴中校配合作战！"周维国也说："这是千载难逢机会，不可轻易放过。我同意吴中校意见，来个一劳永逸。论打仗朱大同有经验，论政治工作这次吴中校成绩不小，两人正好配合。我现在就把任务交给你们两个，指挥作战由朱大同负责，策动起义，完成政治上任务由吴中校负责，成功失败功过平分。"

这样，中央军又开了一批人马到为民镇，吴启超和朱大同也联袂来到池塘，拿了周维国手令，和许为民举行会谈。那许为民看了手令，当时就说："这件事重大，我要找添才、中正商量。"显然很有意见。朱大同却说："你既做不了主，我们五个人一起谈吧。"

许添才见中央军又开来一大批，把为民镇、潭头乡都住满了，正感到疑惑，忙问王连长葫芦里卖的是什么药，王连长也只含糊其词，答非所问，就从为民镇赶回池塘。许添才听说要收拾许天雄，没有意见，听说又要委许天雄当副司令，面色一变，当场就提出反对："要打许天雄我双手赞成，收编这匪股，对不起，我反对。他们在金涂乡杀害苏成秀，洗劫为民镇，几乎使我无葬身地，大仇未报，我哪能和他平起平坐？"许为民早有意见，也说："南区一地历来我们两派就势不两立，有许天雄无我，有我无许天雄，事情是十分清楚，周司令也不是不知道。如他主意有所改变，我也只好退让贤路。要我和许天雄平起平坐，实在为难。"那万歪心里赞成，却不敢直接表示，他不说赞成，也不说反对，只说："对这样大事，宜从长计议为佳。"

尽管吴启超口干舌焦地在解释：大局为重，反共为重，桑梓为重，就是谈不下去。朱大同性情急躁，当时听得不耐烦了，便说："那你就不把周司令的手令看在眼里？要知道你现在军职在身，也是军人，知道军人以服从为天职的道理吗？"许为民把面孔一板，也毫不含糊地进行反击："我可以服从，但更重信义。当年成立乡团队，吴当本书记长请我出山，提的就是许天雄不得任用的条件。现在吴当本尚在，可以请他来对证。"吴启超连忙解释："此一时，彼一时，情况有别。当时共党不如现在猖狂，当时又没打狗队。现在形势业已大变，不能再用旧皇历办事哩。"许添才在旁插嘴："小小打狗队也不用那样害怕。"朱大同一时又忍不住了："可是林特派员就牺牲在你的辖区内。"许添才新仇旧恨一起发作："我现在还是不是南区乡团参谋长已很怀疑，你们把王连长派来，什么都要过问、插手，连为民镇大小事务我也管不了。现在又来了这许多人，事先也不打个招呼，要住地、要给养，才向我伸手，我不能负这样责任！"万歪只得又出来打圆场："一切以对外为重，我们自己的事好商量。"许添才怒火填胸地说："你们就是没个商量。"吴启超道："我们现在不是在商量吗？"许添才竟然也鼓起大丈夫气概，大声叫着："你们已把副司令委上了，又用大军压境办法，怎能说是商量？这叫先奸后娶，不是明媒正娶。"双方都拉下面子说话，看看谈不下去哩。

朱大同和吴启超回到特派员办公室，他气得说不出话："妈的，我没见过这样老顽固，我们现在已有充分兵力在此，他不听，也不必去理他，自己动手。"吴启超不以为然道："没有乡团配合，我们是完成不了任务的。许天雄不能小看，打狗队更不能小看，这儿的三分天下必须来个大一统。大一统暂时还不能统在我们身上，要统在这老狐狸身上。"朱大同道："为什么不明明白白地对他说？"吴启超道："现在还不能说死，一切都在进行中，万一许天雄真的愿意归附，这副司令还是少不了他；万一他内部发生变化，许大头取而代之，对许大头这样的人，我们还是要应付应付，副司令也要给他。"朱大同表示不安道："可是，这老狐狸一味顽抗，怎么办？"吴启超道："这样的会不能再开了，先个别交换意见再说。"

那七太当他们在商谈这件大事时，就躲在隔壁房间偷听，什么都听到了。会后，她就把万歪找去，问："秘书长，你们要和许天雄言和哪？"万歪吃了一惊，这样的大事，七太怎会知道？却装作若无其事的样子说："还没定，只不过随便说说罢了。"那七太见他答得不老实便火了，当面拍起桌来："你这不中不正的歪货，竟也对我玩起花样来了？我告诉你，你们所谈的，我都一五一十地听见了。和许天雄千万和不得，你们和，我那成秀大哥不等于白送一命？"说着，悲从中来，两行热泪簌簌地下了，"此仇我可不能不报。你是秘书长，在会上我听见你尽在那儿打圆场，两面讨好，到底是个什么居心？"几句话把那万歪说得面红耳赤，"要和先把许天雄的脑袋交来，别的慢慢再谈。"

吴启超派人来请万歪："过去坐坐。"万歪一时也很感为难，许为民现在还是他的衣食父母，他不能公开反对，七太更不能得罪。至于吴启超那儿，通过许德笙拉许天雄又是他献的策，功成之后，不免也有自己一份奖赏，可怎么办？他边走边想着这件事，只是拿不定主意。

吴启超和朱大同都在等他，一见面就问他观感如何？万歪忙着为自己解脱："吃人钱粮，为人做事，许为民、许添才的话我不能公开反对。其实我的心事，特派员也早知道。"吴启超笑道："秘书长的心事我早知道，你的处境困难，我们谅解。只是目前成了僵持怎么办？"万歪喝了口清茶，频频摇头："刚刚七太还叫我去骂了一顿，骂我骑墙，双方讨好。在这儿做事，真难，真难。"吴启超道："七太的意思怎样？"万歪笑道："许天雄和她有杀兄之仇呀，她如何不反对。"朱大同大感不满："怎么又杀出个程咬金来？"吴启超道："这样看来我们更无法谈了？"万歪道："确难，确难。"朱大同又表示不耐烦了："谈不下去我们就不谈，让他去走他的康庄道，我们过我们的独木桥！"万歪连称："朱科长，这话不能说，事情总得解决，不能急。"朱大同反问："再拖，误了大事谁负责？"万歪频频点头："要想办法，要想办法。"吴启超又道："秘书长，你眼光远，点子多，出个主意吧。"

万歪只是沉默不语。有好一会儿时间，才说："吴特派员，会不能再开了，开下去也解决不了问题，我倒以为你可以单独向七太做点工作，她的话比添才作用大得多，只要把她先说通，事情就好办。而且她和许添才矛盾深，凡许添才反对的，她不见得会坚持。从你上次去拜望过她，她对你印象不坏，常在我面前称赞你。"

朱大同一听到女人，眼睛就闪光了，他说："我们这位吴才子对女人就是百步穿杨，百发百中，只是对那蔡玉华来了个马失前蹄，没有射中。"吴启超道："老朱，你又来啦，谈正经事。"万歪毕恭毕敬地说："要做得秘密些，不能让老头知道，只要你同意，我就替你安排。此人重感情，要加点……"·朱大同哈哈大笑："你放心，吴特派员对女人的感情，就像红帽子一样，一口袋都是，大小肥瘦咸宜，而且一折八扣，便宜得很。"

那万歪的住室后房有间布置周密的小屋，他过去经常为方便那些少爷们做些手足，动用这个地方。现在他为了便利七太和吴启超进行这场秘密买卖，也把它动用起来。

入夜以后，吴启超和七太就在万歪细心安排下做起那场秘密买卖。两个人从严肃的谈判到吴启超给了七太不少"情感教育"后，情况就有了九十度大转弯。那七太一回去后就对老头说："你想一统南区天下就在此时了，人家吴特派员还是为你打算的哩。他真想叫你去和许天雄和？不过是做做样子罢了。把套子给许天雄套上，然后再慢慢来收拾他。"许为民将信将疑地问："你怎么知道？"七太道："全亏有我从旁打听，不然你就把周司令得罪了。这些话全是吴特派员亲口说的。"许为民疑惑道："他既有此意为什么不在会上说？"七太一时听了大笑："亏你混了半辈子官场，连这点也不懂，人说兵不厌诈，机密的事怎能随便就说，你就不信任我，事无大小一律把万歪、添才拉在一起。他们是什么人，能守秘密，替你成全大事？我看你还是答应了吧。"

许为民疑惑不定，又去找万歪，万歪说："七太所说是实，吴特派员对我也略有吐露。"许为民道："如此说来是假和的了？"万歪道："等到把许天雄从乌龟洞里拖出来，什么副司令也就完啦。"于是许为民反对到底的决心也变了。

六

禾市果然有密信送到上下木，对许天雄说何文义、何文洪两兄弟事发被捕，现人陷大牢，财产已被标封，信中又说："上次刺州方面派了人来会捕，当时两兄弟都矢口否认，且曾运动商会出面保释。只是近日情况又见严重，说是刺州方面有公事到来，并提出条件：两兄弟如能促成许天雄归顺反共，人可释放，财产也可发还。两兄弟受刑不过，现已招认……"许天雄一接此信暗暗叫苦："我辛苦半生，后路全断了！"问了那秘密信使好多话，信使说："两位公子已不成人样，两位太太也哭得死去活来，要老爷想办法救他们一命。"

信使见过许天雄又去见许大姑，那许大姑倒很冷静，心想："我早知有这一天。"她叫许果安排他吃住，正待过许天雄那边，许天雄已持信过来，问她："事情都知道了？"说时极为消沉。他人本来长得短小，这时更像短了半尺。大姑点点头："我早说过，此路不通，你不信我言，致有今天。禾市是个什么地方，容得我们去安排退路？"说着，只是冷笑。"现在，你怎么打算？"许天雄惘然失措，坐在一边不动。"如今办法不外两条，一条是照信上所说的，另一条是硬到底！"天雄问："你的意思呢？"大姑道："要我挑选，走第二条，反正人财都空了，大不了再上山。想当年，我们还不是青霞起的家，那时实力还没有现在的大，还干得有声有色。"天雄心里乱，拿不定主意，大姑说得也是，但他不愿半生心血就这样轻轻丧掉，更是舍不得那两个从小栽培到大的儿子就这样失去。

他回到自己住的地方，许大头已先在。他已从手下得到报告，禾市有人来，心想："事发了，料那老头正成热锅蚂蚁，为什么不利用时机劝他一劝？"便也过来。一见面就问："听说禾市有人来？"天雄不安地问："你都知道哪？"大头摇摇头："看来很紧急，就不知道为的什么事？"天雄把信给他。大头看着，半晌问："大哥有了打算？"

天雄把信收回，顺手放进袋里，不说什么，那大头乘机劝道："事情已到了这地步，还是人财重要。"天雄双眼瞪住他。"我这儿还有个坏消息要告诉大哥，据线人报告，最近为民镇开来大队中央军，看来也有千多，武器精良，弹药充足，一到就说要来攻打上下木，如果真的来打，我们这点点实力也难抵抗。"这消息也很使许天雄吃惊："为什么不早来报告？"大头道："消息刚刚送到，我就过来啦。"天雄更加心慌了："看来是两面夹攻，你说该怎么办？"大头只是沉吟不语。"你没想过？"半晌，大头才又开口："我想是想了，就怕大哥难以接受。"天雄道："你说说看。"

于是大头慷慨陈词，他说："如今南区天下三分，也不同过去了。我们前有中央军、许为民乡团，后有共产党打狗队，正是腹背受敌。两位公子在禾市又有事，看来也是危在旦夕。我知大哥早有不干的打算，不如乘机洗手，把队伍拉出去归顺中央。一，可以保禾市人财；二，也可以用这点实力换取地位，当他一官半职，过个清净半生……"许天雄没作任何表示，大头胆就更壮了。"禾市来信写得清楚，中央军目的在对土共，不在对我们，如我肯和他们合作，也一定大受欢迎，况且已有先例，高辉一出山不就是个现成独立旅长，请大哥考虑考虑。"

正当他们两个在对谈，已有人走报许大姑。大姑想："许大头劝降到底是存何用心？"也匆匆赶了过来。她一进门就问："依大头哥的意思还是投降的好？"大头有点慌张，却还是表示了："为今之计，我想还是归顺中央的好。"大姑问："如果人家不要呢？"大头道："两位公子写来的信，说得清清楚楚。"大姑像连珠炮似的，直发问："万一是人家设下的圈套，把我们骗出山再来一网打尽又怎么办？"这话很有说服力，连许天雄也为之一动，当时也说："是呀，我也很怕他们这手。"大头急了，面红耳赤地辩解："不会的。"大姑又追着问："你怎么知道？"大头见是关键，被迫不过只好摊牌了："人家早对我提出保证。"

大姑见话中有话，很是震惊："保证？谁向你提的保证？"大头道："许德笙老先生早代表周司令来接洽过。"许天雄一惊："怎把大事瞒着我？"

大头也觉得话说得过早，有些后悔，却又收不回来，想解释。大姑却把马面一翻，咬牙切齿地说："原来你瞒住我父女俩把一切都谈好了。"双手在枪套上一按："禾市两兄弟的事是不是你出卖的？人家又给了你多少好处？"

那许大头面孔一片铁青，仓皇中也把手按在枪把上，支支吾吾地说："禾市事与我无关，许德笙来谈的事，我见大哥主意未定也还没对大哥说。"许天雄见双方都想动武，怕伤了和气，连忙说："你们两个也不要吵哩。大姑性急，说话容易伤人，大头追随我多年，一直当义子看待，我料也不至于会出卖我，大家千万不要动意气，大敌当前，内部和气就更重要了。"

那大头见有现成台阶，也落得个"君子不吃眼前亏"，忙又解释："大头追随大哥多年，出生入死，一向只抱'忠心'二字，我的心就和我说的一样……"说着，一阵伤心，泪下如雨。"我可对天发誓，禾市事绝与我无关，我大头再蠢也不会搬石头打自己的脚。主张归顺中央的事，确系形势所迫，也都为大哥着想。"许天雄也说："你们双方言和了吧，别叫人笑话。双方的话都说得有理，我也都听了，现在都回去，让我想想。"

大头一离开，大姑就愤愤不平地说："爸爸，明明是他搞的鬼，为什么你还替他遮瞒？"天雄道："我以前对你怎样说过的？你为什么这样冒失？如今形势对我不利，飞虎队在他手上，中央大军就在前头，禾市又成了这样局面，叫我怎么办？"大姑道："总得拿定一个主意才是。"许天雄道："你的主意有困难，大头的主意我也不放心。"大姑冷笑道："那就？……"许天雄摇摇头，叫她免说了："让我想想……"

那许大头回到家里，满腹疑惧，自恨出言不慎，招来这个麻烦。他把底盘全部端出，是想增加天雄的动摇，拉他过来。万一天雄决心死硬到底，他这个"私通外敌"又怎么办？也许那翻面无情的许大姑就会把他收拾掉。越想越觉得后果严重。回到后厅正在闷闷不乐，只听得一阵轻微步履声，从内室转出一个人来，笑说："大头哥，为何如此不乐？"那人不是别个，正是许德笙。他早在两天前就已得到吴启超的密令，化装潜入上下木，相机行事，并且就秘密地住在许大头家里。

许大头叹了声："差点没用枪口说话。"许德笙悄悄坐下。问了些双方争论经过，心中不快："你把话说得太早了，现在叫你为难，叫我也为难。"大头道："可是事已如此，也只好逆来顺受。"许德笙不安道："万一搞不好，你这颗脑袋也要坠地。"许大头着急道："最多大家一拍两散，各走各路。"许德笙微笑道："你能走到哪儿去？在这种情况下投奔许为民，许为民正要拿你的头去祭苏成秀；投奔吴特派员，一事无成也不见得受重用。事在危急关头，你可要当机立断。"

许大头一想也是，不禁发狠道："那我就把大姑宰掉！她是一块大绊脚石，没有她，不怕天雄大哥不依！"许德笙点头道："特派员不是说过，万一劝降不成，你就站出来收拾残局。现在是事不宜迟，中央大军已经开到，南区乡团也在秘密动员，吴特派员、丁秘书已在我家设立指挥部等候消息。再说下下木方面，据我所知，连日来来了许多人马，村内外、山区上下，都严密封锁，会不会是许大姑早已和他们打通关系要来收拾你？"许大头听了这消息更是吃惊："怪不得她口口声声要上山！"许德笙乘机壮他胆道："大丈夫做事就要有个胆量、魄力，今天大局全看你一个人了！"又问，"你能抓住多少实力？"大头道："飞虎队大部分都听我的话，要对付大姑还可以，万一对天雄大哥也要动手……"他大为迟疑了。许德笙问："实力不足？"大头点点头："……其次下手也不忍。"许德笙忙问："为什么？"大头难堪道："他对我没什么不是处。"

许德笙一听就放声大笑："怪不得有人说你不长进！自己打的天下，交椅却让人家坐上，连个山寨驸马也当不上，还讲什么没有不是处。你说许天雄真的把你看重？为什么第二把交椅不让你坐？早说要把大姑许给你了，为什么过了这许多年还没个着落？是他对不起你，还是你对不起他？"说着，频频摇头，"从现在看，事情就更坏了，他们已知道你和外头有联络。万一大姑再给你安上个里通敌人大罪，你还保得住命？事急矣大头！古书有说，识时势者为英雄。又说时势造英雄。目前机会难得，见有现成的高官厚爵在等你，你能不要？"说着，从怀里掏出一只大信套动手就要撕："我白带啦！"大头忙问："里面装的是什么？"许德笙大叹一声："说了也没用。"大头着急道："你说吧，我有主意。"

许德笙打开信套从里面拿出一份石印彩色委任状，在许大头面前一晃："周司令给你的委任状，一交上你手就是现成的官儿了。不过，现在你已不需要它，我也不想再把它带回去，撕了算。"大头问："委的是什么？"许德笙道："衔头正空着，是参谋长还是副司令全看你自己。"许大头受了一阵挑拨，又见形势迫人，欲念大动："一不做二不休，算了许大头，要冒险也得冒险了！"当下立了决心。跟着两人就密议举事大计，准备和中央大军来个"里应外合"。

且说那许大姑和许天雄分手回去后，满怀恼恨，心想：许大头，你当初进山来是个什么模样，落魄得如条丧家狗，都是我父女俩可怜你，把你收容下来，当个左右手；现在又是个什么样子，当了三首领，钱财大厦也有了，翅膀也长起来了，怎的能那样忘本，向人告密，下了这毒手，一心想去投靠，好升官发财，叫我们这样为难。爸爸老了，糊涂了，也许会听你的，我许大姑可不是那样看不出你的阴谋诡计！她双目充血，手按双枪，不安、急躁，用快碎步伐来回地走，寻思如何来对付这个局面，她不知天雄有什么打算，如果是她，先把大头宰了再说。

走过一圈又一圈，忽又想起许德笙来。她想："许德笙这老混蛋，是什么时候混进来的？为什么我不知道？"她伸手去拉铃，那铃系着条铁丝直通卫队房，许果当即应声进来，问有什么吩咐，许大姑面露杀气，厉声问："许德笙什么时候来过？"许果不明底细，回声说："过去他常常来，说是来替我们办事的。"许大姑不耐烦道："我问现在，不是问过去。"许果想了想："已经来过两次，都住在接待所里。"大姑问："为什么不告诉我？"许果道："说是大头哥有事请来的。"大姑又问："这两天来过没有？"许果道："前天黄昏时分又来了，是大头哥派人到外头去接的。"大姑问："什么时候离开？"许果一时也搞不清楚，说："我去问问。"一会儿回来报称："许德笙尚未离开，见在大头哥家里住着。"大姑把当天的事一对证就恍然大悟了："原来如此。许德笙，你这老王八，我们父女俩哪点对你不起，却来掘我们的坟墓，挖我们的老底，老子宰掉你！"想着，也不通知谁，自以为在上下木上下左右都是她的人，匆匆地赶了出去。

那许大姑一口气直奔许大头家，过了第一进，又进第二进，有人告诉她大头哥在后进大厅，她也不多搭话，直冲进去，一到天井就叫："许大头出来！"那许大头这时正在和许德笙密议收拾残局之法，一听得大姑叫声，知道来意不善，低低说："这贱女人找我为难来了，你先躲过一边！"顺手把匣子枪一提，也迎将出去。

只见那许大姑站在天井中，双手提着枪喝声："许大头，为什么还不把奸细交出来！"许大头故意问道："什么奸细？"许大姑道："我问你要许德笙！"许大头一震：糟了，她发觉啦！却说："我这儿没有许德笙！"大姑喝道："没有这个人，你就跟我去找！"说时举起双枪，威慑他走，许大头见她来势凶猛，又知道她枪法厉害，有几分迟疑。正不知如何是好时，突然听见从后厅门缝里啪啪地响了两声，当场把大姑打倒了，许德笙跟着也闪身而出，手里还提着枪，说："大头，你还等什么，快收拾许天雄去！"

那大头见出了命案，天雄如何饶得过他，一时杀机也动了，对大姑大脑加了一枪，拽开大步冲门而出。见有飞虎队员多人在门外，他大声宣扬："大姑私通许添才想来出卖我们大家，我已把她杀了。走，我们通知大哥去！"那飞虎队员一时弄不清真相，而且是一向跟着许大头，对大姑平时的跋扈作风也不满，一下子都跟着大头走。

那许大头手提匣子枪急步冲进许天雄内室，只见他屈卧在烟床上正在上瘾，许大头推开门叫了声："大哥，事情不好了！"许天雄正待起身，话没出口，大头已对他开了两枪，当场也收拾。许大头杀了许天雄返身又出，只见天雄卫队和飞虎队正在那儿争吵，许大头朝空开了几枪，在大厅外石阶上一站，说："我许大头，因为天雄父女想出卖大家，已经正法，现在这儿归我统管，有谁不服的，就站出来！"这事来得突然，使大家没点准备，都不知该怎么办好，许大头又说："许天雄父女平时刻薄大家，好的他拿去，坏的才交大家分，各兄弟早已不满，现在我宣布把他的财物全部拿来大家平分，有谁反对的没有？"没人敢作声，许大头把手只一招："大家分东西去！"一声呐喊，都冲进后院去了！当大家正在抢夺财物时，许德笙已赶回金井去搬兵。

七

等清源、潭头、大同等地党组织负责人集中后，老黄就宣布为期四天的特区扩大会议，在青霞山正式开幕。会议前，老黄召集了三多、三福、黄洛夫举行一次小型会议，布置会议期间的安全保卫工作。老黄说："这次我们的人集中较多，如果敌人消息灵通的话，一定会猜出我们的动静。要防止敌人的突然袭击。因此下下木的防卫工作要做，从平原地带通往青霞山的几条通道也要严密封锁。交通联络更要做好，一有事山上山下就可以互相支援、呼应。"三福却认为："问题不大。过去我们怕的是上下木，现在大姑跟我们的关系搞得那样热，料她也不致来暗算。"表示乐观。

三多针对三福说了话："不怕一万，只怕万一，还是小心谨慎为佳。"老黄也说："我也是这样看。我把下下木防务交给三福、黄洛夫二人负责，你们在这段时间最好把武装集中起来，严密地封锁来往交通，千万不能粗心大意。"又说，"最近周维国在为民镇增了兵，动向不明，值得大家警惕。"部署完了下下木工作，又布置山上防务："打狗队交三多全权指挥，任务是保证大会顺利开成，不要出差错。"

部署停当，参加大会的人，都各自背着铺盖，足够五天吃的油、盐、米、菜上山去了。打狗队也以青霞寺为中心，分头去把守关口，防卫敌人的突然袭击。三福、黄洛夫带了一百多人枪，留在下下木守备，临走时，老黄又特别叮嘱："关系重大，同志，你们千万不能粗心大意。"三福心想："老黄同志一向干脆，为什么这次也婆婆妈妈哩。"黄洛夫是吃过几次苦头的，他私下对三福说："那敌人可狡猾哩，要么不来，一来可真厉害。老黄的话说得有理。"三福才比较地注意，这样几个主要道口都派人日夜防守，又封锁了村内外交通，那圩也叫人不要去赶了。

第一天平静地过去了。第二天又是平平静静地过着。三福对黄洛夫笑着说："我说不会有什么嘛，老黄、三多就是不放心。"正谈笑间，突见有人匆匆走来报告："上下木出了大事，许大头反了，打死许大姑、许天雄，怂恿匪兵抢劫，一时全村大乱，不明原因。"消息来得突然，许三福手足有点慌乱："果真要出事？"一面派人上山报信，一面和黄洛夫商量对策。

黄洛夫想起那几次惊慌逃亡情况，尚有余悸，他说："还是叫村人早做准备，以免临时慌乱。"三福却不赞成，他说："天雄股匪火并，与我无关，我们只要看守得严些就是，不要惊动大家。"不听黄洛夫的话。黄洛夫回去对阿玉说明情况，阿玉不明利害，只问："是不是我们又得搬家？"黄洛夫道："先做好准备，一有事就上山。这次可不要像上次把印好的《农民报》留给敌人。"阿玉笑道："你放心，我们又多了个生力军，这次我把报社全部财产分成三份，二份大，一份小，大的你我各一份，小的交红缎。"这红缎从随同老六进山，就和他们住在一起，也帮忙做点杂务，因此，黄洛夫说："我们的报社又扩展了，人员增加了二分之一。"

派上山去报信的人还没回来，又有人从上下木赶来报告："中央军已进了上下木，委许大头为乡团副司令！"这次三福不那样乐观了，叫声："糟了！"连忙派人到村后去生火，通知山上的人。消息一传开，村中大乱，纷纷派人来问，却又找不着三福、黄洛夫。原来三福、黄洛夫都上前面去，这时那中央军、乡团和上下木的匪军，纠合了一千多人，从上下木方向、为民镇方向，分三路汹涌而来。一路由正面进攻，一路沿白龙圩从左侧进攻，一路从榕树角右侧进攻，来势凶猛，步枪、机枪，夹杂着小炮，下下木群众武装虽有防备，却众寡悬殊，战线又长，顾此失彼。

三福一面抵抗，一面对黄洛夫说："赶快动员人上山，我们无法阻挡了！"黄洛夫从村头奔进村中，只见满村是人，有的携带着随身衣物，有的赶着牛，有的还提着鸡鸭，大人叫，小孩哭。黄洛夫提高嗓子叫："大家都上山去，山上有我们的人！"他沿途叫喊，有人听他的话，纷纷朝村后上山，有些党员、群众也帮着动员，只是时间紧迫，平时又没准备，一片慌乱。

黄洛夫路过三多家，进内叫苦茶和三多娘从速上山，家里静悄悄的，没一个人，他安了心：都上山了。赶回报社，只见阿玉和红缎各扛着一只大口袋，地上又留了一只，黄洛夫问："你们为什么还不上山？"阿玉急得直嚷："只等你呀！"黄洛夫把地上那只口袋提起，拉着红缎就走："快！快！敌人快进村了！"一行三人从报社冲出，村里四周已响起枪声，都说敌人打进来，又见三福带着五六十人且战且退，从正面来攻的敌人已经进村了，三福对他说："小黄，不要乱走，跟我们退。"

小学旁边有一条小巷，通过小巷是一片龙眼林，穿过龙眼林就有上山的路，三福一面抵抗着，一面指挥人员通过小巷上山，黄洛夫、阿玉、红缎夹杂在这群人中，匆匆奔出小巷进入龙眼林。正要上山，突见原已上山的人，又往回头走，都说有敌人。原来从白龙圩进攻的敌人，已从村后包抄过来，挡住他们上山的去路。他们不敢进村，沿村边向榕树角方向走，却见守卫在榕树角的人也正朝这方面退，都说："榕树角也失了！"两支人马会合在一起，也有成百人，三福大喊一声："与其在这儿等死，不如冲上山！"一声呐喊都向山上冲。

原来从白龙圩过来的这股敌人，是许添才的乡团队，战斗力弱，一见大队人马向他们冲来，又慑于打狗队的威名，都纷纷溃退。三福猛冲猛打，见敌人动摇，乘胜扩大缺口，杀开一条出路，一直冲上山去。跟在队伍后面的是逃难的村民，他们见乡团队被打退了，又蜂拥而来，紧跟自己人上山，人急事危什么也不要了，一时包袱到处丢，鸡牛满山飞跑，后追的敌军，见有横财可发，都来抢夺包袱、追捕鸡牛，哪顾得打仗？使这一般人流得以通过。

　　三福等人一口气冲了十多里，见后面枪声稀落，又已入夜，停下休息，跟着冲出的村民也有五六百人。他忙问："小黄在哪儿？"这时黄洛夫、阿玉和红缎正如惊弓之鸟坐在地上，双手紧紧抱住那口袋，准备随时走路。听见叫声就回答："在！"三福又问众人："你们见过苦茶嫂没有？"没一个知道，他暗自叫苦，这苦茶大嫂已怀了七八个月身孕，行动不便，不见在此，大概还没逃出。"万一出事，我怎对得起三多哥！"当他再去查寻他家里的人，也没一个出来。又见许多人因家人失散，有的在哭，有的在骂，心内难过，对黄洛夫说："你负责掩护大家到炭窑去，我还得打回头。"说着对手下人马："全村几千人只出来这些人，我们怎对得起大家，再打回去！"

　　他高举起驳壳枪，一人当先朝山下走。众弟兄见不到自己家人，也都悲愤交加，一应百诺，紧随三福又复冲下山。他们猛冲下山，又碰到很多逃散的乡人，都叫他们到炭窑集合。一直杀到离村不远的地方，正和许添才的乡团碰上，这时乡团已立下阵地，见满山是喊杀声，也不知道对方来了多少人，急忙退却。却遇到从村里闻声而来的王连，问出什么事，乡团说共产党又反攻了。王连急得叫摆开阵地，用小炮猛朝山上打，打得泥石飞扬，烟雾腾腾。三福等一班人马受到这一轰击，锐气挫了，又见伤了十多人，他想："鸡蛋碰石头，白白送死！"又叫撤退。都到炭窑集中。

　　这次攻进村的共有三路人马，一千人左右，朱大同的中央军有二百多人，从正面攻击；许添才的乡团六百多人，由白龙圩进攻；许大头的飞虎队也有二百多，从榕树角进攻。三路人马都在下下木小学会合了，当下在小学设立总部。

　　这次所谓"一石二鸟"战役，从开始到结束都很顺利迅速，也很出那设计人吴启超的意外，使他不得不暗暗称赞朱大同的作战才能。

原来那许大头把许大姑、许天雄收拾，许德笙又去金井搬兵，听说情况有变，机不可失，朱大同便命令中央军两个连、许添才从各乡拼凑来的七八个大队乡团，分两路挺进。中央军向上下木推进，许添才部向白龙圩推进。中央军进上下木早有许大头在接，没遇到抵抗，朱大同问："下下木情况如何？"许大头说："似已察觉，连日防卫甚严。"又说，"从各地来了不少人，似乎在开什么大会。"朱大同道："你们上下木有事，他们必有所传闻，事不宜迟，迟了他们就会准备。趁他们在那儿开会，就来他个一网打尽。"立即发动攻击，不许片刻逗留。这样，便马不停蹄地分三路向下下木挺进了。

三方面头目一在小学会合，朱大同就放声大笑："所谓共产党打狗队也不过如此，我只用了两连人就如雷公打豆腐！"吴启超却说："不要高兴得太快，看来他们主力未动。"朱大同骄蛮地说："那一百几十人，叫我们打得团团转就是所谓主力了。老吴，我的战斗任务算已完成，现在看你的了！"

正当朱大同得意非凡时，村后响起了一片杀声，朱大同吃惊，问是怎么回事，有人赶来报告，共产党又从山上反扑下来了。朱大同问有多少人马，报告的说："天色昏黑，人数不明。"吴启超道："怕是主力打来了！"许添才更是惊慌："我们撤不撤出？"朱大同道："把炮兵开上去，给我轰，打他个落花流水！"那炮兵盲目地打了大半夜，见没什么动静才停了下来。朱大同叫人去找姑娘，吴启超却在关心蔡玉华、黄洛夫的下落："如果也在村上，料你们插翼也难飞！"

第十八章

一

特区扩大会议在青霞寺内紧张地举行着，与会的有老黄、三多、玉华、小许、大白、二白、老六、汪十五等人，在会议中忽然听说三福派人上山。

老黄、三多连忙把他叫进去问有什么要事，那人上气不接下气地说："三福哥叫我来通知，上下木出了大乱，许大头枪杀许大姑、许天雄，纵容匪兵抢劫许天雄家财，上下木一片混乱。"三多冷静地说："我早料到会有这一天。"老黄却十分忧虑："看来问题不简单，许大头没有后台，断无此胆量，那后台可能就来自周维国方面。"他对三多说，"要做紧急应变准备，你带上一批人赶下去，接应三福，万一有事也好挡一挡。"当时三多带着三十多个人，如猛虎下山飞扑下去。

老黄正和大家就这事进行分析，各路山口守卫人员也纷纷派人来，说："从为民镇那边有队伍出动，一路向上下木，一路向白龙圩，山上看得一清二楚。"老黄问："人数有多少？"来人说："也有一千多！"老黄大惊失色："出动了这许多人马，又加上许大头那不寻常的行动，显然是对我有事！"又对二白说："你赶快回大同去，把人马带过来，有多少带多少，也要一些给养。"老白也对二白说："要快，一时来不及全部调齐，就分两批来。"老黄问："还有人在家里主持？"老白道："只有庆娘。"老黄很是沉吟，小许起身道："我也回去，一面给你们输送人员给养，一面应付那边局面。"老黄始放了心，他说："有你去，我放心。"

小许、二白走后，他们继续就这事进行讨论。过不了几小时，下下木方面已冲出三柱火光，接着枪声、炮声也远远地传来。大家说有火光冲起，一齐冲出古寺，一见情况如此，老黄跌足叫道："迟了！"大家竞相观望，心情极为沉重，老白说："我也下去！"老黄道："如果敌人果然来了一千多，我们这点点实力要保住下下木也是不可能的，现在就不知道损失有多大。"会议开不下去了，都在议论这件事。

三多带着三十多人马直奔青霞山下，走到半路就听见枪炮声，又见从下下木方面升起三柱火光，心内明白，却不敢声张，只催促大家走快点。走着走着，已经入夜，下下木笼罩在夜色中，急剧的枪声没有了，只有零星枪声，而喧闹声则逐渐增加。他想一定是敌人进了村，在搜掠抢劫，三福他们又怎样呢？全军覆没了？被俘了？他相信不会，此人虽冒失大意，但路线熟识。他担心的倒是黄洛夫他们几个人，没有武装，路头不熟，又是书呆子。他也想起母亲和苦茶，苦茶身怀七八月身孕，行动不便，不知道逃出来没有，但这念头也仅闪动一下就过去。全村有几千人呀，他们的命运不比他一家人更重要？三十几个人、三十几颗愤怒和激动的心，都在跳着，却都一声不响，迅速地在赶路。

走不多远，在下下木方向枪炮声又连珠似的响了，三多心一震：又打起来了，而且打得这样激烈，难道还有我们的人在？没被消灭在反攻？对！在反攻呀，枪声是朝两个方向在响。"走！快点，我们的人在反攻了！"他大声叫着，走得比什么人都快。可是，不久，枪声又沉寂了，只有小炮在轰隆轰隆地响，在寂静、漆黑的山上可以看见炮弹落地的火花。他想："我们败了，我们的人退下来了！"快，要快！他只有一个想头了。所有的打狗队员似乎也只有这样一个思想："快，要快！"因此队伍就像飞一样地在前进着，前进着。

将近三更天，他们到了炭窑，听得前面有人声，三多低低吩咐："把队伍散开，准备战斗！"大家立即就做了战斗准备，三多一人当先搜索前进，越走声音越明晰，听来是下下木口音，三多放了心："是我们的人。"又继续前进。

终于，他和三福会合了。那三福一见他面，就哭不成声地扑在他肩上："三多哥，我对不起你们！"三多心冷着，大势已去了，却只问："小黄呢？"黄洛夫应声来了："我们都在，报社同志向你报到。"三多道："一路上我最担心的是你们。"又问三福："我们的人员损伤怎样？"三福道："伤了十来个，大半冲出来了，还有一小部分人没下落。村里有一小部分群众随我们冲出来，大部分没冲出，不见伯母和苦茶嫂。我家里的和许多弟兄家里人，也没出来。"又说了他们反攻想抢救群众的事。

三多很感沉痛，没再问下去，只说："在这儿集中了这许多人，万一敌人天亮时攻上来怎么办？"便对黄洛夫说："小黄，由你负责，把这几百老弱带上青霞寺，老黄同志在那儿，武装人员全部留下。"又对三福说："我们再来研究一下。"黄洛夫对大家宣布："老乡们随我上山，那儿安全，又有吃住。"他连说了几遍，大家都高兴地答着："有你们我们到哪儿都行。"黄洛夫把那布袋往肩上一扛，阿玉、红缎跟着他，沿山路上去，从村里冲出的老乡大部分随上了，只有一小部分闹哄哄的，有的说不走了，有的说明天再走。

三多只好出来对大家说好话："叔叔，婶婶，三多对不起你们，使你们吃了这样的苦头……"当即有人叫着："不关你们的事，是反动派、乡团队、土匪做的坏事。"三多又道："你们说的也对，但我不能没有责任，我向你们请罪，现在军情紧急，天一亮，说不定反动派又会上山，你们听我的话，和小黄同志一起上去，那儿有我们的人，一切会有照顾，你们放心，我们就留在这儿，到能够回村时再通知你们。不要贪一时方便，再招一次损失。"经这一说大家通了，都说："有你三多在，我们怕什么。走，随小黄同志上山去。"连那一小部分人也动了，山路崎岖难走，但大家走熟了，前头又有希望，也就不感困难。几百人拖着一条长长的队伍，摸黑上山。

三多把留下人员重新点验一下，共有一百三十多，不久又有人陆续上来，老乡们都被送上山，武装人员留下，天亮时已增加到一百七八十，在那次战斗中损失的有二十来人。他们就在炭窑布下防线，一面请老黄同志下来商量，一面派人下去侦察敌情。

二

下下木整整乱了一个晚上，三路匪徒进村的第一件大事就是抢，穿的、吃的、用的都要，一批人抢过了又来第二批，最后见什么都抢光了，连小孩尿布也要。朱大同部下要贵重财物容易携带的，许大头手下对这山区大牲畜感兴趣，许添才却偷偷给手下下命令："给我挑上三五十个年轻貌美的姑娘……"由于大家都想发财，防区界线又不清，一抢开往往就抢过界，一过界就发生纠纷。有时是中央军抢过界了，被乡团队开枪射杀，乡团队抢过界又被飞虎队射杀，而飞虎队的人又被中央军射杀。一夜之间，这样互相拼杀也死了好几十。但大家都不敢承认，尽说是打狗队潜伏分子干的。

朱大同一安下临时公馆，就对吴启超说："打仗的事找我，抓共产党的事我管不了。"吴启超也要显一显身手，他紧紧拉住许大头："这儿情况你熟识，和我一起去抓几个人。"许大头又从飞虎队中挑出几个比他更熟识的人带路。这样他们带上丁秘书和三十多个人便去执行特殊任务。他们先冲进三多家，只见里里外外一片混乱，看来最少有三批人来抢劫过，天井边躺着三多娘的尸体，是用大刀砍的，大头说："她就是许三多母亲。"吴启超问："三多女人呢？"搜捕的人答："不见！"吴启超下命令："再搜，不在这屋就在那屋！"把整幢老屋都搜遍了，问问那些邻居的，就是一句："不知道。"吴启超下命令："把他们都抓起来！"

他们又到蔡玉华、黄洛夫住过的地方，除了几副破床板、两条烂草席、一只三脚桌什么也没有，再到农民报社去，倒是一间非常宽敞、明亮的房子，里面收拾得很干净，却没有什么可搜的，墙上满贴着标语："告诉你：反动派，我们还要回来！""小心你们的狗命！"那字体很熟识，吴启超坐下，心想："我们叫作突袭，而在他们呢，却早做准备，从容撤退了，怪不得一个主要人物也找不到！"

他离开报社，径奔许三福家，只见五六个乡团丁从屋后草灰房拉着一个十五六岁年轻姑娘出来，她披头散发，满面黑烟，衣衫不整，挣扎着、呼叫着不肯走；在后面跟着一个老头子、一个老太婆，还有一个中年妇女在苦苦哀求。吴启超喝问："你们干什么的？"一个乡团丁小头目说："许参谋长看中她。"说着动手又拉。

大头忽然低低对吴启超说："特派员，这几个人重要呀，老头是共产党打狗队第二号大头目许三福的父亲，老太婆是他母亲，中年如女是他寡姊，那年轻的是他妹妹，叫银花。"那吴启超一听立即眉飞色舞，大为得意，忙喝住那乡团丁："你们知道他们是什么人？放手！"那乡团丁都认识这位特派员，见他出面干涉也就放手。

那老头老太婆理也不理他们，匆匆拉着银花朝屋里就走，像怕感染瘟疫似的，吴启超故意说："连谢也不谢一声。"对丁秘书努努嘴，有意走开，他一转身丁秘书便下命令："通通给我带走！"

吴启超回到"公馆"，只见朱大同正在大吃大喝，墙角绑着两三个年轻姑娘，问他："你那迟开玫瑰还有黄大诗人都捉到了？"吴启超泄气地说："我们又来迟了，他们似乎早做准备，撤得很从容。"把黄洛夫写的标语内容告诉他。"不过，倒把第二号人物的家属逮住了。"丁秘书进来请示，吴启超说："连夜审讯！"又问朱大同："你也参加？"朱大同望了望那几个姑娘："老哥，免了我这次吧，我正要试一试这山里的野味哩。"

在小学正中大厅上，吴启超摆下"公案"，横梁上吊着大光灯，公案前罗列着几样刑具和一盆熊熊炭火，一边站着许大头、丁秘书，一边是十来

401

个面目狰狞的打手。一声传讯，三福爸、三福娘、寡姊和银花都被反绑着手推到吴启超面前来了。三福爸坚定，三福娘忧虑，寡姊从容，银花却泪痕满面，悲伤地想着：一点快活日子也没过过，就要死啦。

吴启超见人押到，忽然面作笑容，一边起身，一边惺惺作态地问："是谁这样不听命令，加了绑？"回头又对三福爸表示歉意："老人家，委屈了！"亲自解绑，请坐，又递上烟卷："老人家，我们是中央军，仅仅是为了劝共产党弃暗投明来的，无意杀人抢劫。小兄弟不明大体，有得罪地方，务请包涵。本人是这次军事行动的最高负责人，今天请你来，没有别的，只是请老人家和我们合作。我知道你儿子许三福是共产党打狗队第二号大人物。但我无意伤害他，和你为难，只要你愿意和我们合作，你们一家就担保无事，三福如果立功，也还可以做官……"三福爸双眼朝天，露出不屑一听神色，三福娘、寡姊把头低着，只有银花听说可以放他们，心里有几分动了。

吴启超接着说："老人家，我想你还是和我们合作好。我的要求不多，只要你告诉我，共产党在你们这儿开会，开的是什么会，四乡有哪些人来，许三多、老黄、蔡玉华、黄洛夫，自然还有你的三福现藏在什么地方？村里有哪些党员、团员和赤色群众？我们不想为难他们，还要给他们一个机会，弃暗投明。你看这位上下木的许大头，现在就是南区乡团副司令，官做得很大，就因为他肯弃暗投明，和我们合作，我们本宽大为怀之心，过去坏事一笔勾销，许天雄、许大姑相反是顽固到底，结果就白白丧了命……"三福爸还是面无表情，没什么反应。

那吴启超自吹自擂，口干舌焦，没得到半点效果，心想："名动不了你的心，就用利，看你要不要？"于是，他转而动之以利诱："老人家，如果你要的是钱，也可以，我们这儿对那立功的人照例有现金奖赏的。"他把手一招："丁秘书，你把钱拿来，各种规定告诉他。"那丁秘书立即从公文包里搬出一筒筒大"袁头"和一扎扎红绿新钞票，放在案上，又对他宣布了立功奖赏的条例。说完话退回去，吴启超又接了上来："老人家，"他把手对那银圆钞票一指，"这是一千大洋，怕你们一家人一辈子也没见过吧？如果你肯和我们合作，这些钱就是你的。只要你一表示合作，我们马上就放你们一家。"又回头对丁秘书说："丁秘书，准备把他们送回家，这笔赏金也让他们带走……"丁秘书忙答应声："是！"

不意那三福爸把双眼一瞪，厌恶地说道："我没这福气，请你们不要费这心机！"吴启超面色有点变了："那你是不愿发财啦？"三福爸提高嗓子说："不要白费心机，我什么都不知道！"吴启超把面孔一板："那你是赏酒不吃要吃罚酒啦？"三福爸还是一股劲："我说过，我什么都不知道！"他那倔强的、凛然不可侵犯的神气叫吴启超受不了，他把桌一拍，完全露出狰狞本性："你也是要死硬到底？"三福爸冷笑着："我已说过，我什么也不知道！"吴启超坐回公案，厉声喝道："好个刁蛮的死老头！来人呀！"打手们助了声威，"给我上刑！"当时就有两条大汉冲向三福爸去，捉住他把上衣只一扯，露出半身皮肉，反剪双手，就要把他在横梁上悬空吊起。

三福娘哭着过来哀求："长官，长官，他老了，打不得呀！"吴启超心想："老太婆也出来了。你这老顽固攻不倒，就试试这老太婆看。"忙叫暂缓动手，满面露出笑容："老大娘，看来你是个明白大体的人，你愿意代他说吗？"三福娘道："我们是普通老百姓，怎么知道这些事？"吴启超问："你们家出了这样一个共产党大头目，你能说你什么也不知道？"三福娘还是那一句："实在不知情，长官，饶一饶我们吧。"吴启超暗想："都是一样货色！"又下命令："把这贱女人也吊起来！"又转向三福寡姊："你呢？想好了没有？"三福寡姊冷笑着："没有什么好说的，要杀就杀！"吴启超骂声："臭娘儿！"直跳到她面前给了她两记重重耳光："我看你，就是一个不折不扣的共产党！"那三福寡姊忍住痛，咬着牙，从嘴角流出血水，恨声地说："就是知道也不告诉你！"吴启超耸了耸肩："胆量倒不小呀，来，成全她！"大叫："把她也吊起来！"三福寡姊也被悬空吊起来了，那吴启超一转身又走近银花。

那银花见父亲、母亲、姊姊都被吊起来，吓得直哆嗦，双手掩住面只在哀哀哭着。吴启超上下打量着，故意说："倒是个俏娘儿，怪不得连许参谋长也被迷住了。"又用手去逗她："小姑娘，读过书吗？看来你是知书达理，不像他们那样蠢笨，愿意和我们合作，还是像他们一样挂上去？"那银花只是哭着，往后缩，吴启超却步步进迫。"你愿意回答我的问题？"银花只是哭着。"还是学他们的样子：不知道？"

银花已退到无路可退了，吴启超还在迫她："你不愿和我们合作？你也想尝一尝半天吊的味道？可是我不想便宜你，我要叫你这一身白皙的皮肉烧成焦炭。来人呀，把她衣服剥下，拿火棍过来。"当那把烧成通红的火棍还没烙上她的皮肉，银花已哀哀地求着："不要，不……我说，我说……"吴启超得意地想："突破了！"三福爸在昏迷状态中叫着："银花，你！……"吴启超却命令："把她拉下去！"

<h1 style="text-align:center">三</h1>

天亮后，从各方面搜捕来的人都被集中到小学外操场上，也有近千人。操场一角有一座用学校书桌临时拼凑起来的台子，就和普渡节时用来演村戏的台差不多，只是没那样大。台的两侧各竖绞刑架一座。当"俘虏"们被陆续解到，几乎没一个例外地都被强制着跪在地上，四面团团围着三方面人马，台上也站着吴启超、朱大同、许添才、许大头、王连长等一班人。

那吴启超是第一个出来交代"政策"的，只见他用那大烟瘾没上足似的沙嗓子在干号："乡亲们：我们中央军、乡团队，本来不愿来骚扰大家，实在是你们对我们太坏了，来了共产党，又组织什么打狗队，伤害中央官员，扰乱地方治安，我们为了自卫才被迫采取行动。大家如果有损失，就不该怪我们，要怪共产党，都是共产党害了你们！"吴启超自己鼓着掌，那朱大同、许添才、许大头也跟着鼓掌表示捧场。在群众中却没一个理他，还有人在低低地骂："狗嘴里长不出象牙！""放你的屁！"

那吴启超又在那儿自吹自擂："我们要抓的不是你们，是共产党，只要你们肯合作，告诉我们哪个是共产党，我们就放你们回去，把抢走的东西也归还你们，立功多的还有奖赏。"说着望望大家。"有哪个愿立第一功的？说呀，在这许多人中哪个是共产党？"群众没有一点声音，没有一个表示，吴启超重又宣布："说出共产党的重重有赏，说出一人的赏大牛一头，大洋一百元。"近千人中就没有一个说话，没有一点声音。

吴启超重又大声叫着："……大牛一头，大洋一百元……"还是没人肯"合作"，叫他有点生气："我再说一次……大牛一头，大洋一百元……"沉默，带着仇恨的沉默，愤怒的沉默，使他焦躁、不安，"说不说？"没人理

404

他。"你们如果都不说,我们也有办法叫你们说!"他露出极为狰狞可怕的面目,用手把绞刑架一指,"你们知道这是什么吗?设来做什么的?不要叫老子生气,老子一生气就把你们全村人都吊在上面!"还是没点声气,吴启超继续恐吓着:"到底说不说?不说就证明你们个个都是共产党,老子就把你们一个个吊死,一个个挂在上面!"没有人理他,整个操场像死一样沉寂。

正当吴启超在操场上大施恐吓的时候,丁秘书已悄悄地押着银花在人丛中出现。这个可耻的叛徒用怯懦、战栗的步伐,低着头,从一行行人面前走过。每当她点一下头,丁秘书就从地上抓起一个叫人带走。开头大家还不明真相,当他们知道这个臭名昭著的姑娘已经叛变,议论就出来了,全场发出嗡嗡咒骂声。她走到哪儿,哪儿就有愤恨、厌恶的眼睛瞪住她,甚至有人公然在她面前轻蔑地吐出涎液,恨声骂她:"臭婊子,不得好死!"

在这群被俘的人中,也有苦茶。事发时,她怀着八个月身孕扶着婆婆想从家里冲上山,但情况变化很快,也很混乱,一个年老、一个有了身孕,行动不便。好容易杂在逃难人中挨出村,正要上山,从白龙圩进攻的乡团队已经打到,把她们拦腰一冲就冲散了。子弹乱飞,当场有许多人牺牲了,冲出村的人见上山没希望,又回头走,她也跟着朝村内走,刚进村就见中央军到处在烧杀。她想回家,又怕搜捕,只好随便找个地方躲躲。三多娘被冲散回村后,一直走回家,正巧碰上中央军在洗劫她们家,也要抢她的随身包袱,她抗拒着,当场就被刺刀刺死。

苦茶躲过了多批抢劫的乱兵,心想:村里躲不下去,还是设法上山。想利用黄昏暮色,绕路出村,不意刚到村外就和一队搜捕的乡团队碰上了。那乡团队奉到吴启超命令:不能走脱一个人!因此见人就抓,已经用麻绳绑了一大串。当时有人见她行动不便,说:"算了,半途生起孩子来麻烦!"另一个却说:"已经下了命令,让她走脱我们有干系。"也一起拴上。他们在露天旷地上个个被反剪双手,足上又加上粗绳,过了一夜,第二天才被驱逐上学校操场。

当苦茶发觉银花叛变,正在带着人一个个认、一个个抓,自知不免,早做精神准备。却有人低低对她说:"把头放低些,挤在我们后面,也许她一时认不出。"苦茶感谢了他们基于阶级感情的关怀,却不这么想,如果银花真心背叛，即使她把面孔蒙起来也是难以脱身的！果然，当银花走近她面前，看见她那双充血的燃烧着愤怒、仇恨火焰的眼光，只略作迟疑就把头点下，那丁秘书便伸手来揪她的发髻，想把她从人丛中拖出去。苦茶当时虽被反绑着双手，却还坚强地抗拒着，怒声喝道："不许动，我自己会走！"

当她被拉进小学，已有三十多人，这些人有党员、团员，也有群众中的活动分子，他们见苦茶挺着肚皮，艰难然而是不屈地走进来，都用同情的眼光向她表示崇高的慰问。她却用坚定、不屈、鼓舞斗志的眼光回答他们。似乎在说："在敌人面前示弱、屈服都是可耻的！"又似乎在说："死有什么可怕？可怕的是那当千古罪人的叛徒！"

被出卖的人，陆续地一个个、一批批被拉进来了，一共有五十多个。当银花和丁秘书进来不久，吴启超等一批大人物也进来了，他首先用奸诈恶毒的笑容去"迎接"苦茶，并说："苦茶同志，很抱歉，我们不能不暂时叫你受些委屈。你的丈夫是共产党第一号人物，你自己又是妇女界第一号人物，你该知道，案情如何重大！不过，为了尊重妇女，尊重你是个快做母亲的人，我不对你施刑，让你好好地说……"那苦茶只冷笑一声，就破口大骂："姓吴的，你不要太得意，我们只是上当，没有失败！我们的人还要来，他们会来报仇，会来收拾像你这样反动派的！"

吴启超却大摇其头，笑着说："三多夫人，你错了，你们的打狗队、共产党的确完了，全军覆没了，不信我可以带你去看看他们，他们也正在过俘虏生活哩。"苦茶放声大笑："不是说他们都成了俘虏吗，还要我说什么？"说完又笑，笑得那样洪亮纵情，以致使吴启超不得不板着面孔拍起桌来了。他想："你越倔强，我越不饶过你！"他叫丁秘书给她"医一医"那容易发火骂人的毛病。

他们给她上了好些种刑罚，但苦茶没有叫苦、喊冤，她只是咬紧牙关，捏紧双手，她一直在想玉华的事，反动派也是用火烧她，用竹钉钉她的手指，还有……但她没有屈服。当时她在对她们说她那段地狱生活时说："要拿出勇气顶住，你不承认一切，反动派就没有办法！"苦茶一边抹泪一边在问："是什么使你有了这样的勇气，忍受这些痛苦的？"玉华一点没有迟疑，她说："我想着党，想着那些受苦受难而坚强不屈的同志。这样，我的勇气就来了，痛苦也忘记了！"对，苦茶在这时想，我也得拿出这样的勇气，不要让敌人占便宜，把我们共产党人都当作那贪生怕死的银花。她就这样熬着，已死去几次了，被冷水喷醒后，喘着气，又是高声叫骂，纵情嘲笑，笑那敌人无能，只能利用那贪生怕死的叛徒来伤害革命同志："你们敢和打狗队面对面地斗吗？他们就会把你们这些狗通通消灭掉！"

苦茶视死如归的不屈行为，鼓舞了其他受难同志的斗志，大家都把她当榜样看，又都说："我们的人还在山上，怕什么！"使反动派大感恐慌。吴启超问朱大同怎么办，朱大同说："还不容易，杀他几个为首的，其他的人就软下去了！"吴启超问："三多老婆是留还是杀？"朱大同道："你把这臭婆娘打成这个样子，看来也出不三天。"这样他们就把第一批要处死的人确定了。

当这些受刑的人被押着在操场上出现，那近千群众中立刻就起了骚动，纷纷站起来向前冲击着，不管反动派的打、骂，愤怒地叫喊。首先被押出来的是苦茶，她几乎是体无完肤了，一面一身都是伤痕，长发散乱地披在身上，双手紧紧扶住那赤裸、膨胀的年轻母亲待产的肚皮，用浮肿的双足，艰难地跟跄地走着，面上露出无畏、庄严的笑容，一边走着，一边呼喊："打倒国民党反动派！""共产党万岁！"群众激动极了，有人在哭，有人也在大声喊口号，痛骂反动派。

她被迅速地拉到左边绞刑架下，刽子手把她拖上高脚架，给她套上绞绳，而她却抗拒着，争取最后一分钟说话时间，当她用火一般语言，响雷一样的声音，说了她最后的话："……革命是打不倒的，共产党是消灭不了的，同志们，不要怕，共产党会再来，打狗队会来替我们复仇的！……"她重新被套上绞绳，高脚架拉开了，她的全身悬空挂了起来，她用力地痛苦地挣扎着，挣扎着……当她停止了最后一口气，肚里的生命还在挣扎、搐动。

群众眼见反动派这滔天罪行，压制不住自己的感情，呼喊着向绞刑架冲过去，又被枪托、皮鞭打了下来。紧接着反动派又推出第二个人来，是三福的寡嫂，第三个是党支部组织委员，第四个是团支部书记……群众的激动、悲愤、混乱在扩大，反动派的枪托、皮鞭也无能为力了。最后是开了枪，杀了人，才勉强压住。

正是烈日当空时候，当最后一个上了绞刑架，太阳突被云层盖住，操场上一片阴森沉悒，有人大声叫着："都升天了！"有人默默跪在地上，仰头向天，第二个、第三个……几乎是全体都默默跟着跪下，向天祝告，广场上没一丝声息。

有一部分群众被释放了，另有一部分被告发而还没处理的，都被扣押在小学里。那四具尸体还挂在绞刑架上，由一班士兵监护着，三方面人马都回到原地。村里暂时出现安静局面，但群众什么都被抢光了，无法安排生计，很困难。许大头要求率领原部回上下木，被批准了，他们赶走三百多条牛，近二百担"胜利品"，浩浩荡荡地回去。朱大同对吴启超说："我明天也带特务大队回城。"吴启超吃惊道："军事行动结束了？打狗队主力还在山上。"朱大同道："看来实力不大，把它交给许添才去应付好哪。他一年不下来，难道我们也要在这儿守一年？"吴启超道："你走，那么我呢？"朱大同忠告道："我看还是走为上策，这儿共党的遗毒不浅，你看今天的情形，除了在苏区，这种不怕死精神是少见的！"

听说中央军要撤走、飞虎队已开拔，许添才也过来请求把乡团队撤回为民镇。可是，朱大同和吴启超都不同意："仗我们打完了，善后是你的事，打狗队还没全肃清，你不能走。"许添才抗辩着："我是来配合你们打的呀，你们要走我怎能留？"朱大同道："你是乡团，我们是中央军，乡团哪有不管地方事的？"许添才道："许大头现在也是乡团，叫他管好哩。"吴启超故意问他："你愿意看见许大头的地盘扩大到下下木来？"许添才倒有几分不愿意，他说："我留下两个大队，我自己回去。"吴启超笑着问："你是想光守这块地，还是想一统南区？"这一下许添才明白了，他说："我明白你的意思。"

那一晚上，吴启超叫人把银花提到自己房里，对她说："你今晚就在这儿陪我过夜。"银花大为吃惊，有点不愿意，吴启超生起气来了："你想吃火棍！"银花吓得魂都掉了，只好乖乖听他摆布。

朱大同、吴启超割下那四个牺牲者的首级，押着由于银花的告发而被捕的"俘虏"，近二千头牛、羊、猪、鸡和无数"胜利品"，耀武扬威地以得胜军姿态直开回刺州大城报捷请功。临走时许添才来送，吴启超把银花移交给他："这姑娘告密有功，本来也是你看中的，现在我把她移交给你，可不要叫她冷落。"这样，银花又成了许添才的"胜利品"了。

四

　　二白从大同带了二百多人枪和成百担粮食来到青霞山。二白向组织报告说:"临出发时,那高老二放出谣言说共产党在大同招兵买马要造反,我和小许商量,此人不除,我们祸患不少,决定把他先收拾了再说。我们杀了这坏蛋,没收了他三十几条枪和全部家产。这次带来的粮食就是从高家抄出来的。"老黄问:"你们把全部力量都拉过来了,那边不会有事?"二白道:"我们担心的是高老二,现在他完了,也就无事。"当时老黄就把黄洛夫叫过来,嘱咐道:"我给你们留下十条枪做自卫武装,你就在这儿当后方留守主任,老乡们为了革命受了很大牺牲,你要好好安排、照顾他们。"说着就带领大队下山。

　　那黄洛夫、阿玉一直在忙着安排这几百从下下木突围出来的老乡。黄洛夫带领大家清除青霞古寺的垃圾杂草,充当临时收容所,又从他们中挑出三十来个精壮人员分班站岗守卫;阿玉则带领另一批人去挖早先开荒种下的番薯,到密林里采集野菜、野果,解决吃的问题;红缎则把从大同带过来的大米,定量分配,每人三斤,发给大家,她说:"米粮尽管有,大家省吃点,让仗的人吃饱吃好去打坏蛋。"那沉睡多年的古寺来了这许多人,突然充满了生气,生活非常活跃,说的唱的热闹极了,大家都在夸:"三多有胆识,早给我们安排了吃住,就算再苦些也是和自己人在一起。"黄洛夫解决了这些人吃住,又安排他们生产和文娱,他在群众中挑出一批人组织文艺工作团,准备下山慰问。

　　老黄带着老白、玉华、老六、十五、二白等一干人马,径奔山下,早有人到炭窑报告三多、三福。他们都出来迎接,三多一见大同有大队人马过来,非常兴奋,他对大家再三地表示感谢,大同同志大都是老兵,服装、纪律都很整齐,列队听了三多的话后,齐说:"敌人只有一个,今天我们过来打反动派,明天你们到我们那儿打反动派,不都一样!"

　　二白一到炭窑就到处在找苦茶姊,他问三多:"姊呢?"只见那三多泪水汪汪的,二白吃惊问:"被打死啦?"三多泣不成声:"不,她是一时来不

409

及逃脱被抓去活活吊死的！"二白当时就放声大哭，捶着胸："反动派，我同你拼！"说着，用手一招，就要带着大同人马冲下山去，被老白喝住："你这共产党员有组织、有纪律没有！为什么不听指挥？"老黄听到这消息也是热泪盈眶，对大家说："这次敌人突袭使我们受到很大损失，但我们的武装都还保存着，这就是胜利，要报仇，不止为苦茶同志一人，要为全村被杀害的同志！"玉华也说："仗一定有得打，只要反动派存在一天，我们就不能放弃责任，同志们初到辛苦，先休息休息，等组织商量定了再行动！"

首脑都到炭棚内去开会，两路队伍暂在山坡上进行联欢。

在会上，三多对大家做了很详细的情况介绍，他说："中央军已经撤走，飞虎队也回上下木，现在下下木只有许添才的乡团队，约五百人，行止如何尚不知道，可能来搜山，也可能长住下去，村里损失很大，全被抢光了，连日来还有人冒着性命逃上山。"当他说到银花叛变、三福寡姊牺牲时，三福难过极了，他说："将来抓到这叛徒一定要万刀凌迟！"三多却说："三福同志的心情我是了解的，银花品质不好，我早就看到，也怪我们没有好好教育。三福同志一家人主要还是革命派，虽然出了个叛徒，却也出了忠烈而晓大义的父亲、母亲、姊姊。革命是个大考验，红的白的，这一下就清楚了。"在说到下下木队伍情形时，他又说："问题很多，大部分人急躁，一小部分人消沉。这也难怪，一家老小都在村上。"

老黄把特区扩大会议的决议也正式向三多、三福传达了，他说："会议初期没估计到形势变化这样快，现在迫上来了，我们能够畏缩不前，把自己绑住？因此在会议后半段，就正式地讨论了武装斗争问题，并一致决议成立刺南游击支队……"当三多听到要成立刺南游击支队，表示欣慰，三福却兴奋地直叫："这一下我们可真要大干了！"

当晚，特区决议就在五百多武装弟兄中正式传达了，被特区任命为支队副政委的蔡玉华，负责传达任务并组织大家讨论。一时在山坡上、松林内都是热烘烘的发言声。这寂静的、沉睡的山林不再是沉睡、寂静了，树在击掌欢笑，泥土自地下伸出头来叫好，未来的游击队员用激动的心情表示他们的雄心壮志，有人说："我们一定要消灭反动派！"有的却说："一定要把红旗插进刺州大城！""还要建立苏维埃！"什么急躁、什么消沉的情绪也一扫而光了！"这样才有奔头呀！""共产党万岁！"

夜深了，在炭棚内，老黄还分别和汪十五、老六在谈话。他对汪十五说："开展武装斗争就是一种新形势、新发展，你要把为民镇的革命工人紧紧地团结起来，利用他们分散的特点，把种子散布到各村去，来个遍地开花。至于为民镇本身，它过去是反动派的据点，将来反动派为了对付革命力量还会加强。因此做好情报工作，做党的耳目也很重要！"他又对老六说："东岱已有了基础，今后更要当重点来经营。千万要隐蔽，不能冒失。城里同志要设法去联系，不能让他们孤军苦战。红缎留在这儿，有黄洛夫帮助，你放心。"对他们两个都说："有必要我们的武装工作队就会下去和你们配合。"他们两个人都准备在天亮前绕道回去。

这炭窑离下下木有三十里，敌人不敢轻易上来，因此，他们就在这儿扎下。大家一边在布防，侦察上、下下木情况，一边在筹备刺南支队的成立大会。

到成立大会那天，一个临时检阅台在一片平地上搭起来了，左右又是两座松枝牌楼，这五百多武装游击战士，手持武器，头戴竹笠，臂缠红臂章，上书"刺南"两字，雄赳赳，气昂昂，摆成三个列队，整齐地站在检阅台下。检阅台上高挂着毛泽东主席的墨画肖像，那是出自诗人黄洛夫手笔，在肖像下飘着那面红光闪闪、庄严灿烂、绣有金黄色斧头镰刀、写着"刺南特区游击支队"的军旗。

台上正中站着腰束子弹带、挂左轮枪、穿草鞋、打绑腿的刺州（现改为刺南）特区党委书记兼刺南特区游击支队政治委员老黄。左边是挎匣子炮、背竹笠，同样是绑腿、多耳麻鞋的支队长许三多，右边是飘着一头男装短发、穿草绿军服、腰挂短枪、绑腿草鞋、身材短小而精神抖擞的副政委蔡玉华。

在台下，站在各列队伍前头的，有副支队长兼第一大队队长老白。有副支队长兼第二大队队长许三福。有第三大队队长二白。当司仪用雄浑的声音宣布"刺南特区游击支队成立大会开始"，一阵暴风雨般的掌声，弥漫全场，冲激云霄。当司仪再宣布"向为共产主义伟大事业而英勇牺牲的中国共产党的优秀党员和一切死难烈士致哀"时，大家都低下头，默默地垂着泪。到了司仪再宣布"默哀毕。请刺南特区党委书记老黄同志致辞"时，会场又充满一片欢声。

老黄用他洪亮庄严而热情洋溢的声音宣布："红色指挥员同志，红色战斗员同志：我代表中国共产党刺南特区委员会，在这个庄严的日子庄严宣布，我们刺南特区游击支队，正式成立了！"一阵排山倒海的掌声，当司仪振臂高呼："中国共产党万岁！"台下热烈地响应着："中国共产党万岁！"山谷野林也在响应："中国共产党万岁！"司仪又高呼："毛主席万岁！"五百多人一条心，一个声音在响应，山谷野林也在响应！

老黄接着又说："今天我们这支钢铁队伍的成立，说明了革命在刺南地区的胜利和发展，我们的党是越战越刚强，我们的革命事业是越来越发展。敌人能够攻占我们的下下木，但敌人消灭不了我们的革命力量，我们的一百多武装，在十倍于我的敌人优势兵力攻击下，没有受过损失，几乎是全部突围了；我们的革命人民，在敌人的残酷的烧杀下，没有屈服，革命意志像钢铁一样坚强，他们宁可被敌人鞭打、火烙，甚至于活活吊死，但他们不出卖革命、出卖党、出卖同志，我们有四位优秀的共产党员就是这样上了绞刑架，牺牲了！这些为共产主义事业而英勇牺牲的同志将永垂不朽！"蔡玉华激动得热泪直流，忍不住要叫喊，她把拳头一举："打倒国民党反动派！"群众也在呼叫，"消灭反动乡团队！"群众也在怒吼，"誓死为死难烈士复仇！"群众几乎无法压制自己的激愤情绪了，有人热烈叫着："马上向敌人进攻！""我们要报仇！""杀回下下木去！""活捉周维国！"

老黄同志说："同志们，党和你们一样坚决，要替死难同志报仇，我们这个游击支队的成立，就是为这个目的，为同志们报仇，为从国民党反动派、从地主恶霸的统治下，解放刺、南两县人民！"一阵热烈的鼓掌，更热烈的鼓掌，无限热烈的鼓掌，欢迎了这个党的代表人所发出的每句震动人心的话、所提的每个保证，一直到它结束！接着是支队长三多讲话，接着又是蔡玉华领导全体武装人员，对着毛主席肖像宣誓。

当老黄代表刺南特区党委把支队军旗举了起来，老白就代表全支队指战员，用庄严的步伐跑上前去，立正敬礼，双手接受了这面军旗，于是在队伍中又出现了新高潮。老白庄严地高举着这面光辉灿烂的军旗，在初升的阳光下，带着第一大队正步地走过检阅台，接着是许三福带着第二大队，接着又是二白带领第三大队走过检阅台，战士们都激动地流着眼泪！

红旗呀，你这第一面在青霞山上飘起的战斗红旗呀，你将光芒万丈地永恒不息地在青霞山上飘扬！你将永远带领我们前进，从一个胜利到另一个胜利，一直到七十万刺、南两县人民得到胜利解放；一直到全中国得到胜利解放！党呀，我们将永远跟着你走，在你英明正确的领导下，不怕千辛万苦，不怕牺牲流血，从一个胜利到另一个胜利，从解放七十万刺、南人民，到解放全中国、全人类！

五

正当青霞山上革命的人民在举行誓师大会的时候，盘踞在上、下下木两支反动武装却处在剑拔弩张、一触即发的形势。中央军一走，许添才就想起：吴启超不但曾亲口答应过七太，说在消灭了打狗队后，就要把许大头收拾，以便南区一统于许为民手中。而在几天前，又亲自对他示意过。现在打狗队已经消灭了，我又大权在握，兵力也远胜过许大头，不正是个千载难逢的机会？为什么不乘机收拾他？主意已定，便借口给养困难，派人到上下木去向"许大头副司令"要给养。许大头却一毛不拔，他对来使说："你们最早进村，一进村就抢，抢了尽往为民镇运，我不但一无好处，还损伤不少兵员，怎能给你！"坚决拒绝了。

派去的人回来把许大头的话，原样告诉了许添才，那许添才原是借题发挥，一见他果真拒绝了，当下就开口大骂："许大头，你欠我的老账未清，现在又来为难！我也不是好惹的，把苏成秀的头还给我，把四大天王还给我，把抢去了的为民镇所有财物还给我！不还就给你个死无葬身之地！"派人又去把这话对许大头说了。许大头也很强硬："想算老账我也不怕，大少爷，你有胆量就过来！"也派人把这话对许添才说了。

双方先是口骂，而后就真的动起武来。当时许添才特优势兵力，挥动乡团队分三路向上下木进攻，那许大头也调动全部力量来抵抗。岂知枪声一打响，上下木内部就起了变化。他们见下下木的惨状，又见许大头不可靠，更有许天雄、许大姑亲信恨他出卖，纷纷逃上山去，也有想乘机替许天雄、许大姑报仇的。但许大头飞虎队战斗力还是胜过乡团，又兼弹药充足，许添才出动四五百人，几次进攻，都被打了回去，而且还损失了一百多人。

那许大头见许添才翻面不留情，心里也在想："来而不往非礼也。"利用许添才新败，也来个措手不及，出动全部人马，摸黑偷袭，打了半夜，把那许添才的乡团队打得七零八落，失去大半个下下木，一直打到天明才撤走。在许大头强大打击下，许添才的乡团被打死一部分，打散乘机开小差回去的又有不少，六百多人所剩不到三百人了。许添才一见形势不妙，大急，连忙向许为民请救兵。许大头也有不少损失，见对方请救兵，也急急派人去调动散股来补充。因此双方暂时按兵不动，等待一场新的决战。

这时逃往青霞山去避难的上下木人已有近千，其中也有许大姑的亲信许果。他自从许大姑被杀、许大头当权，一直躲在家里不敢出来，多次听说大头要收拾他，非常害怕，见双方又动了刀枪，又听说许三多在青霞山聚集人马，心想："我现在是在绝路上了，为什么不投奔于他？"也杂在逃难人中混出上下木。上得山来就到处在找许三多。不久果然和刺南支队的巡逻人员碰上了，他对那巡逻人员说明原委，说时声泪俱下，极为动情，那巡逻人员便把他带到炭窑见许三多。

那许果一见三多，就哭倒在地，历数大姑对下下木的恩情，请求为许大姑复仇。三多问他为什么不和许大头合作？许果一把鼻涕一把眼泪地哭诉："许大头忘恩负义，全不想当日天雄大哥提拔之情，勾结吴启超，密谋暗杀许大姑、天雄大哥，后又引中央军攻陷下下木，对我也想陷害。他对许大姑有仇，对三多哥也有仇。现在内部不服他，外面又和许添才火并，双方死了好多人，实力大损，正在搬动散股支援。三多哥你如想报仇雪恨，正是时机，我许果实力有限，但是大姑亲信，还有不少人肯追随，愿做内应。"许三多一听，心想："在忙乱中，我倒把这个人忘了，为什么不起用他？"便把他带去见老黄、玉华。

老黄从刺南支队成立后，紧密地注视着上下两个下木形势的发展，也在研究如何来进行一场战斗，为刺南支队壮壮声威，听说许果前来投奔，心想此人是大姑死党，大姑死后不受重用，前来投奔，定不会假。又想此人内情熟识，对我有用，为什么不拉他一把，当时就接见了。

那许果虽没和老黄见过面，见大家都那样尊重他，知道是个大人物，一见面就跪倒在地哀声哭诉："许大姑因为同情共产党，招了许大头的忌，勾结中央军密谋杀害。现在许大头又招引中央军，攻陷下下木，杀人放火，无所不为，对原在许大姑手下的人，也百般陷害，我既不容于他，又要为许大姑复仇，特来投奔打狗队，请你们为大姑报仇，也就是为下下木人报仇。"老黄一把将他扶起，面带笑容说："许果先生，我们虽是第一次见面，但我知道你的为人，你来得正是时机，我们也想找你。请坐，有话慢慢说，有事大家商量。"当下问了他好多事情，又叫人好好招待。

许果暂时离开，老黄便召集三多、玉华等一班人举行紧急会议。三福说："许果这个人我和他打过不少交道，我几次上上下木都是他出面招待的，此人虽一向对许大姑忠心，却是个穷汉子，家境不好，有条件把他教育过来。"老黄问："是不是也是个实力派？"三多道："在上下木一向分有大姑派和大头派，两边力量相当，许大头出人不意暗算天雄、大姑，就使大姑派群龙无首。现在叫许果回去整顿一下，看来还有一定力量。"玉华也主张："机不可失，两只狗正在对咬，我们正可来个渔人得利。这一仗如果打得好，就可以同时把这两股匪帮都彻底地消灭，不但为同志们报了仇，也可以得到意外补充，加强革命实力。"老白也说："来了许久还没见动静，同志们都有点等不及了！"

大家都主张起用许果，并利用他回去策反，从敌人内部反出来。老黄考虑的也正是这个问题，他想："游击支队成立后，正需来个惊人的大行动以振虎威。过去吴启超运用了一石二鸟，打得我们好惨，我们现在也要以其人之道还治其人之身，也来个一石二鸟！"当下便做了决定。

许果在炭窑秘密地住了三天，在这期间大部分是蔡玉华陪着他的，她向他介绍共产党的革命主张，谈穷人翻身的道理。向他指出了许天雄、许大姑过去以劫掠为生，和那些贪官污吏、地主恶霸欺压鱼肉人民并无不同："你们跟她，也是跟错了。我知道你出身穷苦，不满现状。但是要解放自己却不是去当土匪，而是和穷人在一起找翻身道路……"又说："共产党并不是从天上掉下，也不如反动派所宣传的是些青面獠牙的鬼怪，而是一些受苦受难、要求翻身的穷人。"玉华陪他散步，有时还和他一起吃饭。她对人亲切，思想敏锐，谈吐中肯，有眼光、有胆识，且精神奕奕，充满了丈夫气概。许果把她和大姑比较，不禁暗自喝彩。"人人都说共产党有人才，果是名不虚传！"

这样过了一天两天，熟了，谈话也投机了。他不再是光听玉华说，有时也提提问题。有一次甚至于说："当大姑还在时候，我听她说过，下下木也来了个女将，要和她做朋友。可惜，她已不在人世，不然，你们在一起也一定很谈得来。"说着，唏嘘叹息了一番。

玉华有计划地做了一段工作后，老黄便下命令可以让许果走了。临走时三多又对他做了许多交代，要他小心谨慎，不可大意，有事就派人上来，就像对亲兄弟一样地关怀爱护他，那许果大受感动，临到三多要把他送下山去，他忽然说："你们既然对我这样信任，把我当自己人，我也不该有二心。三多大哥，说真的，当我到你这儿来时，我还是三心二意的，我怕你们不信任我、怀疑我。现在我完全明白了，你们不是那种人。为了表示我的忠心，要跟你们走到底，我愿意就在这儿献一批东西给你们。"

三多不明他的真意，笑着说："许果，我们不是那种人，要你纳贡，交什么见面礼。我们要的是一颗真诚的革命的心。"许果道："正因为这样，我才要把这些东西给你们。这两天，我和你们在一起，见你们的武器不太好，子弹也很缺乏，万一有事就顶不住。就在这个山上，一座古墓里，有许大姑埋藏的一批武器和弹药，她曾对我说：许果，万一有事我们就上山，有了这批东西，也就不怕了。"三多又兴奋又感动地拉住他："真有这回事？那太好了！"许果道："如果我以后还活着，我一定跟你们到底，如果我不能活着回来，也算我对你们一片真心。"说着，他就带上游击支队的一批人去把那批秘藏武器起回来了。

原来在半山中，有一座百年古墓，外表十分雄伟，而地下却被掏空，成了个地下仓库，藏有长短枪二百多支，机枪八挺，弹药无数，三多得到这批武器，兴奋地对老黄说："大反攻局面已形成了，老黄同志下命令吧！"老黄也说："对许果这人我现在算完全放心了，同志们积极准备！"

六

许果潜回上下木后没敢露面，却叫他女人出来密约旧日大姑党羽会面。原来大姑在天雄股匪中，由于平时笼络了一批人，加上嫡系亲族关系，实力不弱；如果大头不是暗算成功，双方要较量，优势还在大姑一方。自从天雄、大姑相继被杀后，这部分人群龙无首遂散了。大头怕他们，不敢重用；想收拾他们又在外面与许添才有事，所以都在星散状态。

许果一回上下木就按三多布下的密计行事。他先拉住大姑派的几个小头目，对他们说："这儿的江山是谁打的？谁不知道是天雄大哥和大姑打的。那大头不过是半途插了进来，又兼是外地人，他恩将仇报，为了个人想升官发财，勾结了中央军、乡团队，出卖天雄、大姑。现在他是稳坐副司令宝座了，我们每个人的头上却被上了紧箍，有朝一日许为民来了道命令，把上下木的全班人马给我集中清点，离了本乡，再来个旧账未清，关门捉贼，那时你插翼也难飞上天！"这话说得大家心都冷了。也有说："大姑当时说得对，和许为民合作等于自投罗网。你看，刚刚打下下下木，许添才就来和我们算老账，以后日子还不知怎样过。"说罢大大地感叹一番。有人又说："还不如散了算！"大家附和："一拍两散，各走各路！"

许果故意问道："你们身家都在这儿，如何散法？"这话问得尖锐，一时大家面面相觑，不知所答。"我们祖宗坟墓也在这儿，从小又是在这儿长大，外面世界也没去过。过去我们下的又是一些不要本钱买卖，到处得罪人，人家不找机会同你算账？许大头不是本乡本土人，又搭上中央军许为民关系，搞得下去是副司令，搞不下去，屁股一拍走路，我们却要受一辈子的苦！"几句话说得大家如热锅上的蚂蚁。

有人问："许果兄，你一向足智多谋，对这件事有什么办法，也给我们指点指点。"其他的人也说："要想办法就只有这时，迟了许大头立足已定……"那许果只是沉吟不语，有人问他为什么不给大家想条路走？许果道："各位兄弟，我许果也是有家有室的人，加以许大头正要找我的差错，置我于死地，我如有片言只语对他不利，一传出去，正可招来杀身之祸。"大家明白他的心意，连称："我们一向是大姑的人，又是跟你多年。大姑已经去世，现在你就是我们的头头了。"当下跪在地下发誓："祖宗神灵在上，我们今立许果兄为首领，如果有不齐心协力、出卖等情，天诛地灭！"许果一见大家说得真切，也跪倒在地，对天发誓："祖宗神灵在上，我许果愿和众兄弟同生共死，为天雄大哥、大姑复仇，如有三心二意，神明共罚。"

立誓已毕，大家就开诚布公地共谋起事。许果一面派人上山报告许三

417

多，一面重整旗鼓，准备一有事就行动。

那许大头屡次派人传书征调各处散匪准备和许添才决战，但响应的极少。那些小股匪，过去因慑于许天雄的声威，从他那儿又可以得到一些好处，所以归顺了他。现在天雄被杀，许大头投奔许为民，树倒猢狲散，纷纷宣布独立，再也不听调度。许大头很是忧闷，派人去请许德笙前来商议。两个人一边喝着酒，一边密议大事。大头道："许老知道，我投奔中央原是一片至诚，亲手诛灭天雄，正是一种表示，攻打下下木也不能说不卖力。为什么大功已成、正是论功行赏的时候，许添才却来和我算老账？这不能不叫我怀疑。"

许德笙从事成后，为了请赏，也为了官职，曾要求进见吴特派员多次，可是都被推托掉，不是说："特派员不在。"就是："特派员今日有事，不能见你。"也很气恼。心想：中央大员说话也这样不可靠！后悔过于卖力了。当下也说："你现在是副司令了，也可以派人去找吴特派员，请他从中周旋。"大头道："我请你来，正是为了这事。当初接洽归顺的是你，现在出了事，收拾残局的也要是你。这叫解铃还待系铃人。"

那许德笙也正情绪不佳，几杯酒下肚更是闷闷不乐，当时就推托："中央军连王连在内都已撤回大城，我这时也无能为力了。"大头道："许老能不能亲进大城一趟？"许德笙苦笑一声："说句实话，现在大功已成，那吴特派员是大富大贵的人，也不见得愿意见我这山野穷汉。"许大头很是吃惊："前有大军压境，后无援兵，叫我如何是好？"许德笙只是默默喝酒。两个人一顿酒，从下午直喝到二更天，却还想不出个办法来。

两人正在借酒消愁时候，忽见有一批人马匆匆进来，在门外守卫的飞虎队亲信人员想阻住他，那为首的只说："公事紧急，不能拖延！"当下就有人把那卫队看住，十来个人，十来条匣子炮，一阵风似的径奔入内，其中就有许果夹杂在内。只见许大头和许德笙正在灯下对酌，都有几分酒意，当时那为首的叫声："副司令，事情不好了！"那许大头和许德笙一听事情不好，都推案而起，惊问："许添才的人进村啦？"说时迟那时快，许果一马当先开枪就打，跟着又是一阵乱枪，当堂把许大头、许德笙打翻在地。许果一个箭步上前，用刺刀割下两颗人头，返身冲出。潜伏在外面的大姑派人马，一听见里面枪声已响，也一齐动手，向飞虎队进攻。许大头家的枪声，就是信号，布置在村里各地的大姑派人马一听枪响，也纷纷出动收拾散处各地的飞虎队，一时村前村后，枪声卜卜，双方人马展开火并，内部大乱。

许果一行人手提许大头、许德笙两颗人头，沿途大喊："我们是为天雄大哥、许大姑复仇的，现在凶手已经正法，你们不要做无谓牺牲，缴枪的不杀！"当时把两颗首级挂在许天雄家大门口旗杆上，又匆匆带着人到村口去接应。原来那三福已奉命带了第一大队人马，崭新装备，充足的弹药，又兼个个斗志旺盛，悄悄下山进上下木，在约定地方和许果人马会合，一起去收拾不肯缴枪的飞虎队残余。行动迅速，计划周密，因此只在一小时内就把战斗结束了。许三福代表刺南游击支队会见许果以下各头目，并对大家宣布："支队长命令：许果兄暂时负责维持局面，准备好人马，等候许添才来攻！"

七

那许添才连日在下下木饮宴，等候援兵到来决战。这时怀里搂着银花正在饮酒作乐，忽然有人走报上下木内部又反了，许大头被杀，飞虎队被缴枪，村内大乱。他把银花推开，一时乐得直跳："你娘的好，老天爷帮助，给了我这好机会！"忙下命令："给老子把全部乡团队开过去，给他来个寸草不留！"有人问他："这儿防务怎么办？"许添才睁大醉眼："怕什么，许三多已当山大王去了，无事！"披挂停当，大叫："进攻！"撺着那三百多乡团丁，沿着从前进攻路线，分三路直扑上下木。一时杀声震天，枪声乱鸣。

许添才歪戴着军帽，敞开胸膛，挥动匣子炮，亲自在指挥："快！快！替老子把上下木踏平！快！快！先攻进村的有赏，快！快！"三路人马果如潮涌般杀奔上下木。蛮以为一鼓作气，可以易如反掌地拿下上下木，不意只到半路中了许果、三福的伏兵，引起了一场混战。

就在这时，由许三多、老黄、老白带领的第一大队人马，已悄悄地开进下下木，也分三路尾随而上，正咬住他的尾巴。这些游击战士经过补充、整顿、教育，士气特别旺盛，又在自己家乡，为雪恨报仇而战，仇人见面分外眼红，个个争先，人人奋勇，锐不可当！正当乡团队和上下木交战，他们从后头一包抄，一袭击，就把乡团队打散了，当时有人大叫："许添才，你已陷入打狗队圈套了，还不赶快投降！"

那乡团丁在前后夹击中，不知哪来这些天兵天将，来了多少人，正在慌乱中，一听说共产党打狗队，吓得失魂落魄，屁滚尿流，四处乱窜。游击支队又组织人到处喊话："投降的不杀，缴枪有赏！""穷人不打穷人！""活捉许添才有赏！"那许添才东奔西窜，到处是人，是枪声，是喊声，是"活捉许添才"！一时也没了主意，恨爹妈不给他多生两条腿。"三十六策，走为上策。"他想，丢下队伍只带着二三十个亲信，见朝白龙圩方向去的路上没什么人阻挡，就顺着这方向逃窜。天黑路崎，他们一行人急急如丧家之犬，七上八下，胡乱奔逃。许添才心内慌乱，满口许诺："你们保护我出险，到了为民镇我每人赏一百大洋！"那二三十亲信也要逃命，落得有赏也满口答应："没问题，只要到白龙圩就没事啦！"簇拥着他，只是逃命。

那许添才在荒山野地里狼奔豕突地跑，帽掉了，逃得浑身是汗，嫌衣服累赘也丢了。走了一个多小时，见离开下下木远了，枪声稀疏了，白龙圩在望，一时得意，放声大笑："打狗队说要活捉我许添才，真是大笑话，让他到为民镇来捉吧！"说罢又笑，笑罢又说："你打狗队落了圈套，哪有我许添才腿长呀！"又是一阵大笑。

可是，他笑得太早了，早在白龙圩埋下一支队伍，那是二白的第三大队，由蔡玉华率领着。那许添才笑声未止，拦头已飞来蔡玉华的喝声："许添才，你笑得太早了，赶快缴枪！"接着机枪、步枪从前后左右都打响了。把那二三十人打得进不得、退不是，向左向右都不是，只好挤成一团，二白又厉声喝道："许添才，死已临头，你还不投降！"那许添才见四面受敌，已自丧胆，软了手足，只得叫："你们共产党优待俘虏，我缴枪！"在夜色中，只见蔡玉华英气勃勃地挥着手枪，带着十几人向他们冲去……

原来这场出色的战役，是由老黄提出初步方案、由支队领导经过详细讨论决定的。刚刚成立的刺南特区游击支队，作为对党的献礼，第一仗就一举而歼灭了许添才的乡团队和许大头的飞虎队。

420

当玉华、二白等押着许添才等一干人开回下下木，下下木已在沸腾中。满村是火把、是人声，几乎全村人都出来了，小学门口那操场上堆起一堆人高的柴火，烧得红红的，照亮了半边村，逐家逐户出来的老乡，一见到我们的人，见到自己亲人，又是哭，又是笑，又是诉苦，又是控诉，说不完的痛苦，诉不完的冤情呀！他们带着游击队员去看小学："这是关我们的人的地方！""这是上刑地方！""这是吊死人的地方！"有多少人解开衣服指着伤痕："你们看，全是反动派打的！"

当他们一看见玉华、二白把许添才押解过来，都大声叫着、骂着，蜂拥地奔了过去，有木棍的拿木棍，有石头的拿石头，也有从家里拿出菜刀、锄头来的，一见面就打，没头没脑地打。打呀，有仇的报仇，有血债的来讨血债呀！玉华、二白把俘虏交给队员看守，自己找老黄、三多去，不意刚转过身那许添才已被砍成肉酱，群众打得性起、眼红、血涌，打完许添才又要打被俘的乡团丁，三多他们刚从小学出来，便出来劝阻："老乡，我们不能杀俘虏，他们已缴枪投降了，就不能动他们！"那些老乡不服，又是哭又是叫："三多，你也有血仇呀，为什么不报？你娘是被他们砍死的，苦茶嫂是被他们活活吊死，为什么大仇不报反替他们说好话？"三多感动地流着泪说："各位叔叔、婶婶，你们的心事我懂，你们的苦，我和你们一样受。但是冤有头，债有主，那反动头子已经被杀了，乡团丁我们就不能动，这是我们游击支队的政策，共产党的政策！"老黄、玉华这时也出来说话，反复地交代了政策，群众的愤怒稍为平息，但是有人叫着那被俘团丁："那坏种糟蹋过我的闺女！""那个人把我全家东西都抢了！"三多说："你们应该相信共产党，共产党是为你们做事的，一定会公平处理！"

这时许三福带了十几个人，提着许大头、许德笙的首级，也从上下木过来了。他把那两颗死人头往地上一扔，一时又引起哭声骂声，有人挥动锄头，有人拿起菜刀，纷纷地去砍："都是他们引兵来打我们！"三福在对老黄、三多、老白汇报上下木情况："群众情绪很好，老百姓家家户户都来请我们的人到家里做客，我说不行，我们现在是正式队伍，不是普通老百姓……"

正在这时，那密密麻麻围在操场上的群众呐了声喊，火光照处，只见一大群妇女揪着一个年轻女人，边走边用棍子打她、骂她："死叛徒，你害了多少人呀！""苦茶嫂和你有什么冤仇，你为什么出卖她？""你这不要面的，出卖了父母、姊姊！还和国民党反动派睡觉！"那女人浑身上下衣服都被撕碎了，只是哭着。那妇女群众打打骂骂，把她直揪到火堆前，老黄、三多、三福等人面前。"跪下！"有人命令着，有人冲上前去又要打，却被旁边的劝住："看看三多哥怎样处置这死叛徒！"那人不是别人，正是银花。她一听说共产党进村，就躲起来，但愤怒的妇女群众已攻进许添才的临时"公馆"，放走了被俘拟送到为民镇当娼妓的妇女，又从卧室床下把银花拖了出来，有人揪着她的头发，有人在背后打她，已游了半个村子。

那银花跪倒在地，只是哭，无面见人，三多、老黄、玉华在低低交谈研究处理办法，不意那三福早已下定决心，他一脸杀气，圆睁双眼，悄悄提着枪一声不响走向前去，那银花抬起头来，看见是他，心里闪出一线生机，想："为什么不求求大哥？"便伸手来抱他的腿，哀声哭求道："大哥，救我呀！"那三福一脚把她踢开，恨声骂道："叛徒！婊子！"对着她的脑袋只啪啪两声，返身就走，几千群众当场喝了声好："我们的气也平了！"

结　束

半年后，一个明亮的早晨，在刺禾公路刺州南站上，旅客拥挤，人声喧嚣，原来是有一班客车要从刺州开往禾市。站长口衔哨子，手执红、绿旗，匆匆打开站门，长途公路车已引火待发。只听得一声哨子响，站长把绿旗一挥，公路车发出长长的两声喇叭声，出了站口向刺禾公路径奔而去。车上坐满了男女乘客，其中有个四十上下年纪石匠打扮的男子。他中等身材，腰粗臂壮，身穿一色深灰短褂裤，腰缠淡蓝大方格子腰巾，穿了双陈嘉庚公司球鞋，腰巾上分插两把敲石铁锤，一手挟着把半新油伞，一手提着只蓝色土布包袱。他不是别人，正是威震刺、南两县，周维国出了万元赏格要捕捉的第一号共产党人物——老黄。他奉令到禾市去出席中共禾市市委的特别会议。他坐在临窗的座位上，用小烟斗默默地吸着旱烟，有人问他："上禾市去？"他态度和蔼地回答："是呀，在大城没什么活干啦。"

公路车以每小时三十公里速度前进，刚上车时旅客说话行动都特别小心谨慎，一过为民镇却就活跃起来。一车上尽在谈刺南游击支队的事，有人说："游击支队除去许添才、许大头，替我们除了一害。现在行路不是那么艰难了。"另一个也说："可不是，现在南区治安好得多了，游击支队不打劫，不收买路钱，许添才全军覆没后，中央军也吓坏了不敢出来。"有人又说："听说许为民这老狐狸也不敢在池塘住？"有个买卖人打扮的回答他："可不是吗？游击队要和他算账，中央军一个军官挖他的墙脚，他那宝贝七太就是跟他手下一个姓吴的特派员逃走，还带了许多金银首饰，把那老狐狸气得一病不起，派人去找周维国交涉，周维国却说：你们的家事我不便多管！"一阵哄笑声。

车近上下木地界一座大桥边，有人远远挥动红旗，车放缓了速度停下，旅客惊问："出什么事啦？"司机露出笑面："大家放心，游击队查车，他们只对付坏蛋，对普通老百姓很好。"车停下了，有一个头戴竹帽、臂缠红臂章的武装人员上车来看看，对大家说："我们是刺南特区游击支队，是为保护旅客安全来的，你们放心，前面一带都是我们的地界，没有土匪麻烦。"说着，对每个旅客派上一份《农民报》，当他把报纸派到老黄手中时，他只对他做着会心的微笑。游击队员派完宣传品退了下来，有礼貌地关上车门，把绿旗一挥，司机对他们举手告别，他们也笑笑："一路上有我们的人，不用担心。"又开足马力走了。"真有礼貌。"有人感叹着说。"和那中央军比简直有天地之别！""所以人人在说，蒋家天下不久了！"又是一阵议论……

这几个月来，南区变化很大，乡团队几乎全垮了，王连撤走，许为民搬进城去住，七太带着几个贴身丫头和大量私蓄公然和吴启超住在一起，把老头气得一病不起。为民镇在没人维持状态中，显得格外萧条，布告牌上定期有人张贴《农民报》，也没人敢干涉。蔡玉华已不再是娇柔脆弱的小姐，而是一个面孔黝黑、身体强壮、行动机敏、敢作敢为的战士，她像颗刚出土的钻石，斗争把她磨出了光辉。她代替了老黄职务，常常带着人下山，到大同去和小许、庆娘议论机密，在顺娘妈家住住，又到老六家走走。

玉蒜代替了阿玉，找到小林，和他进行联系。革命在不断向前涌进，一批批新人物在涌现成长！

　　青霞山上并不寂寞，上、下下木已联成一片，从上、下下木和大同乡都有人上山去住，在青霞寺附近建立了新村，叫"刺南新村"，也有一二百户人。刺南特区游击支队的大本营还设在青霞古寺内，近一个月来又成立了第四大队，任命许果为大队长。玉华、三多、三福、老白经常不在大本营，作为农民报社社长兼后方留守处主任的黄洛夫，空闲时，就带着阿玉和已长大许多、能成为他的助手的红缎，手持木杖四处周旋。眼见在古寺前那冲天挺立的巨杆顶上，绣有斧头镰刀标志的红旗在随风招展；纵目看去，尽见山峦重叠，绿野豪林。当阳光明丽，万里无云，站在山之上、岭之巅，他还可以看见那银带似的，腰缠住刺州大城的汹涌澎湃的桐江。当闲来无事时，他们就常常这样走着，有时听听那采茶男女的豪迈山歌，牛羊鸣噂，群鸟争宠，诗人的豪兴，也为之动了，他挥动手中软木杖，如痴如醉，即席吟唱自己创作的《赞歌》：

　　　　我高高地站在峻岭上，
　　　　看祖国庄严秀丽河山：
　　　　远处有浩瀚的江海，
　　　　眼前有青翠的冈峦，山峰重叠、绿林如海，
　　　　高空闪着不灭的太阳。
　　　　你这庄严雄伟的革命红旗呀，
　　　　永放光芒！

　　　　我高高地站在峻岭上，
　　　　看青霞日出、听午夜松涛，
　　　　今是莽莽苍野，明日将现烟囱巨厦，
　　　　看今日、想明朝，心如天开！
　　　　你这屹立在刺州平原上的青霞巨人呀，
　　　　坚强如钢！

我高高地站在峻岭上，
看剌、南两地儿女英豪：
雄赳赳、气昂昂，
敲战鼓、挥金枪，
转战潭头乡狗爬岭，
下木村头丑敌尽丧生！
你这坚贞的英雄儿女呀，
逞强南疆！

我高高地站在峻岭上，
遥望桐江上惊涛骇浪，
过危崖、淹沙洲，
汹涌澎湃、势不可当，不向困难低头，
尽把强敌蔑视。
你这桐江巨流呀，热浪滔滔！

1964 年 1 月完稿于北京